국어과 선생님이 뽑은
온고지신 읽기 · 논술문학 읽기
논술고사 수능대비 청소년필독서

에게 드립니다

한국 고전소설
신화·설화·수필·가전체
64

김시습 · 김만중 외 지음

국어과 선생이 뽑은 논술 문학 필독서

한국 고전소설·신화·설화·수필·가전체 64

초판 1쇄 | 2016년 5월 15일 발행
초판 3쇄 | 2020년 8월 20일 발행

지은이 | 김시습 · 김만중 · 박지원 · 허균 외
엮은이 | dskimp2000@naver.com
교 정 | 이정민
디자인 | 인지숙
일러스트 | 이혜인
펴낸이 | 이경자
펴낸곳 | 북앤북

주소 | 경기도 고양시 일산동구 산두로 128, 909동 202호
전화 | 031-902-9948
팩시밀리 | 031-903-4315
등록 | 제 313-2008-000016호

ISBN 979-11-86649-01-5 43810

국립중앙도서관 출판시도서목록(CIP)

(국어과 선생님이 뽑은) 한국 고전소설·신화·설화·수필·
가전체 64 / 지은이: 김시습, 김만중, 박지원, 허균 외 ; 엮
은이: dskimp2000@naver.com. -- 서울 : 북앤북, 2016
    p. ;   cm

표제관련정보: 국어과 선생님이 뽑은 논술 문학 필독서
ISBN 979-11-86649-01-5 43810 : ₩16800

한국 고전 문학[韓國古典文學]

810-KDC6   CIP2016010941

· 이 책에 수록된 작품의 표기는 '한글 맞춤법'의 규정을 원칙으로 하되 작가 특유의 문체나 방언, 외래어 등은 원본에 따른다.
· 이 책에 대한 문의나 잘못된 사항을 알려주시면 판을 거듭할 때마다 보완 수정을 하여 더 좋은 책으로 만들겠습니다.
· 잘못된 책은 구입하신 서점에서 바꾸어 드립니다.

한국 고전소설

신화·설화·수필·가전체

64

에게 드립니다

한국 고전소설·신화·설화·수필·가전체 64를 시작하며

책은 시간과 공간의 한계를 넘어 세상을 넓고 새롭게 보는 통찰력과 수많은 스승들을 만나게 해주는 지식의 보고(寶庫)이다.

우리가 문명사회로 발전할 수 있었던 것은 옛 선인들의 문화유산인 훌륭한 작품들을 읽고 배워 지켜왔기 때문이다.

하루가 다르게 변해가는 시대지만 다른 사람의 생각을 읽고 그것을 내 것으로 키워내는 능력을 기르기 위해 현행 교육과정에서도 중요하게 고전문학을 배우게 하는 까닭이다.

우리 조상들의 생활과 당시의 시대상을 잘 반영하고 문학성 있는 작품을 배우고 학습하여 문제를 해결하는 힘을 기르고 새로운 세상을 만들기 위해 꾸준히 독서를 해야 하겠다.

흔히 고전이라고 하면 시대에 뒤떨어진 것이라고 가볍게 생각할 수도 있을 것이다. 그러나 온고지신(溫故知新)처럼 과거는 과거로서 의미가 있고 현재는 과거가 바탕이 되어 만들어진 창조물이므로 오늘날의 고전은 항상 새로움으로 인식되어야 한다.

고전 문학 작품을 올바르고 재미있게 감상하기 위해서는 그 작품의 줄거리를 파악해야 한다. 그리고 작품을 전개해 나가는 작중 인물의 사상과 감정을 이해하여 작품에 용해된 인간성 구현과 진솔한 삶의 가치관을 찾아보아야 하겠다.

　미래의 희망인 청소년들을 위해 오랜 시간이 지나도 낡거나 진부하지 않은 훌륭한 선인들의 작품을 읽어 일상에서 접하기 힘든 표현과 어휘를 배워 작품에 대한 단편적인 지식보다는 과거와 미래의 삶을 통찰하고 시대를 이끌어 가는 호연지기(浩然之氣)를 키워 학생자신의 독서능력이 향상되어 논술고사나 수능시험에 도움이 되었으면 하는 바람이다.

　이 책은 교육과정 개편과 중 · 고등학교 교과서 개정에 맞춰 수능과 논술, 내신을 위해 중 · 고생이 꼭 읽어야 할 한국 고전소설 · 신화 · 설화 · 가전체 · 수필 등을 상고 시대부터 조선 후기까지 작품을 창작 연대순으로 배열하였다.

　각 작품마다 작가 소개, 작품 정리, 줄거리를 실었으며 한자나 어려운 단어는 괄호 안에 주석을 달아 원작의 표현과 내용을 쉽게 파악할 수 있도록 64편의 작품 전문을 수록하여 이 책을 꾸며 보았다.

시대별 작품 갈래에 대하여

설화는 일정한 구조를 가진 꾸며낸 이야기로 서사 문학의 근본이다. 설화는 신화, 전설, 민담으로 나누어진다.

설화는 소설 문학의 기원이 된다. 우리나라의 경우 고대 설화가 고려 시대에 들어와 정착되면서 패관 문학이 발달하고 이것이 가전체를 거쳐 고대 소설을 발생시켰다.

설화의 가장 큰 특징은 구전되는 점이다. 설화는 반드시 화자가 청자를 대면하여 청자의 반응을 의식하며 구연된다. 이에 구전에 적합하도록 단순하면서도 잘 짜여진 구조를 가지며 표현도 복잡하지 않다. 그리고 구전되기 때문에 보존과 전달 과정은 유동적이며 가변적이다. 전승되는 설화를 문자로 정착시키면서 문헌 설화가 되고, 설화를 정착시켜 기록 문학적 복잡성을 가미하면 소설이 된다. 설화에서 소설로의 이행은 구비 문학이 기록 문학으로 바뀌는 과정에서 가장 큰 비중을 차지한다. 설화 중 민담의 일부는 전래 동화로 정착되기도 하였다.

가전체

가전이란 어떤 사물을 역사적 인물처럼 의인화하여 그 가계(家係)와 생애 및 개인적 성품, 공과(攻過)를 기록하는 전기(傳記) 형식의 글을 말한다.

실전(實傳)이라 하지 않고 가전이라고 한 것은 '가(假)'가 허구적 성격을 내포하고 있기 때문이다.

고려 중기 이후 설화를 수집, 정리, 창작하는 과정에서 의인체의 가전이 출현하게 된다. 이러한 가전체의 문학의 발달은 무신정권이후에 등장한 사대부들의 의식과 밀접한 관련을 가지고 있다. 개관적 관념론자인 그들이 사물에 대한 관심과 인간 생활을 합리적으로 구성하려는 정신을 표현 하였다.

패관 문학

고려 시대에 이르러 민전에 구전되어 오던 전승 설화가 많이 문헌에 채록되었다. 이렇게 채록되는 과정에서 채록자의 창의가 가미되어 윤색된 것을 패관 문학이라고 하였다. 패관이란 한나라의 관직명으로, 정치에 참고하기 위해, 거리에 떠돌던 이야기를 수집하던 벼슬아치를 말한다.

패관 문학은 소설의 전신으로서 소설 발달에 많은 영향을 주었다. 대부분 이야기는 민담의 영역에 속한다. 신화와 전설에서 분리된 민담은 구전되면서 창의성이 덧붙여져 문학성을 갖추며, 한문학의 발달에 힘입어 조선조에 이르기까지 활발하게 꽃을 피우게 된다.

패관 문학은 고려 고종 때를 중심으로 발달하며, 훈민정음이 창제 된 후에도 잡기, 시화 등이 꾸준히 등장하였다.

고전 소설

동양 전래에서 소설이란 중요하지 않은 잡사(雜事)의 기록을 말한다. 소설은 서사 문학의 한 장르로서, 인물과 사건 및 배경을 갖춘 이야기를 일컫는다. 고대 소설이란 옛날 설화를 바탕으로 중국 소설의 영향을 받아 생겨난 산문 문학의 한 종류로, 갑오경장 이전까지 쓰여진 소설을 말한다.

한문 소설

우리나라의 소설은 전기적 요소를 간직한 한문 소설에서부터 출발한다. 전기적이라는 것은 현실성이 있는 이야기가 아니며 일상적으로 현실적인 것과 거리가 먼 신비로운 내용을 허구적으로 짜 놓은 것을 말한다. 김시습의 〈금오신화〉가 한국 고대 소설의 시초인데, 이 작품은 민중 사이에서 구전되던 설화, 고려의 패관 문학, 가전체 등의 서사적 전통 위에 중국의 전기 소설인 〈전등신화〉의 영향을 받았다. 전기적 요소를 간직한 한문 소설은 고대 소설의 출발로 보이며 국문 소설이 나오기 전에, 임제의 〈원생몽유록〉, 〈수성지〉, 〈화사〉 등의 가전소설과 몽유록 양식의 전통 속에서 전개되었다.

한글 소설

한국문학사에 진정한 한글소설은 광해군 때 허균이 지은 〈홍길동전〉에서 시작된다.

임진왜란과 병자호란은 당시 조선 사회 구조의 근간이었던 신분 질서에 큰 동요를 가져 왔다. 양반 계층, 평민 계층 모두에서 신분의 분화 현상이 나타나기 시작하였으며, 평민들이 자각 의식도 두드러지게 나타나기 시작했다. 이러한 현상은 평민 계층의 문화적 참여와 함께 문학에서 산문의 발달을 촉진시키고 이에 따라 소설의 융성기를 맞이하게 된다. 이러한 분위기 속에서 소설은 몰락한 양반 또는 평민들의 환상과 꿈, 그리고 시대적 요구와 개혁의 의지 등을 반영하게 된다. 또한 규방 여인들의 독서로 자리 잡게 됨으로 소설 속의 여성 의식이 개입되기도 하였다.

고전 수필

　문학에는 상상적, 허구적 성격을 주로 하는 요소와 더불어, 실제의 생활 경험이나 생각을 담은 요소가 있다. 살아가면서 느끼는 생각과 과정을 기록한 글들이 그 속에 공감할 만한 의미와 미적 요소가 들어 있으면서 훌륭한 문학이 된다. 이러한 범위에 속하는 글들을 포괄적으로 '수필'이라고 총칭한다.

　우리나라에 이런 기록 문학이 본격적으로 발달한 것은 고려 시대 초기부터이지만, 17세기경부터 한글의 광범위한 보급과 함께 일상적 경험을 기술하는 데 있어 섬세하고도 구체적인 표현력에 대한 인식이 깊어짐에 따라 많은 한글 수필이 출현하게 되었다.

차 례 한국 고전소설·신화·설화·수필·가전체 64

한국 고전소설 · 신화 · 설화 · 수필 · 가전체 64를 시작하며 · 4
시대별 작품 갈래에 대하여 · 6

상고 시대

신화 | 단군 신화(작자 미상) · 12 / 주몽 신화(작자 미상) · 16
박혁거세 신화(작자 미상) · 23

설화 | 구토 설화(작자 미상) · 29 / 조신 설화(작자 미상) · 33
도미 설화(작자 미상) · 38 / 화왕계(설총) · 42
바리데기 설화(작자 미상) · 46 / 경문대왕 설화(작자 미상) · 53
달팽이각시 설화(작자 미상) · 58 / 아기장수 설화(작자 미상) · 63
연오랑 세오녀 설화(작자 미상) · 69 / 온달 설화(작자 미상) · 73
서동요(작자 미상) · 78 / 김현감호 설화(작자 미상) · 83
지귀 설화(작자 미상) · 89 / 사복불언(작자 미상) · 94
오봉산의 불(작자 미상) · 98

고려 시대

가전체 | 공방전(임춘) · 102 / 국순전(임춘) · 110 / 국선생전(이규보) · 117
정시자전(석식영암) · 125 / 죽부인전(이곡) · 131 / 저생전(이첨) · 138
배열부전(이승인) · 146 / 청강사자 현부전(이규보) · 151

패관 문학 | 차마설(이곡) · 157 / 이옥설(이규보) · 161 / 경설(이규보) · 164
슬견설(이규보) · 167

조선 전기

전기 소설 | 이생규장전(김시습) · 171 / 만복사저포기(김시습) · 191

조선 후기

군담 소설 | 박씨전(작자 미상) · 200 / 임경업전(작자 미상) · 215
　　　　　　임진록(작자 미상) · 256 / 유충렬전(작자 미상) · 283
사회 소설 | 홍길동전(허균) · 303
가정 소설 | 사씨남정기(김만중) · 323
풍자 소설 | 호질(박지원) · 352 / 양반전(박지원) · 365 / 허생전(박지원) · 373
　　　　　　옹고집전(작자 미상) · 382
염정 소설 | 춘향전(작자 미상) · 402 / 운영전(작자 미상) · 435
　　　　　　구운몽(김만중) · 454 / 숙향전(작자 미상) · 475
　　　　　　채봉감별곡(작자 미상) · 497
우화 소설 | 토끼전(작자 미상) · 510 / 장끼전(작자 미상) · 525
몽유 소설 | 용궁부연록(김시습) · 544 / 남염부주지(김시습) · 563
판소리 소설 | 심청전(작자 미상) · 575 / 흥부전(작자 미상) · 598
수필 | 한중록(혜경궁 홍씨) · 615 / 계축일기(어느 궁녀) · 644
　　　　인현왕후전(작자 미상) · 663 / 주옹설(권근) · 689
　　　　이상한 관상쟁이(이규보) · 693 / 요로원야화기(박두세) · 698
　　　　수오재기(정약용) · 704 / 조침문(유씨 부인) · 709
　　　　규중칠우쟁론기(작자 미상) · 714 / 일야구도하기(박지원) · 721
　　　　통곡할 만한 자리(박지원) · 726

단군 신화(檀君神話)

- 작자 미상 -

작품 정리

　〈단군 신화〉는 우리나라 최초의 국가인 고조선의 건국 내력을 밝혀 주는 건국 신화이다. 고조선이 청동기 시대에 성립된 국가이므로, 단군 신화는 청동기 시대의 역사적 사실과 고대인들의 세계관을 반영하고 있다. 환인의 아들 환웅은 제정일치 사회의 정치적 군장이자 종교적 제사장이다. 천부인은 바로 무왕(巫王)으로서의 권능을 상징한다. 또 환웅이 풍백, 우사, 운사를 거느리고 내려왔다는 것은 천신을 숭배하고 농경문화를 가진 부족이 이주해 왔음을 뜻한다. 따라서 환웅과 웅녀의 결합은, 천신을 믿고 농경문화를 가진 이주 민족과 지신을 믿는 토착 민족의 결합을 의미한다. 이 과정에서 곰이 굴속에서 삼칠일의 금기를 지키고 나서야 인간이 되었다는 것은 시련과 역경을 극복하는 통과의례로, 이주 민족의 우월의식을 반영한 것이다. 또 환웅이 신단수 아래에 내려와 신시를 열고 3백60여 가지의 일을 주관하여 인간 세계를 다스려 교화했다는 것은 이미 성립된 인간 사회의 질서를 확립하는 과정이다.

　단군 신화의 가장 큰 의미는 고조선이 홍익인간이라는 건국이념을 가지고 이 땅에 내려온 천신의 아들 단군에 의해 세워졌다는 것을 밝힌 것이다. 따라서 이 신화는 민족의 수난기에 우리 민족의 우월성과 신성성을 고취하는 역할을 해 왔다.

옛날에 환인의 서자 환웅이 천하에 뜻을 두고 세상을 탐했다. 그의 아버지가 아들의 뜻을 알고 환웅에게 천부인 세 개를 주어 세상을 다스리게 했다. 환웅은 태백산 마루에 있는 신단수 밑에 내려와서 그곳을 신시라 하고, 자칭 환웅천왕이라 했다. 이때 곰 한 마리와 범 한 마리가 환웅에게 사람이 되게 해 달라고 빌었고, 환웅은 신령스런 쑥과 마늘을 주면서 이를 먹고 햇빛을 보지 않으면 사람이 될 것이라 했다. 곰과 범은 이것을 받아서 먹었다. 곰은 삼칠일 만에 여자가 되어 환웅과 결혼을 해 아이를 낳았는데, 그가 바로 단군 왕검이다. 단군은 요임금이 왕위에 오른 지 50년인 경인년에 평양성에 도읍을 정하고 조선이라 불렀다.

핵심 정리

갈래 : 신화

구성 : 건국 신화

제재 : 단군의 탄생과 고조선의 건국

주제 : 홍익인간과 단일 민족의 역사성

출전 : 삼국유사

🐻 단군 신화

아득한 옛날, 환인(桓因)이 하늘 세계를 다스리던 때이다.

환인에게는 환웅(桓雄)이라는 서자(庶子)가 있었는데, 그는 늘 천하에 뜻을 두고 인간 세상을 다스리고자 하는 욕망을 가졌다.

그러던 어느 날, 마침내 환인이 아들의 그러한 뜻을 알게 되었다.

환인은 아름답게 펼쳐진 산천과 넓은 들판을 보며 생각했다.

'저 땅이라면 널리 인간을 다스려 이롭게 할 만한 곳이겠구나……'

환인은 아들을 불러 말했다.

"지상으로 내려가면 인간들을 잘 다스릴 수 있겠느냐?"

환웅은 기뻐하며 대답했다.

"예, 꼭 행복한 낙원으로 만들겠습니다."

환인은 천부인 세 개를 환웅에게 주어 지상에 내려가서 인간 세상을 다스리게 했다. 천부인은 일종의 상징물로, 지상으로 거느리고 내려간 부하 신들을 비롯하여 세상을 뜻대로 다스릴 수 있다는 징표였다.

환웅은 3천 명의 부하를 이끌고 태백산 꼭대기에 있는 신단수 아래로 내려왔다. 그는 그곳을 세상을 다스릴 근거지로 삼고 '신시(神市)'라 불렀다.

신시를 연 환웅은 바람의 신, 비의 신, 구름의 신들을 거느리고 농사와 생명, 질병, 형벌, 선악 등 인간 세상에서 벌어지는 3백60여 가지의 일들을 주관하면서 인간 세상을 다스렸다.

이때 어느 동굴에 곰 한 마리와 호랑이 한 마리가 함께 살고 있었다. 이들은 매일 환웅에게 찾아와 사람이 되게 해 달라고 기원했다.

환웅은 이들의 정성을 갸륵하게 여겨 신령한 쑥 한 줌과 마늘 스무 개를 주며 이렇게 말했다.

"이것을 먹으며 백 일 동안 햇빛을 보지 않고 견뎌 낸다면 너희 소원대로 사람이 될 것이다."

그리하여 곰과 호랑이는 쑥과 마늘을 먹으며 동굴 생활을 시작했다.

그러나 호랑이는 스무하루 되던 날, 더 이상 참지 못하고 동굴 밖으로 뛰쳐나가 사람이 되지 못했지만 곰은 환웅의 말을 믿고 끝까지 버텨 마침내 사람으로 다시 태어났다.

곰에서 여인의 몸으로 태어났으니 이를 웅녀(熊女)라 했다.

시간이 지나자 웅녀는 또 다른 욕망이 생겼다. 아기를 갖고 싶었던 것이다. 그러나 웅녀는 짝을 찾지 못해 또다시 매일 신단수 아래로 찾아가 기원했다.

"부디 제가 아이를 갖도록 도와주십시오."

환웅이 이를 지켜보다가 하도 애틋하여 잠시 사람의 몸으로 변하여 웅녀와 혼인했다.

그 뒤 웅녀는 아들을 낳았다. 그 아들이 바로 단군왕검(檀君王儉)이었다.

단군은 성장하여 나라를 세웠다. 요(堯) 임금이 왕위에 오른 지 50년인 경인년에 평양성(平壤城, 옛 西京)을 도읍으로 정하고, 국호를 조선이라 했다.

그 뒤 단군은 백악산 아사달(阿斯達)로 도읍을 옮겼는데, 이곳을 궁홀산(弓忽山)이라고도 하고 금미달(今彌達)이라고도 했다. 단군은 이곳에서 1천5백 년간 나라를 다스렸다.

나라의 기틀이 잡히자 단군은 임금 자리에서 물러나 잠시 황해도 구월산으로 옮겨 갔다가 다시 아사달로 돌아와 산신(山神)이 되었는데, 그때도 끊임없이 백성들을 보살폈다.

주몽 신화(朱夢神話)

- 작자 미상 -

작품 정리

　이 작품은 〈삼국유사〉에 실린 고구려의 건국 신화로, 고주몽이 어떠한 과정을 거쳐 고구려를 건국하게 되었는지를 다루고 있다. 이 글은 주인공이 알에서 나는 〈난생신화〉에 해당하며, '어별성교'의 유명한 모티브도 포함되어 있다. 〈동명왕 신화〉에는 천손강림, 난생, 동물 양육, 기아, 주력 등 고대 서사 문학에 나타나는 여러 요소가 모두 나타나는데, 이는 금와 전설, 해모수 신화, 난생 신화 등이 적절히 배합된 것이라 볼 수 있으며, 고구려의 세력 범위가 광활하였다는 것과도 연관 지을 수 있다.

작품 줄거리

　하백이라는 수신의 딸 유화는 어느 날 웅심연에 놀러 나갔다가 천제의 아들 해모수에게 붙잡힌다. 하백이 크게 분노하자 해모수가 이를 부끄럽게 여겨 유화를 보내려 하자 이미 왕과 정이 들어 떠나지 않으려 한다. 그러자 하백은 유화를 귀양 보낸다. 어느 날 금와왕이 물속에서 유화를 발견한다. 유화는 알을 하나 낳았는데 금와왕이 내다 버리려 했으나 이상하게 여겨 알을 도로 유화에게 돌려준다. 알에서 한 아이가 태어났는데 그 아기는 매우 출중하고, 특히 활을 잘 쏘아 '주몽'이라 불렸다. 금와왕의 일곱 아들이 그의 재주를 시기하여 죽이려 하자, 이를 안 주몽의 어머니 유화는 계략을 써서 주몽이 기르던 말 중 가장 좋은 말을 타고 도망가게 한다. 엄수에 이르러 그들의 추격이 급박해지자 주몽은 하늘을 향해 자신이 하늘의 아들이며 물의 신(神) 하백의 외손자임을 말하며 도움을 청한다. 이에 자라와 고기가 무사히 달아나도록 돕는다. 드디어 주몽은 남쪽 졸본에 이르러 고구려를 세우게 된다.

핵심 정리

갈래 : 신화

구성 : 건국 신화

제재 : 주몽의 탄생과 고구려건국

주제 : 민족의 일체감

출전 : 구비문학대계

주몽 신화

한(漢) 신작(神雀) 삼년 임술(壬戌)년에 천제는 아들 해모수를 부여왕의 옛 도읍에 내려 보냈다. 해모수가 하늘에서 내려올 때 오룡거(五龍車)를 탔고, 종자 1백 여인은 백곡(白鵠, 고니)을 탔으며 채색 구름은 뜨고 음악은 구름 속에 들렸다. 해모수는 웅심산(熊心山)에서 10여 일이 지난 후에야 비로소 내려왔는데 머리에는 까마귀 깃으로 된 관(烏羽冠)을 쓰고 허리에는 용광이 빛나는 칼(龍光劍)을 찼다. 세상 사람들은 아침에 정사(政事)를 돌보고 저녁이면 하늘로 올라가는 그를 천왕랑(天王郞)이라 했다.

성북(城北)의 청하(靑河)에는 하백(河伯)이라는 수신이 있었다. 그에게는 유화(柳花), 훤화(萱花), 위화(葦花) 세 딸이 있었다. 어느 날 그들은 웅심연(熊心淵)으로 놀러 나갔다가 해모수를 보자 달아났다. 하지만 유화는 해모수에게 붙잡혔다.

하백은 크게 노하여 사자를 보내 말했다.

"너는 누구인데 나의 딸을 붙잡아 두었느냐?"

해모수가 대답했다.

"나는 천제의 아들 해모수로 하백의 딸에게 구혼하고자 한다."

하백이 다시 사자를 보내어 말했다.

"네가 천제의 아들로 내 딸에게 구혼을 하려 한다면 마땅히 중매를 보내야 하거늘, 어찌하여 내 딸을 붙잡아 두는 것인가?"

해모수는 이를 부끄럽게 여겨 유화를 놓아주려 하였으나 이미 왕과 정이 들어 떠나려 하지 않았다. 유화가 왕에게 권했다.

"오룡거(五龍車)만 있으면 하백의 나라에 도달할 수 있습니다."

왕이 하늘을 가리켜 소리를 치자 하늘에서 오룡거(五龍車)가 내려왔다. 왕과 유화가 수레를 타자 갑자기 바람과 구름이 일더니 어느덧 하백의 궁전에 이르렀다. 하백은 예(禮)를 갖추어 이들을 맞이하고 자리를 정한 뒤에 말했다.

"혼인이란 천하에 통용하는 법인데 어찌하여 예를 어기고 나의 가문을 욕되게 하는가? 왕이 천제의 아들이라면 신이함이 있지 않은가?"

그러자 왕이 말했다.

"한번 시험해 보겠습니다."

이에 하백이 뜰 앞의 물에서 잉어가 되어 놀자 왕은 수달로 변해서 이를 잡았다. 하백이 다시 사슴이 되어 달아나자 왕은 늑대가 되어 이를 쫓고, 하백이 꿩으로 변하자 왕은 매가 되어 이를 쳤다. 하백은 왕이 천제의 아들이라 여기고 예를 갖춰 혼인을 치렀다. 하지만 하백은 왕이 딸을 데려갈 마음이 없는 것은 아닌가 내심 걱정되어 잔치를 베풀고 왕에게 술을 권해 취하게 한 뒤 딸과 함께 작은 혁여(革輿)에 넣어서 용거(龍車, 임금이 타던 수레)에 실어 하늘로 승천하도록 했다. 그 수레가 물을 채 빠져나오기 전에 술이 깬 왕은 유화의 황금 비녀로 혁여를 찌르고 그 구멍으로 홀로 나와 하늘로 올라갔다.

하백은 크게 노하여 유화에게 말했다.

"너는 내 뜻을 거역하고 우리 가문을 욕되게 했다."

하백은 딸의 입을 삼 척이나 늘여 놓고 노비 두 사람을 주어 우발수(優渤水)로 귀양을 보냈다.

어사(漁師) 강력부추(强力扶鄒)가 금와왕에게 아뢰었다.

"요즈음 양중(梁中)에 고기를 가져가는 자가 있는데 어떤 짐승인지 알지 못하겠습니다."

왕이 어사를 시켜 그물로 이것을 끌어내게 했더니 그물이 찢어졌다.

다시 쇠 그물을 만들어 끌어내니 한 여자가 돌 위에 앉아 있었다. 하지만 그 여자는 입술이 길어서 말을 할 수가 없었다. 입술을 세 번 자른 뒤에야 비로소 여자는 말을 했다. 왕은 그녀가 천제자의 비(妃)임을 알고 별궁(別宮)에 두었다. 그 여자는 햇빛을 받고 그 때문에 임신을 해서 신작(神雀) 사년 계해(癸亥)년 하사월(夏四月)에 주몽(朱蒙)을 낳았는데 울음소리가 매우 크고 기골이 장대하고 기이했다.

유화가 처음 주몽을 낳을 때 왼편 겨드랑이에서 알을 하나 낳았는데 크기가 닷 되쯤 되었다. 왕이 이를 괴이하게 여겨 말했다.

"참으로 괴이한 일이로다. 사람이 알을 낳다니……."

왕은 사람이 알을 낳은 것이 영 꺼림칙하여 그 알을 내다 버리라고 명했다.

그런데 이상한 일이 벌어졌다. 신하들은 그 알을 개와 돼지들이 있는 우리 안에 던져 버렸다. 그랬더니 개와 돼지들이 알을 건드리지 않았다. 그래서 다시 알을 꺼내 말과 소가 있는 우리에 던져 넣어 보았다. 그래도 말과 소들은 알을 밟지 않고 옆으로 피해 다녔다.

이번에는 거친 들판에 내다 버렸다. 그랬더니 먼 곳에서 짐승들이 달려오고 하늘에서 새들이 내려와 털과 날개깃으로 알을 덮어 주는 것이었다.

너무 이상하게 여긴 왕은 알을 다시 가져와 깨뜨려 보려고 했다. 하지만 알은 깨지지 않았다. 왕은 하는 수 없이 유화에게 알을 돌려주었다.

그날부터 유화는 알을 부드러운 천에 감싸서 따뜻한 곳에 놓아두었다.

며칠이 지난 뒤 한 사내아이가 알껍데기를 깨고 나왔다.

마침내 알이 열리고 한 사내아이를 얻었는데 낳은 지 한 달이 못 되어 말을 했다. 아기는 외모가 수려하고 몸의 골격도 튼튼해 보여 한눈에 영특함을 엿볼 수 있었다.

아이는 무럭무럭 자라 일곱 살이 되었다. 그 아이는 여느 아이들과 달리 성숙했고 스스로 활과 화살을 만들어 쏘아대곤 했는데 거의 목표물을 꿰뚫었다.

당시 동부여에서는 활 잘 쏘는 이를 가리켜 주몽이라 불렀는데, 왕을 비롯하여 모든 사람들이 그 아이를 주몽이라 불렀다.

왕에게 아들 일곱이 있었는데 왕자들은 언제나 주몽과 함께 활쏘기와 말타기, 사냥 등을 하며 함께 어울렸다. 그들은 어느 누구도 주몽의 솜씨를 따라오지 못했다.

그러자 주몽의 재주를 시기한 큰아들이자 태자인 대소(帶素)는 아버지 금와왕에게 이렇게 아뢰었다.

"주몽은 신의 정기를 받고 태어난 녀석입니다. 지금 없애지 않으면 반드시 후환이 있을 것입니다."

하지만 금와왕은 태자의 말을 따르지 않았다. 그 대신 말을 기르는 일을 시켜 시험했다.

주몽은 우선 훗날의 일에 대비하여 품종이 좋은 말과 그렇지 못한 말을 구별해 두었다. 그런 다음 튼튼한 말을 골라 일부러 먹이를 적게 주어 여위게 하고 종자가 약한 말은 오히려 먹이를 많이 주어 살이 찌도록 했다. 왕은 겉보기에 살찐 말들만 골라 타고, 여윈 말은 주몽에게 주었다.

그 무렵 태자 대소는 동생들과 여러 신하들을 꾀어 주몽을 해칠 음모를 꾸미고 있었다. 주몽의 어머니 유화 부인은 그 낌새를 알아채고 몰래 주몽을 불러 말했다.

"지금 왕자들을 비롯하여 왕궁의 여러 사람들이 너를 해치려 하고 있다. 너는 영특하고 총기가 있으니 어디로 가든 큰 뜻을 펼칠 수 있을 게다. 그러니 어서 이곳을 떠나거라."

그때 주몽에게는 오이(烏伊)를 비롯해 세 사람의 충실한 부하들이 있었는데, 그들을 거느리고 북부여 땅을 탈출해 나왔다. 물론 일부러 여위게 만들었던 말을 다시 잘 먹여 준마로 만든 다음 그 말을 타고 궁을 빠져나왔다.

자신들의 계획이 탄로 난 것을 알아챈 대소 태자 일행은 주몽의 뒤를 쫓기 시작했다. 주몽 일행은 이미 멀리 달아났지만, 엄수라는 곳에 다다르자 시퍼런 강이 앞을 가로막아 난감했다. 타고 갈 만한 배도 눈에 띄지 않았다. 그곳에서 전전긍긍하며 시간을 보내고 있을 때 대소 태자 일행은 점점 거리를 좁혀 와 마침내 주몽의 시야에 들어오게 되었다. 다급해진 주몽은 강물을 향해 큰 소리로 외쳤다.

"나는 천제의 아들이자 물의 신 하백의 외손자다. 지금 화를 피해 도주하고 있는 중인데, 나를 뒤쫓는 자들이 바로 코앞까지 쫓아왔으니 어찌하면 좋겠는가?"

주몽의 말이 채 끝나기도 전에 큰 물결이 일더니 강물 위로 수많은 물고기 떼와 자라들이 떠올라 다리를 만들어 주었다.

주몽 일행은 그들이 만들어 준 다리를 밟고 강을 건넜다. 맞은편 강 언덕에 닿자 물고기 떼와 자라들은 일시에 강물 속으로 사라졌다. 그 바람에 뒤쫓던 태자 일행은 강을 건너지 못했다. 뒤늦게 강 건너로 화살을 날려 보았으나 닿을 수 없는 거리였다.

주몽은 졸본주(卒本州)에 이르자 그곳을 도읍지로 삼아 정착했다. 기후가 따뜻하고 땅이 기름진 곳이었다. 주몽은 큰 제단을 만들고 하늘에 제를 올린 뒤 나라를 세웠다. 국호는 처음에 졸본부여라고 했으나, 뒤에 고구려로 바꿨다. 기원전 37년, 주몽이 열두 살 때(삼국사기에는 22세 때라고 적혀 있다)의 일이다.

또한 주몽은 해모수의 아들로 원래는 해(解)씨 성을 갖고 있었으나, 고구려를 세우면서 천제의 아들로서 햇빛을 받고 태어났다 하여 고(高)씨로 성을 바꿨다. 그가 바로 고구려의 시조가 된 동명성왕이었다.

박혁거세 신화(朴赫居世神話)

- 작자 미상 -

작품 정리

이 신화는 다른 건국 신화와 마찬가지로 '천신의 강림에 의한 건국'이 기본 줄거리다. 천제가 직접 등장하지는 않지만 빛과 같은 신비롭고 상서로운 기운이 땅으로 드리워져 있었다든지, 흰말이 길게 울고는 하늘로 올라갔다든지 하는 것 등으로 보아 혁거세가 하늘에서 왔음을 시사하고 있다. 여기에 등장하는 말은 천마로서 천신족의 권위의 상징이며, 위대한 인물의 탄생을 알리는 역할을 하고 있다. 이 신화는 고구려나 부여의 신화처럼 시련이나 투쟁의 과정 없이 씨족 사회가 연합하여 하나의 왕국으로 합쳐지는 과정을 반영하고 있다는 점이 건국 신화와 다르다.

작품 줄거리

진한 땅 여섯 마을의 우두머리들이 왕을 모시기 위해 높은 곳에 올라갔는데, 남쪽을 보니 나정(蘿井)이라는 우물가에 흰말이 엎드려 있었다. 가까이 가자 말은 자줏빛 알 하나를 두고 하늘로 올라가 버렸다. 알을 깨 보니 단정하고 잘생긴 남자 아이가 나왔다. 동천에 목욕을 시켰더니 몸에서 빛이 나고, 천지가 진동하고 해와 달이 빛났다. 이로 인해 세상을 밝힌다는 뜻에서 '혁거세 왕'이라고 하였고, 박처럼 생긴 알에서 나와서 성을 박씨라 했다. 사람들이 모두 왕으로 받들며 왕후를 구하려고 했는데, 며칠 후 '알영(閼英)'이라는 우물가에 계룡(鷄龍)이 나타나 왼쪽 겨드랑이에서 여자 아이를 낳는다. 아이는 아름다웠으나 입술이 닭의 부리 같았다. 월성의 북천에서 목욕을 시켰더니 부리가 떨어졌다. 그래서 난 우물의 이름을 따서 '알영'이라 하고 남산 기슭에 세운 궁에서 혁거세와 함께 지내다가 열일곱 살 때 혼인해 왕후가 된다. 혁거세는 61년 동안 나라를 다스리다 죽었는데 그 주검이 오체로 분리되어 땅에 떨어지더니 왕후도 따라 죽는다. 분리된 오체를 한데 묻으려 했으나 큰 뱀이 나타나 방해하여 오체를 다섯 능에 묻고 '사릉(蛇陵)'이라고 하였다.

핵심 정리

갈래 : 신화

구성 : 건국 신화

제재 : 천부지모 사상

주제 : 혁거세와 알영의 탄생

출전 : 삼국유사

박혁거세 신화

옛날 한반도의 중부 이남 지역에 삼한(三韓)이 자리 잡고 있을 때의 이야기다.

당시 삼한은 아직 완전한 나라의 형태를 갖추고 있지 못했다. 여러 부족이 합쳐서 하나의 나라를 형성하고 있던 때이다.

지금의 대구·경북 지방에 해당하는 진한(辰韓)에는 6촌이 있었다. 첫째는 알천 양산촌으로 지금의 담엄사 방면이다. 촌장은 알평이라 하여 처음 하늘에서 표암봉에 내려와 이가 급량부 이씨(李氏)의 조상이 되었다. 둘째는 돌산 고허촌으로 촌장은 소벌도리라 하여 처음 형산에 내려와 이가 사량부 정씨(鄭氏)의 조상이 되었다. 셋째는 무산 대수촌으로 촌장은 구례마라 하여 처음 이 산으로 내려와 점량부 또는 모량부 손씨(孫氏)의 조상이 되었다. 넷째는 취산의 진지촌으로 촌장은 지백호라 하여 처음 하늘에서 화산으로 내려와 이곳을 근거로 본피부 최(崔)씨의 조상이 되었다. 최치원이 바로 본피부 사람이다. 황룡사 남쪽의 미탄사 근처에 옛집 터 하나가 있는데, 여기가 최치원의 옛집이다.

다섯째는 금산에 가리촌으로 촌장은 지타였는데 그는 하늘에서 명활산으로 내려와 이곳을 근거로 한기부 배(裵)씨의 조상이 되었다.

여섯째는 명활산에 고야촌이 있었다. 이곳의 촌장은 호진이었는데, 그는 금강산에서 내려와 이곳을 근거로 습비부 설(薛)씨의 조상이 되었다.

이렇게 볼 때 여섯 부(部)의 조상들은 모두 하늘에서 내려와 이름 있는 산을 근거지로 하여 6개 성(姓)씨의 조상이 되었다.

기원전 69년 3월 1일이었다.

알평, 소벌도리, 구례마, 지백호, 지타, 호진 등 여섯 부의 촌장들은 저마다 자제들을 거느리고 알천의 언덕 위에 모여서 논의했다.

"우리에게는 아직 임금이 없어 백성들을 제대로 다스릴 수가 없소. 그러므로 덕이 있고 어진 사람을 찾아 임금으로 삼아 나라를 다스리고, 번듯한 도읍도 정해야 하지 않겠소?"

"옳소! 반드시 그렇게 해야 합니다."

촌장들은 그 자리에서 의견 일치를 보았다.

그때 하늘에서 갑자기 강한 빛이 번쩍했다. 이상하게 여긴 촌장들은 높은 곳으로 올라가 남쪽을 내려다보았다. 그랬더니 멀리 양산 밑에 있는 나정(蘿井)이라는 우물가에 흡사 번개 빛 같은 강렬한 기원이 땅에 닿아 비추고 있었다.

가만히 보니 그 우물가는 백마(白馬) 한 마리가 땅에 꿇어앉아 절을 하는 형상을 하고 있었다.

촌장들은 급히 언덕에서 내려와 그 우물가로 달려가 살펴보았다. 가까이 가서 보니 자줏빛 알 한 개가 있었다. 그러나 알을 지키고 있던 말은 사람이 다가오자 길게 울면서 하늘로 올라갔다.

촌장들이 알을 깨어 보니 알 속에서 사내아이 하나가 나왔다. 아이의 모습은 단정하고 아름다웠다.

놀란 촌장들은 아이를 동천(경주 동천사에 있는 우물)으로 데리고 가 목욕을 시켰다. 그러자 몸에서 광채가 나고 새와 짐승이 몰려와 춤을 추었다. 이내 천지가 진동하고 해와 달이 더욱 청명하게 빛났다.

촌장들은 아이의 이름을 혁거세(赫居世)라고 지었다. 그리고 성은 아이가 포(匏, 박을 뜻함) 같은 데서 나왔다 하여 박(朴)이라고 했다.

"이제 하늘에서 천자(天子)가 내려오셨으니 마땅히 덕이 있는 왕후를 찾아 배필을 삼아야 합니다."

촌장들은 아이를 왕으로 삼고, 왕후를 고르기로 했다.

그런 말이 있은 지 며칠이 지난 어느 날, 사량리에 있는 알영정 주변에 계룡이 나타나더니 왼쪽 옆구리로 여자아이 하나를 낳았다.

여자아이의 얼굴은 매우 고왔다. 그러나 한 가지, 아이의 입술이 닭의 부리를 닮아 보기 흉했다. 그래서 월성의 북천으로 데려가 목욕을 시켰더니 거짓말처럼 부리가 떨어지고 예쁜 입술이 생겼다. 그리하여 그 개천을 부리가 빠졌다고 하여 발천(撥川)이라고 했다. 그리고 여자아이의 이름은 태어난 곳의 이름을 따 알영(閼英)이라고 지었다.

아이들은 무럭무럭 자라 혁거세의 나이가 열일곱이 되었다. 그때가 기원전 57년이었다.

드디어 혁거세는 왕으로 추대되었고, 알영은 왕후가 되었다. 그리고 국호를 서라벌(徐羅伐, 또는 서벌)이라고 했다. 혹은 사라(斯羅), 사로(斯盧)라고도 했다.

처음에는 왕이 계정(鷄井)에서 출생했기 때문에 국호를 계림국(鷄林國)이라고도 했는데, 그것은 계림이 상서로움을 나타내는 말이었기 때문이었다.

한편 다른 얘기로는 탈해왕 시대에 김알지(金閼智)를 얻게 될 때, 닭이 숲 속에서 울었다고 하여 국호를 계림(鷄林)으로 고쳤다고도 한다.

신라라는 국호를 정한 것은 후대의 일이었다.

혁거세왕은 나라를 다스린 지 61년이 되던 어느 날, 홀연히 하늘로 올라갔다. 그런데 하늘로 올라간 뒤 7일 만에 왕의 유해가 흩어져 땅으로 떨어지더니 알영 왕후도 따라 세상을 떠났다.

서라벌 백성들이 흩어진 왕의 유해를 한자리에 모아 장사를 지내려고 했더니, 커다란 구렁이 한 마리가 나타나 사람들을 쫓아다니며 장사를 지내지 못하게 했다.

하는 수 없이 흩어진 오체(五體)를 각각 장사를 지냈다. 따라서 능도 각각 다섯 개를 만들었는데, 그래서 오릉(五陵)이라고 불렸다.

어떤 이는 구렁이와 관련된 능이므로 사릉(蛇陵)이라고 부르기도 했다.

신라라는 국호가 정식으로 쓰인 것은 제15대 기림왕, 서기 307년이었다. 혹은 지증왕, 법흥왕 때라는 설도 있다. 담엄사 뒤에 있는 왕릉이 그것이다.

구토 설화(龜兎說話)

- 작자 미상 -

작품 정리

　이 작품에서는 난관에 부딪혀도 당황하지 않고 슬기롭게 어려움을 헤쳐 나가는 토끼에게서 삶의 지혜와 자세를 배울 수 있다. 이것은 인도의 불전 설화인 〈용원설화〉를 모태로 한 것이며, 후에 〈수궁가〉, 〈별주부전〉 등의 근원 설화가 된다.

작품 줄거리

　옛날 동해 용왕의 딸이 병들었는데, 의원이 이르기를 토끼의 간을 구해서 약을 지어 먹으면 나을 수 있다고 하였다. 이에 거북이가 육지로 올라와 토끼를 교묘히 속여 바다 속으로 데려간다. 2~3리를 가다가 거북이 토끼에게 사정을 털어놓았다. 이 말을 들은 토끼가, 간을 꺼내어 깨끗이 씻어서 바위 위에 널어 두었는데 급히 오느라 간을 두고 왔으니 다시 가서 간을 가지고 오겠다고 한다. 거북이 이 말을 곧이곧대로 듣고 토끼를 놓아주었더니 토끼는 거북의 어리석음을 욕하고 그만 달아난다.

구토 설화

옛날 동해 용왕의 딸이 병들어 앓아누워 있었다. 의원이 용왕에게 토끼의 간으로 약을 지어 먹으면 나을 것이라고 말했다. 그러나 바다 속에는 토끼가 없으므로 어떻게 할 도리가 없었다.

이때 거북이가 용왕에게 아뢰었다.

"신이 토끼의 간을 얻어 오겠습니다."

마침내 거북이가 육지로 올라가서 토끼를 만나 이렇게 꾀었다.

"바다 속에 가면 섬이 하나 있는데 그곳은 샘물이 맑고 돌도 깨끗하다. 숲이 우거져 맛있는 과일도 많이 열리고 춥지도 덥지도 않아. 매나 독수리 같은 것들도 감히 침범할 수 없는 곳이지. 네가 그곳으로 가면 아무런 근심도 없이 지낼 텐데."

드디어 거북이는 토끼를 꾀어 등에 업고 바다에 떠서 한 이삼 리쯤 갔다.

이때 거북이가 토끼를 돌아보며 말했다.

"지금 용왕님의 따님이 병들어 앓아누워 있는데 토끼의 간을 약으로 써야만 낫는다고 하기에 내가 수고스러움을 무릅쓰고 너를 업고 가는 거야."

토끼가 이 말을 듣고 말했다.

"아아, 그래. 나는 신명(神明, 천지신명의 준말)의 후예로 능히 오장을 깨끗이 씻어 이를 다시 뱃속에 넣을 수 있는 능력이 있지. 그런데 요사이 마침 근심스러운 일이 있어 간을 꺼내어 깨끗하게 씻어서 말리려고 잠시 동안 바윗돌 밑에 두었거든. 바다 속 속계가 좋다는 너의 말만 듣고 급히 오느라 그만 간을 두고 왔지 뭐야. 내 간은 아직 바윗돌 밑에 있으니 내가 다시 돌아가서 간을 가지고 오지 않으면 어찌 네가 간을 구해 가지고 갈 수 있겠니. 나는 간이 없어도 살 수가 있으니, 간을 가지고 오면 어찌 둘 다 좋은 일이 아니겠니?"

거북이는 이 말을 곧이듣고 다시 육지로 올라왔다.

토끼가 풀숲으로 뛰어가면서 거북을 놀렸다.

"거북아, 너는 참으로 어리석구나. 어찌 간 없이 사는 놈이 있단 말이냐?"

거북이는 멋쩍어서 아무 말도 못하고 돌아갔다.

조신 설화(調信說話)

- 작자 미상 -

작품 정리

〈삼국유사〉 3권에 수록되어 있는 신라 시대의 설화이며 일장춘몽인 인생의 허무를 주제로 한 꿈의 문학으로 국문학사상 그 원조(元朝)이다. 설화이긴 하나 단편 소설 이상의 구성과 압축된 주제를 살렸다.

이 작품은 불도에 정진해야 할 승려가 세속의 처녀를 사모하면서 오히려 그런 욕망을 관음보살에게 빌고 있는 조신의 모습에서 현실을 극복하는 것이 얼마나 어려운 것인지를 알 수 있다. 특히 이 설화는 정토사라는 절의 건립 내력을 설명하는 사원 연기 설화의 증거가 된다고 할 수 있다. 이 설화를 통해 '인생의 즐거움에 대한 욕망은 한낱 꿈이요, 고통의 근원이니 집착을 버려야 한다' 는 불교적인 가르침이 잘 드러나 있다.

작품 줄거리

신라 때의 승려 조신이 명주 태수 김흔의 딸을 보고 반한다. 얼마 후 김흔의 딸이 다른 남자에게 시집을 가자 조신은 울면서 그녀를 못내 그리워한다. 하루는 부처를 원망하다가 피곤해서 낮잠을 자는데, 꿈속에서 김흔의 딸이 나타나 부모의 뜻을 거역할 수 없어 할 수 없이 출가를 했지만 대사를 마음속으로 사모한다면서 돌아온다. 조신은 기뻐하며 고향에 돌아가 40여 년을 같이 살며 자식을 다섯이나 두었으나 살림은 찢어지게 가난하였다. 15세 된 큰아들이 굶어 죽자 길가에 묻었고, 부부가 늙고 병들어서 움직일 수 없게 되자 10세 된 딸이 걸식하였는데, 미친개에게 물려 드러눕게 된다. 하는 수 없이 자식들을 서로 나누어 막 헤어지려는 찰나 조신은 잠을 깬다. 자신은 백발이 성성한 노인이 되어 있었고 큰아들을 묻은 곳을 파 보니 돌미륵이 나왔다. 인생의 덧없음을 깨우친 후 돌미륵이 나온 자리에 정토사를 지어 불도에 진력하였다.

핵심 정리

갈래 : 설화

구성 : 환몽 설화

제재 : 인생무상

주제 : 인생의 덧없음을 깨달고 불도(佛道)에 전념

출전 : 삼국유사

조신 설화

신라 시대 때 세규사(世達寺, 지금의 흥교사)라는 절의 장원(莊園, 사찰이 소유한 토지)이 명주(溟洲, 지금의 강릉)에 있었다. 본사에서는 조신(調信)이라는 중을 그 장원의 관리인으로 파견했다.

그는 명주 지방에 있으면서 그곳 태수 김흔(金昕)의 딸을 좋아했다.

그는 여러 번 낙산사의 관음보살상 앞에 나아가 그녀와 혼인하게 해 달라고 남몰래 빌었다.

그러나 조신이 기도에만 열중하는 사이 그녀는 다른 남자에게 시집을 가 버리고 말았다. 조신은 절망하여 관음보살상 앞으로 나아가 자기의 소원을 들어주지 않은 것을 원망하며 날이 저물도록 슬피 울다가 지쳐서 잠이 들었다.

그런데 꿈속에 김흔의 딸이 함빡 웃으며 나타나 이렇게 말했다.

"저도 일찍이 대사님을 뵙고 마음속으로 사모해 왔습니다. 그러나 부모님의 명을 거역할 수 없어 억지로 출가를 했습니다만, 이제는 대사님과 함께 살고자 이렇게 달려왔습니다."

조신은 크게 기뻐하며 그녀와 함께 고향으로 돌아갔다. 그들은 40여 년의 세월을 함께 살면서 다섯 명의 자녀를 두었다.

그러나 그들의 생활이 너무 가난하여 입에 풀칠하기도 힘들었다. 그래서 10여 년간을 이 집 저 집 돌아다니며 빌어먹다가 열다섯 난 큰아들은 굶어서 죽고, 조신과 그의 아내는 늙고 병들어 자리에 눕고 말았다. 그때 열 살 된 딸이 이를 보다 못해 구걸을 나섰다가 미친개에게 물려 쓰러졌다.

이 사실을 접한 부부는 목이 메고 가슴이 미어졌다. 아내는 눈물을 씻으며 조신에게 말했다.

"제가 처음 당신을 만났을 때는 나이도 젊고 얼굴도 예뻤으며, 입은 옷도 깨끗했습니다. 그리고 당신과의 사랑도 깊어 헝겊 하나로 둘이 덮고 잘망정 따뜻한 정을 느낄 수 있었고, 밥 한 그릇을 둘이 나눠 먹어도 배가 불렀습니다. 그렇게 살아온 지가 어느새 50년에 이르렀습니다. 하지만 몇 년 사이에 몸은 늙어 병들었고, 아이들은 굶주려 죽었습니다. 이제는 구걸을 하려 해도 집집마다 문을 굳게 닫고 열어 주지 않습니다. 형편이 이러한데 어느 겨를에 부부간의 정을 나눌 수 있겠습니까? 꽃다운 얼굴과 화사한 웃음도 풀잎에 이슬이요, 지초(芝草)와 난초(蘭草) 같은 약속도 바람에 나부끼는 버들가지처럼 덧없게 되었습니다. 이제 당신은 내가 있어 더욱 근심이 되는 지경에 이르렀습니다. 지금 와서 조용히 옛날의 기쁨을 생각해 보니 그것이 바로 근심의 시작이었습니다. 이제 우리는 더 이상 참을 수 없는 상황에 이르렀으니 헤어지는 도리밖에는 없습니다. 헤어졌다가 다시 만나는 것도 다 운명이 아니겠습니까?"

조신은 오히려 아내의 말이 기쁘게 들렸다. 그리하여 부부는 각각 아이 둘씩을 나누어 헤어지기로 했다. 막 헤어지려 하자 부인이 말했다.

"저는 고향으로 가겠으니 당신은 남쪽으로 가십시오."

이리하여 서로 작별하고 떠나려는데 잠에서 깨어났다.

모두가 한바탕 꿈이었던 것이다. 불당 안의 등불은 여전히 깜빡거리고, 어느덧 희뿌옇게 날이 새고 있었다.

아침이 되었다. 깨어 보니 조신의 수염과 머리가 하얗게 세어 있었다.

괴롭게 살아가는 것도 싫고, 마치 한평생의 고생을 다 겪고 난 듯 재물을 탐하는 마음도 얼음 녹듯 깨끗이 사라졌다. 그러자 관음보살상을 대하기가 부끄러워졌고, 잘못을 뉘우치는 마음을 억누를 수가 없었다.

조신은 꿈에서 열다섯 살 아들이 굶어 죽었을 때 그 시체를 파묻은 곳을 찾아가 파 보았더니 돌미륵이 나왔다. 그는 인생이 물거품같이 허무하다는 것을 깨닫고, 장원의 자리를 내놓았다. 그러고는 자신의 사재를 들여 돌미륵이 나온 자리에 정토사(淨土寺)라는 절을 세웠다.

그리고 다시는 인간 세상에 뜻을 두지 않고 불도에만 전념했다. 그 후 그가 어디서 세상을 마쳤는지는 알 수 없다.

이에 시를 지어 경계한다.

잠시 즐거운 때는 마음에 맞아 한가롭더니
근심 속에 어느덧 남모르게 늙는구나.
모름지기 한 끼의 조밥이 다 익기를 기다리지 말고
인생이 한바탕 꿈임을 깨달았도다.

수신(修身)의 깊은 뜻은 먼저 참되게 함에 있는 것.
홀아비는 미녀를, 도둑은 창고를 꿈꾸는구나.
어찌 가을날 하룻밤 꿈만으로
때때로 눈만 감아 청량(淸凉)의 경지에 이르겠는가.

도미 설화(都彌設話)

- 작자 미상 -

작품 정리

　〈도미 설화〉는 삼국사기에 기록된 열녀 설화로 여자가 남편을 위하여 정절을 지킨 내용이다. 열녀 설화는 효행 설화와 함께 유교적인 덕목을 실행한 것을 기리고 권장하기 위해 일찍부터 문헌에 기록되었다. 이 설화의 특징은 설화의 등장 인물인 도미 부부와 개루왕의 성격이 당시의 사회적 분위기를 반영하고 있고 서민이 권력의 침해를 받는 모습이 구체적으로 그려져 있다.

작품 줄거리

　도미는 백제 사람으로 비록 미천하지만 인간의 도리를 알고 그의 아내는 용모가 아름답고 절개가 있어 사람들의 칭찬이 끊이지 않았다. 개루왕이 이 말을 듣고 도미 아내의 미덕을 시험하고자 한다. 도미는 왕의 횡포에 맞서 아내에 대한 인간적 신뢰를 보여 주며, 아내 또한 시험에 들었지만 지혜로 어려운 처지를 벗어난다. 그러나 아내의 행동이 오히려 왕의 분노를 사고, 왕은 자신의 부도덕함을 반성하기는커녕 자신을 속였다는 사실에 분개하여 도미의 눈을 뽑고 도미의 아내를 궁으로 불러들인다. 하지만 도미의 아내는 또다시 슬기롭게 빠져나와 남편과 함께 고구려로 가서 일생을 마친다.

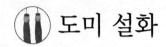

도미 설화

　도미는 백제(百濟) 사람이다. 그는 비록 미천한 백성이었지만 인간의 도리는 알았다. 그 아내는 용모가 아름답고 절개가 있어 사람들의 칭찬이 끊이지 않았다. 개루왕(蓋婁王, 백제의 제4대 왕)이 이를 전해 듣고 도미를 불러 말했다.

　"무릇 부인의 덕이 정결하다 하나 으슥한 곳에서 잘 꾀기만 하면 마음이 변할 사람이 많다."

　도미가 대답했다.

　"사람의 마음은 헤아릴 수 없으나 신의 아내는 죽을망정 딴 뜻은 지니지 않을 것입니다."

　왕이 시험하고자 사건을 만들어 도미를 머물게 하고 가까운 신하에게 왕의 의복을 입히고 말을 태워 도미의 집에 보냈다. 그 집 사람에게 왕이 왔다고 하고, 아내에게 일렀다.

　"네가 예쁘다는 말을 듣고 좋아한 지 오래다. 도미와 내기를 해서 이겼으므로 너를 얻게 되었다. 이후부터 너의 몸은 내 것이다. 내일은 너를 들여 궁인으로 삼겠노라."

　그러자 도미 부인이 말했다.

　"왕께서 거짓말을 하실 리 없으므로 왕의 말씀에 따르겠습니다. 대왕께서는 먼저 방으로 드시옵소서. 옷을 갈아입고 뒤따라 들어가겠습니다."

　그런 뒤 한 비자(婢子, 계집종)를 단장시켜 왕이 있는 방으로 들여보냈다. 마침내 왕은 속은 줄 알고 크게 노하여 도미의 두 눈을 **빼낸** 뒤 배에 태워 강에 띄웠다. 그러고는 도미 부인을 궁으로 잡아들였다. 왕이 붙들고 놀려 하자 도미 부인이 말했다.

"내 이제 남편을 잃었으니 홀몸으로 누구를 의지하리까. 더구나 대왕의 뜻을 어찌 어기겠습니다. 몸이 더러우니 목욕을 하고 오겠습니다."

왕은 도미 부인의 말을 믿었다. 도미 부인은 밤을 틈타 도망쳐 나왔지만 앞에는 강물이 흐르고 뒤에서는 군사들이 쫓아오고 있었다. 도미 부인이 하늘을 우러러보며 통곡하자 조각배가 물결을 타고 떠내려 왔다. 그녀는 배를 잡아타고 천성도(泉聲島)에 가서 풀뿌리로 연명하고 있는 남편을 만났다. 그들은 함께 배를 타고 고구려로 가서 일생을 마쳤다.

화왕계(花王戒)

- 설총(薛聰) -

작품 정리

이 설화는 설총이 신문왕의 무료함을 달래기 위해 지은 교훈담이다. 이야기에 감화를 받은 신문왕은 바른 도리로 정치를 해야 함을 주장하고, 부귀에 안주(安住)하고 요망한 무리들을 가까이하지 말 것을 후세의 임금들에게 당부한다. 설총은 자신의 생각을 직접 말하지 않고 할미꽃 백두옹을 통해 자신의 뜻을 전하고 있다. 이처럼 다른 대사에 빗대어 말하는 것을 우언(寓言)이라고 한다. 꽃을 의인화하여 인간 세계를 빗대어 놓은 이 작품은 우리나라 꽃의 역사를 알 수 있는 소중한 자료일 뿐 아니라, 문학적 표현 방식의 새로운 영역을 보여 줌으로써 고려 중기에 나타나는 가전체 문학의 발전에 기여했고, 또한 조선 중기의 〈화사(花史)〉에 영향을 주었다.

작품 줄거리

꽃나라를 다스리는 화왕 모란은 자기를 찾아오는 많은 꽃 중에서 아첨하는 장미를 사랑했다가 후에 할미꽃 백두옹의 충직한 모습에 갈등을 일으키고 결국 간곡한 충언에 감동하여 정직한 도리(道理)를 숭상하게 된다.

설총(薛聰 655~?)

신라 경덕왕 때 학자이며, 자는 총지(聰智)이다. 원효(元曉)가 아버지이고, 요석 공주가 어머니이다. 신라 십현의 한 사람이며, 출생 시기는 태종 무열왕 654~660년 사이로 추정된다. 강수·최치원과 함께 신라 삼문장으로 꼽혔다. 설총은 향찰을 집대성하였는데, 육경을 읽고 새기는 방법을 발명하여 한문을 국어화하고 유학 등 한학의 연구를 발전시키는 데 공이 컸다. 고려 현종 때 홍유후의 시호를 추증받았다. 최치원과 함께 종향되었고, 경주 서악서원에 배향되었다.

핵심 정리

갈래 : 설화

구성 : 창작 설화

제재 : 백두옹의 간언

주제 : 임금의 마음가짐에 대한 경계

출전 : 삼국사기

🌺 화왕계

   화왕(花王, 모란을 이름)이 처음 이 세상에 나와 향기로운 동산에 자리
잡았다. 화왕은 푸른 휘장으로 둘러싸여 있었는데, 삼춘가절(三春佳節,
봄철 석 달의 좋은 시절)을 맞아 빼어나게 예쁜 꽃을 피우니 어느 꽃보다
아름다웠다. 멀고 가까운 곳에서 온갖 꽃들이 다투어 모여들었다.

   문득 한 가인이 화왕 앞으로 나왔다. 붉은 얼굴에 옥 같은 이를 가진
가인은 탐스러운 감색 나들이옷을 입고 무희처럼 얌전하게 걸어와 화왕
에게 아뢰었다.

   "저는 백설의 모래사장을 밟고 거울같이 맑은 바다를 바라보며 자랐습
니다. 봄비가 내릴 때는 비로 목욕하여 몸의 먼지를 씻었고, 상쾌하고 맑
은 바람이 불 때는 그 속에서 조용하고 편안하게 지냈습니다. 제 이름은
장미라 합니다. 임금님의 높은 덕을 익히 듣고, 꽃다운 침소에 그윽한 향
기를 더하고자 찾아왔습니다. 부디 청하옵건대 이 몸을 받아 주십시오."

   이때 장부 하나가 베옷을 입고, 허리에는 가죽 띠를 두르고, 손에는 지
팡이를 짚은 채 둔중한 걸음으로 임금 앞으로 나와 공손히 허리를 굽히
며 말했다.

   "저는 서울 밖 한길 옆에 사는 백두옹(白頭翁)이라 합니다. 아래로는
넓고 아득한 들판을 내려다보고, 위로는 우뚝 솟은 산 경치를 바라보고
있습니다. 가만히 살펴보옵건대, 어떤 신하는 기름진 고기와 맛있는 음
식은 물론 향기로운 차와 술로 수라상을 받들어 임금님의 식성을 흡족케
하고, 정신을 맑게 해 드리고 있사옵니다. 또 어떤 신하는 고리짝에 보관
해 둔 한약으로 임금님의 기운을 돕고, 금석(金石)의 극약으로써 임금님

의 몸에 있는 독을 제거해 줄 것입니다. 옛말에 '군자는 비록 사마(絲麻, 명주실과 삼실. 최선위 것을 의미)가 있어도 관괴(풀 이름으로 관은 도롱이와 삿갓을, 괴는 돗자리를 짜는 원료. 차선의 것을 의미함)를 버리지 않고 부족할 때를 대비한다.'고 했습니다. 임금님께서도 이러한 뜻을 알고 계신지 모르겠습니다."

한 신하가 왕께 아뢰었다.

"장미와 백두홍이 왔는데 임금님께서는 누구를 취하고 누구를 버리시겠습니까?

화왕이 이렇게 대답했다.

"장부의 말도 일리가 있으나 가인을 얻기 어려우니 이를 어찌할꼬?

그러자 장부가 앞으로 나와 말했다.

"제가 이렇게 찾아온 것은 총명하신 임금님께서 사리 판단을 잘한다고 들었기 때문입니다. 그러나 지금 보니 그렇지 않은 것 같습니다. 무릇 임금 중에는 간사하고 아첨하는 자를 멀리하고 정직한 자를 가까이하는 이가 드뭅니다. 그래서 맹자는 불우한 가운데 일생을 마쳤고, 풍당은 낭관으로 지내며 머리가 백발이 되었습니다. 예부터 이러하오니 저인들 다르겠습니까?"

잘못을 깨달은 화왕은 마침내 다음의 말을 되풀이했다.

"내가 잘못했도다. 잘못했도다."

바리데기 설화

- 작자 미상 -

작품 정리

이 작품은 사람이 죽은 후 49일 안에 지내는 '지노귀굿'에서 부르는 구비 서사 무가인 '바리데기'의 일부다. '바리데기'라는 말은 '버려진 아이'라는 뜻이다. 이 노래의 내용은 이승에서 버림을 받은 주인공 '바리데기'가 이승과 저승 사이의 세계에서 시련을 겪고, 다시 이승으로 돌아와 부모를 살려서 죽은 영혼을 천도하는 무당이 된다는 내용이다.

주인공인 '바리데기'가 서천(西天)의 약물을 구해 부모를 살리는데, 이 과정은 영원히 살고자 하는 인간의 기원을 나타내고 있다.

이 무가에서 주인공 바리데기가 집에서 버림받았다가 훗날 큰 공적을 세우고 신(神)이 되기까지의 전체적인 과정은 '영웅의 일대기' 구조를 따르고 있어 멀리 고대 건국 신화와도 맥이 닿는 것으로 추정된다.

작품 줄거리

옛날 옛적 인간 땅 삼나라에 오구대왕과 길대 부인이 살고 있었다. 부부는 딸만 여섯 명을 낳았다. 그러던 차에 신령님께 치성(致誠)을 드려 아이를 잉태하지만, 낳고 보니 또 딸이었다. 대왕은 실망하여 아이를 내다 버리라고 명한다. 길대 부인은 울며 이름이라도 지어줄 것을 청하고, '바리데기'라는 이름을 얻은 아기를 옥함에 넣어 강물에 띄워 보낸다.

　어느덧 세월이 흘러 오구대왕은 몹쓸 병에 걸렸는데 아무리 좋은 약을 써도 효과를 보지 못했다. 길대 부인은 생각 끝에 바리데기를 찾아 나선다. 마침내 바리데기가 우여곡절을 다 겪으며 서천서역국의 약수와 신비한 꽃을 얻어 삼나라로 돌아온다. 그러나 아버지인 오구대왕과 길대 부인은 이미 죽어 장례식을 치르고 있었다. 바리데기가 부모의 상여에 신비한 꽃을 올려놓았더니 오구대왕과 길대 부인이 살아났고 아버지의 입에 약수를 흘려 넣었더니 병도 씻은 듯이 나았다.

핵심 정리

갈래 : 설화

구성 : 서사무가

제재 : 바리공주의 삶

주제 : 부모를 위하는 효심

출전 : 구비문학대계

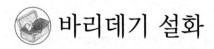 바리데기 설화

옛날 옛적 인간 땅 삼나라에 오구대왕이라는 임금이 살았는데, 나이가 찼는데도 장가를 가지 않고 혼자 살았다. 신하들과 백성의 성원에 못 이겨 결혼하기로 마음먹은 왕은 나라 안의 여러 처녀 중에서 왕비감을 고르는데, 길대라는 처녀가 슬기롭고 아름다워서 오구대왕 마음에 쏙 들었다.

왕비를 길대로 정하고 날을 받아 혼례를 준비하는데, 이때 하늘 나라 천하궁에 사는 가리박사라고 하는 점쟁이가 삼나라에 왔다.

가리박사가 대왕궁에 와서 혼례를 준비하는 것을 보고 말했다.

"대왕님, 대왕님, 지금 길대 아가씨와 혼례를 올리시면 딸 일곱을 낳으실 것이요, 기다렸다가 내년에 혼례를 올리시면 아들 일곱을 낳으실 것입니다."

오구대왕이 그 말을 듣고 그냥 웃어넘겼다.

"딸 일곱이 아니라 일흔일곱을 낳는다 해도 내년까지 못 기다리겠다. 어서 혼례를 준비하여라."

그래서 칠월칠석으로 날을 받아 혼례식을 올렸다.

오구대왕과 길대 부인은 부부가 되어 금실이 좋았고, 그해 겨울이 가고 봄이 되어 길대 부인의 배가 불러 오더니 달이 차서 첫아이를 낳았는데, 낳고 보니 딸이었다.

"첫딸은 복덩이 딸이니라. 본이름은 청대 공주요, 별명은 해님데기라 하여라."

오구대왕은 기뻐하면서 아기 이름을 지어 주고, 앞산에 별궁을 짓고 유모와 궁녀를 딸려 보내 잘 키웠다. 이듬해 또 아이를 낳았는데 이번에도 딸이었다.

"둘째 딸은 살림 불릴 딸이니라. 본이름은 홍대 공주요, 별명은 달님데기라 하여라."

오구대왕은 기뻐하면서 아기 이름을 지어 주고, 뒷산에 별궁을 짓고 유모와 궁녀를 딸려 보내 잘 키웠다. 그 이듬해 또 아이를 낳았는데 이번에도 딸이었다.

"셋째 딸은 노리개 딸이니라. 본이름은 녹대 공주요, 별명은 별님데기라 하여라."

오구대왕은 기뻐하면서 아기 이름을 지어 주고, 동산에 별궁을 짓고 유모와 궁녀를 딸려 보내 잘 키웠다. 그 이듬해에도 딸을 낳았다.

"넷째 딸은 재롱둥이 딸이니라. 본이름은 황대 공주요, 별명은 물님데기라 하여라."

오구대왕은 기뻐하면서 아기 이름을 지어주고, 서산에 별궁을 짓고 유모와 궁녀를 딸려 보내 잘 키웠다. 그 이듬해 또 아이를 낳았는데 그 역시 딸이었다.

"다섯 째 딸은 덤으로 얻은 셈치자꾸나. 본이름은 흑대 공주요, 별명은 불님데기라 하여라."

오구대왕이 조금 섭섭해하면서 아기 이름을 지어 주고, 남산에 별궁을 짓고 유모와 궁녀를 딸려 보내 잘 키웠다. 그 이듬해 또 아이를 낳았는데 그 역시 딸이었다.

"어허, 이것 낭패로다. 아기라고 하는 것은 아들 낳으면 딸도 낳고 딸 낳으면 아들도 낳는 줄 알았더니, 우리는 전생에 무슨 죄를 지었기에 딸만 내리 여섯을 낳는단 말인가. 여섯 째 딸은 과연 섭섭이 딸이로구나. 본이름은 백대 공주요, 별명은 흙님데기라 하여라."

오구대왕이 몹시 섭섭해하면서 아기 이름을 지어 주고, 북산에 별궁을 짓고 유모와 궁녀를 딸려 보내 잘 키웠다.

그 이듬해가 되자마자 오구대왕이 올해에는 꼭 아들을 보리라 하고 길대 부인과 더불어 동개남상주절, 서개남금수절, 영험이 있다는 삼신당을 찾아다니며 공을 들였다. 금돈 삼백 냥과 은돈 삼백 냥에 이슬 맞힌 쌀 석 섬 서 말을 바치고 밤낮으로 공을 들였더니 하루는 길대 부인이 잠깐 조는 사이에 꿈을 꿨다.

하늘에서 청룡·황룡이 날아와 품에 안기고 양 무릎에 흰 거북과 검은 거북이 앉고 양어깨에 해와 달이 돋아나는 꿈을 꿨다. 길대 부인이 오구대왕에게 그 말을 했더니 대왕도 똑같은 꿈을 꿨다는 것이다 .

그러고는 얼마 안 되어 길대 부인은 또 아이를 낳았다. 그러나 그 역시 딸이었다.

"에잇, 이제 딸이라는 말은 듣기도 싫고 딸아이 얼굴도 보기 싫다. 당장 갖다 버려라."

오구대왕이 화를 내며 벼락같이 호령하는데 누구 명이라고 거역할까. 할 수 없이 아기를 마구간에 갖다 버리자 말이 쫓아 나오고, 외양간에 버리니 소가 쫓아 나왔다.

오구대왕이 버럭 화를 내며 말했다.

"버릴 것이 아니라 멀리 가서 아주 돌아오지 못하도록 옥함에 깊이 넣어 강물에 띄워 보내라."

신하들은 할 수 없이 옥함에 아기를 넣었다. 원래 아들을 낳으면 덮어 주고 입혀 주려고, 비단 공단 포대기와 바지저고리를 만들어 두었던 그 옥함에다 아기를 넣었다. 이때 길대 부인이 울면서 오구대왕에게 간청했다.

"대왕님, 버릴 때 버리더라도 아기의 이름이나 지어 주세요."

"버릴 아이의 이름은 지어서 무엇 하리오. 이름은 그만두고 별명만 지어 주되 바리데기라 하시오."

바리데기를 실은 옥함은 물결을 타고 떠내려갔다. 몇 날 며칠을 떠내려가다가 어느 마을에 닿았는데, 때마침 마을 사람들이 고기를 잡으러 강에 나왔다가 옥함을 발견하고 건져서 마을로 가지고 갔다. 마을 사람들이 모두 모인 가운데 옥함을 열려고 했으나 자물쇠를 열 수가 없었다.

이때 어느 거지 할머니와 할아버지가 그 마을을 지나가다가 이 광경을 지켜보았다. 두 사람이 옥함에 가까이 오자 자물쇠가 열렸다. 마을 사람들은 그 거지 노부부에게 집을 지어 주고 옥함 속에 있는 아이를 기르게 했다.

어느덧 세월이 흘러 아버지 오구대왕이 몹쓸 병에 걸려서 앓아눕게 되었다. 아무리 좋은 약을 다 써 보아도 효과가 없었다. 그러던 중 천하궁 가리박사가 와서 점괘를 보고 이렇게 말했다.

"대왕님, 대왕님 병에는 약이 소용없습니다. 그러나 단 한 가지 약만은 효험이 있습니다. 그것은 서천서역국 동대산에서 솟아나는 약물입니다."

길대 부인이 생각 끝에 자신의 딸들에게 그 약을 구하러 갈 수 있냐고 물었지만 다들 거부했다. 길대 부인은 문득 낳자마자 버린 바리데기가 생각났다. 길대 부인은 행장을 꾸려 바리데기를 찾아 나섰다. 많은 시간이 걸린 끝에 길대 부인은 바리데기를 찾았다. 바리데기는 어머니를 얼싸안고 울었다. 길대 부인은 아버지 오구대왕이 몹쓸병에 걸렸다는 사실을 이야기하고 바리데기에게 자신을 버렸던 아버지를 위해 약물을 구해 줄 것을 간곡히 부탁했다. 바리데기는 어머니의 청을 흔쾌히 허락했다.

"어머니 걱정 마세요. 제가 꼭 구해 올게요."

마침내 바리데기는 고생 끝에 약물을 찾았고, 죽은 사람의 살에 문지르면 살이 돋아나는 살살이꽃, 죽은 사람의 피가 살아나는 피살이꽃, 죽은 사람의 숨이 살아나는 숨살이꽃을 한 송이씩 들고 오구대왕의 나라도 돌아왔다. 하지만 그는 이미 죽었고 그에 충격을 받은 길대 부인도 한날한시에 죽었다. 바리데기는 앞에 가는 아버지와 어머니의 상여를 세워 자신이 따 온 꽃들을 올려놓았다. 그러자 오구대왕과 길대 부인은 살아났고 바리데기가 가져온 약물을 오구대왕에게 먹이자 병도 씻은 듯 나았다.

이렇게 해서 오구대왕의 병을 고친 바리데기는 어머니와 아버지를 모시고 잘 살았다고 한다.

경문대왕 설화(景文大王說話)

- 작자 미상 -

〈삼국유사〉에는 '세 가지 좋은 일로 임금이 된 응렴', '뱀과 함께 자는 임금' 이야기와 함께 '당나귀 귀를 가진 임금' 이야기가 기록되어 있는데 이 임금이 바로 경문대왕이다. 이 이야기는 신라 제48대 왕인 경문대왕과 관련된 이야기를 모아 놓은 것으로 경문왕의 인물됨을 설화적으로 표현하고 있다. 경문대왕이 어진 성품과 지혜를 지니고 있음을 의미한다.

경문왕은 신라 제48대 왕으로 헌안왕에 이어 즉위했다. 18세에 화랑이 된 응렴은 스무 살이 되자 헌안왕이 불러 연회를 베풀었다. 이로 인해 응렴은 더욱 큰 출세의 기회가 열리게 되는데, 아들이 없는 헌안왕은 응렴에게 두 딸 중 하나를 고르라고 한다.

못생긴 장공주(長公主)와 절세미인인 둘째 공주 사이에 고민하던 그는 범교사라는 승려의 충고를 받아들여, 못생긴 첫째 공주를 택해 장가를 들었다. 왕이 죽자 후사를 논의하는 과정에서 맏사위인 응렴에게 왕위가 돌아갔고 즉위 후에 둘째 공주를 부인으로 맞아들였다.

핵심 정리

갈래 : 설화

구성 : 역사 설화

제재 : 경문대왕의 일화

주제 : 신라 말기의 혼란한 사회상을 고발

출전 : 삼국유사

경문대왕 설화

경문대왕(景門大王)의 이름은 응렴(膺廉)이다.

그는 18세에 국선(國仙, 화랑)이 되었다. 스무 살이 되자 헌안대왕이 그를 불러 궁중에서 연회를 베풀고, 그 자리에서 물었다.

"그대는 화랑이 되어 사방을 두루 다녔는데 어떤 특이한 일을 본 적이 있는가?"

응렴랑이 대답했다.

"신은 그동안 아름다운 일을 행하는 세 사람을 보았습니다."

"그 사람들의 이야기를 들려주게."

"예, 첫 번째 사람은 남의 윗자리에 있을 만한 사람이면서도 겸손하여 남의 밑에 있는 자였습니다. 두 번째 사람은 권력이 있고 부자이면서도 옷차림이 검소한 사람이었습니다. 세 번째 사람은 본래부터 귀하고 권력도 있지만 그 위력을 자랑하지 않는 사람이었습니다."

왕은 응렴랑의 말을 듣고 그의 됨됨이가 매우 어질고 현명함을 깨달았다. 왕이 그에게 이렇게 말했다.

"내게 두 딸이 있는데 그대의 아내로 삼았으면 하네."

응렴랑은 황송하여 일어나 왕에게 절을 올린 후 머리를 조아리며 물러갔다.

응렴랑은 집으로 돌아와 이 사실을 부모에게 말했다. 그러자 부모는 너무 놀라면서 기뻐했다.

"네가 성은을 입게 되었으니 얼마나 경사스런 일이냐? 그런데 큰 공주는 용모가 초라하니 이왕이면 아름다운 둘째 공주를 아내로 맞이하는 것이 어떻겠느냐?"

부모는 용모가 예쁜 둘째 공주를 며느리로 삼기를 원했다.

며칠 후, 낭도 무리들 중에 우두머리인 범교사(範敎師)가 이 소식을 듣고 응렴랑의 집으로 찾아와 물었다.

"대왕께서 공에게 공주를 아내로 삼으라고 하셨다는데 그것이 사실입니까?"

"예, 사실입니다."

"그럼 공은 어느 공주를 맞을 생각인지요?"

"제 양친께서는 미모가 뛰어난 둘째 공주를 맞으시고자 합니다."

범교사가 고개를 흔들며 말했다.

"만약 둘째 공주를 맞이한다면 나는 낭이 보는 앞에서 죽고 말겠습니다. 그러나 큰 공주를 맞이한다면 반드시 세 가지의 좋은 일이 생길 것이니 신중하게 처신하십시오."

"세 가지 좋은 일이 무엇인지요?"

"그것은 뒷날 저절로 밝혀질 것입니다."

응렴랑은 범교사가 권한 대로 첫째 공주를 아내로 맞이했다.

그 후 3개월이 지나자 왕의 병이 깊어져 위독한 지경에 이르렀다.

왕은 자신의 병이 회복되기 어렵다고 판단하여 급히 여러 신하들을 불러 놓고 말했다.

"알다시피 내게는 아들이 없소. 그러므로 내가 죽으면 모든 일은 마땅히 맏딸의 남편인 응렴이 이어받아야 할 것이오."

그 말을 남긴 이튿날, 왕은 눈을 감았다. 신하들은 왕의 유언을 받들어 응렴랑을 왕으로 추대했다.

그 후 어느 날, 범교사가 왕이 된 응렴랑에게 찾아와 말했다.

"일전에 제가 말씀드린 세 가지 좋은 일이 이제야 다 이루어졌습니다."

"오, 그렇소? 그 세 가지를 이제 말해 보시오."

"그 첫 번째는 큰 공주를 맞이하셔서 왕위에 오르신 일이고, 두 번째는 예전에 흠모하시던 둘째 공주를 이제는 쉽게 취하실 수 있으며, 세 번째는 큰 공주를 맞이하신 것을 선왕의 왕비께서 무척 기뻐하고 계시다는 사실입니다."

"듣고 보니 그대의 말이 모두 옳구려."

왕은 범교사의 말을 고맙게 여겨 대덕(大德)이라는 직위를 내리고, 금 1백30냥을 하사했다.

왕이 세상을 떠나자 시호를 경문(景門)이라고 했다.

달팽이각시 설화

- 작자 미상 -

작품 정리

〈달팽이 각시〉 설화는 일명 〈나중미부〉 설화라고도 한다. 이 이야기는 전국적으로 널리 전승되는 이야기로 우리나라의 대표적인 민담 가운데 하나다. 이 작품에는 '사람으로 변한 동물', '평범한 남자와 고귀한 여자의 결합', '지배자에 의한 서민 침탈', '서민의 신분 상승' 등의 소재들이 서로 얽혀 있다. 이 설화는 예쁜 아내를 만나 행복하게 살고자 하는 평범한 사람들의 꿈을 드러내며, 그러한 소박한 꿈을 깨뜨리려 하는 험한 세상을 확인하고, '그럼에도 행복한 삶을 성취할 수 있다는 기대'를 나타내고 있다.

작품 줄거리

'달팽이 각시'는 우연히 만난 달팽이 각시와 농부의 행복한 삶을 해하려는 임금의 흉계를 서민의 지혜로 이겨 내는 이야기다. 지배 계층과 피지배 계층의 대결을 통해 소박한 꿈을 실현하고픈 서민들의 소망이 담겨 있다.

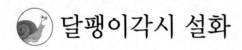 달팽이각시 설화

어느 동네에 한 총각이 살고 있었다. 그는 일찍이 부모님을 여의고 형제도 없었다. 혼자 사는 가난뱅이 총각은 늦도록 장가갈 생각을 못했다.

어느 날 논으로 물을 보러 간 그가 삽으로 논 수멍을 콱 찍으면서 말했다.

"이 농사를 져다 누구하고 먹나?"

그러자 어디에서인가 예쁜 처자의 목소리가 들려왔다.

"나하고 먹지 누구하고 먹어."

총각은 누가 대답을 하나 하고 주위를 둘러보았지만 사람의 그림자라곤 보이지 않았다. 총각은 다시 한 번 수멍을 찍으면서 말했다.

"이 농사를 져서 누구하고 먹나?"

그러자 예쁜 처녀 목소리가 또 들려왔다.

"나하고 먹지 누구하고 먹어."

총각은 너무 이상해서 소리가 나는 곳으로 가 보았다. 거기에는 아무것도 없고 주먹만 한 달팽이 한 마리가 있었다. 그때 달팽이가 총각에게 애원했다.

"저를 집으로 데려가 주세요. 제발!

총각은 달팽이가 바라던 대로 달팽이를 안고 집으로 데려와 물두멍에다 놓았다. 다음 날 새벽 총각이 밥을 지으려고 부엌에 들어갔더니 밥상이 차려져 있었다. 점심은 물론 다음 날에도 그 다음 날에도 밥상이 차려져 있었다. 그는 하도 궁금해 어느 날 몰래 숨어서 지켜보았다. 그러자 색시가 나오더니 밥을 해서 상을 차려 들어가려고 하는 것이었다. 밥상을 다 차린 뒤 색시는 달팽이집이 담긴 물두멍 속으로 들어갔다. 총각은 여인을 와락 껴안았다. 여인은 깜짝 놀라며 총각에게 애원했다.

"서방님 조금만 기다려 주세요."

하지만 총각은 더욱 힘껏 여인을 껴안았다.

"서방님이 놓아주지 않는다면 저는 서방님의 아내가 될 수밖에 없습니다. 언젠가 서방님을 떠나야 합니다."

총각은 예쁜 여인이 아내가 되어 준다는 말에 너무 기쁜 나머지 달팽이 색시가 언젠가는 떠나야 한다는 말이 귀에 들어오지 않았다. 마침내 달팽이 색시는 총각의 아내가 되었다.

그는 색시가 얼마나 예쁜지 나무를 하러 갈 때면 곁에 두고 나무를 했다. 하루는 달팽이 색시가 화상(畵像)을 그려 주었다. 그것을 나무에 걸고서는 나무를 깎고 있는데 난데없이 회오리바람이 불면서, 아내가 그려 준 화상을 걷어갔다.

그것이 어느 나라에 던져졌는지, 그 나라 임금이 화상을 주워 신하에게 명했다.

"이 사람을 어서 찾아오너라."

그래서 사방에 방을 붙이고 백방으로 알아 봤지만 찾을 수 없었다. 몇 날 며칠을 그 화상을 가지고 다니며 찾는데, 우연히 조그마한 외딴집 하나를 발견했다. 그런데 그 집의 새댁과 그 화상이 똑같았다. 달팽이 각시를 찾은 신하들은 그녀를 임금에게 데리고 갔다. 그러나 임금은 달팽이 각시를 데리고 온 그날부터 웃는 모습을 보지 못했다. 보다 못한 임금이 그녀에게 말했다.

"당신은 사람도 내 사람이요, 만물이 다 내 것인데 무엇이 부족해서 도통 웃는 것을 못 보겠느냐."

"거지 잔치를 너덧 달 해 주면 그렇게 하겠습니다."

"좋소. 너덧 달이야 못 해 주겠습니까."

"일 년이라도 해 줄 수 있소."

마침내 거지 잔치가 벌어졌다. 그런데 한 날 거지가 지나가도 그 남자는 보이지 않았다. 같은 날 잔치 맨 마지막에, 한 남자가 쥐털 벙거지에 새털 날개를 입고 들어왔다. 그러자 여자가 박장대소(拍掌大笑) 하였다.

임금이 앉았다가 여자가 웃는 모습을 보고 말했다.

"저렇게 웃으니 내가 저걸 쓰고 한 번 더 할 것이다."

"그걸 벗어 놓아라."

남자가 그걸 입고서는 깡통을 차고, 춤을 추고 돌아다니자 여자가 한참 웃더니 갑자기 소리쳤다.

"저놈을 잡아내라."

결국 임금은 내쫓기고 그 남자가 용상에 올라앉아 임금님이 되었다.

아기장수 설화(將帥說話)

- 작자 미상 -

작품 정리

　이 설화에는 새로운 영웅의 출현을 기대하는 대중의 심리가 표현되어 있다. 미천한 혈통을 가지고 탁월한 능력을 발휘하지만 결국 비극적인 죽음을 맞이하는 이 설화는 기존 질서의 장벽 때문에 패배할 수밖에 없는 민중적 영웅의 이야기라고 할 수 있다. 시운의 불일치를 상징하는 용마가 아기 장수의 죽음 직후에 나타나서 비극은 강조되며, 이 부분에서 문학성이 잘 드러난다.

작품 줄거리

　가난한 농사꾼 내외는 느지막이 아기를 낳았는데 억새로 탯줄을 자르고 태어난다. 아기는 겨드랑이에 날개가 달려서 천장으로 날아오르는 등 비범한 능력을 보였다. 아기 장수는 자기가 역적이 될 것을 알고 관군들이 잡으러 오자 그와 맞서 싸우다가 관군이 쏜 마지막 화살에 맞아 죽는다. 부모는 아기 장수가 죽기 전에 한 말대로 콩 · 팥 등의 곡식과 함께 아기 장수를 뒷산 바위 밑에 묻는다.

　얼마 뒤 임금이 다시 아기 장수를 잡으러 왔다가 부모의 실토로 무덤에 가 보니 콩은 말이 되고 팥은 군사가 되어 막 일어나려 하고 있었다.

　그때 바위가 갈라지는 바람에 바깥 바람이 들어가 병사는 물론 아기 장수도 스르르 눈 녹듯 형체가 없어진다. 그 뒤 아기 장수를 태울 용마가 나와서 주인을 애타게 찾아 헤맸지만 끝내 주인을 찾지 못하고 냇물 속으로 사라진다.

핵심 정리

갈래 : 설화

구성 : 구전 설화

제재 : 비범한 아이의 탄생

주제 : 아기장수의 비극적 죽음과 민중의 좌절

출전 : 구비문학대계

아기장수 설화

옛날 먼 옛날, 임금과 벼슬아치들이 백성을 종처럼 부리던 때의 이야기다. 욕심 많은 임금과 사나운 벼슬아치들에게 시달리던 백성들은 누군가 힘세고 재주 많은 영웅이 나타나 자기들을 살려 주기를 간절하게 바랐다. 이때 지리산 자락의 외진 마을에 한 농사꾼 내외가 살았다. 산비탈에 자그마하게 밭을 일구어 농사를 지으며 그저 배를 곯지 않는 걸 고맙게 여기고 살았다. 그러다가 느지막이 아기를 하나 낳았는데, 낫을 들어 탯줄을 끊으려 했지만 탯줄은 끊어지지 않았다. 엄마는 혹시나 하고 억새풀을 뜯어서 베었더니 그제야 탯줄이 싹둑 잘렸다. 태어나기도 희한하게 태어난 이 아기는 갓난아기 때부터 하는 짓이 달라 태어난 지 사흘 만에 말을 하고, 나흘째 되는 날부터는 걸어 다녔다. 힘은 또 얼마나 센지, 자기 머리통보다 큰 돌을 번쩍번쩍 들었다. 그래서 사람들은 이 아기를 '아기 장수'라 불렀다.

어느 날 엄마가 밭일을 하고 들어와 보니 아기가 보이지 않았다. 엄마가 깜짝 놀라 방 안을 둘러보았더니 시렁(물건을 얹어 놓기 위해 방이나 마루 벽에 두 개의 긴 나무를 가로질러 선반처럼 만든 것)에 올라가 있는 것이 아닌가. 또 곁에 뉘어 놓고 잠깐 잠들었다 깨어나 보면 장롱 위에 납죽 올라가 있는 것이었다. 엄마 아빠는 하도 이상해서 하루는 아기를 방에 두고 나와 문구멍으로 들여다보았다. 그랬더니 아기가 방 안에서 푸드득 날아다니는 것이었다. 엄마가 아이의 몸을 자세히 살펴보니 아기의 겨드랑이에 작은 날개가 붙어 있었다. 순간 엄마는 눈앞이 캄캄했다. 예부터 날개 돋친 아기가 태어나면 그 아이는 물론 가족까지 다 죽인다는 말이 있었기 때문이다. 가난한 백성이 영웅을 낳으면 임금과 벼슬아치들이 가만히 두지 않는다는 것이었다. 영웅이 백성을 살리려고 저희들과 맞서 싸우기라도 하면 큰일이니, 힘을 쓰기 전에 죽이려고 한다는 것이었다. 잘못하다가는 온 식구가 다 죽을 판국이었다. 그래서 어머니와 아버지가 의논 끝에 아기 장수를 데리고 사람의 발길이 닿지 않는 지리산 깊은 산골로 들어가 숨어 살았다. 그런데 발 없는 말이 천 리 간다더니, 아기 장수라고 하는 영웅이 지리산에 있다는 소문이 백성들 사이에 돌고 돌아 임금의 귀에까지 들어가게 되었다. 임금이 그 소문을 듣고 가만 있을 리 없었다. 임금은 사납고 힘센 장군을 뽑아 지리산으로 보냈다. 마침내 장군은 군사들을 거느리고 아기 장수의 집에 들이닥쳤다. 그런데 군사들이 몰려오는 걸 어떻게 알았는지 아기 장수는 감쪽같이 사라지고 없었다. 군사들이 온 산 속을 이 잡듯이 뒤졌지만 아기 장수를 찾지 못했다. 사흘 밤낮을 뒤지고도 못 찾자 장군은 아기 장수의 어머니 아버지를 잡아가더니 묶어 놓고 곤장을 쳤다. 어머니 아버지도 아기 장수가 어디에 있는지 정말 알 수 없었다. 어머니 아버지가 초주검이 되어 집으로 돌아왔더니, 그새 아기 장수가 집에 돌아와 있었다. 아기 장수는 자기 때문에 어머니 아버지가 관가에 끌려가 고통을 받는 것을 보고 가슴이 아파서 눈물을 흘렸다. 하루는 아기 장수가 어디서 구했는지 콩을 한 말이나 가지고 와서 어머니한테 볶아 달라고 했다. 어머니가 콩을 넣고 볶는데, 볶다가 보니 콩 한 알이 톡 튀어나오는 것이었다. 어머니가 하도 배가 고파서 그걸 주워 먹었다. 그러니까 한 말에서 한 알이 모자라게 볶아 주었다.

아기 장수는 볶은 콩을 하나하나 붙여 갑옷을 지었다. 그런데 딱 한 알이 모자라 왼쪽 겨드랑이 날갯죽지 바로 아래를 가리지 못했다. 아기 장수가 갑옷을 지어 입고 나서, 어머니에게 이렇게 말했다.

"조금 있으면 군사들이 다시 올 것입니다. 혹시 제가 싸우다 죽거든 뒷산 바위 밑에 묻어 주되, 좁쌀 서 되, 콩 서 되, 팥 서 되를 같이 묻어 주세요. 그리고 3년 동안 아무에게도 묻힌 곳을 가르쳐 주지 마세요. 그렇게만 하면 3년 뒤에는 저를 다시 만날 수 있을 거예요.”

그러고 나서 조금 있다가 장군이 군사들을 데리고 다시 왔다. 그때 아기 장수가 볶은 콩으로 지은 갑옷을 입고 그 앞에 떡 버티고 서 있었다. 군사들이 겁을 내어 가까이 오지 못하고 멀리서 활을 쏘았다. 화살이 비 오듯이 쏟아졌지만 그 많은 화살이 죄다 갑옷에 맞아 부러지는데, 꼭 썩은 겨릅대 부러지듯 툭툭 부러졌다. 군사들에게는 화살을 다 쏘고 이제 딱 한 개의 화살이 남았다. 그때 아기 장수가 갑자기 왼팔을 번쩍 들더니 겨드랑이를 내놓았다. 그 순간 마지막 남은 한 개의 화살이 날아와 아기 장수의 겨드랑이를 맞추었다. 어머니 아버지가 슬피 울면서 아기 장수를 뒷산 바위 밑에 묻어 주었다. 아기 장수의 말대로 좁쌀 서 되, 콩 서 되, 팥 서 되를 같이 넣어 묻어 주었다. 세월이 흘러 3년이 지났다. 그동안 백성들 사이에서 소문이 돌기 시작했다. 아기 장수가 아직 안 죽고 살아 있다, 지리산 속에서 병사를 기르며 때를 기다린다는 소문이 퍼졌다. 사방이 고요하면 산 속에서 병사들이 말을 타고 내닫는 소리가 들린다고도 하고, 얼마 안 있으면 아기 장수가 산에서 나와 백성들을 구할 거라고도 하고, 이런 소문이 돌고 돌아 임금의 귀에까지 들어갔다.

“에잇, 안되겠다. 이번에는 내 손으로 죽이는 수밖에……”

임금은 화가 나서 군사들을 앞세우고 아기 장수의 집을 찾아갔다.

“아기 장수는 어디에 묻었느냐? 바른 대로 대라.”

“저희는 정말 모릅니다.”

그러자 임금은 아기 장수의 엄마 아빠 목에 시퍼런 칼을 갖다 대고 으름장을 놓았다.

“이래도 말을 못하겠느냐?”

아기 장수의 어머니가 그만 눈앞이 아득해져서 뒷산 바위 밑에 묻었다고 말했다. 임금은 그 길로 뒷산에 가서 아기 장수를 묻었다는 바위 밑을 파헤치기 시작했다. 그런데 아무리 삽질을 하고 곡괭이질을 해도 아무것도 나오지 않는 것이었다. 임금은 다시 아기 장수 어머니 아버지한테로 가 아버지 목에 칼을 갖다 대고 으름장을 놓으며 물었다.

"아기 장수 낳을 때 뭐 이상한 일이 없었느냐? 바른 대로 대라."

"사실은 탯줄이 잘 안 끊어져서 억새풀로 잘랐습니다."

아기 장수 엄마의 말을 들은 임금은 다시 뒷산으로 가서 억새풀을 한 아름 베어다 바위를 탁 쳤다. 그랬더니 우르르하고 땅이 흔들리면서 바위 한가운데에 금이 쩍 가더니 그 큰 바위가 두 쪽으로 갈라졌다. 그 갈라진 틈으로 바위 속을 들여다보니 소문대로 아기 장수는 죽지 않고 살아, 바위 속에서 병사를 기르고 있었다. 그 안에는 검은 옷을 입은 군사 5만 명과, 붉은 옷을 입은 군사 5만 명이 싸울 준비를 하고 있었다. 맨 앞에서 아기 장수가 번쩍이는 갑옷을 입고 머리에 투구를 막 쓰려고 할 때였다. 그만 바위가 갈라지는 바람에 바깥 바람이 들어가 그 많은 병사들이 스르르 녹아 없어지고, 아기 장수도 스스로 눈 녹듯이 녹아서 형체가 없어졌다. 바위가 열리고 아기 장수가 병사들과 함께 사라지던 바로 그 순간, 지리산 자락 어느 냇가에 날개 달린 말이 나타났다. 그 말은 아기 장수를 애타게 찾아 헤매었지만 아기 장수가 이미 죽은 뒤였다. 말은 끝내 주인을 찾지 못하고 냇물 속으로 스르르 들어갔다. 그 뒤에도 물 속에서는 말 우는 소리가 자주 들렸는데 백성들은 그 소리를 듣고 아기 장수가 아직도 죽지 않고 살아 있다고 믿었다.

연오랑 세오녀 설화(延烏郎細烏女)

- 작자 미상 -

작품 정리

연오는 태양 속에 까마귀가 산다는 양오전설의 변음으로 볼 수 있고, 세오도 쇠오, 즉 금오의 변형으로 볼 수 있다. 연오와 세오의 이동으로 일월이 빛을 잃었다가 세오의 비단 제사로 다시 광명을 회복하였다는 일월지의 전설과 자취는 지금도 영일만에 남아 있다.

작품 줄거리

신라 제8대 아달라왕 4년(158) 동해변에 연오랑·세오녀 부부가 살았다. 어느 날 해조를 따던 연오는 바위에 실려 일본 땅으로 건너가게 된다. 그때까지 왕이 없던 일본 사람들은 연오를 비상하게 여겨 왕으로 삼는다. 돌아오지 않는 남편을 찾아 나섰던 세오도 바위에 실려 일본으로 가게 된다. 연오와 세오는 서로 만나고 세오는 귀비가 된다.

이때 신라에서는 해와 달이 빛을 잃는다. 이에 국왕은 사자를 일본에 보내어 이들 부부를 찾는다. 연오는 그들이 일본에 오게 된 것은 하늘의 뜻임을 말하고 세오가 짠 비단으로 하늘에 제사를 지내도록 했다. 사자가 돌아와 그 비단을 모셔 놓고 제사를 드리자 해와 달이 옛날같이 다시 밝아졌다. 비단을 창고에 모셔 국보로 삼고 그 창고를 귀비고라 하였으며, 하늘에 제사 지내던 곳을 영일현 또는 도기야라 하였다.

☀ 연오랑 세오녀 설화

  신라 8대 임금인 아달라(阿達羅) 이사금(왕)이 즉위한 지 4년째 되던 서기 158년의 일이다.

  동해 바닷가에 연오랑(燕烏郞)과 세오녀(細烏女) 부부가 살고 있었다. 그들은 가난하지만 부지런히 미역을 따고 조개를 캐며 생활하는 성실한 부부였다. 특히 아내 세오녀는 베 짜는 솜씨가 뛰어났다.

  어느 날 연오가 바다에서 해조를 따고 있었다. 이때 갑자기 바위 하나가 홀연히 나타났다.

  "웬 바위지? 오늘은 저 바위 위에서 고기를 잡아 봐야겠다."

  연오랑은 바위로 올라가 낚시를 드리웠다. 그런데 그날따라 이상하게 고기가 물지 않았다.

  점심때가 다 되어도 연오랑은 헛손질만 거듭했다. 연오랑이 그만 낚시를 거둬들이려고 마음먹은 찰나에 갑자기 바위가 기우뚱거리더니 연오랑을 태운 채 바다 한가운데로 흘러가기 시작했다. 연오랑은 그 바위를 타고 일본까지 흘러갔다. 당시 일본은 뚜렷한 지도자가 없었다. 그래서 여러 부족끼리 싸움을 일삼고 있었다. 이러한 상황에 연오랑이 바위를 타고 나타나자 그들은 범상한 사람이 아니라고 생각했다.

  일본인들은 연오랑을 하늘에서 내린 사람이라고 믿었다. 그래서 그들은 부족회의를 열어 연오랑을 자기들의 왕으로 모셨다.

  한편 아내 세오녀는 아무리 기다려도 남편이 돌아오지 않자 이상하게 여겨 바닷가로 나가 보았다. 그녀는 바다를 둘러보며 남편을 찾아보았으나 어디에도 없었다.

그러다가 남편의 신발이 나란히 놓여 있는 바위 하나를 발견했다.

세오녀는 남편이 벗어 놓은 신발을 보고 자기도 그 바위로 올라갔다. 그러자 남편이 그랬던 것처럼 세오녀를 싣고 일본으로 갔다. 그리하여 세오녀는 일본에서 남편을 만나 왕비가 되었다.

그런데 이 부부가 신라 땅을 떠난 뒤부터 나라에 이상한 일이 벌어졌다. 갑자기 해와 달이 빛을 잃었던 것이다.

왕은 천문을 맡은 신하를 불러 그 까닭을 물었다. 그러자 신하가 대답했다.

"해와 달의 정기가 우리나라에 있다가 일본으로 가 버렸기 때문에 이런 변괴가 생긴 것입니다."

왕은 두 사람을 데리고 오기 위해 일본에 사신을 보냈다. 그러나 연오랑은 사자에게 이렇게 말했다.

"우리가 여기에 온 것은 하늘의 뜻인 것 같소. 어찌 내 마음대로 돌아갈 수 있겠소. 그러나 내 아내가 짠 명주를 줄 테니 가지고 가서 하늘에 제사를 올리도록 하시오. 그러면 다시 빛을 찾을 것이오."

연오랑은 세오녀가 짠 비단을 사신에게 주었다. 사자는 돌아와서 왕에게 사실대로 아뢰었다. 연오랑의 말대로 사신이 가져온 비단으로 하늘에 제사를 올렸더니 과연 해와 달이 나타나 예전처럼 밝게 빛났다.

그 후 왕은 세오녀가 짠 명주 비단을 국보로 삼고, 그것을 넣어 둔 창고를 귀비고(貴妃庫)라고 불렀다. 또한 그 비단으로 제사를 지낸 곳을 영일현(迎日縣) 또는 도기야(都祈野)라고 했다.

온달 설화(溫達設話)

– 작자 미상 –

⬤작⬤품 ⬤정⬤리

　신분이 고귀한 공주가 스스로 바보 총각을 찾아가 결혼을 하고, 남편을 영웅으로 성장시켜 공을 세우게 하는 과정이 짜임새를 갖추어 그려지고 있다. 공주는 결단력이 있을 뿐 아니라, 공주의 말을 이해하지 못하는 온달과 그 모친을 끝까지 설득하고 또 무예와 공부를 가르쳐 온달이 영웅으로 입신케 하는 방안을 마련하는 등 비범한 안목을 가진 여성이다. 아울러 온달의 관이 움직이지 않자, "죽고 사는 것은 판결이 났으니 돌아가자."고 하며, 초탈한 모습까지 보여 이인(異人) 같기도 하다. 반면 공주의 도움이긴 하나 세상 사람들이 바보라 했던 온달에게 영웅적 능력이 잠재해 있음이 밝혀져 사람을 신분이나 겉모습으로 판단할 것이 아님을 말해 주고 있다.

⬤작⬤품 ⬤줄⬤거⬤리

　고구려의 성(城) 밖에 온달이라는 한 사나이가 있었다. 그는 어린 시절에는 눈먼 어머니를 봉양하기 위해 거리를 다니며 음식을 구걸하였는데 얼굴이 험악하고 우스꽝스러워 사람들이 그를 '바보 온달'이라고 불렀다.

　한편 울기를 잘해 바보 온달에게 시집을 보내야겠다던 평강왕의 놀림을 진실로 믿고 온달과의 혼인을 고집하다 쫓겨난 공주를 아내로 맞아들이면서 새로운 인생이 시작된다.

고구려에는 매년 3월 3일 낙랑(樂浪)의 언덕에서 사냥한 것으로 천신과 산천
신에게 제사하는 국가적인 대제전이 있었다. 온달은 여기에 공주가 기른 말을 타
고 참여하여 뛰어난 사냥 솜씨를 발휘한다.

그 뒤 후주의 무제(武帝) 군대의 요동 침입 때 고구려군의 선봉대에 가담해 후
주군을 격퇴하는 대공을 세워 왕에게 인정을 받는다.

590년 영양왕 때, 신라 땅 아차성에서 적과 맞서 싸우다가 숨을 거둔다.

핵심 정리

갈래 : 설화

구성 : 인물 설화

제재 : 평강 공주의 내조

주제 : 삶을 개척해 나가는 주체의식

출전 : 삼국사기

🧑 온달 설화

　고구려의 성(城) 밖에 온달(溫達)이라는 한 사나이가 있었다. 그는 얼굴이 험악하고 우스꽝스럽게 생겼으나 마음씨는 착했다. 그는 집이 가난하여 나무를 해다가 성 안에 내다 팔고 눈이 먼 늙은 어머니를 봉양하고 있었다. 항상 다 떨어진 옷에 다 떨어진 신발을 끌고 거리를 누비고 다녀 사람들이 그를 '바보 온달'이라고 불렀다. 그러나 그는 그런 것쯤은 염두에 두지 않았다. 바보 취급을 당하는 것이 오히려 속이 편했다. 그때의 임금님을 평강왕 또는 평원왕이라고 했는데, 평강왕에게는 공주가 한 명 있었다. 어떻게 된 노릇인지 공주는 어릴 때부터 하도 잘 울어서 유모를 골탕 먹이곤 했다. 그래서 왕은 늘 공주에게 다음과 같은 농담을 건넸다.

　"계속 그렇게 울면 나중에 바보 온달에게 시집보낼 것이다."

　그것이 한두 번이 아니었다. 공주도 잘 울었지만 왕의 이런 농담도 그때마다 되풀이되었다. 더구나 마음이 즐거울 때면 왕은 공주를 무릎에 앉히고 이렇게 조롱할 때도 있었다.

　"어이, 온달의 부인, 또 우셨나?"

　마침내 공주의 별칭은 '온달의 부인'이 되었다. 세월이 흘러서 어느덧 그 울음보 공주도 이팔청춘을 맞이하게 되었다. 왕은 신하 중에서 명문가인 상부(上部)의 고씨를 골라서 그에게 공주를 시집보내려고 했다. 그런데 뜻밖의 일이 일어났다. 어떻게 된 일인지 공주는 고씨와 혼인하는 것을 완강히 거부하는 것이었다. 평강왕은 너무나 뜻밖의 일이라 공주를 크게 꾸짖었다.

　"아니, 네가 아비의 말을 거역할 셈이냐?"

"아바마마께서는 평소 온달에게 시집보내겠다고 하시지 않았습니까? 보잘것없는 사내조차도 거짓말을 꺼려 하는 법이옵니다. 그러한데 만민의 대왕이신 아바마마께서 어이하여 스스로 하신 말씀을 어기시나이까. 딴 곳으로는 시집가지 않겠나이다. 제발 소원이오니 온달에게 시집보내 주시기 바라옵니다."

평강 공주가 온달에게 시집가겠다고 한 것이었다. 왕은 장난삼아 한 말이 이렇게까지 뿌리를 깊게 박고 있으리라는 생각은 미처 하지 못했다. 여러 신하들이 갖가지 얘기로 도리를 설명하고 뜻을 바꾸려 해도 온달이 아니면 아무에게도 시집가지 않겠다는 것이었다. 유순한 평강왕은 드디어 진노하였다.

"아비 말을 따르지 않는 불효녀를 자식으로 생각하지 않겠다. 네가 가고 싶은 곳으로 가든 말든 내 눈앞에서 당장 사라져 버려라."

평강 공주는 궁중에서 쫓겨나 온달의 집을 찾아 나섰다. 온달의 어머니와 온달을 만난 평강공주는 백년가약을 맺고자 한다는 말을 했으나, 모자는 믿을 수 없다며 승낙하지 않았다. 하지만 공주는 두 모자를 끝까지 설득해 혼례식 시늉만 내고 그날부터 온달의 처가 되었다. 공주는 곧 황금 팔찌를 팔아서 논밭과 집을 장만하였다. 그리고 소와 말을 샀다. 또 살림 도구까지 아쉬운 것 없이 모두 장만하였다. 어제까지는 바보 천치라고 손가락질 받던 가난뱅이 온달도 이제부터는 여러 종을 거느린 주인이 되었다. 그날부터 공주는 온달에게 무예를 익히게 하고, 책을 장만하여 공부도 시켰다.

그렇게 몇 년의 세월이 흘렀다. 고구려에서는 매년 3월 3일, 낙랑의 언덕에서 사냥을 베풀고 천지 산천의 신을 떠받드는 제사를 지내는 풍습이 있었다. 그날은 임금님은 물론 신하, 오부의 군사들이 모두 그에 따랐는데, 백성 중에서도 무예가 뛰어난 자는 그 행사에 끼도록 허락되었다. 어떤 해의 일이었다. 이 행사에 낯선 무사 한 명이 탐스러운 말을 타고 참

가하였는데 언제나 선두를 차지할 뿐만 아니라, 잡은 짐승도 제일 많아 어느 누구와도 비교되는 사람이 없었다. 왕은 그 사나이가 온달이라는 사실을 알고 깜짝 놀랐다. 그때 후주의 무제가 군사를 일으켜 요동을 공격했는데, 온달은 자원하여 선봉대에 가담했다. 그리고 대승리를 거두었다. 싸움이 끝난 후에 논공(論功, 공적이 있고 없음이나 크고 작음을 논의하여 평가함)을 했는데, 하나같이 온달의 공을 으뜸으로 사뢰었기에, 왕은 큰 상을 베풀며 그의 손을 잡고 치하하며 말했다.

"과연 내 사위로다."

그때부터 왕의 사랑은 온달에게 쏠렸고, 온달의 권세는 나날이 더하여 갔다. 평원왕이 죽고, 그 아들 영양왕이 즉위했을 때, 온달은 신라 땅 아차성에서 적군과 맞서 싸웠다. 한때는 전세가 유리하여 적군을 무찔렀으나, 전쟁이 한창 치열할 때 화살에 맞아서 큰 뜻을 이루지도 못한 채 싸움터에서 숨을 거두었다. 온달의 유해는 곧 도성으로 운반되었다. 그런데 막상 장례를 지내려고 하니 관이 땅에 붙어서 떨어지지 않았다. 공주가 와서 관을 어루만지면서 말했다.

"죽고 사는 것은 판결이 났사오니, 돌아가소서."

그러자 비로소 관이 움직이기 시작해 장례를 지낼 수 있었다. 온달이 죽자 온 나라가 슬픔에 잠기었는데 특히 왕의 슬픔은 한층 더하였다.

서동요(薯童謠)

- 작자 미상 -

작품 정리

이 설화는 주인공 서동의 출생과 성장, 혼인과 치부(致富), 즉위와 종교적 성취
에 이르는 서동의 출세 과정이 점층적으로 전개되고 있다. 이야기 끝에 사찰연기
설화가 붙은 것은 〈삼국유사〉 소재 설화의 공통적인 특징이다.

작품 줄거리

서동은 과부인 어머니와 지룡 사이에서 태어나 마를 캐어다 팔며 어려운 생계
를 꾸려 나갔다. 신라 진평왕(眞平王)의 셋째 딸인 선화 공주가 아름답다는 말을
들은 서동은 선화 공주를 마음속으로 사모하게 된다. 서동은 아이들을 시켜 선화
공주가 밤마다 서동의 방을 드나든다는 내용의 노래를 퍼뜨려 공주를 곤경에 빠
뜨린다. 선화 공주가 궁중에서 쫓겨나자 서동은 공주와 백제에서 혼인한다. 서동
은 공주로 인해 마를 캐던 곳에 쌓여 있던 것이 금이라는 것을 알고 금을 지명 법
사의 신통력으로 신라 궁중에 보낸다. 마침내 진평왕에게 인정을 받게 된 서동은
왕이 된다. 그가 바로 백제의 무왕이다. 어느 날 서동과 선화 공주가 사자사에 가
는데 큰 못에서 미륵삼존이 나타났다. 서동은 공주의 요청에 따라 못을 메우고,
그 자리에 미륵삼존을 기려 미륵사를 세웠다.

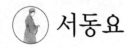# 서동요

백제 30대 무왕(武王)의 이름은 장(璋)이다.

그의 어머니는 과부가 되어 서울 남쪽의 연못가에서 살았다.

그런데 그의 어머니는 그 연못 속의 용과 관계하여 장을 낳았다.

장의 어릴 때 이름은 서동(薯童)이었는데, 항상 마를 캐어다 팔아 어려운 생계를 꾸려 나갔기 때문에 붙여진 것이었다. 그는 재주가 뛰어나고 도량이 넓어서 그 깊이를 헤아리기가 어려웠다.

당시 신라 26대 진평왕의 셋째 딸인 선화 공주(善花公主)가 무척 아름답다는 소리를 들은 서동은 마음속으로 그녀를 사모하게 되었다.

서동은 어떻게든 공주를 만나기 위해 궁리를 한 끝에 머리를 깎고 신라의 서라벌(徐羅伐, 지금의 경주)로 가 동네 아이들에게 마를 먹이며 친하게 지냈다. 시간이 흘러 아이들이 서동을 거리낌 없이 따르게 되자 그는 동요 한 수를 지어 아이들에게 부르게 했다.

그 노래는 이런 것이었다.

선화 공주님은
남몰래 얼어두고
서동 방을
밤에 몰래 안고 간다.

선화 공주가 밤마다 서동의 방을 드나든다는 뜻의 이 동요는 삽시간에 퍼져 마침내 대궐에까지 들렸다.

그러자 신하들은 왕에게 간곡히 청하여 공주를 먼 곳으로 귀양 보내도록 했다. 결국 왕은 신하들의 청을 받아들였다.

공주가 귀향을 떠나려 하자 왕후는 순금 한 말을 주어 노자에 보태도록 했다. 얼마 후 공주는 귀양지에 다다랐다. 그때 서동이 나타나 공주에게 절을 올린 뒤 자신이 모시기를 청했다.

공주는 그를 처음 보았지만 왠지 믿음직스러워 보여 이를 허락했다. 공주는 서동을 따라가 그 해괴한 동요가 불린 까닭을 알게 되었다. 하지만 이제는 엎질러진 물이 된 터였다.

이제 함께 살게 된 공주는 서동을 따라 백제로 가서 모후가 준 금을 꺼내 놓고 앞으로 살아갈 계획을 세우려 하자 서동이 껄껄 웃으며 물었다.

"이것이 무엇이오?"

공주가 대답했다.

"이것은 황금이니 평생 부를 누릴 수 있는 밑천입니다."

공주의 대답을 듣고 서동이 시큰둥하게 말했다.

"내가 어렸을 적부터 마를 캐던 곳에 이런 물건을 흙덩이처럼 많이 쌓아 두었는데……."

그 말을 듣자 공주가 크게 놀라며 말했다.

"예! 그것이 정말입니까? 이 황금은 천하의 보배입니다. 정말 황금이 그렇게 많다면 우리 부모님이 계신 대궐로 보내는 게 어떻겠습니까?"

"좋소. 그렇게 합시다."

이렇게 해서 두 사람은 금을 산더미처럼 쌓아 놓았다. 하지만 신라로 옮길 일이 걱정이었다. 그래서 용화산 사자사의 지명 법사에게 황금을 실어 나를 계책을 물었다.

"내가 신통한 도의 힘으로 그 황금을 보낼 테니, 이리 가져오시오."

공주는 신라의 부모에게 쓴 편지와 함께 황금을 사자사로 옮겼다. 그러자 법사는 신통한 힘을 발휘해 그 많은 황금을 하룻밤 사이에 신라의 궁으로 보냈다.

진평왕은 그 신비스러운 변화를 이상히 여겨 서동을 존경하게 되었고, 자주 편지를 보내 안부를 묻곤 했다.

서동은 그때부터 백성들에게 인심을 얻어 마침내 백제의 임금 자리에 오르게 되었다. 그가 바로 백제의 무왕이며, 신라의 공주였던 선화 공주는 백제의 왕비가 되었다.

김현감호 설화(金現感虎)

- 작자 미상 -

작품 정리

이 이야기는 신라 원성왕 때의 인물인 김현의 생애와 호원사(虎願寺)라는 사찰 창건에 관한 연기(緣起) 설화이다. 호랑이가 등장하는 많은 설화 중의 하나이며, 〈수이전〉에 '호원(虎願)'으로 실렸던 작품이다. 원성왕 때에 2월 팔일부터 보름까지 흥륜사의 전탑을 도는 복회때 김현이 복회에 참석했다가 한 처녀를 만나 서로 정을 통한 뒤 처녀의 집으로 간다.

조금 후 처녀의 오빠인 세 마리의 호랑이가 오두막집 안으로 들어와 비린내가 난다고 좋아하자 그때 하늘에서 많은 생명을 해치고 있는 너희들 중 한 놈을 죽여 그 악을 징계하겠다는 울림을 듣고 처녀가 대신 하늘의 벌을 받겠다고 한다.

처녀는 다른 사람 손에 죽는 것보다는 김현의 칼에 죽어 하룻밤 배필의 은덕을 보답하겠다고 하고, 자기가 죽은 후 절을 세워 줄 것을 부탁한다.

이 설화는 처녀로 변신한 호랑이가 인간과 부부의 연을 맺고 자신을 희생하여 남편을 입신시키고 형제를 살린다는 불교적 권선을 강조한 작품이다.

작품 줄거리

신라 풍속에 해마다 2월이 되면 팔일에서 보름까지 흥륜사의 전탑을 도는 복회(福會, 복을 비는 모임)를 행했다. 원성왕 때에 김현(金現)이라는 총각이 밤이 깊도록 전탑돌이를 하는데 염불을 하며 돌고 있는 다른 처녀와 전탑돌이를 마치고 아늑한 곳으로 처녀를 이끌어 정을 통하고 따라오지 말라는 그녀를 따라 김현은 그녀의 오두막집으로 갔다. 집안에는 한 노파가 있고 뒤따라온 이가 누구냐고 처녀에게 노파가 묻자 그간의 일을 다 얘기했다. 노파는 이미 저지른 일이니 어쩔 수 없구나 하고 아무도 모르는 곳에 잘 숨겨 주라고 한다.

　조금 후 처녀의 오빠인 세 마리의 호랑이가 오두막집 안으로 들어와 마침 시장하던 참에 비린내가 난다고 좋아하자 그때 하늘에서 많은 생명을 해치고 있는 너희들 중 한 놈을 죽여 그 악을 징계하겠다는 울림을 듣고 집안의 재앙을 처녀가 대신 받겠다고 하자 세 호랑이들은 머리를 숙이고 꼬리를 느슨히 낮추고 달아나 버린다.

핵심 정리

갈래 : 설화

구성 : 호원 설화

제재 : 호랑이 처녀와 인간의 사랑

주제 : 살신성인을 통한 사랑의 승화

출전 : 수이전

김현감호 설화

신라 풍속에 해마다 2월이 되면 팔일에서 보름까지 장안의 남녀들이 다투어 흥륜사의 전탑을 도는 것으로 복회(福會, 복을 비는 모임)를 행했다.

원성왕 때에 일이다. 김현(金現)이라는 한 총각이 밤이 깊도록 홀로 전탑돌이를 하고 있다. 그런데 다른 한 처녀도 염불을 하며 김현의 뒤를 따라 돌고 있었다.

둘은 서로 마음이 교감되어 서로 눈길을 주고받는다. 전탑돌이를 마치자 처녀를 아늑한 곳으로 이끌어 가서 정을 통한다. 처녀가 집으로 돌아가려 하자 김현이 따라나선다. 처녀는 따라오지 말라고 거절하지만 김현은 굳이 그녀를 따라간다.

서산 기슭에 이르러 처녀가 한 오두막집으로 들어갔다. 거기에는 한 노파가 있었다. 노파는 처녀에게 물었다.

"널 뒤따라온 이가 누구냐."

처녀는 그간의 밖에서 있었던 일을 다 얘기했다. 처녀의 얘기를 듣고 그 노파가 말했다.

"비록 좋은 일이라 하나 차라리 없던 게 나았다. 그러나 이미 저지른 일이니 어쩔 수 없구나. 아무도 모르는 곳에 잘 숨겨 주어라. 너의 형제들이 돌아오면 나쁜 짓을 할까 두렵구나."

처녀는 김현을 이끌어 깊숙하고 구석진 곳에다 숨겨 두었다.

조금 뒤에 세 마리의 호랑이가 포효하면서 오두막집으로 들어왔다. 그들은 사람의 말로 말했다.

"집안에서 비린내가 나는데, 마침 시장하던 참이라 요기하기 꼭 좋구나!"

이에? 노파와 처녀가 꾸짖으며 말한다.

"너희들 코는 어떻게 되었느냐? 무슨 미친 소리들을 하느냐!"

그때 하늘의 울림이 들려왔다.

"너희들이 즐겨 많은 생명을 해치고 있으니 마땅히 너희들 중 한 놈을 죽여 그 악을 징계하겠노라."

세 호랑이들은 이 하늘의 울림을 듣고는 모두 풀이 죽어 걱정스러운 표정들을 했다. 처녀가 그들에게 말했다.

"만일 세 분 오빠가 멀리 피하여 스스로 징계하겠다면 그 벌을 제가 대신 받겠습니다."

이 말을 듣고 세 호랑이들은 모두 기뻐하며 머리를 숙이고 꼬리를 느슨히 낮추고는 달아나 버렸다.

처녀는 김현이 숨어 있는 데로 들어가서 말했다.

"애당초 저는 도련님이 저희 집으로 오시는 것이 부끄러웠습니다. 그래서 오시지 말도록 말렸던 것입니다. 그러나 이제는 모든 것이 이미 드러나 버렸으니 감히 저의 내심을 말씀드리겠습니다. 이 몸이 비록 도련님과 종족은 다르지만 하루저녁의 즐거움을 얻었으니 그 의리는 부부로서의 결합만큼이나 소중한 것입니다.

마침 하늘은 이미 세 오빠들의 죄악을 미워하여 벌하려 하시니 집안의 재앙을 저 한 몸으로 감당하려 합니다. 그런데 이왕 죽을 바에는 아무 상관없는 사람들의 손에 의해 죽기보다는 도련님의 칼날에 죽음으로써 소중한 은의(恩義)에 보답하는 것이 얼마나 좋은 일이겠습니까?

제가 내일 거리에 들어가 한바탕 극심하게 작해를 부리며 돌아다니겠습니다. 그러면 사람들은 저를 어찌할 수 없을 테고 임금님은 필경 많은 상금과 높은 벼슬을 내걸고 저를 잡을 사람을 찾게 될 것입니다. 그럴 때

도련님이 나서되 조금도 겁내지 마시고 도성 북쪽의 숲속으로 저를 추격해 오십시오. 거기서 제가 기다리고 있겠습니다."

김현은 말했다.

"사람이 사람과 교합하는 것은 인륜의 평범한 도리이지만 사람이 아닌 다른 유(類)인데도 교합하게 되는 것은 보통의 일이 아니오. 이미 그대와 교합을 하였으니 이는 진실로 하늘이 정한 분복이리라. 어찌 차마 배필의 죽음을 팔아 요행으로 한 세상의 벼슬과 영화를 구할 수 있겠는가?"

처녀가 말했다.

"도련님께서는 그런 말씀을 아예 하지 마십시오. 지금 제가 젊은 나이에 일찍 죽는 것은 하늘의 명령이요, 또한 제 소원입니다. 그리고 그것은 도련님의 경사이며 저희 일족의 복이며 나라 사람들의 기쁨입니다. 한 번 죽어 이렇게 다섯 가지 이로운 점이 갖추어지는 데에야 어찌 그것을 피하겠습니까? 다만 저를 위하여 절을 세우고 불경을 강(講)하여 좋은 업보를 빌어 주시면 도련님의 은혜는 그보다 더 클 수 없을 것입니다."

그리하여 둘은 울면서 헤어졌다.

다음날 과연 한 마리 맹호가 도성 안에 들어왔는데 그 사나움이 어찌나 심했던지 아무도 감당할 자가 없었다. 원성왕은 그 보고를 받고 포고령을 발표한다.

"호랑이를 잡아 죽이는 사람에게는 관직 2급의 주겠다."

라고 하였다. 이 포고령을 듣고 김현은 대궐로 나아가 자신이 그 맹호를 잡아 오겠노라고 아뢰었다. 그러자 왕은 관직을 주고 격려했다.

김현은 단도를 지니고 처녀가 알려준 도성 북쪽의 그 숲속으로 들어갔다. 그곳에서 호랑이는 처녀로 변해 있었다. 그녀가 반갑게 웃으면서 말했다.

"어젯밤 도련님께 드렸던 저의 간곡한 사연을 잊지 않으셨군요. 오늘 제 발톱에 상처를 입은 사람들에게는 흥륜사의 간장을 찍어 바르게 하고 그 절의 나발 소리를 들려주면 상처가 치유될 것입니다."

라는 말을 마치고 처녀는 김현이 차고 있던 단도를 뽑아 스스로 목을 찔러 넘어졌다. 넘어진 것은 바로 한 마리의 호랑이였다.

김현은 숲속에서 나와 지금 호랑이를 잡았다고 말했다. 그리고 그 호랑이와의 사이에 있었던 내력은 숨기고 일절 발설하지 않았다. 다만 호랑이 처녀가 가르쳐 준 처방에 따라 그날 호랑이에게 다친 사람들을 치료했더니 상처들이 모두 나았다. 오늘날도 역시 그 방법을 쓰고 있다.

김현은 벼슬에 오른 뒤에 서천 가에 절을 세우고 호원사(虎願寺)라 불렀다. 그리고 항상 범망경(梵網經)을 강하여 그 호랑이의 명복을 빌어, 호랑이가 제 몸을 죽여 김현을 출세시킨 그 은혜에 보답했다.

김현은 죽음을 앞두고 자신이 겪은 그 과거사의 신기함을 깊이 느끼고 붓을 들어 기록으로 남겼다. 세상에서는 그제야 비로소 알고 호랑이가 들어가 죽었던 그 숲을 논호림(論虎林)이라 이름 지었으며 지금까지도 그렇게 부르고 있다.

지귀 설화(志鬼說話)

- 작자 미상 -

　이 작품은 신라시대의 역사적 사실과 결부되는 민간신앙의 고대설화로 〈심화
요탑〉이라는 제목으로 〈수이전〉에 수록된 문헌 설화다.

　신라 선덕여왕 때에 활리역 사람인 지귀가 서라벌에 나왔다가 아름다운 여
왕을 본 뒤에 사모(思慕)하고 잠도 자지 않고 밥도 먹지 않다 정신이 나간다. 지
귀는 "아름다운 여왕이여, 나의 사랑하는 선덕 여왕이여!" 하며 거리를 뛰어다
닌다.

　어느 날 여왕이 절에 행차를 하는데 골목에서 지귀가 여왕을 부르며 나오자 여
왕은 지귀에게 자기를 따라오라고 한다. 여왕이 기도를 올리는 동안 지귀는 탑
아래에서 잠이 든다. 불공을 마치고 잠든 지귀를 본 여왕은 금팔찌를 지귀의 가
슴 위에 놓고 간다. 잠이 깬 지귀는 여왕의 금팔찌를 보고 더욱 사모하다 불귀신
이 되어 온 세상을 떠돌아다니자 선덕여왕이 주문을 대문에 붙이게 하여 화재를
당하지 않게 된다.

　이 설화는 선덕여왕이라는 실제 인물의 역사적 사실이 결부된 귀신지괴설화
(鬼神志怪說話)의 효시인 작품이다.

　신라 선덕여왕 때에 활리역(活里驛) 사람인 지귀가 서라벌에 나왔다가 아름다운 여왕을 본 뒤에 사모(思慕)하게 된다. 그는 잠도 자지 않고 밥도 먹지 않으며 정신이 나간 사람처럼 선덕여왕을 부르다 미쳐 버린다. 미친 지귀는 "아름다운 여왕이여, 나의 사랑하는 선덕 여왕이여!" 하며 거리를 뛰어다닌다. 관리들은 여왕이 들을까 봐 지귀를 붙잡아 매질을 하고 야단을 친다.

　어느 날 여왕이 부처에게 기도를 올리려 절에 행차를 하는데 골목에서 지귀가 여왕을 부르며 나오자 여왕은 지귀에게 자기를 따라오라고 한다. 지귀는 너무 기뻐 춤을 추며 여왕의 행렬을 뒤따랐다. 여왕이 절에 이르러 기도를 올리는 동안 지귀는 절 앞의 탑 아래에서 여왕이 나오기를 기다리다 잠이 든다.

　여왕이 불공을 마치고 나오는데 탑 아래에 잠들어 있는 지귀를 보고 가엾다는 듯이 바라보고 팔목에 감았던 금팔찌를 지귀의 가슴 위에 놓고 간다.

　여왕이 간 뒤에 잠이 깬 지귀는 가슴 위에 놓인 여왕의 금팔찌를 보고 가슴에 꼭 껴안고 기뻐서 어쩔 줄을 모른다.

핵심 정리

갈래 : 설화

구성 : 귀신지괴 설화

제재 : 지귀의 사랑

주제 : 화신의 내력과 풍속

출전 : 수이전

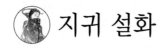# 지귀 설화

　신라 선덕여왕 때에 지귀(志鬼)라는 젊은이가 있었다. 지귀는 활리역 (活里驛) 사람인데, 하루는 서라벌에 나왔다가 지나가는 선덕 여왕을 보았다. 그런데 여왕이 어찌나 아름다웠던지 그는 여왕을 사모하게 되었다.

　선덕 여왕은 진평왕의 맏딸로서 성품이 인자하고 지혜롭고 용모가 아름다워 모든 백성들로부터 칭송(稱頌)과 찬사를 받는다. 그래서 여왕이 행차(行次)를 하면 모든 사람들이 여왕을 보려고 온통 거리를 메웠다.

　지귀도 그러한 사람들 틈에서 아름다운 여왕을 한 번 본 뒤에는 혼자 여왕을 사모(思慕)하게 된 것이다. 그뿐 아니라 그는 잠도 자지 않고 밥도 먹지 않으며 정신이 나간 사람처럼 선덕여왕을 부르다가 그만 미쳐 버리고 만다.

　"아름다운 여왕이여, 나의 사랑하는 선덕 여왕이여!"

　지귀는 거리를 뛰어다니며 이렇게 외쳐댔다. 이를 본 관리들은 지귀가 지껄이는 소리를 여왕이 들을까 봐 걱정이었다. 그래서 관리들은 지귀를 붙잡아 매질을 하며 야단을 치지만 아무 소용이 없다.

　어느 날 여왕이 행차를 하게 되었다. 그때 어느 골목에서 지귀가 선덕 여왕을 부르며 나오다가 사람들에게 붙들린다. 그래서 사람들은 웅성거리기 시작하고 떠들썩했다.

　이를 본 여왕은 뒤에 있는 관리에게 물었다.

　"대체 무슨 일이냐?"

　"미친 사람이 여왕님 앞으로 뛰어나오다가 다른 사람들에게 붙들렸습니다."

"왜 나한테 온다는데 붙잡았느냐?"

"아뢰옵기 황송합니다만, 지귀라고 하는 미친 사람이 여왕님을 사모하고 있다고 합니다."

관리는 큰 죄를 진 사람처럼 머리를 숙이며 말했다.

"고마운 일이로구나!"

여왕은 혼잣말처럼 이렇게 말하고, 지귀에게 자기를 따라오도록 하라고 관리에게 이르고는 절을 향하여 발걸음을 떼어 놓았다. 여왕의 명령을 전해들은 사람들은 모두 깜짝 놀랐으나 지귀는 너무 기뻐 춤을 덩실덩실 추며 여왕의 행렬을 뒤따랐다.

선덕 여왕은 절에 이르러 부처에게 기도를 올렸다. 그러는 동안 지귀는 절 앞의 탑 아래에 앉아서 여왕이 나오기를 기다렸다. 그런데 여왕은 좀체 나오지 않았다. 지귀는 지루했다. 그리고 시간이 흐를수록 안타깝고 초조했다. 그러다가 심신이 쇠약해질 대로 쇠약해진 지귀는 그 자리에서 그만 잠이 들고 말았다.

여왕은 불공을 마치고 나오다가 탑 아래에 잠들어 있는 지귀를 보았다. 여왕은 그가 가엾다는 듯이 물끄러미 바라보고는 팔목에 감았던 금팔찌를 뽑아서 지귀의 가슴 위에 놓은 다음 발길을 옮겼다.

여왕이 지나간 뒤에 잠이 깬 지귀는 가슴 위에 놓인 여왕의 금팔찌를 보고 놀란다. 그는 여왕의 금팔찌를 가슴에 꼭 껴안고 기뻐서 어쩔 줄을 몰랐다.

그러자 그 기쁨은 다시 불씨가 되어 가슴속에서 활활 타올랐다. 그러다가 온몸이 불덩어리가 되는가 싶더니 이내 숨이 막히는 것 같았다. 가슴속에 있는 불길은 몸 밖으로 터져 나와 지귀를 어느새 새빨간 불덩어리로 만들고 말았다.

처음에는 가슴이 타더니 다음에는 머리와 팔다리로 옮겨 마치 기름이 묻은 솜뭉치처럼 활활 타올랐다. 지귀는 있는 힘을 다하여 탑을 잡고 일어섰는데 불길은 탑으로 옮겨져서 이내 탑도 불기둥에 휩싸였다.

지귀는 꺼져 가는 숨을 내쉬며 멀리 보이는 여왕을 따라가려고 허우적허우적 걸어가자 지귀 몸에 있던 불기운이 거리에 퍼져서 온 거리가 불바다를 이루었다.

이런 일이 있은 후 지귀는 불귀신으로 변하여 온 세상을 떠돌아다니게 되었다. 불귀신을 두려워하는 백성들을 위하여 선덕여왕이 불귀신을 쫓는 주문(呪文)을 지어 내놓았다.

志鬼心中火   지귀 마음에 불이 나서
지귀심중화

志身變火神   몸이 불로 변하네.
지신변화신

流移滄海外   바다 밖으로 멀리 보내
유이창해외

不見不相親   보지도 말고 친하지도 말지어다.
불견불상친

백성들은 선덕 여왕이 지어 준 주문을 써서 대문에 붙였다. 그랬더니 비로소 화재를 면할 수 있었다. 이후 사람들은 불귀신을 물리치는 주문을 쓰게 되었는데, 이는 불귀신이 된 지귀가 선덕여왕의 뜻만 좇기 때문이라고 한다.

사복불언(蛇福不言)

— 작자 미상 —

작품 정리

이 작품은 원효와 관련된 불교 설화로 작자미상의 문헌 설화이다.

신라 진평왕 때 서라벌 만선북리(万善北里)라는 마을에 한 과부가 남편도 없이 아이를 낳았는데, 아이가 열두 살이 되도록 말도 하지 않고 자리에서 일어나지도 않아 그를 사복(蛇伏)이라고 불렀다.

어느 날 사복의 어머니가 죽자 원효를 찾아온 사복이 그대와 내가 지난날에 경을 싣고 다니던 암소(사복의 어머니)가 죽었으니 나와 같이 장사를 지내고 포살 수계를 해 달라고 하자 사복을 따라 그의 집으로 가 시신 앞에 분향하고 상여를 메고 활리산(活里山) 동쪽 기슭에 이르러 사복이 어머니 시신을 업고 띠풀 속으로 들어가니 땅은 다시 합쳐지고 메고 갔던 상여만 남는다.

이 설화는 현실세계에서 인정받지 못하지만 훗날 훌륭한 사람이 될 수 있다는 가능성과 이승과 저승세계를 넘어 연화장(극락세계)에 가는 죽음 이후의 세계를 보여주는 작품이다.

작품 줄거리

신라 진평왕 때 서라벌 만선북리(万善北里)라는 마을에 한 과부가 남편도 없이 아들을 낳았는데 아들은 나이가 열두 살이나 되어도 일어나지 못하고, 말할 줄 모른 채 누워만 있었다. 마을사람들은 열 살이 넘도록 누워만 있다는 뜻으로 사동(蛇童) 또는 사복(蛇卜)이라고 불렀다.

어느 날 사복의 어머니가 죽자 누워 있던 사복이 자리에서 일어나 고선사로 원효를 찾아와 전생에 그대와 내가 경(經)을 싣고 다니던 암소가 죽었으니 우리 함께 장사하는 것이 어떻겠는가 하자 원효는 사복을 따라 그의 집으로 간다.

원효는 시신 앞에 분향하고 상여를 메고 활리산 동쪽 기슭에 이르러 지혜로운 호랑이는 지혜의 숲에 묻는 것이 마땅하지 않은가 하자, 옛날 석가모니 부처님은 사라수 사이에서 열반하시고 오늘도 그와 같은 이가 있어 연화장(극락세계)에 들어가려 한다고 사복이 말하고 띠풀을 뽑아내자, 그 아래에 한 세계가 열려 그 속으로 어머니 시신을 업고 들어가니 땅은 다시 합쳐지고 메고 갔던 상여만 남는다.

핵심 정리

갈래 : 설화

구성 : 불교 설화

제재 : 사복 어머니의 장례

주제 : 삶과 죽음의 깨우침

출전 : 삼국유사

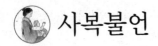# 사복불언

　서울 만선북리(萬善北里)에 한 과부가 남편도 없이 아이를 잉태하여 낳았는데, 아이가 나이 열두 살이 되도록 말도 하지 않고 자리에서 일어나지도 않았다. 그래서 그를 사동(蛇童), 혹은 사복(蛇卜), 사파(蛇巴), 사복(蛇伏)이라고 불렀다.

　어느 날 그의 어머니가 죽었다. 그때 원효(元曉) 대사는 고선사(高仙寺)에 머무르고 있었는데 원효가 사동을 맞아 예를 갖춰 배례를 하니 사복은 답례도 하지 않은 채 원효에게 말을 했다.

　"그대와 내가 지난날에 경을 싣고 다니던 암소(사복의 어머니)가 지금 죽었으니 나와 같이 장사 지내는 것이 어떻겠는가."

　원효는 그렇게 하자고 허락하고 사복과 함께 집으로 왔다. 사복은 원효에게 포살수계(布薩授戒, 보름마다 지은 죄를 참회하는 승려들의 의식)를 해 달라고 한다. 이에 원효가 시체 앞으로 나가 빌었다.

　"태어나지 말지어다. 그 죽음이 괴롭도다.

　죽지 말지어다. 그 태어남이 괴롭도다."

　원효의 사(詞)를 들은 사복은,

　"말이 번거롭다."

　라고 말한다. 그래서 원효는 다시 고쳐서 빌었다.

　"죽는 것도 사는 것도 모두 괴롭도다."

　두 사람은 상여를 메고 활리산 동쪽 기슭으로 갔다. 원효가 말했다.

　"지혜 있는 호랑이는 지혜의 숲에 장사지내는 것이 마땅하지 않는가!"

　사복은 이에 게송을 지었다.

옛날 석가모니 부처님은
사라수 사이에서 열반하셨네.
오늘도 그와 같은 이가 있어
연화장세계(극락세계)에 들어가려 하네.

 게송을 마치고 띠풀을 뽑아내자, 그 아래에 한 세계가 열려 있어 명랑(明朗)하고 청허(淸虛)한 칠보(七寶) 난간에 누각(樓閣)이 장엄하니 인간세상은 아니었다. 사복은 시체를 지고 그 세계 속으로 들어간다. 그러자 그 땅은 이내 흔적도 없이 아물어지고 그 후 원효는 돌아온다.
 후세 사람들이 사복과 그의 어머니를 위해 금강산(경주 북산) 동남쪽 기슭에 절을 세우고 절 이름을 도장사라 했다. 그리고 매년 3월 십사일에는 점찰회(占察會, 법회)를 행하는 의식을 향규(常例, 상례)로 삼았다.
 사복이 세상을 살면서 지낸 시말이란 오직 이것뿐인데 세간에서는 흔히 황당한 말로써 덧붙였으니 가소로운 일이다.

 찬(讚)한다.

잠잠히 잠자는 용이 어이 등한하리.
떠나면서 읊은 한 곡 모든 것 다했네.
괴로운 생사는 본래 괴로운 것이 아니니
연화장에 떠돌아도 세계가 넓기도 하구나.

오봉산의 불

- 작자 미상 -

작품 정리

　이 작품은 전라북도 지방에서 채록된 교훈적 내용의 전래 민담이다. 멀리 있을 것 같지만 가까이 있는 오봉산을 찾아 불을 붙이면 그 죄업이 없어지고 모든 것이 원래대로 돌아온다는 내용으로 옛날에 한 여인이 시집을 가서 남편과 행복하게 살다 남편이 문둥병에 걸려 남편을 위해 약이란 약은 다 써도 효험이 없자 남편의 병을 낫게 해 달라고 정성스레 빌었다. 어느 날 중이 찾아와서 "오봉산에 불을 놓고 남편을 찾아가면 병이 반드시 낫는데 반드시 백 일 안에 그렇게 해야 한다."고 말한다. 여인은 밤낮으로 오봉산을 찾지만 끝내 찾지 못하고 백 일이 다 가오자 남편 곁으로 가서 죽으려고 남편을 찾아가다 자기 손이 오봉산이라는 것을 깨닫고 남편의 병을 고친다는 민담으로 삶의 진실한 가치는 아주 가깝거나 자기 자신 안에 있다는 것을 설화적 수법으로 나타내고 있다.

작품 줄거리

　옛날에 한 여인이 시집을 가서 남편과 행복하게 살았다. 그런데 남편이 문둥병에 걸려 두 사람은 어쩔 수 없이 헤어져 살아야 했다. 여인은 남편을 위해 약이란 약은 다 써도 효험이 없자 남편의 병을 낫게 해 달라고 정성스레 빌었다. 그러던 어느 날 중이 찾아와서 남편을 살릴 방도를 가르쳐 준다. "오봉산에 불을 놓고 남편을 찾아가면 병이 반드시 낫는데 반드시 백 일 안에 그렇게 해야 합니다."
라고 말한다. 여인은 밤낮으로 오봉산을 찾지만 끝내 찾지 못하고 중이 말한 백
일이 다가오자 남편 곁으로 가서 죽으려고 남편을 찾아간다. 서산에 지는 해를
보며 넘어가지 말라고 손을 휘젓던 여인은 자기 손이 오봉산이라는 것을 깨닫고
손에 불을 붙여 남편의 병을 고친다.

핵심 정리

갈래 : 설화

구성 : 구전 설화

제재 : 부인의 지극한 사랑과 정성

주제 : 행복은 먼 데 있지 않고 가까운 곳에 있다는 교훈

출전 : 구비문학대계

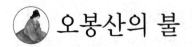

오봉산의 불

　옛날에 문둥병은 지금보다 더 무서웠다. 병을 옮긴다고 하여 병든 사람을 깊은 산 속에다 두고 한 달에 한 번 정도 먹을 것을 정한 데다 가져다주면 병자가 찾아다 먹고 외롭게 혼자 살았다.

　옛날에 어떤 사람이 시집을 가서 남편과 깨가 쏟아지게 잘 살다가 남편이 문둥병에 걸려 같이 살 수가 없었다. 떨어지지 않으려고 약이란 약은 다 써 봐도 안 되었다.

　그래서 부인은,

　"우리 남편 병 낫게 해 주옵소서."

　하고 매일 빌었다. 한없이 빌던 어느 날 중이 찾아온다.

　"부인 정성이 지극하니 내가 당신 남편 살 도리를 가르쳐주리다. 오봉산에다 불을 켜놓고 남편을 찾아가시오. 그것도 백 일 안에 해야 합니다. 그렇게 해야 남편 병이 낫습니다."

　하고 중이 말하자 부인은 귀가 번쩍 뜨인다.

　"스님, 오봉산은 어디 있나요?"

　하고 부인이 물었다.

　"멀다면 멀고 가깝다면 가까운데 있소이다. 그것은 부인이 찾아야 합니다."

　하고 중이 말하니 부인은 그날로 오봉산을 찾아 나선다. 아무리 찾아도 오봉산이란 곳은 없었다. 조선 팔도를 다 다녔지만 삼봉산은 있는데 오봉산은 없었다.

　백 일은 바짝바짝 다가오고 있었다. 그러다 내일이면 백 일이 되는 날

에,

"그래, 이왕 죽을 바에는 남편 옆에 가서 죽자."

하고 남편을 찾아갔다. 가다보니 백 일째가 되었는데 아직 해가 남아 있어서 바삐 갔다. 그러다가 해가 넘어가기 전에 남편 곁으로 가야 하는데 해질녘이 되어 남편이 있는 암자 근처에 와서 그만 쓰러지고 말았다. 조금 남았는데, 조금만 더 가면 죽어도 같이 죽을 수 있는데, 그런데 이제 더 갈 수가 없었다.

해는 사정없이 넘어가려고 한다. 하도 안타까워 그 해를 향해 제발 넘어가지 말라고 손을 내젓고 해를 잡아당기려고 손가락을 쫙 폈다. 해가 넘어갈 때는 서쪽 하늘도 붉고 그 해도 붉다. 그 해를 향해 펼친 손가락 다섯 개를 바라보니 그 손이 오봉산이었다.

"아! 내 손가락이 오봉산이었구나!"

오봉산을 찾으면 불을 붙이려고 항상 부싯돌과 기름을 가지고 다녔다. 그래서 당장 부싯돌을 찾아 불을 켜서 다섯 손가락에다 불을 댕긴 후 기운을 내서 암자를 찾아간다.

잠시 후 남편 있는 암자에 도착한다. 그때 남편이 목욕을 하고 나오는데 그 순간 병이 싹 나았다. 아내와 남편은 함께 마을로 내려와 아들 딸 낳고 잘 살았다.

공방전(孔方傳)

- 임춘(林椿) -

작품 정리

　고려 의종 때 문인 임춘(林椿)이 지은 가전체 소설로 엽전을 의인화했으며 한문으로 되어 있다. 임춘의 유고집 〈서하선생집〉과 〈동문선〉에 실려 있다.

　주인공인 '공방'은 네모난 구멍이 뚫린 엽전을 형용한 것이다. 그러면서 전체의 서술은 역사 기록의 열전을 본떴다. 그러나 열전은 실제로 있었던 인물의 실제 사실을 기록한 것인데 반해, 이 이야기는 꾸며낸 것이므로 가전이라고 한다. 따라서 이 작품은 허구 소설로 나아가서는 문학사의 한 단계를 보여준다는 점에 초점을 맞추어 이해 · 감상하는 것이 바람직하다.

작품 줄거리

　공방은 엽전의 둥근 모양에서 공(孔)을, 구멍의 모난 모양에서 방(方)을 따서 붙인 이름이다. 공방의 조상은 수양산에 숨어 살다가 황제 때 처음 채용되었다. 천(泉)은 주나라의 재상으로 나라의 세금을 담당했다. 공방은 그 생김이 밖은 둥글고 안은 모나며, 때에 따라서 일을 융통성 있게 잘 처리하여 한나라의 홍로경이 되었다. 그러나 욕심 많고 재물을 중하게 여기고 곡식을 천하게 여기는 공방은 백성들에게 농사를 버리고 장사에 매달리게 했다. 또 사람을 대할 때도 덕망이나 어짐을 보지 않고 재물만 많이 가지고 있으면 가까이했다. 그가 중한 직책을 맡아보는 사이 조정을 망치고 백성을 해쳐 나라가 어려움에 빠지자 공우란 신하가 상서를 올려 공방은 결국 쫓겨나게 된다. 이후 공방이 죽고 그를 따르던 무리들이 남아 당나라, 송나라 때에 다시 채용되었으나 배척을 받는다.

작가 소개

임춘(林椿 ?~?)

고려 의종·명종 때 문인·학자이며, 자는 기지(耆之), 호는 서하(西河)이다. 예천 임씨의 시조이기도 하며, 고려 건국 공신의 후예로 일찍부터 유교적 교양과 문학으로 입신할 것을 표방하였으나 과거에 여러 번 낙방하였다. 1170년(의종 24) 정중부의 난으로 공음전 등의 재산을 빼앗기고 피신한 뒤 이인로·오세재를 비롯한 죽림고회(竹林高會)의 벗들과 시와 술을 즐기며 현실에 대한 불만과 탄식, 포부를 문학을 통하여 피력하기도 했다. 주요 작품으로 가전체 소설 〈국순전〉, 〈공방전〉과 장편시 〈장검행〉 등이 있고, 문집으로는 이인로가 엮은 유고집 〈서하선생집〉이 있다.

핵심 정리

갈래 : 가전체

연대 : 고려 중엽

구성 : 풍자적

제재 : 엽전(돈)

주제 : 재물에 대한 탐욕을 비판

출전 : 서하선생집

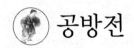# 공방전

　공방의 자는 관지다. 공방이란 구멍이 모나게 뚫린 돈, 관지는 돈의 꿰미(구멍뚫린 물건을 꿰어 매는 노끈)를 뜻한다. 그의 조상은 일찍이 수양산 속에 숨어 살면서 아직 한 번도 세상에 나와서 쓰인 일이 없었다.

　그는 황제 시절에 조정에 쓰였으나 워낙 성질이 굳세어 원래 세상일에는 그다지 세련되지 못했다.

　어느 날 황제가 상공을 불러 그를 보였다. 상공이 한참 들여다보더니 말했다.

　"이는 산과 들의 성질을 가져서 쓸 만한 것이 못됩니다. 그러하오나 폐하께서 만일 만물을 조화하는 풀무나 망치를 써서 그 때를 긁어 빛을 낸다면, 본래의 바탕이 차차 드러날 것입니다. 원래 왕자란 모든 사람으로 하여금 올바른 그릇이 되게 해야 하는 것입니다. 원하옵건대 폐하께서는 이 사람을 저 쓸모없는 구리쇠와 함께 내버리지 마시옵소서."

　이리하여 차츰 공방의 이름이 세상에 드러나게 되었다.

　그 뒤에 한때 난리를 피하여 강가에 있는 숯 굽는 마을로 옮겨져 거기에서 오래 살게 되었다. 그의 아버지 천(술을 달리 이르는 말)은 주나라의 대재로서 나라의 세금에 관한 일을 맡아 처리하고 있었다.

　공방의 생김새는 밖이 둥글고 구멍이 모나게 뚫려 있다. 그는 때에 따라서 융통성 있게 일을 잘 처리한다. 한번은 한 나라의 벼슬을 지내 홍려경(외국에 대한 사무, 즉 조종에 대한 일과 흉의, 사묘의 일 등을 맡는 홍려시의 장관)이 되었다. 그때 오, 왕, 비가 분수를 모르고 나라의 권세를 제 마음대로 누렸다. 방은 여기에 붙어서 많은 이익을 보았다. 무제 때에는 온 천하의 경제가 말이 아니었다. 나라 안의 창고가 온통 비어 있었다. 임금은 이를 보고 몹시 걱정했다. 방을 불러 벼슬을 주고 부민후로 삼아 그의 무리인 염, 철, 승, 근과 함께 조정에 있게 했다. 이때 근은 방한테 항상 형이라 하고 이름을 부르지 않았다.

방은 욕심이 많고 비루하며 염치가 없었다. 그런 사람이 이제 재물을 맡아서 처리하게 되었다. 그는 돈의 원금과 이자의 경중을 다는 법을 좋아하여, 나라를 편안하게 하는 것은 질그릇이나 쇠그릇을 만드는 생산 방법뿐만 아니라 다른 것에도 있다고 생각했다. 그는 백성을 상대로 한 푼 한 리의 이익 때문에 다투는 한편 모든 물건의 값을 낮추어 곡식을 몹시 천하게 생각하게 했고 다른 재물을 중하게 여기도록 해서, 백성들이 자기들의 본업인 농업을 버리고 사농공상의 맨 끝인 장사에 종사하게 함으로써 농사짓는 것을 방해했다.

이것을 본 간관(諫官, 조선 시대에 사간원과 사헌부에 속해서 임금의 잘못을 고치도록 하고 백관의 비행을 규탄하는 벼슬아치)들은 상소를 올려 잘못이라고 지적했다. 하지만 임금은 이 말을 듣지 않았다. 방은 또 권세 있고 귀한 사람을 몹시 재치 있게 잘 섬겼다. 그들의 집에 자주 드나들면서 자기도 권세를 부리고 한편으로는 그들을 등에 없고 벼슬을 팔아, 승진시키고 갈아 치우는 것마저도 모두 방의 손에 달려 있었다. 이렇게 되니 한다하는 공경들까지도 모두 절개를 지키지 못하고 섬기게 되었다. 그의 창고에는 곡식이 쌓이고 뇌물을 수없이 받아서 적은 뇌물 목록 문서와 증서가 산처럼 쌓여 그 수를 헤아릴 수 없었다.

그는 모든 사람을 상대하는 데 있어 잘나거나 못난 것에 관계치 않았다. 아무리 시정에 있는 사람이라도 재물만 많이 가졌다면 모두 사귀었다. 때로는 거리에 돌아다니는 나쁜 소년들과도 어울려 노름도 했다. 이것을 보고 당시 사람들은 이렇게 말했다.

"공방의 한마디 말이 황금 백 근만 못하지 않다."

원제가 왕위에 오르자 공우(한나라 낭야 사람. 자는 소옹. 원제 때 벼슬이 간의대부, 광록대부에 올랐고 뒤에 어사대부가 됨)가 글을 올려 말했다.

"공방이 어려운 직책을 오랫동안 맡아보는 사이, 그는 농사가 국가의 근본임을 알지 못하고 오직 장사꾼들의 이익만을 옹호해 주어서, 나라를 좀먹고 백성을 해쳐서 나라나 백성 할 것 없이 모두 곤궁에 빠지게 되었습니다. 게다가 뇌물이 성행하고 청탁하는 일이 버젓이 행해지고 있습니다. 〈주역〉에 '짐을 지고 또 타게 되면 도독이 온다'는 말이 있습니다. 청컨대 그를 파면시켜, 욕심 많고 비루한 자들을 모조리 징계하시옵소서."

그때 정권을 잡은 자 중에는 곡량의 학문(주나라 때 곡량전이 〈춘추 곡량전〉을 지었다. 여기서 말한 곡량의 학문이란 〈춘추 곡량전〉을 뜻함)을 쌓아 정계에 진출한 자가 있었다. 그는 군자를 맡은 장군으로 변방을 막는 방책을 세우려 했다. 이에 방이 하는 일을 미워하는 자들이 그를 위해서 조언했다. 마침내 임금이 이들의 말을 들어서 방은 조정에서 쫓겨났다.

그가 문인들에게 말했다.

"내가 일찍이 폐하를 만나 뵙고, 나 혼자서 온 천하의 정치를 도맡아 보았었다. 그리하여 장차 국가의 경제가 넉넉하고 백성들의 재물을 풍족하게 하려고 애썼다. 그런데 이제 억울한 누명을 쓰고 내쫓기고 말았구나. 하지만 조종에 나아가 쓰이거나 쫓겨나 버림받는 것이 내게는 아무런 손해도 되지 않는구나. 다행히 나의 목숨이 조금이라도 남아 있어 용납된다. 이제 나는 부평과 같은 행색으로 곧장 강회에 있는 별장으로 돌아가련다. 시냇물에 낚싯대를 드리우고 고기를 낚아 술을 마시며, 때로는 바다 위의 장사꾼들과 함께 배를 타고 떠돌면서 남은 일생을 마치면 그만이다. 제아무리 천종의 녹이나 다섯 솥의 많은 음식인들 내 어찌 조금이나 부러워해서 이것과 바꾸겠느냐. 하지만 내 심술이 오래되면 다시 발작할 것만 같다."

순욱과 함께 수레를 타고 조정에 들어갈 때 지나치게 뽐내어 혼자서 자리를 차지했다는 고사란 사람이 있었다. 그는 공방과 사귀어 수만 냥의 재산을 모았다. 화교는 공방을 몹시 좋아해 한 가지 버릇을 이루고 말았다. 이것을 본 노포는 글을 지어 화교를 비난하고, 그릇된 풍속을 바로잡기에 애썼다.

그들 중에서 오직 완적만은 성품이 활달해서 속물을 좋아하지 않았다. 그런데도 방의 무리와 어울려 술집에 다니면서 취하도록 마시곤 했다. 왕이보는 입으로 방의 이름을 부르는 일이 한 번도 없었다. 방을 가리켜 말할 때에는 그저 '그것'이라고 했다. 공방은 이렇게 사람들에게 천대를 받았다.

당나라 세상이 되었다. 유안이 탁지 판관이 되었다. 재산을 관리하는 벼슬이다. 당시 국가의 재산은 넉넉지 못했다. 그는 다시 임금에게 아뢰어 방을 이용해서 국가의 재물을 여유 있게 하려고 했다. 그가 임금에게 아뢴 말은 식하지(정사의 지류 항목으로, 경제에 대한 일을 기록한 것. 〈전한서〉, 〈진서〉, 〈위서〉 등 여러 곳에 나옴)에 실려 있다.

그러나 그때 방은 죽은 지 이미 오래였다. 다만 그의 제자들이 사방에 흩어져 살고 있었다. 국가에서 이들을 불러 방 대신 쓰게 되었다. 이리하여 방의 술책이 개원, 천보(모두 당나라 현종의 연호로서 서기 731~755년 사이) 사이에 크게 쓰였고, 심지어는 국가에서 조서를 내려 방에게 조의대부 소부승을 추증(나라에 공로가 있는 벼슬아치가 죽은 뒤 품계를 높여 주던 일)하기까지 했다.

남송 신종조 때에는 왕안석(송나라 정치가이자 학자, 호는 반산. 신종 때 정승이 되어 새로 신법을 행하고 부국강병책을 썼음)이 정사를 맡아 다스렸다. 이때 여혜경도 불러서 함께 일을 돕게 했다. 이들이 청묘법(송나라 신종 때 왕안석이 만든 법. 모든 고을의 상평창과 광혜창에 있는 돈과 곡식을 백성들에게 빌려 주었다가 추수 후에 받아들이는 것으로, 그해에 흉년이 들면 다음 해로 연기해 주어, 풍년이 든 후에 반납시킨다. 그 목적은 창고의 재물을 축내지 않고 가난한 백성들을 구제하고 부자들의 고리 폐단을 막는 데 있음)을 처음 썼는데 이때 온 천하가 시끄러워 아주 못살게 되었다.

소식이 이것을 보고 그 폐단을 혹독하게 비난하여 그들을 모조리 배척하려 했다. 그러나 소식은 도리어 그들의 모함에 빠져서 귀양을 가게 되었다. 이후 조정의 모든 선비들은 감히 그들을 비난하지 못했다.

사마광이 정승으로 들어가자 그 법을 폐지하자고 아뢰고, 소식을 천거하여 높은 자리에 앉혔다. 그 후 방의 무리는 차츰 세력이 꺾여 다시 강성하지 못했다.

방의 아들 윤은 몹시 경박하여 세상 사람들의 욕을 혼자서 먹는 판이었다. 그 뒤에 수형령이 되었으니 죄가 드러나서 마침내 사형을 받고 말았다.

사신이 말했다.

남의 신하가 된 몸으로서 두 마음을 품고 큰 이익만 좇는 자를 어찌 충성된 사람이라고 하랴. 방은 올바른 법과 좋은 주인을 만나서 정신을 집중시켜 자기를 알렸으므로 나라의 은혜를 적지 않게 입었다. 그러면 마땅히 국가를 위하여 이익을 일으켜 주고 해를 덜어 주어서 임금의 은혜로운 대우에 보답했어야 했다. 그런데도 비를 도와서 나라의 권세를 독차지하고 심지어 당까지 만들었으니, 이는 '충신은 경계 밖의 사귐이 없어야 한다'는 말에 어긋나는 것이다.

방이 죽자 그 남은 무리는 다시 남송에 쓰였다. 그들은 정권을 잡은 권신들에게 붙어서 충신을 모함했다. 비록 길고 짧은 이치는 저명한 가운데 있는 것이지만, 만일 원제가 일찍부터 공우가 한 말을 받아들여서 이들을 모두 없애 버렸다면 이 같은 후환은 없었을 것이다. 그런데 단지 이들을 억제하기만 해서 마침내 후세에 폐단을 남기고 말았다. 그러니 실행보다 말이 앞서는 자는 언제나 미덥지 못한 것을 걱정하지 않을 수가 없다.

국순전(麴醇傳)

- 임춘(林椿) -

작품 정리

　고려 무신 집정 때 문인 임춘이 술을 의인화하여 지은 가전 작품이다. 작자는 이 작품을 통해서 인생과 술의 관계를 문제 삼고 있다. 인간이 술을 좋아하게 된 것과 때로는 술 때문에 타락한 모습을 풍자하고 있다. 이 작품은 인간과 술의 관계를 통해서 임금과 신하의 관계를 조명해 본 것이다. 당시 국정의 문란과 병폐, 특히 벼슬아치들의 발호와 타락상을 증언하고 고발하려는 의도로 표현된 작품이다. 이 작품은 모리배들의 득세로, 뛰어난 인물들이 오히려 소외당하는 현실을 풍자, 비판하는 내용을 담고 있다. 그리고 같은 술을 제재로 '술'을 의인화한 이규보의 〈국선생전〉에 큰 영향을 주었다.

작품 줄거리

　국순의 조상은 농서 사람으로 90대 할아버지 모(牟, 보리)가 순임금 시대에 후직이라는 현인을 도와 백성을 먹여 살리고 즐겁게 해준 공로가 있었다. 모는 처음부터 벼슬하지 않고 '나는 반드시 밭을 갈아 먹으리라' 하며 밭에서 살았다. 임금은 그에게 옹구에 제사를 지내게 하고 그의 공을 인정해 중산후를 봉하고, 국씨(麴氏)라 하였다.

　위나라 초년이 되었을 때 국순의 아버지 주(酎, 소주)가 세상에 이름이 알려지자 상서랑 서막과 서로 친해져서 주의 말이 사람들 입에서 떠나지 않았다. 국순의 기국과 도량은 크고 깊어 출렁거리고 넘실거림이 마치 만경창파의 물과 같아 맑게 해도 더 맑지 않고, 흔들어도 흐려지지 않았으며, 그 풍미는 한 세상을 뒤엎어 자못 사람에게 기운을 더해 주기도 했다. 마침내 권세를 얻게 된 순은 나라의 중대사를 맡아 처리하였다. 어느 날 임금이 그에게서 술냄새가 난다 하여 싫어하게 되자 관을 벗고 집으로 돌아와 병들어 죽는다.

핵심 정리

갈래 : 가전체

연대 : 고려 중엽

구성 : 풍자적

제재 : 술(누룩)

주제 : 향락에 빠진 임금과 간신의 대한 풍자

출전 : 동문선

🍶 국순전

국순의 자는 자후다. 국순이란 '누룩 술' 이란 뜻이요, 자후는 글자대로 '흐뭇하다' 는 말이다. 그 조상은 농서 사람으로 90대 할아버지 모(牟, 모 맥. 보리의 일종으로 우리말로는 밀이라고 하는데, 이것으로 술의 원료 인 누룩을 만듦)가 순 임금 시대에 농사에 대한 행정을 맡았던 후직이라 는 현인을 도와서 모든 백성을 먹여 살리고 즐겁게 해 준 공로가 있었다.

보리는 사람이 먹는 식량이 되고 있다. 그러니까 보리의 먼 후손이 누 룩 술이 되었다는 이야기다. 옛날 옛적부터 인간을 먹여 살린 공로를 〈시 경〉에서는 이렇게 노래했다.

"내게 그 보리를 물려주었도다."

모는 처음부터 벼슬을 하지 않고 농토 속에 묻혀 살면서 말했다.

"나는 반드시 농사를 지어야 먹으리라."

이러한 모에게 자손이 있다는 말을 들은 임금은, 조서를 내려 수레를 보내어 그를 불렀다. 그가 사는 근처의 고을에 명을 내려, 그의 집에 예 물을 보내도록 했다. 그리고 임금은 신하에게 명하여 몸소 그의 집에 가 서 신분이 귀하고 천한 것을 잊고 친분을 맺어서 세속 사람과 사귀게 했 다. 그리하여 점점 상대방을 변화시켜 가까워지게 되었다. 이에 모는 기 뻐하여 말했다.

"내 일을 이루어 주는 것은 친구라 하더니 그 말이 과연 옳구나."

그 후로 차츰 그가 맑고 덕이 있다는 소문이 퍼져 임금의 귀에까지 들 리게 되었다. 임금은 그에게 정문(旌門, 충신·효자·열녀들을 표창하기 위하여 그 집에 세우던 붉은 문)을 내려 표창했다. 그리고 임금을 좇아 옹구에 제사를 지내게 하고, 그의 공로를 인정해 중산후를 봉하고, 식읍(食邑, 왕족 공신에게 준 일정한 지역)을 하사하고 국씨라 하였다.

그의 5대 손은 성왕을 도와서 조정을 지키는 것을 자기의 책임으로 여겨 태평스레 술에 취해 사는 좋은 세상을 이루었다. 그러나 강왕이 왕위에 오르면서부터 점점 대접이 시원찮아지더니 마침내는 금고형을 내리고 심지어 나라의 명령으로 꼼짝 못하게 했다. 그래서 후세에 와서는 뚜렷이 드러나는 자가 없이 모두 민간에 숨어 지낼 뿐이었다.

위나라 초년이 되자 순(醇)의 아비 주(酎, 소주)의 이름이 세상에 알려지기 시작했다. 그는 곧 상서랑 서막과 알게 되었다. 서막은 조종에 나아가서까지 주의 말을 하여 언제나 그의 말이 입에서 떠나지 않았다.

어느 날 임금에게 아뢰는 자가 있었다.

"서막이 국주와 친하게 지내는 것 같습니다. 만약 이것을 그대로 두었다가는 장차 조정을 어지럽힐 것이옵니다."

이 말을 듣고 임금은 서막을 불러 그 내용을 물었다. 서막은 머리를 조아리면서 사과했다.

"신이 국주와 친하게 지내는 것은 그에게 성인의 덕이 있기에 때때로 그 덕을 마셨을 뿐이옵니다."

임금은 서막을 못마땅하게 여겨 내보냈다.

진나라 세상이 되자 주는 세상이 장차 어지러워지리라는 것을 미리 알았다. 그는 항상 유령, 완적(진나라 때 죽림칠현에 속한 사람들. 죽림칠현은 당시 세상을 외면하고 술을 마시며 소위 청담을 일삼았다. 그중에서도 유령은 특히 술을 좋아함)의 무리들과 죽림 속에서 놀다가 세상을 마쳤다.

주는 도량이 넓고 깊어 마치 끝없는 만경의 바다 물결과도 같았다. 억지로 맑게 하려고 해도 더 맑아지지도 않고, 일부러 휘저어도 더 흐려지지도 않았다. 그 풍미는 한 세상을 뒤덮어 자못 그 기운을 사람에게 빌려 주기도 했다.

어느 날 섭법사와 종일토록 함께 담론한 일이 있었다. 이때 자리에 모인 사람들은 그의 말을 듣고 모두 허리를 잡았다. 이로부터 그의 이름이 세상에 알려지기 시작했고 그를 국처사라고 불렀다. 이리하여 위로는 공경대부와 신선, 방사(신선의 술법을 닦는 사람 또는 도사)로부터 아래로는 남의 집 머슴, 나무꾼, 오랑캐나 외국 사람들까지 그의 향기나 이름만 들어도 모두 부러워하고 사모했다.

이들은 여럿이 모였다가도 국처사가 오지 않으면 모두 쓸쓸한 표정으로 입을 모아 말하곤 했다.

"국처사가 없으니 자리가 즐겁지 않군."

그가 당시 사람들에게 소중히 여겨진 것은 대개 이러했다.

태위 산도(진 나라 때 죽림칠현의 한 사람)는 감식이 있는 사람이었다. 어느 날 그를 보고 말했다.

"어느 놈의 늙은 할미가 이런 영악한 아이를 낳았단 말인가. 그러나 세상 사람들을 그르칠 사람은 반드시 이 사람일 것이다."

관청에서 그를 불러 청주 종사로 삼았다. 그러나 격의 위에 있는 것이 마땅한 벼슬자리가 아니라고 해서 다시 바꾸어 평원 독우를 시켰다. 그러나 얼마 되지 않아서 그가 탄식하며 말했다.

"내가 이까짓 쌀 닷 말 때문에 남 앞에 허리를 굽힌단 말이냐. 차라리 마을에 있는 아이들과 함께 이야기하면서 노는 게 낫겠다."

그는 이렇게 말하고 벼슬을 내놓고 돌아갔다. 이때 관상을 잘 보는 사람 하나가 말했다.

"그대는 붉은 기운이 얼굴에 떠오르고 있으니 뒤에 가서는 반드시 귀하게 되어 천명의 녹을 받게 될 것이오. 잠시 있으면 누군가가 비싼 값을 내고 데려갈 것이니 그때를 기다리시오."

진의 후주(後酒, 물을 타지 않은 진한 술을 떠내고 재강에 다시 물을 부어 떠낸 술) 시대가 되자 양가의 아들로 인해 주객원외랑이 되었다. 임금은 그의 도량이 큰 것을 알아보고 장차 크게 쓸 생각이 있었다. 이미 쇠로 만든 사발로 덮어 거른 후 벼슬을 높이 올려 공록대부 예빈랑으로 삼고 작을 올려 공으로 삼았다.

이후 임금과 신하가 회의를 할 때에는 반드시 순을 시켜 잔을 채우게 했다. 순의 그 행동하고 수작하는 것이 임금과 신하들의 뜻에 잘 맞았다.

임금은 그를 몹시 칭찬하며 말했다.

"경이야말로 곧고 맑은 사람이다. 내 마음을 열어 주고 일깨워 주는 도다."

순은 권세를 얻어 마음대로 일하게 되었다. 어진 사람을 사귀고 손님을 접대하는 것, 늙은이를 받들어 술과 고기를 주는 일, 귀신과 종묘에 제사를 지내는 일은 모두 순이 맡아서 했다. 임금이 밤에 잔치를 벌일 때에도 오직 순과 궁인만이 곁에서 모실 수 있었고, 그 밖의 사람은 아무리 가까운 신하라도 옆에 가지 못했다.

임금은 날마다 몹시 취해서 정사를 전폐하게 되었다. 순은 임금의 입에 마치 재갈을 물리듯이 해서 아무런 말도 못하게 했다. 이렇게 되고 보니 예법을 아는 선비들은 순을 마치 원수처럼 미워하게 되었다. 하지만 임금은 항상 순을 보호해 주었다. 그런데 순은 재산 모으는 것을 몹시 좋아했다. 그래서 당시 여론은 그를 더욱 비루하게 여겼다.

어느 날 임금이 물었다.

"경은 무슨 버릇이 있는가?"

"옛날에 두예는 〈좌전〉을 좋아하는 벽이 있었고, 왕제는 말 타는 벽이 있었습니다."

이 말을 듣고 임금은 한 번 크게 웃고는 더욱 그를 돌봐주었다.

어느 날 순이 임금 앞에 나아가게 되었다. 본래 순의 입에서는 냄새가 났다. 임금이 이것을 싫어해서 그에게 말했다.

"이제 경은 이미 늙어서 내 앞에서 일을 하지 못하겠는가?"

순은 말을 알아듣고 관을 벗고 사죄했다.

"신이 작을 받고도 사양하지 않으면 끝내는 몸을 망칠 염려가 있사옵니다. 바라옵건대 신을 사제에 돌아가게 해 주시면, 신은 그것으로 제 분수를 알겠나이다."

임금은 좌우 신하들에게 명하여 순을 집으로 돌려보냈다. 그러나 집에 돌아온 순은 갑자기 병이 들어 죽고 말았다.

순에게는 아들이 없었다. 그에게는 족제 청이 있는데 당나라에서 벼슬하여 내공봉까지 지냈다. 이로부터 그의 자손이 중국에 퍼지게 되었다.

사신이 말했다.

국씨는 그 조상이 백성에게 공이 있었고, 청렴결백한 것을 그 자손에게 물려주었다. 그것은 마치 창이 주에 있는 것과 같아서 향기로운 덕이 황천에까지 미쳤으니, 가히 그 할아비의 풍도가 있다 하겠다. 순은 들고 다니는 병에 지나지 않는 지혜를 가지고 독을 묻은 들창에서 일어나, 일찍이 쇠로 만든 뚜껑을 덮는 금구에 선발되었다. 그리하여 술 단지와 음식 만드는 도마 사이에 서서 담소하면서도 끝내 옳은 것을 받아들이고 그른 것을 물리치지 못해서, 왕실이 어지러워 엎어지는데도 이를 붙들지 못해 결국 세상 사람들의 웃음거리가 되었으니, 옛날 거원(巨源, 죽림칠현의 한 사람인 산도)의 말이 믿을 만하도다.

국선생전(麴先生傳)

– 이규보(李奎報) –

작품 정리

이 작품은 안으로는 무신의 반란과 밖으로는 몽고군의 침입에 희생된 고려 의종·고종 연간의 난국에 처하여 분수를 망각한 인간성의 결함과 비정을 풍자한 계세징인을 목적으로 쓰여진 가전이다.

고려 시대의 문인 이규보가 지은 것으로, 술을 의인화한 국성을 위국충절의 대표적 인물로 등장시켜 분수를 모르는 인간성의 비정을 풍자한 작품이다. 이 작품에서 작자는 주인공인 국성을 신하의 입장으로 설정하여, 유생의 삶이란 신하로서 왕을 섬기고 이상적인 나라를 다스리는 치국의 이상을 바르게 실현하는 데 있다는 입장을 드러내고 있다. 국성은 일시적인 시련을 견딜 줄 아는 덕과 충성심이 지극한 긍정적인 인물로 서술되고 있다. 그리고 같은 술을 소재로 하면서도 아첨을 일삼는 정계나 방탕한 군주를 풍자한 〈국순전〉과는 대조를 이루는 작품이다.

작품 줄거리

국성(술)은 주천 사람으로 그의 조상은 원래 농사를 짓고 살았다. 아버지 차는 어머니 사농경 곡씨와 혼인해 성을 낳았다. 성은 총명하고 뜻이 커서 당시 도잠·유영과 사귀었고 임금의 총애를 받아 벼슬도 높아졌다. 그의 아들 삼형제가 아버지의 권세를 믿고 방자히 굴다가 모 영(붓)의 탄핵을 받아, 아들들은 자결하고 국성은 탈직되어 서민으로 떨어진다. 후에 다시 기용되어 도둑을 토벌하는 데 공을 세우고, 은퇴하여 고향에 돌아가 폭병으로 죽는다.

이규보(李奎報 1168~1241)

고려 시대 문신 · 문장가이며 초명은 인저, 자는 춘경(春卿), 호는 백운거사(白雲居士) · 백운산인(白雲山人) · 지헌(止軒)이다. 말년에 시 · 거문고 · 술을 좋아하여 삼혹호선생이라고도 불렸다. 1189년(명종 19) 사마시에 합격하고, 이듬해 예부시에서 동진사로 급제하였다. 그러나 곧 관직에 나가지 못하여 빈궁한 생활을 하면서 왕정에서의 부패와 무능, 관리들의 방탕함과 백성들의 피폐함 등에 자극받아 〈동명왕편〉, 〈개원천보영사시〉를 지었다. 1213년(강종 2) 40여 운(韻)의 시 〈공작(孔雀)〉을 쓰고 사재승(司宰丞)이 되었다. 우정언 지제고로서 참관(參官)을 거쳐 1217년(고종 4) 우사간에 이르렀다. 1230년 위도(蝟島)에 귀양 갔다가 다시 기용되어 1233년 집현전대학사, 1234년 정당문학을 지내고 태자소부 · 참지정사 등을 거쳐 1237년 문하시랑평장사(門下侍郎平章事)에 이르렀다. 경전 · 사기 · 선교 · 잡설 등 여러 학문을 섭렵하였고, 개성이 강한 시의 경지를 개척하였으며, 말년에는 불교에 귀의하였다. 저서로 〈동국이상국집〉, 〈백운소설〉등이 있고, 가전체 작품 〈국선생전〉이 있다.

핵심 정리

갈래 : 가전체

연대 : 고려 중엽

구성 : 풍자적

제재 : 술(누룩)

주제 : 향락에 빠진 임금과 간신의 대한 풍자

출전 : 동문선

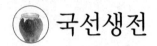 국선생전

국성의 자는 중지(中之)이며 주천(酒泉)에 사는 사람이다.

국성이 어렸을 때는 서막(진나라 사람으로 술을 좋아했다고 함)에게 귀여움을 받았다. 심지어 서막이 그의 이름과 자를 지어 주기까지 했다.

그의 먼 조상은 원래 온(溫) 땅 사람으로 항상 농사를 부지런히 지어 넉넉하게 먹고살았다. 그런데 정(鄭)나라가 주(周)나라를 칠 때 잡아갔기 때문에 그 자손들은 간혹 정나라에 흩어져 살기도 하였다.

국성의 증조는 그 이름이 역사에 실려 있지 않다. 조부모가 주천이라는 곳으로 이사 와서 살기 시작하여 주천 사람이 되었다.

그의 아버지 차는 벼슬을 지냈는데 그의 집에서는 처음 하는 벼슬이었다. 차는 평원 독우(平原督郵, 맛이 좋지 않은 술을 비유한 말)가 되어, 사농경(司農卿, 고려 때 제사에 쓰이는 쌀 등을 관리하던 관아인 사농시의 벼슬아치) 곡씨의 딸과 결혼해서 성을 낳았다.

성은 어려서부터 도량이 넓었다. 손님들이 그 아버지를 보러 왔다가도 성을 유심히 보고 귀여워했다. 손님들이 말했다.

"이 아이의 마음과 도량이 몹시 크고 넓어서 마치 만경의 물결과도 같소. 더 맑게 하려 해도 맑아지지 않고, 흔들어도 더 이상 흐려지지 않소. 그러니 그대와 이야기하는 것보다는 차라리 성과 함께 즐기는 것이 낫겠소."

성은 자라서 중산의 유영(위·진나라 시대 죽림칠현 중 한 명), 심양의 도잠(陶潛, 중국 동진의 시인 도연명을 이르는 말)과 친구가 되었다. 이 두 사람은 일찍이 성에 대해서 이렇게 말했다.

"단 하루라도 국성을 만나지 않으면 마음속에 이상한 생각이 싹튼다."

이들은 서로 만나기만 하면 며칠 동안 모든 일들을 잊고 마음으로 취하고야 헤어졌다. 나라에서 성에게 조구연(漕丘椽, '조구'란 술지게미를 쌓은 더미를 가리킴)이란 벼슬을 내렸지만 성이 그것을 받지 않았다. 또 청주종사(淸州從事, 맛이 아주 좋은 술을 비유하는 말)를 삼으니, 공경들이 계속하여 그를 조정에 천거했다. 이에 임금은 조서를 내리고 공거를 보내어 그를 불러 온 다음 눈짓하며 말했다.

"저 사람이 바로 국생인가? 내 그대의 향기로운 이름을 들은 지 오래다."

태사(太史, 중국의 기록을 맡았던 벼슬아치)가 임금께 아뢰었다.

"지금 주기성(酒旗星)이 크게 빛을 냅니다."

태사가 이렇게 아뢰고 나서 얼마 안 되어 성이 도착하였다. 임금은 태사의 말을 생각하고 더욱 성을 기특하게 여겼다. 임금은 즉시 성에게 주객낭중(主客郎中, 손님을 접대하는 일을 맡은 관직)의 벼슬을 내리고, 얼마 안 되어 국자제주(國子祭酒, 나라의 제사 때 올리는 술. 여기에서는 벼슬 이름을 말한다)로 옮겨 예의사(禮儀使, 예의범절을 관리하는 관리)를 겸하게 했다.

이후부터 모든 조회의 잔치나 종묘의 제사, 천식(薦食, 봄가을에 신에게 굿을 할 때 올리는 음식), 진작(進酌, 임금께 나아가 술을 올림)의 예가 임금의 뜻에 맞지 않는 것이 없었다. 이에 임금이 그를 승진시켜 승정원 재상으로 있게 하고 극진한 대접을 했다. 출입할 때에도 교자(轎子, 높은 관리들이 타는 기마)를 탄 채로 대궐에 오르도록 하고, 이름을 부르지 않고 국 선생이라 일컬었다. 혹 임금의 마음이 불쾌할 때 성이 들어와 뵙기만 해도 임금의 마음은 풀어져 웃곤 했다. 성이 사랑을 받는 것은 대체로 이와 같았다.

원래 성은 성질이 구수하고 아량이 있었다. 따라서 날이 갈수록 사람들과 친근해졌고, 특히 임금과는 조금도 스스럼없이 가까워졌다. 자연 임금의 사랑을 받게 되어 항상 따라다니면서 잔치 자리에서 함께 놀았다.

성에게는 아들이 셋 있었다. 혹과 폭과 역이다. 혹은 독한 술, 폭은 진한 술, 역은 쓴 술이다. 이들은 그 아버지가 임금의 사랑을 받는 것을 믿고 무례하고 건방지게 굴었다. 중서령 모영(毛穎, 붓을 이르는 말)이 임금에게 글을 올려 꾸짖었다.

"행신(行神, 길을 지키는 신)이 폐하의 사랑을 독차지하고 있는 것을 세상 사람들이 모두 결점으로 알고 있습니다. 이제 국성이 조그만 신임을 받아 요행히 벼슬 계급이 올라 많은 도둑을 궁중으로 끌어들이고, 사람들과 어울려 해치기를 일삼고 있습니다. 이것을 보고 모든 사람들이 분하게 여겨, 소리치고 반대하며 머리를 앓고 가슴 아파합니다. 이것이야말로 국가의 병통을 바로잡는 충신이 아니옵고, 실상 만백성에게 해독을 주는 도둑이옵니다. 더구나 성의 자식 셋은 제 아비가 폐하께 총애 받는 것을 믿고, 제 마음대로 행동하고 무례하게 굴어서 모든 사람들이 괴로워하고 있사옵니다. 바라옵건대 이들에게 모두 사형을 내리셔서 모든 사람들의 입을 막으시옵소서."

이러한 상서가 올라가자 성의 아들 셋은 즉시 독약을 마시고 자살했다. 또한 성은 죄를 받아 서민이 되었다. 한편 치이자(말가죽으로 만든 주머니)도 성과 친하게 지냈다고 해서 수레에서 떨어져 자살했다.

처음에 치이자는 우스갯소리를 잘해서 임금의 사랑을 받았다. 자연 국성과 친하게 되어, 임금이 출입할 때에는 항상 수레에 실려 다녔다. 어느 날 치이자가 몸이 피곤해서 누워 있는데 성이 희롱하여 물었다.

"자네는 배는 크지만 속이 텅 비었으니 그 속에 무엇이 있는가?"

치이자가 대답했다.

"자네들 수백 명은 넉넉히 받아들일 수가 있지."

이들은 항상 서로 우스갯소리를 하며 친하게 지냈다.

성이 벼슬을 그만두자 제(배꼽) 고을과 격(가슴) 마을 사이에 도둑들이 떼 지어 일어났다.

이에 임금이 이 고을의 도둑들을 토벌하라는 명을 내렸다. 하지만 적임자를 찾아낼 수가 없었다. 임금은 하는 수 없이 다시 성을 기용해서 원수로 삼아 토벌하도록 했다. 성은 부하 군사를 몹시 엄하게 통솔했을 뿐만 아니라 모든 고생을 군사들과 같이했다.

수성(愁城, 근심을 가리킴)에 물을 대어 한 번 싸움에 이를 함락시키고 거기에 장락판(長樂坂)을 쌓은 다음 회군하였다. 임금은 그 공로로 성을 상동후에 봉했다.

그 후 2년이 지나자 성이 상서를 올려 물러나기를 청했다.

"신은 본래 가난한 집 자식으로 태어나 어렸을 적에는 몸이 빈천하여 이곳저곳으로 남에게 팔려 다니는 신세였습니다. 그러다가 우연히 폐하를 뵙게 되었고 폐하께서는 마음을 터놓으시고 신을 받아들이셔서 할 수 없는 몸을 건져 주시고 강호의 모든 사람들과 같이 받아들여 주셨습니다. 그러나 신은 일을 크게 하시는 데 보탬이 되지 못했고, 국가의 체면을 더 빛나게 하지 못했습니다. 지난번에는 행실을 조심하지 못한 탓으로 시골로 물러나 편안히 있었습니다. 비록 엷은 이슬은 거의 다 말랐사오나 그래도 요행히 남은 이슬방울이 있어, 감히 해와 달이 밝은 것을 기뻐하면서 다시금 찌꺼기와 티를 열어젖힐 수가 있었나이다. 또한 물이 그릇에 차면 엎어진다는 것은 모든 물건의 올바른 이치옵니다. 이제 신은 몸이 마르고 소변이 통하지 않는 병으로 목숨이 얼마 남지 않았사옵니다. 바라옵건대 폐하께서는 명을 내리시어 신으로 하여금 물러가 여생을 보내게 해 주옵소서."

그러나 임금은 이를 승낙하지 않고 중사(中使, 임금의 명을 전하던 내시)를 보내어 송계, 창포 등의 약을 가지고 그 집에 가서 병을 돌보 게 했다. 성은 여러 번 글을 올려 이를 사양했다. 그러자 임금은 하는 수 없이 이를 허락하여 성을 마침내 고향으로 돌려보냈다. 그는 천명을 다하고 조용히 세상을 떠났다.

그의 아우는 현이다. 현은 즉 탁주다. 그는 벼슬이 이천 석에 이르렀다. 아들이 넷인데 익, 두, 앙, 남이다. 익은 색주, 두는 중양주, 앙은 막걸리, 남은 과주다.

이들은 도화 즙을 마셔 신선이 되는 법을 배웠다. 또 성의 조카 주, 만, 염이 있었다. 이들은 모두 적을 평씨에게 소속시켰다.

사신이 이렇게 말했다.

국씨는 원래 대대로 내려오면서 농삿집 사람들이었다. 성이 유독 덕이 넉넉하고 재주가 맑아서 임금의 마음을 깨우쳐 주고, 국정을 살펴 임금의 마음을 편안하게 하였으니 장한 일이다. 그러나 임금의 사랑이 극도에 달하자 마침내 나라의 기강이 어지러웠다. 그러자 화가 그 아들에게까지 미쳤다. 하지만 이런 일은 그에게는 그다지 불만이 되지 않았다. 그는 늙어서 넉넉한 것을 알고 스스로 물러나 마침내 천명을 다하였다. 〈주역〉에 '기미를 봐서 일을 해 나간다.'고 한 말이 있는데, 성이야말로 여기에 가깝다 하겠다.

정시자전(丁侍者傳)

- 석식영암(釋息影庵) -

작품 정리

    고려 때의 승려 석식영암(釋息影庵)이 지은 가전체 소설로 〈동문선〉에 실린 작품이다.

    입동(立冬)날 새벽에 식영암이 졸고 있는데 정시자가 찾아와 시자(侍者)라고 부르는 이유를 묻고 자신의 성(姓)과 이름의 유래, 찾아온 목적, 부모, 자신의 생애와 생각을 자세하게 대답한다. 수풀 사이에 버려졌으나 풍수의 은혜로 성장하여 진(晉)나라 때에 범씨의 가신이 되어 몸에 옻칠하는 기술을 배웠고, 당(唐)나라 때에는 조주의 문인이 되어 철취(鐵觜, 쇠주둥이)라는 호를 얻으며, 정도에서 정삼랑(丁三郎)을 만나 성을 받았다고 한다.

    하느님이 화산(花山)의 시자(侍者)로 삼을 것이니 그곳에 가서 스승을 섬기라는 명을 받고 왔다는 말을 하자 식영암은 덕을 지니고 죽지도 않는 성인(聖人)인 너를 부릴 수 없다 하고 화도(華都)에 있는 화(花)라는 산에 각암이라는 화상(和尚)이 있는 곳으로 가라고 한다.

    이 작품은 지팡이를 의인화하여 고려시대의 당시의 사회상을 비판하고, 사람을 의지하고 믿는 시자를 통하여 인간들이 갖추어야 할 도덕성을 강조한 작품이다.

입동(立冬)날 새벽에 식영암은 암자에서 벽에 기대 졸고 있는데 밖에서 누군가 뜰에 대고 절을 하며 정시자(丁侍者, 지팡이)가 문안 여쭌다고 하자 식영암이 밖을 내다보니 몸이 가늘고 키가 크고 새까만 눈망울이 툭 튀어나온 사람이 기우뚱거리며 서있다. 식영암은 그를 불러 왜 이름은 정(丁)이고, 어디서 왔으며, 무엇하러 왔는지를 묻고 평소에 모르는데 시자(侍者)라고 하니 어찌 된 연유인지를 묻는다.

정시자는 공손한 태도로 옛 성인으로 소의 머리를 가지고 있던 포희씨(包犧氏, 伏犧氏)가 아버님이고 뱀의 몸을 한 여와(女瓦)가 어머님인데 어머님은 저를 낳자 기르지 않고 숲 속에 버려 추위와 더위를 칠백 번 겪고 난 뒤 인재가 되어 진(晋)나라 때 몸에 옻칠을 하는 칠신지술(漆身之術)을 배우고, 당나라 때 문인이 되어 철취(鐵嘴)라는 호를 받은 후 정삼랑(丁三郎)을 만나 그의 성인 정(丁)을 받았다 한다.

그리고 여기에 온 연후는 어제 화산(花山)의 시자(侍者)로 삼을 것이니 그곳에 가서 스승을 섬기라는 하느님의 명을 받고 왔다는 말을 들은 식영암은 아름다운 덕을 지니고 죽지도 않는 성인(聖人)인 너를 어찌 내가 부릴 수 있느냐고 하며 화도(華都)에 있는 화(花)라는 산에 각암이라는 화상(和尙)이 있는 곳으로 가라고 한다.

석식영암(釋息影庵 ?~?)

고려 후기의 대표적인 고승이며 승려 문인이다. 속성은 양씨(梁氏)이고 본관은 남원(南原)으로 속명은 알 수가 없다. 법명은 연감(淵鑑)이며 식영암(息影庵)은 호이다.

이제현 민사평 이암 등과 교류하며 지팡이를 의인화한 가전(假傳) 〈정시자전 丁侍者傳〉을 지었다.

핵심 정리

갈래 : 가전체

연대 : 고려 중엽

구성 : 풍자적

제재 : 지팡이

주제 : 불교 사회의 부패한 단면과 지도층에 반성을 촉구

출전 : 동문선

정시자전

　입동(立冬)날 아직 밝지도 않은 꼭두새벽이다. 식영암은 암자 안에서 벽에 기대앉은 채 졸고 있었다. 이때 밖에서 누군가가 뜰에 대고 절을 하면서 말하였다.

　"새로 온 정시자(丁侍者)가 문안 여쭙니다."

　식영암은 이상히 여기며 밖을 내다보았다. 거기에는 사람 하나가 서 있는데, 그는 몸이 몹시 가늘고 키는 크며 색이 검고 빛났다. 붉은 뿔은 우뚝하고 뾰쪽하여 마치 싸우는 소의 뿔과도 같았다. 새까만 눈망울은 툭 튀어나와서 마치 부릅뜬 눈과 같았다. 이 사람은 기우뚱거리면서 걸어 들어오더니 우뚝 섰다.

　식영암은 처음에는 놀랐으나 천천히 그를 불러 말했다.

　"이리 가까이 오게. 자네에게 우선 물어볼 것이 있네. 왜 자네의 이름은 정(丁)인가? 또 어디서 왔으며 무엇하러 왔는가? 더구나 나는 평소 자네 얼굴도 모르는 터인데, 자네가 자진해 와서 시자(侍者)라고 하니 그건 또 어찌 된 연유인가? 대답해 보게."

　말이 채 끝나기도 전에 정시자는 깡충깡충 뛰어 더 앞으로 나오더니 공손한 태도로 차분하게 대답했다.

　"옛날 성인으로 소의 머리를 가지고 있던 분은 포희씨(包犧氏)라 하는데, 그분이 바로 제 아버님이십니다. 또 여와(女瓦)는 뱀의 몸을 하고 있었는데 그분이 제 어머님이십니다. 어머니는 저를 낳아서 숲 속에 버리고 기르지 않았습니다. 저는 서리를 맞고 우박을 맞으면 얼고 말라서 거의 죽는 듯했습니다. 그러나 따스한 바람과 비를 만나면 다시 살아나서 자라게 되었습니다. 이렇게 추위와 더위를 칠백 번 겪고 난 뒤에야 비로소 자라나 인재가 되었습니다.

여러 대를 지나서 진(晉)나라 세상에 이르러 저는 범씨(范氏)의 가신이 되었습니다. 이때 비로소 몸에 옻칠을 하는 칠신지술(漆身之術, 주인의 원수를 갚으려고 몸에 옻칠을 하여 문둥이 행세를 한다는 고사)을 배웠습니다. 당나라 시대에 와서는 조로(趙老)의 문인이 되었고, 그리고 여기에서 또 철취(鐵嘴)라는 호를 받았습니다. 그 뒤에 저는 정도(定陶) 땅에서 놀았습니다.

이때 저는 정삼랑(丁三郎)을 길에서 만났지요. 그는 저를 한참 보더니 이렇게 말했습니다. '내가 자네 생김새를 보니 위로는 가로 그어졌고, 아래로는 내리 그어졌으니 내 성 정(丁)자와 똑같이 생겼네. 내 성을 자네에게 주겠네.' 저는 이 말을 듣고 그의 말이 좋아서 성을 정(丁)으로 하고 고치지 않으려 합니다.

저의 직책은 항상 사람을 붙들어 도와주는 데 있습니다. 자연 모든 사람들이 저를 부리기만 해서 제 몸은 항상 천하고 고달프기만 합니다. 하지만 제가 좋은 사람이라고 생각하지 않는 사람은 감히 저를 부리지 못합니다. 때문에 제가 진심으로 붙들어 모시는 분은 몇 되지 않습니다. 이렇게 되고 보니 제가 원하는 사람을 만나지 못해서 이제 저는 돌아가 의지할 곳이 없게 되었습니다. 나라 안을 두루 돌아다니면서 토우인(土偶人)에게 비웃음을 당한 지도 오래 되었습니다.

하온데 어제 하느님이 저의 기구한 운명을 불쌍히 여겼던지 저에게 명하셨습니다. '너를 화산(花山)의 시자로 삼을 것이니 이제 그곳으로 가서 직책을 받들고 스승을 오직 삼가서 섬길지어다.' 이에 저는 하느님의 명을 받들고 기뻐서 외다리로 뛰어서 여기에 온 것입니다. 바라옵건대 장로(長老)께서는 용납해 주십시오."

이 말을 듣고 식영암이 말했다.

"아! 후덕스러운 일이로구나. 정상좌(丁上座)의 말이여! 상좌는 옛 성인이 남겨 준 사람이로다. 몸의 뿔이 허물어지지 않은 것은 씩씩함이요, 눈이 없어지지 않은 것은 용맹스러움이로다. 몸에 옻칠을 하고 은혜와 원수를 생각한 것은 믿음과 의리가 있는 것이로다. 쇠로 된 주둥이를 가지고 재치 있게 묻기도 하고 대답하기도 하는 것은 지혜가 있는 것이요, 변론을 잘하는 것이로다. 사람을 붙들어 모시는 것을 직책으로 삼는 것은 어진 것이요, 예의가 있는 것이며, 돌아가서 의지할 곳을 택하는 것은 바름이요, 밝은 것이로다. 이러한 여러 가지 아름다운 덕을 모아서 길이 오래 살고, 조금도 늙거나 또 죽지도 않으니, 이것은 성인(聖人)이 아니면 신이로다. 그러한 너를 내가 어찌 부릴 수가 있단 말이냐?

이 여러 가지 아름다운 일 중에 나는 하나도 가진 것이 없다. 그러니 너의 친구가 될 수도 없는데 하물며 네 스승이 될 수가 있겠느냐? 화도(華都)에 화(花)라는 이름을 가진 산이 하나 있다. 이 산속에 각암(閣菴)이라는 늙은 화상이 지금 2년 동안 머물고 있다. 산 이름은 비록 같지만 사람의 덕은 같지 않으니, 하늘이 그대에게 명하여 가라고 한 곳은 여기가 아니고 바로 그곳일 것이다. 그대는 그곳으로 가도록 하라."

말을 마치고 식영암은 노래를 부르면서 그를 보냈다. 그 노래는 이러했다.

"정(丁)이여! 어서 빨리 각암이 있는 곳으로 가도록 하라. 나는 여기서 박과 외(瓜)처럼 매여 사는 몸이니, 그대만 못한가 하노라."

죽부인전(竹夫人傳)

- 이곡(李穀) -

작품 정리

　이 작품은 어진 부인으로서 어려움을 무릅쓰고 굳은 절개를 지키며 살아가는 죽부인의 모습을 그린 일종의 열녀전으로 고려 후기 가전체 소설이다.

　죽부인의 이름은 빙(憑)이고, 위빈(渭濱)에 사는 은사운(왕대)의 딸이다. 이웃의 총각인 의남이 음사(淫詞)를 지어 죽부인을 희롱하지만 정숙한 그는 절개를 지키며 산다.

　부모의 권고에 따라 송 대부와 혼인한 후 신선의 학술을 배우러 곡성산에 간 후 돌로 변한 송 대부를 기다리며 청분산(靑盆山)에 홀로 살며 늦도록 절개를 지키며 산다.

　그 당시 남녀관계가 문란했던 사회상을 대나무를 의인화하여 열녀 가문의 품위를 지키는 교훈적 내용으로 유교의 가치관적 교훈을 주는 작품이다.

작품 줄거리

　죽부인은 이름이 빙(憑)이고, 위빈(渭濱)에 사는 은사운(왕대)의 딸이다. 그 선대에 문적과 가까이 하여 사관이 되고 문인과 친교가 있었다. 진나라의 학정에 창랑의 후손은 숨어 지낸다. 주나라 때 간은 태공과 더불어 위빈에서 낚시질하며 곡직을 충직하게 간하였다. 이웃의 총각인 의남이 음사(淫詞)를 지어 죽부인을 희롱하지만 정숙한 그는 절개를 지키고 부모의 권고에 따라 송 대부와 혼인한다. 송공은 부인보다 나이가 18세 위인데, 늦게 신선의 학술을 배워 곡성산에 노닐 다가 돌로 변하여 돌아오지 못했다. 부인이 청분산(靑盆山)에 홀로 살면서 술 마 시기를 좋아하여 고갈병이 나서 치료하지 못하고 사람을 의지하며 늦도록 절개 를 지키며 산다.

작가 소개

이곡(李穀 1298~1351)

고려 충렬왕 · 충정왕 때의 문인. 본관 한산(韓山). 자 중보(仲父), 호 가정(稼亭). 시 호 문효(文孝).

한산 이씨 시조 윤경(允卿)의 6대손으로 자성(自成)의 아들이며 색(穡)의 아버 지다.

1317년 충숙왕 때 거자과(擧子科)에 합격, 예문관 검열이 된다. 1332년 충숙왕 복위 때 원나라 정동성 향시 수석과 전시 차석으로 급제. 1334년 학교를 진흥시 키라는 조서를 받고 귀국하여 가선대부 시전의부령직보문각에 제수되고 이듬해 다시 원나라에 휘정원관구 · 정동행중서성좌우사원외랑의 벼슬을 한다.

그 뒤 본국에서 밀직부사 · 지밀직사사를 거쳐 도첨의찬성사가 된 후 공민왕 의 옹립을 주장하다 충정왕이 즉위하자 다시 원나라로 가 봉의대부를 제수 받고 그 이듬해에 생을 마친다.

〈동문선〉에 백여 편의 작품이 수록되어 있다. 저서로는 〈가정집〉 4책 20권이 전한다.

핵심 정리

갈래 : 가전체

연대 : 고려 말엽

구성 : 풍자적

제재 : 대나무

주제 : 퇴폐적인 사회상에 절개를 강조

출전 : 동문선

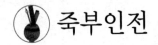

죽부인전

   부인의 성은 죽(竹)이요, 이름은 빙(憑)이다. 위빈(渭濱) 사람 운의 딸이다. 그의 가계는 창랑씨(蒼?氏)에서 시작한다. 그 조상이 음률을 해득하게 되자 황제(黃帝)가 그를 뽑아서 음악의 일을 맡아 다스리게 했다. 우(虞)나라 때의 소(簫) 역시 그의 후손이다.

   처음에 창랑은 곤륜산(昆侖山) 남쪽으로부터 동쪽으로 옮겨 와서 복희씨(伏羲氏) 때에 위씨(韋氏)와 함께 문적에 관한 일을 맡아 보아 큰 공을 세웠다. 그래서 자손 대대로 모두 사관(史官)의 자리를 맡아 왔다.

   포악한 정사를 펼친 진(秦)나라는 이사(李斯)의 계획을 받아들여 모든 책들을 불사르며 선비들을 묻어 죽였다. 이렇게 되자 창랑의 자손들은 점점 한미(寒微)해졌다.

   한(漢)나라 때에 와서는 채윤(蔡倫)의 문객 저생(楮生)이 글을 배워서 붓을 가지고 때때로 죽(竹)씨와 함께 놀았다. 하지만 그 위인은 경박하고 남 헐뜯기를 좋아하여, 죽씨의 강직한 모습을 보고 슬며시 좀먹고 헐어져서 죽씨의 소임을 빼앗아버렸다.

   주(周)나라 때 간(竿)이 있었다. 그 역시 죽씨의 후손이다. 태공망과 함께 위빈에서 낚시질을 했다. 어느 날 태공은 낚시에 쓸 갈고리를 만들었다. 이것을 본 간이 말했다.

   "내가 들으니 큰 낚시는 갈고리가 없다고 합니다. 낚시의 크고 작은 것은 굽고 곧은 데 있습니다. 곧은 낚시는 가히 나라를 낚을 것이요, 굽은 낚시는 겨우 물고기를 낚는 데 지나지 않을 것입니다."

   태공은 옳게 여기고 그 말을 좇기로 했다. 뒤에 과연 태공은 문왕의 스승이 되어 마침내 제(濟)나라에 봉해지기까지 했다. 이에 태공은 간이 어질다고 임금에게 천거하여 위빈을 식읍으로 삼게 했다. 이것이 바로 죽씨와 위빈이 관계를 맺게 된 유래이다.

지금도 죽씨의 자손은 수없이 많다. 이를테면 임(箖)·어(箊)·군(箸)·정(筳)이 그들이다. 그 자손 중에서 양주(楊州)로 옮겨간 자들이 있다. 이들은 조(篠), 탕(簜)이라고 하며 또 오랑캐 땅으로 들어간 자는 봉(篷)이라 한다.

죽씨에는 대개 문(文)과 무(武) 두 줄기가 있다. 대대로 변(籩), 궤(簋), 생(笙), 우(竽)처럼 주로 예악에 소용되는 것이 있는가 하면, 또는 활 쏘고 물고기 잡는 데 쓰는 작은 도구에 이르기까지 모두 전적(典籍)에 실려 있어 대의 마디마디를 볼 수 있다.

그중에서 오직 감(苷)만은 성질이 몹시 둔했다. 속이 막혀 아무것도 배우지 못하고 죽었다. 운의 대에 이르러 숨어 살면서 나아가 벼슬하지 않았다. 그에게는 아우가 하나 있었다. 이름은 당(筜)이며 형과 함께 이름을 가지런히 하여 가운데를 비우고 곧게 자랐다. 특히 그는 왕 자유(子猷)와 친하게 지냈다. 어느 날 자유가 말하였다.

"하루도 그대(此君) 없이는 살 수 없다."

이로부터 그의 호를 차군(此君)이라 부르기 시작했다. 자유는 단정한 사람으로서 벗을 취하는데도 반드시 단정한 사람을 골라서 취했다. 그러니 그의 사람됨을 알 만하다.

당은 익모(益母)의 딸과 결혼하여 딸 하나를 낳았다. 죽부인(竹夫人)이란 바로 그 딸을 말한다. 처녀 때 정숙한 자태를 지녔다. 이웃에 사는 의남(宜男)이란 자가 음란한 노래를 지어 속마음을 떠보지만 부인은 노여워하며 말했다.

"남녀가 비록 다르지만 그 절개는 하나밖에 없다. 한 번 사람에게 절개를 꺾이게 되면 어찌 다시 세상에 설 수 있겠는가?"

이 말을 듣고 의남은 부끄러워 달아났다. 그러니 어찌 소나 끄는 사람이 엿볼 수 있으랴.

차츰 자라자 송 대부(宋大夫)가 예를 갖추어 혼인하기를 청했다. 이때 그 부모가 말했다.

"송공(公)은 참으로 군자다. 그의 평소의 지조와 행동을 보니 우리 집과 짝이 될 만하구나."

이리하여 부인을 그의 아내로 보낸다. 이로부터 부인의 성질은 날로 더욱 굳고 두터워져서, 일을 분별함에 있어서 그 민첩함이 마치 칼날로 쪼개는 것과 같았다. 그의 이러한 성질은 비록 매선(梅仙)의 믿음이 있는 것과 이씨(李氏)의 말이 없는 것도 한 번 돌아볼 가치가 없는데, 하물며 늙은 귤이나 살구 열매 따위에 비교할 수 있으랴!

혹 안개 낀 아침이나 달 밝은 저녁을 만나 바람을 임해서 시를 읊고 비오는 것을 휘파람으로 불 때에는 그 깔끔한 태도를 무엇으로 형용하랴. 일 만들기를 좋아하는 사람들이 슬며시 그 얼굴을 그려 전해가면서 보배로 삼았다. 그중에서도 문여가(文與可)와 소자첨(蘇子瞻)이 더욱 그것을 좋아했다.

송공은 부인보다 십팔 세나 위였다. 늦게 신선이 되어 곡성산(穀城山)에 가서 놀다가 돌로 화해 버려 다시 집으로 돌아오지 못했다. 이로부터 부인은 혼자 살면서 가끔 〈시경(詩經)〉의 위풍(衛風)을 노래했다. 그녀는 자연 마음이 흔들려 혼자서 지탱해 나갈 수가 없었다.

그녀는 술 마시기를 좋아했다.

기록에 그 연대는 없지만 어느 해인가 오월 십삼일에 청분산(靑盆山)으로 집을 옮겨 살다가 술에 취하여 고갈병(枯渴病)에 걸리지만 고치지 못했다. 병을 얻은 후에는 항상 사람에게 의지해서 살았다. 그녀의 만절(晚節)은 더욱 굳어서 온 시골에서 모두 그녀를 칭찬해 마지않았다.

그녀는 또 삼방 절도사(三邦節度使) 유균(惟菌)의 부인과 성이 같았다.

그녀의 행실이 임금에게까지 알려져서 절부(節婦)의 직함을 내린다.

  사씨(史氏)가 말하기를

"죽씨(竹氏)의 조상은 상고시대에 큰 공을 세웠고, 또 그 자손들은 모두 다 재능이 있고 절개가 굳어서 세상에 칭찬을 받는다. 부인은 이미 군자와 짝지어 살아서 남에게 의지함이 되었지만 아들이 없었으니 천도(天道)는 아는 것이 없다는 말이 과연 헛말이 아니더라."

저생전(楮生傳)

- 이첨(李詹) -

작품 정리

이 작품은 종이를 의인화해서 당시의 부패한 선비의 도에 대하여 경종을 울린 작품이다.

생의 성은 저(楮)다. 저는 닥나무로 종이의 원료다. 생은 태어날 때 난초 탕에 목욕을 하고, 흰 구슬을 희롱하고 흰 띠로 꾸렸기 때문에 그 모양이 깨끗하고 희었다. 그의 아우는 모두 열아홉 명이나 된다. 이들은 저생과 같은 어머니에게서 태어나 서로 화목하고 사이가 좋아서 잠시도 떨어지지 않았다.

이들은 원래 성질이 정결하고, 무인을 좋아하지 않아, 언제나 문사들만 사귀어 놀았다. 그 중에서도 중산 모학사가 가까운 친구다. 모학사란 곧 붓을 가리킨다. 둘이서는 마냥 친하게 놀아서 혹시 모학사가 저생의 얼굴에 먹칠을 하고 더럽혀도 씻지 않고 그대로 있었다.

한나라에서 선비를 뽑는 방정과에 응시한 저생이 임금께 옛날이나 지금의 글은 대개 댓조각을 엮어서 쓰기도 하고, 흰 비단 조각에 쓰기도 하지만 불편하기 때문에 자신이 비록 두텁지는 못하지만 댓조각이나 비단을 대신하려 하니 저를 써 보시다가 효력이 없으면 자신의 몸에 먹칠을 하라고 하자 이 말을 듣고 시험해 보니 그의 말대로 편리하였다.

작자는 종이가 발명되던 시기인 한나라부터 원나라, 명나라에 이르기까지 종이의 용도와 내력을 기술하고 저생을 빗대 그 당시의 위정자에게 올바른 정치를 하라는 교훈을 준다.

생의 성은 저(楮)다. 저는 닥나무로 종이의 원료다. 생은 태어날 때 난초탕에 목욕을 하고, 흰 구슬을 희롱하고 흰 띠로 꾸렸기 때문에 그 모양이 깨끗하고 희었다. 그의 아우는 모두 열아홉 명이나 된다. 이들은 저생과 같은 어머니에게서 태어나 서로 화목하고 사이가 좋아서 잠시도 떨어지지 않았다.

이들은 원래 성질이 정결하고, 무인을 좋아하지 않아, 언제나 문사들만 사귀어 놀았다. 그 중에서도 중산 모학사가 가까운 친구다. 모학사란 곧 붓을 가리킨다. 둘이서는 마냥 친하게 놀아서 혹시 모학사가 저생의 얼굴에 먹칠을 하고 더럽혀도 씻지 않고 그대로 있었다.

저생의 학문은 천지 · 음양의 이치를 널리 통하고, 성현과 명수(命數, 운명 또는 수명)에 대한 학문의 근원까지도 모르는 것이 없다. 제자백가의 글과 이단 불교에 이르기까지도 모조리 써서 보고 연구한다. 한나라에서 선비를 뽑는데 저생은 방정과에 응시하여 임금께 말하였다.

"옛날이나 지금의 글은 대개 댓조각을 엮어서 쓰기도 하고, 흰 비단 조각에 쓰기도 합니다. 그러나 이것은 다 불편하기 짝이 없습니다. 신은 비록 두텁지는 못하오나 진심으로 댓조각이나 비단을 대신하려 하옵니다. 저를 써 보시다가 만일 효력이 없으시거든 신의 몸에 먹칠을 하시옵소서."

이 말을 듣고 시험해 보니 그의 말대로 과연 편리하여 전혀 댓조각이나 비단을 쓸 필요가 없었다.

이첨(李詹 1345~1405)

고려 말, 조선 초의 문신. 본관 홍주(洪州). 자 중숙(中叔), 호 쌍매당(雙梅堂), 시호 문안(文安). 1365년(공민왕 14) 감시(監試)에 합격, 68년 문과(文科)에 급제하여 예문검열(藝文檢閱)이 되고, 69년 우정언(右正言)을 거쳐 75년(우왕 1) 우헌납(右獻納)에 올라 이인임(李仁任) 등을 탄핵하여 10년간 유배생활을 했다. 88년

풀려나 내부부령(內部副令) · 응교(應敎) 등을 거쳐 우상시(右常侍)가 되고 이어 지신사(知申事)에 올라 감시를 맡아보다가 김진양(金震陽) 사건에 관련되어 결성(結城)에 귀양갔다. 조선 건국 후 98년(태조 7) 이조전서(吏曹典書)에 기용되어 1400년(정종 2) 첨서삼군부사(簽書三軍府事)가 되어 명나라에 다녀왔다. 1402년(태종 2) 예문관 대제학을 거쳐 지의정부사(知議政府事)에 올라 등극사(登極使)로 명나라에 다녀와서 정헌대부(正憲大夫)가 되었다. 〈삼국사략(三國史略)〉을 찬수(撰修)했고 문장과 글씨에 뛰어났다. 저서에 〈저생전(楮生傳)〉, 〈쌍매당집(雙梅堂集)〉 등이 있다.

핵심 정리

갈래 : 가전체

연대 : 고려 말엽

구성 : 계세적

제재 : 종이

주제 : 문신의 올바른 정치를 권유

출전 : 동문선

저생전

　생의 성은 저다. 저란 닥나무로 종이의 원료다. 그의 이름은 백(白)이며, 희다는 뜻이다. 자는 무점(無玷)이다. 무점은 아무런 티가 없이 깨끗하다는 말이다. 그는 회계 사람으로 한나라 채륜(蔡倫)의 후손이다.

　생은 태어날 때 난초탕에 목욕을 하고, 흰 구슬을 희롱하고 흰 띠로 꾸렸기 때문에 그 모양이 깨끗하고 희었다. 그의 아우는 모두 열아홉 명이나 된다. 이들은 저생과 같은 어머니에게서 태어나 서로 화목하고 사이가 좋아서 잠시도 떨어지지 않았다.

　이들은 원래 성질이 정결하고, 무인을 좋아하지 않아, 언제나 문사들만 사귀어 놀았다. 그 중에서도 중산 모학사가 가까운 친구다. 모학사란 곧 붓을 가리킨다. 둘이서는 마냥 친하게 놀아서 혹시 모학사가 저생의 얼굴에 먹칠을 하고 더럽혀도 씻지 않고 그대로 있었다.

　저생은 학문으로 말하면 천지, 음양의 이치에 널리 통하고, 성현과 명수(命數)에 대한 학문의 근원까지도 모르는 것이 없었다. 심지어 제자백가의 글과 이단(異端)과 불교에 이르기까지도 모조리 써서 보고 연구하였다.

　한나라에서 선비를 뽑는데 책(策)을 지어 재주를 시험했다. 이때 저생은 방정과(方正科)에 응시하여 임금께 말했다.

　"옛날이나 지금의 글은 대개 댓조각을 엮어서 쓰기도 하고, 흰 비단에 쓰기도 합니다. 그러나 이것은 모두 불편하기 짝이 없습니다. 신은 비록 두텁지는 못하오나 진심으로 댓조각이나 비단을 대신하려 하옵니다. 저를 써보시다가 만일 효력이 없거든 신의 몸에 먹칠을 하시옵소서."

이 말을 듣고 화제(和帝)는 사람을 시켜서 시험해 보라 했다. 그의 말대로 시험해 보니 과연 편리하여 전혀 댓조각이나 비단을 쓸 필요가 없었다. 이에 저생을 포상하여 저국공(楮國公) 백주자사(白州刺史, 종이이므로 저(楮) 자를 써 저국공이라 하고, 희기 때문에 백주라 했다)의 벼슬에 임명한다. 그리고 만자군을 통솔케 하고 봉읍으로 그의 씨(氏)를 삼았다.

이것을 보고 나무껍질, 삼(麻), 고기 그물, 칡뿌리 네 사람이 자기들도 써 주기를 청했다. 하지만 이들은 자신들의 말처럼 완전하지 못하여 파면되고 말았다.

이들은 마침내 오래 사는 술법을 배워, 비나 바람이 그 몸에 침입하지 못하고 좀이 먹어 들지 못하게 했다. 항상 7일이면 양정(陽精)을 빨아들이고 먼지를 털며, 입을 옷을 볕에 쬐면서 조용히 거처하고 있다.

그 뒤에 진(晉)나라 좌태충(左太沖, 진나라 때의 시인)이 '성도부(城都賦)'를 지은 일이 있었다. 저생이 그 글을 한 번 보더니 이내 외워 버리는 것이었다. 사람들은 그가 외우는 대로 다투어 베껴 썼다. 이 후 평소에 그를 알고 지내던 사람들이 그를 자주 볼 수 없게 된다.

뒤에 와서는 왕우군(王右軍, 왕희지)의 필적을 본받아서 해자(楷字, 해서체)로 쓴 글씨가 천하에서 제일 묘했다. 그 뒤 양나라 태자 통(統)을 섬겨 함께 〈고문선〉을 편찬하여 세상에 전했다. 또 임금의 명령을 받고 위수(魏收)와 함께 국사를 편찬하기도 했다. 하지만 이 역사서는 위수가 칭찬하고 깎아 내리는 것을 공정하게 하지 못한 까닭에 후세 사람들이 예사(穢史, 더러운 역사)라고 했다. 이에 저생은 자진하여 사직하고 소작(蘇綽)과 함께 장부나 상고(기록)하겠다고 청했다. 임금이 이를 허락하자 지출은 붉은 글씨로 쓰고, 수입은 먹으로 써서 분명하게 장부를 꾸몄다. 이것을 보고 세상 사람들은 그의 재능을 칭찬했다.

그런 뒤로 진(陳)의 후주(後主, 진나라 마지막 황제)의 사랑을 받게 되었다. 그는 행신(倖臣, 임금의 총애를 받는 신하) 학사의 무리들과 함께 항상 임춘각(臨春閣)에서 시를 지었다. 이때 수(隨)나라 군사가 경구(京口)를 지나자, 진나라 장수가 비밀리에 임금에게 고급(급히 알리는 것)했다. 그러나 저생은 이것을 숨기고 봉한 것을 열어 보이지 않았다. 이 때문에 진나라는 수나라에 패하고 말았다.

대업(大業, 수나라 양제 연호) 연간의 일이다. 저생은 왕주(王胄), 설도형(薛道衡)과 함께 양제를 섬겨 그들과 같이 정초(庭草), 연니(燕泥)의 글귀를 읊었다. 그러나 양제는 딴 사람이 자기보다 나은 것을 싫어해서 저생을 돌보지 않았다. 저생은 마침내 소박당해 대궐을 나오고 말았다.

당나라 때였다. 홍문관이란 기구를 설치하게 되었다. 이에 저생은 본관으로 학사를 겸해 저수량(楮遂良), 구양순(歐陽詢) 등과 함께 옛날 역사를 강론하고 모든 정사를 상고하여 처리했다. 이리하여 세상에서 말하는 '정관(貞觀)의 좋은 정치'를 이룩했다. 또 송나라가 일어나자 정주학의 모든 선비들과 함께 문명(文明)의 좋은 정치를 이룩하기도 하였다.

사마온공은 〈자치통감〉을 편찬할 때 저생이 박식하고 아담해서 늘 옆에 두고 물어서 썼다. 그때 마침 왕안석(王安石)은 권세를 부려 〈춘추〉의 학문을 좋아하지 않았다. 왕안석은 〈춘추〉를 가리켜 다 찢어진 소식지라고 평했다. 저생은 이를 옳지 못한 의논(평론)이라고 했다. 이리하여 마침내 배척당하고 쓰이지 못했다.

원나라 초년이 되었다. 저생은 본업에 힘쓰지 않고 오직 장사만을 좋아했다. 몸에 돈(신대전관(身帶錢貫), 종이돈을 만들어 쓰던 법) 꾸러미를 두르고 찻집이나 술집을 드나들면서 한 푼 한 리의 이익만을 도모했다. 세상 사람들은 간혹 이를 비루하게 여겼다.

원나라가 망하자 저생은 다시 명(明)나라에서 벼슬을 하여 비로소 사랑을 받게 되었다. 이로부터 자손이 번성하여 대대로 역사를 맡아 쓰는 사씨(史氏)가 되기도 하고, 시가(詩家)의 일가를 이루기도 했다. 혹은 선록(禪錄)을 초봉(草封)하기도 하였다. 발탁되어 관직에 있는 자는 돈과 곡식의 수효를 알게 되었고, 군무에 종사하는 자는 군대의 공로를 기록했다. 그들이 맡은 직업에는 비록 귀천이 있기는 했지만 모두 제자리를 지키지 않는다는 비난을 받지 않았다. 대부(大夫)가 된 뒤부터 그들은 거의 다 흰 띠를 두르기 시작하였다.

태사공(太史公)은 말한다.

무왕이 은(殷)을 이기고, 아우 숙도(叔度)를 채(蔡)땅에 봉한 뒤, 주(紂)의 아들 무경(武庚)을 도와서 은나라의 유민들을 다스리게 했다.

무왕이 죽고 성왕(成王)의 나이가 어려서 주공(周公)이 이를 도왔다. 이때 채숙(蔡叔)이 나라 안에 유언비어를 퍼뜨리자 주공은 그를 귀양 보냈다. 그 아들 호(胡)는 과거의 행동을 고쳐서 덕을 닦았다. 이에 주공은 그를 천거하여 높은 벼슬에 썼다. 성왕은 다시 호를 신채(新蔡)로 봉했으니 그가 곧 채중(蔡仲)이었다.

그 뒤에 초나라 공왕(共王)이 애후(哀侯)를 잡아서 돌아왔다. 그가 식 부인(息夫人)을 공경하지 않는 까닭이다. 이에 채(蔡) 땅 사람들은 그 아들 힐을 왕으로 세운다. 그가 바로 무후(繆侯)다. 그런데 이번에는 제(齊)의 환공(桓公)이 그가 채 땅의 여인과 헤어지지 않은 채 다시 딴 곳으로 장가갔다 해서 무후를 사로잡아 돌아왔다.

무후가 죽자 그 아들 갑오(甲午)가 섰다. 그러나 초(楚)의 영왕(靈王)이 영후(靈侯)의 아비 원수를 갚으려고 군사를 매복하고 술을 먹여 죽였다. 그리고 채(蔡) 땅을 포위하고 멸한 다음에 경후(景侯)의 소자(少子) 여(廬)를 구하여 세웠다. 그가 바로 평후(平侯)다. 이들은 그로부터 하채(下蔡)로 옮겨 살았다. 그 후에 초(楚)의 혜왕(惠王)이 다시 채(蔡) 땅의 제후들을 멸해서 그 뒤로는 마침내 쇠미(衰微)해졌다.

아아! 왕자(王者)의 후손들은 그 조상이 대대로 쌓은 두터운 덕으로 해서 국가를 차지하고 있었다. 그러나 그들이 융성해지고 쇠약해지는 것은 모두 운명과 교화의 탓으로 변해갔다. 채(蔡)는 본래 주(周)와 같은 성이었다. 이 나라는 양쪽 강국 사이에 끼여 있어서 공연한 공격을 받아 왔다. 그러면서도 같이 그 자손이 없어지지 않고 있다가 한(漢)의 말년에 이르러 드디어 봉읍을 받고 그 성을 바꾸게 되었다. 그러니 나라가 변해서 사사로운 집이 되고 커져서 그 자손이 천하에 가득해지는 것을, 나는 오직 채(蔡)씨의 후손에게서 볼 수 있다.

배열부전(裵烈婦傳)

- 이숭인(李崇仁) -

작품 정리

경신년 7월에, 왜적이 경산에 와서 온 고을에 분탕질을 하고 열부가 사는 마을로 오지만 동교는 합포(合浦)에 있는 원수(元帥)의 막하로 나가서 돌아오지 않는다. 열부는 젖먹이 아들을 안고 달아나지만 강물이 불어 화를 면하지 못할 줄을 짐작하고 젖먹이 아이를 강둑에 놓아두고 강으로 뛰어든다.

적은 화살을 당기어 겨누면서 네가 돌아오면 너의 죽음은 면할 것이다 하지만 열부는 적을 꾸짖으며 어찌 나를 빨리 죽이지 않느냐. 하고 내가 어찌 너에게 더럽힘을 당할 사람으로 생각하느냐 하며 적의 화살을 맞고 강물 속에 빠져 죽는다.

작자는 우리 조상들의 전통적인 윤리관으로 왜적의 침입에도 굴하지 않고 죽음으로써 정절을 지킨 한 열부의 행적을 찬양하는 유교적 가치관에 큰 의미를 지닌 작품이다.

작품 줄거리

열부의 성은 배씨(裵氏)요, 이름은 아무인데 경산(京山) 사람이다. 아버지는 전의 진사인 중선(中善)이다. 15세가 지나서 사족인 이동교(李東郊)에게 출가하여 가정의 일을 잘 돌보았다.

경신년 7월에, 왜적이 경산에 와서 온 고을에 분탕질을 하는데도 감히 막아내는 자가 없었다. 이때 동교는 합포(合浦)에 있는 원수(元帥)의 막하에 나가서 돌아오지 않았는데, 왜적들은 열부가 사는 마을에 왔다.

열부가 젖먹이 아들을 안고 달아나니 적은 그를 쫓아 강에 이르렀다. 강물이 한창 불어 오르는 판이어서 열부는 화를 면하지 못할 줄을 짐작하고 젖먹이 아이를 강둑에 놓아두고 강으로 뛰어들었다.

적은 화살을 당기어 그를 겨누면서 말하기를 네가 돌아오면 너의 죽음은 면할 것이다 하였다. 열부는 적을 돌아보며 꾸짖으며 어찌하여 나를 빨리 죽이지 않느냐. 내가 어찌 너에게 더럽힘을 당할 사람으로 생각하느냐 하자 적은 화살을 쏘아서 맞혀 강물 속에 빠져 죽는다.

작가 소개

이숭인(李崇仁 1349~1392)

고려 후기의 학자. 시인. 본관은 성주(星州). 자는 자안(子安), 호는 도은(陶隱). 목은(牧隱) 이색, 포은(圃隱) 정몽주와 함께 고려 말의 삼은(三隱)이다. 아버지 원구(元具)와 어머니 언양 김씨(彦陽金氏)의 맏아들로 출생. 1360년 14세 때 국자감시에 합격, 16세 숙옹부승을 제수 받고, 장흥고사가 된다. 21세 때 성균관 생원이 됨. 우왕 즉위 친명파라고 대구현에 유배된 후 4년 뒤 성균사성 전리판서 밀직제학을 역임한다. 1388년(창왕 즉위) 통주(通州)에 유배, 최영의 몰락으로 소환되어 지밀직사사가 됨. 1392년 정몽주가 피살되자 그 일파로 몰려 순천에 유배 후 피살된다. 그 후 태종이 그의 죽음이 무고함을 밝히고 1406년 이조판서를 증직하고 문충(文忠)이라는 시호를 내림.

대표 작품에는 〈제승사 題僧舍〉·〈오호조 嗚呼鳥〉·〈도은집〉 등 5권이 전한다.

핵심 정리

갈래 : 가전체

연대 : 고려 말엽

구성 : 전기적

제재 : 열부

주제 : 절개를 지키려 항거하는 죽음

출전 : 동문선

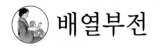 배열부전

열부의 성은 배씨(裵氏)요, 이름은 아무인데 경산(京山) 사람이다. 아버지는 전의 진사인 중선(中善)이다. 15세가 지나서 사족인 이동교(李東郊)에게 출가하여 가정의 일을 잘 돌보았다.

경신년 가을 7월에, 왜적이 경산에 다가와서 온 고을에 분탕질을 하는데도 감히 막아내는 자가 없었다. 이때 동교는 합포(合浦)에 있는 원수(元帥)의 막하에 나가서 돌아오지 않았는데, 적은 열부가 사는 마을에 왔다.

열부가 젖먹이 아들을 안고 달아나니 적은 그를 쫓아 강에 이르렀다. 강물이 한창 불어 오르는 판이어서 열부는 화를 면하지 못할 줄을 짐작하고 젖먹이 아이를 강둑에 놓아두고 강으로 뛰어들었다.

적은 활에 화살을 메워서 잔뜩 당기어 그를 겨누면서 말하기를,

"네가 돌아오면 너의 죽음을 면할 것이다."

하였다. 열부는 적을 돌아보며 꾸짖기를,

"어찌하여 나를 빨리 죽이지 않느냐. 내가 어찌 너에게 더럽힘을 당할 사람으로 생각하느냐."

하였다. 적은 화살을 쏘아 어깨를 겨냥하고 두 번 쏘아서 두 번 맞혀 드디어 강물 속에 빠져 죽었다. 적이 물러간 뒤에 집안사람이 그의 시체를 찾아서 장사를 치렀다.

체복사(體覆使) 조공(趙公) 준(浚)이 그 사실을 나라에 보고하여 그 동리의 문에 정표하였다 한다.

도은자(陶隱子)는 말하였다.

"사람들은 보통 신하가 되어서는 신하의 도리를 극진히 하며, 아들이 되어서는 아들의 도리를 극진히 하며, 아내가 되어서는 아내의 도리를 극진히 해야 한다고 말하지만 실제로 어려운 큰일을 당해서는 이를 실천하는 사람은 극히 드물다. 배씨는 일개의 부인으로서 그가 죽음을 보기를 당연히 돌아갈 곳처럼 생각하였고, 적을 꾸짖는 말은 비록 옛날의 충신열사라 할지라도 이보다 더 할 수 없다."

내가 일찍이 남쪽 지방을 다니다가 소야강(所耶江)을 지났는데, 이곳이 곧 열부가 절조를 위하여 죽은 강이었다. 여울물은 슬퍼 흐느끼고 숲의 나무도 쓸쓸하여 사람으로 하여금 머리끝을 쭈뼛하게 하였다.

아, 장렬하여라.

청강사자 현부전(淸江使者玄夫傳)

－ 이규보(李奎報) －

작품 정리

　주인공 현부(玄夫, 거북)의 먼 조상인 문갑(文甲)은 요(堯)시대에 이상한 그림을 임금에게 바쳐 낙수후(洛水侯)로 봉함을 받고, 대대로 국가에 공적이 있다. 현부는 성품이 무(武)를 숭상해 항상 갑옷을 입고 다녔다. 임금이 그 이름을 듣고 초빙하였으나 진흙 속에 노닐어 재미가 무궁한데 상자 속에 담기어 받는 총영(寵榮)을 내가 어찌 바랄쏘냐 하고 대답도 하지 않아 그를 불러들이지 못한다.

　그 뒤 송(宋)나라 원왕(元王) 때 예저가 그를 협박하여 임금에게 바치려 하자 스스로 왕을 찾아와 벼슬은 본의가 아니고 머물게 하여 보내지 않으려 하냐고 말하지만 위평의 간언으로 왕은 현부에게 일의 대소를 막론하고 모두 그에게 물어본 뒤에 행하고 현부에게 그대는 신명의 후손이며 더구나 길흉에도 밝은데, 왜 일찍이 몸을 보호하지 못하고 예저의 술책에 빠져 과인의 얻은 바가 되었냐고 묻자 밝은 눈에도 보이지 않는 것이 있고 지혜도 미치지 못하는 곳이 있기 때문이고 자손 중에도 사람들에게 붙잡혀 삶아 먹힌 자도 있다고 한다.

　작자는 주인공 현부(玄夫, 거북)를 의인화하여 앞일의 길흉을 점칠 수 있는 자도 어부의 꾀에 빠져 사로잡히기도 하고, 사람들에게 잡혀 삶아 먹히기도 하니 어진 사람의 행실로 현명하게 살아야 하고 자신의 능력을 과신하지 말라는 교훈을 준다.

　주인공 현부(玄夫, 거북)의 선조는 신인(神人)이며 바다 가운데 있는 산을 지탱하였다. 자손 대에 이르러 형체가 작아지고 힘도 사라져 점을 치는 직업을 갖는다. 그의 먼 조상인 문갑(文甲)은 요(堯)시대에 이상한 그림을 임금에게 바쳐 낙수후(洛水侯)로 봉함을 받고, 대대로 국가에 공적이 있다. 현부는 성품이 무(武)를 숭상해 항상 갑옷을 입고 다녔다. 임금이 그 이름을 듣고 초빙하였으나 진흙 속에 노닐어 재미가 무궁한데 상자 속에 담기어 받는 총영(寵榮)을 내가 어찌 바랄쏘냐 하고 대답도 하지 않아 그를 불러들이지 못한다.

　그 뒤 송(宋)나라 원왕(元王) 때 예저가 그를 강제로 협박하여 임금에게 바치려 하자 스스로 왕을 찾아와 벼슬은 나의 본의가 아니고 나를 머물게 하여 보내지 않으려 하냐고 말하자 왕은 놓아 주려 하지만 위평의 간언으로 나라의 시설하는 일, 인사 문제, 그리고 기거동작, 흥망에 대하여 일의 대소를 막론하고 모두 그에게 물어본 뒤에 행한다.

　어느 날 왕이 현부에게 그대는 신명의 후손이며 더구나 길흉에도 밝은데, 왜 일찍이 몸을 보호하지 못하고 예저의 술책에 빠져 과인의 얻은 바가 되었냐고 묻자 밝은 눈에도 보이지 않는 것이 있고 지혜도 미치지 못하는 곳이 있기 때문이고 자손 중에도 사람들에게 붙잡혀 삶아 먹힌 자도 있다고 현부가 아뢰자 왕이 웃는다.

핵심 정리

갈래 : 가전체

연대 : 고려 말엽

구성 : 전기적

제재 : 거북이

주제 : 언행과 처세를 신중히 하라는 교훈

출전 : 동국이상국집

청강사자 현부전

　현부는 어떠한 사람인지 알 수 없다. 어떤 이는 말하기를,

　"그 선조는 신인(神人)이었다. 형제가 열다섯 명인데 모두 체구가 크고 굉장한 힘이 있었다. 천제(天帝)께서 명(命)하여 바다 가운데 있는 다섯 산을 붙잡게 했던 자가 바로 이들이었다."

　라고 한다. 자손에게 이르러서는 모양이 차츰 작아지고 또한 소문이 날 정도로 힘이 센 자도 없었으며, 오직 복서(卜筮, 점치는 것)를 직업으로 삼았다. 터가 좋고 나쁨을 보아서 일정한 장소에 살지 않았기 때문에 그의 향리(鄕里)나 세계(世系)를 자세히 알 수 없다.

　먼 조상은 문갑(文甲)인데 요의 시대에 낙수(洛水) 가에 숨어 살았다. 임금이 그가 어질다는 소문을 듣고 백벽을 가지고 그를 초빙하였다. 문갑이 기이한 그림을 지고 와서 바치므로 임금이 그를 가상히 여기어 낙수후에 봉하였다. 증조는 상제의 사자라고만 말할 뿐, 이름은 밝히지 않았는데, 바로 홍범구주(洪範九疇)를 지고 와서 백우에게 주던 자이다. 할아버지는 백약으로 하후 시대에 곤오에서 솥을 주조하였는데 옹난을(翁難乙)과 함께 힘을 다하여 공을 세웠고, 아버지는 중광(重光)인데 나면서부터 왼쪽 옆구리에 '달의 아들 중광인데 나를 얻는 사람은 서민은 제후가 될 것이고, 제후는 제왕이 될 것이다.'는 글이 있었으므로 그 글에 따라서 중광이라 이름 한 것이다.

　현부는 더욱 침착하고 국량이 깊었다. 그의 어머니가 요광성이 품에 들어오는 꿈을 꾸고 아기를 뱄다. 막 낳았을 때 관상쟁이가 보고 말하기를,

"등은 산과 같고 무늬는 벌여 놓은 성좌를 이루었으니 반드시 신성할 상이다."

하였다. 장성하자 역상을 깊이 연구하여 천지, 일월, 음양, 한서(寒暑), 풍우, 회명(晦明), 재상(災祥), 화복(禍福)의 변화에 대한 것을 미리 다 알아내었다. 또 신선과 같이 대기를 운행하고 공기를 호흡하여 죽지 않는 방법을 배웠다. 천성이 무를 숭상하므로 언제나 갑옷을 입고 다녔다.

임금이 그의 명성을 듣고 사신을 시켜 초빙하였으나 현부는 거만스럽게 돌아보지도 않고 곧 노래를 부르기를,

"진흙 속에 노니는 그 재미가 무궁한데, 상자 속에서 받는 총영(寵榮)을 내가 어찌 바랄쏘냐?"

하고 웃으며 대답도 하지 않았다. 이로 말미암아 그를 불러들이지 못했는데, 그 뒤 송 원왕 때 예저가 그를 강제로 협박하여 임금에게 바치려 하였다.

그런데 그가 아직 왕을 뵙기 전에, 왕의 꿈에 어떤 사람이 검은 옷차림으로 수레를 타고 와서 아뢰기를, '나는 청강사자인데 왕을 뵈려 합니다.' 하였는데 이튿날 과연 예저가 현부를 데리고 와서 뵈었다. 왕은 크게 기뻐하여 그에게 벼슬을 주려 하니 현부는 아뢰기를,

"신이 예저에게 강압을 당하였고, 또한 왕께서 덕이 있다는 말을 들었으므로 와서 뵙게 되었을 뿐이요, 벼슬은 나의 본의가 아닙니다. 왕께서는 어찌 나를 머물게 두고 보내지 않으려 하십니까?"

하였다. 왕이 그를 놓아 보내려 하였으나 위평의 은밀한 간언으로 인하여 곧 중지하고 그를 수형승에 임명하였다. 또 옮겨 도수사자를 제수하였다가 곧 발탁하여 대사령을 삼고, 나라의 시설하는 일, 인사 문제, 그리고 기거동작, 흥망에 대하여 일의 대소를 막론하고 모두 그에게 물어본 뒤에 행하였다.

왕이 어느 날 농담하기를,

"그대는 신명의 후손이며 더구나 길흉에도 밝은 자인데, 왜 일찍이 몸을 보호하지 못하고 예저의 술책에 빠져서 과인의 얻은 바가 되었는가?"

하니 현부가 아뢰기를,

"밝은 눈에도 보이지 않는 것이 있고, 지혜도 미치지 못하는 곳이 있기 때문입니다."

라고 아뢰니 왕이 크게 웃었다.

그 후 그의 종말을 아는 사람이 없다. 지금도 진신(搢神)들 사이에는 그의 덕을 사모하여 황금으로 그의 모양을 주조해서 차는 사람이 있다.

현부의 맏아들 원서는 사람에게 삶기게 되어 죽음에 임하여 탄식하기를,

"택일을 하지 않고 다니다가 오늘날 삶김을 당하는구나. 그러나 남산에 있는 나무를 다 태워도 나를 문드러지게는 못할 것이다."

하였으니 그는 이처럼 강개하였다. 둘째 아들은 원저라 하는데 오와 월 사이를 방랑하면서 자호를 통현 선생이라 하였다. 그 다음 아들은 역사책에 그 이름이 전하지 않는데 모양이 극히 작으므로 점은 치지 못하고 오직 나무에나 올라가서 매미를 잡고는 하더니, 또한 사람에게 삶기게 되었다.

그의 족속에는 혹 도를 얻어 천 년에 이르도록 죽지 않는 자가 있는데, 그가 있는 곳에는 푸른 구름이 덮여 있었다. 혹은 관리 속에 묻혀 살기도 하는데 세상에서는 그를 현의독우(玄衣督郵)라 칭했다.

사신은 이렇게 평한다.

"지극히 은미한 상태에서 미리 살피고 징조가 나타나기 이전에 예방하는 것은 성인이라도 어그러짐이 있는 법이다. 현부 같은 지혜로도 능히 예저의 술책을 막지 못하고 또 두 아들이 삶겨 죽는 것을 구제하지 못하

였는데, 하물며 다른 이들이야 더 말할 것이 있겠는가!

옛적에 공자는 광(匡) 땅에서 고난을 겪었고 또 제자인 자로가 죽어서 젓으로 담겨지는 일을 면하지 못하게 하였으니 아, 삼가지 않을 수 있겠는가?"

차마설(借馬設)

- 이곡(李穀) -

　이 글은 수필이다. 수필의 소재는 일상생활에서 겪는 체험과 사색이다. '소유욕'은 동서고금을 막론하고 인간의 보편적 속성이므로 인간의 삶에서 가장 해결하기 힘든 문제 중 하나다. 그러나 지은이는 말을 빌려 탄 경험으로 그에 대한 심리 변화를 치밀하게 분석하고, 나아가 인간의 소유 문제와 이에 따른 깨달음을 내용으로 하고 있다. 결국 인간이 가지고 있는 모든 것은 누구에게서 잠시 빌린 것인데 사람들이 그것을 깨닫지 못하므로, 글쓴이는 이러한 우매함을 경계하는 글로 인간의 소유욕에 대해 이야기하는 것이다. 이 글의 화자를 '사람들'이라고 바꾸어 보면, 작자의 의도를 쉽게 파악할 수 있다.

　지은이는 자신의 집이 가난해서 여러 종류의 말을 빌려 탔는데, 말의 종류나 지나가는 길의 상황에 따라 마음이 수시로 변하여 항상 같은 마음을 갖기 어렵다는 것을 한탄한다. 아울러 말을 빌린 것을 통해, 이 세상 모든 것이 빌린 것일 뿐인데 빌린 지가 오래되어 마치 자기 것으로 착각하고 있음을 깨닫고 개탄한다.

차마설

　나는 집이 가난해서 말이 없다. 그런데 간혹 빌려서 탈 때, 몸이 여위고 둔하여 걸음이 느린 말이면 비록 급한 일이 있어도 감히 채찍질을 하지 못하고 조심조심하여 곧 넘어질 것같이 여기다가도, 개울이나 구렁이 나오면 내려서 걸어가므로 후회하였다. 그러나 발이 높고 귀가 날카로운 준마로 골짜기가 평지처럼 보여 심히 장하고 통쾌했다. 어떤 때는 위태로워서 떨어질까 염려스러웠다.

　아! 사람의 마음이 바뀌고 또 바뀌는 것이 이와 같을까? 남의 물건을 빌려서 하루아침 쓰는 것에 대비하는 것도 이와 같은데, 자기가 가지고 있는 것은 어떠하겠는가.

　그러나 사람이 가지고 있는 것은 어느 것 하나 빌리지 않은 것이 없다. 임금은 백성에게 힘을 빌려서 높고 부귀한 자리를 가졌고, 신하는 임금에게 권세를 빌려 은총을 누리며, 아들은 아버지에게, 아내는 남편에게, 비복(婢僕, 계집종과 사내종을 이르는 말)은 상전에게 힘과 권세를 빌려서 가지고 있다.

　빌린 것이 많지만 대개는 자기 소유로 하고 끝내 반성할 줄 모르니, 어찌 미혹(迷惑)한 일이 아니겠는가?

　그러다가도 잠깐 사이에 빌린 것이 제자리로 돌아가면, 만방(萬邦)의 임금도 외톨이가 되고, 백 대의 수레를 가졌던 집도 외로운 신하가 되는데, 하물며 그보다 더 미약한 자야 말할 것이 있겠는가?

　맹자가 말하기를,

남의 것을 오랫동안 빌려 쓰면서 돌려주지 않으면, 어찌 그것이 자기의 것이 아닌 줄 알겠는가?"

하였다.

내가 여기에 느낀 바가 있어서 차마설을 지어 그 뜻을 넓히노라.

이옥설(理獄設)

- 이규보(李奎報) -

이 작품은 인간의 삶의 이치와 나라를 다스리는 경륜을 실생활의 체험을 예로 들어 깨우쳐 주는 한문 수필로, 짧은 내용 속에 함축적인 교훈을 내포하고 있다. 작은 잘못이라도 그것을 고치지 않으면 큰 문제로 비화하고, 더 큰 낭패를 볼 수 있다는 교훈을 준다. 이 작품에서 작자가 강조하는 바가 설득력을 갖는 것은 평범한 일상의 문제를 놓고 삶의 자세와 방법에까지 그 사상을 확대시켜 나간 점이다. 비 온 뒤에 퇴락한 행랑채를 수리하는 평범한 일상의 문제를 제시하여 그 과정에서 느낀 점을 인간의 삶의 이치와 나라를 다스리는 경륜으로 확대하여 해석하고 있다. 이 글은 예시의 효과를 최대한 발휘하고 있는 것이 특징이다.

행랑채가 퇴락하여 지탱할 수 없고 장마에 비가 새는 것을 알면서도 망설이다 손을 대지 못하다가 나머지 한 칸마저 비가 새자 서둘러 수리하려고 보니 서까래, 추녀, 기둥, 들보가 모두 썩어 못 쓰게 되었다, 한 번밖에 비를 맞지 않았던 한 칸의 재목들은 완전하여 다시 쓸 수 있었다. 이에 잘못을 알고 고치면 한 번밖에 비를 맞지 않았던 한 칸의 재목처럼 말끔하게 다시 쓸 수 있고 백성에게 해를 입히는 무리들을 내버려두었다가는 백성들이 도탄에 빠지고 나라도 위태롭게 된 후 바로잡으려면 이미 썩어버린 재목처럼 때가 늦는다.

🏠 이옥설

  행랑채가 낡아서 지탱할 수 없게 된 것이 세 칸이었다. 나는 마지못해 이를 모두 수리했다. 그런데 그중 두 칸은 장마에 비가 샌 지 오래되었지만 나는 그것을 알면서도 이 궁리 저 궁리 끝에 손을 대지 못했던 것이고, 나머지 한 칸은 비를 한 번 맞고 샜던 것이라 서둘러 기와를 갈았던 것이다. 이번에 수리하려고 보니 비가 샌 지 오래된 것은 서까래, 추녀, 기둥, 들보 모두 썩어서 못쓰게 되어 수리비가 엄청나게 들었고, 비를 한 번밖에 맞지 않았던 한 칸의 재목들은 온전하여 다시 쓸 수 있었기에 비용이 많이 들지 않았다.

  나는 사람의 마음도 마찬가지라는 사실을 깨달았다. 잘못을 알고도 바로 고치지 않으면 곧 그 자신이 나쁘게 되는 것이 마치 나무가 썩어서 못쓰게 되는 것과 같으며, 잘못을 알고 고치기를 꺼리지 않으면 해를 받지 않고 다시 착한 사람이 될 수 있으니, 저 집의 재목처럼 말끔하게 다시 쓸 수 있는 것이다.

  뿐만 아니라 나라의 정치도 이와 같다. 백성에게 해를 입히는 무리들을 내버려 두었다가는 백성들이 도탄에 빠지고 결국 나라도 위태롭게 된다. 그런 연후에 급히 바로잡으려 해도 이미 썩어 버린 재목처럼 때는 이미 늦는 것이다. 그러니 어찌 삼가지 않겠는가.

경설(鏡設)

- 이규보(李奎報) -

🌸작품🌸정리🌸

　이 작품은 작자의 주관적 처세관을 밝힌 것으로 현실에 대한 풍자적 의미를 내포하고 있다. 작품 전체가 하나의 커다란 비유적 의미와 상징성을 띠고 있어 그 해석이 어떤 사실의 기술처럼 명료하게 드러나지 않는다. 처세훈적 의미로 보면 거울의 본성은 깨끗하고 맑은 것이나 더러워지면 자연이 흐려진다는 현상적 원리를 제시하고 있는데, 거울의 본성이 그렇듯이 인간의 본성도 원래는 깨끗하다는 것을 전제로 하고 있다. 거사가 흐린 거울을 택한 것은 너무 맑고 결백해서 상대방의 흠이나 결함을 용서하지 못하는 인간관계에 대한 비판도 포함되어 있다. 이 글은 인간관계에서는 허물까지도 수용하는 자세가 필요함을 말하고 있는 것이다.

　여기에서 거울은 작자가 반려로 삼고자 하는 친구가 될 수도 있고 작자가 나아가고자 하는 세계, 또는 작자를 알고 인정해 주는 어떤 대상일 수도 있다. 또 전체 이야기의 맥락과 상관없이 거울은 인간의 본성과 영혼을 상징하는 것으로 해석할 수 있다. 누구나 사람의 본성은 맑고 깨끗하지만, 세상의 먼지와 티끌이 끼어 그 본성이 흐려진다는 의미로도 해석할 수 있다.

얼굴이 잘생기고 예쁜 사람은 맑고 아른아른한 거울을 보고 기뻐하지만 얼굴이 못생긴 사람은 오히려 맑은 거울을 꺼린다. 얼굴이 못생긴 사람들은 거울 속에 비친 얼굴을 보기 싫어하고 그 거울을 깨뜨릴 것이다. 그러므로 차라리 먼지 끼어 흐려진 거울을 그대로 두는 것이 더 낫다. 먼지로 흐려진 것은 거울의 표면뿐이지 거울의 맑은 바탕은 속에 그대로 남아 있다. 만일 잘생기고 예쁜 사람을 만난다면 그때 맑게 닦고 갈아도 늦지 않을 것이다.

핵심 정리

갈래 : 한문 수필

연대 : 고려 중엽

구성 : 비유적

제재 : 거울

주제 : 바람직한 의식의 현실 풍자

출전 : 동국이상국집

🔍 경설

　어떤 거사(居士, 숨어 살며 벼슬을 하지 않는 선비)가 거울 하나를 갖고 있었는데 먼지가 끼어서 흐릿한 것이 마치 구름에 가린 달빛과 같았다. 그러나 그는 아침저녁으로 이 거울을 들여다보며 얼굴을 가다듬곤 했다.

　한 나그네가 거사를 보고 이렇게 물었다.

　"거울이란 얼굴을 비추어 보는 물건이든지, 아니면 군자가 거울을 보고 그 맑은 것을 취하는 것으로 알고 있는데, 지금 거사의 거울은 안개가 낀 것처럼 희뿌옇고 때가 묻어 있습니다. 그런데도 당신은 항상 그 거울에 얼굴을 비춰 보고 있습니다. 그것은 무슨 뜻입니까?"

　거사가 대답했다.

　"얼굴이 잘생기고 예쁜 사람은 맑고 아른아른한 거울을 좋아하겠지만, 얼굴이 못생긴 사람은 오히려 맑은 거울을 싫어할 것입니다. 그러나 잘생긴 사람은 적고, 못생긴 사람은 많기 때문에 만일 맑은 거울 속에 비친 추한 얼굴을 보기 싫어할 것인즉 흐려진 그대로 두는 것이 나을 것입니다. 깨 버릴 바에야 차라리 그대로 두는 것이 나을 것입니다. 먼지로 흐리게 된 것은 겉뿐이지 거울의 맑은 바탕은 속에 그냥 남아 있습니다. 만일 잘생기고 예쁜 사람을 만난 뒤에 닦고 갈아도 늦지 않습니다. 그런데 그대는 어찌 나를 이상하게 생각합니까?"

　나그네는 아무 대답이 없었다.

슬견설(蝨犬說)

- 이규보(李奎報) -

작품 정리

이 글은 이나 개의 죽음을 어떻게 볼 것인가를 놓고 손님과 논쟁을 벌인 이야기를 기록한 것이다. '손님'과 '나' 사이에 견해 차이가 생기는 것은 사고의 기본 전제가 다르기 때문이다. '손님'은 큰 동물의 죽음을 불쌍하다고 보지만, '나'의 생각은 이와 다르다. '큰 동물이든 작은 생물이든 생명을 가진 것의 죽음은 불쌍하다.'는 것이 나의 생각이다. 작자가 손님과 독자에게 주는 교훈은 사물은 크기에 관계없이 근본적인 속성은 동일하다는 것이다. 더 나아가 선입견이나 편견을 버리고 사물의 본질을 올바로 보는 안목을 갖추라고 말한다. 이러한 인식에 도달했을 때 '달팽이의 뿔을 쇠뿔과 같이 보고, 메추리를 대붕과 동일시' 할 수 있다는 것이다.

작품 줄거리

집에 손님이 찾아와 어떤 불량배가 몽둥이로 개를 때려죽이는 것을 보고 가슴이 아팠다고 하며 다시는 고기를 먹지 않겠다고 맹세한다. 이에 나는 지난번에 어떤 사람이 이(蝨)를 잡아 화로에 태우는 것을 보고 가슴이 아파 다시는 이를 잡지 않기로 맹세하였다 하고, 개와 이가 비록 크기는 다르나 같은 생명체이고 달팽이의 뿔을 소의 뿔과 같이 보고 메추리를 대붕(鵬)으로 보라고 한다.

🐶 슬견설

손님이 와서 나에게 말했다.

"어제 저녁 한 사내가 큰 몽둥이로 돌아다니는 개를 쳐서 죽이는 것을 보았는데, 보기에도 너무 애처로워 마음 아팠습니다. 이제부터는 개나 돼지의 고기를 먹지 않기로 했습니다."

나는 그 말에 응하여 대답했다.

"지난번에 어떤 사람이 불이 이글이글 타는 화로를 끼고 앉아서, 이를 잡아 그 불 속에 넣어 태워 죽이는 것을 보고, 저는 마음이 아팠습니다. 그때부터 다시는 이를 잡지 않기로 맹세했지요."

손님은 멍해지더니 말했다.

"이(蝨)는 미물입니다. 나는 큰 것의 죽음을 보고, 애처로워서 한 말인데, 당신은 고작 이런 하찮은 것으로 맞대는구려. 나를 놀리는 것이오?"

내가 말했다.

"무릇 피와 기운이 있는 것이라면 사람은 물론 소·말·돼지·양 같은 동물이나, 땅강아지·개미에 이르기까지 살기를 원하고 죽기를 싫어하는 마음은 모두 같습니다. 어찌 큰 놈은 죽기를 싫어하는데, 작은 놈은 좋아하겠습니까?

그런즉 개와 이의 죽음은 매한가지입니다. 그래서 예를 들어서 맞대어 본 것이지요. 어찌 그런 이유로 서로 기만하겠소이까?

그대가 믿지 못하겠다면, 그대의 열 손가락을 깨물어 보시오. 엄지손가락만 아프고 나머지 손가락은 아프지 않을까요?

한몸에 붙어 있는 크고 작은 것 할 것 없이 가지와 마디에 골고루 피와 살이 있으므로, 그 아픔은 같습니다.

하물며 각기 기운과 숨을 받은 것인데, 어찌 저것은 죽음을 싫어하고 이것은 좋아할 수 있겠습니까?

그대가 물러나거든, 눈감고 조용히 생각해 보십시오. 달팽이의 뿔을 쇠뿔로 보고, 메추라기를 대붕(大鵬, 하루에 구만 리를 날아간다는, 아주 큰 상상의 새)으로 나란히 여겨 보십시오.

그런 다음에 나는 비로소 당신과 함께 도(道)를 이야기하겠습니다."

이생규장전(李生窺牆傳)

- 김시습(金時習) -

작품 정리

　이생은 부모의 완강한 반대를 무릅쓰고 최씨 낭자와의 결혼에 성공한다. 엄격한 유교적 관습에 저항하여 자유 의사에 의해 만나고 혼인한 것은, 작가의 진보적 애정관을 나타낸 것이라 볼 수 있다. 그러나 어렵게 성공한 두 사람의 사랑은 홍건적의 난에 최 낭자가 죽음으로써 깨어지게 된다. 그리고 이생은 살아서 돌아온다. 여기까지가 현실의 이야기이다. 이어 작자는 깨어진 현실을 최 낭자의 환신(幻身)에 의해 다시 이어지게 한다. 이상의 세계를 낭만적인 환상의 세계에서 실현시키고자 한 것이다. 현실적 고뇌와 갈등을 예술적으로 승화시킨 점에서 작가 의식이 높이 평가되고 있다.

작품 줄거리

　개성에 살던 이생이라는 젊은이가 글공부를 하러 가다 귀족 집안의 최랑이라는 아름다운 처녀를 보고 사랑의 글을 써서 담 너머로 던진다. 그 뒤 그들은 사랑하는 사이가 되었지만 이생 부모의 반대로 시련을 겪게 된다. 최씨 부모의 노력으로 결국 두 사람은 부부가 되고 이생은 과거에 오른다. 그러나 얼마 안 되어 홍건적(紅巾賊)의 난으로 여인이 도적의 칼에 맞아 죽는다. 어느 날 그 여인이 환신(幻身)하여 이생을 찾아와 두 사람은 다시 행복한 나날을 보낸다. 3년이 지난 어느 날 여인은 자신의 해골을 거두어 장사 지내 줄 것을 부탁하며 이생과 작별한다. 이생은 아내의 말대로 시체를 거두어 장사를 지낸다. 그 후 이생은 아내를 지극히 생각한 나머지 병이 들어 세상을 떠나고 만다.

🅰🅺 🆂🅺

김시습(金時習 1435~1493)

조선 초기 학자이자 문인이며, 생육신(生六臣)의 한 사람이다. 자는 열경(悅卿), 호는 매월당(梅月堂) · 동봉(東峰) · 청한자(淸寒子) · 벽산(碧山) · 췌세옹(贅世翁)이다. 그는 태어날 때부터 신동 소리를 들었는데, 세 살 때 이미 시를 지을 줄 알았을 뿐 아니라 〈소학(小學)〉 등도 통달했다 한다. 다섯 살 때 세종대왕 앞에서 글을 지어 올리니 왕이 감탄하여 칭찬하고 비단을 선물로 내렸다. 열다섯 살 때 어머니 상(喪)을 당하여 여막(廬幕)을 짓고 3년상을 치른 뒤 1455년(세조 1) 삼각산 중흥사에서 공부하다가 수양대군이 어린 단종을 몰아내고 왕위에 올랐다는 소식을 듣고 통분하여 나흘 동안 두문불출 단식한 뒤 읽던 책을 모두 불태워 버리고 중이 되어 법명을 설잠(雪岑)이라 하고 방랑길에 올랐다.

1458년(세조 4) 관서지방의 유람을 마치고 〈탕유관서록후지〉를 썼으며, 1460년(세조 6) 관동지방의 유람을 끝내고 〈탕유관동록후지〉를 썼다. 또 1463년(세조 9) 삼남지방을 유람한 뒤 〈탕유호남록후지〉를 지었다. 그해 효령대군(세조의 숙부)의 권고로 세조의 불경언해 사업을 도와 내불당에서 교정 일을 맡아보았으나, 1465년(세조 11) 다시 서울을 떠나 경주로 내려가 남산에 금오산실을 짓고 독서를 시작하여 우리나라 최초의 전기적 한문 소설 〈금오신화〉를 창작하였다. 1468년(세조 14) 금오산에서 〈산거백영〉을 썼고, 1476년(성종 7)에 〈산거백영후지〉를 썼다. 1481년(성종 12) 47세로 환속(還俗)하여 1485년(성종 16)에 〈독산원기〉를 썼다. 한평생 절개를 지키며, 불교와 유교의 사상을 아울러 포섭한 사상과 탁월한 문장으로 한세상을 풍미하다가 1493년(성종 24) 59세로 생애를 마쳤다. 1782년(정조 6) 이조판서에 추증되었으며, 영월의 육신사에 배향되었다. 시집으

로 〈매월당집〉이 있고, 전기집으로는 〈금오신화〉가 있으며, 〈십현담요해〉 등의
저서가 있다.

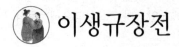이생규장전

개성 낙타교 근처에 이생이라는 사람이 살고 있었다.

그의 나이는 열여덟 살이었고, 얼굴이 말끔하게 잘생겼을 뿐 아니라 재주가 뛰어나고 배움에 뜻이 있어 일찍이 국학(성균관)에 다녔는데 길을 가다가도 글을 읽을 정도로 배움에 대한 열의가 대단했다.

그러던 어느 날 선죽리에 최랑이라는 귀족 가문의 처녀가 살고 있었는데, 나이는 열여섯쯤 되었고, 몸가짐이 아름답고 수를 잘 놓았으며 시문에도 뛰어나 동네 사람들은 시를 지어 두 사람을 찬미하였다.

풍류롭다 이 총각 아름다워라 최 처녀
그 재주와 그 얼굴 어느 누가 찬탄치 아니하리.

이생은 일찍부터 책을 옆구리에 끼고 서당에 갈 때는 언제나 최랑의 집 앞을 지나갔는데 그 집 북쪽 담벽락에는 하늘하늘한 수양버들이 둘러싸고 있었다.

어느 날 이생이 나무 밑에서 쉬다가 우연히 담 안을 엿보았는데, 온갖 꽃들이 활짝 피어 있고 벌과 새들이 그 사이를 요란스럽게 날고 있었다. 그 옆에는 자그마한 누각이 하나 어렴풋이 보였다. 구슬로 만든 발은 반 정도 가려져 있고 비단 휘장은 낮게 드리워져 있는데, 어여쁜 아가씨가 수를 놓다가 따뜻한 봄 햇살을 이기지 못해 바느질을 잠깐 멈추고는, 턱을 괴고 앉아 시를 읊었다.

사창(갑사나 은조사 등 비단으로 바른 창)에 홀로 기대앉아 수놓기도 귀찮구나.
　활짝 핀 꽃떨기에 꾀꼬리 소리 다정도 하네.
　살랑대는 봄바람을 원망하며
　말없이 바느질 멈추고 생각에 잠겨 있네.
　저기 가는 저 총각은 어느 집 도련님인가
　초록빛 긴소매 수양버들 가지 스쳐 가네.
　이 몸이 화신하여 대청 안의 제비 된다면
　낮은 주렴(珠簾, 구슬 따위를 꿰어 만든 발) 살짝 걷어 담 위에 오르련다.

　이생은 그녀가 읊은 시를 듣고 나니 마음이 싱숭생숭하여 견딜 수가 없었다. 그러나 그 집의 담은 높고 안채가 깊숙한 곳에 있었으므로 어찌할 도리가 없어 서당으로 갔다.

　어느 날 이생은 서당에서 돌아오는 길에 좋은 생각이 떠올랐다. 그는 흰 종이 한 장에다 시 세 수를 적어서 기와 쪽에 매달아 담 안으로 던졌다. 최랑이 깜짝 놀라 시비 향아를 시켜 가져다 보니 이생이 보낸 시였다.

　무산 열두 봉우리에 첩첩이 싸인 안개더냐
　반쯤 드러난 봉우리는 붉고도 푸르구나.
　고운 님 외로운 꿈을 수고롭게 하지 마오.
　행여나 눈과 비 되어 양대(陽臺, 중국 초나라 양왕이 선녀를 만났다고 전해지는 곳)에서 만나 보세.

사랑하는 임이시여, 나의 마음 아오리다.
붉은 담 위의 복숭아야, 날고 난들 어디 가리.

필연인가, 악연인가
하염없는 이내 시름 하루가 삼추 같네
넘겨 보낸 시 한수에 황혼 가약 맺으니
어느 날에 임을 만날까.

최랑은 그 시를 계속 음미한 뒤 기뻐하며 종이쪽지에 시 두어 글귀를 써서 담 밖으로 던져 주었다.
임이시여, 의심 마오.
황혼 가약 정합시다.

이생은 그 시의 언약과 같이 날이 어두워지자 최랑의 집을 찾아갔다. 복숭아꽃 가지 하나가 갑자기 담 위로 휘어져 내려오며 어릿어릿 그림자가 나타났다. 이생이 가만히 살펴보니 그넷줄에다 대바구니를 매어 늘어뜨려 곧 그 줄을 잡고 담을 넘어 들어갔다.
때마침 동산에는 달이 떠오르고 꽃나무 가지의 그림자가 땅에 드리워졌다. 이생은 기쁘면서도 한편으론 그동안의 비밀이 탄로 날까 두려워 머리카락이 쭈뼛 섰다. 그는 좌우를 둘러보았다.
최랑은 꽃포기에 깊숙이 파묻혀 앉아 향아와 함께 꽃을 꺾어다 머리 위에 꽂으며 이생을 보고는 방긋이 미소 지으며 시 몇 구를 읊었다.

복숭아 가지 속은 꽃이 피어 화려하고
원앙새 베개 위는 달빛이 곱구나.

이생이 뒤를 이어 읊었다.

이다음에 어쩌다가 봄소식이 누설되면
무정한 비바람에 더욱 가련하리라.

최랑은 곧 얼굴빛을 바꾸며 말했다.
"저는 당신과 함께 끝까지 부부가 되어 영원한 행복을 누리려 하였는데 당신은 어찌하여 그런 말씀을 하십니까? 저는 비록 여자의 몸이오나 조금도 걱정하지 않는데 사내대장부가 그런 염려를 한단 말입니까? 만일 나중에 규중(閨中, 부녀자가 생활하는 방)의 비밀이 누설되어 부모님께 꾸지람을 듣는다 해도 저 혼자 책임지겠습니다."
그녀는 향아에게 술과 과일을 방으로 가져오라고 했다.
온 집안이 고요하고 인기척이 없자 이생이 최랑에게 물었다.
"이곳은 어디입니까?"
"예, 이곳은 저희 집 뒷동산의 작은 누각 밑입니다. 저희 부모님께선 무남독녀인 저를 유난히 귀여워해 주셔서 따로 연못 가운데 이 집을 지어 주시고, 봄이 되어 온갖 꽃들이 만발하면 향아와 함께 즐겁게 놀도록 해 주셨습니다. 부모님이 계신 곳은 여기서 좀 떨어져 있어 웃음소리가 크더라도 잘 들리지 않을 것입니다."
그러고는 이생에게 술 한 잔을 권하며 시 한 편을 읊었다.

연못 깊은 곳에 솟은 난간 굽어보고
꽃다발 그 사이에서 누구누구 속삭이나.
향기로운 안개 끼고 봄빛이 화창할 때
새 곡조 지어 백저가(중국 양나라에서 불리던 악곡의 이름)를 부르네.
꽃그늘에 달빛 비쳐 털방석에 스며들고

긴 가지 잡고 보니 붉은 빗발 내리도다.
바람 속의 향내는 옷 속에 스미는데
첫봄을 맞이한 아가씨는 춤만 추네.
가벼운 소매로 해당화나 스쳐 볼까
꽃 밑에 졸고 있던 앵무새만 깨웠구나.

이생은 곧 서슴지 않고 화답했다.

신선을 잘못 찾아 무릉도원에 왔구나,
구름 같은 쪽진 머리 금비녀 낮게 꽂고
엷디엷은 초록 적삼 봄철이라 새로 지어 입었네.
비바람 불지 마오. 나란히 핀 이 꽃들에
선녀가 내리신다. 소맷자락 살랑살랑.
좋은 일엔 언제나 시름이 따르니
함부로 새 곡조를 앵무새에게 가르치랴.

주연이 끝나자 최랑이 이생에게 말했다.
"오늘의 일은 분명히 작은 인연이 아니오니, 당신은 저와 함께 백년가
약을 맺는 것이 어떻겠습니까?"
그녀는 곧 북쪽에 있는 들창 속으로 들어갔다. 이생이 그녀의 뒤를 따
라 사다리를 타고 오르니, 작은 다락이 하나 나왔다. 거기에는 문구류와
책상들이 잘 정돈되어 있었고, 안쪽 벽에는 '연강첩장도(안개 낀 강 위에
첩첩이 쌓인 산봉우리를 그린 화폭)' 와 '유황고목도(깊숙한 대밭과 고목
을 그린 화폭)' 두 폭을 붙였는데 모두 명화였다. 그 위에는 각각 시 한
편씩이 적혀 있었으나 누가 지은 것인지는 알 수 없었다.
첫째 그림에 쓰인 시는,

저 강 위의 첩첩 산을 누가 그렸는가.
구름 속 방호산 봉우리 보일락 말락
멀고 먼 산세는 몇 백 리에 서려 있고.
소곳소곳 쪽진 머리 다락 앞에 벌여 있네.
끝없는 푸른 물결 저 공중에 닿았구나.
저문 날 바라보니 고향 산천 어디메요.
이 그림 구경할 제 임의 느낌 어떻더냐.
상강 비바람에 배 띄운 듯하여라.

둘째 그림에 쓰인 시는,

바삭바삭 대나무 잎에서는 가을 소리 들리는 듯
꿈틀꿈틀 고목도 옛 뜻을 품은 듯이
뿌리 깊어 이끼 끼고 가지마다 활짝 뻗어
무궁한 조화 자취 가슴속에 간직했네.
미묘한 이 경지를 누가 와서 말할까.
위은(당나라의 이름 난 화가), 여가(송나라 화가 문동의 자) 떠났으니
이 묘한 이치를 누가 알겠느냐.
갠 창 그윽한 곳 말없이 서로 보니
신기하다 임의 필법 못내 사랑하노라.

한쪽 벽에는 사시의 경치를 읊은 시를 각각 네 수씩 붙였는데 역시 어떤 사람의 글인지는 알 수가 없고, 글씨는 조송설(원나라의 서화가 조맹부. 송설은 그의 호)의 것을 본받아 글자체가 매우 곱고 단정하였다.
그 첫째 폭에 쓰인 시는,

부용장(芙蓉帳, 연꽃을 그리거나 수놓은 휘장) 깊은 향내 실바람에 나부끼고

창밖의 살구꽃 비 내리듯 하구나.

새벽 종소리에 꿈을 깨고 보니

신이화(목련과에 속하는 낙엽 교목인 백목련. 일명 목필) 깊은 곳에 백설조(百舌鳥, 때까치를 이르는 말)만 우지진다.

기나긴 날 깊은 규중 제비 쌍쌍으로 모여들 때

귀찮아서 말도 없이 금바늘을 멈추도다.

다정한 저 나비는 임의 동산에 짝을 지어

낙화를 사랑하더니 날아 앉는구나.

선들바람 살랑살랑 초록 치마 스칠 때

무정한 봄소식은 남의 애를 끊나니

말없는 내 뜻을 누가 알겠는가.

온갖 꽃 만발할 때 원앙새만 춤추는구나.

봄빛은 깊고 깊어 온 누리에 가득하고

붉으락푸르락 비단 창 앞에 비치누나.

방초가 우거진 곳에서 외로운 시름 위로하려 했는데

주렴 높이 걸어 지는 꽃을 헤어 보네.

그 둘째 폭에 쓰인 시는,

밀보리 처음 베고 어린 제비 펄펄 날 때

남쪽 뜰의 석류화는 나란히도 피었도다.

푸른 들창 홀로 비껴 길쌈하는 저 아가씨
붉은 비단 베어 내어 새 치마를 지으련다.

매실은 한껏 익고 가는 비는 보슬보슬
꾀꼬리 울고 나서 제비마저 드나들고
이 봄은 간데없어 풍경조차 시드는데
나리꽃 떨어지고 새 죽순이 뾰족뾰족 싹트는구나.

살구 가지 휘어잡아 꾀꼬리나 갈겨 볼까
남쪽 창가 바람 일고 쬐는 햇볕 더디어라.
연잎에 향내 뜨고 푸른 못물 가득한데
저 물결 깊은 곳에 원앙새가 노는구나.

등나무 밑 평상 대방석에 물결처럼 이는 물결
소상강 그린 병풍 한 봉우리 구름뿐인가.
낮 꿈을 깨련마는 고달픈 채 그냥 누워
반창(半窓, 반쪽짜리 창문)에 비 갠 해만 뉘엿뉘엿 지는구나.

그다음 셋째 폭에는,

쌀쌀한 가을바람 차디찬 이슬 맺고
달빛은 밝고 맑은데 물결은 파랑구나.
기럭기럭 기러기 울며 돌아갈 때
우수수 떨어지는 오동잎 소리.

상 밑에서 우는 벌레 소리 처량하도다.

상 위의 아가씨는 눈물겨워 하는구나.
머나먼 싸움터에 몸을 던진 임이시여!
오늘 저녁 옥문관(玉門關, 한나라 때 서관을 지나서 서역으로 가던 통로)에 달빛 비치리라.
새 옷을 자르려니 가위조차 차갑네.
나직이 아이 불러 다리미를 갖고 오네.
불 꺼진 다리미라 쓸 곳이 전혀 없어
가만히 피리대로 꺼진 재를 헤쳐 보네.

연꽃은 다 피었나. 파초 잎도 누르것다.
원앙 그린 기와 위엔 새 서리가 흐뭇 젖어
묵은 시름 새 원한 애달픈들 어이 하리,
골방은 깊고 깊어 귀뚜라미 왜 우느뇨.

그다음 넷째 폭에는,

한 가지 매화가 온 창을 가렸네.
서랑에 바람이 세고 달빛 더욱 아름답다.
화롯불 헤쳐 봐라 꺼지지 않았더냐.
아이야, 이리 와서 차 좀 달여 보지 않으련.

밤 서리에 놀란 잎은 자주자주 펄럭이고
돌개바람 눈을 몰아 골방으로 들어올 때,
그립던 임 생각에 잠 못 이루고 뒤척이니
그 옛날 전장인 빙하에서 헤매네.

창 앞의 붉은 해는 봄빛인 양 따뜻하고
근심에 잠긴 눈썹 졸음마저 덧붙이네.
병에 꽂힌 작은 매화 필락 말락 하건만
수줍은 채 말도 없이 원앙새만 수놓다니.

쌀쌀한 서릿바람 북쪽 숲을 스치려니
처량한 까마귀 달을 맞아 우지진다.
가물가물 등불 앞에 실 꿰기도 어려워라.
임 생각에 솟은 눈물 바늘귀에 떨어지네.

한쪽에는 별당이 한 채 있는데 매우 깨끗하고, 장 밖에는 사향을 태우
는 냄새가 풍기고, 촛불은 대낮처럼 환하게 밝혀져 있었다. 이생은 그녀
와 함께 즐거움을 만끽하며 며칠 동안 머물렀다.

어느 날 이생이 최랑에게 말했다.

"옛 성인의 말씀에 '어버이 계시면 나가 놀더라도 반드시 가는 곳을 알
려 두어야 한다'고 하였는데, 내 어버이를 떠나온 지 벌써 사흘이 지났으
니, 어버이께서 반드시 문 밖에 나와 기다리실 것이오니 어찌 아들의 도
리라 하겠소."

그녀는 서운했지만 이생이 돌아가는 것을 허락하였다.

그 후 이생은 저녁마다 그녀를 만났다. 어느 날 저녁, 이생의 아버지가
그를 꾸짖으면서 말했다.

"네가 아침 일찍 집을 나가 날이 저물어야 돌아오는 것은 옛 성인의 참
된 말씀을 배우려 함이었는데, 이제는 황혼에 나가서 새벽에야 돌아오니
이게 어찌 된 일이냐? 분명 못된 아이들의 행실을 배워 남의 집 담장을
뛰어넘어 다니는 것이지? 이런 일이 남의 눈에 띄면 남들은 모두 내가 자
식을 잘못 가르쳤다고 책망할 것이요, 또 그 처녀도 만일 지체 높은 양반

집 규수라면 너 때문에 가문에 누를 입을 것이니, 이는 남의 집에 죄를 지음이 적지 않을 것이다. 너는 어서 영남 으로 내려가 일꾼을 데리고 농사일을 감독하여라. 그리고 내가 얘기하기 전에는 올라오지 마라."

아버지는 이튿날 아들을 울주(지금의 경남 울산의 옛 이름)로 내려 보냈다.

최랑은 매일 저녁 화원에서 이생을 기다렸으나, 몇 개월이 지나도록 그림자도 보이지 않았다. 혹시 그가 병이 나지 않았나 하고 향아를 시켜서 이생의 이웃 사람에게 물어보니 이웃 사람이 이렇게 대답했다.

"어머나! 이 도령은 아버지께 꾸지람을 듣고 영남 농촌으로 내려간 지 벌써 여러 달이 되었다오."

이 소식을 들은 최랑은 어이가 없어 침상 위에 쓰러져서는 일어나지 못하였다. 그리고는 음식도 안 먹고 말조차 하지 않아 얼굴이 점점 야위었다.

그녀의 부모는 놀라서 병의 증세를 물었으나 그녀는 아무 말도 하지 않았다. 그러다가 하루는 우연히 옆에 있는 대바구니를 들추다 딸이 이생과 함께 주고받은 시를 보고는 그제야 무릎을 치면서 말했다.

"아이고, 잘못했다간 귀중한 딸을 잃을 뻔했구나."

그녀의 부모는 곧 딸에게 물었다.

"도대체 이생이란 사람이 누구냐? 다 털어놓고 이야기해 보거라."

일이 여기까지 이르자 최랑은 더 이상 숨기지 못하고 간신히 소리 내어 부모님께 솔직히 고백하였다.

"저를 낳아 주시고 지금까지 키워 주신 아버님, 어머니께 어찌 숨기겠습니까? 다름이 아니오라 남녀간의 애정은 인간으로서는 소홀히 여기지 못할 일입니다. 그러므로 옛 글에도 이에 대한 찬미나 우려의 말씀이 한 가지가 아니었습니다. 제가 연약한 몸으로 나중 일을 생각지 않고 이런 잘못을 저질러 남들에게 비웃음을 받게 되었습니다. 그러므로 죄가 크고 수치스러움이 어버이께 미칠 것이오나, 이생과 헤어진 후로 원한이 쌓여 쓰러진 연약한 몸이 맥없이 홀로 있으니, 날이 갈수록 생각은 더욱 나고 병세는 점차 심해 쓰러질 지경에 이르렀습니다. 그러니 부모님께서 제 소원을 들어주신다면 남은 목숨을 보전할 것이고, 그렇지 않으면 비록 죽어서라도 이생을 따르기로 맹세하고 다른 사람과는 혼인하지 않겠습니다."

그녀의 부모는 이미 그 뜻을 알고 다시는 병의 증세도 묻지 않고 그녀의 마음을 달래어 안정시켰다. 그들은 예를 갖추어 중매인을 이씨에게 보냈다.

이씨는 먼저 최씨의 문벌을 물은 뒤에 말했다.

"비록 우리 아이가 나이 어리고 바람이 났다 하여도 학문에 정통하고 얼굴도 잘생겼으며 장차 대과에 급제해서 세상에 이름을 알릴 것이니 함부로 혼사를 정하지 않겠소."

중매인은 곧 돌아와 이 말을 최씨에게 전하였다. 최씨는 다시 중매인을 이씨에게 보냈다.

"들리는 말에 의하면 댁의 아드님은 재주가 뛰어나다고 하니, 비록 지금 몹시 곤궁할지라도 장래엔 반드시 세상에 이름을 알릴 것입니다. 제 딸도 과히 남에게 뒤지지 않사오니 혼인을 허락해 주시는 것이 어떻겠습니까?"

"나도 어려서부터 학문을 연구하였지만, 나이가 들어도 성공하지 못하여 노비들은 뿔뿔이 흩어지고 친척들도 돌봐 주지 않아 생활이 궁핍합니다. 댁에서 무엇을 보고 가난한 선비를 사위로 맞이하려 합니까? 아마도 일을 벌이기 좋아하는 이가 저희 집을 과장되게 얘기하여 당신네를 속이려는 것이 아니겠소?"

중매인이 할 수 없이 다시 돌아와 최씨에게 알리자, 그는 또다시 중매인을 이씨에게 보냈다.

"모든 예물과 의장은 저희 집에서 알아서 할 것이오니, 다만 좋은 날을 택해 혼인을 치르는 것이 어떻겠습니까?"

이씨는 최씨의 간절한 요청에 마음을 돌려 곧 사람을 울주에 보내 아들을 데려오게 하였다.

이 소식을 들은 이생은 기쁜 마음을 억누르지 못하여 시 한 수를 지어 읊었다.

깨진 거울 합쳐지니 이 또한 인연이라.
은하의 오작(烏鵲, 까막까치)인들 이 가약을 모를까.
이제야 월로승(부부의 인연을 맺어 준다는 월하노인이 지닌 주머니의 붉은 끈) 굳게굳게 잡아매어
봄바람 살랑거릴 때 두견이를 원망 마오.

오랫동안 이생을 그리워하던 최랑은 그가 이 시를 지었다는 소리를 듣고는 병이 점점 나아 시 한 수를 지어 읊었다.

악인연이 호인연인가 옛날 맹세 이루련다.
어느 때 임과 함께 저 작은 수레를 끌고 갈꼬.
아이야, 날 일으켜라 꽃비녀 매만지리.

그 후 얼마 되지 않아 길일을 잡고 혼례를 치렀다. 이후부터 부부는 서로 사랑하고 공경하여, 비록 옛날의 양홍과 맹관(부인이 예절을 다해 남편을 섬긴다는 고사 거안제미(擧案齊眉)의 주인공 부부)이라도 그들의 절개를 따를 수 없었다.

그 다음해에 이생은 대과를 거쳐 높은 벼슬에 올라 세상에 이름을 알

렸다. 이윽고 신축년에 홍건적이 서울을 침략하자 임금은 복주로 옮겨 갔다. 홍건적이 집을 불태우고 사람과 가축을 죽이고 잡아먹자 가족과 친척들은 살기 위해 제각기 흩어졌다.

이때 이생은 가족과 함께 산골에 숨어 있었는데, 도적 하나가 칼을 들고 뒤를 쫓아왔다. 그는 겨우 도망쳐 목숨을 구했으나, 최랑은 도적에게 잡혀 정조를 빼앗길 처지에 이르렀다. 그러자 최랑이 크게 노하여 소리를 질렀다.

"이 창귀 놈아! 나를 먹으려고 하느냐. 내가 차라리 죽어서 승냥이의 밥이 될지언정 어찌 돼지 같은 놈에게 이 몸을 주겠느냐."

도적은 화가 나 그녀를 무참하게 죽여 버렸다.

이생은 온 들판을 헤매고 다니다가 도적들이 물러갔다는 소식을 듣고 고향을 찾아갔다. 그러나 그의 집은 이미 불에 타고 없었다. 최랑의 집에 가 보니 집 안에는 쥐들이 우글거리고 새들의 울음소리만 들릴 뿐이었다.

이생은 슬픈 마음을 견디지 못하여 작은 다락 위에 올라가 눈물을 삼키며 깊은 한숨을 쉬었다. 그리고 날이 저물 때까지 우두커니 앉아 옛일을 생각하니 모든 것이 꿈만 같았다.

밤중이 되어 달빛이 들보를 비추자, 행랑 쪽에서 발걸음 소리가 점점 가깝게 들려와 깜짝 놀라 나가 보니 옛날의 최랑이었다. 이생은 그녀가 죽은 것을 알고 있었으나, 너무나 사랑하는 마음에 전혀 의심치 않고 물었다.

"당신은 어디로 피난하여 생명을 보전하였소?"

최랑은 그의 손을 잡고 통곡하며 말했다.

"저는 원래 귀족의 딸로서 어릴 때에 어머니의 가르침을 받아 수놓는 일과 바느질에 열심이었습니다. 또한 시서와 예의를 배워 단지 규중의 예법만 알고 살다가, 담 위를 엿보셨을 때 저는 스스로 몸을 바쳤으며,

꽃 앞에서 한 번 웃고 평생의 가약을 맺었습니다. 또한 깊은 다락에서 만날 때마다 정이 점점 쌓여 갔습니다. 일이 이렇게 되자 슬픔과 부끄러움을 차마 견딜 수가 없었습니다. 장차 백년해로의 기쁨을 누리려 하였는데 뜻밖에 불행이 닥칠 줄 누가 알았겠습니까? 끝까지 놈에게 정조를 잃지는 않았으나 육체는 진흙탕에서 찢겼사옵니다. 절개는 중하고 목숨은 가벼워 해골은 들판에 던져졌으나, 혼백을 의탁할 곳이 없었습니다. 가만히 옛일을 생각하면 원통하나 어찌하겠습니까? 당신과 그날 깊은 골짜기에서 하직한 뒤 저는 속절없이 짝 잃은 새가 되었던 것입니다. 이제 봄바람이 깊은 골짜기에 불어와 제 몸이 이승에 다시 태어나서 남은 인연을 맺고 옛날의 굳은 맹세를 결코 헛되지 않게 하려는데 당신의 생각은 어떠하십니까?"

이생은 매우 기쁘고 고마워하며 말했다.

"그것이 원래 나의 소원이오."

그러고 나서 둘은 재미있게 말을 주고받았다. 이생은 또 물었다.

"그래, 모든 재산은 어떻게 되었소?"

"예, 하나도 잃어버리지 않고 어떤 골짜기에다 묻어 두었습니다."

"그럼 우리 부모님의 유골은 어찌 되었소?"

"하는 수 없이 어떤 곳에 그냥 버려 두었습니다."

두 사람은 이야기를 마친 뒤 함께 잠자리에 들어 즐기니, 기쁜 정은 옛날과 조금도 다를 바 없었다.

이튿날 그들은 옛날에 함께 살았던 곳을 찾아갔다. 그곳에서 금은 몇 덩어리와 재물 약간이 있었다. 그들은 그것을 팔아 부모의 유골을 거두어 오관산(개성 송악산 동쪽에 있는 산) 기슭에 합장하였다. 장례를 치른 뒤 이생은 벼슬을 하지 않고 최랑과 함께 살림을 차리니, 뿔뿔이 흩어졌던 종들이 점점 모여들었다.

이생은 그 이후로 세상의 모든 일을 다 잊어버렸다. 심지어 친척이나 중요한 손님의 방문과 길흉 대사도 모두 제쳐놓고, 문을 굳게 닫고 최랑과 함께 시구를 주고받으며 몇 해 동안 금슬을 누렸다.

어느 날 저녁에 최랑이 이렇게 말했다.

"세상일이 하도 덧없어 세 번째의 가약도 이제 머지않아 끝나게 되오니, 한없는 이 슬픔 또 어찌 하오리까?"

"그게 무슨 말이오?"

"저승길은 피할 수 없는 길입니다. 저와 당신은 하늘이 맺어 준 인연이고 또한 전생에 아무런 죄도 없으므로 이 몸이 잠깐 당신과 만나게 되었습니다. 하지만 어찌 인간 세상에 오래 머물러 산 사람을 유혹할 수 있겠습니까?"

이야기가 끝나자 그녀는 향아를 시켜서 술과 과일을 들이고, 옥루춘 한 가락을 부르며 이생에게 술을 권하였다.

난리풍상 몇 해인가 옥같이 고운 얼굴
꽃같이 흩어지고 짝 잃은 원앙이라.
남은 해골 굴러 그 뉘라서 묻어 주리.
피투성이 된 혼은 하소연할 곳도 없네.
슬퍼라 이 내 몸은 무산선녀(巫山仙女, 중국의 전설에서 얼굴이 몹시 곱고 아름답다는 선녀) 될 수 없고
깨진 거울 이제 거듭 나누려니
이제 하직하면 천추의 한이로다.
망망한 천지 사이 음신(音信, 먼 곳에서 전하는 소식이나 편지)조차 막히리라.

노래 부르는 동안 눈물이 흘러내려 끝까지 부르지 못하였다. 이생도 슬픔을 참지 못하며 말했다.

"내가 차라리 당신과 함께 지하로 돌아갈지언정 어찌 무료하게 여생을

홀로 보내겠소? 홍건적 난리를 치른 뒤 친척들과 노비들이 흩어지고 돌아가신 부모님의 유골이 들판에 버려졌을 때 당신이 아니었다면 누가 가르쳐 주었겠소? 옛 성인의 말씀에 '어버이 계실 적에 예로 섬길 것이며 돌아가신 후에도 예로 장사할 것이라.' 하였는데, 이제 당신이 모두 실천하였으니 내 감사의 뜻을 아끼지 않으리다. 아무쪼록 당신은 인간 세상에 오래 살아 백 년의 행복을 누린 뒤에 나와 같이 흙으로 돌아가는 것이 어떻겠소?"

"당신의 명은 아직 많이 남았고 저는 이미 귀신의 명부에 이름이 실렸사오니, 만약 굳이 인간의 미련을 가지면 명부의 법령에 위반되어 저에게 죄가 미칠 뿐만 아니라 당신에게도 누가 될까 염려됩니다. 단지 제 해골이 아직 그곳에 흩어져 있사오니, 만약 은혜를 베푸시겠다면 사체를 거두어 비바람을 맞지 않게 해 주십시오."

말을 마치자 그녀의 육체는 점점 사라져 종적을 감추어 버렸다.

이생은 그녀의 말대로 시체를 거두어 부모의 묘 옆에다 장사를 지낸 후 그만 병이 나서 몇 개월 만에 세상을 떠나고 말았다. 이 이야기를 들은 모든 이들은 감탄하며 그들의 아름다운 절개를 칭찬하지 않을 수 없었다고 한다.

만복사저포기(萬福寺樗蒲記)

- 김시습(金時習) -

작품 정리

이 작품은 〈금오신화〉에 실려 전하는 5편 중의 하나로 일종의 전기 소설(傳奇小說)이다. 전래하는 〈인귀교환설화〉, 〈시애설화〉, 〈명혼설화〉 등이 복합적으로 어우러져, 이승의 사람과 저승의 영혼의 결합이라는 전기성(傳奇性)이 두드러진다. 이러한 경향은 전래 설화, 패관 문학, 가전 등의 내적 요인에 중국 진당 전기체 소설의 영향을 받아 이루어진 것으로 볼 수 있으며, 직접적으로 구우의 〈전등신화〉의 영향이라고 할 수 있다. 이 글은 우리나라 최초의 소설이라는 점에서 국문학사상 의의를 지닌다.

이 글의 소설적 특징은 〈금오신화〉에 실려 있는 다른 작품과 마찬가지로, 주인공이 재자가인(才子佳人)이고 한문 문어체로서 사물을 극히 미화시켜 표현하고 있다는 점이다. 작품 안에 보이는 운문은 상황에 따른 정감을 집약시켜 주인공의 심리를 묘사하는 구실을 하고 있지만, 당대의 여건으로 본다면 모든 문장이 운문에서 완전히 탈피하기 어려웠다. 불교의 연(緣) 사상이 바탕이 된다.

작품 줄거리

전라도 남원에 양생(梁生)이라는 노총각이 있었다. 그는 일찍이 부모를 여의고 만복사라는 절에 구석방을 얻어 외롭게 살고 있었다. 젊은 남녀가 절에 와서 소원을 비는 날 그는 모두가 돌아간 뒤 법당에 들어갔다. 저포를 던져 자신이 지면 부처님을 위해 법연(法筵)을 열고, 부처님이 지면 자신에게 좋은 배필을 달라고 소원을 빈 다음 공정하게 저포 놀이를 했는데 양생이 이기게 되었다. 양생이 탁자 밑에 숨어 기다리고 있자 열대여섯 되는 아름다운 처녀가 외로운 신세를 한탄하며 배필을 얻게 해 달라는 내용의 축원문을 읽으며 울었다. 이 말을 들은 양생은 탁자 밑에서 나가 처녀와 인연을 맺는다. 그는 여인의 집에서 사흘간 머물며 극진한 대접을 받고 꿈처럼 달콤한 시간을 보낸다. 사흘이 지나자 여인은 양생에게 은 주발 하나를 주었다. 그리고 다음 날 보련사로 가는 길가에 서 있다가 자신의 부모를 만나면 인사를 드리라고 부탁한다. 양생은 여인이 시킨 대로 다음 날 보련사 가는 길에 서 있다가 딸의 대상을 치르러 가는 양반집 행차를 만난다. 그들을 통해 자신과 인연을 맺은 그 여인이 왜구들에게 죽임을 당한 처녀의 환신임을 알게 된다. 양생은 처녀의 부모가 차려 놓은 음식을 혼령과 함께 먹고 난 뒤 홀로 돌아왔다. 양생은 여인과 이별한 후 세상을 등지고 지리산에 들어가 약초를 캐며 혼자 살았다고 한다.

핵심 정리

갈래 : 명혼 소설

연대 : 조선 세조

구성 : 전기적

시점 : 전지적 작가 시점

배경 : 전라도 남원 만복사 동편 방 한 칸

주제 : 시공을 초월한 남녀 간의 사랑

만복사저포기

전라남도 남원에 양생이란 사람이 있었다. 그는 일찍이 어버이를 여의고, 아직 장가들지 못한 채 '만복사'라는 절에 구석방 하나를 얻어 외로이 살아가고 있었다.

그 방에는 배나무 한 그루가 있었는데 바야흐로 꽃이 만발하여 온 뜰이 은세계를 이룬 듯했다. 그는 답답하고 외로울 때면 달밤에 배나무 밑을 거닐면서 시를 읊어 자기의 외로움을 달래곤 했다.

한번은 외로움에 지친 신세 타령하는 시 한 수를 읊고 나자 공중에서 소리가 들렸다.

"그대가 참말로 좋은 배필을 만나고자 한다면 무엇이 어려울 게 있을까?"

양생은 기뻐 마지않았다.

이튿날은 3월 24일이라, 고을 풍속에 따라 해마다 젊은 남녀들이 만복사를 찾아 향불을 피우고 저마다 소원을 비는 날이었다.

양생은 저녁 예불이 끝나기를 기다려 법당에 들어가 자기 소매 속에 깊숙이 간직해 가지고 갔던 저포(점치는 데 쓰는 되의 윷)를 꺼내어 부처님께 아뢰었다.

"오늘 제가 부처님을 모시고 저포 놀이를 하고자 하나이다. 소생이 지면 법연(불교를 설법하는 자리)을 베풀어 부처님께 보답해야 할 것이며, 만약 부처님께서 지신다면 꼭 미녀를 소생의 배필로 점지하여 주시기를 간절히 바라옵니다."

그가 축원한 후 바로 저포를 던졌더니 과연 양생이 승리하게 되었다.

그는 곧 부처님 앞에 꿇어 엎드려 자기의 소원을 다시 한 번 다짐한 다음 탁자 밑에 숨어서 동정을 살폈다.

이윽고 꽃같이 아름다운 화용월태(花容月態, 꽃다운 얼굴과 달 같은 자태)의 아가씨가 들어오는데 나이는 열대여섯, 검은 머리에 깨끗한 단장은 마치 꽃구름을 타고 내려온 달 궁전의 선녀 같아서 그 고운 모습은 이루 말로 형용하기 어려웠다.

여인은 흰 손으로 기름을 등잔에 따라 불을 켜고 향로에 향을 꽂은 뒤에 세 번 절하고 꿇어 엎드려 슬프게 탄식했다.

"인생이 박명하기가 어찌 이와 같으리까?"

그러고는 품속에 간직했던 축원문을 부처님께 바친 다음, 흐느껴 울기 시작했다. 그 울음이 어찌도 슬픈지 이루 말할 수 없었는데 불좌 밑에서 숨어 엿보고 있던 양생은 그녀의 아름다움에 취하여 자기도 모르게 뛰어나와 말하였다.

"아가씨가 지금 읽은 글은 대체 무슨 내용입니까?"

그러고는 여인의 글을 한번 훑어보고 얼굴에 기쁜 빛을 감출 수 없어 말했다.

"그대는 누구시기에 이곳에 홀로 와 있습니까?"

그러자 여인은 아무런 놀라움이나 두려움 없이 대답하였다.

"저도 사람임이 분명하니 의심을 푸시기 바랍니다. 당신은 아름다운 배필을 구하는 중이시지요? 굳이 이름은 알아 뭐 하시겠습니까?"

당시에 만복사는 이미 퇴락하여 스님들이 절 한 모퉁이에 옮겨 살았는데, 법당 앞에는 다만 쓸쓸한 행랑채만 남아 있었다. 그리고 행랑채 끝에 매우 비좁은 방이 한 칸 있었다. 양생은 아가씨에게 눈짓을 하며 허리를 껴안고 안으로 들어가니 여인도 사양하지 않고 따라갔다.

그리하여 두 사람은 운우(雲雨, 남녀가 육체적으로 관계를 가짐)의 정을 누렸다. 이윽고 밤이 깊어 달이 동산에 떠오르며 그 황홀한 그림자가 창가에 비치는데, 어디에선가 사람 발자국 소리가 나는 것이었다. 여인이 먼저 놀라며 물었다.

"누가 왔느냐? 혹시 아무개 아니냐?"

"그렇습니다. 낭자께서는 지금껏 문밖에 한 걸음도 나가지 않으시더니, 오늘은 어찌 이런 곳에 와 계십니까?"

여인이 대답하였다.

"오늘의 인연은 실로 우연한 일이 아니다. 하느님과 자비하신 부처님께서 고운 임을 점지해 주신 덕택으로 백년해로를 하게 되었으니 이보다 다행한 일이 어디 있겠느냐? 비록 어버이께 말씀드리지 못한 것은 예의에 어긋나지만, 이렇듯 아름다운 인연을 맺게 된 것은 평생의 기쁨이 아닐 수 없다. 너는 빨리 집으로 돌아가 주안상을 차려 오도록 해라."

시녀가 명을 받고 물러간 뒤 얼마 후에 다시 돌아와 뜰아래에서 즐거운 잔치를 베푸니, 때는 이미 사경(四更, 하룻밤을 오경(五更)으로 나눈 넷째 부분. 새벽 1시에서 3시 사이)에 임박하였다. 양생이 가만히 주안상의 그릇들을 살펴보니 아무런 무늬도 없고, 술잔에서는 기이한 향내가 진동하는데 분명 인간의 물건이 아닌 것 같았다.

양생은 속으로 의심스러웠으나 그 여인의 맑고 고운 음성과 몸가짐이 아무래도 어느 명문 집 따님이 한때의 정을 걷잡을 길 없어, 어두운 밤 담을 넘어 나온 것이라 생각하고 더 이상 의심하지 않았다.

여인은 양생에게 술잔을 권하며 시녀를 시켜 굳이 권주가 한 가락을 부르게 한 뒤 말했다.

"이 아이는 옛 곡조밖에 알지 못한답니다. 청하건대 당신께서 저를 위해 노래 한 수를 지어 주시옵소서."

양생은 흔쾌히 허락한 다음 곧 '만강홍' 가락으로 한 곡조 지어 시녀에게 부르게 하니 그녀는 노래를 다 듣고 나서 슬픈 빛을 보이며 말하는 것이었다.

"그대를 진작 만나지 못했음을 심히 유감으로 생각하옵니다. 그러나 오늘의 인연을 어찌 천행이라 하지 않겠습니까? 당신께서 만일 저를 버리지 않으신다면 평생토록 당신을 남편으로 받들겠습니다. 그러나 만일 당신께서 저를 버리신다면 영원히 이 세상에서 사라지겠나이다."

양생이 이 말을 듣고 한편 놀랍고도 고마워서 가슴이 뿌듯하여 말하였다.

"그대의 사랑을 내 어찌 저버릴 수 있으리오."

그러나 아가씨의 일거일동이 아무래도 이상하여 그는 동정을 유심히 살폈다. 그때 마침 서쪽 봉우리에 지는 달이 걸리고 먼 마을에서 닭이 홰를 치는 소리가 은은히 들려왔다. 절에서는 새벽 종소리가 울려 오고 먼 동이 희끄무레 트기 시작했다.

술상을 거두어 가라는 명령에 시녀가 어디론가 사라진 뒤 여인이 말했다.

"아름다운 인연이 이미 이루어졌으니 낭군을 모시고 저의 집으로 돌아갈까 합니다."

양생은 기꺼이 승낙하고 여인의 손을 잡고 앞길을 향해 걸어가는데 마을을 지날 때 울타리 밑에서 이미 이웃집 개들이 짖기 시작하였고, 한길에도 사람들이 보이기 시작하였다.

그러나 이상하기 그지없는 일은 양생이 여인을 데리고 돌아오는 모습을 아무도 모르는 것이었다. 이런 해괴한 일이 어디 있을까? 양생은 아가씨를 따라 깊은 숲을 헤치고 가는데 이슬이 길을 적셔 초로가 막막하였다. 그가 의아해하며 물었다.

"당신이 사는 곳은 어째서 이리 황량한가요."

"그런 말씀 마십시오. 노처녀의 거처는 항상 이러합니다."

둘은 함께 시를 지어 주고받으며 농담을 하고 웃으며 걸어갔다.

한 곳에 이르니 풀이 가득한 곳에 한 채의 아담하고 고운 집이 서 있는

데 여인은 양생을 데리고 그리로 들어갔다. 방 안에는 침구와 휘장이 드리워 있고, 곧이어 밥상을 들이는데 엊저녁의 차림새와 조금도 다른 것이 없었다. 하지만 양생은 기쁨과 환락으로 연 사흘을 즐겼다. 그 즐거움은 한평생의 아름다운 추억이 되는 데 손색이 없었다.

그러는 동안에도 시간은 흘러 어느 날, 아가씨가 갑자기 이렇게 말하는 것이었다.

"이곳의 사흘은 인간 세상의 삼 년에 해당하니 이제는 그만 돌아가실 때가 되었습니다. 그만 돌아가시어 생계를 돌보시는 것이 어떠하겠습니까?"

그러고 나서 아가씨는 이별의 잔치를 베풀어 정을 나누었다.

양생은 슬픔이 갑자기 밀려왔다.

"대체 그게 무슨 말이오?"

"오늘의 미진한 연분은 내세에서 다시 이어지리라 믿사옵니다. 그리고 이곳의 예절도 인간 세상의 것과 별다를 바 없으니, 이웃 친척들과 만나보고 떠나시는 것이 어떠하시겠습니까?"

양생은 그렇게 하자고 대답했다. 그러자 여인은 시녀를 시켜서 친척과 이웃 친구들을 초대하였다. 이날 밤 초대된 사람은 정씨, 오씨, 김씨, 유씨였는데 이들 네 아가씨들은 모두 귀족 가문의 사람들이었다. 천품이 온순하고 풍류가 놀라우며 총명 박학하여 시에 능하였으므로, 양생은 그들과 화합하며 즐겼다. 술자리가 끝나자 이들과는 하직하고 아가씨는 양생에게 은잔 한 벌을 내주면서 말하였다.

"내일은 제 부모님께서 저를 위해 보림사에서 음식을 베풀 것입니다. 임께서 저를 버리시지 않으신다면 보림사 가는 길에서 기다렸다가 부모님을 함께 뵙는 것이 어떠하시겠습니까?"

양생은 그렇게 하기로 언약하고 이튿날 잔을 들고 보림사 길목에서 기다리고 있었더니 과연 어느 명문가의 행렬이 딸의 대상(大祥, 사람이 죽은 지 두 해 만에 지내는 제사)을 치르려고 보림사로 향하고 있었다. 그 집안의 종인 듯한 사람이 길가에 은잔을 들고 서 있는 양생을 발견하고 주인께 아뢰었다.

"마님, 우리 집 아가씨 장례 때 관에 묻었던 은잔을 누가 벌써 훔쳐간 듯합니다."

"그게 무슨 말이냐?"

그러자 주인이 놀라며 다그쳤다.

"저기 저 서생이 가지고 있지 않습니까?"

주인은 말을 멈추고 양생에게 다가와 은잔을 얻은 유래를 물으니, 양생은 사실대로 대답할 수밖에 없었다. 주인은 한참 만에 입을 열었다.

"내 일찍이 팔자가 기박하여 슬하에 여식 하나를 두었는데 왜란 통에 죽고도 미처 장례를 치르지 못하고 개녕사 곁에 묻어 둔 채 오늘에 이르렀네. 그러다 오늘이 마치 대상 날이라 부모 된 도리로 보련사에 가서 시식(施食, 죽은 친족을 위해 음식을 베풀고 법문과 염불을 외는 일)이나 베풀려고 가는 길일세. 여식을 기다려 함께 오게나."

양생이 홀로 기다리니 약속대로 아가씨가 시녀를 데리고 나타나, 그들은 손을 마주 잡고 보련사로 갔다. 아가씨가 절 문 안으로 들어서자 부처님께 염불하고 흰 장막 안으로 들어갔는데 그를 본 사람은 아무도 없었다. 다만 양생에게만 보일 뿐이었다. 음식을 먹는 모습도 보이지 않고, 수저 소리만 달그락거렸으나 모든 것이 인간이 하는 짓과 흡사하였다.

곁에 있던 사람들은 크게 놀라 드디어 장막 속에 신방을 마련하고 양생과 더불어 자게 하였다. 한밤중이 되자 낭랑한 음성이 들려온 듯하여 사람들이 귀를 기울이면 문득 아가씨의 소리는 들리지 않았다. 아가씨가 양생에게 말하였다.

"이제부터 저의 신세 타령을 여쭙겠나이다. 제가 예법에 어긋나는 짓을 하는 것도 잘 알고 있습니다. 하도 오래 들판 수풀 속에 묻혀 있어서

풍정(風情, 정서와 회포를 자아내는 풍치나 경치)이 한번 발하니 마침내 이를 이기지 못하였습니다. 마침내 삼세(三世, 과거, 현세, 내세)의 인연을 만나 당신의 동정을 얻게 되어, 백년 절개를 바쳐 평생 지어미의 길을 닦으려 하였나이다. 그러나 아깝게도 숙명적인 이별을 거스를 수가 없어 하루바삐 저승길을 떠나야겠습니다. 이제 한번 헤어지면 뒷날을 기약할 수 없으니, 이 서럽고 아득한 정을 무엇으로 다 말씀드리겠습니까?"

이렇게 말하고 아가씨는 슬피 울었다.

이윽고 스님과 사람들이 혼백을 전송하니 영혼은 문밖을 나간 것인지 여인의 얼굴은 보이지 않고, 슬픈 울음소리만 은은히 들리다가 이내 점점 멀어져 갔다. 부모도 그것이 실제 일어난 것임을 깨달았고, 양생 역시 그가 귀신이었음을 뚜렷이 알 수 있었다. 그리하여 그는 더욱 슬퍼 부모들과 어울려 통곡하였다. 그의 부모가 말하였다.

"은잔은 자네에게 맡길 것이오. 그리고 내 딸이 지니고 있던 밭과 여종 몇 사람이 있으니 자네는 부디 내 딸을 잊지 말아 주게."

이튿날 양생이 고기와 술을 가지고 아가씨와 만났던 곳을 찾으니 과연 묘가 하나 있었다. 양생은 음식을 차리고 조문을 외고 돌아왔다. 그 뒤에도 양생은 슬픔을 이기지 못하여, 집과 농토를 전부 팔아 저녁마다 제를 올리고 시식(施食, 죽은 영혼을 하늘로 보내기 위해 경전을 독송하며 염불하는 의식)을 하였더니, 하루는 아가씨가 공중에서 양생을 부르며 말하였다.

"당신의 은덕으로 저는 다른 나라에 남자가 되어 태어났나이다. 우리의 몸은 더욱 멀어졌으나 당신의 두터운 정을 어찌 잊겠나이까. 그래도 다시 바른 업을 만나 더불어 영원한 윤회를 해탈하고 싶습니다."

양생은 그 후 장가들지 않고 지리산에 들어가 약초를 캐면서 살았는데, 그가 어떻게 죽었는지 아는 사람은 아무도 없었다고 한다.

박씨전(朴氏傳)

- 작자 미상 -

작품 정리

이 작품은 인조 때 일어난 병자호란을 배경으로, 실재 인물이었던 이시백과 그의 아내 박씨라는 가공인물을 주인공으로 하여 여러 가지 이야기를 엮은 서사 문학이다. 이 소설은 여러 가지 면에서 자주성이 매우 강한 작품으로, 우리나라를 주무대로 사건이 전개되면서 역사적인 실재 인물들을 등장시킨 점과 남존여비 시대에 여성을 주인공으로 설정한 점 등을 통해 작자의 주제 의식이 작품에 어떻게 구현되는지를 이해하는 데 도움이 된다.

작품 줄거리

조선 인조 때 이시백이라는 젊은이가 살았다. 그는 매우 총명하고 문무를 겸하여 명망이 조야에 떨쳤다. 아버지 이 상공이 주객으로 지내던 박 처사의 청혼을 받아들여 시백은 박 처사의 딸과 가연을 맺게 된다. 그러나 시백은 신부의 용모가 천하의 박색임을 알고 실망하여 박씨를 대면조차 하지 않는다. 박씨 부인은 남편 이시백이 과거 시험을 보러 갈 때 벽옥 연적을 주며 장원급제하도록 돕는다. 그러던 어느 날 박씨가 하루아침에 허물을 벗고 아름다운 여인으로 거듭나자 거들떠보지도 않던 시백은 크게 기뻐하여 박씨의 뜻을 그대로 따르고, 부부가 화목하게 지낸다. 이때 중국의 호왕은 용골대 형제에게 수만의 병사를 주어 조선을 침략하게 한다. 이를 안 박씨는 시백을 통해 왕에게 호병이 침공했으니 방비를 하도록 청했지만 영의정 김자점과 좌의정 박운학이 반대한다. 왕이 판단을 내리지 못하고 주저하고 있을 때 하늘에서 선녀가 내려와 박씨의 말을 들으라고 한다. 마침내 호병의 침공으로 사직이 위태로워지자 왕은 광주산성으로 피난하지만 결국 용골대에게 항서를 보낸다. 많은 사람들이 잡혀 죽었으나 오직 박씨의 피화당에 모인 부녀자들만은 무사했다. 이를 안 적장 용골대가 피화당에 침입하자 박씨는 그를 죽이고, 복수하러 온 그의 형 용골대도 크게 혼을 내준다. 박씨는 도술을 발휘해 오랑캐의 침략을 막아 내지만 임금의 명에 의해 할 수 없이 적을 돌려보낸다. 왕은 박씨의 말을 듣지 않은 것을 후회하고 박씨를 충렬 부인에 봉한다. 박씨와 이시백은 국난을 극복하고 행복한 여생을 보내다 선계로 돌아간다.

핵심 정리

갈래 : 군담 소설

연대 : 미상

구성 : 전기적

시점 : 전지적 작가 시점

배경 : 명나라 숭정연간 세종 때 서울 안국방

주제 : 청나라에 대한 적개심과 봉건제도의 비판

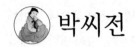 박씨전

조선 시대 인조대왕이 즉위한 초기, 금강산 상상봉에 한 명의 처사가 있었다. 그의 성은 박이요, 이름은 현옥, 별호는 유점대사라 하는데 도학으로 유명한 선비였다.

그는 결혼한 지 삼십년이 된 부인 최씨와 함께 유점사라는 절 근처에 '비취정'이라는 집을 짓고 세월을 보내고 있었다. 그래서 그를 존경하는 세상 사람들은 박 처사를 '비취 선생' 또는 '유점처사'라고 불렀다.

그에게는 딸이 둘 있었는데, 장녀는 나이가 열일곱이나 되었지만 얼굴이 못생겨 배필을 맞지 못하였고 동생이 먼저 출가하였다. 시집 못 간 큰딸은 용모는 볼 것이 없으나 현명하고 정숙하며, 또 학문이 깊고 넓어 세상의 온갖 일을 모르는 것이 없었다.

어느 날, 박 처사가 신임 관찰사 이득춘의 아들 시백의 인품과 재주가 일세에 으뜸이란 소문을 듣고, 딸과 혼인하기를 청하여 결혼하니 그가 바로 이시백이다. 그러나 첫날밤, 신방에 들어간 신랑이 놀라며 밖으로 뛰쳐나왔다. 그것을 보고 아버지 이 판서가 아들을 꾸짖었다.

"아니, 너는 왜 신방에서 뛰쳐나왔느냐? 지금 그런 경거망동으로 나를 욕되게 하려는 것이냐?"

그러자 시백은 울상이 되어 떨리는 음성으로 말했다.

"소자가 신방에 들어갔을 때는 신부가 없더니, 나중에 들어왔는데 마치 무섭고 끔찍한 괴물 같은 여자라 놀라고 말았습니다. 게다가 몸에서 더러운 냄새까지 진동하여 토할 것만 같아서 황급히 나오게 되었습니다. 그런 여자와는 부부가 될 수 없습니다. 저는 날이 새는 대로 서울로 돌아갈까 합니다."

이 판서도 깜짝 놀랐으나 아들의 경솔하고 무례함을 꾸짖었다.

"네가 아무리 속이 좁다 해도 오늘이 첫날밤인데, 신부의 외모가 비록 모자란 점이 있다 해도 어찌 이토록 가벼운 행동을 하느냐? 여자는 본래 현명하고 정숙한 덕이 제일 중요한 것. 용모가 부족한 것은 큰 일이 아니건만 너는 어찌 얼굴 생김새만 중시하고 덕을 가벼이 여기느냐?"

이시백은 황송하게 여기면서도 아버지께 엎드려서 변명하였다.

"그 여자의 용모와 행동은 해괴망측하여 차마 마주 보기조차 힘들 지경입니다. 이것은 분명 조물주가 시기하고 하늘이 미워하여 이런 괴물을 여자로 만들어내신 것입니다. 비록 하늘의 뜻을 어기고 부모께 불효가 될지라도 저는 한시도 볼 수 없으니 곧 파혼하고 서울로 가라고 허락해 주십시오."

그러나 아버지는 굽히지 않고 아들을 꾸짖었다.

"이놈아, 너는 아비를 털끝만치도 생각지 않고 그런 말을 함부로 하느냐? 여자의 덕망은 돌아보지 않고 젊고 아리따운 여인만을 취하고자 하니 어찌 한심한 노릇이 아니며 내가 화가 나지 않겠느냐? 그런 말은 아예 말고 어서 신방으로 돌아가서 신부의 어진 덕을 고맙게 여기고, 신부를 맞아들여 아비의 마음을 편하게 하여라. 만일 내 말을 다시 거역하면 부자의 의를 끊어 버리겠다."

시백은 아버지의 뜻이 이토록 굳으니 더는 거역하지 못하고 다시 신방으로 돌아갔다. 그러나 신부를 보기가 싫어서 옷도 벗지 않고 한쪽 구석에 돌아누웠다가 날이 밝기가 무섭게 밖으로 나가는 우울한 나날을 보냈다.

그 무렵에 나라가 태평하고 만백성이 생업을 즐기므로 인조대왕은 종묘에 제사를 올리고 과거를 시행하여 인재를 뽑게 되었다. 이시백이 과거에 응할 모든 준비를 하고 내일이면 대궐 안 과거시험장으로 들어가게 되었다.

이튿날 아침 박씨 부인은 시비 계화에게 서방님을 초당까지 모셔 오라고 일렀다. 계화가 난생처음 있는 일이라 의아하게 생각하면서 소서헌으로 가서 이시백에게 아뢰었다.

"서방님, 아씨께서 초당으로 잠깐 오시라고 하옵니다."

시백은 불쾌한 얼굴로 계화를 꾸짖었다.

"무슨 일로 장부가 과거 길에 오르는데 여자가 주제넘게 오라 가라 하느냐?"

시백은 아내 박씨의 전갈을 무시하고 가지 않았다. 계화가 돌아가서 그대로 전하자, 박씨 부인은 묵묵히 오랫동안 생각하다가 다시 계화에게 전갈을 보냈다.

"여자의 도리로 서방님을 앉아서 청하는 것이 당돌하나 잠깐 오시면 과장에서 필요한 물건을 드리겠으니 수고스럽지만 한번 다녀가시라고 여쭈어라."

계화가 다시 가서 자세히 전하였다. 그러나 시백은 보기 싫은 아내가 성가시게 구니 화를 내고 큰 소리로 꾸짖었다.

"예끼! 요망스럽게 계집이 장부의 과거 길을 앞두고 이렇게 귀찮게 구니 괘씸하다!"

그러고는 애꿎은 계화를 잡아서 매질하였다. 계화는 연약한 몸에 볼기 삼십 대를 맞고 엉엉 울면서 박씨 부인 앞으로 기어가 서방님께 당한 일을 고하였다. 계화의 참혹한 모습을 본 박씨 부인은 눈물을 흘리면서 탄식하였다.

"계화야, 내 죄로 네가 이토록 매를 맞다니, 참으로 미안하구나. 나도 지금까지 참고 지냈지만 여자의 몸으로 태어난 것이 이토록 비참함을 오늘에야 뼈아프게 느꼈구나."

박씨 부인은 잠깐 생각하더니 꿈에서 보고 연못가에서 주운 백옥 연적을 계화에게 주면서 전갈을 보냈다.

"한 번만 더 서방님께 가서 이 연적을 드리고 여쭈어라. '이 연적의 물로 먹을 갈아서 글을 지으면 장원 급제하여 벼슬을 얻는 것은 물론이요, 부모님께 영광을 드리고 가문을 빛낼 것입니다. 그리고 저 같은 사람은 군자에게는 소용없는 인간이니 생각지 마시고, 부디 귀족 가문의 좋은 여자를 택하여 평생을 즐겁게 살아가십시오' 라고 여쭈어라."

계화가 다시 시백에게 가서 연적을 올리고 박씨 부인의 전갈을 조심스럽게 전하였다.

눈썹을 찡그리고 듣던 시백이 연적을 보니, 백옥으로 된 천하의 보물이었다. 그제야 부인의 성의를 지나치게 멸시한 것을 뉘우치고 온화한 말투로 대답했다.

"계화야, 부인에게 전하거라. 내가 성미가 너무 급해서 공연히 너까지 벌을 주었다. 그러나 부인은 마음이 온순하여 이런 연적을 보내 과거에 급제하길 도우려 하니 고맙다고 전해라. 그리고 다른 가문에 다시 장가 들라는 것은 너무 지나친 말이며 나는 그런 생각이 전혀 없다고 전해라."

계화가 비로소 웃음을 띠며 돌아와 서방님 말씀을 전하자 박씨 부인은 묵묵히 듣고만 있었다.

그날 이시백은 과장으로 들어가 글 제목을 보고 곧 생각을 가다듬어서 글을 지었다. 그리고 박씨가 준 연적의 물을 따라 먹을 갈고는 단숨에 답을 죽 내리 적어 시험관에게 올렸다.

이윽고 방이 걸렸는데 '장원에 한성 사람인 이시백, 아버지는 이조판서 득춘' 이라고 되어 있었다. 시백이 기뻐하고 있는데 큰 소리로 자기 이름을 부르는 소리가 대궐 안을 진동하였다. 그는 팔도에서 모인 선비들이 흥분하여 웅성거리는 속을 헤치고 나아가 대전에 이르렀다. 왕이 장원으로 뽑힌 인물을 보시자 영웅호걸이라며 얼굴에 희색을 가득히 띠고 그에게 앞으로 나라의 큰 일꾼이 되라고 분부하셨다. 그리고 친히 어사

화(御賜花, 조선 시대 문무과에 급제한 사람에게 임금이 하사하던 종이 꽃)와 청삼(靑衫, 나라에 제사 지낼 때 입는 남색 도포)을 내려 주셨다.

박씨 부인이 시집온 지 어언 삼년 세월이 흐른 어느 날 밤, 달빛이 밝고 맑은 바람이 솔솔 불더니 하늘에서 학 우는 소리가 나면서 박 처사가 구름을 타고 내려왔다.

박 처사는 이 판서의 손을 잡고 말했다.

"아드님이 뛰어난 재능으로 높은 벼슬에 오르고 대궐에 나가게 되니 이런 경사가 없습니다. 그러나 제 딸아이의 모습이 그러해서 판서께 즐거움을 드리지 못하여 죄송합니다. 그러나 다행히 올해는 딸아이의 액운이 다하여 흉한 용모와 누추한 본바탕을 벗을 시기가 되었습니다. 그래서 제가 이렇게 와 어진 사위의 과거 급제를 축하하고 딸애를 보려고 합니다."

박 처사가 방으로 들어가자 박씨 부인이 아버지를 맞아 절을 올리고, 문안 인사를 드렸다. 박 처사는 딸의 손을 잡고는 남쪽 방향으로 앉히고 웃으며 말했다.

"올해로 네 전생의 죄는 다 끝났다."

박 처사가 진언을 외우면서 빛나는 손을 들어 박씨 부인의 얼굴을 가리키자 흉하던 얼굴이 허물을 벗고, 아름다운 눈을 가진 절세미인으로 변하였다.

드디어 부부가 사랑하며 살게 된 지 몇 달이 안 지나 박씨 부인은 아기를 갖게 되었고, 마침내 열 달이 되어 쌍둥이 아들 형제를 순산하였다. 판서 부부가 무척 기뻐하며 시녀를 거느리고 산실(産室, 해산하는 방)에 들어가 살펴보니 아이들이 모두 건강하고 두 눈이 샛별같이 빛나는 게 무척 영리하게 보였다.

판서 부부는 손자들의 이름을 '희기'와 '희인'이라 짓고 마치 손 안의 보배로운 구슬처럼 사랑했다.

한편 북방 오랑캐 나라의 왕은 탄식하며 말했다.

"내가 조선을 쳐서 항복을 받고 나라의 위엄을 빛내려던 차에 뜻밖에 적국의 침입으로 임경업의 덕을 봄으로써, 조선에 그런 명장이 있음을 알았다. 또한 그만큼 조선의 위세가 대단함을 알았으니, 앞으로 조선을 깔보고 범하지 못하겠도다."

옆에서 부왕의 말을 들은 공주가 뜻밖의 말을 하였다.

"염려 마십시오. 제가 조선에 가서 이시백과 임경업을 없애 버리고 오겠나이다."

왕은 기뻐하면서 공주에게 남자의 옷을 입히고 칼 한 자루를 주며 말했다.

"네 지혜와 능력이 보통 사람보다 훨씬 뛰어나고 웬만한 사내가 당하지 못할 용맹을 겸하였으니 내가 어찌 이시백과 임경업 때문에 근심하겠느냐."

한편 천지가 조용한 깊은 밤에 부부가 마주하게 되자, 박씨 부인이 정색을 하고 뜻밖의 말을 하였다.

"내일 해가 진 후에 설중매라는 기생이 당신의 서재로 찾아올 것입니다. 당신이 만일 그 계집의 아름다움을 탐하여 침실에 들이시면 밤중에 큰 화를 당하실 것이니, 잘 구슬려서 제 침실로 보내십시오. 제가 알아서 처리하겠습니다."

다음 날 밤이 이슥해서 한 여자가 문을 살며시 열고 들어와 이 판서에게 절을 하였다. 여자를 자세히 살펴보니, 나이는 스무 살쯤 되고 얼굴이 백옥같이 흰 데다 말하고 웃는 모습이 무척 예쁘고 화사한 절세미인이었다.

판서는 놀라면서 물었다.

"웬 여자가 밤에 이렇게 왔는가?"

"소녀는 원주에 사는 설중매라는 기생입니다. 대감의 재주와 품격이 시골까지 유명하여, 외람되지만 대감님을 한번 모시고자 먼 길을 찾아왔나이다. 그러니 대감께서는 소녀의 간절한 사정을 어여삐 여겨 주시기 바랍니다."

"네 말이 기특하구나. 이 서재에는 외부 사람들의 출입이 빈번하니 후원에 있는 부인의 거처에 가서 기다려라. 밤이 깊으면 너를 불러 조용히 밤을 지내리라."

그러고는 내당의 시녀를 불러 후원으로 보냈다.

박씨 부인은 시녀 계화를 시켜서 주안상을 차려 오라고 하여 산호로 만든 잔에 부은 술을 권하니 설중매가

"저는 본디 술을 먹지 못하오나 부인께서 주시니 어찌 사양하겠습니까?"

하고 너덧 잔을 받아 마셨다. 그러고는 술에 취해 정신이 몽롱하여 기운을 차리지 못하게 되었다.

그러자 박씨 부인이 말했다.

"취기가 있거든 대감께서 부르실 때까지 잠시 누워 쉬도록 하라. 부르시면 깨워서 보낼 것이다."

"그럼 잠깐 실례하겠나이다."

옷을 입은 채 누운 설중매는 곧 깊은 잠이 들었다.

박씨 부인이 잠자는 여자의 모습을 보니 미간에 살기가 비치고 흉한 기운이 진동하였다. 살며시 품 안을 뒤져 보니 비수가 들어 있어 그것을 꺼내려고 하자, 칼이 스스로 박씨 부인에게 달려들었다. 박씨 부인은 깜짝 놀라서 칼끝을 빨리 피하고는 주문을 외워 칼의 발동력을 제어하고는 설중매가 잠에서 깨기를 기다렸다.

박씨 부인이 먹인 술은 오랫동안 잠을 재우는 신기한 효과가 있었으므로 설중매는 이튿날 아침이 되어서야 잠에서 깼다.

박씨 부인은 설중매를 불러 놓고 언성을 높여서 크게 꾸짖었다.

"네가 나를 속이려 하느냐? 너는 북방 호왕의 딸 기룡대가 아니더냐?"

그 말에 기룡대는 혼비백산하여 죄를 고하면서 살려 달라고 애원하였다.

"네 나라의 왕이 분수에 맞지 않는 야심을 품고 감히 우리나라를 범하고자 하는 것은 우리나라의 운수가 불길한 탓도 있겠지만, 우리의 힘을 모르는 너희로서는 스스로 멸망할 어리석은 생각이다. 네 나라가 아무리 강하다 해도 우리나라는 결코 침략하지 못할 것이다. 내가 관대하게 타이르더라는 것을 빨리 가서 부왕에게 알려라."

박씨 부인이 말하고는 공중을 향하여 주문을 외우니 갑자기 천둥번개가 진동하고 폭풍우가 일어, 기룡대의 몸을 저절로 날려 순식간에 호국 궁중에 떨어지게 하였다. 기룡대는 한참 후에 정신을 차리고 머리를 흔들면서 일어나더니 부왕에게 말했다.

"조선에 갔다가 하마터면 부왕 마마를 다시는 뵙지 못할 뻔하였습니다."

왕이 놀라며 물었다.

"도대체 어찌 된 일이냐?"

공주가 조선에 가서 겪은 일을 자세히 고하자 호왕은 경탄하였다.

"허허, 이시백의 부부가 그런 영웅인 줄은 몰랐다. 조선이 나라 땅은 비록 작으나 명석한 인재가 하나 둘이 아니로구나."

그러고는 조정의 백관을 불러 놓고 조선 침략에 대한 정책을 다시 의논하였다. 작은 나라의 일개 판서 부인에게 당한 대국의 치욕을 참을 수 없었기 때문이다. 그리하여 호왕은 병자년 12월에 용골대, 용홀대 두 형제에게 조선을 치라는 명을 내렸다.

이때 박씨 부인이 시백에게 말하였다.

"호국의 공주 기룡대가 쫓겨 돌아간 후에 호국의 병력이 점점 강성하여 조선 침범의 야망을 버리지 않았습니다. 그들은 군사를 일으켜 임경업을 죽이고 상감의 항복을 받고자, 용골대 형제를 좌우 선봉장으로 삼아 금년 12월 28일에 동대문을 뚫고 들어올 것입니다. 부디 그날을 잊지 마시고 상감을 모시고 광주산성으로 급히 피하여 화를 면하십시오. 그 뒷일은 제게 맡기십시오."

이 말은 듣고 도승지로 있던 이시백은 상감께 아뢰었다.

"신의 처 박씨의 말이 금년 12월 28일 밤에 오랑캐 병사가 북으로 돌아 동대문을 깨뜨리고 성 안에 침입할 것이니 상감과 왕대비와 세자 대군 삼형제 분을 모시고 광주산성으로 피하시게 하라 하옵니다. 본래 신의 처가 앞날을 보는 능력이 있기에 상감께 고하나이다."

상감이 깜짝 놀라며 이시백의 말에 따라 산성으로 피난하려 하자 영의정 김자점과 좌의정 박운학은 천부당만부당한 일이라고 반대하였다.

"도승지 이시백이 감히 그런 말을 하여 조정을 놀라게 하고, 상감마마의 심기를 불안하게 하오니, 이시백의 벼슬을 삭탈하셔서 징계하옵소서."

상감이 반대론에 부딪혀 판단을 내리지 못하고 주저하고 있는데, 공중에서 홀연히 옆에 비수를 낀 선녀가 내려와 뜰아래 엎드렸다.

상감이 놀라 선녀에게 물었다.

"선녀는 무슨 일로 과인을 찾아왔느냐?"

선녀는 절을 하고 상감께 아뢰었다.

"신은 도승지 이시백의 부인 박씨의 시비 계화이옵니다. 상감마마께서 지금 간신 김자점의 말을 들으시고 결정하지 못하시기에 부인이 저에게 급히 가서 곧 산성으로 피신토록 하라고 하였나이다."

계화는 덧붙여 상감에게 아뢰었다.

"만일 이 밤을 지체하시면 큰 화를 당하실 것이니 저의 주인 박씨의 말을 범상하게 듣지 마시옵고 곧 피난하옵소서."

계화는 재차 아뢴 후 홀연히 몸을 날려 공중으로 사라졌다.

그리하여 여러 신하들은 어가(御駕, 임금이 타던 수레)를 호위하고 산성으로 피난했다. 어가가 산성에 이르러 백성의 말을 들으니, 과연 호나라 병사가 이미 서울에 침입하여 사람들을 마구 죽이고 재산을 약탈한다는 흉보였다.

호장 용골대가 대군을 거느리고 한성에 침입하여 보니, 국왕은 이미 광주로 피난하고 대궐에 없었다. 분개하여 아우 용홀대에게 서울을 점령케 하고 기병 오천 명을 거느리고 폭풍처럼 송파를 건너 광주산성으로 추격하였다.

수문장이 황급히 상감에게 아뢰었다.

"호장 용골대가 성문에 이르러 문을 열라고 불같이 위협하고 있습니다. 상감께서는 빨리 군졸을 풀어서 도적을 방비하소서."

상감이 놀라며 눈물을 흘렸다.

"하늘이 과인을 망하게 하려는 국운인가 보다. 삼백 년 기업이 과인에 이르러 망할 줄을 어찌 알았으랴."

이때 공중에서 갑자기 큰 소리가 들려왔다.

"상감께서는 걱정 마시고 항서(降書, 항복의 뜻을 적은 글)를 써서 용골대에게 주소서. 용골대는 세자 대군 삼형제를 볼모로 잡아가고 난리는 일단 종식될 것이옵니다. 비록 망극한 일이나 무엇보다도 조정의 위태로움을 면하도록 하옵소서. 국운이 불길하여 호국의 속국이 되어 조공을 바치는 운수니 면할 수 없나이다. 저는 광주 유수 이시백의 처이옵니다. 제가 한번 나아가 칼을 들면 용골대의 머리와 호국 병사 삼만 명을 풀 베듯 할 것이나 하늘의 뜻을 어기지 못하니, 신첩의 죄를 부디 용서해 주시옵소서."

그것을 본 상감이 신기하게 여기고 뜰에 내려가서 하늘을 향하여 무수히 칭찬하고 항서를 써서 용골대에게 보냈다. 적장 용골대는 조선 왕의 항복을 받고 여러 날 만에 의기양양하여 돌아와 보니 제 아우 용홀대가 박씨의 시비 계화에게 죽었다는 소문이 들려왔다. 그는 노기가 충전하여 곧 박씨를 찾아가 벽력같이 호통을 쳤다.

"박씨가 도대체 어떤 계집인데 무슨 곡절로 대국의 대장을 당돌히 죽이고, 머리를 나무 꼭대기에 달았느냐? 어서 나와서 내 칼을 받아라!"

박씨 부인이 그 소리를 듣고 분함을 참지 못하고 계화를 불러서 명하였다.

"네가 가서 저 놈을 죽이지는 말고 간담만 서늘케 해서 우리의 도술 솜씨를 보여라."

계화가 목청을 가다듬어 적장을 꾸짖었다.

"용골대야! 오랑캐 나라의 대장으로 우리나라에 왔다가 여자에게 당하고 돌아가려니 어찌 가엾지 않을 수 있겠느냐."

용골대는 눈을 부릅뜨고 계화를 보고는 칼을 휘드르며 달려들었다.

"천한 계집이 무례하게 대장부 욕하기를 능사로 하니 너를 단칼에 죽여서 아우의 원수를 갚겠다."

그러나 아무리 용맹을 뽐내는 용골대라도 박씨 부인의 요술을 어찌 당하겠는가? 용골대는 손발을 놀리지 못하고 혼비백산하여 마침내 애걸하였다.

"소장이 눈이 있어도 눈동자가 없어 존위를 범하여 죽을 죄를 지었으니 불쌍히 여기시고 목숨만 살려 주시면 이 길로 귀국하겠나이다."

"네가 그런 뜻이라면 왕대비 전하를 이곳에 모셔 오너라."

용골대가 허둥지둥 부하 군졸을 불러서 왕대비를 빨리 이곳 피화정으로 모셔 오라고 명하였다. 그러나 세자 대군 삼형제는 할 수 없이 조국의 땅을 떠나서 호국으로 들어갔다.

상감은 하서와 함께 세자 대군을 호국에 보낸 뒤, 애가 타 잠도 못 이루고 진지도 제대로 못 드시고 불안해하였다. 하루는 공중에서 선녀가 내려왔다. 머리에는 일월국화관을 쓰고 몸에 오색구름이 그려진 옷을 입은 그 선녀는 하늘에서 내려오자마자 땅에 엎드렸다.

상감이 놀라서 급히 물었다.

"선녀는 누구신데 과인이 있는 곳에 왔느냐?"

선녀가 다시 일어나 절을 하고는 말하였다.

"신첩은 광주유수 이시백의 처 박씨입니다."

상감은 더욱 놀라며 말하였다.

"경의 지략에 늘 탄복하던 중, 이제 경의 모습을 보게 되니 과인의 마음이 매우 기쁘오."

그러고는 뒤에 있는 이시백을 돌아보면서 말하였다.

"경의 충성이 드높고 더욱이 훌륭한 부인을 두었으니 이 얼마나 기특한 일이오."

상감은 유수의 벼슬을 올려서 세자사(世子師, 세자의 교육을 맡아 보던 벼슬)를 삼고, 부인 박씨에게는 정경부인 직첩을 내리고, 시백의 부친 이득춘은 보국승록 대부 봉조하(奉朝賀, 조선 시대에 종이품의 고나리로 사임한 사람에게 특별히 주던 벼슬)를 삼았으며 그의 부인 강씨 역시 정경부인으로 봉하였다.

어느 해 가을 구월 보름, 달빛이 휘황하게 밝은 날에 이시백은 부인과 더불어 완월대에 올라서 자손들을 좌우에 앉히고 즐거운 잔치를 베풀었다.

이윽고 부부는 자손들에게 말하였다.

"사람이 세상에 나면 죽는 것은 면치 못하는 하늘의 뜻이다. 내 나이 팔십을 지나고 관록(官祿, 관리에게 주던 봉급)이 일품에 이르렀으며, 자손이 번성하여 가문을 빛내니 우리가 지금 죽은들 무엇이 원통하랴."

그러고는 모든 자손들을 일일이 어루만지고 상을 물리게 한 뒤에 나란히 누워서 마치 잠을 자는 듯이 운명하였다.

상감은 이시백의 별세 소식을 듣고 비감해하며 예관을 보내어 영전에 조문케 하였다. 또한 부의(賻儀, 상가에 부조로 보내는 돈이나 물품)를 후히 내리고는 시호를 '문춘공'이라 칭하였다. 그리고 박씨 부인에게는 특별히 충렬비를 세워 주었다고 한다.

임경업전(林慶業傳)

- 작자 미상 -

작품 정리

〈임경업전〉은 조선 인조 때의 명장 임경업의 일생을 1791년에 간행된 〈임충민 공실기(林忠愍公實記)〉를 토대로 민간에서 구전되는 설화를 모은 것으로 작가와 연대 미상의 한글 소설이다.

병자호란(丙子胡亂) 때 외적의 침입으로 온 나라가 위기에 봉착하자 사리사욕만 일삼던 집권층에 대한 민중의 분노를 배경으로 역사적 사실이 부분적으로 반영된 작품이다.

민중들은 나라의 힘이 부족했기 때문이 아니라 조정에 간신들이 많아 수난을 겪었던 것이며, 억울한 누명을 쓰고 희생된 임경업 같은 영웅들의 활약을 펼치지 못하게 하는 세도가들에 대한 비판의식과 조선 후기 민족의식을 잘 표현한 작품이다.

작품 줄거리

충청도 충주에서 태어난 임경업은 십팔 세에 무과에 급제하여 백마강 만호가 된 후 사신으로 가는 이시백을 따라 중국으로 간다. 이때 호국이 가달의 침략을 받아 명나라에 구원을 청하지만 명나라에는 마땅한 장수가 없어 조선에게 대신 구원병을 요청하자 임경업이 대장으로 출전한다. 귀국 후 호국이 강성하여 조선을 침략하자 조정에서 임경업을 의주부윤으로 봉하여 호국의 침입을 막도록 한다. 그러자 호국은 임경업이 있는 의주를 피해 도성을 공격하고 인조의 항복을 받는다. 호왕은 명나라를 치기 위해 임경업을 대장으로 청병을 요구한다.

　김자점의 주청으로 임경업을 호국에 파견하자 임경업은 명나라로 하여금 거짓 항복 문서를 올리게 하고 명나라 군과 합세하여 호국을 정벌하려고 하지만 호국 군에게 인질로 잡혀가게 된다. 호국에 잡혀 온 임경업의 위엄과 충의에 감복한 호왕은 세자 일행과 임경업을 본국으로 돌려보낸다. 귀환소식을 들은 김자점은 임경업을 암살한다. 꿈속에서 임경업을 죽인 김자점의 소행을 알게 된 임금은 김자점과 그의 가족 모두를 처형한다.

핵심 정리

갈래 : 군담 소설

연대 : 조선 인조

구성 : 전기적

시점 : 전지적 작가 시점

배경 : 충청도 충주 단월

주제 : 호국에 대한 정신적 승리

임경업전

명나라 숭정(崇禎) 말기에 조선의 충청도 충주(忠州) 단월 땅에 한 사람이 있었는데 성은 임(林)이고 이름은 경업(慶業)이었다.

어려서부터 학업에 힘쓰더니 일찍 부친을 여의자 모친을 지극한 효성으로 섬기고 형제 우애하며 농업에 힘쓰니 종족 향당이 다 칭찬하였다.

경업의 사람됨이 관후하여 사람을 사랑하고 늘 말하기를,

"남자가 세상에 나면 마땅히 입신양명(立身揚名)하고 임금을 섬겨 이름을 죽백(竹帛, 서적, 역사를 기록한 책)에 드리워야 할 것이다. 어찌 속절없이 초목같이 썩으리오."

하였다.

이럭저럭 십여 세가 되어 밤이면 병서를 읽고 낮이면 무예와 말 달리기를 일삼았다.

무오년(戊午年, 1618)에 이르니 나이 십팔 세였다.

과거가 열린다는 기별을 듣고 경사에 올라와 무과 장원하니 곧바로 전옥주부(典獄主簿)로 출륙(出六, 참하에서 육품으로 승급)하여 어사하신 계화청삼(나라의 제향 때 입는 푸른 적삼)에 알맞게 종을 거느리고 대로상으로 행할 때 길가의 보는 이들 중 그 위풍을 칭찬하지 않는 이가 없었다.

사흘 유가(遊街)를 마친 뒤에 조정에 말미를 얻어 고향으로 돌아가 모친을 뵈니 부인이 옛일을 추억하여 일희일비하고 동네 친척을 모아 즐긴 후에 모친께 하직하고 직무에 나아갔다.

3년 만에 백마강 만호(白馬江 萬戶)가 되어 임지에 부임한 후로 백성을

사랑하고 농업을 권하며 무예를 가르치니 이로부터 백마강의 백성들을 잘 다스린다는 소문이 조정에 미쳤다.

이때 우의정 원두표(元斗杓)가 임금께 아뢰기를,

"신이 듣기로 천마산성(天磨山城)은 방어를 중지한 터라 성첩(성 위에 낮게 쌓은 담)이 퇴락하여 형용이 없다 하오니 재주 있는 사람을 보내어 보수함이 마땅할까 하나이다."

임금이 말하기를,

"그런 사람을 경이 천거하라."

우의정이 다시 아뢰기를,

"백마강 만호 임경업이 족히 그 소임을 감당할 것입니다."

임금이 즉시 경업에게 천마산성 중군(中軍)을 제수하였다. 경업이 유지(임금이 신하에게 내리는 글)를 받고 진졸을 모아 호궤(군사들에게 음식을 주어 위로함)하니 모든 진졸이 각각 주찬을 갖추어 드리자 경업이 친히 잔을 잡고 말하기를,

"내 너희에게 은혜를 끼친 바 없거늘 너희들이 나를 이같이 위로하니 내 한잔 술로 정을 표하노라."

하고 잔을 들어 권하니 모든 진졸이 잔을 받고 감사하며 말하기를,

"소졸들이 부모 같은 장수를 하루아침에 멀리 이별하게 되오니 갓난아이가 어머니를 잃음 같소이다."

하고 멀리까지 나와 하직하였다.

경업이 경성에 올라와 이조판서를 뵈니 판서가 말하기를,

"그대의 아름다운 말이 조정에 들려 내 우상과 의논하여 탑전(왕의 자리 앞)에 아뢴 바라."

하니 경업이 배사(공경히 받들어 사례함)하여 말하기를,

"소인 같은 용재를 나라에 천거하와 높은 벼슬을 하이시니(시키시니) 황감무지하여이다."

하고 이어서 입궐 사은한 후에 우의정을 뵈니 우상이 말하기를,

"들으니 그대 재주가 만호에 오래 두기 아까워 조정에 천거한 바니 바삐 내려가 성역(城役, 성을 쌓거나 고치는 일)을 시급히 성공하라."

하니 경업이 배사하여 말하기를,

"소인 같은 인사로 중임을 능히 감당치 못할까 하나이다."

하고 하직하였다.

천마산성에 도임한 후에 성첩을 돌아보니 졸연히(갑작스럽게) 수축하기가 어려운지라 즉시 장계하여 정군(장정으로 군역에 복무하는 사람)을 발하여 성역하기를 청하니 임금이 즉시 병조에 하사하여 건장한 군사를 택출하여 보냈다.

이때 경업이 군사와 백성을 거느려 성역을 하면서 소를 잡고 술을 빚어 매일 호궤하며 친히 잔을 권하여 말하기를,

"내가 나라 명을 받자와 성역을 시작하니 너희는 힘을 다하여 부지런히 하라."

하고 백마를 잡아 피를 마셔 맹세하고 다시 잔을 잡고 말하기를,

"나는 너희들의 힘을 빌려 나라 은혜를 갚고자 하노라."

하고 춥고 더우며 괴롭고 기쁨을 극진히 염려하니 모든 군졸이 감격에 겨워 제 일같이 마음을 다하는 것이었다.

하루는 중군(임경업)이 친히 돌을 지고 군사 중에 섞여 오는데, 역군 등이 쉬자 중군이 또한 쉬니 한 역군이 말하기를,

"우리 그만 쉬고 어서 가자. 중군이 알겠다."

중군이 웃으며 말하기를,

"임 장군(林將軍)도 쉬는데 어떠랴."

하니 역군 등이 그 소리를 듣고 일시에 놀라 돌아보며 하는 말이,

"더욱 감격하니 어서 가자."

하니 중군이 그 말을 듣고,

"더 쉬어 가자."

하여도 역군들이 일시에 일어나 갔다.

이후로 이렇듯 마음을 다하니 불일 성시하여 1년 만에 필역(畢役, 역사를 마침)했지만 한 곳도 허술함이 없었다.

군사를 호궤하여 상급하고 말하기를,

"너희 힘을 입어 나라 일을 무사히 필역하니 못내 기꺼하노라."

하니 역군 등이 배사하여 말하기를,

"소인 등이 부모 같은 장군님의 덕택으로 한 명도 상한 군사가 없고, 또 상급이 후하시니 돌아가도 그 은덕을 오매불망이로소이다."

하였다.

중군이 즉시 필역 장계를 올리니 상이 장계를 보고 기특히 여겨 가자(加資)를 돋우고 그 재주를 못내 칭찬하였다. 이때가 갑자년 팔월이었다.

남경(南京)에 동지사(冬至使)를 보내면 수천 리 수로가 험한 까닭에 상이 근심하다 조신 중에서 택용하여 이시백(李時白)을 상사(上使)로 정하고,

"군관을 무예 가진 사람으로 뽑으라."

하니 이시백이 임경업을 계청하므로 임 장군이 상사의 전령을 듣고 즉시 상경하여 상사를 뵈니 상사가 반겨 말하였다.

"나라가 나를 상사로 임명하고 군관을 택용하라 하시어 그대를 계청하였으니 그대 뜻이 어떠한가."

경업이 대답하기를,

"소인 같은 용렬한 것을 계청하시니 감축 무지하여이다."

하고 인하여 사신 일행이 떠나면서 부모처자를 이별할 때 슬픔을 머금고 승선 발행하여 남경에 무사 득달하니 이때는 갑자년 추구월(秋九月)이었다.

호국(胡國)이 강남(江南)에 조공하다가 가달(可達)이 강성하여 호국을 침범하니 호왕이 강남에 사신을 보내어 구원병을 청하므로 황제가 호국에 보낼 장수를 가릴 때 접반사(接伴使) 황자명(皇子明)이 경업의 위인이 비상함을 주달하니 황제가 듣고 즉시 경업을 불러 하사하며 말하였다.

"이제 조정이 경의 재주를 천거하여 경으로 구원장을 삼아 호국에 보내어 가달을 치려 하나니 경은 모름지기 한번 호국에 나아가 가달을 파하여 이름을 삼국에 빛냄이 어떠하뇨."

경업이 엎드려 아뢰었다.

"소신이 본디 도략이 없사오니 중임을 어찌 당하오며, 하물며 타국지신(他國之臣)으로 거려지신(居廬之臣)이오니 장졸들이 신의 호령을 좇지 아니하면 대사를 그릇하여 천명을 욕되게 할까 저어하나이다."

상이 대희하사 상방 참마검을 주며 말하기를,

"제장 중에 군령을 어긴 자가 있거든 선참후계(先斬後啓, 먼저 처벌하고 나중에 보고함)하라."

하시고 경업을 배하여 도총 병마 대원수로 삼고 조선 사신을 상사하였다. 이때 경업의 나이 이십오 세였다.

사은 퇴장하여 교장에 나와 제장 군마를 연습할 때 경업이 융복을 정제하고 장대에 높이 앉아 손에 상방검(尙方劍)을 들고 하령하기를,

"군중에는 사정이 없다. 군법을 어기는 자는 참하리니 후회함이 없게 하라."

하니 장졸이 청령하며 군중이 엄숙하였다.

이때 경업이 천자께 하직할 때 상이 술을 주어 위유하니 경업이 황은을 감축하였다.

물러와 상사를 보니 상사가 떠남을 심히 슬퍼하는데 경업이 안색을 밝게 하여 말하기를,

"화복이 수에 있고 인명이 재천하니 조선과 대국이 다르오나 막비왕토

(莫非王土)요, 솔토지민(率土之民)이 막비왕신(莫非王臣, 왕의 신하 아닌 사람이 없음)이라 하니 어찌 죽기를 사양하리이까."

하고 인하여 하직하니 상사가 결연하여 입공 반사함을 천만 당부하였다.

만조백관이 성 밖에 나와 전별하였다. 경업이 상사와 백관을 이별하고 행군하여 혹구에 이르니 노정(路程)이 삼천칠백 리였다.

호왕이 구원장 온다는 소식을 듣고 성 밖 십 리까지 나와 영접하여 친히 잔을 들어 관대하고 벼슬을 대사마 대원수를 내렸다.

경업이 벼슬을 받으며 양국 인수를 두 줄로 차고 황금 보신갑에 봉투구를 제껴 쓰고 청룡검을 비껴 들고, 천리 대완마를 타고 대장군을 거느려 산곡에 다다라 진세를 베풀었다.

가달의 진세를 바라보니 철갑 입은 장수가 무수하고 빛난 기치와 날랜 창검이 햇빛을 가리었으니 그 형세가 매우 웅위한데 다만 항오(行伍)는 혼란하였다.

경업이 대희하여 제장을 불러 각각 계교를 가르쳐 군사를 나누어 여러 입구를 지키게 하고, 진전에 나와 요무양위(耀武揚威)하여 싸움을 돋우니 가달이 진문을 크게 열고 일시에 내달아 꾸짖어 말하기를,

"너희 전일에 여러 번 패하여 갔거늘, 너는 어떤 사람이기에 감히 접전코자 하느냐. 속절없이 무죄한 군사만 죽이지 말고 빨리 항복하여 잔명을 보존하라."

하니 경업이 응하여 크게 꾸짖어 말하기를,

"나는 조선국 장수 임경업이러니 대국에 사신으로 왔다가 청병 대장으로 왔거니와 너희 아직 무지한 말을 말고 승부를 결하라."

가달이 대로하여 말하기를,

"너보다 십 배나 더한 장수가 오히려 죽으며 항복하였거늘 무명 소장이 감히 큰 말을 하느냐."

하고 모든 장수가 일시에 달려들었다.

경업이 맞아 싸워 수합이 못하여 선봉장 둘을 베고 진을 깨쳐 들어가며 사면 복병이 일시에 내달아 짓쳤다.

가달의 장수 죽채(竹采)가 두 장수의 죽음을 보고 장창을 들어 경업을 에워싸고 치니 경업이 혹은 앞에서 혹은 뒤에서 도적을 유인하여 산곡 가운데로 들어갔다.

문득 일성 포향(一聲砲響)에 사면 복병이 내달아 시살하니 적장이 황겁하여 진을 거두고자 하나 난군 중에 헤어져 대병에 죽은 바 되어 주검이 산 같았다.

죽채가 여러 장수를 다 죽이고 황망히 에운 데를 헤쳐 죽도록 싸우며 달아나거늘 경업이 좌우충돌하며 크게 꾸짖기를,

"개 같은 도적은 달아나지 마라. 어찌 두 번 북 치기를 기다리랴."

하고 말을 채찍질하여 칼을 휘두르니 죽채의 머리가 말 아래에 떨어지고 군사 중에 죽은 자가 불가승수(不可勝數, 너무 많아 수를 셀 수 없음)였다.

경업이 군사를 지휘하여 남은 군사를 사로잡고 군기와 마필을 거두어 돌아왔다.

가달이 죽채의 죽음을 보고 감히 싸울 마음이 없어 패잔군을 거느려 달아났다. 경업이 대군을 몰아 따르니 가달이 능히 대적하지 못하여 사로잡힌 바가 되었다.

경업이 돌아와 장대에 높이 앉고,

"가달을 원문(轅門, 군영) 밖에 밀어내어 참하라."

하니 가달이 혼비백산하여 울며 살기를 비니 경업이 꾸짖어 말하였다.

"네 어찌 무고히 기병하여 이웃 나라를 침노하느냐."

가달이 꿇어 말하기를,

"장군이 소장의 잔명(殘命, 거의 죽게 된 목숨)을 살려주시면 다시는

두 마음을 두지 아니하리이다."

하니 경업이 군사에게 분부하여 맨 것을 끄르고 경계하여 말하기를,

"인명을 아껴 용서하니 차후로는 두 마음을 먹지 말라."

가달이 머리를 조아려 사례하고 쥐 숨듯 본국으로 돌아가니 호국 장졸이 임 장군의 관후한 덕을 못내 칭송하였다.

경업이 데려온 장수와 군사가 하나도 상한 자가 없으니 호국에 임 장군을 위하여 만세불망비(萬世不忘碑)를 무쇠로 만들어 세우니 이름이 제국에 진동하였다.

인하여 경업이 환군하여 남군으로 돌아갈 때 호왕이 수십 리 밖에 나와 전송하며 잔을 들어 사례하여 말하기를,

"장군의 위덕(威德)으로 가달을 쳐 파하고 아국을 진정하여 주시니 하해 같은 은혜를 어찌 만분지일(萬分之一)인들 갚을 바를 도모하리오."

하고 금은 채단 수십 수레를 주며 말하였다.

"이것이 약소하나 지극한 정을 표하나니 장군은 물리치지 말라."

경업이 사양치 아니하고 받아 모든 장졸들에게 나누어 주며 말하기를,

"내 너희 힘을 입어 대공을 세워 이름이 양국에 빛나거니와 너희들은 공이 없으므로 이 소소지물(小小之物)로써 정을 표하나니라."

하니 장졸이 말하기를,

"저희들이 군명을 받자와 타국에 들어와 이 땅 귀신이 아니 되옵기는 장군의 위력이거늘 도리어 상급을 받자오니 감축하여이다."

하고 백배 칭사하였다.

이때 천자가 경업을 호국에 보내고 주야로 염려하여 소식을 기다리더니 경업의 승첩(勝捷)한 계문(啓文, 글로 써서 상주함)을 보고 크게 기뻐하여 말하기를,

"조선에 어찌 이런 명장이 있을 줄 알았으리오."

하였다.

경업이 돌아와 복명(復命, 명령을 받고 그 결과를 보고함)하니 천자가 반기며 상빈 예우로 대접하고 말하기를,

"경이 만리타국에 들어왔거늘 의외로 호국에 보내고 염려 무궁하더니 이제 승첩하고 돌아오니 어찌 기쁨을 측량하리오."

하고 설연 관대하니 경업이 황은을 사은숙배하였다.

퇴조(退朝, 조정에서 물러나옴)하고 상사를 뵈니 황망히 경업의 손을 잡고 말하기를,

"그대와 더불어 타국에 들어와 수이 돌아감을 바라더니 천만 의외 황명으로 타국 전장에 보내고 내두사(來頭事, 앞으로 닥쳐올 일)를 예측하지 못하여 염려함이 간절하더니, 하늘이 도우사 만리 밖에 성공하여 이름을 삼국에 진동하니 기쁘고 다행함을 다 어찌 기록하리오."

하며 동반 하졸 등이 또한 하례하였다.

세월이 여류(如流)하여 기사년 4월이 되니 중국에 들어온 지 이미 6년이라. 돌아감을 주달하니 천자가 사신을 인견하여 말하기를,

"경들이 짐의 나라에 들어와 대공을 세워 아름다운 이름을 타국에 빛내니 어찌 기특치 아니하리오."

하고 친히 옥배(玉杯)를 잡아 주며 말하였다.

"이 술이 첫째는 사례하는 술이요, 둘째는 전별하는 술이니 나라가 비록 다르나 뜻은 한가지라. 어찌 결연(結緣)치 아니하리오."

경업이 황감하여 잔을 받고 부복하여 아뢰었다.

"소신이 미천한 재질로 중국에 들어와 외람히 벼슬을 받잡고, 또 이렇듯 성은을 입사오니 황공 감축하와 아뢰올 바를 알지 못하리로다."

천자 그 충의를 기특히 여기었다.

사신이 황제께 하직하고 물러나와 황자명(皇子明)을 보고 이별을 고하니 자명이 주찬을 갖추어 사신을 접대하고, 경업의 손을 잡고 떠나는 정회(情懷) 연연(戀戀)하여 슬퍼하며 후일에 다시 봄을 기약하고 멀리 나와

전송하였다.

사신이 나오면서 먼저 장계를 올리되 경업이 호국 청병장으로 천조(天朝)에 벼슬을 하여 도원수 되어 서번, 가달을 쳐 승첩하고 나오는 연유를 계달하였다.

상이 장계를 보고 말하기를,

"이는 천고에 드문 일이다."

하고 못내 기특히 여겼다.

사신이 경성(京城)에 이르니 만조백관이 나와 맞아 반기며 장안 백성들이 경업의 일을 서로 전하여 칭찬 않는 이가 없었다.

사신이 궐내에 들어와서 복명을 하니 상이 반기며 말하기를,

"만리 원로에 무사 회환(回還)하니 다행하기 측량없고, 경으로 인하여 임경업을 타국 전장에 보내어 승첩하니 조선의 빛남이 또한 적지 아니하오."

하고,

"경업을 초천(超遷, 등급을 뛰어넘어 승진)하라."

하였다.

때는 신미년(辛未年, 1631) 춘삼월이었다. 영의정 김자점(金自點)이 흉계를 감추어 역모를 품었으되 경업의 지용(智勇)을 두려워하여 감히 반심을 발하지 못하였다.

이때 호왕(胡王)이 가달을 쳐 항복받고 삼만 병을 거느려 압록강에 와서 조선 형세를 살피니 의주(義州) 부윤이 대경하여 이 뜻으로 장계하였다.

상이 장계를 보고 놀라 문무백관을 모아 말하기를,

"이제 호병이 아국을 엿본다 하니 어찌하리오."

제신들이 아뢰기를,

"임경업의 이름이 호국에 진동하였사오니 이 사람을 보내어 도적을 막음이 마땅할까 하나이다."

상이 의윤(依允, 신하의 청을 임금이 허락함)하여 즉시 경업을 의주부윤 겸 방어사(義州府尹兼防禦使)로 임명하고, 김자점을 도원수(都元帥, 군무를 통괄하던 장수. 또는 지방의 병권을 도맡은 장수)로 임명하니 경업이 사은숙배하고 내려가 도임하였다.

호국 장졸은 경업이 의주부윤으로 내려옴을 듣고 놀라지 않는 이 없으니 이는 경업이 가달을 쳐 항복받으며 위엄이 삼국에 진동하고 용맹이 출범한 까닭이라 혼비백산하여 군을 거두어 달아났다.

경업이 도임한 후로 군정을 살피고 사졸(士卒)들을 연습하였다.

호장이 가다가 도로 와 경업의 허실을 알고자 하여 압록강에 와 엿보았다. 경업이 대로하여 토병(土兵, 그 땅에 사는 사람 중에 뽑은 군사)을 호령하여 일진을 엄살(掩殺, 별안간 습격하여 죽임)하고,

"되놈을 잡아들이라."

하고 명하니 군사가 되놈을 결박하여 들이자 경업이 대질하여 말하기를,

"내 연전에 너희 나라에 가 가달을 쳐 파하고 호국 사직을 보전하였으니 그 은덕을 마땅히 만세 불망할 것이거늘, 도리어 천조를 배반하고 아국을 침범코자 하니 너희 같은 무리를 죽여 분을 씻을 것이로되 십분 용서하여 돌려보내니 빨리 돌아가 본토를 지키고 다시 외람된 뜻을 내지 말라."

하고 끌어내쳤다.

되놈이 쥐 숨듯 돌아가 제 대장과 군졸을 보고 자초지종을 이르니 장졸들이 대로하여 말하였다.

"임경업이 공교한 말로 아국을 능욕하여 군심을 혹케 하니 맹세코 경업을 죽여 오늘날 한을 씻으리라."

병마 중 정예(精銳)한 군사를 뽑아 칠천을 거느려 압록강에 이르러 강을 사이에 두고 진세를 베풀고 외치기를,

"조선국 의주부윤 임경업 필부는 어찌 간사한 말로 나의 군심을 요동케 하느뇨. 너의 재주 있거든 나의 철퇴를 대적하고 아니면 항복하여 죽기를 면하라."

하였다.

경업이 대로하여 급히 배를 타고 물을 건너 말에 올라 청룡검을 비껴들고 호진(胡陣)에 달려들어 무인지경(無人之境)같이 좌충우돌하니 적장의 머리가 추풍낙엽같이 떨어졌다.

적장이 대적하지 못하여 급히 달아나니 서로 짓밟히며 물에 빠져 죽은 자가 수를 셀 수 없었다.

경업이 필마단창(匹馬單槍, 한 필의 말과 한 자루의 창)으로 적진을 파하고 본진으로 돌아와 승전고를 울리며 군사를 호궤하니 군졸이 일시에 하례하며 즐기는 소리가 진동하였다.

다음날 평명(平明, 아침 해가 밝아 올 무렵)에 강변에 가 바라보니 적군의 주검이 뫼같이 쌓이고 피가 흘러 내가 되었다.

다시 적병이 돌아가 호왕에게 패한 연유를 고하니 호왕이 듣고 대로하여 다시 기병하여 원수 갚음을 의논하였다.

경업이 관중에 들어와 승전한 연유를 장계하니 상이 보고 크게 기꺼워하였지만 후일을 염려하나, 조신들은 안연부동(晏然不動, 걱정 없이 편안하여 움직이지 않음)하여 국사를 근심하는 이 없으니 가장 한심하였다.

이때 호왕이 경업에게 패한 후로 분기를 참지 못하여 다시 제장을 모아 의논하며 말하기를,

"예서 의주가 길이 얼마나 하뇨."

좌우에서 대답하기를,

"열하루 길이니 한편은 강 수풀이요, 압록강을 격하였으니 월강하여

마군으로 대적한즉 수만 군졸이 둔취(屯聚, 여러 사람이 한 곳에 모임)할 곳이 없고, 또한 군사가 패한즉 한갓 죽을 따름이니 기이한 계교를 내어 경업을 멀리 파한 후에 군사를 나아감이 좋을까 하나이다."

호왕이 옳이 여겨 용골대(龍骨大)로 선봉을 삼고 말하였다.

"너는 수만 군을 거느려 가만히 황하수(黃河水)를 건너 동해로 돌아 주야로 배도(倍道, 이틀에 갈 길을 하루에 걸음)하여 가면 조선이 미처 기병치 못할 것이요, 의주서 알지 못하니 왕도(王道)를 엄습하면 어찌 항복받기를 근심하며, 대사를 성공하면 경업을 사로잡지 못하리오?"

용골대가 청령(聽令, 명령을 주의 깊게 들음)하고 군마를 조발(早發, 아침 일찍 출발함)하며 호왕에게 하직하니 호왕이 말하였다.

"그대 이번에 가면 반드시 조선을 항복받아 나의 위엄을 빛내고 대공을 세워 수이 반사(班師, 군사를 이끌고 돌아옴)함을 바라노라."

용골대가 명을 받들어 배를 타고 길을 떠났다.

경업이 호병을 파한 후에 사졸을 조련하여 후일을 방비하였지만, 조정에서는 호병을 파한 후에 의기양양하여 태평가를 부르고 대비함이 없더니 국운이 불행하여 불의지변(不意之變)을 당하였다.

철갑 입은 오랑캐들이 동대문으로 물밀듯이 들어와 백성을 살해하고 성중을 노략하니 도성 만민이 물 끓듯 곡성이 진동하며 부자 형제 부모 노소, 서로 정신을 잃고 살기를 도모하니 그 형상이 참혹하였다.

이런 망극한 때를 당하여 조정에 막을 사람이 없고 종사의 위태함이 경각 사이에 있었다.

상이 망극하여 시위 조신 예닐곱 명을 데리고 남한산성(南漢山城)으로 피난하는데 급히 강변에 이르러 배를 탈 때, 백성들이 뱃전을 잡고 통곡하며 물에 빠져 죽는 자가 무수하니 그 형상은 차마 보지 못할 일이었다.

왕대비와 세자 대군 삼형제는 강화로 가고, 남은 백성은 호적에게 어육이 되었다. 도원수 김자점은 이런 난세를 당하여도 한 계교를 베풀지 못하였다.

호군이 강화로 들어갔는데 강화유수 김경징(金慶徵)은 좋은 군기를 고 중에 넣어 두고 술만 먹고 누웠으니, 도적이 스스로 들어가 왕대비(王大妃)와 세자 대군을 잡아다가 송파(松坡) 벌에 유진(留陣, 군사를 머물게 함)하고 세자 대군을 구류하여 외쳐 말하기를,

"수이 항복하지 아니하면 왕대비와 세자 대군이 무사치 못하리라."

하는 소리가 천지에 진동하였다.

이때 상이 모든 대신과 군졸을 거느리고 외로운 성에 겹겹이 싸여 눈물이 비 오듯 하였다.

김자점은 도적을 물리칠 계교가 없어 태연 부동하던 차에, 도적의 북소리에 놀라 진을 잃고 군사를 무수히 죽이고 산성 밖에 결진하니 군량은 탕진하여 사세가 위급한데 도적이 외쳐 말하기를,

"끝내 항복을 아니하면 우리는 여기서 과동하여 여름 지어 먹고 있다가 항복을 받고 가려니와, 너희 무엇을 먹고 살려 하는가. 수이 나와 항복하라."

하고 한(汗)이 봉에 올라 산성을 굽어보며 외치는 소리가 진동하였다.

상이 듣고 앙천통곡하여 말하기를,

"안에는 양장이 없고 밖에는 강적이 있으니 외로운 산성을 어찌 보전하며, 또한 양식이 진하였으니 이는 하늘이 과인을 망케 하심이라."

하고 대신으로 더불어 항복함을 의논하니 제신이 아뢰기를,

"왕대비와 세자 대군이 다 호진중에 계시니 국가에 이런 망극한 일이 어디 있사오리까. 빨리 항복하여 왕대비와 세자 대군을 구하시며 종사를 보전하심이 마땅할까 하나이다."

하니 한 사람이 출반하여 아뢰기를,

"옛말에 일렀으되 영위계구언정 물위우후(寧爲鷄口 勿爲牛後, 닭의 입

이 될지언정 소의 꼬리가 되지 않는다는 뜻으로, 작은 집단의 우두머리가 낫다는 말)라 하였사오니 어찌 이적에게 무릎을 꿇어 욕을 당하리이까. 죽기를 무릅써 성을 지키면 임경업이 이 소식을 듣고 마땅히 달려와 호적을 파하고 적장을 항복받은 후 성상이 자연히 욕을 면하시리이다."

하거늘 상이 말하기를,

"길이 막혀 인적을 통치 못하니 경업이 어찌 알리오. 목전 사세 여차하니 아무리 생각하여도 항복할밖에 다른 묘책이 없으니 경들은 다시 말 말라."

하시고 앙천통곡하니 산천초목이 다 슬퍼하였다.

병자 십이월 이십일에 상이 항서(降書)를 닦아 보내니 그 망극함을 어찌 측량하리오.

용골대가 송파강에 결진하고 승전고를 울리며 교만이 자심하였다. 승전비를 세워 비양하며 왕대비와 중궁은 보내고 세자 대군은 잡아 북경(北京)으로 가려 하였다.

상이 경성에 올라와 각 도에 강화한 유지를 내려왔다. 이때 임경업은 의주에 있어 이런 변란을 전혀 모르고 군사만 연습하다가 천만 뜻밖에 유지(諭旨, 임금이 신하에게 내리는 글)를 받아 본즉, 용골대가 황해수를 건너 함경도로 들어오며 봉화 지킨 군사를 죽이고 임의로 봉화를 들어 나와 도성이 불의지변을 당하였다는 것이었다.

경업이 통곡하여 말하기를,

"내 충성을 다하여 나라 은혜를 갚고자 하더니 어찌 이런 망극한 일이 있을 줄 알리오."

하고 군사를 정제하여 호병이 오기를 기다렸다.

호장이 조선 국왕의 항서와 세자 대군을 볼모로 잡아갈 때 세자 대군이 내전에 들어가 하직하니 중전(中殿)이 세자 대군의 손을 잡고 눈물을 흘려 서로 떠나지 못하였다.

상이 세자 대군을 나오라 하여 눈물을 흘리며 말하기를,

"과인의 박덕함을 하늘이 밉게 여기사 이 지경을 당하게 되니 누를 원 망하며 누를 한하리오. 너희는 만리타국에 몸을 보호하여 잘 가 있어라."

하며 손을 차마 놓지 못하니 대군이 감루 오열하여 아뢰기를,

"전하, 슬퍼하심이 무익하시며 신 등이 또한 무죄히 가오니 설마 어이 하리까. 복원 전하는 만수무강하소서."

상이 슬퍼하여 마지아니하고 학사 이영(李影)을 불러 말하기를,

"경의 충성을 아나니 세자 대군과 한가지로 보호하여 잘 다녀오라."

하니 세자 대군은 천안을 하직하고 나오며 망극함이 비할 데 없었다. 한 걸음에 세 번이나 엎더지며 눈물이 진하여 피가 되니 그 경상은 차마 못 볼 일이었다.

내전에 들어가니 대비와 중전이 방성대곡하여 말하기를,

"너희를 하루만 못 보아도 삼추 같더니 이제 만리타국에 보내고 그리 워 어찌하며, 하일 하시에 생환 고국하여 모자 조선이 즐기리오."

하고 통곡하니 좌우 시녀 또한 일시에 비읍하였다.

대군이 아뢰기를,

"명천이 무심치 아니하시니 수이 돌아와 부모를 뵈오리니, 복원 낭랑 은 만수무강하시고 불효자들을 생각지 마소서."

하였다. 이렇게 하직하고 궐문을 나서니 장안 백성들이 또한 울며 따라와 길이 막히고 곡성이 처량한데 일월이 무광하여 슬픔을 더하였다.

용골대가 세자 대군을 앞세우고 모화관(慕華館)으로부터 홍제원(弘濟院)을 지나 고양(高陽), 파주(坡州), 임진강(臨津江)을 건너니 강수가 느끼는 듯하였다.

개성부(開城府) 청석(靑石) 고개에 이르니 산세가 험준하였다. 봉산(鳳山) 동선령(洞仙嶺)에 다다르니 수목이 총집한데 영상에 동선관(洞仙館)을 지어 관액을 삼아 있고, 황주(黃州) 월파루(月坡樓)를 지나 평양(平壤)

에 이르니 이곳은 해동 제일의 강산이다.

대동 일면에 대동강(大洞江)이 띠 두른 듯하고 이십 리 장림(長林)에 춘색이 가려한데, 부벽루(浮碧樓)와 연광정(鍊光亭)은 강수에 임하였으니 촉처감창(觸處感愴, 닥치는 곳마다 감모(感慕)하는 마음이 움직여 슬픔)이다. 세자 대군이 군친을 사모하고 타국을 향하는 심사가 가장 슬펐다.

이때는 정축 3월이었다. 열읍을 지나 의주 지경에 이르렀다.

이때 임경업이 밤이면 잠을 이루지 못하고 낮이면 높은 데 올라 호적이 오기를 기다렸다.

문득 바라보니 호병이 승전고를 울리며 세자 대군을 앞세우고 의기양양하여 나아오기에 경업이 분기 대발하여 절치부심(切齒腐心, 몹시 분하여 이를 갈고 속을 썩임)하며 소리쳐 말하기를,

"이 도적을 편갑(片甲, 갑옷 조각. 싸움에 진 군사)도 돌려보내지 말고 무찌르리라."

하여 갑주(甲冑)하고 말에 올라 큰 칼 들고 나가며 중군에 분부하여,

"군사를 거느려 뒤를 따르라."

하였다.

호장이 정제히 나아왔다. 경업이 노기충천하여 맞아 내달아 칼을 드는 곳에 호장의 머리를 베어 내리치고 진중을 짓쳐들어가 좌충우돌하여 호병을 베기를 무인지경같이 하니, 호병이 황겁하여 각각 헤어져 목숨을 도모하여 달아나고 남은 군사는 어찌 할 줄 몰라 죽는 자가 무수하였다.

호장이 상혼낙담(喪魂落膽)하여 십 리를 물러 진을 치고 패잔군을 모아 의논하여 말하기를,

"경업이 용맹하니 장차 어찌하리오."

하더니 문득 생각하기를,

'경업은 충신이라. 이제 조선 왕의 항서와 전교한 공문을 내어 뵈면 반

드시 귀순하리라.'

하고 진문에 나와 외쳐 말하기를,

"임 장군은 나아와 조선 왕의 전지(傳旨)를 받아 보라."

경업이 의아하여 크게 꾸짖어 말하기를,

"네 감히 나를 속이려 하느냐."

용골대가 군사로 하여금 문서를 전하니 경업이 문서를 받아 보고 앙천탄식하였다.

"너의 국왕이 항복하고 세자 대군을 볼모로 잡아 가거늘 네 어찌 감히 왕명을 항거하여 역신이 되고자 하느뇨."

하고 만단개유하였는데, 경업이 하교를 보고는 하릴없어 환도(環刀)를 집에 꽂고 호진에 통하여 들어가 세자 대군을 뵈옵고 실성통곡하였다.

세자 대군이 경업의 손을 잡고 눈물을 흘리며 말하기를,

"국운이 불행하여 이 지경에 이르렀거니와 바라건대 장군은 진심하여 우리들을 구하여 다시 부왕을 뵈옵게 하라."

경업이 말하기를,

"신이 이 기미를 알았으면 몸이 전장에 죽사온들 이런 망극하온 일을 당하리이까. 신의 몸이 만번 죽사와도 아깝지 아니하오니 엎드려 바라옵건대 전하는 슬픔을 관억(寬抑, 관대하게 억제함)하시고 행차하시면 신이 진충갈력(盡忠竭力, 충성을 다하고 힘을 다 바침)하여 호국을 멸하고 돌아오시게 하오리다."

세자 대군이 말하기를,

"우리 목숨이 장군에게 달렸으니 병자년 원수를 갚고 오늘 말을 잊지 말자."

경업이 말하기를,

"신이 비록 무재하오나 명대로 하오리이다."

하고 하직하며 경업이 용골대에게 말하기를,

"내 감히 군명을 항거치 못하여 너를 살려 보내거니와 세자 대군을 수이 돌아오시게 하되 만일 무슨 일이 있으면 너희를 무찌르리라."

용골대가 본국에 돌아가 조선에 항복받던 일과 세자 대군 볼모 잡은 말과 의주에 와서 임경업에게 패한 연유를 고하니 호왕이 대로하여 말하기를,

"제 어찌 대국 군사를 살해하리오."

하고 깊이 한하였다.

제국을 항복받고 남경(南京)을 통일코자 하여 먼저 피섬을 치려할 때 경업을 죽이고자 하여 조선에 청병하는 글월을 보내기를,

'이제 먼저 피섬을 치고 남경을 통합코자 하나 남경 군사가 용맹한지라, 임경업의 지용을 보았으니 경업으로 대장을 삼고 정예한 군사 삼천과 철기를 빌리면 대국 군마와 통합하여 피섬을 치고자 하니 빨리 거행하라.'

하니 상이 패문을 보고 탄식하여 말하기를,

"병화를 갓 지내고 이렇듯 보채임을 보니 백성이 어찌 안돈하리오."

하고,

"조정에 의논하라."

하였다.

김자점(金自點)이 아뢰기를,

"사세 여차하오니 시행 아니치 못하리이다."

상이 즉시 철기 삼천을 별택하시고 의주부윤 임경업으로 대장을 삼아 호국에 보내며 경업을 인견하여 말하기를,

"경은 북경(北京)에 들어가 사세를 보아 주선하여 세자 대군을 구하라."

하였다.

경업이 복부 수명하고 북경으로 향하니 자점이 생각하기를,

'경업이 이번 가면 다시 돌아오지 못하리라.'

하여 마음에 못내 기꺼하여 기탄할 바 없이 백사를 총찰하니 조정이
아연 실망하였다.

경업이 분함을 참고 군마를 거느리고 호진에 이르니 호왕이 말하기를,

"장군으로 더불어 합병하여 피섬을 치고 인하여 남경을 치고자 하는
고로 특별히 장군을 청한 바이니 장군은 모로미 사양치 말고 진심하라."

하고 군사를 발하여 보내려 하니 경업이 어쩔 수 없이 탄식하고 가려
하였다.

이때 피섬을 지킨 장수는 황자명(皇子明)이었다. 경업이 전일을 생각
하며 진퇴유곡이라 재삼 생각하다가 한 계교를 얻고 즉시 격서를 만들어
피섬에 전하기를,

'조선국 임경업은 글월을 닦아 황노야(皇老爺) 휘하에 올리나니 별후
소식이 격절하매 주야 사모함이 측량없사오니, 소장은 국운이 불행하와
의외 호란을 만나 사세 위급하매 아직 항복하여 후일을 기다리더니, 이
제 호왕이 피섬을 치고 삼국을 침범코자 하여 소장을 우리 국왕께 청하
였으므로 이곳에 왔사오나 사세 난처하와 먼저 통하나니, 복망 노야는
아직 굴하여 거짓 항복하고 추후 소장과 협력하여 호국을 쳐 멸하여 원
수를 갚고자 하나니 노야는 익히 생각하소서.'

황자명이 격서를 보고 일변 기꺼하며 일변 놀라 즉시 답서를 닦아 보
내기를,

'천만 의외 친필을 보고 못내 기쁘며, 기별한 말을 그대로 하려니와 어
느 때 만나 대사를 의논하리오. 대저 장군은 삼가고 비밀히 주선하여 성

공함을 바라노라.'

경업이 자명의 답서를 보고 탄식함을 마지아니하였다. 다음날 행군하여 나아가 금고를 울리고 진을 굳이 차며 말에 올라 왼손에 청룡검을 잡고 오른손에 죽절 강철을 잡아 내달으며 크게 꾸짖어 말하기를,

"너희가 조선국 대장군 임경업을 모르느냐. 너희 어찌 나와 승부를 다투고자 하느냐. 일찍 항복하여 살기를 도모하라."

하니 대명 장졸이 이왕 경업의 이름을 알았다. 스스로 낙담상혼하여 한 번도 싸우지 아니하고 성문을 열어 항복하였다. 경업이 성내에 들어가 황자명을 보고 크게 반기며 진두에서 서로 말하고 돌아왔다.

그날 밤에 경업이 자명의 진에 이르러 서로 술 먹으면서 병자년 원수를 이르며 분기를 참지 못하여 말하기를,

"우리 양국이 동심 합력하여……."

호국을 치기로 언약하였다.

본진에 돌아와 피섬 항복받은 문서를 호장에게 주어 보내고 군사를 거느려 바로 조선에 돌아와 입궐 복병하여 피섬 항복받은 사연을 아뢰니 상이 칭찬하시고 호위대장을 겸찰케 하였다.

이때 호장이 돌아가 호왕을 보고 피섬 항복받은 문장을 올리고 말하기를,

"경업이 처음 한가지로 남경을 치자 하더니 진전에 임하여 아조 군사를 무수히 죽이고 도리어 제가 선봉이 되어 성하에 이르러 한 번 호령하매 피섬 지킨 장수와 황자명(皇子明)이 싸우지 아니하고 문득 기를 눕히고 항복한 후에, 피섬에 들어가 말하고 나와 군사를 바로 조선으로 가는 일이 괴이하고 황자명의 용맹으로 한 번도 접전치 아니하고 문득 투항하니 그 일이 가장 수상하더이다."

하니 호왕이 또한 의심하여 출전 갔던 장수를 불러 물으니 대답하여

말하기를,

"경업이 출전하여 용병을 강잉(强仍, 마지못하여 그대로)하니 이는 무슨 흉계 있더이다."

하였다.

호왕이 듣고 대로하여 급히 사자를 조선에 보내어 말하기를,

"경업이 피섬을 쳐 항복받음이 분명치 아니하고, 또한 명을 받지 아니하고 스스로 돌아갔으니 문죄코자 하매 이제 급히 잡아 보내라."

하였거늘 상이 듣고 대경하여 조정을 모아 의논하여 말하기를,

"경업은 과인의 수족이다. 이제 만리타국에 잡혀 보냄이 차마 못할 바요. 사자를 그저 돌려보내면 후환이 될 터이니 경들은 무슨 묘책이 있느뇨."

자점(自點)이 곁에 있다가 생각하되,

'경업을 두면 후환이 되리라.'

하고 아뢰기를,

"이제 경업이 피섬을 항복받았사오나 명을 기다리지 아니하고 스스로 돌아왔으니 그 죄 적지 아니하오나 문죄코자 함이 고이치 아니하나니 잡아 보냄이 마땅할까 하나이다."

상이 듣고 마지못하여 경업을 패초(牌招, 승지를 시켜 왕명으로 부름)하사 위로하여 말하기를,

"경의 충성은 일국이 아는 바다. 타국에 가 수고하고 왔거늘, 또 호국 사신이 와 데려가려 하니 과인의 마음이 슬프고 결연하나 마지못하여 보내나니 부디 좋이 다녀오라."

하니 경업이 생각하기를,

'내 이제 가면 필연 죽을 것이요, 내 죽으면 병자년 원수를 뉘가 갚으리오.'

하며 슬퍼하였다.

왕명을 봉승하여 집에 돌아와 모친을 뵙고 그 사연을 고하니 모친이 대경하여 말하기를,

"네 일찍 입신함을 즐겨 오늘날 이 지경을 당하니 어찌 망극치 아니하리오."

하니 경업이 위로하며 하직하고 부인과 다섯 아들을 불러 이르기를,

"나는 몸을 국가에 처하여 부모를 봉양치 못하다가 이제 만리타국에 들어가매 사생을 모를 것이다. 모친께 봉양함을 극진히 하여 내가 있을 때와 같이 하라."

하고 통곡 이별한 후에 궐내에 들어가 하직 숙배하니 상이 탄식하여 말하기를,

"경이 만리타국에 가니 이는 하늘이 나를 망케 하심이니 장차 어찌하리오."

경업이 아뢰기를,

"신이 호국을 멸하고 세자와 대군을 모셔 올까 주야로 원이옵더니 이제 도리어 잡혀가오니 일후사(日後事)를 예탁치 못하오매 가장 망극하도소이다."

상이 기특히 여기어 잔을 잡아 위로하니 경업이 쌍수로 어주를 받아먹고 하직하고 나오니 이때는 무인년 2월이었다.

경업이 사신과 한가지로 발행하여 여러 날 만에 평안도 의주 압록강에 다다라 탄식하여 말하기를,

"남자가 세상에 처하여 마음을 펴지 못하고 어찌 남의 손에 죽으리오."

이날 밤 사경에 단검을 품고 도망하여, 낮이면 산중에 숨고 밤이면 행하여 충청도 속리산에 이르니 층암절벽(層巖絕壁)에 한 암자가 있었다.

속객이 없고 중 서넛이 있어 경업을 보고 괴이히 여기니 경업이 말하기를,

"나는 난시를 당하여 부모처자를 다 잃고 마음을 둘 데 없어 중이 되고

자 하여 왔나니 원컨대 선사는 머리를 깎아 달라."

하니 중들이 괴이히 여겨 삭발하는 자가 없었다.

경업이 간절히 청한대 그제야 독보(獨步)라 하는 중이 삭발하여 주었다. 경업이 중이 되어 낮에는 산중에 들고 밤이면 절에 머물러 종적을 감추매 독보가 그 연고를 물으니 경업이 말하기를,

"서로 묻지 말고 전하지 말라. 자연 알 때가 있으리라."

하였다.

이때 호국 사자가 경업을 잃고 아무리 찾으려 해도 어찌 종적을 알겠는가. 하릴없이 돌아가 호왕에게 이 사연을 고하니 호왕이 대로하여,

"부디 경업을 잡아라."

하더라.

이럭저럭 세월이 흐르는 물과 같아 경업이 남경으로 들어갈 뜻을 두어 전선을 만들어 가지고 용산 마포 주인을 잘 사귀어 이르기를,

"소승은 충청도 보은 속리산 절 시주하는 회주이러니 연안 백천 땅에 시주한 쌀 오백 석이오니 큰 배 한 척을 얻고 격군 삼십 명을 얻어 주면 짐을 반만 주리라."

하니 주인이 이 말을 듣고 허락하였다.

경업이 절에 돌아와 독보를 달래어 짐을 지우고 경강(京江) 주인의 집으로 오니 선척과 격군을 준비하였다.

경업이 택일 행선할 때 황해도를 지나 평안도를 향하는데 격군들이 말하기를,

"우리를 속여 어디로 가려 하느뇨."

경업이 그제야 짐을 풀어 갑주를 내어 입고 칼을 들고 선두에 나서며 호령하여 말하기를,

"조선국 대장군 임경업을 모르느냐. 남경으로 들어가 내 소원이 있으니 아무 말도 말고 바삐 가자."

하니 격군들이 즐겨 아니하였다.

경업이 말하기를,

"세자와 대군을 모시러 가나니 너희 등은 내 영대로 좇으라."

하니 격군들이 황망히 응낙하여 말하기를,

"소인들이 부모와 처자들 모르게 왔사오니 그것이 사정에 절박하여이다."

경업이 대로하여 말하기를,

"너희들이 내 명을 어긴다면 참하리라."

하고 성화같이 행선하여 남경으로 향하니 격군들이 고향을 생각하고 슬퍼하는데 경업이 위로하여 말하기를,

"너희들이 나의 말을 좇으면 공이 적지 아니하리라."

일삭 만에 남경 지경에 당하여 큰 섬에 다다라 배를 대고 내리니 섬을 지키는 관원이 도적이라고 잡아 가두고 말하기를,

"이곳은 피난하는 해중형이니 황 노야께 보고하여 처분대로 하리라."

하였다.

황자명이 보고를 듣고 경업이 왔을 줄 알고 기특히 여겨 즉시 청해다가 서로 반겼다.

찾아온 사연을 천자에게 주문하니 천자가 경업을 부르고 기꺼하여 말하기를,

"이별한 후 잊을 날이 없더니 금일이 무슨 날이관데 만나 보니 그 기쁨을 어찌 측량하며, 그 사이 세사가 번복하여 호국에 패한 바 되고 조선이 또 패했다 하니 어찌 불행치 않으리오."

하고 들어온 사연을 묻는지라.

경업이 아뢰기를,

"나라가 불행함은 소신의 불충이로소이다."

전후수말을 아뢰니 황제가 말하기를,

"그대의 충성은 만고에 드무니라."

하고,

"황자명과 의논하여 호국을 멸하여 양국 원수를 갚으리라."

하시고 안무사(按撫使)를 배하였다. 경업이 사은하고 황자명과 의논하여 호국을 치러 하였다.

이때 호국이 점점 강성하여 남경을 침노하니 천자가 황자명으로 명을 발하여 치라 하니 자명이 경업과 의논하여 말하기를,

"이 땅은 중지라. 경이 떠나지 말고 내 기별대로 하라."

하고 행군하였다.

경업이 데려온 독보란 중이 피섬에서 흥리하는 오랑캐를 사귀어 이르기를,

"우리 장군 임경업이 남경에 들어와 군을 거느려 북경을 쳐서 병자년 원수를 갚으려 하나니 너희가 경업을 잡으려 하거든 내게 천 금을 주면 잡아 주리라."

하는지라. 호인이 급히 돌아가 호왕에게 고하니 호왕이 대경하여 천 금을 주며 말하기를,

"성사하거든 천 금을 더 주리라."

그놈이 받아 가지고 돌아와 독보를 주고 호왕의 말을 전하니 독보가 천 금을 받고 꾀를 내어 한 군사를 사귀어 금을 주고 자명의 편지를 위조하여,

"임 장군께 드리라."

하니 군사 놈이 금을 받고 봉서를 가져다가 장군에게 드려 경업이 떼어 보니 적혀 있기를,

'도적의 형세가 급하여 살을 맞고 패하였으니 장군은 급히 와서 구하라.'

하였다. 경업이 의혹하여 점복하여 보니 자명이 무사하고 승전할 패

라, 그 군사 놈을 잡아들여 장문하니 그놈이 아픔을 견디지 못하여 독보에게 미루었다. 경업이 독보를 잡아들여 죄상을 묻고,

"내어 베라."

하니 본국 사람들이 독보의 죄상을 모르고 달려들어 붙들고 슬피 울었다. 경업이 관후한 마음에 죽이지 아니하고 놓아 주었다.

십여 일 후에 독보가 또 편지를 만들어 군사로 하여금 임 장군에게 드리니 그 글에 이르기를,

'향자 회답이 없으니 어인 일이며 지금 위급하였으니 바삐 오라.'

경업이 의심을 아니하고 제장을 명하여 채를 지키고 독보와 함께 행선하여 만경창파(萬頃蒼波)로 내려갈 때 독보가 가만히 호인에게 통하였다.

경업이 배를 재촉하여 가다가 바라보니 뜸을 덮은 선천이 무수히 내려왔다. 경업이 의심하여 묻기를,

"오는 배 무슨 배뇨."

독보가 말하기를,

"상고선(商賈扇)인가 하나이다."

하고,

"배를 상고선 사이로 매라."

하였라.

이날 밤 삼경 즈음에 문득 함성이 대진하여 경업이 놀라 잠을 깨어 보니 무수한 호선(胡船)이 에워싸고 사면으로 크게 외치기를,

"자욱을 기다린 지 오랜지라. 바삐 항복하여 죽기를 면하라."

경업이 대로하여 독보를 찾으니 이미 간데없었다. 불승분노하여 망지소조(罔知所措)라.

호병이 철통같이 싸고,

"잡아라!"

하는 소리가 진동하니, 경업이 대로하여 용력을 다하여 대적코자 하나 망망대해에 다만 단검으로 무수한 호병을 어찌 대적하겠는가. 전선에 뛰어올라 좌우충돌하여 호병을 무수히 죽이고 피코자 하는데 기력이 점점 시진하니 아무리 용맹한들 천수(天數)를 어찌 도망하겠는가.

마침내 호인에게 잡힌 몸이 되어 호병이 배를 재촉하여 북경 지경에 다다르니, 호왕이 대희하여 삼십 리에 창검을 벌려 세우고 경업을 잡아들여 꾸짖었다. 경업이 조금도 겁내지 않고 도리어 크게 꾸짖어 말하기를,

"무도한 오랑캐 놈아. 내 비록 잡혀왔으나 너희들 보기를 초개같이 아나니 죽이려 하거든 더디지 말라."

하니 호왕이 크게 노하여 말하기를,

"병자년에 네 나라를 항복받고 돌아왔거늘 네 어찌 내 군사를 죽이며, 네 청병으로 왔을 제 내 군사를 해하였기로 문죄코자 하여 사자로 잡아오거늘 네 도망하여 남경에 들어감은 무슨 뜻이뇨."

경업이 소리 질러 말하기를,

"내가 나라를 위하여 원수를 갚고자 하거늘 너의 간계로 우리 임금을 겁박하고 세자와 대군을 잡아가니 그 분통함을 어찌 참으리오. 이런 까닭으로 네 장졸을 다 죽이려 하다가 왕명으로 인하여 용서하였거늘, 네 갈수록 교만하여 피섬을 치려할 제 네게 부린 바가 되니 왕명이 지중하기로 마지못하여 왔으나 네 군사를 남기지 아니하려 하다가 십분 참고 그저 돌아왔거늘 네 어찌 몹쓸 마음을 먹어 나를 해하려 하기로, 잡혀 오다가 중로에서 도망하여 남경으로 들어가 동심하여 북경을 쳐 네 머리를 베어 종묘에 제하고 세자와 대군을 모셔 오려 하더니 이는 하늘과 땅이 나를 버리심이라 어찌 죽기를 아끼리오. 속히 죽여 나의 충의를 나타내라."

하니 호왕이 크게 노하여 말하기를,

"네 명이 내게 달렸거늘 종시 굴치 아니하느냐. 네가 항복하면 왕을 봉하리라."

경업이 말하기를,

"병자년에 우리 주상이 종사를 위하여 네게 항복하여 계시거니와 내 어찌 목숨을 위하여 너에게 항복하리오."

호왕이 대로하여 무사를 명하여,

"내어 베라."

경업이 크게 꾸짖어 말하기를,

"내 명은 하늘에 있거니와 네 머리는 십보지내(十步之內)에 있느니라."

하고 안색을 불변하여 무사를 보고,

"바삐 죽이라."

하였다. 호왕이 경업의 강직함을 보고 탄복하여 맨 것을 끄르고 손을 이끌어 올려 앉히고 말하기를,

"장군이 내게는 역신이나 조선에는 충신이라. 내 어찌 충절을 해하리오. 장군의 원대로 즉시 세자와 대군을 놓았다."

하니 세자와 대군이 기꺼하여 궁문 밖에 나와 기다렸다. 경업이 나와 울며 절하니 세자와 대군이 경업의 손을 잡고 한가지로 들어와 호왕을 보니 호왕이 말하기를,

"경들을 임경업이 불고생사하고 구하여 돌아가려 하기로 내 경업의 충절을 감동하여 경들을 보내나니 각각 원대로 이르면 내 정을 표하리라."

하니 세자는 금은(金銀)을 구하고 대군은 조선에서 잡혀온 인물(人物)을 청하여 수이 돌아감을 원하니 호왕이,

"각각 원대로 하라."

하고 대군을 기특히 여기더라.

경업이 세자와 대군을 모셔 나와 하직하니 세자와 대군이 울며 말하기를,

"장군의 대덕으로 고국에 돌아가거니와 장군을 두고 가니 가는 길이 어두운지라. 어찌 슬프지 아니하리오. 바라건대 장군은 수이 돌아옴을 도모하라."

하니 경업이 대답하여 말하기를,

"하늘이 도우사 세자와 대군이 본국에 돌아가시니 불승만행이오나 모시고 가지 못하오니 그 창연하옴을 어찌 측량하리이까."

세자가 말하기를,

"장군과 동행치 못하니 결연함이 비할 데 없는지라. 중로에서 기다릴 것이니 속히 돌아올 도리를 주선하라."

경업이 탄식하여 말하기를,

"바라건대 지체하지 마시고 바삐 가시면 신도 불구에 돌아갈 것이니 염려 마소서."

세자와 대군이 경업을 이별하여 발행하고 백두산(白頭山) 아래 이르러 조선을 바라보니 눈물을 흘리며 탄식하여 말하기를,

"임 장군이 아니었던들 우리 어찌 고국에 돌아오리오. 슬프다, 임 장군은 우리를 위하여 만리타국에 죽기를 돌아보지 아니하고 우리를 돌려보내되 장군은 돌아오지 못하니 어찌 슬프지 아니하리오. 명천이 도우사 수이 돌아오게 하소서."

하는 것이었다.

한편 황자명(皇子明)이 서로 진을 지키고 싸워 승부를 가리지 못하더니 경업이 북경에 잡혀갔다는 말을 듣고 크게 놀라 말하기를,

"어찌 하늘이 대명(大明)을 이다지 망케 하는고."

하며 탄식함을 마지아니하였다.

이때 호왕이 경업을 머물게 하고 미색과 풍악을 주어 마음을 즐겁게 하고 상빈례로 대접해도 조금도 마음을 변치 아니하고 호왕에게 이르기를,

"내 이리 된 것이 다 독보의 흉계니 독보를 죽여 한을 풀리라."

하니 호왕이 또한 독보를 불측히 여겨,

"잡아들여 죽이라."

하였다.

한편 세자와 대군이 돌아오는 패문이 들어오니 상이 듣고 도승지를 보내어,

"무슨 사연인지 먼저 계달(啓達)하라."

하였다. 세자와 대군이 모든 백성을 거느려 임진강(臨津江)을 건널 때 사관과 승지가 마주 와 현알하여 반기며 전교를 전하기를,

"어찌하여 돌아오며 북경에서 무엇을 가져오는가 자세히 알아 먼저 계달하라 하시더이다."

하니 세자와 대군이 승지를 보고 슬퍼하며 양전 문안을 한 뒤에 이르기를, 임 장군이 잡혀가다가 도망하여 남경에 들어가 황자명(皇子明)과 더불어 북경을 항복받고자 하던 사연과, 독보의 간계로 북경에 잡혀가 호왕과 힐란하던 일과, 임 장군의 덕으로 세자와 대군이 놓여 오는 곡절과, 세자와 대군의 구청하던 일과, 임 장군은 호왕이 즐겨 놓지 아니하는 곡절을 낱낱이 일렀다.

승지가 그대로 계달하니 상이 보고 불승 환희하며 경업을 못내 칭찬하고, 세자의 구청함을 불평히 여겼다.

세자와 대군이 도성에 가까이 올 때 만조백관과 장안 백성들이 나와 맞아 반기며 임 장군의 충의를 칭송 않는 사람이 없었다.

세자와 대군이 급히 궐내에 들어가 대전에 뵈오니 상이 반기어 말하기를,

"너희들은 무사히 돌아왔거니와 경업은 언제나 오리오."

하고 탄식 비상하며 또 말하기를,

"세자는 무슨 탐욕으로 금은을 구하여 왔느냐."

하고 벼룻돌을 내쳐 치고 둘째 대군으로 세자를 봉하였다. 이때가 을유년이었다.

이즈음 호왕의 딸 숙모공주(淑慕公主)가 있으니 천하절색이라. 부마를 가리더니 호왕이 경업(慶業)을 유의하여 공주에게 일렀다.

공주가 상 보기를 잘하는지라 경업의 상을 보게 하여 내전으로 청하니, 경업이 부마에 뽑힐까 저어하여 목화(木靴) 속에 솜을 넣어 키 세 치를 돋우고 들어갔더니 공주가 엿보고 말하기를,

"들어오는 걸음은 사자 모양이요, 나가는 걸음은 범의 형용이니 짐짓 영웅이로되 다만 키가 세 치 더하니 애달프다."

하였다. 호왕이 마음에 서운하나 그와 방불한 자는 없는지라 이에 장군더러 말하기를,

"장군이 부마 되어 부귀를 누림이 어떠하뇨."

장군이 사례하여 말하기를,

"어찌 이런 말씀을 하시느뇨. 지극 황공하오며 하물며 조강지처 있사오니 존명을 받들지 못하리이다."

호왕이 재삼 권유하여도 경업이 죽기로써 좇지 아니하니 호왕이 결연해 하였다.

경업이 돌아감을 청하므로 호왕이 유예 미결하니 제신이 아뢰기를,

"절개 높고 충의 중한 사람을 두어 무익하고 보내도 해로움이 없사오니 의로써 보내면 조선 또한 의로써 섬길 것이니 보냄이 마땅하나이다."

호왕이 그 말을 따라 설연 관대하고 예물을 갖추어 보내며 의주까지 호송하였다.

이때 김자점의 위세가 조정에 진동하여 있던 때라 경업이 돌아온다는 패문이 오니 자점이 생각하기를,

'경업이 돌아오면 나의 계교가 이루지 못하리라.'

하고 상에게 아뢰기를,

"경업은 반신이라, 황명을 거역하고 도망하여 남경에 들어가 우리 조선을 치고자 하다가 하늘이 무심치 아니하사 북경에 잡힌 바가 되어 제 계교를 이루지 못해 하릴없이 세자와 대군을 청하여 보내어 되쫓아 나오니 어찌 이런 대역(大逆)을 그저 두리이까."

상이 크게 놀라 말하기를,

"무슨 연고로 만고 충신을 해하려 하느냐! 경업이 비록 과인을 해롭게 하여도 아무라도 해치지 못하리라."

하시고 자점을 엄책하며,

"나가라."

하였다. 자점이 나와 동류(同類)와 의논하여 말하기를,

"경업이 의주 오거든 역적으로 잡아 오라."

하였다. 이때 경업이 데려갔던 격군과 호국 사신을 데리고 의주에 이르니 사자가 와서 이르기를,

"장군이 반한다 하여 역률(逆律)로 잡아 오라 하신다."

하고 칼을 씌우며 재촉하는지라 의주 백성들이 울며 말하기를,

"우리 장군이 만리타국에서 이제야 돌아오거늘, 무슨 연고로 잡아가는고."

하니 경업이 말하기를,

"모든 백성은 나의 형상을 보고 놀라지 말라. 나는 무죄히 잡혀가노라."

하니 남녀노소 없이 아무 연고인 줄 모르고 슬퍼하였다. 경업이 샛별령에 다다라 전일을 생각하고 격군을 불러 말하기를,

"너희들이 부모처자를 이별하고 만리타국에 갔다가 무사히 회환하매 너희 은혜를 만분의 일이나 갚고자 하더니, 시운이 불행하여 죽게 되매 다시 보기 어려우니 너희들은 각각 돌아가 좋이 있으라."

격군 등이 울며 말하기를,

"아무 연고인 줄 모르거니와 장군의 충성이 하늘에 사무쳤으니 설마 어떠하리오. 과히 슬퍼 말으소서."

하며 차마 떠나지 못하였다. 경업이 삼각산(三角山)을 바라보고 슬퍼 말하기를,

"대장부가 세상에 처하여 평생지기를 이루지 못하고 애매히 죽게 되나 뉘라서 신원을 하여 주리오."

하고 통곡하니 산천초목이 위하여 슬퍼하였다.

경업의 오는 선문이 나라에 이르니 상이 기꺼하여 승지로 하여금 위유하여 말하기를,

"경이 무사히 돌아오매 기쁘고 다행하여 즉시 보고 싶되 원로 구치하여 왔으니 잘 쉬고 명일로 입시하라."

하니 승지가 자점을 두려워하여 하교를 전하지 못하였다. 경업이 생각하기를,

'나라가 친림하시면 내 죽어도 한이 없을 것이요, 세자와 대군이 나의 일을 알고 계신가 모르고 계신가.'

하여 주야 번민하여 목이 말라 물을 구하는데 옥졸이 주지 아니하니, 이는 자점의 흉계로 전옥 상하 소속에게 분부한 까닭이었다.

경업이 형상을 보고 탄식하여 말하기를,

"옥졸들이 또한 밉게 여기니 이는 번번이 하늘이 나를 죽게 하심이니 누를 한하리오."

하였다. 다음날 상이 전좌하고 승전빗[承傳色] 환자를 보내어 경업을 부르니 그 환자가 또한 자점의 동류라 죽을 줄을 알아 주저하였다.

이때 마침 전옥 관원이 경업의 애매함을 불쌍히 여겨 경업에게 일러 말하기를,

"장군을 역적으로 잡아 전옥에 가둠이 다 자점의 모계니 그대는 잘 주

선하여 누명을 벗게 하라."

하였다. 경업이 그제야 자점의 흉계인 줄 알고 불승 통한하여 바로 몸을 날려 입궐하더라.

주상을 뵈옵고 관을 벗고 청죄하니, 상이 경업을 보고 반기어 친히 붙들려 하다가 문득 청죄함을 보고 크게 놀라 말하기를,

"경이 만리타국에 갔다가 이제 돌아오매 반가운 마음을 진정치 못하나 원로 구치함을 아껴 금일이야 서로 보니 새로운 마음이 측량치 못하거든 청죄란 말이 무슨 일이뇨. 자세히 이르라."

"신이 무신년에 북경에 잡혀가다가 중간 도망한 죄는 만사무석이오나 대명과 동심하와 호국을 쳐 호왕을 베어 병자년 원수를 갚고 세자와 대군을 모셔오고자 하더니, 의주서부터 잡아 올리라 하고 목에 칼을 씌우고 올라오니 아무 연고인 줄 모르와 망극하옴을 이기지 못하옵더니, 오늘날 다시 천안을 뵈오니 이제 죽사와도 한이 없사옵니다."

상이 듣고 대경하여 조신에게,

"알아들이라."

하였다. 자점이 하릴없어 기망치 못하고 들어와 아뢰기를,

"경업이 역적이옵기로 잡아 가두어 품달(稟達)코자 하였나이다."

하거늘 경업이 큰소리로 크게 꾸짖어 말하기를,

"이 몹쓸 역적아, 네 벼슬이 높고 국록이 족하거늘 무엇이 부족하여 찬역할 마음을 두어 나를 해코자 하느뇨."

자점이 묵묵무언이라 상이 진노하여 말하기를,

"경업은 삼국에 유명한 장수요, 또한 천고 충신이라. 너희 놈이 무슨 뜻으로 죽이려 하느냐. 이는 반드시 부동을 꾀함이라."

하고,

"자점과 함께 참예한 자를 금부에 가두고 경업을 물리치라."

하였다. 자점이 일어나 나오다가 경업의 나옴을 보고 무사에게 분부

하여,

"치라."

하니 무사들이 무수히 난타하여 거의 죽게 되자 전옥에 가두고 자점은 금부로 갔다.

좌의정 원두표와 우의정 이시백 등이 이런 변이 있을 줄 알고 참예치 아니하였는데 자점이 경업을 죽이려 하는 줄 짐작하고 경업의 일을 아뢰었다.

대군이 크게 놀라 말하기를,

"알지 못하였나니, 임 장군이 어제 입성하여 어디 있느뇨."

조신들이 대답하여 말하기를,

"신들도 그곳을 모르나이다."

대군이 입시하여 임 장군의 일을 묻자오니 상이 수말을 자세히 일렀다.

대군이 아뢰기를,

"충신을 모해하는 자는 역적이 분명하오니 국문하소서."

하고 장군의 하처(下處)로 나오려 하니 상이 말하기를,

"명일 서로 보라."

하시니 대군이 그 밤을 달아 고대하였다.

경업이 난장을 맞고 옥중에 갇혀 있다가 이날 밤 삼경에 졸하니 시년이 사십육 세요, 기축일 월 이십육 일이었다.

전옥 관원이 이 사연을 조정에 보고하니 자점이 말하기를,

"경업의 시신을 내어다가 제 하처에 두고, 기망한 말이 무수하며 죄 있을까 하여 자결한 일로 아뢰라."

하니 관원이 그대로 상달하였다.

세자와 대군이 경업의 영구에 나가고자 하여도 조정이 간하매 가지 못하고 더욱 슬퍼하여 말하기를,

"슬프다, 임 장군이여. 그리다가 다시 못 보고 속절없이 영결할 줄 어찌 알았으리오."

하고 상이 입던 용포와 금은을 후히 주고,

"왕례로 장사하라."

하고 세자와 대군이 비단 의복을 벗어,

"염습(殮襲)에 쓰라."

하고 서로 만나 보지 못한 정회를 글로 지어,

"관에 넣으라."

하였다.

이때 임 장군이 돌아온다는 소식이 고향에 미쳐 자손 친척들이 그 기별을 듣고 크게 기뻐하여 동생 삼형제와 아들 삼형제 등이 급히 경성에 이르렀는데 이미 죽은 뒤였다.

일행이 시체를 붙들고 천지를 부르짖어 통곡하니 행인도 낙루치 않을 이가 없었다.

상이 승지를 보내어 위문하고 대군이 친히 나아가 조문하며 예관(禮官)을 보내어,

"삼년 제사를 받들라."

하였다.

자점이 경업을 모함한 죄로 제주에 안치하고 동류들은 삼수, 갑산, 진도, 거제, 흑산도, 금갑도에 정배하였다. 자점이 반심을 품은 지 오래다가 절도에 안치하니 더욱 앙앙하여 불의지심이 나타났다.

우의정 이시백이 자점의 소위를 상달하니, 상이 대경하여 금부도사를 보내 잡아다가 엄형 국문 후에 가두었다. 이날 밤에 일몽을 얻으니 경업이 나아와 아뢰기를,

"흉적 자점이 소신을 박살하고 찬역할 꾀를 품어, 일이 되어 가노니 바

삐 죽이소서."

하고 울며 가는데 놀라 깨어나니 경업이 앞에 있는 듯하여 슬픔을 이기지 못하였다. 날이 밝아 자점을 올려 엄형 국문하니, 자점이 복초하여 전후 역심을 품은 일과 경업을 모해한 일을 승복하였다.

상이 대로하여,

"자점의 삼족을 다 내어 저잣거리에 능지처참하라."

하고,

"그 동류를 다 논죄하라."

하며 경업의 자식들을 불러 하교하기를,

"너희 부친이 자결한 줄로 알았는데 꿈에 나타나 이르기를, 자점의 해를 입어 죽었다 하기로 흉적을 내어 주나니 너희는 임의로 보수하라."

하였다. 그 자식들이 백배 사은하고 나와 대성통곡하며 말하기를,

"이놈, 자점아! 너와 무슨 불공대천지수(不共戴天之讐)로, 만리타국에 가 명을 겨우 보전하여 세자 대군을 모셔와 국사에 진충갈력(盡忠竭力)하거늘, 네 이렇듯 참소하여 모함하였느냐."

하고 장군의 영위를 배설하고, 비수를 들어 자점의 배를 갈라 오장을 끊고 간을 내어 놓고 축문을 지어 임공의 영위에 고하였다.

다시 칼을 들어 흉적을 점점이 저며 씹으며, 흉적의 남은 시신을 장안 백성들이 점점이 저미고 깎아 맛보며 뼈를 돌로 짓이겨 꾸짖었다.

이날 밤에 상이 전전불매하더니 비몽사몽간에 임 장군이 홍포 관대에 학을 타고 들어와 상께 사배하여 말하기를,

"신의 원사함을 신원치 못하고 원수를 갚지 못할까 하옵더니, 오늘날 전하의 대덕으로 신의 원수를 갚아 주시고 역적을 소멸하시니 신이 비로소 눈을 감을지라. 복원 전하는 만수무강하소서."

하고 통곡하여 나아가니 상이 깨달아 탄식하여 말하기를,

"과인이 불명하여 주석지신을 죽였으니 어찌 통탄치 아니하리오."

하고 경업의 집을 정문하고 달내[達川]에 서원을 세워 장군의 화상을 모셔 혈식천추(血食千秋)하게 하였다.

그 동생을 불러 벼슬을 주니 굳이 사양하고 받지 아니하였다. 이조와 병조에 하교하여,

"경업의 자손을 대대로 각별 중용하라."

하고 어필(御筆)로 그 뜻을 써 경업의 동생과 아들을 불러 주었다.

이후에 경업의 처 이씨(李氏)가 장군의 죽음을 듣고 통곡하여 말하기를,

"장군이 천조(天朝)에 명장이 되었으니 내 어찌 열녀 아니 되리오."

하고 자결하니 상이 듣고,

"그 집에 정문하라."

하여 달내 서원에 열녀비를 세웠다.

이 적에 경업의 동생과 자손들이 그 부형의 행적을 대강 기록하여 세상에 전하고, 공명에 뜻이 없어 송림간에 들어 농업에 힘써 세상을 잊었다.

임진록(壬辰錄)

- 작자 미상 -

작품 정리

〈임진록〉은 작자·연대 미상의 고소설로 목판본, 한글본, 필사본 등 여러 가지 다른 형태의 작품이 전한다. 성격상 역사 소설에 해당하는 이 작품은 임진왜란이 사실상 참담한 패배로 끝난 것이지만 당시 전란을 체험했던 민중들이나 그 의식을 계승한 후손들이 밖으로는 왜적의 침략을 자초했던 뼈아픈 참회가 담겨 있다.

특히 우리 민중은 〈임진록〉을 통하여 민족적 영웅의 출현을 갈망하였는데, 이 순신, 곽재우, 김덕령, 정문부, 조헌, 영규, 김응서, 논개, 계월향 등의 부각과 숭앙이 이를 입증한다. 이러한 의식은 그 후 임진왜란의 뒤를 잇는 병자호란의 의식과도 이어져 군담 소설의 출현을 낳았다.

작품 줄거리

일본에서 가장 세력이 있는 풍신수길은 명나라의 정벌을 핑계로 조선 침략을 공언한다. 조정에서 통신사를 파견하지만 당쟁으로 힘을 소진하고 많은 신하들이 환란을 경고하다 귀양을 간다. 마침내 왜군 병선이 부산에 상륙하고 조선은 아무 준비 없이 왜군을 맞는다. 왜군은 부산 동래를 함락하고 선주까지 함락하기에 이른다. 왜군은 싸우는 곳곳에서 승리를 하며 서울로 진격한다. 왜군이 서울을 점령하자 조정은 중국 명나라에 구원병을 요청한다. 조선도 반격을 시작한다.

마침내 이순신이 바다에서 왜병을 무찌르고 승군 또한 죽을 힘을 다해 왜구를 무찌른다. 한편 김응서는 계향의 도움으로 왜장의 목을 친다. 곽재우도 뜻이 맞는 동지들과 삶과 죽음을 같이하길 맹세하고 왜적을 소탕한다. 명국 심유경이 화친 교섭을 시작하고 전라감사 권율은 행주산성에서 왜적을 무찌른다. 진주성에서는 논개가 왜장을 안고 강가로 뛰어든다. 해전에서 승승장구하던 이순신이 경수사 원균의 모함으로 파직되고, 원균은 칠전량 해전에서 대패한다. 이순신은 다시 군사를 모아 적을 대파하지만 노량해전에서 적의 총탄을 맞고 전사한다.

핵심 정리

갈래 : 군담 소설

연대 : 조선 선조

구성 : 전기적

시점 : 전지적 작가 시점

배경 : 조선 선조 임진왜란 때

주제 : 민족의 애국심과 자부심 고취

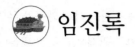

임진록

선조 대왕이 즉위한 지 십년쯤 되는 해였다. 처음에 임금은 총명하여 충신을 맞아들이고 선정을 베풀려 하더니 차차 방탕하여 헤아릴 수 없는 궁녀를 희롱하고, 또한 충신의 바른 말이 귀에 거슬려서 날이 갈수록 임금과 충신의 사이는 멀어지기만 했다. 게다가 붕당(朋黨, 이념과 이해에 따라 이루어진 집단)이 생겨 동인, 서인으로 갈라져 서로 헐뜯기 시작했다.

한편 일본에서는 제후 가운데 풍신수길(豊信秀吉, 도요토미 히데요시)이 가장 세력이 있었는데 천왕은 그에게 '관백'이라는 벼슬을 주었다. 그는 임진왜란이 일어나기 십년 전에 조선 정벌에 뜻을 두고 '현소'라는 중을 조선에 간첩으로 들여보내 팔도강산의 지도를 샅샅이 그려 갔다. 현소의 간첩 행위에 대해 백성들은 까맣게 모르고, 그저 벙어리 중 하나가 꽤 쏘다녔는데 글을 매우 잘하는 것 같다고 생각했을 뿐이었다.

이때 임금이 조선의 충직한 신하 이율곡을 불러다가 대제학, 병조판서, 이조판서 등 여러 자리를 주었다. 그는 그때 군사 십만 대군을 양성하여 국방을 튼튼히 하자고 여러 차례 주장하였으나, 태평세월에 군사는 길러 무엇 하느냐는 반대에 부딪혀 뜻을 이루지 못하였다.

그가 세상을 떠난 지 여덟 해 되던 해인 선조 24 신묘년(1591)에 일본 사신 귤강광이 풍신수길의 외교 문서를 바쳤다.

"일본이 명나라를 치겠으니 고려 시대에 원나라의 선봉이 되어 일본을 쳤듯이 이번에는 조선이 일본의 선봉이 되어 명나라를 치자."

임금은 그 외교 문서를 보고 기가 막혔다. 그래서 조선에서는 정사로는 황윤길(서인), 부사로 김성일(동인)을 통신사로 정하여 일본으로 보냈다.

통신사 일행이 돌아온 뒤에 임금은 정사 황윤길에게 물었다.

"풍신수길은 어떤 위인인가?"

"풍신수길의 눈에는 쏘는 듯한 정기가 있어 반드시 일을 저지르고 말 것 같사옵니다."

정사 황윤길이 대답했다. 임금이 다시 부사 김성일을 불러 풍신수길이 어떤 위인이냐고 물었다.

"낯이 원숭이 같고 눈은 쥐눈 같사오니 큰 인물은 못 되옵니다."

임금은 두 사람의 말 중에 누가 옳은지 알 수가 없어 신하들에게 맡기었더니, 태평성대에 군사가 다 뭣이냐며 군비(軍備, 전쟁을 하기 위하여 갖춘 군사 시설이나 장비)에 대한 일은 모두 반대했다. 또한 황윤길은 서인이요, 김성일은 동인이라 당파의 힘으로도 김성일의 주장에 따르게 되었다.

조선에 통신사절을 보낸 일이 실패하자, 풍신수길은 관백의 자리를 아들 풍신수뢰(豊臣秀賴, 히데요리)에게 물려주고 자기는 스스로 '태합'이란 칭호를 차지하고 삼십만 대군을 편성하였다. 그는 임진년 삼월 초하룻날 대판(지금의 오사카)에서 출발할 예정이었으나, 공교롭게 눈병이 생겨서 하루 이틀 지연되고 있었다.

조선에서는 일본이 지금 삼십만 대군을 동원하여 쳐들어오려 하고 일본 사신의 외교 문서 중에 조선을 거쳐 명나라를 치러 가겠다는데 이 사실을 명나라에 알려야 옳은지에 대한 어전회의가 열리고 있었다.

알려야 옳다고 주장하는 사람은 대사헌 윤두수 등의 서인이요, 알리지 않는 게 옳다고 주장하는 사람은 영의정 이산해, 우의정 유성룡 등의 동인들이었다. 나라의 운명이 위태로운 판국에 대사를 그르치고 당파만 세우려 하니 한심한 일이었다.

한편 풍신수길은 눈병이 완치되자, 임진년 4월 12일 소서행장(小西行長), 종의지(宗義智), 평조신(平調信)을 주축으로 병선 사만 척이 까마귀 떼같이 바다를 덮고 항해하여 4월 13일 새벽 다섯 시경에 부산진에 상륙하기 시작했다.

이때 부산 첨사 정발은 수천 명의 군사를 거느리고 왜적과 싸웠다. 그러나 군사는 적고 화살도 부족할 뿐 아니라 구원병 하나 없으니 실로 악전고투(惡戰苦鬪, 매우 어려운 조건을 무릅쓰고 고생스럽게 싸움)였다. 하루 낮 하룻밤을 싸웠으나 바다에서는 적병이 물밀듯이 들어오고 있었다.

이때 비장 한 사람이 권하였다.

"다시 싸울 셈하고 잠깐 몸을 피하십시오."

이 말을 듣자 정발은 눈을 부릅뜨고 소리를 질렀다.

"나는 대의에 죽을 뿐이다. 어찌 성을 버리고, 백성을 저버리고 달아난단 말이냐? 너희들이나 피하라."

그는 결국 혼자 싸우다가 왜적의 총알에 맞아 전사했다.

왜적은 개미 떼같이 밀려들고 기어올라 마침내 부산성의 한 귀퉁이가 무너지기 시작했다. 이 소식을 들은 경상 좌수사 박홍은 벌벌 떨며 수영 안에 있는 양식과 병기에 불을 지르고 서울에다는 부산이 함락됐다고 전하고는 밀양으로 도망쳤다. 반면에 다대포 첨사 윤흥신은 군사 몇 백 명을 거느리고 최후까지 싸우다가 장렬한 죽음을 맞았다.

위기일발의 정세 속에 다대포가 함락되고 좌수사 박홍이 도망갔다는 급보가 동래부사와 울산 병영에 들어왔다. 이때 동래부사 송상현은 좌병사 이각, 울산군수 이언함, 양산군수 조영규 등과 함께 부서를 조직하고 있었는데 병사 이각이 도망을 치자 송상현은 속으로 '저것이 병사라니 나라는 망했구나' 하고 한탄하면서

"그러나 우리들은 동래성을 사수합시다. 적의 이마받이가 되는 남문은

내가 지킬 테니 조방장 홍윤관은 북문을 지키고 양산군수는 우위장이 되어 동문을 지키고, 대장 송봉수와 교수 노개방은 나의 참모가 되어 남문에서 나를 도와주오."

하며 옷을 입고 칼을 차고 남문으로 향했다.

그리하여 왜장 소서행장의 지휘 아래 왜병 오만 명을 맞아 사력을 다하였으나 왜병이 문루(門樓, 궁문, 성문 따위의 바깥문 위에 지은 다락집)로 밀려들기 시작했다. 왜장 한 놈은 송 부사를 사로잡으려고 시퍼런 칼을 들고 항복하라고 위협했다. 그러나 송 부사는 벌떡 일어나 칼을 들어 왜장의 머리를 잘랐다.

이에 북받친 왜병들은 일제히 칼을 들어 송 부사에게 난도질을 하니, 그의 오른팔, 왼팔이 차례로 떨어지고 급기야는 왜병의 칼에 목이 찔려 전사했다.

왜적은 부산 동래를 함락하고, 서울로 치닫는 판이었다. 그들은 서울로 올라가는 길을 세 길로 나누었다. 중간 길로는 소서행장의 군사가 나가고, 좌로는 가등청정(加藤淸正, 가토 기요마사)의 군사가, 우로는 흑전장정(黑田長政, 구로다 나가마사)의 군사가 나가기로 했다.

4월 27일에 왜군은 선주까지 함락하기에 이르렀다.

조선에서는 순변사 이일을 시켜 왜적을 막게 하였으나 왜병의 조총에 쓰러지는 족족 우리 군사였다. 결국 이일은 이겨내지 못하고 말머리를 문경으로 돌려 도망쳤다.

계속해서 지고 있다는 소문이 삽시간에 서울 장안으로 퍼지니 인심은 물 끓듯 했다. 이에 조정에서는 사세가 급함을 알고 광해군 혼을 세자로 봉하고 임금은 피난길을 떠났다.

5월 4일 아침, 소서행장은 가등청정보다 먼저 서울로 들어선 것이 기뻤다. 서울을 점령한 왜군은 대궐과 양반의 집을 노략질하고 금은보화며 곡식을 있는 대로 도둑질하고 부녀자를 겁탈했다.

그날 도위수 김명원이 임금 앞에 편지를 보내왔다.

"군사가 많지 않아 한강을 지키지 못하고 임진강으로 쫓겨왔소이다."

임금은 이제 임진강 하나를 믿고 송도에 더 있을 수가 없어 그날 저녁 급히 평양으로 향하였다.

한편 거북선 진수식을 거행한 지 이틀째 되는 4월 15일에 이순신에게 경상우수사 원균이 통문을 보내왔다. 무엇인가 열어 본 이순신은 깜짝 놀라지 않을 수 없었다. 왜적의 배 구십여 척이 부산진 영도에 닻을 내렸다는 내용이었다.

'기어이 왜군이 쳐들어왔구나!'

이순신이 탄식하면서 앉아 있는데 원균으로부터 또 한 통의 통문이 왔다. 왜적의 배 삼백오십여 척이 부산진 건너편에 닿았다는 것이었다.

입맛을 다시고 한참 있다가 이순신은 나라에 장계(狀啓, 왕명을 받고 지방에 나가 있는 신하가 자기 관하의 중요한 일을 왕에게 보고하던 일)를 올려서 처분을 기다리고 전라감사, 전라병사, 전라우수영 수사에게로 통문을 보냈다.

며칠 아무 소식이 없더니 하루는 순라선 한 척이 닿았다. 경상우수사 원균의 비장(裨將, 조선 시대에 감사·유수·병사·수사·견외 사신을 따라다니며 일을 돕던 무관 벼슬)으로 있는 율포 이영남이라면서 포신(砲身, 포의 몸통)과 병부를 바쳤다. 포신을 본 이순신이 물었다.

"무슨 일로 왔느냐?"

"장군께 여쭈어 구원병을 청하러 왔습니다."

이순신은 원균이 그때 왜적과 싸우고 있는 줄로 알았다.

"원수사는 지금 어디서 싸우고 계신가?"

"싸움이 다 무엇입니까. 수사께서는 지금 배 네 척을 거느리고 곤양에 계십니다. 그래서 구원을 해 주십사 왔습니다."

이순신은 화가 버럭 났다.

"그게 무슨 소리인고! 경상우수영에는 배가 백여 척이나 있고 수군이 만여 명은 되는데 그럼 다 어찌 됐단 말이냐!"

이영남은 한참 동안 대답을 하지 못하다가 입을 떼었다.

"수사께서는 왜적이 물밀듯 들어오는 것을 보고 노량으로 물러가셨습니다. 군사는 다 흩어지고 배는 왜놈의 손에 모조리 부서졌습니다."

이순신은 기가 막혔다.

"그래 만여 명의 군사와 백여 척의 배를 가지고도 한번 싸워 보지도 못하고 도망쳤단 말이냐!"

잠시 후 이순신이 입을 열었다.

"내 맘은 곧 가서 구원하고 싶으나, 나는 전라도 수사이니 첫째 전라감영의 명령을 받아야 한다. 또 나라의 명령도 기다려야 하지. 이제 곧 전라감영에 이 사실을 기별하겠네."

4월 26일, 전교가 왔는데 내용은 이러했다.

"물길로 적의 배를 습격하는 일은 좋은 일이다. 왜적이 이미 밀양으로 밀어닥치고 있으니 원균과 합세하여 적을 쳐부숴라."

장군은 곧 출전할 계획을 세웠다.

밤이 깊어 한 시, 성웅 이순신 장군이 첫 출전하는 5월 4일이었다.

이때의 왜장은 등당고호(藤堂高虎, 도도 다카토라), 굴내씨선(掘内氏善) 두 사람이었는데 악독한 중에서도 악독한 인물이었다. 남해에서는 사상 처음 벌어지는 큰 싸움이었다. 우리 쪽에서는 불을 품고 적선에서는 조종을 콩 볶듯 하니 하늘이 무너지고 바다가 갈라지는 듯했다.

왜적들은 쏘아대는 황자총통(黃字銃筒, 조선 세종 때 만들어 임진왜란 때 사용하였던 대포)에 뜨거워서 날뛰다가 배까지 뒤집혔다. 물속에서 허우적거리는 놈은 화살로 쏘아 죽였다. 이때 대장을 태운 배 여섯 척이 달아나려고 언덕 기슭으로 살살 노를 젓는 것이 발각되었다. 이순신은 느닷없이 그놈들을 부수라고 명령했다.

황자충통에 왜적의 배 여섯 척이 한꺼번에 불이 활활 타올랐다. 우리 군은 사기가 용솟음쳐 야단법석이었다. 이때 적장 굴내씨선이 물로 뛰어 드는 것을 좌부 장신호가 목을 잘라 칼끝에 꿰어 들었다. 단번에 왜적의 배 스물여섯 척을 쳐부수니 이제는 원균도 왜적을 우습게 여기게 되었다.

한편 임진강에서 패소한 소식이 들리자 임금과 백관들의 얼굴빛은 새하얗게 질려 버렸고 백성들은 아우성을 치고 야단이었다. 임금이 신하들을 모아 놓고 앞으로의 일을 의논하니 의견이 분분했다.

"평양을 버리고 함경도 함흥으로 갑시다."

"평양을 사수해야 합니다."

"아니오, 의주로 가서 여차하면 명나라로 들어갑시다."

평양을 사수하자는 사람은 좌의정 윤도수였다. 그의 주장은 지금 평양 백성들이 이곳을 사수할 생각이 강한데 임금이 다시 서울과 송도에서처럼 몽진(蒙塵, 머리에 먼지를 쓴다는 뜻으로, 임금이 난리를 피하여 안전한 곳으로 떠남)을 가시면 신망을 잃게 될 것이라 하고. 상감께서 친히 대동관에 납시어 백성들을 격려하면 능히 이곳을 지킬 수 있다는 것이었다.

임금은 좌의정의 주장이 매우 답답했다.

"사수란 말이 쉽지. 위급한데 누가 사수를 한단 말이냐. 모든 것이 다 귀찮다. 백성을 격려하는 것은 세자에게 대신하도록 하라."

그리하여 세자가 백관을 데리고 대동관에 나아가 백성을 모아 놓고 평양성을 사수하자고 말했다. 이때 백성의 대표가 나서서 아뢰었다.

"동궁 전하께옵서 친히 납시어 백성을 타이르시니 황송하오나, 위로 상감마마께서 계시오니 상감께서 친히 이 땅을 사수하겠다는 말씀을 내려 주시기 바랍니다."

하고 물러가지 않고 기다리고 있었다.

임금은 하는 수 없이 대동관(大同館)으로 나아가 부응교 심회수를 시켜서 평양을 사수하자는 효유문(曉諭文, 백성을 타이르기 위하여 썼던 글)을 읽혔다.

그러나 왜적이 대동강변에 당도했다는 소문을 들은 임금은 벌벌 떨면서 옷을 갈아입었다. 모든 신하들이 행궁(行宮, 임금이 나들이 때에 머물던 별궁) 안으로 몰려들었다. 유성룡도 죄가 풀려 조정에 참여케 되었다. 행궁 앞에는 타고 달아날 말이며 당나귀가 쭉 늘어서 있었다. 백성은 분노가 치밀어 올랐다.

"죽일 놈들 같으니, 어느 놈이 달아나나? 피난 나간 백성 잡아다 넣고 저희들만 달아난단 말이냐?"

모두 눈이 뒤집혀 날뛰었다.

행궁 안에서는 바깥일을 전혀 몰랐다. 판윤 홍여순이 종묘신주(宗廟神主, 죽은 역대 임금의 위를 모신 나무패)를 모시고 말을 타고 궁녀들이 뒤따르는 가운데 종로 네거리로 나서자 격분한 백성들은 식칼, 도끼, 몽둥이를 제각기 들고 나와 길을 막았다.

"이 새끼들 어디로 내빼는 거냐? 백성을 몰아다가 성 안에 집어넣고 너희들만 내빼기냐. 백성이 없는 나라가 어디에 있느냐?"

이렇게 외치며 신주를 담은 궤짝을 몽둥이로 후려쳤다. 신주독이 떼굴떼굴 땅바닥에 굴렀다. 놀란 궁녀들은 혼비백산 흩어졌고 신주는 개나 물어 가거라, 나부터 살아야겠다는 듯 달아났다. 판여 홍여순이 호령했다.

"이놈들 종묘신주를 내팽개치는 법이 어디 있느냐?"

그러자 백성 중 한 명이 몽둥이로 말의 등을 후려갈기며 말했다.

"요새끼 봐라. 산 백성은 죽이고 죽은 신주만 살려야 옳으냐?"

말에서 떨어진 홍여순은 밟히고 뭇매질을 당했으나 간신히 목숨을 건저 맨상투 바람으로 행궁 안으로 쫓겨왔다. 몽둥이를 든 백성들은 관자

달린 대관이면 닥치는 대로 때리며

"이놈들아, 왜놈의 손에 다 같이 죽자!"

고 외치며 행궁 앞으로 몰려들어 닫힌 행궁 문짝을 부수기 시작했다.

이때 유성룡이 행궁 밖으로 나아가 큰 소리로 외쳤다.

"백성 여러분, 진정들 하십시오. 임금께서는 결코 평양을 떠나시지 않습니다. 염려 말고 내 말을 들으시오."

행궁 안에서는 '떠나지 않는다.'라고 크게 써서 행궁 지붕 위에 높이 걸어 놓았다. 다시 유성룡은 난민 중에 나이 지긋하고 듬직한 노인들을 불러 간곡히 부탁하였다.

"여러분이 보시는 바와 같이 임금은 평양을 떠나지 않기로 하셨으니 백성에게 잘 일러 주시오. 백성이 평양을 사수하자는 것은 충심으로 감사하오. 그렇지만 상감 앞에서 이런 무엄한 짓을 할 수는 없소. 다 무식에서 나온 탓이니 영감들이 잘 깨우쳐 주시오."

그 사람들이 듣고 가서 무어라 했는지 백성은 하나 둘 흩어지기 시작했다.

이날 유성룡은 좌의정 윤두수가 있는 자리에서 평양감사 송언신을 보고 말하였다.

"감사로 있으면서 백성을 다스리지 못하고 행궁 지척에서 소란이 나게 했으며 종묘신주가 봉변을 당하고 몽둥이찜을 당하도록 했으니 이런 해괴망측한 일이 어디 있소. 감사는 곧 난민의 주동자를 잡아 목을 베도록 하시오."

평양감사 송언신은 죄송한 일이라 사죄하며 곧 밖으로 나아가 주동자 셋을 잡아들였다. 백성들은 그 바람에 움찔했으나 그 위엄은 아직도 서리 같았다. 이튿날 6월 11일 새벽에 임금은 평양 백성을 감쪽같이 속이고 달아났다.

이때 임금을 따라간 신하는 이항복, 이산보, 정철, 이국, 박동량, 이정

구뿐이었다. 그 밖의 신하들은 이 핑계 저 핑계로 따라가지 않고 또 중간
에서 도망친 사람도 있었다. 호위하는 군사조차 하나 없었기에 더욱 처
량하였다.

임금은 6월 24일 간신히 의주에 당도했다. 그곳 역시 사람은 그림자도
볼 수 없었다. 목사(牧使, 조선 시대 관찰사의 밑에서 지방의 목을 다스
리던 정삼품 외직 문과)가 거처하던 곳을 행궁으로 삼고 같이 온 신하들
은 행궁 근처에 있는 빈집에 거처를 차리니 백성들이 그제야 하나 둘 모
여들기 시작했다.

한편 평양을 점령한 소서행장은 지도를 펴 놓고 중현소와 전략을 의논
했다. 이때 적진 중에는 계월향이란 기생이 연광정에서 왜장의 수청을
들고 있었다. 계월향은 김응서의 애인이었는데 전재 중에 피난을 나가다
가 왜군에 잡혀 수청을 들고 있는 것이다.

계월향은 우리 군이 평양에서 패했으므로 다시는 김응서 장군을 못 볼
줄 알았는데, 이번 보통문 밖 싸움에 김응서 장군이 왔다는 소문을 듣고
이 기회에 왜놈의 원수를 갚으리라 생각했다. 그리하여 물을 길어 오는
조선 늙은이를 통해서 김응서 장군에게 비밀 편지를 보냈다. 계월향의
편지를 받은 김응서는 밤이 깊어지자 옷을 바꿔 입고 왜적의 눈을 피해
연광정에 들어갔다.

이날 저녁 계월향은 갖은 아양을 다 떨어 왜장에게 술을 잔뜩 먹였다.

술이 만취한 왜장은 세상 모르고 코만 고는데 계월향이 살며시 나와서
김응서를 맞아들였다. 김응서가 누에 올라 보니 과연 계월향의 말대로
보검이 걸려 있었다. 김응서는 칼을 뽑아 힘껏 내려 갈겼다. 왜장의 머리
가 떼굴떼굴 굴렀다.

김응서는 그 머리를 칼끝에 꿰어 들고 왜장의 말을 끌어 계월향을 안
고 말에 탔다. 말을 타고 적진을 뚫고 나오는데 말굽 소리에 왜군들이 잠
을 깨었다. 자다가 놀란 왜병들이 장군이 있는 연광정으로 올라가 보니

장군의 목은 간데없고 유혈만 낭자했다.

왜군은 발끈 뒤집혀 김응서의 뒤를 쫓았다. 김응서가 성을 뛰어넘으려고 말을 아무리 제쳐도 성이 높아 뛰어오르지 못했다. 할 수 없이 말에서 내려 계월향을 업고 넘으려 했으나 그것도 불가능했다. 적이 추격하는 소리는 점점 가까이 들리는데 어찌할 도리가 없었다.

"첩은 이왕 죽는 몸이오나 왜적의 손에 죽느니 나리 손에 죽는 것이 깨끗하니 그 칼로 첩을 죽이시고 나리의 목숨을 보존하세요."

이 말을 듣는 김응서는 가슴이 찢어지는 듯했다. 계월향의 말이 옳기는 하지만 차마 죽일 수는 없었다. 이러는 동안 적의 추격은 더욱 가까워졌다.

김응서는 눈물을 흘리며 계월향을 칼로 찌르고 성을 뛰어넘어 달아났다.

김응서가 비밀리에 적진에 들어가 적장의 목을 베어 들고 돌아오니, 이미 왜병 십만 대군을 몰살한 것보다 더 큰 공을 세웠다고 칭찬이 자자했다.

한편 이순신은 옥포, 당포, 두 차례 싸움에서 적의 배 백십육 척을 부수고 수군 삼천여 명을 죽이고 나니 왜군의 수송로가 끊어졌다.

이때 피란민 김천손이란 사람이 산에서 뛰어 내려와 왜선 수십 척이 통영 견내량에 모여 있다고 전했다.

7월 8일 새벽에 이순신은 모든 배를 휘동하여 견내량으로 향했다.

장군이 장대에 올라 적진의 형세를 바라보니 적선은 모두 일흔세 척이 있는데 견내량의 지세를 보니 물길이 좁고 작은 섬이 많아 마음대로 싸울 만한 곳이 못 되었다. 그리하여 널찍한 한산도 앞으로 끌어내리려고 판옥선 다섯 척만 내보내 싸움을 돋우게 했다.

왜장 협판안치(脇坂安治, 와키자카 야쓰하루)는 우리 배 다섯 척을 보고 총공격을 명했다.

이때 이순신이 퇴각을 명하였는데 우리 배가 쫓기고 쫓기어 한산도 앞 망망대해에 이르렀을 때, 이순신 장군은 징을 치고 북을 울려 독전기(督戰旗, 전투할 때 싸움을 독려하기 위하여 달던 기)를 휘둘렀다. 모든 배들이 머리를 돌렸다. 거북선 두 척이 앞에 서서 모든 배를 학의 날개같이 떡 벌리고 대들었다. 거북선 머리가 번쩍 들렸다. 아가리에서 천자총통, 지자총통이(조선 시대에 화약을 사용하여 불화살을 발사하는 데 쓰던 대포) 터지며 서까래 같은 불화살이 쏟아져 나왔다. 우지끈 뚝딱이며 왜적 배 세 척이 단번에 뒤짚어졌다.

왜장은 그만 기가 질려 총퇴각하라는 명을 내리고 달아났다. 그러나 우리 군은 사기왕성하여 '와!' 소리를 지르며 쫓아 들어갔다.

이 싸움에서 왜국의 맹장 협판좌병위 도변칠우위문이 우리 군의 손에 모가지가 잘리고 총사령관 협판안치가 간신히 몸을 빼 김해 쪽으로 달아났다. 우리 군은 그를 잡으려고 뒤쫓아 갔다.

이날 하루 싸움으로 적의 배 일흔여 척을 고스란히 불태우니 이제는 대적할 배가 없었다. 이순신은 명을 내려 배를 견내량으로 돌리라 하고 군사들을 쉬게 했다.

이때 가등청정은 한 번의 접전도 없이 함경남도 안변에 이르렀는데 소문을 들으니 조선 왕자 두 사람이 피란해 왔다고 했다. 그는 정신이 번쩍 났다. 왕자를 사로잡자는 생각이 떠올랐던 것이다.

그때 회령에 숨었던 두 왕자, 맏아들 임해군과 여섯째 아들 순화군은 왜적이 쳐들어온다는 소문에 몸을 피하려는 중이었다. 그런데 회령부 아전으로 있던 국경인이란 놈이 반란을 일으켜 왕자 일행을 잡아다가 가토 가등청정에게 바쳤다. 그는 국경인을 가상히 여겨 '판형사'란 벼슬을 주고 함경도를 다스리게 했다.

가등청정은 왕자와 대신들에게 항복하는 글을 받은 뒤에 왕자의 부인과 내인들에게 얼굴을 수건으로 가리게 한 후 군사를 이끌고 안변으로 돌아갔다. 이리하여 함경도 일대가 왜적의 수중에 들어가니 날뛰는 놈은 국가의 반역자들이었다.

이때 함경도에서 북평사 벼슬을 지내던 정문부란 사람이 있었다. 그는 이런 변을 당하고 보니 기가 막혔다. 제 나라 왕자를 묶어다가 왜적에 바치고 벼슬을 받다니 이런 죽일 놈이 어디 있느냐며 분해 했다. 거지로 변장한 그는 돌아다니며 의병을 모집하였다.

나라를 멸하고자 하는 사람은 정문부 한 사람만이 아니었다. 조선 민족이면 누구나 의분의 마음이었다. 경성사의 선비 이봉수, 최배천, 지달원, 강문무 등 의병의 수효는 상당수에 이르렀다.

남에서 왜적이 쳐들어왔는데 '북에서 다시 오랑캐가 쳐들어온다' 는 헛소문을 퍼뜨려 의거를 공공연히 하기 시작했다. 경성감사 격으로 있는 국세필이란 사람도 꼬임에 빠져 의거를 찬성했다.

그리하여 의병 지원자가 모이는 날 아침부터 몽둥이를 든 사람, 쇠몽둥이를 든 사람, 도끼를 든 사람이 꾸역꾸역 모였다. 정문부, 봉수, 최배천 등은 얼굴에 먹칠을 하고 들어섰다.

함경감사 국세필은 의병을 성황당으로 맞아들이고 멋도 모르고 천연하게 단상에 앉아 의병대장 감을 고르라고 했다. 대장에 지목되는 몇몇 사람이 쇠몽둥이를 들고 올라갔다.

"국난이 이만큼 큰 때가 없었으니 그대들은 나라를 위하여 헌신하기 바란다."

며 점잔을 빼면서 훈령하는 국세필을 의병 중 한 사람이 철퇴로 내리쳤다. 그러자 단상으로 한꺼번에 몰려든 의병들이 산적을 만들었다.

정문부는 국세필의 목을 베어 장대에 꽂아 들고 나와서 명령했다.

"만일 나라의 편에 붙어서 일하는 놈은 삼족을 멸하겠다. 나라의 족속을 모조리 잡아 올리라."

그리하여 함경도 일대에는 격문(檄文, 어떤 일을 여러 사람에게 알리어 부추기는 글)이 나붙었다.

'양심 있는 조선 사람은 칼을 들고 나서라. 반역 일당은 다 죽였다. 팔도에 의병은 벌 떼같이 일어나고 명나라 구원병 삼십만 명이 압록강을 건넜다.'

이 격문을 읽고 의병을 지원하는 사람이 조수처럼 밀려들었다. 의병들은 매국노 국경인을 찾아내 삼문을 열어젖히고 들어갔다. 신세준이란 의병이 국경인을 형틀에 매달고 엄하게 꾸짖은 뒤 목을 베었다.

의병 대장 정문부가 북으로 경성, 부령, 경원, 경흥, 종성, 회령 등을 수복하고 나니 의병의 수효는 칠천여 명이 되었다.

한편 경상도 의령에 곽재우란 선비가 살고 있었다. 그는 벼슬이 싫어 과거도 안 보고 산수로 방랑 생활을 하며 돌아다니는 숨은 지사였다.

임진란이 일어나자, 곽재우는 뜻이 맞는 동지들과 삶과 죽음을 같이하기로 맹세한 후 수백 명을 모집하고 스스로 대장이 되어 붉은 옷을 입고 천강홍의 장군이란 기를 꽂고 의령 초계(哨戒, 적의 습격에 대비하여 함선을 배치하여 경계함) 창고에 쌓인 곡식으로 군량을 만들어 의령 고을로 넘어오며 부지런히 왜적을 막아 내기 시작했다.

곽재우는 싸울 때는 언제나 붉은 옷을 입고 붉은 말을 타고 은월도를 휘두르며 싸웠다. 그가 쏘는 화살은 백발백중이고 휘두르는 은월도는 닿기만 하면 무더기로 적의 목을 베었다. 또 언제나 앞장서서 싸우기 때문에 군사들은 힘을 다하여 싸우지 않을 수가 없었다.

곽재우는 현풍, 창녕, 영산의 왜적도 모두 몰아냈다. 임진란이 끝난 후 곽재우는 의병을 해산하고 고향으로 돌아가 문을 닫고 들어앉아 패랭이(댓개비로 엮어 만든 갓. 조선 시대에는 역졸, 보부상 같은 신분이 낮은 사람이나 상제가 썼음)를 만들어 팔아먹고 살았다. 이 소문을 들은 조정에서는 그의 공로를 생각하여 성주 목사를 하라 해도 전라감사를 하라 해도 받지 않았다. 그는 다시 갓을 쓰고 경치 좋은 비파산으로 들어가 솔

잎을 따먹고 지내다가 사라졌다고 한다.

임진란이 일어나 왜적들이 평양을 점령하고 임금이 의주로 도망가자, 나라를 위하여 왜적을 물리칠 결심을 한 서산대사는 묘향산에 있는 중 천오백 명의 제자들에게 활쏘기, 창 다루기, 칼 다루기를 가르치고 병서 도 대강 가르쳤다.

서산대사는 이 계획을 아뢰려고 의주 행궁으로 가서 임금을 뵙고 승병 을 일으키겠다고 하니, 임금은 반기며 서산대사에게 팔도십육종 도총섭 에 임명했다.

조선 팔도에는 선종 계열의 불도와 교종 계열의 승려가 각도에 한 파 씩 이루어 있어 한 도에 두 종씩 팔도에 십육 종이 있는 것이다.

서산대사는 묘향산으로 돌아와 팔도 승려들에게 도총섭 서산대사의 이 름으로 격문을 써서 상좌들을 팔도로 떠나보냈다. 팔도의 중들은 서산대 사의 격문을 읽고 칼과 창과 활을 들고 각처에서 일어났다. 영규대사는 공주에서 승병 삼백 명을 거느리고 조헌을 도와 일어나고, 처영대사는 전라도에서 일어나 권율을 도와 수원에 있고, 사명당 송운대사는 금강산 표훈사에서 일어나 제자 천여 명을 거느리고 평양으로 향했다.

서산대사는 묘향산에서 제자 천오백 명을 지휘하여 순안 법흥사에 본 거를 두고 적과 대치하여 팔도와 연락하니 날쌔고 젊은 중들이 서산대사 의 덕망을 사모하고 순안으로 모여들었다.

전라감사 권율은 해주산성에서 이천 명의 군사로 왜적 십만 대군을 물 리치고 세 명의 왜장을 죽이고 다섯 명의 왜장을 부상시켜 서울로 쫓았 다는 소문이 나는 듯이 평양과 명나라로 들어갔다.

벽제관 싸움에서 가슴이 내려앉았던 임금은 권율에게 자현대부의 직책 을 내리고 공로를 찬양했다. 명나라에서도 송응창이 권율의 공로를 찬양 하는 글과 비단 네 필, 백금 오십 냥을 우리 조종으로 보내 권율에게 전 해 달라고 했다.

한편 함흥에 있는 와도직무의 군사는 안변으로 모여들기 시작하는데 함흥에 있는 왜진은 서른 군대였다. 그들은 근처에 있는 조선 사람을 모조리 죽이고 동네마다 불을 질렀다.

가등청정은 회영부사 문몽헌, 경성관 이홍업, 우후(虞侯, 각 도에 둔 병마절도사와 수군절도사를 보좌하는 일을 맡아 보던 무관 벼슬) 이범, 온성부사 이추, 연봉사 신희수 등의 가족이라면 갓난아이까지도 죽였다.

왜적은 함경도 땅을 등지고 서울로 향하였다. 때는 이월이라 금강산의 추위는 바람이 몹시 불고 한층 더 심하였다. 사람 없는 무인지경에 길인지 수렁인지 알 수 없는 눈길을 그것도 굶으면서 걸으니 십오 일 동안에 군사 수효가 반으로 줄었다. 간신히 서울 동대문 밖에 당도하니 별안간 비가 몹시 내려 꽁꽁 언 몸에 비를 맞은 군사들은 사시나무 떨듯했다. 하는 수 없이 빈집으로 피하니 빈집마다 왜놈들에게 죽은 조선 사람 송장 냄새가 코를 찔렀다.

강화에 있는 김천일, 이빈, 정걸, 세 장수는 서울에서 검은 연기가 솟아오르는 것을 보고 적이 서울을 불지르고 달아나는 모양이니 빨리 추격을 하자며 군사를 거느리고 서강으로 상륙했다.

파주에 있던 권율은 이 기미를 알고 나서서 승장(勝將, 승군의 장군) 처형대사와 조방장(지방을 지키는 장군) 조경의 군사를 뒤에 거느리고 총 만여 명의 군사와 함께 모악재를 넘어 비바람같이 서울로 들어섰다. 김천일의 군대가 먼저 들어와 한강에 당도하니 왜적이 물러 나가면서 부교를 끊어 버렸다. 하는 수 없이 발길을 돌려 종묘로 들어가 보니 빈 터만 남아 있었다. 잇따라 들어온 권율이 김천일을 만나 한강의 부교가 끊어졌다고 하였다.

권율은 군사를 노들(서울 한강 남쪽 동네의 옛 이름. 예전의 과천 땅으로 지금의 노량진동)로 향하여 진군시켜 배를 타고 추격하는 중인데 이여송이 소식을 듣고 급히 전세정, 척금, 두 장수를 노들로 보내 권율의 군사를 가로막고 배를 빼앗았다.

권율은 분함을 참을 수 없었으나 자주가 없는 나라의 장수라 하는 수 없이 가슴을 주먹으로 칠 뿐이었다.

4월 20일 아침 이여송이 대군을 거느리고 서울로 들어오고, 저녁때 도제찰사 유성룡과 도원수 김명원이 들어와 보니 대궐이란 대궐은 다 타버렸고, 육조(六曹, 나라의 정치나 행정을 맡아 보던 여섯 관부) 앞이 폐허가 되어 있었다. 또한 종묘는 빈 벌판이 되고 거리거리에는 송장 더미요, 여기저기 해골이 굴러 다녔다.

차마 눈 뜨고 못 볼 처참한 광경이었다. 이튿날 유성룡은 남별궁으로 찾아가서 이여송에게 말하였다.

"왜적은 아직 멀리 못 갔을 터이니, 이 기회에 뒤를 쫓으시면 십만의 왜적은 독 안에 든 쥐라 몰살시킬 수 있을 것입니다. 기회를 놓치지 마십시오."

이여송은 빙그레 웃으며 말하였다.

"나도 대감의 생각과 같지만 한강에 배가 없으니 어찌하오?"

유성룡은 얼른 대답하였다.

"장군에게 진정 그런 뜻이 계시다면 내가 나가서 배를 모아 놓겠소이다."

이여송은 웃으며 배가 있으면 추격하겠다고 하였다. 유성룡은 물러 나와서 열여덟 척의 배를 모아 놓고 이여송에게 다시 가서 배가 준비되었다고 말하였다. 그러니 다시 뭐라고 핑계 댈 수도 없는 이여송은 중협대장 이여백을 불러 군사 만여 명을 거느리고 즉시 출발하여 왜적을 쫓으라고 명을 내렸다. 그러나 쫓는 척만 하다 돌아오라는 지시를 내리는 것도 잊지 않았다.

이때 왜적과 함께 남하하던 심유경이 이여송에게 편지를 보냈다. 그것을 본 이여송은 왜적이 서울에서 물러난 지 십 일 만에 군사를 거느리고 남으로 내려갔다.

이여송은 문경 새재까지 내려갔다가 다시 서울로 돌아오고 명나라에서 새로 온 사천 총병 유정에게 복건, 서촉, 남만의 오천 군사를 거느리고 성주 팔거에 진을 치고 있게 하였다. 또한 남방 장수 오유충은 선산에 진을 치고 있게 하고 낙상지 왕필적은 경주를 지켜 주둔하게 하여, 왜적에게 사면에서 압력을 가하고 있으라 했다.

명고옥으로 건너간 소서행장과 명나라 사신 일행은 풍신수길을 만났는데, 앙큼한 풍신수길은 일곱 가지 조건을 요구하고 가등청정에게 포로로 잡힌 가신들은 다 돌려보내고 작년에 참패당한 진주성은 기어이 공격하여 왜국의 위신을 확보하라고 영을 내렸다. 그래서 왜장들은 조선 왕자와 가신들을 심유경에게 넘겨 준 뒤에 진주 총공격을 시작하였다. 심유경이 중간에서 말렸으나 풍신수길의 명령이라 듣지 않았다. 이 소식을 들은 명나라 부총병 유정은 왜장들에게 위협하는 편지를 보냈지만 들은 체도 하지 않았다.

작년 싸움에 진주목사 김시민이 남녀노소를 총동원할 때 기생 수백 명도 남자 복장을 하고 나섰다. 그때 논개가 김시민을 보니 가히 영웅이요, 백성을 아끼는 품이 매우 놀라워서 혼자 마음속으로 전쟁이 끝나면 저분을 섬기리라 마음먹었다. 그런데 김시민이 승전을 하고 적탄에 쓰러져서 은근히 실망을 하고 지내다가 이번에 왜적이 또 진주를 습격하는 데 나섰다. 그런데 충청 병사 황진은 같은 고향 사람이라고 하는데, 전투에 임해 대결하는 법이 가히 장군이요, 백성을 사랑하는 품이 김시민 못지않아 싸움이 끝나고 평정이 되면 저 장군을 섬겨 보리라 마음을 먹고 남달리 힘을 쓰고 정성을 다하였다. 그러나 팔전 팔승을 한 황 장군마저 성주위를 경계하다 적탄에 맞아 죽고 나니 논개는 절망하였다.

나라는 망했고 장래의 낭군도 죽고 없으니, 이제는 죽음의 길밖에 갈 곳이 없었다. 이 생각 저 생각 끝에 논개는 이왕 죽을 바에야 왜장 몇 놈을 죽여 원수를 갚고 죽어야겠다고 속으로 결심을 했다.

이때 밖에서 아우성 소리가 나고 소란한 것을 보니 진주성이 함락된 모양이었다. 논개는 '황 장군이 돌아가신 지 하루가 못 되어 결딴이 난단 말이냐!' 하고 한탄하며 한숨을 내쉬며, 그날은 저녁밥도 못 먹고 등불도 못 켜고 밤새도록 왜장을 죽일 방법만 궁리하였다. 이튿날 촉석루에서는 왜장들이 승전 잔치를 하는 모양이었다. 논개는 무엇을 생각했는지 급히 일어나 세수를 하고 화장을 곱게 하고 고운 옷을 꺼내 입었다.

논개가 촉석루로 올라가서 꾀꼬리 같은 목소리로 시조를 읊었더니 바람을 타고 남강 언덕에서 흥청거리는 왜장의 귀에 가 닿았다. 그 자리에는 진주 공격의 선봉대장 모곡촌육조(毛谷村六助, 게야무라 로구스케) 외에 몇몇 장수가 있었다. 모곡촌육조가 술이 얼큰히 취하여 눈이 휘둥그레졌다.

"이 소리가 어디서 나는 소리냐?"

모두들 어디서 나는 소리인가 하고 눈을 돌리다가 촉석루에 흰옷을 입은 여자를 발견했다.

"저기 웬 여자가 있다."

촉석루에 올라와 보니 노래는 계속 부르는데 흡사 선녀 같았다.

달려온 왜장들을 본 논개는 조금도 놀라지 않고 생긋이 웃으며 고개를 숙이니 더욱 아름다웠다. 왜장들은 이상하여 물었다.

"누구냐?"

논개가 대답하였다.

"나는 기생 논개입니다."

모곡촌육조는 논개의 아름다운 자태에 넋을 잃고 손을 덥석 쥐며 말하였다.

"기생 논개라? 하하하, 그럼 우리 술 한잔 마셔 볼까?"

논개는 술을 따라 주고 권주가를 부르며 왜장 모곡촌육조에게 술을 자꾸만 먹였다. 술이 몹시 취하자 몸에서 열이 난 왜장은 강가로 나가서 놀자고 하였다.

남강 언덕 너럭바위 위에서 논개는 춤을 추다가, 흥에 겨워 자신의 얼굴만 들여다보는 왜장의 발이 강가에 이르자 강으로 떼밀고는 같이 떨어져 죽었다.

명나라 군사가 왜적이 있는 데로 돌아가니 서울 방비도 큰일이요, 나라를 바로잡을 일도 태산 같았다. 빨리 환도하기를 재촉하는 임금은 남쪽으로 내려오면서 도중에 관군의 진용을 수습하기 위하여 행주 싸움에서 큰 공을 세운 전라감사 권율을 도원수에 임명하고, 남해 바다에서 왜적을 소탕한 전라좌수사 이순신에게 '삼도수군통제사'의 큰 직책을 겸하게 했다. 또 도제찰사 유성룡을 영의정에 임명해 정부를 쇄신하였다.

일 년 만에 서울 땅을 디딘 임금은 눈물이 앞을 가리고 감회가 깊었다. 백성들을 버리고 달아난 임금이라고 저주하던 백성들도 임금이 잘못을 사과하고 임금의 자리까지 내놓겠다 하니 불운한 임금을 동정하고, 우리 상감은 어진 상감마마라고 추앙하는 마음이 구름 일듯 일어났다.

사명당은 밀양 태생으로 풍천 임씨의 후손이었다. 열여덟 살 때 머리를 깎고 직지사의 중이 되니 그는 '유정'이라는 별명과 '이환'이라는 자와 '사명당', '송운', '종봉'이라는 별호를 가지게 되었다.

사명당은 이겸수를 데리고 화친을 반대하는 가등청정의 의향을 떠 보기 위하여 적진에 들어가 말하였다.

"그대에게 이해득실을 깨닫게 해 주고 패한 군사를 이끌고 빨리 돌아가라 권하러 왔소."

그러고는 이어서

"심유경이란 자는 북경의 유명한 건달이오. 소서행장은 그 건달하고 배가 맞아서 화친을 한다고 떠드는데, 명나라 조정이나 조선에서는 전혀 알지 못하는 일이오. 사실은 당신네들이 심유경의 꾀에 넘어가서 여기까지 쫓겨온 것이오."

하고 가등청정의 비위를 거슬러 놓았다.

가등청정은 자리에서 일어나며 말했다.

"비밀을 지켜야겠으니 우리 방으로 들어가서 필담(筆談, 글로 써서 서로 묻고 대답함)을 나눕시다."

두 사람은 조용히 방에서 필담을 주고받았다.

사명당은 붓을 들어 이렇게 적었다.

"첫째, 명나라 황제의 딸을 왜왕과 혼인시키겠다는 조건은 패전국이라는 것을 모르고 하는 말이니 안 될 일이오. 둘째, 조선의 네 도를 분할해 달라는 것은 적반하장 격이니 안 될 일이오. 셋째, 전과 같이 교린(交隣, 이웃 나라와의 사귐)을 한다는 일은 불공대천지원수가 형제가 되자는 말인데, 왜국이 진심으로 항복하고 맹세하는 일이 없이는 어려운 일이오. 넷째, 왕자를 왜국에 볼모로 보내라는 일은 꿈에도 할 수 없는 일이오. 다섯째, 조선의 대신을 왜국에 볼모로 보내라는 것도 생각지 못할 일이오.

이상 다섯 가지 조건은 전승국이 요구할 화친의 조건이라 절대 바랄 수도 없는 일이고, 유 도독의 의사도 이와 정반대라 절대로 성립될 리가 만무하오. 장군은 유 도독과 새로 화친을 한다면 반드시 성공할 수 있을 것이니 잘 생각하여 처리하기 바라오."

가등청정은 빙그레 웃으며 말하였다.

"그렇다면 유 도독의 화친 조건은 무엇이오?"

"유 도독의 조건은 장군을 영웅호걸로 인정하고 명나라 황제께 아뢰어 왜국 관백을 삼으려 하는 것인데, 만일 장군이 풍신수길을 치는 데 힘이 부족하다면 명나라의 군대를 움직여 장군을 도와주려는 것이오."

이튿날 사명당이 떠나려 하니 가등청정이 말하였다.

"어떻게 결말은 내고 가야 되지 않겠소?"

"결말이란 다른 것이 없소. 유 도독은 앞을 내다보는 사람이오. 장군의 기상을 비범한 인물로 알고 왜국의 국왕으로 만들어 조선, 왜국, 명나라가 만년 화합하여 지내려 하는 것이니, 이것이 좋은 해결책이 아니고 무엇이겠소?"

가등청정은 구미는 당기나

"그것은 도무지 안 될 말이오."

하고 물러났다.

사명당은 껄껄 웃으며

"그렇다면 남은 군사는 바다의 고기밥이 되고 말 것이오."

하고는 일어났다.

사명당은 돌아오는 길로 유 도독에게 가등청정은 우직하여 도저히 달랠 수 없다고 말하고, 서울로 올라와 임금께 그의 수작이 도저히 물러갈 것 같지 않으니 평안도, 황해도, 함경도, 강원도의 군사를 모두 모아 남으로 내려 보내 적을 떳떳이 무찌르도록 하라고 아뢰었다.

한편, 바다의 영웅 이순신이 옥에 갇혔다는 소문을 들은 왜적은

"이제는 염려 없다. 원균은 경상우수사로 있을 때 배 아흔 척을 내던지고 달아난 자다. 어서 건너라!"

하고 명령하자 십사만 대병이 건너오기 시작했다.

원균은 수군통제사가 된 뒤에는 '내 위에 누가 있으랴' 하고 날마다 술과 여자만 가까이 두어 진중에 기생이 무단으로 출입하니 군기가 문란하였다. 모든 군사들은

"이순신 장군은 없는 배를 만들고 거북선도 해마다 만들어 다섯 척이나 더 만들었고, 신무기도 발명하여 어마어마한 대포가 즐비하였는데 원균은 들어앉아서 기생들과 술 타령으로 세월을 보내니 나라가 망했다."

하고 탄식하며 하나 둘 도망쳤다.

7월 6일, 왜적의 배 육백여 척이 까맣게 군사를 싣고 부산 앞바다로 들

어왔다.

　전라우수사 이억기는 그 함성을 듣고는 칼을 들고 장막 밖으로 뛰어나와 군사를 일깨워 쳐들어오는 적선을 마구 치니, 이 통에 협판안치가 거느린 배 여섯 척이 침몰되고 왜병 오십여 명이 죽었다.

　그러나 원균의 군사들은 서로 짓밟고 떼밀고 하느라고 배가 점점 물속으로 거꾸로 처박혔다. 이순신 장군이 고생 끝에 만든 거북선은 물이 얕은 곳에 대 놓은 채 움직이지도 못하고, 대포만 쏘아 대니 먼 곳에 포탄이 이르지 못하고 포알만 다 허비하고 말았다. 왜적 배는 수없이 몰려들어 사다리를 놓고 거북선에 기어올라 백전백승하던 거북선을 전부 불태워 버렸다.

　이때 이순신 장군이 다시 내려왔다는 소문을 들은 패잔병들과 모든 백성들이 죽은 부모를 만난 듯이 달려들며 땅에 엎드려 통곡하였다. 이순신도 비 오듯 눈물을 흘리며 그들을 위로하고 앞날을 다짐하였다.

　삼도수군통제사의 대명을 다시 받은 장군은 앞날을 생각하니 기가 막혔다. 당장 왜적은 까맣게 바다를 덮고 몰려오는데, 열두 척의 배로 육백여 척에 대항하려니 한심하고 비통했다.

　장군은 우선 좋은 지형을 이용하려고 주변을 살피기 시작했다. 날이 밝자 이순신 장군은 진을 벽파 나루로 옮기라고 명령을 내렸다. 벽파 나루 앞에는 '명랑 나루' 라는 곳이 있었는데 파도가 드세고 험난한 곳이었다. 이곳에 진을 치는 것은 조수를 이용하여 왜적을 때려 부수려는 계획이었다.

　9월 16일 아침, 탐라 군관이 달려와 적의 배가 까맣게 바다를 덮고 몰려온다고 보고하였다. 장군은 모든 함대에 출동 명령을 내렸다. 열두 척의 배는 북을 치고 나팔을 불며 나아갔다. 적의 배는 까맣게 몰려들어 우리 배를 세 겹으로 둘러싸기 시작했다.

　이순신 장군이 급히 나팔을 불고 북을 치게 하며 기를 흔드니, 우리 배는 한 곳으로 몰려들어 대포와 활을 쏘았다. 가만히 지켜보던 장군이 배우전을 한 대 쏘니 내도통총(來島通總, 마다시마)의 이마에 정통으로 맞아 날뛰던 왜장은 칼을 떨어뜨리고 앞으로 고꾸라졌다.

이때 왜적의 배에 올라간 김석손은 칼로 내도통총의 목을 베어 들고 우리 배로 넘어왔다. 내도통총의 목을 돛대 끝에 높게 꿰어 다니, 우리 군의 사기는 하늘을 찌를 듯하고, 왜적은 장수의 목이 잘리니 사기가 꺾여 허둥지둥 달아났다. 게다가 썰물이 급히 내려 쏠리니 적들의 배는 마음대로 움직이지 못하고 돛대가 부러지며 삼십 여 척이 거꾸로 박혔다. 우리 군은 신이 나서 활과 대포를 쏘며 쫓아갔다. 왜적 배 삼백여 척은 파도에 휩쓸려 거꾸로 박히고 더군다나 명량 해협의 급격한 파도를 만나니 왜적은 까맣게 물에 빠져 고기밥이 되었다.

무술년 2월에 장군은 피난민 만여 명을 배에 싣고 고금도로 들어가서 개간을 시켰다. 사람 없던 고금도에는 만여 명의 피난민이 집을 짓고 조선창에서는 배를 만들고 대장간에서는 병기를 만들었다. 그리하여 고금도는 대번에 흥청거리는 땅이 되었다. 이곳에서 이순신은 거북선 두 척을 만들었다.

2월에 들어온 명나라 구원병은 서울에서 장수 회의를 열고 적을 무찌를 방책을 세운 뒤에, 네 길로 나누어 출병했다. 제독 마귀는 동편 길을 맡아 양등산, 오유충, 파귀, 해생 등 열한 명의 장수와 이만사천 명의 군사들을 거느리고 가등청정를 치러 나갔다. 제독 동일원은 가운데 길을 맡아 사오백 명을 거느리고 진주, 사찬, 곤양으로 도전의홍, 흑전장전을 무찌르러 나갔다. 유정은 서편으로 전라도 길을 맡아 우백영, 이영, 이방춘 등 여섯 장수에게 군사 만삼천육백 명을 거느리고 소서행장을 무찌르러 내려갔다.

수군 도독 진린은 물길로 등자룡 등 열 장수와 수군 만 명을 거느리고 배 오백 척을 바다에 띄웠다. 출전한 군사는 모두 십사만인데 여기다가 경상, 경기, 황해도의 우리 군사가 합세해서 총 이십만의 대군이 되었다.

무술년 11월 18일, 왼편에는 '삼도수군통제사 이순신'이란 깃발이 바람에 날리고 오른편에는 '대명수군도독 진린'이란 깃발이 바람에 펄럭였다.

노들 나룻목에 다다르자 이순신 장군은 모든 함대에게 섬 안으로 돌아가 불을 끄고 숨으라고 명령을 내렸다.

밤 10시경 왜적 배 오백여 척은 노량 해협으로 몰려들었다. 무수한 왜적 배가 우리 연합 함대가 숨어 있는 한가운데에 이르렀다.

이순신 장군은 포를 쏘라고 명령을 내렸다. 거북선에서 '쾅!' 하고 불을 뿜으니 좌우에 숨었던 함대가 일제히 달려들며 대포를 쏘고 횃불을 던졌다. 갑자기 습격을 받은 왜적은 당황하여 저희들끼리 부딪히고, 또 대포에 맞아 바다 속으로 거꾸로 박혀 온통 아수라장이었다.

적장은 새벽하늘에서 뿌옇게 보이는 한 줄기 물줄기를 발견하고 마구 달아났다. 이때 적의 배는 삼백여 척이 부서지고 나머지 이백여 척은 우리 함대의 포격을 받으며 달아나기 시작했다.

이순신 장군은 한 놈도 놓치지 않으려고 달아나는 적선을 쫓아 나갔다. 화포를 쏘며 내달리던 장군은 애석하게도 날아온 적탄에 왼쪽 가슴을 맞고 쓰러졌다.

바다의 영웅 이순신은 임진란이 평정되어 밝은 빛을 보지도 못한 채 눈을 감았다. 죽으면서도 군사들의 사기를 염려하여 싸움이 끝나기 전에는 자신의 전사를 비밀로 하라는 마지막 말을 남긴 채, 그가 아끼던 전함에서 영원히 눈을 감고 말았다.

유충렬전(劉忠烈傳)

- 작자 미상 -

작품 정리

　작자·연대 미상인 〈유충렬전〉은 영웅의 일생을 소설로 엮은 전형적인 군담 소설이다. 작품의 전개는 주인공의 신이한 출생, 성장 과정에서의 시련과 극복, 그리고 영웅적 투쟁과 화려한 승리로 이어져 있으며, 주인공의 극단적인 하락과 공명의 극으로의 상승을 통해서 인간의 흥망성쇠의 삶을 보여 주는 작품이다.

　또한 이 작품은 충신과 간신의 대립을 통하여 조선 시대의 충신상을 표현했다. 그러나 무능한 왕권에 대한 규탄과 역경에 처한 왕가의 비굴성이 나타나고 있어, 권좌에서 실세한 계층의 권좌 만회의 꿈을 투영하고 있음을 알 수 있다. 두 번에 걸쳐 호국을 정벌하고 호왕을 처벌한다는 점에서, 병자호란 이후 호국 청나라에 대한 강한 적개심을 표현한 작품이다.

작품 줄거리

　명나라 영종 연간에 정언주부의 벼슬을 하고 있던 '유심'은 늦도록 자식이 없어 한탄하다가 남악 형산에 가서 치성을 드리고 신이한 태몽을 꾼 뒤 아들을 낳았는데 그의 이름을 충렬이라 지었다. 충렬의 나이 일곱 살에 문장과 필법을 닦고 음률과 술법을 익히며 천문지리와 도삼략을 마음속에 품는다. 이때 조정의 신하들 중에 반란의 기회만을 엿보던 정한담·최일귀는 유심을 모함하여 귀양을 보내게 하고, 유심의 집에 불을 지른다. 그러나 충렬은 천우신조로 은퇴한 재상 강희주를 만나 사위가 된다. 강희주는 유심을 구하려고 상소를 올렸다가 귀양을 가게 되고, 강희주의 가족은 난을 피하여 모두 흩어진다. 충렬은 강 소저와 이별하고 백용사의 노승을 만나 무예를 배우며 때를 기다린다. 이때 남적과 북적이 반기를 들고 명나라에 쳐들어오자 정한담은 자원 출전하여 남적에게 항복하고, 남적의 선봉장이 되어 천자를 공격한다. 정한담에게 여러 번 패한 천자가 항복하려 할 즈음, 충렬이 등장하여 남적의 선봉 정문걸을 죽이고 천자를 구출한다. 충렬은 단신으로 반란군을 쳐부수고 정한담을 사로잡는다. 그리고 호왕(胡王)에게 잡혀간 황후·태후·태자를 구출하며, 유배지에서 고생하던 아버지 유심과 장인 강희주를 구한다. 또한 이별하였던 어머니와 아내를 찾고, 정한담 일파를 물리친 뒤 높은 벼슬에 올라서 부귀영화를 누린다.

핵심 정리

갈래 : 군담 소설

연대 : 미상

구성 : 전기적

시점 : 전지적 작가 시점

배경 : 중국 명나라 조정과 중국 대륙

주제 : 충신과 간신의 대립

유충렬전

중국 명나라 호치 연간의 일이다. 법령이 아직 제대로 갖추어지지 않은 와중에 남만, 북적 등 오랑캐들의 세력이 극성을 부렸다. 그들은 기회만 있으면 모반(謀反, 국가나 군주의 전복을 꾀함)을 꾀하고 난리를 일으켰다. 그 가운데 토번 서달과 남만 가달은 군비가 넉넉하여 항상 반역의 뜻을 품고 있었다.

이때 해동 창해국 임경천이 명나라의 천자를 만나 당시에 추진되던 도읍을 옮기고자 하는 뜻에 반대하였다.

"남경은 태종이 창업을 일으킨 땅으로 여러 대에 걸쳐 공신이 나왔으며 앞으로도 오래도록 수도가 될 만큼 방어 시설이 잘되어 있는 성입니다. 또한 산세도 오악(五岳, 중국의 이름난 다섯 산. 태산(泰山), 화산(華山), 형산(衡山), 항산(恒山), 숭산(嵩山)을 말함) 중에서 남악 형산(衡山)은 신령스러운 산으로 제왕의 업적이 오래도록 지속될 만합니다. 또한 천기(天紀, 천체가 운행하는 규칙과 질서)를 보니 북두칠성의 정기가 남쪽에 하강하고, 삼태성(三台星, 큰곰자리에 있는 자미성을 지키는 별. 각각 두 개의 별로 된 상태성(上台星), 중태성(中台星), 하태성(下台星)으로 이루어져 있음)의 빛깔이 아름다우니 폐하께서는 한낱 도적의 무리를 피하려고 하늘이 내리신 땅을 버리려 하십니까?"

천자는 이 말을 듣고 기뻐하며 천도의 뜻을 버리고 국정에 전념하게 되었다.

이때 조정에는 태종 황제의 개국공신이었던 유기의 삼십대 손 유심이란 사람이 정언 주부의 벼슬을 하고 있었다. 그는 성품이 충직할 뿐만 아니라 부귀공명도 으뜸이었으나 다만 한 점 혈육이 없어 항상 신세를 한탄하였다.

"슬프다. 나는 전생에 무슨 죄가 많아 나라의 녹봉을 먹으면서도 자식이 없다는 말인가. 죽은 후 청산에 백골은 누가 묻어 주며 선조들에게 올리는 제사는 누가 받든단 말인가."

스스로 탄식하며 죽어서 황상을 뵐 수 없고 황천에 돌아가 부모를 뵐 면목이 없다 하며 슬퍼하니 그의 부인 장씨는 더욱 송구스러울 뿐이었다. 장씨 부인은 유 주부가 탄식하며 눈물지을 때마다 시름 가득한 창자가 썩어 들어가는 듯했으나 그때마다 고마워했다.

"상공에게 자식이 없는 것은 제가 박복하여 죄가 큰데도 상공의 음덕으로 지금까지 목숨을 부지하니 그 은혜가 태산 같사옵니다."

유 주부가 부인을 위로하여 말하였다.

"듣자 하니 남악 형산이 천하의 명산이라 합니다. 수고를 아끼시지 마시고 그곳에 가서 산신령께 소원을 빌며 정성이나 드려봅시다."

처음엔 사양을 하던 유 주부도 결국 목욕재계하고 제물을 갖추어 남악 형산을 찾았다. 푸른 산은 첩첩하고 울창한 숲은 장관이었다. 높은 곳에는 오색구름이 감돌고 산마루와 골짜기마다 화사한 복사꽃이 피어 있었다. 여기저기 구경을 마친 유 주부와 장씨 부인은 단을 모아 놓고 제물과 함께 구리로 만든 작은 솥에 안친 밥을 정결히 담아 놓고 유 주부가 축문을 읽었다.

"유세차, 기해년 3월 15일 대명국 남경 동문 안에 사는 유심은 형산 신령 앞에 비나이다. 슬프도다, 유심은 나이 늦도록 한 점 혈육이 없사오니 죽은 후 백골을 누가 거두며 선영(先塋, 조상의 무덤)의 제사를 누구에게 전하리까. 선영에 죄인이 되는지라 정성을 다하여 발원하오니 내려다보시고 자식 하나를 점지하여 주시옵기를 간절히 바라나이다."

유 주부가 천지신명께 고하여 비는 애끓는 소리는 천신도 눈물을 흘릴

만큼 절감한 것이었고 옥황상제인들 무심할 수 없을 것 같았다. 집에 돌아온 유 주부와 장씨 부인은 아들에 대한 생각이 더욱 간절했다.

어느 날 밤이었다.

장씨 부인의 눈앞에 하늘에서 한 선관(仙官, 선경(仙境)에서 벼슬살이를 하는 신선)이 청룡을 타고 내려와 말하였다.

"저는 하늘나라 자비원의 대장성을 차지한 하위 선관이온데 모함을 받아 인간 세상으로 내쫓겨 남악산 신령께서 부인께로 가라 하여 왔사오니 부디 거두어 주소서."

말을 마치자 청룡을 날려 보내고 품에 달려들어 깜짝 놀라 깨어나 보니 꿈이었다.

장씨 부인은 그날로 태기가 있어 옥동자를 낳으니 방 안에는 향기가 그윽하고 밖에는 예사롭지 않은 구름이 가득 찼다. 그때 선녀 하나가 나타나 하늘나라에서 나는 복숭아 두 개를 내놓으며 일렀다.

"하나는 부인이 잡수시고 하나는 훗날 공자를 먹이면 오래도록 죽지 않고 잘 살아가리라."

과연 아기의 모습은 비범한 데가 있었다. 두 눈은 봉황의 눈처럼 빛났고 빼낸 것 같은 두 귀와 오똑한 코는 왕의 얼굴을 방불케 하였다. 아기의 양팔에는 북두칠성이 박혀 있고 가슴에는 대장성이, 그리고 등에는 삼태성(三台星, 큰곰자리에 있는 자미성을 지키는 별. 각각 두 개의 별로 된 상태성, 중태성, 하태성으로 이루어져 있음)이 뚜렷이 박혀 있었다. 또 다리 밑에는 '대명국도원수'라는 주홍빛 글자가 은은히 박혀 있었다. 기쁨을 금치 못한 유 주부는 아이의 이름을 '충렬'이라 하고 자는 '선학'이라 했다.

세월은 흘러 충렬의 나이 일곱 살에 문장과 필법을 닦고 음률과 술법을 익히며 천문지리와 육도삼략(六韜三略, 중국의 오래된 병서 〈육도〉와

〈삼략〉을 아울러 이르는 말)을 마음속에 품게 되었다. 천신에게서 배운 무술과 검술도 육체의 성장과 함께 날로 몸에 익어 갔다.

이때 마침 조정에는 도총 대장 정한담과 병부상서 최일귀라는 두 간신이 있었다. 이들이 토번 서달을 정벌해야 된다는 주장을 제법 충신답게 천자에게 아뢰니 천자가 이를 허락하였다. 그러자 유심은 힘이 강대한 오랑캐와 싸우는 것은 부당한 일이라고 간언하였다. 천자가 결정을 못하고 주저하고 있을 때 간신 정한담과 최일귀는 적극 주장하였다.

"유심의 말은 대국을 버리고 오랑캐와 붙어 같이 살자는 말이니 이는 서달과 마음을 합하여 대명국을 역모하려는 뜻입니다. 그러니 유심을 베시고 서달을 치십시오."

천자가 그 일을 허락하였다는 말을 듣고 한림학사 왕공열은 청렴하고 정직한 충신을 죽일 수 없다고 간하니 천자는 유심을 황성 밖으로 유배 보내도록 했다.

정한담이 승상부에 높이 앉아 제법 호기 있게 유심을 내려다보며 명령하였다.

"네 죄를 논한다면 죽여 마땅하되 나라의 은혜가 망극하여 연북으로 귀양 보내니 지체 말고 떠나거라."

유심은 할 수 없이 집에 돌아와 대성통곡하며 죽도를 풀어 충렬에게 채워 주며 말하였다.

"구천에 가더라도 부자가 상봉하였을 때 신표가 있어야 하리라. 이 칼을 부디 잘 간수하여라."

처자와 이별하고 행장을 차려 문밖에 나선 유 주부는 천지가 아득할 뿐이었다. 그의 떼어 놓은 발자국마다 피 같은 눈물이 고였다.

유 주부가 청송령을 지나 초나라 충신 굴삼려의 사당이 있는 회사정을 들르니 '일월같이 밝은 충신이 만고에 밝아 있고 암석같이 굳은 절개는 천추에 빛났으니 이 땅에 지나는 그 누구든 슬프지 않으리오. 이렇듯 애달픈 마음을 어찌 한 개 붓으로써 기록할 수 있을까.' 라는 글이 현판에 새겨져 있었다. 이 글을 읽어 보고 유심은 행랑에서 붓을 꺼내어 벽에다 썼다.

'병오년 8월 17일 남경 땅 유심은 역신 정한담과 최일귀의 참소로 연북 땅으로 귀양을 가니, 일월 같은 충절을 바칠 수 없고 빙설 같은 절개가 쓸 곳이 없어 명라수를 지나다가 굴삼려의 충혼을 만나 물에 빠져 죽노라.'

글을 쓴 다음 붓을 던지고 물에 뛰어들려 하니 영거사가 유 주부의 손을 잡고 만류하며 백사장으로 인도하여, 훗날을 기약하며 억울한 누명을 벗어야 한다고 위로하였다. 그리하여 길을 재촉하여 연북에 닿았다.

간신 정한담과 최일귀는 유 주부를 귀양 보내고 옥관도사와 함께 역모를 꾀해 천자가 될 일만 궁리했다. 그러나 도사가 천기를 보고 하는 말이 아직 이르다 하니 정한담과 최일귀는 한밤중에 유심의 집에 불을 질렀다.

이날 밤 장씨 부인은 잠에 들었는데, 한 노승이 나타나 오늘 밤 집안에 큰불이 일어날 것이니 후원 담장 밑에 은신하였다가 충렬을 데리고 남쪽으로 달아나라 하고 사라지는 것이었다. 놀라 눈을 떠 보니 이미 불길이 온 집안을 휩쓸고 있었다.

장씨 부인은 충렬을 데리고 달아나 회수(淮水, 화이수이 강)가에 다다랐다. 그러나 회수를 건너갈 배가 없어 방황하던 중 남쪽에서 흘러온 조그마한 배 한 척에 몸을 의지하였다. 얼마 가지 못해 이내 도적의 습격을 받아 충렬은 깊은 물속에 던져졌고 장씨 부인은 몸을 결박당하였다.

슬프다! 유 주부는 귀양을 갔고 충렬은 물속에 빠져 죽었으며 장씨 부인은 도적에게 잡혔으니 장씨의 처절한 모습이야말로 눈물 없이는 볼 수 없는 것이었다.

이들 도적 떼는 회수 강가의 도적 귀수 마철의 부하들이었다. 마철은 장씨 부인을 아내로 맞기 위하여 갖가지로 회유책을 써 가며 달래기도 하고 을러대기도 하였다. 장씨 부인은 하는 수 없이 우선 허락하는 체하고 도적을 안심시킨 뒤, 옥함 하나를 봇짐에 싸 가지고 한밤중에 도망쳐 나왔다.

장씨 부인은 몸을 피해 달아나다 하룻밤 묵어 가던 곳에서 또다시 도적의 무리에게 발각되어 쫓기던 참에 한 선녀의 도움으로 금릉 고을 덕현 활인동이라는 곳에 닿았다. 피곤한 몸에 잠깐 눈을 붙이는 듯하였는데 한 노승이 나타났다.

"이제 액운이 다하였으니 이 산 어귀로 들어가면 자연히 구해 줄 사람이 있을 것이다."

장씨 부인은 그 말에 따라 첩첩 산길을 더듬어 깊숙이 들어갔다. 가는 길이 어찌나 험하던지 발에서는 피가 나고 정신은 몽롱하여 차라리 물에 빠져 죽으려고 하던 차에 한 여인의 구원을 받게 되었다. 여인이 안내하는 곳은 이 처사의 집이었다. 이 처사는 유 주부의 조카 되는 사람으로 장씨 부인을 극진히 모셨으나 깊은 한은 풀릴 길이 없었다.

한편 물속에 던져진 충렬은 바위를 딛고 간신히 서게 되자 어머니를 찾다 울음을 터뜨렸다. 때마침 남경 뱃사람들의 구원으로 영릉을 지나 장사 땅으로 가다가 명라수의 회사정에 닿게 되었다. 그곳에서

'병오년 8월 17일 남경 유심은 간신의 해를 입어 연북으로 귀양을 가다가 명라수에 빠져 죽노라.'

라는 글을 보고 마루에 거꾸러져 통곡하였다.

때마침 영릉 땅에는 벼슬을 버리고 한가하게 살아가는 전 승상 '강희수' 라는 사람이 있었다. 강 승상이 길을 가다 슬피 우는 충렬을 보고 그 연유를 물어 집으로 데리고 가서 사위를 삼았다.

강 승상은 출중한 사위를 얻어 말년을 행복하게 살아가던 중 유 주부

의 원한을 풀어 줄 목적으로 유심의 무죄함과 간신들을 축출하시라는 상소를 올렸다가 오히려 천자의 노여움만 사서 귀양을 가게 되었다.

강 승상은 귀양길에 오르면서 충렬에게 서신을 보내어 몸을 피신하여 생명을 보전하고 훗날을 기약할 것을 당부하였다. 충렬은 하는 수 없이 입고 있던 적삼을 벗어 글 한 수를 적어 신표(信標, 뒷날에 보고 증거가 되게 하기 위해 서로 주고받는 물건)로 어린 아내에게 주었다. 총명한 아내 역시 붉은 치마 한 폭에다 절개를 다짐하는 갸륵한 글을 써서 충렬에게 바쳤다.

충렬은 글을 받아 비단 주머니에 넣고 애끊는 이별을 하니 이 모양을 보고 장모 소씨는 불시에 닥쳐온 환란에 통곡을 하다 그만 기절을 하고 말았다. 충렬은 쓰러진 장모를 깨어나게 하고 정성껏 위로를 하였으나, 길을 재촉할 수밖에 없었다.

충렬이 떠난 후 소씨 부인과 강 낭자는 궁중의 노비로 끌려가게 되고 강 승상의 집은 헐리고 말았는데, 사람들은 그곳에 연못을 팠다. 소씨 부인과 강 낭자를 끌고 가던 의금부 나졸 중 장한이란 사람은 전에 강 승상의 은혜를 입은 적이 있어 이 기회에 두 사람을 도우려고 마음먹고 있었다.

"부인과 낭자께서 이 물에 돌아가신 표시를 두시고 도망하시면 아무런 후환이 없을 것이니 부디 살아나시어 다시 만나 뵙기를 바라겠습니다."

그는 두 여인을 청수 물가로 인도한 후 하룻밤 묵고 있던 주점으로 재빨리 돌아갔다.

소씨 부인은 어찌할까 곰곰 생각하더니 낭자의 손을 잡고 근처 주막에 들러 잠시 머물다가 낭자를 속이고 청수가로 달려가 신발을 벗어 놓고 강물 속으로 뛰어들었다. 시어머니를 잃은 강 낭자는 정신을 놓은 채 청수 강가를 헤매다가 늙은 관비의 간곡한 만류로 그를 따라가게 되었다.

그리하여 강 낭자는 관비의 수양딸이 되었다.

한편, 주점의 나졸들 사이에서는 난리가 났다. 그러다 청수 강가에 이른 나졸들은 소씨 부인과 며느리가 물에 빠져 죽은 흔적을 발견하고 그냥 돌아갈 수밖에 없었다.

충렬은 정처 없는 발길로 청산만 따라가다 보니 백학이 춤을 추며 층암절벽에서 떨어지는 폭포수가 과연 절경을 이루고 있었다. 멀리 저편에 절이 있는 것 같아 찾아가 보니 독경 소리가 은은한 나무 사이로 단청이 빛나는 고루거각(高樓巨閣, 높고 크게 지은 집)이 그 속에 있었다. 그곳의 현판에는 '서해광덕산 백룡사'라 쓰여 있었다.

그때 문에서 노승 하나가 나오는데 백팔염주를 목에 걸고 육환장을 손에 들고, 검은 베 장삼을 떨쳐입고 점잖은 굴갓(모자 위를 둥글게 대로 만든 갓. 벼슬을 가진 중이 썼음)을 쓰고 있었다. 노승은 이내 충렬을 보고 합장하더니 말하였다.

"소승이 나이가 많아 유 상공의 행차를 동구 밖까지 나가 맞이하지 못하였사오니 무례함을 용서하소서."

충렬이 놀라며 대답하였다.

"저는 팔자가 기구하여 일찍이 부모를 잃고 정처 없이 다니다가 이 산에 들어왔습니다. 높으신 대사를 만나 뵈니 어찌 이다지도 관대하시며, 또한 천한 저의 성을 어찌 알고 계시옵니까?"

노승이 그 말에 대답하였다.

"어제 남악산 선관이 이곳에 왔다가 떠나갈 때 소승에게 부탁하시기를 내일 오시에 남경 동성문 안에 사는 유 주부의 아들 충렬이 이 절에 올 것이니 잊지 말고 잘 대접하라 하셨습니다. 그래 기다리는 중이었는데 유 상공의 차림새를 보니 남경 사람같아 안 것입니다."

유충렬은 그 말을 듣고 한편 기쁘기도 하고, 한편으론 서글픈 마음을 억제하지 못하면서 노승을 따랐다.

충렬은 노승에게 병서를 배우고 무예를 익히는 한편, 불도를 닦고 인격을 길렀다. 마침내 충렬은 병서에 통달하고 무예 실력은 무궁무진하며, 천문과 지리에 능통한 명장으로서의 자격을 고루 갖추게 되었다.

　조정에서는 도총대장 정한담과 병무상서 최일귀가 호시탐탐 천자가 되기 위해 기회만 노리고 있었다. 정한담은 신기한 병법과 둔갑술을 익혀 통달하고 있었다.

　정한담은 본시 하늘나라의 익성으로 옥황상제의 노여움을 사서 인간 세상에 귀양을 온 것이었다. 그는 인간 세계에 내려와 묘한 재주가 많은 중에도 옥관도사를 별채에 두고 주야로 공부를 하였다. 그리하여 조정이 오직 그의 손에서 놀아나니 정말 한심한 일이었다.

　때마침 흉노 선우가 북쪽 오랑캐인 호나라 국왕과 합세하여 서변국 36도 군장과 남만, 나달, 토번, 서달 등 다섯 나라가 군사를 합세하여 남경에 들이치니 천자는 크게 놀라 정한담과 최일귀에게 부탁하였다.

　"경들의 충성과 지략은 짐이 이미 다 아는 바니, 아무쪼록 오랑캐를 몰살하여 근심을 덜게 하오."

　그러나 정한담과 최일귀는 적장에게 항복하는 편지를 띄우고 오히려 함께 천자를 치는 데 앞장설 것을 청원하였다. 이것을 뒤늦게 알게 된 천자는 발을 구르며 후회하였으나 때는 늦었다. 명나라의 진중에서는 여섯 명의 대장을 번갈아 내보냈으나 모두 잃고 끝내는 정문걸의 칼날에 충신 이향의 목까지 떨어졌다. 이에 정문걸에게 진 태자의 군사는 금산성으로 후퇴하여 들어갔다.

　도성을 지키던 조정만은 정한담에게 쫓겨 황태후와 황후를 모시고 금산성으로 피하였다. 남경의 도성 안에는 역적과 오랑캐의 발길이 들끓어 하늘은 빛을 잃었고, 천자는 눈앞에 닥친 망국의 비운을 안고 통곡하였다.

한편 도성을 점령한 정한담은 용상에 올라 앉아 만조백관(滿朝百官, 조정의 모든 벼슬아치)을 호령하며 천자에게 옥새를 내놓고 항복하라고 협박하였다. 천자는 조정만과 함께 옥새를 들고 용둥수에 빠져 죽으려 했다.

한편, 광덕산 백룡사에 있던 유충렬은 노승이 주는 옥함을 열고 갑옷, 투구와 장검, 그리고 책 한 권을 얻었다. 투구에는 '일광주'라 새겨 있고 갑옷에는 '용린갑'이라는 글자가 새겨져 있었다. 〈신화경〉을 읽어 보니

'갑옷을 입은 후에 신화경을 일곱 번 외우고 하늘나라의 대장성을 세 번 맞히면 변화무궁하리라.'

하여 장검을 살펴보니 '장성검'이라 새겨져 있었다.

충렬은 노승의 안내로 조 장자의 '천사마'를 얻어 높이 타고 남경을 향하여 달리니 청룡이 오색구름을 헤치며 나는 듯하였다. 충렬은 이윽고 금산에 도착하여 조정만과 통성명을 하고 적진을 향하여 나가 싸우겠다고 청하였다. 그러나 조정만은

"적의 기세가 등등하니 대적치 말라."

했으나 틈도 주지 않고 적진으로 내달리며

"천하의 역적 정한담아, 남경 동성 안에 사는 유충렬을 아느냐! 바삐 나와 목을 늘여 내 칼을 받아라."

하고 호령하였다. 원한이 맺히고 충성 어린 충렬의 고함은 천지를 흔들고 강산을 무너뜨리는 것 같았다.

명나라 진중을 무인지경으로 헤쳐 들어가던 정문걸의 눈앞에 사람은 보이지 않고 일광주에서 발하는 광채뿐이었다. 용린갑(龍鱗甲)으로 몸을 가린 충렬은 천사마를 높이 타고 다만 햇빛을 따라 움직일 뿐인데 갑자기 정문걸의 목이 땅에 떨어졌다. 유충렬은 정문걸의 목을 들고 항서를 들고 있다가 밖으로 나오는 천자와 마주쳤다. 천자는 기뻐하며 충렬을 보고 그 연유를 물었다.

"소장은 지난날 동성 문안에 살던 유심의 아들 충렬이옵니다. 아버지의 원수를 갚으려고 찾아왔습니다. 폐하께서는 지난날에 정한담과 최일귀를 충신이라 하시더니 어찌 모반을 맞아 많은 생명을 피바다로 물들이고, 대대로 내려온 충신을 귀양 보내고 죽이시니 종묘사직이 어찌 위태롭지 않겠습니까?"

충렬이 정문걸의 머리로 땅을 두드리니 천자는 부끄러워 대답할 바를 몰랐다. 이윽고 천자가 지난날의 잘못을 사과하니 유충렬이 투구를 땅에 벗어 놓고 무례함에 용서를 빌고는 물러 나왔다.

천자는 삼층 단을 쌓고 '대명국 대사마도 원수 유충렬'이란 친필로 쓴 기를 하사하였다. 유 원수는 천자의 은혜에 감사하며 경건하게 절을 올리고 물러나와 진법을 시험하였다.

정문걸의 어이없는 죽음을 본 최일귀는 대노하여 유충렬에게 달려들었으나 한 번도 겨뤄 보지 못하고 장창, 대검과 철퇴까지 잃고 도망쳤다. 용맹이 뛰어난 적장 마용이 분기충천하여 유 원수와 대적하다 죽는 것을 보자 정한담은 화가 머리끝까지 치밀어 용상을 치며 날뛰었으나 또다시 최일귀가 도원수 충렬과 싸우다 죽었다.

최일귀의 죽음을 본 정한담은 장창과 대검을 양손에 쥐고 형산마를 솟구쳐 내달았다. 그는 육정육갑(六丁六甲)의 재주를 부려 좌우에 호위시키고 벽력같은 소리로 말하였다.

"충렬아, 어서 나와 내 칼을 받아라."

그러자 유 원수가 대답하였다.

"네 놈은 정한담이 아니냐? 여러 대를 거쳐 국록을 먹고 임금을 섬기거늘 무엇 때문에 충신을 죽이고 역적을 도모하며 죄 없는 우리 부친을 귀양 보냈느냐? 너는 나와 불공대천(不共戴天, 하늘을 함께 이지 못한다는 뜻으로, 이 세상에서 같이 살 수 없을 만큼 큰 원한을 가짐을 비유하여 이르는 말)의 원수라. 내 너의 살을 점점이 포를 떠서 궁문에 제사를 지내리라."

크게 노한 정한담은 옳고 그름을 따지지 않고 유 원수에게 내달았다. 한담은 조화를 부려 오색구름 사이에 몸을 숨기고 유 원수를 향하여 칼을 내리쳤다. 그때 유 원수는 문득 깨달았다.

'정한담은 천신이다. 산 채로 잡으려다가 오히려 해를 당하겠다.'

다시 싸움이 시작되었다. 그야말로 용과 범이 어우러지는 처절한 싸움이었다. 정한담은 유 원수가 내리치는 장성검에 투구를 잃고 혼비백산하여 옥관도사의 쟁(箏, 국악 현악기의 하나. 명주실로 된 열세 줄의 현이 걸려 있음) 소리를 듣고 본진으로 달아났다. 옥관도사는 정한담에게 사람의 힘으로는 유 원수를 이길 수 없으니 특별한 계략을 써야 한다고 일러 주었다.

이튿날 유 원수는 정한담의 계략에 걸려 함정에 빠졌다. 유충렬은 정신을 가다듬어 〈신하경〉을 읽고 의연히 말과 함께 몸을 날렸다. 함정에서 치솟은 충렬은 좌충우돌 일광주 투구의 눈부신 광채 속에 천사마의 발굽에서 모든 것은 먼지로밖에 보이지 않았다. 그 아래서 적군의 머리는 썩은 풀잎 떨어지듯 하였다. 유 원수의 칼 아래 땅이 붉게 물들고 피는 흘러 냇물을 이루었다. 내친 김에 유 원수는 정한담이 있는 당대에까지 달려갔다. 순간 정한담은 장검으로 유 원수를 치려고 했는데, 그보다 한 치 앞서 유 원수의 장성검이 번쩍 빛나더니 정한담의 머리가 그의 칼끝에 꽂혔다.

이때 명의 본진(本陣, 군대를 지휘를 하는 본부가 있는 군영)에서는 유 원수가 적진에 둘러싸여 위태로운 것을 보고 천자가 크게 놀라 슬퍼하고 있었다. 그러나 유 원수는 황후와 황태후 그리고 태자까지 구하여 본진에 닿았다. 그러나 유 원수가 천자에게 바치려고 정한담의 목을 자세히 살펴보니 그것은 허수아비의 목이었다. 그리하여 충렬은 다시 적진으로 달려갔다.

한편, 정한담은 힘으로는 충렬을 잡지 못할 것을 알고 연북으로 귀양 간 유 주부를 잡아다가 협박하였다. 그가 끝내 복종하지 않자 정한담은 유심을 가두어 놓고 거짓 편지를 써서 유 원수에게 보냈다. 그러나 거짓 편지에 속을 유충렬이 아니었다. 오히려 연일 공격을 늦추지 않으니 정한담은 남만과 토번의 오랑캐에게 구원병을 청하는 격문을 띄웠다.

원군을 얻은 정한담은 유 원수가 금산성을 도우러 간 사이 도성을 쳐서 천자와 황후, 황태후, 태자를 고스란히 잡았다. 할 수 없이 천자는 옥새를 물려주고 용포를 찢어 항복하는 글을 쓰려고 할 즈음 유 원수의 천사마가 들이닥쳐 장성검으로 정한담의 양팔을 자르고 몸을 묶었다.

위기일발로 천자를 구원해 냈으나 도안까지 침입해 온 호왕은 황후와 황태후 그리고 태자를 사로잡아 돌아갔다. 이것을 뒤늦게 알게 된 천자는 하늘을 우러러 길이 탄식하여 백화담에 빠져 죽으려 하였으나, 유 원수가 충정으로 만류하였다.

유 원수가 정한담에게 아버지 유 주부와 장인 강 승상의 소식을 물었으나 생사를 모른다 하니 참담하여 통곡하였다. 그래서 정한담의 죄는 다음에 징벌하기로 하고 우선 호국 땅을 향하여 천사마를 몰았다.

본국으로 돌아온 호왕은 태자를 꿇려 놓고 항복을 강요하고 황후를 겁탈하려 하며 도리에 어긋난 짓을 자행하였다. 그러나 서릿발 같은 황후의 호령에 노한 호왕이 황후와 황태후, 태자를 형틀에 매어 백사장 십 리 길에 군사를 도열해 놓고 막 처형을 하려던 찰나에 유 원수가 나타나 벽력같이 호령하였다.

"우리 황후와 황태자, 그리고 태자를 해치지 말라!"

형리가 칼날을 막 내리치려는 순간이었다.

"네 이놈들, 그 칼을 멈추어라."

백사장에 모였던 오랑캐 군사들은 유 원수의 질풍 같은 습격에 물결처럼 흩어졌다. 유 원수는 세 귀인의 환란을 막아 내고 귀향길에 올랐다.

유 원수 일행은 유심이 귀양 가 있는 표관이라는 땅으로 향하였다.

'표관에 가면 아버지는 뵐 수 있겠지만 회수 강물 속에 어머니를 여의고 청수 강물에 아내를 잃었으니……'

충렬이 스스로 탄식하며 눈물을 흘리니 황후와 태자는 유 원수를 따뜻하게 위로하였다.

만리타향에 유배를 가서 갖은 고초를 겪어 가며 토굴에서 남은 목숨을 보전하던 유 주부가 아들을 알아보지 못하자 충렬은 떠날 때 받은 죽도를 보여 주었다. 유 주부가 토굴 속에서 나오며 슬픔과 기쁨으로 목이 메어 말했다.

"죽도는 바로 내가 준 신표다. 그러나 내 아들은 등에 삼태성이 있는데……."

충렬은 얼른 웃옷을 벗어 엎드려 등을 보였다. 그제야 유 주부는 충렬의 목을 끌어안고 통곡을 하다가 기절하였다. 이윽고 눈을 떠 보니 그의 앞에는 황후, 황태후, 태자가 둘러앉아 유 주부를 위로하고 있었다.

충렬은 자기가 지내 온 과거 십 년의 세월을 아버지에게 들려주었다. 유 주부는 아들의 말을 다 들은 후 놀라워했다.

"정문걸 마용은 남북에 이름난 명장이요, 정한담, 최일귀는 천상의 귀신과 같거늘 네 어떻게 그들을 모두 몰살하였느냐? 네 몸이 귀하게 될 줄은 알았지만 어찌 이 같은 만고의 영웅이 될 줄을 알았으랴."

유 원수 일행이 남경까지 오려면 무려 삼만오천 리나 되었다. 유 주부를 떠나 마천령을 넘고 황하수를 건너 양자 고개를 넘고 한성숙에서 숙식한 다음, 봉황대를 바라보며 죽림원을 지났다. 참으로 길고 긴 여행 끝에 유 원수 일행이 남경 도성에 닿자 모든 시민과 군사들이 도원수 유충렬의 덕을 기리는 소리가 온 장안에 가득 찼다. 그 소리는 줄줄이 행렬을 뒤따르며 물결처럼 번졌다.

한편, 조정에서는 정한담의 죄를 다스리기 시작했다. 유 주부는 천자 곁에서 친히 나졸을 호령하여 병구(兵具, 전쟁에서 쓰는 여러 가지 도구)를 갖추고 말하였다.

"이놈 정한담아! 위를 바라보아라. 나를 알겠느냐? 네가 자칭 '신황제'라 하며 기고만장하더니 이제 두 팔조차 없이 붙잡혀 이 작은 유심 앞에 꿇어앉아 있으니 웬일이냐? 너의 죄를 네가 아느냐?"

정한담은 무릎을 꿇고 엎드린 채 말하였다.

"소인의 털을 모두 빼어 죄를 수놓아도 털이 모자랄까 하오니 죽여 주옵소서."

유 주부는 나졸들에게 정한담의 목을 잘라 수레 위에 높이 싣고 장안을 돌게 하였다. 길가에 모여 선 백성들의 아우성은 그칠 줄을 몰랐다. 천자는 정한담과 최일귀의 구족을 멸한 다음(이후 9대까지의 자손을 모두 죽임) 주부 유심을 '금자광록대부 승상 겸 연왕'에 봉하고 유충렬에게는 '대사마 도원수'라 칭하며 '위국공'을 봉했다. 그리고 조정만도 승상으로 임명하고 '충목후'를 봉하였다.

그러나 지극한 은혜와 영광이 쌓여도 충렬의 가슴속은 밝지 못하였다.

'회수에서 돌아가신 어머니와 옥문관으로 귀양을 간 강 승상, 청수에 빠져 죽은 강 낭자의 생각을 잊을 수 없구나……'

유충렬은 결국 천자의 허락을 얻어 양광을 지나 급히 서변국에 닿아 강 승상의 소식을 물으니 강 승상은 다시 토번 왕의 볼모가 되어 잡혀갔다는 것이다. 토번국 왕 서달은 유충렬이 온다는 말을 듣고 마철 삼형제에게 팔십만 대군을 주며 막게 하였다. 그리고 서달 자신은 옥관도사와 함께 산에 올라 싸움을 구경하였다.

강 승상은 토번 왕에 불복한 자라 해서 옥에 가두고 굶겨 죽일 작정이었다.

토번 땅에 당도한 유충렬이 외쳤다.

"이놈 서달아! 강 승상을 해치지 말아라!"

눈 깜짝할 사이에 충렬은 적의 선봉대장 마철과 그의 두 동생 마웅, 마학을 차례로 베었다. 유충렬은 그 길로 산 위에서 싸움을 보고 있던 서달과 옥관도사를 쫓아가 사로잡았다. 그리고 옥에서 강 승상을 구해 내니 늙은 얼굴에 뜨거운 두 줄기의 눈물을 흘리며 이내 통곡하고 말았다.

"이것이 꿈인가? 생시인가? 이제 나는 하늘의 해를 다시 우러러보게 되었구나."

유 원수는 강 승상을 모시고 옥관도사를 압송하여 남경을 향해 돌아오는 길을 재촉하였다. 유 원수의 행렬이 드디어 변양 회수 강가에 이르렀다. 그 강은 예전에 충렬이 어머니를 잃었고 자신은 물속에 버려진 몸이 된 것을 남경 장사들이 구해 준 곳이었다. 유 원수는 돌아가신 어머님의 제사를 지내기 위하여 회수 백사장에 삼층 단을 모으고 정성을 다하여 축문을 외웠다. 외우기를 마친 충렬이 너무나 비통하게 우니 구경을 하던 백성들도 따라 울고 그 슬픔이 용궁까지 스며드는 듯하였다.

금릉산 활인동은 십 년 전에 장씨 부인이 이 처사의 집을 찾아 안정을 취하게 된 곳이다. 이 처사는 유충렬이 회수 강가에서 돌아가신 어머니를 위하여 제사 지낸다는 말을 듣고 구경을 왔다가 그가 장씨 부인의 아들임을 확인하였다. 그래서 사람을 충렬의 진중에 보내어 만나 보니 이 처사와 유충렬은 친척간이라 그동안의 사유를 전부 말하였다.

이 처사가 충렬을 데리고 활인동까지 와서 어머니를 뵈니 어머니가 믿지 않아 등에 박힌 삼태성의 자국와 다리 밑에 새겨진 '대명국 도원수'라는 희미한 글자를 보여 드리니 그제야 자기 아들인 줄 알고 충렬을 껴안으며 그간의 경위를 말하였다.

유충렬은 가마를 준비하여 어머니 장씨 부인을 모시고 강 승상과 함께 황성을 향하여 떠났다. 하지만 유 원수는 남경이 가까워지자 강 낭자 생각이 더욱 간절하였다.

'강 낭자의 외로운 혼을 어디 가서 다시 만나볼 수 있을까?'

유 원수의 일행이 영릉 땅에 이르렀다. 객사에 들어 숙소를 정한 다음 옛 고향 월계촌의 소식을 알아보기로 하였다. 그런데 객사의 주인은 십 년 전 영수 땅 청수에서 강 낭자를 구해 온 바로 그 관비였다.

그녀는 강 낭자에게 유 원수의 수청을 들라고 졸라댔지만 절개를 생명처럼 알고 있던 강 낭자에게 통할 리 없었다. 하다못한 관비는 강 낭자 대신 자기의 딸을 보내기로 하였다.

그때 유 원수는 홀로 방 안에 촛불을 밝히고 강 낭자의 생각에 잠겨 있었다. 비단 주머니를 풀어 강 낭자의 글을 보니 더 한층 슬픔에 겨웠다.

한편, 강 낭자도 자기 대신 관비의 딸을 들여보내 놓고 잠을 못 이루고 있었다.

'세상에 이상한 일도 많다. 원수의 이름이 틀림없이 나의 남편 이름과 같으니…… 답답하고도 이상한 일이다.'

강 낭자는 헤어진 남편 유충렬의 생각에 한숨을 지으며 남편이 써 준 글귀를 꺼내 보며 눈물을 흘렸다.

'헤어질 때 구천에서 다시 만나자고 약속하였는데, 이 모진 목숨만 살아나고 그 어른은 돌아가셨단 말인가?'

강 낭자는 눈물로 한밤을 지샜다. 그러나 강 낭자를 대신하여 유 원수 방에 수청을 들러 갔던 관비 딸의 주선으로 유 원수와 강 낭자는 재회의 기쁨을 가질 수 있었다.

유충렬은 너무나 반가운 마음에 말하였다.

"당신이 강 낭자란 말이 꿈이오, 생시오? 그대가 정녕 낭자거든 이 충렬이 주던 이별의 시를 보여 나의 막막한 마음을 진정하게 하여 주오."

강 낭자는 눈물을 가누지 못하면서 품속에 깊숙이 간직했던 시를 꺼내 보였다. 글씨가 어제 쓴 듯 완연하였지만 달라진 것은 눈물로 번진 얼룩뿐이었다. 유 원수도 급히 자기가 간직했던 강 낭자의 시를 보였다. 유 원수는 낭자의 손을 잡고 말하였다.

"당신 아버님을 옥문관에 가서 모셔 왔으니 어서 만나 뵙도록 하시오."

뜻밖에 아버지와 남편을 만나게 된 강 낭자의 기쁨과 반가움은 말할 수 없었다.

유원수의 행렬은 마침 황성에 닿아 천자를 비롯하여 문무백관의 영접을 받고, 유 원수는 옥관도사를 참형(斬刑, 목을 베어 죽이는 그런 형벌)에 처했다. 천자는 유충렬에게 보답하기 위해 '남평왕'을 봉하였다. 거기다 '대사마 대장군 겸 대승상'을 삼고 장씨 부인은 '정렬부인 겸 연국왕비'를 봉하고 강 승상에게는 '서겸왕'의 직첩(職牒, 조정에서 내리는 벼슬아치의 임명장)을 내렸다.

홍길동전(洪吉童傳)

- 허균(許筠) -

작품 정리

이 작품은 허균이 지은 우리나라 최초의 국문 소설로 봉건 사회의 문제점을 비판한 사회 소설이다. 홍길동전은 크게 길동의 가출, 의적 활동, 이상국 건설로 구성되어 있다. 길동의 가출로 적서 차별의 부당함을 드러내고 의적이 된 길동이 탐관오리의 부패상을 고발하고 그 대안으로 율도국이라는 이상향을 제시한다. 이 이상향은 박지원의 허생전에도 드러나 있다.

작품 줄거리

조선조 세종 때 서울에 사는 홍 판서가 용꿈을 꾸어 길몽이기에 정실 부인과 가까이하려 하였으나 응하지 않아 춘섬과 정을 통해 길동을 얻는다.

길동은 어려서부터 대단히 총명하였으나 어미의 몸이 천인 신분이라 아버지를 아버지라 부르지 못하고 형을 형이라 부르지 못하여 마음속에 한을 품는다. 한편 아들이 없는 초란은 계략을 꾸미며 길동을 해치려 한다. 다행히 위기에서 모면한 길동은 홍 판서에게 하직 인사를 하고 집을 떠난다. 그러다가 도적의 소굴에 들어간 길동은 용력과 신비한 재주로 그들의 우두머리가 된다. 그는 그 무리의 이름을 활빈당이라 명명하고 기이한 계책으로 팔도 지방 수령들의 재물을 탈취하여 백성들에게 나누어 준다. 조정에서는 현상금을 걸고 길동을 잡으려 하지만 초인간적인 길동의 도술을 당해 낼 수 없었다. 조정에서 길동을 회유하려고 병조판서로 임명하자 길동은 조선을 떠나 남경으로 간다.

　한편 길동은 아버지의 부음을 짐작하고 집으로 찾아가 어머니 춘섬과 함께 아버지 홍 판서의 시신을 운구하여 자신이 정한 묏자리에 모시고 삼년상을 마친다. 그 뒤 율도국으로 돌아가 나라를 잘 다스린다.

허균(許筠 1569~1618)

　조선 중기 문신·문학가이며 자는 단보(端甫), 호는 교산·학산(鶴山)·성소(惺所)·백월거사(白月居士)이다. 누이는 난설헌(蘭雪軒)이다. 1597년 문과에 급제한 후 여러 벼슬을 거쳐 좌참찬(左參贊)에 올랐으나 관직 생활 중 세 번이나 파직당하는 등 파란의 연속이었다. 그는 시문에 뛰어난 천재이며, 출중한 재능을 지녔으나 서얼차대(庶孽差待)의 벽에 걸려 불우한 일생을 보내던 스승 이달을 통해 사회적 모순을 발견하였고, 이것을 계기로 사대부 계통의 문인보다는 서얼 출신 문인들과 어울렸다. 인간주의적·자유주의적 사상을 키우면서 당시 사회 제도의 모순을 과감히 비판하였고, 불교의 중생 제도 사상, 서학(西學)과 양명좌파 사상 등을 받아들여 급진적 개혁 사상을 갖게 되었다. 1618년(광해군 10) 하인준·김개·김우성 등과 반란을 계획한 것이 탄로나 능지처참을 당하였다. 최초의 국문 소설인 〈홍길동전〉은 봉건 체제의 모순과 부당성을 폭로한 그의 개혁 사상을 잘 나타내고 있으며 국문 소설의 효시가 되었다. 한문학에서 당대 제일의 문장가였으며, 또한 시·비평에도 안목이 높아 〈국조시산〉 등 시선집을 편찬하고, 〈성수시화〉 등 비평 작품을 썼다. 그 밖의 저서로는 사회의 모순을 비판하는 〈성소복부고〉, 〈교산시화〉, 〈학산초담〉 등이 있다.

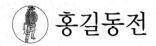

홍길동전

 조선국 세종 때에 한 재상이 있었는데 성은 홍이고 이름은 모라. 대대로 이름나고 크게 번창한 집안으로 어려서 과거에 급제하여 벼슬이 이조판서에 이르러 여러 사람이 우러러보는 명망이 조야(朝野, 조정과 민간을 통틀어 이르는 말)의 으뜸이고 충효까지 겸비하여 그 이름을 온 나라에 떨쳤다.

 그는 일찍이 두 아들을 두었는데 큰아들의 이름은 인형으로 정실부인인 유씨가 낳았고, 둘째 아들의 이름은 길동이로 시비(시중을 드는 계집종) 춘섬의 소생이다.

 길동이 세상에 태어나기 전, 공이 한낮에 꿈을 꾸었다. 갑자기 뇌성 벽력이 진동하며 하늘에서 청룡이 여러 명을 거느리고 공에게 달려들어 깜짝 놀라 눈을 뜨니 꿈이었다.

 공은 마음속으로 크게 기뻐하며 생각하기를

 '용공을 얻었으니 귀한 아들을 낳으리라.'

 공이 내당으로 들어가자 부인 유씨가 일어나 맞이했다. 공이 대낮인 것을 생각지 않고 잠자리에 들려 하자 부인이 정색하며 말했다.

 "상공께서는 어찌 위신을 생각지 않으시고 이리 경박하게 행동하십니까? 저는 따를 수 없습니다."

 부인은 말을 마치고는 손을 잡아뺐다. 공은 몹시 무안하여 외당으로 나와 부인의 행동을 탄식했다.

 그때 마치 시비 춘섬이 차를 가지고 들어와 올리는데, 그 자태와 얼굴 생김이 고운지라 조용한 때를 틈타 춘섬을 협실로 데리고 들어가 바로 관계를 했다. 그 무렵 춘섬의 나이 열여덟이었는데 한 번 몸을 허락한 후에는 문 밖에 나가지 않고 몸조심하므로 공이 기특하게 여겨 애첩으로 삼았다.

춘섬은 그날부터 태기가 있어 열 달 만에 옥동자를 낳았는데 어린 아기의 기골이 비범해서 진실로 영웅호걸 같았다.

길동은 점점 자라 여덟 살이 되었는데 총명함이 보통 사람보다 뛰어나 하나를 들으면 백 가지를 알 정도였다. 공은 길동을 애지중지했으나 그 어미의 몸이 천인 신분이라 공을 아버지라 부르지 못하고 형을 형이라 부르지 못하게 꾸짖었다.

이런 까닭으로 길동은 나이 열 살이 되도록 어버지를 아버지라 형을 형이라 부르지 못할 뿐만 아니라, 종들까지도 길동을 천대하니 어찌 길동의 마음이 아프지 않았으리오.

추구월 보름께 달은 밝게 비치고 가을바람은 으스스하고 쓸쓸하여 사람의 마음을 심란케 하였다.

길동은 서당에서 글을 읽다가 문득 책상을 밀치고 탄식했다.

"대장부가 세상에 나서 공맹(孔孟, 공자와 맹자를 아울러 이르는 말)을 본받지 못할 바에야 병법(兵法, 군사를 지휘하여 전쟁하는 방법)을 배워 대장이 되어 동정서벌(東征西伐, 동쪽을 정복하고 서쪽을 친다는 뜻으로, 이리저리로 여러 나라를 정벌함을 이르는 말)하여 국가에 큰 공을 세우고 이름을 온 천하에 떨치는 것이 대장부의 일이 아니겠는가. 그런데 나는 어찌해서 아버지와 형이 있어도 호부 호형을 못하니, 심장이 꺼질 것 같으니 어찌 통한치 않으리?"

길동이 홀로 탄식을 하고는 뜰로 나가 검을 익히는데 마침 공이 달빛을 구경하다가 길동의 배회함을 보고는 불러 물었다.

"너 무슨 흥이 있기에 밤이 깊도록 잠을 자지 않고 마당을 거닐고 있느냐?"

길동이 고개를 숙이고 대답했다.

"소인이 마침 달빛을 사랑하였사옵니다. 사람이 귀하거늘 소인에게만은 귀함이 없사오니 어찌 사람이라 하오리까?"

공이 길동의 말을 듣고 그 마음을 짐작하나 일부러 나무랐다.

"너 그게 무슨 말이냐?"

"소인이 평생에 서러운 것은 대감의 혈육으로 당당한 남자가 되었사오나, 아버지 날 낳으시고 어머니 날 기르신 은혜가 깊거늘 아버지를 아버지라 부르지 못하고 형을 형이라 못함을 어찌 사람이라 하오리까?"

하면서 눈물을 흘렸다.

공은 측은한 마음이 들었으나 그 뜻을 위로하면 방자(放恣, 무례하고 건방짐)해질까 염려되어 크게 꾸짖었다.

"재상가 천생(賤生, 천출)이 비단 너뿐이 아니거늘, 네 어찌 이다지 방자하냐. 앞으로 두 번 다시 이런 말을 하면 용납지 않으리라."

길동은 더 이상 아무 말도 못하고 서 있을 뿐이었다. 공이 물러가라 하자 그제야 길동은 침소로 돌아와 슬픔에 젖었다.

길동은 타고난 재주가 다른 사람이 따르지 못할 정도였고 도량(度量, 사물을 너그럽게 용납하여 처리할 수 있는 넓은 마음과 깊은 생각)이 활달해서 마음을 진정치 못하고 밤이면 잠을 이루지 못하다가 하루는 그 어미 침소로 가서 엎드려 울며

"어머니와 전생의 연분이 있어 금세에 모자가 되었으니 은혜 한이 없습니다. 그러나 소자의 팔자가 사납고 복이 없어 천한 몸이 되었사오니 품은 한이 깊사옵니다. 소자 자연히 기운을 억제치 못하여 어머님 곁을 떠나고자 하오니 소자를 염려치 마시고 옥체 보중하옵소서."

춘섬이 이 말을 듣고 크게 놀라며 말했다.

"재상가 천생이 너뿐이 아니거늘 어찌 편협한 말을 해서 어미의 간장을 아프게 하느냐?"

"옛날 장충의 아들 길산은 비록 천생이었으나 그 어미와 이별하고 운봉산에 들어가 도를 닦아 아름다운 이름을 남기지 않았습니까? 저도 그를 본받아 세상을 벗어나려 하오니 어머님께선 안심하시고 뒷날을 기다리소서. 요사이 곡산모의 태도를 보니 상공의 총애를 잃을까 염려하여 우리 모자를 해코지하며 원수같이 여기는지라 큰 화를 입을 것만 같습니다. 어머님께선 소자가 나감을 염려하지 마십시오."

길동의 어머니 춘섬은 말하지 않았지만, 속으로 크게 슬퍼했다.

길동이 말한 곡산모는 곡산 기생으로 상공의 총첩(寵妾, 특별히 귀여움과 사랑을 받는 첩)으로 이름은 초란이라 한다.

원래 초란은 아들이 없는데 춘섬이 길동을 낳아서 상공에게 귀여움을 받자 마음속으로 시기하여 길동을 없애고자 마음먹었다. 초란은 관상녀(觀相女, 사람의 얼굴을 보고 그의 운명, 성격, 수명 따위를 판단하는 일을 직업으로 하는 여자)와 내통하여 길동을 없애고자 많은 돈을 들여 특재란 자객을 구했다.

한편 길동은 천대와 원통함을 생각하고는 한시라도 머물고 싶지 않았으나 상공의 엄명이 더할 수 없이 귀중하므로 할 수 없이 따르나 밤이면 제대로 잠을 못 이루었다.

어느 날 밤 불을 밝혀 놓고 주역을 읽고 있는데 문득 까마귀가 지붕 위를 날아가며 세 번을 울었다. 길동은 이상한 생각이 들었다.

'이 짐승은 본래 밤을 꺼리는데 오늘 내 방 지붕 위를 울고 지나가는 것을 보니 심히 불길한 징조로다.'

팔괘(八卦, 중국 삼고 시대에 복희씨가 지었다는 여덟 가지 괘)를 벌여 보다가 크게 놀란 길동은 서안(책상)을 물리고 둔갑법을 행하고 동정을 살폈다. 삼경이 되었다. 한 사람이 손에 비수를 들고 서서히 문을 열고 방 안으로 들어오는 것이 아닌가? 길동은 급히 몸을 감추고 주문을 외우니, 돌연 방 안에 한바탕 음산한 바람이 일어나더니 집과 방은 온데간데

없고 나무가 울창한 산중이 되었다.

특재는 크게 놀라며 이것이 길동의 신기한 조화임을 알고는 비수를 감추고 몸을 피하고자 했으나 그것도 어렵게 되었다. 갑자기 길이 끊어지고 충암절벽(層巖絕壁, 몹시 험한 바위가 겹겹으로 쌓인 낭떠러지)이 그를 가로막아 오도 가도 못하고 사방으로 방황하고 있는데 어디선가 옥피리 소리가 들려왔다.

특재가 정신을 차려보니 어린아이가 나귀를 타고 오다가 피리 불기를 그치고 크게 꾸짖었다.

"네 무슨 일로 나를 죽이려 하느냐? 무죄한 사람을 죽이면 어찌 천벌을 받지 않겠느냐?"

소년이 또 한 번 주문을 외우자 한바탕 먹구름이 일어나며 큰비가 쏟아 붓더니 흙과 돌이 날아왔다.

특재가 겨우 정신을 차리고 살펴보니 그 어린아이가 바로 길동이었다. 특재는 그 재주를 신기하게 여기면서도 칼을 들고 길동에게 달려들며 외쳤다.

"너는 죽어도 나를 원망 마라. 초란이가 무당과 관상녀를 시켜 상공과 의논하고 너를 죽이려 한 것이니 어찌 나를 원망하겠는가?"

길동은 분함을 참지 못해 요술을 부려 특재의 칼을 뽑아들고 크게 꾸짖었다.

"네가 재물을 탐해 사람 죽이는 것을 능사로 여기니 너 같은 무도한 놈은 죽여서 후환이 없도록 하리라."

하고는 한 번 칼을 드니 특재의 머리가 방 안에 뒹굴었다. 그래도 길동은 분기가 가시지 않아 그날 밤 관상녀와 무당을 잡아다가 특재가 죽은 방 안에 밀어 넣고 꾸짖었다.

"너희가 나와 무슨 원수를 졌기에 초란과 한 통속으로 나를 죽이려 하였느냐?"

하고는, 목을 베어 죽였다.

길동이 세 사람을 죽이고 주위를 살펴보니 은하수는 서쪽으로 기울어졌고 달빛은 희미했으며 삭풍(朔風, 겨울철에 북쪽에서 불어오는 찬 바람)은 쓸쓸하여 사람의 마음을 슬프게 했다. 길동은 아직도 분기가 가시지 않아 초란을 마저 죽이려다가 마음을 돌려 몸을 피해 어디로 가리라 생각하고 하직을 고하고자 상공의 침소로 걸어갔다.

아직 잠들지 않은 상공이 창밖에서 인기척이 있음을 알고 괴이하게 여겨 방문을 열고 내다보니 길동이 그곳에 서 있었다.

"밤이 깊었는데 어찌 자지 아니하고 이렇게 방황하느냐?"

길동은 허리를 굽히며 대답했다.

"소인이 일찍 부모님의 은혜를 만분의 일이라도 갚을까 하였는데 상공께 참소(讒訴, 남을 헐뜯어서 죄가 있는 것처럼 꾸며 윗사람에게 고하여 바침)하고 소인을 죽이려 하기에 겨우 목숨은 보전하였사오나 상공을 오래 모실 수 없기에 오늘 상공께 하직을 고하나이다."

이 말을 들은 공이 크게 놀라며 물었다.

"네 무슨 변고가 있기에 어린아이가 집을 버리고 어디를 가겠다는 말이냐?"

"날이 밝으면 자연히 사실을 알게 되실 것이옵니다만, 소인의 신세는 뜬구름과 같사오니 상공의 버린 자식이 어찌 무서워하겠나이까?"

하며 두 줄기 눈물을 흘렸다. 그 모양을 본 공이 측은한 마음이 들어 타일렀다.

"나도 네가 품은 한을 짐작하는 바이니 오늘부터 호부호형을 하여라."

길동은 또다시 허리를 굽혀 절하며 아뢰었다.

"소자의 한 가지 남은 한을 노부께서 풀어 주오니 이제 죽어도 한이 없사옵니다. 바라옵건대 부디 만수무강하옵소서."

길동이 다시 절을 올리고 작별을 고하니, 공도 더 이상 붙들지 못하고 어디를 가든지 무사하기를 부탁했다.

길동은 다시 어미의 침소로 가서 이별을 고했다.

"소자 어머니 곁을 떠나오나 다시 모실 날이 있사오니 그 사이 지체를 보중하소서."

길동 어미 춘섬은 이 말을 듣고 무슨 변고가 있음을 짐작하고 길동의 손을 잡고 통곡하면서 말했다.

"네 어디를 가고자 하느뇨? 한 집에 있으면서도 처소가 멀어 늘 마음이 쓰이더니 이제는 아주 멀리 떠나가다니, 너를 떠나보내고 나는 어찌 살란 말이냐? 빨리 돌아와서 서로 만나게 되길 바란다."

길동은 춘섬에게 다시 절을 올리고 문을 나와 정처 없는 발길을 옮겼다.

한편 초란은 특재의 소식이 없음을 의아하게 여기고 사람을 시켜 알아보았더니 길동은 간곳없고 특재와 두 계집의 주검이 방 안에 있다는 소식뿐이었다.

초란이 혼비백산하여 급히 부인에게 달려가 사실을 고했다.

"길동은 간데없고 세 주검만 있나이다."

이 말을 들은 부인이 크게 놀라 아들 좌랑을 불러 이 일을 말하고 공에게도 고했다. 공은 크게 놀라며 말했다.

"길동이 밤에 찾아와서 슬피 하직하여 이상히 여겼더니 이런 일이 있었구나."

아들 좌랑은 사실을 숨길 수 없음을 깨닫고 초란의 계획을 자세히 이야기했다. 공이 크게 노하여 초란을 내치고 조용히 그 시체를 처리케 했다. 또한 늙은 하인들을 불러 이 말이 새어 나가지 않도록 명령을 내렸다.

집을 나선 길동은 정처 없이 가다가 한 곳에 다다랐는데 경치가 뛰어나 인가를 찾아 들어갔지만 인가는 없고 커다란 바위 밑에 큰 돌문이 달혀져 있었다.

이상한 마음이 든 길동이 가만히 돌문을 밀어 보니, 돌문이 스르르 열렸다. 길동의 힘이 장사였기 때문인지도 모른다. 길동은 그 문으로 들어섰다. 참으로 이상한 곳이었다. 돌문 안에는 넓은 평야에 수백 호의 집이 있었고 무슨 잔칫날인지 여러 사람들이 모여 즐기고 있었다.

이곳은 다름 아닌 도둑의 굴이었다.

잔치를 즐기던 무리들이 난데없이 길동이 굴 안으로 들어온 것을 보고, 한편으로는 길동의 만만치 않은 풍채를 보고 반기는 마음으로 길동에게 물었다.

"그대는 누구인데 이곳으로 들어왔는가. 이곳은 여러 영웅들이 모여 있는 곳인데 아직 두목을 정하지 못하고 있다네. 생각이 있다면 저 돌을 들어 보게나."

하고 큰 돌을 가리키며 길동을 쳐다보았다.

길동이 이 말을 듣고 속으로 다행스럽게 여기며 도적이 가리킨 돌을 들어 수십 보를 걸어가다가 던졌다.

이 모습을 본 도적들은 길동을 칭찬했다.

그럴 수밖에 없는 것이 그 돌 무게가 천 근 가까이 되므로 이 도적들 가운데서는 어느 누구도 이 돌을 드는 자가 없었던 것이다.

"과연 장사다. 우리 가운데 이 돌을 드는 자가 없었는데 오늘 하늘이 도우사 장군을 주셨도다."

길동을 윗자리에 앉히고, 술을 차례로 권하며 백마를 잡아 그 피로 맹세하면서 굳게 약속하니 그들 무리가 다 승낙하고 하루 종일 즐겼다.

그 후로 길동은 여러 사람과 더불어 무예를 닦았다.

길동은 이 도둑의 무리를 '활빈당' 이라 하고는 조선 팔도로 돌아다니며 각 읍의 수령 가운데 부정한 방법으로 재물을 얻은 자가 있으면 빼앗고 혹 집안이 가난한 자가 있으면 구제하는 등 백성의 재물을 털끝 하나라도 건드리지 않았으며 나라의 재물 또한 손대지 않았다.

어느 날 길동은 활빈당을 모아 놓고

"우리가 합천 해인사의 재물을 탈취했고 또 함경 감사의 밭곡식을 도적해서 소문이 파다하여 내 성명까지 써서 감영에 붙였으니 오래지 않아 잡힐 것이나 그대들은 내 재주를 보라."

길동이 짚으로 사람을 만들어 주문을 외워 혼백을 붙이니 일곱 명의 길동이 일시에 팔을 뽐내고 크게 소리치며 한 곳에 모여 움직이니 어느 것이 진짜 길동인지 알 수가 없었다.

그리고 길동은 일곱 명의 길동이를 팔도에 하나씩 흩어지게 하고, 각각 수백 명을 거느리고 다니게 했다.

그러니 어느 길동이가 진짜 길동인지 알아낼 도리가 없었다. 이들 여덟 명의 길동이가 팔도로 돌아다니며 요술로 바람과 비를 불러일으키고 각 읍의 곡식을 하룻밤 사이에 종적도 없이 사라지게 하며, 서울로 가는 봉물(封物, 예전에 시골에서 서울 벼슬아치에게 선사하던 물건)은 하나같이 탈취하니 팔도 각 읍이 소란해서 밤에 제대로 잠을 자지 못하고 도로에 행인이 끊어질 지경이 되었다. 감사들이 일시에 서울의 임금께 장계(狀啓, 왕명을 받고 지방에 나가 있는 신하가 자기 관하의 중요한 일을 왕에게 보고하던 일. 또는 그런 문서)를 올렸는데 그들이 올린 내용은 대략 다음과 같다.

'난데없이 홍길동이란 큰 도둑이 바람과 구름을 일으키며 각 읍의 재물을 탈취하여, 보내는 물품이 올라가지 못하고 있사옵니다. 그 도둑을 잡지 못하면 장차 어떻게 될지 모르오니 바라옵건대 임금께서는 좌우포청(左右捕廳, 좌포청과 우포청을 아울러 이르던 말)을 시켜 잡게 하소서.'

임금이 장계를 보시고 크게 놀라 도둑 잡을 일을 명하시는데 연달아 팔도에서 장계가 올라왔다. 도둑 이름이 똑같은 홍길동이고 또 도둑을 당한 날짜도 한날한시였다.

임금이 크게 놀라 말하기를,

"이 도둑의 용맹과 술법은 옛날 치우(蚩尤, 중국에 전하는 전설상에 인물)도 당하지 못하겠구나. 아무리 신기한 놈인들 어찌 한 몸이 팔도에서 한날한시에 도둑질을 하겠는가? 이는 심상한 도둑이 아니니 잡기가 어려우리라."

하고 좌우포청을 함께 내보내 도둑을 잡으라 하였다.

포청 이흡을 내보낸 뒤, 임금은 다시 팔도 감사들에게도 길동을 잡아들이라 어명을 내렸으나 길동의 변화를 가늠하기 어려웠다. 혹은 초헌(조선 시대에 종이품 이상의 벼슬아치가 타던 수레)을 타고 다니기도 하고 혹은 각 읍에 열려 놓고는 쌍가마도 타고 왕래하며 어사처럼 역졸을 데리고 각 읍의 수령 중에 탐관오리(貪官汚吏, 백성의 재물을 탐내어 빼앗는, 행실이 깨끗하지 못한 관리)를 선참후계(先斬後啓, 군율을 어긴 자를 먼저 처형한 뒤에 임금에게 아뢰던 일)하되, 가어사(假御史, 예전에 가짜로 어사 행세를 하던 사람) 홍길동의 계문이라 하니 임금이 더욱 진노하였다.

"이놈이 각 도로 다니며 장난을 치건만 아직도 잡지 못하니 장차 이를 어찌하리오?"

하시며 여러 신하들과 의논을 하시고 있을 때도 각 도에선 연달아 장계가 올라왔는데 그 장계가 다 홍길동 장군의 장계였다.

왕이 더욱 근심에 잠겨 좌우를 돌아보며 물었다.

"이놈이 아마 사람이 아니고 귀신의 장난이니 누가 능히 그 근본을 짐작하겠는가?"

그러자 앉아 있던 한 사람이 나서며 아뢰었다.

"홍길동은 전임 이조판서 홍 모의 서자요. 병조 좌랑 홍인형의 서제오니 이들 부자를 부르시어 물어보시면, 자연 알게 되실 줄 아옵니다."

왕이 이 말을 듣고 더욱 노하여

"이런 말을 어찌 이제야 하느냐?"

하시고 즉시 홍 모를 금부에 가두고 인형을 잡아들여 친히 신문하였다.

"길동이라는 도둑이 너의 서제라는데 어찌 막지 않고 그대로 두어 나라에 큰 환란을 일으키게 하느냐? 네 만일 잡아들이지 않으면 너희 부자를 처벌하리니, 빨리 잡아들여 짐의 근심을 풀게 하라. 경이 아무런 벼슬이 없으면 길동을 잡기 어려울 것이니 경상 감사에 임명하고 일 년의 말미를 줄 터이니 곧 길동을 잡아들이라."

인형이 임금의 은혜에 백배 감사하게 생각하고 성상께 하직한 뒤 경상도로 부임해서 곧 각 읍에 방을 붙이게 했다.

'사람이 지켜야 할 다섯 가지 도리가 으뜸이요. 이 오륜이 있으므로 인의예지(仁義禮智)가 분명하거늘 이를 알지 못하고 임금과 아버지의 명을 거역하여 충성스럽지 못하고 효성스럽지 못하면 어찌 세상이 용납하리오. 우리 아우 길동은 이런 일을 알 것이니, 스스로 형을 찾아와서 사로잡히라. 아버님이 너로 인해 병환이 깊으시고 성상께서도 걱정이 많으시니 네 죄악이 크고 무서운지라, 성상께서 나로 하여금 특별히 도백(道伯, 관찰사)이라는 벼슬을 내리시고 너를 잡아들이라 하시니, 만일 잡지 못하면 여러 대에 걸쳐 쌓아 온 우리 홍씨 집안의 덕이 한순간에 사라지게 될 것이니 어찌 슬프지 아니하랴.

바라건대 길동은 이를 생각해서 빨리 스스로 나타나면 네 죄는 덜어질 것이요, 우리 가문은 보전하리니, 너는 만 번 생각해서 자진 출두하라.'

홍 감사는 이 같은 방을 각 읍에 붙여 놓고는 다른 일은 모두 그만두고 길동이 나타나기만 기다렸다.

그러던 어느 날 한 소년이 나귀를 타고 하인 수십 명을 데리고 영문 밖에 와서 감사 뵙기를 청했다.

감사는 혹시나 하는 마음으로 들어오게 하니 길동이 머리를 숙여 인사했다.

"제가 여기까지 오게 된 것은 아버지와 형을 위태함에서 구하고자 함이니 어찌 다른 말이 있겠습니까? 생각건대 대감께서 처음 천한 길동을 위해 아버지를 아버지라 하고 형을 형이라 하였던들 어찌 이 지경에 이르렀을까? 그러나 이제 와서 지난 일을 말하여 무엇 하겠습니까. 이제는 소인의 몸을 묶어 서울로 올려 보내소서."

하고는 다시 아무 말도 안 했다.

감사는 길동의 말을 듣고 눈물을 흘리며 공문을 쓴 다음 길동을 호송용 수레에 태워 보냈다.

그런데 이게 어찌 된 일인가? 경상 감사 홍인형이 그의 서출 동생 홍길동을 잡아 올리니, 잡혀온 홍길동이 여덟 명이나 되었다. 이를 본 조정과 장안 백성이 어리둥절했다. 임금이 괴상히 여겨 홍 모를 불러들여

"아비는 자식을 알아본다 했으니 이 여덟 중에서 경의 아들을 찾아내라."

홍 공이 황공해서 머리를 조아리며 아뢰었다.

"신의 천생 길동은 왼쪽 다리에 붉은 혈점이 있사오니 그를 알아보시면 진짜 길동이 나타날 것이옵니다."

임금이 다시 여덟 길동을 꾸짖었다.

"네 지척에 임금이 계시고 아래로 내 아비가 있거늘 이렇듯 크나큰 죄를 지었으니 죽기를 억울해하지 마라."

여덟 길동이 임금에게 아뢰었다.

"신의 아비 국운을 입었사온데 신이 어찌 감히 나쁜 짓을 하오리까. 신은 본래 천비 소생이오라 아비를 아비라 못하옵고, 형을 형이라 부르지 못하오니, 평생 원한이 마음속에 맺혀 집을 버리고 도둑 무리의 우두머리가 되었사오나 백성은 추호도 범치 않았사옵고, 각 읍의 수령 가운데

백성들의 고혈을 빨아서 모은 재물을 탈취하였사오나, 이제 십년만 지나오면 떠나갈 곳이 있으니 바라옵건대 성상께서는 걱정하지 마시고 소인을 풀어 주시옵소서."

말을 끝낸 여덟 길동이 일시에 넘어지면서 짚으로 만든 제웅(짚으로 만든 사람 모양의 물건)으로 변했다.

"천고에 이런 일이 어디 있으리오?"

임금이 근심하고 계시자 신하 가운데 한 사람이 나와 아뢰었다.

"길동의 소원이 병조판서를 한번 지내면 조선을 떠나겠다 하옵니다. 그 원을 풀면 제 스스로 사은할 것이오니 그때를 타서 잡는 것이 좋을까 하나이다."

임금이 이 말을 옳게 여겨 즉시 홍길동에게 병조판서의 벼슬을 내리시고, 사대문에 방을 붙였다.

길동은 대궐로 들어가 성상께 절을 올리고 난 다음 아뢰었다.

"소신의 죄악이 중한데 도리어 천은을 입어 평생 한을 풀고 돌아가오니 바라옵건대 성상께서는 만수무강하옵소서."

길동은 남경으로 가다가 한 곳에 다다랐는데 이것이 율도국이었다. 산천이 맑고 깨끗하고 인물이 번성하여 가히 살 만한 곳이었다. 남경으로 들어가 두루 돌아다니며 산천도 구경하고 인심도 살피고 다니다가 오봉산에 이르러 보니 그 경치가 으뜸이었다.

둘레가 칠백 리요, 기름진 들판과 논밭이 가득해서 사람 살기에 알맞은 곳이었다. 길동은 속으로 생각했다.

'내 이미 조선을 하직하였으니 이곳에 와 은거하였다가 큰일을 도모하리라.'

길동은 벼 천 석을 얻고 삼천 명의 도적 무리를 거느리고 남경 땅 제도 섬으로 들어가 수천 호의 집을 짓고 농업에 힘쓰게 하며, 재주를 배우게 하고 무술을 연습케 하니 군사가 훈련되고 양식 또한 풍족하였다. 가난하게 사는 사람은 한 사람도 없고 재산이 풍족한지라 무리들은 행복한 나날을 보내게 되었다.

한편 길동의 아버지 홍 공은 아들 길동이 멀리 간 후로는 아무런 수심 없이 지내더니 나이 팔십 살이 되어서 홀연히 병을 얻어 점점 침통해졌다.

공은 부인과 아들 인형을 불러

"내 나이 팔십 살이라, 죽는 것에는 한이 없으나, 길동의 생사를 알지 못하고 죽게 되어, 눈을 감지 못하겠도다. 제가 죽지 않았으면 반드시 찾아올 것이니 부디 적자(嫡子, 정실이 낳은 아들)와 서자(庶子, 첩이 낳은 아들)를 가리지 말고 그의 어미도 잘 대접하라."

하고는 뒤이어 숨을 거두었다.

온 집안이 슬픔에 휩싸여 장사를 극진히 지내나, 명당을 얻지 못해 고민하고 있는데, 하루는 하인이 들어와 고했다.

"문 밖에 어떤 중이 와서 상공 신위에 조문하겠다 하나이다."

인형이 이상하게 여겨 들어오라 하니, 그 중이 들어와 서럽게 우는 것이었다.

길동이 다시 여막(廬幕, 궤연 옆이나 무덤 가까이에 지어 놓고 상제가 거처하는 초막)에 나아가 상제인 인형에게 통곡한 다음 말했다.

"형님은 어찌 저를 모르시나이까?"

그제야 인형이 자세히 보고 길동인 줄 알고 손을 잡고 통곡하며 말했다.

"네 어찌 중이 되었느냐?"

"소자 처음에 마음을 그릇되게 먹고 장난을 일삼다가 아버지와 형께서 화를 당하실 것이 두려워, 조선을 떠나 중이 되어 지술(地術, 풍수지리설에 바탕을 두고 지리를 보아 묏자리나 집터 따위의 좋고 나쁨을 알아내는 술법)을 배웠나이다. 이제 아버님께서 세상을 뜨시게 됨을 짐작하고 왔사오니, 어머니께서는 슬퍼 마소서."

부인과 춘섬이 이 말을 듣고 눈물을 거두며 말했다.

"네 지술을 배웠으면 천하에 유명할 터이니, 부공을 위해 명당을 얻어 보라."

"명당은 이미 얻었사오나 천 리 밖에 있는지라, 행상키가 어려워 근심 중입니다."

인형이 듣고 크게 기뻐하며 말했다.

"네 재주와 효성을 아노니, 명당만 얻는다면 무슨 걱정이 있겠느냐?"

"형님의 말씀이 그러하시다면 내일 영구(靈柩, 시체를 담은 관)를 발인하소서. 소자가 이미 산역(山役, 시체를 묻고 뫼를 만들거나 이장하는 일)을 시작하옵고 안장할 날을 정하였사오니 형님께서는 염려치 마소서."

길동이 그의 모친인 춘섬을 데려가기를 청하니 부인과 춘섬이 마지못해 허락했다.

길동은 부친 산소를 제도 땅에 모시고 아침저녁으로 제를 지내니 모든 사람이 탄복했다.

세월이 흘러서 삼년상을 마치고 모든 영웅을 모아 무예를 연습하며 농업에 힘을 쓰니, 몇 해가 지나지 않아 병사는 잘 훈련되고 양식은 풍족했다.

이때 남쪽에는 율도국이란 나라가 있었는데, 지방이 수천 리나 되었다. 사면이 막혀 금성천리(金城千里, 성이 견고하고 길게 뻗쳐 있다는 뜻으로, 방어력이 탄탄함을 비유적으로 이르는 말)요, 천부지국(天府之國, 땅이 기름져 온갖 산물이 많이 나는 나라)이라 길동이 늘 마음에 둔 곳이었다. 길동이 대군을 이끌고 율도국 철봉산 아래 다다르니, 철봉 태수 김현충이 난데없는 군마를 보고 크게 놀라, 왕에게 보고하고는 한편으로 군사를 거느리고 나와 싸웠다. 길동을 모르고 달려들어 싸우는 싸움이라, 몇 날을 싸우지 못하고 크게 패하여 항복하였다. 율도국 왕이 이 소식을 듣고 크게 놀라

"우리나라가 오로지 믿는 바는 철봉이거늘, 이제 철봉을 잃었으니 장차 어찌하리오."

하고 자결하니 세자와 왕비 또한 자결을 하였다.

길동이 성안으로 들어가 백성을 안심시키고, 소와 양을 잡아 여러 장수와 군사들을 위로했다. 길동이 왕위에 오른 후에는 율도 왕을 의령군에 봉했다.

길동이 왕이 되어 나라를 다스린 지 삼년 째 산에는 도적이 없어지고 길에서는 떨어진 물건을 주워 가는 이가 없으니 가히 태평성대였다.

그동안 왕은 세 아들과 두 딸을 두었는데 맏아들 현은 백씨의 소생이고, 둘째 아들 창과 셋째 아들 열은 조씨의 소생이며, 두 딸은 궁인의 소생이라. 모습이나 언행이 부모를 고루 닮아 모두 다 뛰어난 재주와 훌륭한 덕망을 지녔다. 맏아들 현을 세자로 봉하고 나머지는 모두 군으로 했으며, 두 딸은 부마를 간택하니 온 나라가 기뻐 축하했다.

길동이 왕위에 오른 지 삼십년 되는 해였다. 하루는 후원 영락전에 온갖 풍악을 갖추고 노래를 지어 불렀다.

세상사를 생각하니 풀 끝에 이슬 같도다.
백년을 산다 하나 이 또한 뜬구름 같도다.
귀천도 때가 있어 다시 보기 어렵도다.
소년 시절이 어제 같거늘 네가 백발 될 줄 어이 알리!

두 왕비와 즐기고 있는데 문득 오색구름이 전각을 두르며, 늙은이 한 분이 청려장(靑藜杖, 명아줏대로 만든 지팡이)을 짚고 속발관을 쓰고 학

창의(소매가 넓고 뒤 솔기가 갈라진 흰옷의 가장자리를 검은 천으로 넓게 댄 웃옷)를 입고 전상(전각인 궁전의 자리 위)에 오르며,

"그대 인간 재미가 어떠하냐? 이제 우리 모이리라."

하더니 홀연히 왕과 왕비가 온데간데없었다.

사씨남정기(謝氏南征記)

- 김만중(金萬重) -

작품 정리

　작중 인물 중의 사씨 부인은 인현왕후를, 유한림은 숙종을, 요첩(妖妾) 교씨는 장희빈을 각각 대비시킨 것으로, 궁녀가 이 작품을 숙종에게 읽도록 하여 회오시키고 인현왕후 민씨(閔氏)를 복위하게 했다는 일화가 전해진다.

　일부다처주의 가정 속에서 처와 첩 간의 갈등을 중심으로 한, 가정 소설의 한 전형을 이루고 있어 문학사적으로도 중요한 작품이다. 교씨와 동청 등 음모자들의 활약과 적나라한 욕망의 표출, 일방적으로 고난을 당하는 정실 부인, 그리고 그 가운데 놓인 시비들의 역할 등이 후대 가정 소설의 모델이 되었다.

작품 줄거리

　명나라 때 유현의 아들 연수는 열다섯 살 때 장원급제하여 한림학사 벼슬을 하였다. 그 후 덕망이 있고 제주와 학식을 겸비한 사씨와 혼인하였으나, 나이 서른이 되도록 자녀가 없자 교씨를 후실로 맞아들인다. 그러나 간악하고 시기심 많은 교씨는 간계를 꾸며 사씨 부인을 폐출시키고 정실이 된다. 그 후 교씨는 동청과 밀통하며 남편인 유한림을 모함하여 유배를 보내게 한 다음 재산을 가지고 동청과 도망친다. 하지만 냉진이 동청의 행실을 황제에게 알린다. 황제는 노하여 동청을 잡아 네거리에서 극형에 처한다. 한편 뒤늦게 잘못을 깨달은 황제는 유한림을 이부시랑으로 임명한다. 유한림은 사씨 부인의 동생 사춘관과 사씨를 찾아 다시 유씨 가문의 안주인으로 맞아들이고 교씨를 잡아 처형한다.

작가 소개

김만중(金萬重 1637~1692)

조선 중기 문신 · 문학가이며, 자는 중숙(重叔), 호는 서포(西浦), 시호는 문효(文孝)이다. 1665년(현종 6) 정시 문과에 장원으로 급제한 뒤, 정언 · 수찬을 역임하였고 1671년 암행어사가 되어 경기 · 삼남의 민정을 살폈으며, 1675년(숙종 1) 관작이 삭탈되기까지 헌납 · 부수찬 · 교리 등을 역임하였다. 1679년(숙종 5) 다시 등용되어 예조참의 · 공조판서 · 대제학 · 대사헌 등을 지냈으나, 장숙의 일가를 둘러싼 언사 사건에 연루되어 선천으로 유배되었다. 1688년(숙종 14) 풀려났으나 다시 탄핵을 받아 남해에 유배되어, 그곳에서 〈구운몽〉을 쓴 뒤 병사하였다. 시문에도 뛰어났고, 유복자로 태어나 효성이 지극해 어머니 윤씨를 위로하기 위하여 국문 소설을 많이 썼다고 하는데, 알려진 작품은 〈구운몽〉과 〈사씨남정기〉뿐이다. 〈구운몽〉은 전문을 한글로 집필한 소설 문학의 선구로 꼽힌다. 특히 그 구성은 선계(仙界)와 현실계(現實界)의 이중 구성을 택하였고, 불교적인 인생관을 형상화하였다. 그 밖의 작품으로 〈서포집〉, 〈서포만필〉, 〈고시선〉이 있다.

핵심 정리

갈래 : 가정 소설

연대 : 조선 숙종

구성 : 추보적

시점 : 전지적 작가 시점

배경 : 중국 명나라 금릉 순천부

주제 : 처첩의 갈등과 권선징악

🧍 사씨남정기

　옛날 명나라 순천 땅에 유명한 인사가 있었는데 성은 유요, 이름은 현이라고 하였다. 그는 개국공신 유기의 자손으로 사람됨이 현명하고 문장이 뛰어나며 풍채가 훌륭하여 사람들의 칭송을 받았다.

　유현은 나이 열다섯에 최 시랑의 딸을 아내로 맞았는데, 부부의 금슬이 좋아서 세인들이 부러워하였다. 또한 젊은 나이에 과거에 급제하여 벼슬이 '이부시랑참지정사'에 이르자 그 이름이 조정(朝廷, 임금이 나라의 정치를 신하들과 의논하거나 집행하는 곳이나 기구)과 세간에 널리 퍼졌다. 그러나 당시에는 간신들이 조정에서 국권을 제멋대로 독차지하므로 벼슬을 버리고 물러나려고 기회를 보고 있었다.

　유현은 부인 최씨와 금슬은 좋았으나 자손이 없어 근심하며 지내다가 늦게야 아들을 낳았는데, 부인은 그만 세상을 떠났다. 부인을 잃은 그는 인생무상을 느끼며 병을 핑계로 사직한 후 한가로운 세월을 보냈다.

　그에게는 성격이 유순하고 정숙한 여동생이 있었는데 선비 두홍의 아내가 되어 고생을 하다 늦게야 두홍이 벼슬을 하게 되었다. 또한 유현의 아들은 이름을 '연수'라 하였는데 일찍 성숙하고 매우 총명하여 열 살 때 향시에 장원으로 뽑혔으며, 열다섯 살 때 장원 급제하여 한림학사 벼슬을 하였다.

　아들 연수가 과거에 급제한 후 결혼하려 하였으나 마땅한 규수가 없어 결정하지 못하고 있을 때, 매파(媒婆, 혼인을 중매하는 할멈)들의 추천이 거의 끝난 어느 날 주파라는 이가 찾아와 말했다.

　"주변 사람들이 마땅한 처녀를 추천하지 못하니, 제가 소견을 말하겠습니다. 부귀한 사돈댁을 구하려면 엄 상승 댁만 한 곳이 없고, 현명한 부인을 구하려 하시면 신성현에 사는 사 급사 댁 아가씨가 가장 뛰어나니 이 두 댁 가운데서 택하십시오."

"부귀는 본디 내가 원하는 바가 아니고 어진 규수를 택하려 하오. 사 급사는 내가 알기로도 매우 강직한 인물인데 그 집에 딸이 있는 줄은 몰랐소."

"그 댁 아가씨는 덕행과 용모가 출중합니다. 제 말씀을 못 믿으시겠다면 다시 알아보십시오."

유공이 여동생인 두씨 부인과 상의하자 묘한 제안을 하였다.

"사람의 덕행과 성질은 필법에 나타나니 사씨 댁 처녀의 필체를 얻어서 한번 봅시다. 마침 우화암에 기증하려던 관세음보살(觀世音菩薩, 아미타불의 왼편에서 교화를 돕는 보살로, 세상의 소리를 들을 수 있어 중생이 그 이름을 열심히 부르면 도움을 받게 된다고 함) 그림이 있으니 찬양하는 글을 그 처녀에게 부탁하도록 합시다."

이튿날 우화암의 주지승인 묘혜니가 유공과 두씨 부인의 간곡한 부탁을 받고, 그림을 가지고 사 급사 댁으로 갔다.

처녀의 어머니는 전부터 불법을 믿었기 때문에 묘혜니를 반겼다.

"그동안 오래 보지 못하였는데 오늘은 무슨 바람이 불어서 우리 집에 왔소?"

"아시는 바와 같이 소승의 암자가 퇴락하여 금년에 기부를 받아서 고치느라 댁에 와 볼 틈이 없었습니다. 이제 공사가 끝났는데, 부인께 한 가지 청이 있어 왔습니다."

"불사를 위한 일이라면 어찌 시주를 아끼겠소만, 빈한한 집에 재물이 없어서 시주를 많이 하지는 못할 텐데, 청이라는 것은 무엇이오?"

"소승이 청하려는 것은 재물 시주가 아니나 금은 이상으로 귀중한 일입니다."

"궁금하니 말해 보시오."

"암자를 보수한 후에 어느 시주 댁에서 관음화상을 보내 주셨는데 그림 뒤에 제목과 찬미의 글이 없는 게 큰 흠입니다. 그래서 댁의 따님이 아름다운 친필로 글을 지어 주십사 하고 청하러 왔습니다."

"스님의 말은 고맙소. 우리 집 아이가 비록 고금(古今, 예전과 지금을 아울러 이르는 말)의 시문에 능통하나 그런 글을 과연 지을 수 있을지 모르겠습니다. 어쨌든 시험 삼아 물어 봅시다."

시녀의 부름을 받고 아가씨가 들어왔다. 처녀를 보니 용모가 아름답고 우아함은 실로 관세음보살이 강림한 듯 황홀하였다. 소저와 묘혜니의 인사가 끝난 뒤에 부인이 딸에게 물었다.

"스님이 멀리서 찾아오셔서 네 필체로 관음찬(觀音讚, 관세음보살의 공덕을 찬양하여 부르는 노래 글귀)을 구하는데 네가 지을 수 있겠느냐?"

"소녀에게 지으라고 하시더라도 어찌 감당하겠습니까? 더구나 시부 짓는 것은 여자로서 조심할 일이라고 하였으니, 스님의 청이라도 사양할 수밖에 없습니다."

부인은 은근히 딸에게 권하고 싶어 하는 눈치였다.

"재주가 미치지 못하면 하는 수 없지만 웬만하면 지어 보는 게 어떠냐?"

묘혜니가 얼른 보자기를 풀어 관세음보살의 화상을 펼치니 화폭 위에 바다 물결이 끝이 없었다. 그 가운데 외로운 정자가 있는데 관세음보살이 헌 옷을 입고 머리도 빗지 않은 채 어린 사내아이를 품에 안고 물결을 헤치고 앉아 있는 장면이었다.

그 그림을 본 처녀가 머리를 갸웃하더니, 그제야 사양하지 않고 손을 정결히 씻은 뒤에 족자를 벽에 걸어 모시고 향을 피우고 절하며 예의를 갖추었다. 그러고는 붓을 들고 앞으로 가서 그 아래 날짜와 '정옥은사백

작서'라고 서명하였다.

묘헤니는 그 글의 뜻과 더불어 글씨를 매우 칭찬하고 유공 댁으로 돌아갔다. 기다리고 있던 유공과 두씨 부인이 궁금해 물었다.

"그 처녀를 자세히 보았소?"

"족자 속에 그린 관음과 같은 얼굴이었습니다."

유공이 묘헤니의 말을 듣고 매우 기뻐하며 말했다.

"이 관음찬의 글과 글씨를 보니 그 재주와 덕행이 예사 사람이 아니오."

유공은 묘헤니에게 매파를 사씨 댁으로 보내 혼사가 이루어지도록 부탁하였다.

사씨 댁 아가씨로 말하면 개국공신 사일청의 후예요, 사후영의 딸이었다. 사후영은 본디 청렴 강직하여 조정의 소인배(小人輩, 마음 씀씀이가 좁고 간사한 사람들이나 그 무리)들이 꺼려 하였다. 마침내 소인배가 반란을 모의할 때 사후영이 대간의 언관으로 있었으므로, 간신들의 음해(陰害, 몸을 드러내지 않은 채 음흉한 방법으로 남에게 해를 끼침)를 받고 귀양을 갔다가 거기서 죽었다.

부인은 분함을 참으며 딸을 애지중지 길렀다. 딸 또한 홀로 된 어머니를 지성으로 받들어 봉양하며 모녀가 서로 의지하며 살아 왔다. 딸이 성장하여 혼기가 되었으나 혼인할 사람과 방도가 없어 근심하던 중 매파가 찾아왔다.

그는 딸의 아름다움과 재주를 칭찬하며 말했다.

"제가 유씨 문중의 명을 받아 귀댁 따님과 혼인하겠다는 뜻을 전하러 왔습니다."

부인은 이미 유 한림의 덕행과 뛰어난 풍채를 알고 있으나 매파의 말만으로 허락할 수 없어, 병을 핑계로 시원한 대답을 주지 않았다. 하는 수 없이 그냥 돌아온 매파가 사실대로 유 한림과 두씨 부인에게 보고하였다.

유공은 크게 실망하여 그 이튿날 직접 신성현으로 가서 지현을 찾아 정중한 중매를 부탁하였다. 마침내 부인의 허락을 받고 지현은 매우 기뻐하며 유공에게 상세히 알렸다.

유공도 크게 기뻐하며 곧 날짜를 정하고 혼례 준비를 시작하였다. 어느덧 길일이 되자 양가에서는 큰 잔치를 베풀고 예식을 치르니 봉황이 쌍을 이루었다.

이튿날부터 사씨 부인은 시아버지를 효성으로 받들고 남편을 즐겁게 섬겼다. 그러던 중 유공이 우연히 병을 얻어 어떤 약을 써도 효과가 없자, 스스로 살아나지 못할 것을 깨닫고 두씨 부인에게 깊이 탄식하며 유언하였다.

"내가 죽은 후에도 자주 왕래하여 집안일을 주관하고 잘못된 일이 없게 도와주오."

아들 한림의 손을 잡고 당부하였다.

"너는 앞으로 집안일을 반드시 고모와 상의하여 가문을 빛내도록 해라. 네 아내는 덕행과 식견이 높으니 공경하고 행복하게 살아가거라."

며느리 사씨에게도

"너의 현명한 처신과 조신함을 늘 감탄하였으니 이제 안심하고 세상을 떠날 수 있다."

고 마지막까지 칭찬하고 근엄한 자세로 세상을 떠났다. 한림 부부가 하늘을 우러러 부르짖으며 애통해함은 비할 데 없고 두씨 부인의 애통 또한 극진하였다.

세월이 물 흐르듯 흘러 삼년상(三年喪, 부모의 상을 당해 3년 동안 상중에 있음)을 마치고 한림이 직무에 복귀하니 황제가 중요한 자리에 앉히려 했으나, 소인배들을 배척하는 데 강직하므로 엄 승상이 방해하여 제대로 승진하지 못하였다. 또한 나이 서른이 되도록 자녀가 없어 부인이 이를 근심하여 한림에게 어진 여인을 취하기를 권유하니 한림 웃으며 말하였다.

"자식이 없다고 어찌 첩을 얻을 수 있소. 그런 생각은 하지 마시오."

"제가 비록 덕은 없으나 세상 여자의 질투는 본받지 않겠습니다."

두씨 부인이 한림 부부의 사정을 살피고

"네 뜻은 갸륵하다. 그러나 조카가 만일 너 같은 현명한 부인의 조언을 받아들이지 않으면 뉘우칠 테니 그런 일이 없기를 바란다."

하고는 집으로 돌아갔다.

그러던 어느 날 매파가 찾아왔다.

"한 곳에 마땅한 여자가 있는데 부인의 뜻에 맞을지 모르겠습니다. 양반 댁 처자로 성은 교요, 이름은 채란인데 일찍이 부모를 잃고 지금은 그의 형제에게 의지하여 사는데 열여섯 살입니다."

"다행히 벼슬을 한 양반 댁 딸이라니 그만하면 적당하오."

부인이 한림에게 이 말을 전하고 허락을 받아 교씨를 둘째 부인으로 데려오니 그녀의 미모를 칭찬하지 않은 이가 없었다.

그러나 두씨 부인만은 안색이 우울해지고 이렇다 저렇다 말을 한마디도 하지 않았다. 이튿날 두씨 부인이 사씨 부인에게 말하였다.

"둘째 부인은 마땅히 둔하고 유순한 여자를 얻어야 하는데, 잘못 택한 것 같다. 저토록 절세가인을 얻었으니 만일 저 여자의 성품이 어질지 못하다면, 장차 집안이 평온치 못할 것 같아 걱정이다."

사씨 부인이 대답하였다.

"예로부터 절세가인이라고 반드시 간사하고 교활하지는 않았는데 얼굴이 곱다고 어찌 어질지 않겠습니까?"

그러나 두씨 부인은 다시 한 번 새로 맞은 교씨를 조심하라 이르고 돌아갔다.

한림은 교씨가 머무는 곳을 '백자당'이라 하고 시녀 남매 등 다섯 명에게 시중을 들게 하였다. 교씨는 총명하고 민첩하여 교활한 솜씨로 한림의 마음을 잘 맞추었으며, 본부인 사씨도 잘 섬겼으므로 집안에서 칭찬이 자자하였다.

얼마 되지 않아 교씨가 임신을 하자 혹시라도 아들을 낳지 못할까 미리 염려하여 '십랑'이라는 사람을 불러들여 운수를 물었다. 잠시 맥을 짚어 본 그는 여자아이의 맥이라고 말했다.

교씨는 깜짝 놀라며 탄식하였다.

"아들이 아니면 낳지 않느니만 못하니 장차 이 일을 어쩌오?"

십랑은 교씨에게 뱃속의 아이를 사내로 변하게 한다는 술법을 행하고 자신만만하게 돌아갔다.

그 후 교씨가 아들을 순산하여 한림은 본부인 사씨와 더불어 기쁨을 감추지 못하였고, 교씨에 대한 한림의 애정은 더욱 두터워졌다. 아들의 이름을 '장지'라 하고 마치 손 안에 있는 보배로운 구슬처럼 귀하게 여겼다. 더구나 본부인 사씨의 정은 이루 말할 수 없었다.

때는 마침 봄날, 사씨 부인은 시녀 대여섯 명을 데리고 화원의 정자에 이르렀다. 부인이 시녀에게 차를 내오라 하고 교씨를 부르려고 할 때 바람결에 거문고 소리가 은은히 들려왔다. 사씨 부인이 이상히 여겨 귀를 기울이고 들으니 거문고 소리가 맑아서 비취가 옥쟁반에 구르듯 사람의 마음을 감동시켰다. 부인은 시녀들에게 어디서 누가 저렇게 거문고를 잘도 타느냐고 물었다.

"이 거문고 소리는 백자당에서 나는 것 같습니다."

시녀가 부인의 명을 받고 찾아가 보니 교씨가 요리상을 풍성하게 차려 놓고 한 사람의 미인과 마주 앉아 노래를 부르고 있었다. 시녀가 돌아와 부인에게 사실대로 고하자 매우 못마땅하게 여겨 교씨를 불러 좋은 말로 훈계한 후 두 번 다시 그런 일이 없도록 할 생각이었다.

그 즈음 교씨는 십랑의 술법으로 득남하고 한림의 사랑이 두터워지자,

십랑과 더욱 친해졌다. 또한 한림의 사랑을 독차지하려고 십랑이 소개해 준 '가랑'이란 사람을 백자당으로 불러들여 노래를 배웠다.

한림은 차츰 사씨 부인과 멀어지고 교씨에게만 사로잡혀 있는 형편이 되고 말았다. 그날도 교씨는 한림이 조정에 나간 후 가랑과 함께 술과 가곡을 즐기다가 시녀를 따라서 사씨 부인이 있는 정자로 갔다.

사씨 부인은 애써 좋은 얼굴로 맞아 자리에 앉힌 뒤 조용히 물었다.

"교랑 방에 있는 미인이 어떤 여자지?"

"친정 사촌 누이입니다."

교씨는 거짓말을 했다.

사씨 부인이 엄숙한 태도로 정색하고 말했다.

"여자의 도리는 출가하면 시부모 봉양과 낭군 섬기는 여가에 자녀를 엄숙히 교육하는 것이 아닌가? 방종하게 음률과 노래로 소일하면 집안의 법도가 어지러워지니 앞으로 그런 일이 없도록 조심하게. 그 여자는 곧 제 집으로 보내고 이런 내 말 조금도 고깝게 생각하지 말게."

"제가 배우지 못하여 그런 잘못을 깨닫지 못하였다가 이제 부인의 훈계 말씀을 들었으니 깊이 명심하겠습니다."

사씨 부인은 다시 한 번 달래고 오해하지 말도록 자상하게 말하고는 해가 질 때까지 화원에서 꽃구경을 즐겼다.

하루는 한림이 조정에서 돌아와 백자당에 들었으나 술이 취하여 잠을 이루지 못하고 노래를 청하자 교씨가 감기가 들었다는 핑계로 딴청을 부렸다.

"그대가 병을 핑계로 내 말을 거역하니 무슨 못마땅한 일로 그러는 것이 아닌가?"

"실은 제가 심심하여 노래를 부르고 있었더니 부인이 불러서 책망하기를 네가 요괴스럽게 집안을 어지럽게 하고, 낭군님을 혹하게 하니 다시 노래를 하면 칼로 혀를 끊고 약을 먹여 벙어리로 만든다고 하셨습니다.

노래를 못하는 고충을 짐작하시고 용서해 주십시오."

한림이 깜짝 놀라며 속으로 본부인 사씨의 질투라 생각하고 위로하였다.

사씨 부인은 진심으로 여자의 정숙한 몸가짐을 바라는 심정에서 충고하였는데 교씨는 그 충고에 원한을 품고 교묘한 말로 한림에게 고자질해 불화를 빚게 한 것이다.

그 즈음 한림은 친한 벗의 소개로 남쪽 지방 출신인 '동청'이란 사람을 집에 두고 집안일을 보게 하였다. 동청은 영리하고 간사하였지만 한림의 친구는 동청의 간사함을 숨기고 한림에게 추천한 것이다. 동청은 한림의 비위를 민첩하게 잘 맞추었으므로 차츰 신임을 받아 집안의 큰일을 거의 다 맡아 보게 되었다.

그러한 동청의 태도를 유심히 눈여겨본 사씨 부인이 한림에게 당부하였다.

"들리는 말에 동청은 위인이 정직하지 못하다 하니 큰일을 저지르기 전에 내보내는 것이 좋겠습니다."

그러나 한림은 귀담아듣지 않았다.

"풍문은 다 믿을 수 없으니 좀 더 두고 보아야 할 것이오."

그러자 사씨 부인은 남편 한림의 태도가 못마땅하였다. 사실 한림으로서도 부인을 신임하는 정도가 전과 달라졌으며 첩 교씨의 고자질로 사씨 부인을 의심하는 마음이 있었다.

동청 또한 사씨 부인의 충고를 공연한 말이라고 못 박으며 못 들은 척 하였다. 더욱이 교씨는 노골적으로 사씨 부인을 헐뜯고 없는 일을 꾸며 고해 바쳤으나, 한림은 그저 모르는 척 집안에 내분이 없기를 바라는 태도였다.

마침내 질투에 불타게 된 교씨는 무당 십랑을 불러 사씨 부인을 해칠 계략을 물었다. 십랑이 교씨의 귀에 입을 대고 속삭였다.

"그럼 지체 말고 빨리 해서 내 속을 편히 해 주게."

십랑은 신이 나서 사씨를 음해할 일에 착수하기 시작하였다. 그 즈음 드디어 사씨 부인도 아기를 갖게 되어 열 달이 지나자 아들을 낳았다. 한림은 '인아'라 이름 짓고 매우 기뻐하니 교씨는 간장이 타오르는 듯하여 어쩔 줄을 몰랐다. 교씨는 십랑을 불러 사씨를 해칠 비방을 재촉하였다. 십랑은 요물을 만들어 사방에 묻고 교씨의 여종인 남매를 시켜 방법을 가르쳐 주었다.

하루는 한림이 조정에 들어갔다가 여러 날 만에 집에 돌아와 보니 교씨가 낳은 아들 장지가 급한 병이라고 하였다. 한림이 놀라 백자당으로 달려가 보니 교씨가 울면서 호소하였다.

"애가 갑자기 발병하여 죽을 지경이니 병세가 체증이나 감기가 아니고 필경 집안의 누가 수를 써서 일으킨 귀신의 소행인가 합니다."

"설마 그럴 리가 있을까?"

한림이 교씨를 위로하고 방에 가서 보니 아들이 과연 헛소리를 하고 가위 눌리는 증세로서 위급해 보였다. 한림도 차츰 교씨의 말을 믿고 사씨 부인을 의심하게 되었다.

사실 교씨는 동청과 은밀히 정을 나누고 있었으니 실로 한 쌍의 요물이었다. 그러한 것을 알 리 없는 한림이 장지의 병때문에 매우 침통해하고 있을 때 교씨마저 식음을 끊어 한림의 마음을 불안하게 하였다.

하루는 부엌을 청소하다 괴이한 물건을 찾았다고 여종 하나가 한림과 교씨에게 보였다. 교씨는 얼굴이 흙빛으로 변하며 울면서 호소하였다.

"어떤 사람이 우리 모자를 이토록 미워하니 참으로 억울해서 죽을 지경입니다. 한림께서는 이 일을 어떻게 처리하실 생각입니까?"

"일은 비록 간악하지만 집안에 의심할 사람이 없으니 불태워 버리는 것이 좋지 않겠는가?"

"지당하신 말씀입니다."

그 일이 있은 뒤 한림은 차츰 본부인을 냉담하게 대했다. 이때 사 급사 댁에서 친정어머니가 위독하다는 기별이 왔다. 사씨 부인은 깜짝 놀라서 한림에게 말하였다.

"모친의 병환이 위중하다 합니다. 지금 가 뵙지 못하면 평생 한이 되겠으니 친정에 보내 주십시오."

"장모님 병환이 위독하시다니 빨리 가시오. 나도 틈을 타서 한번 가서 문안 드리겠소."

사씨 부인은 인아를 데리고 신성현 친정으로 갔다. 모친의 병세가 위중하여 사부인은 간병하느라 빨리 시댁으로 돌아오지 못하고 몇 개월이 지났다.

이때 흉년이 들어 백성의 어려움을 살피라는 황제의 명을 받고 한림은 사씨 부인을 미처 보지 못하고 길을 떠났다.

한림이 집을 떠난 후 교씨와 동청은 부부처럼 거리낌 없이 행동하며 사씨 부인을 없앨 계획을 짜고 있었다. 동청이 말했다.

"내게 '냉진'이라는 심복이 있는데 내 말이라면 잘 듣고 꾀가 많으니 감쪽같이 해치울 것이오. 그런데 일을 꾸미자면 우선 사씨가 소중히 여기는 보물을 얻어야겠는데 그것이 어렵군."

"옳지, 좋은 수가 있어요. 사씨의 시녀 설매가 우리 시녀 남매의 동생이니까 그 애를 달래서 사씨의 보물을 훔쳐 내게 하겠어요."

이런 음모를 꾸민 후 남매가 설매를 찾아가 설득해 교씨의 열쇠 꾸러미를 주며 사씨 부인이 소중히 여기는 보물을 꺼내 오라고 하였다. 설매는 보석 상자를 열고 옥가락지를 훔쳐다가 주고 그 내력을 고하였다.

"이 옥가락지는 사씨 부인이 가져온 친정 대대로 내려오는 소중한 보물이라며 한림 부부께서 가장 소중히 여기셨습니다."

교씨는 기뻐하며 설매에게 후한 상금을 주고 동청과 함께 흉계를 진행시키기로 하였다. 이때 마침 신성현 친가에서 사 급사 부인이 작고했다는 부고가 왔다. 간사스러운 교씨는 시녀 남매를 보내어 사씨 부인을 위로하는 척하였다.

한편 한림은 산동 지방에 이르러 남방 출신의 냉진이라는 풍채가 매우 준수한 청년과 동행하게 되었다. 한림이 밤에 잘 때 보니 그 청년의 속옷 고름에 어디선가 본 적이 있는 옥가락지가 달려 있었다. 아무래도 눈에 익은 것이라 의심하지 않을 수가 없었다.

다음 날 한림이 냉진에게 말했다.

"내가 일찍이 서방 사람에게 배워서 옥의 종류를 좀 구별할 줄 아는데, 자네가 가진 그 옥가락지가 예사 옥이 아닌 듯하니 구경 좀 시켜 주게."

청년은 머뭇거리는 듯하다가 옷고름에서 풀어 한림에게 내주었다.

자세히 보니 자기 부인 사씨의 것과 똑같아 더욱 의심이 깊어져 청년에게 물었다.

"참 좋은 보배로군 그대는 이것을 어디서 구했는가?"

청년은 입을 열지 않았다.

"자네가 그 옥가락지를 지니고 있는 이유를 말하지 않으니, 어찌 그동안 친해진 사이라고 하겠는가?"

그러자 청년은 마지못한 듯이 입을 떼었다.

"정든 사씨 부인과의 정사인데 어찌 안타깝지 않겠는가?"

두 길동무는 종일 함께 술을 마시고 다음 날 오후에 이별하였다. 한림은 나랏일을 마치고 집에 돌아와 의심과 걱정 탓에 궁금한 마음으로 사씨 부인에게 물었다.

"당신 부친께서 주신 옥가락지는 어디에 간수해 두었소?"

"그대로 패물 상자에 넣어 두었는데 그건 갑자기 왜 물으세요?"

"좀 이상한 일이 있었기에 궁금해서 한번 보고자 하오."

사씨 부인은 시녀에게 보석 상자를 가져오게 하여 열어 보니 그 옥가락지 한 개만 보이지 않았다. 사씨 부인은 깜짝 놀라며 물었다.

"분명히 이 상자 속에 넣어 두었는데 웬일일까요? 그 가락지의 행방을 한림께서는 아십니까?"

한림이 얼굴을 붉히며 말했다.

"자기가 남에게 주고서 나한테 묻는 건 무슨 심사요?"

바로 그때 두씨 부인이 오셨다고 시녀가 고하였다.

"집안에 이상한 일이 생겨 고모님께 상의하러 가려던 참인데 잘 오셨습니다."

한림이 말하였다.

"아니 집안에 무슨 큰 일이 생겼기에?"

한림은 모든 사실을 말씀 드렸다.

그러자 두씨 부인은 얼굴빛이 변하며 말하였다.

"그런 어리석은 의심을 하지 마라. 누가 분명히 도둑질해 낸 것이 분명하다."

"고모님 말씀이 지당합니다."

한림은 곧 형장 도구를 갖추고 시비들을 문초하나 아무도 고백하지 않으므로 사씨에 대한 의심은 풀리지 않았다. 이에 속으로 기뻐하는 이는 교씨였다.

그 후 한림은 더욱더 교씨만을 사랑하여 그의 말만을 믿고 사씨 부인을 의심하게 되었다. 두씨 부인은 사씨의 누명을 벗겨 주려고 하였지만 단서를 잡지 못하고 심중으로만 교씨의 간계라 생각했다.

두씨 부인은 한림의 집에 오래 머물기가 거북하여 장사 부총관으로 부임하는 아들을 따라 장사 땅으로 가게 되니, 한림에게 사씨의 억울함을 헤아려 경솔히 행동하지 말라고 당부하고 사씨 부인을 찾았다.

사씨 부인은 탐스런 검은 머리조차 빗지 않아 흩트린 채 얼굴이 창백하고 전신이 연약해져서 옷의 무게조차 이기지 못하는 듯 애처로웠다.

사씨 부인은 고모님을 보고 반가워하며 말했다.

"이번에 고모님 댁이 지체가 높아져 부임지로 행차하시는데, 죄 많은 제가 찾아뵙고 마땅히 인사 올려야 하련만, 누명을 쓰고 있어 집 밖에 나가지 못했는데 왕림해 주셔서 감사합니다."

"질부, 너무 근심하지 마오. 조카가 지난날의 총명함을 되찾는 날까지 하늘이 정하신 운수로 여기고 너무 마음 상하지 말고 있으오."

두씨 부인은 한림을 불러 엄숙히 훈계하였다.

"이후에 집안에서 질부를 음해하거나 혹 무슨 안 좋은 일이 생기거든 결코 함부로 의심하지 말고, 내가 돌아올 때까지 기다려서 처리하도록 하라."

한림은 이마를 찌푸리고 엎드려서 고모의 말을 듣고만 있었다.

두씨 부인은 사씨를 다시 한 번 부탁하고 길을 떠났다.

원수 같던 두씨 부인이 떠난 후 교씨는 매우 기뻐하며 십랑과 남매 등과 계획을 세워 사씨를 아주 없애기로 작정하고 있었다.

독한 성품의 교씨는 사씨를 내쫓기 위해 심지어 자신의 아들 장지를 죽이기로 결심하고, 사씨의 시녀 춘방을 꼬드겨 약을 달이게 한 후 몰래 독약을 섞었다. 아들 장지가 약을 먹자마자 즉사하였다.

한림의 얼굴이 흙빛으로 변하는 것을 살펴본 교씨는 대성통곡하며 한림이 원수를 갚아주지 않으면 자신도 죽어버리겠다고 하였다.

한림은 교씨를 위로하고 시녀들을 엄형으로 추궁하나 아무도 입을 열지 않았다. 그리하여 사씨를 내치기로 하니 대문 밖으로 쫓겨나는 사씨를 보고 모두 동정의 눈물을 흘렸다.

유모가 사씨의 아들 인아를 데리고 나오자 부인은 받아서 안고 눈물 흘리며 말하였다.

"너는 내 생각은 말고 잘 있거라. 서로가 죽더라도 현생에서 미진한 인연은 다음 생에서 다시 만나 모자의 연분이 되기 바란다."

사씨는 사랑스러운 아들 인아를 유모에게 주고 가마에 오른 후 아들의 보살핌을 수없이 당부하고 하인 하나만 데리고 떠났다.

이때 교씨와 그의 심복 시녀들은 저희들 세상을 만난 듯이 기뻐하였다.

한림의 집에서 쫓겨난 사씨는 신성현으로 가지 않고 묘소로 가 시부모묘 앞에 초목을 짓고 살았다. 이 소식을 들은 사씨의 남동생이 찾아와서 신성현으로 가자고 설득하였으나 돌아가지 않고 외로운 세월을 보내고 있었다.

교씨는 사씨가 친정으로 가지 않고 묘 앞에 머물러 있다는 소식을 듣고 후환을 염려하여 동청과 상의하여 사씨를 납치한 뒤 냉진의 첩으로 만들려고 계략을 꾸몄다. 그들은 두씨 부인의 필체를 모방하여 사씨에게 편지를 보냈다.

냉진은 사씨를 유괴할 인부들을 보낸 뒤에 집으로 돌아가서 혼례 준비를 갖추고 있었다.

하루는 사씨 부인이 창가에서 베를 짜고 있을 때 누군가 찾아왔다.

"문안드립니다. 이 댁이 유 한림의 부인 사씨께서 계신 댁입니까?"

노비가 나가 그렇다 하고 어디서 왔느냐고 물었다.

서울 두춘관에서 두씨 부인의 전갈을 받고 왔다는 그들의 편지를 사씨에게 전해 주었다. 열어 보니 이별한 뒤 염려하는 마음으로 위로하며 오해로 쫓겨나 산소 밑에서 고생하다 나쁜 무리에게 해를 당할까 두려우니 자기 집으로 와서 있으라는 내용이었다.

사씨는 가겠다는 답장을 써서 보내고는 시름에 잠겼다.

'이곳이 비록 산골짜기지만 선산을 바라보며 마음을 위로해 왔건만, 시고모님 댁으로 가면 몸은 편할지라도 마음은 더욱 허전할 것이니 내 신세가 처량하다.'

그런 생각 중에 졸음이 와서 깜빡 조는데 비몽사몽 중에 전에 부리던 시녀가 와서 유공이 부르신다기에 따라가니 생시의 모습과 조금도 변함

없는 시아버님이었다.

"오늘 너를 데려가겠다는 두씨 부인의 편지는 가짜니 속지 말라. 글씨를 다시 자세히 보면 위조된 것임을 알 수 있을 것이니 부디 속지 말라."

사씨는 시아버지에게 울면서 대답하였다.

"실제 고모님께서 부르시더라도 제가 어찌 묘를 떠나겠습니까?"

"그러나 여기에 오래 머물면 안 된다. 더구나 너는 7년 동안 액운이 있을 운수니 남쪽으로 피신하는 것이 좋겠다. 속히 피신해라."

"외롭고 약한 여자의 몸이 어찌 7년 동안이나 아무도 없는 타향에서 살아가겠습니까? 앞으로 겪을 일을 가르쳐 주십시오."

"하늘이 주신 운수를 낸들 어찌 알겠느냐? 다만 6년 후 4월 15일에 흰 마름꽃이 피어 있는 물가에 배를 매어 두었다가 급한 사람을 구해 주어라. 이 말 명심하고 잊지 말았다가 꼭 그래야만 네 운수도 통한다."

흐느껴 우는 사씨를 유모와 종이 흔들어 깨웠다. 사씨는 그 신기한 꿈 이야기를 하고 유공의 말대로 묘소를 떠나기로 하였다. 그때 두춘관에서 가마가 왔다는 종의 말을 듣고 병을 핑계로 돌려보낸 후, 장삿배를 하나 발견하여 남쪽으로 길을 떠났다.

사씨를 태운 배가 풍랑과 심한 물에 표류하니 서로 울고 위로하는 가운데 가까스로 배가 한 곳에 이르렀다. 사씨는 토사병(吐瀉病, 토하고 설사하는 병)이 급해져서 모르는 집에 들러 병을 치료하게 되었다. 다행히 그 집의 여주인이 양순하여 사씨의 병이 나아서 이별을 하게 되자 헤어짐을 여간 슬퍼하지 않았다.

사씨는 주인에게 사례를 하려고 손에 끼었던 가락지를 주며 당부하였다.

"비록 미미하지만 그대 손에 끼고서 내가 마음으로 보내는 정을 잊지 말아요."

"이 패물은 부인이 먼 길을 가시는데 노비가 떨어졌을 때 긴요하실 텐데 제가 어찌 받겠습니까?"

그러나 사씨가 굳이 주었으므로 그 여자는 감사하며 받았다. 이처럼 사씨는 천신만고(千辛萬苦, 천 가지 매운 것과 만 가지 쓴 것이라는 뜻으로, 온갖 어려운 고비를 다 겪으며 심하게 고생함) 끝에 뱃길을 따라 장사에 거의 다 왔다가 풍랑에 밀려 다시 배에서 내렸다.

사씨 부인은 탄식하며

"구차한 인생을 살려고 할 것이 아니라 차라리 죽어서 옛날 사람처럼 꽃다운 이름이나 남기라는 것이 하늘의 뜻인 것 같다."

며 강으로 뛰어들려 하는 것을 유모가 놀라 애원하며

"그럼 저희들도 함께 죽겠습니다."

하였다.

"너희들이 무슨 죄가 있어 죽는단 말이냐? 너희들은 고향으로 돌아가거라."

신신 당부한 뒤, 나무껍질을 깎아 큰 글씨로 모년 모월 모일 사씨 정옥은 시가에서 쫓겨나 몸을 이 강물에 던졌다고 쓴 뒤 통곡을 하며 슬피 울었다. 유모가 위로하며 악양루에 올라서서 밤을 지내고, 누상에서 지칠 대로 지친 사씨 부인은 유모 무릎에 기댄 채 꾸벅꾸벅 졸았다.

그때 비몽사몽간에 한 소녀가 와서 말하였다.

"저의 낭랑(娘娘, 왕비나 귀족의 아내를 높여 이르는 말)께서 부인을 모셔 오라고 분부하셔서 왔습니다."

"너의 낭랑이 누구시냐?"

사씨 부인이 물었다.

"저와 함께 가시면 아실 겁니다."

소녀를 따라가니 매우 크고 훌륭한 궁궐들이 강가에 서 있고 두 명의 부인이 황금으로 된 다리 위에 앉아 사씨를 맞아 위로하였다. 모든 일에 힘써 노력하며 살면 쉰 살을 넘긴 후에는 이곳에 자연히 모이게 될 것이니 그때까지 몸조심하라고 당부하였다.

꿈을 깬 사씨 부인이 소상강의 대밭으로 들어가니 꿈에 보던 것과 조금도 다름없는 묘가 하나 있었는데 거기에는 '황릉묘'라고 써 있었다. 그 가운데 들어가서 사방을 살펴보니 짐승 소리가 여기저기서 들려왔다.

사씨 부인이 곰곰이 생각하다가 다시 죽을 결심을 하고 물에 빠지려 하니 홀연히 황릉묘의 문이 열리고 여승과 여자 동자가 나타나서 물었다.

"또 고초를 당하고 물에 빠지려고 하십니까?"

"그대들은 어떻게 우리 일을 아는가?"

"소승은 동정호 군산사에 있는데 아까 비몽사몽 중에 관음보살님이 나타나셔서 어진 사람이 환란을 만나 강물에 빠지려고 하니 구해 주라 하시기에 급히 배를 저어 왔습니다."

사씨 부인이 말했다.

"우리는 죽게 된 목숨들이라 존귀하신 스님의 구함을 받으니 감격스럽지만, 암자는 멀고 가더라도 폐가 될까 두렵습니다."

스님이 말했다.

"부처님의 명으로 모시러 왔는데 그게 무슨 말씀이십니까?"

세 사람은 여동을 따라 동정호 가운데 있는 군산사에 이르러 험한 산길을 따라 '수월암'이라는 절에 도착하였다.

이튿날 아침에 잠을 깬 사씨 부인은 불당에 올라가 분양하고 부처님을 올려다보니 바로 십육 년 전에 자기가 찬가를 지어 준 백의관음 화상이었다. 자연히 놀라움과 슬픈 마음을 금할 수 없었다. 그 모양을 본 여승이 놀라며 물었다.

"부인은 분명히 신성현 사 급사 댁 따님이 아니십니까?"

"스님께서 어찌 저를 아십니까?"

"소승은 저 관음 화상의 찬문을 받아 간 우화암의 묘혜니입니다. 그런데 부인께서 어찌 이런 고생을 하십니까?"

사씨 부인은 유 한림과 혼인한 이후의 사연을 자세히 들려주었다. 사씨 부인은 수월암에 머물면서 전에 시아버님이 꿈에 나타난 일을 묘헤니에게 말했다. 그 후 사씨 부인은 수월암에 머물면서 세월을 보내고 있었다.

한편, 교씨의 행실은 날로 간악해지고 한림이 조정에 들어가 숙직할 때는 동청을 불러 백자당에서 음란한 추행을 하였다. 그러던 어느 날 한림이 근무를 마치고 나와 교씨를 찾았으나 원래 자던 정당에 없고 백자당에 있다는 것이었다.

한림이 물었다.

"왜 여기서 자는 거요?"

"요즘 정당에서 자면 꿈자리가 뒤숭숭하고 기분이 좋지 않아서 여기서 잤습니다. 당신도 그 방에서 자면 꿈자리가 흉하던가요?"

한림은 도진이라는 진인(眞人, 도교의 깊은 진리를 깨달은 사람)을 내실로 불러 요즘 흉몽을 꾸니 무슨 악귀의 장난이냐고 물었다.

도진이 대답하였다.

"비록 대단치 않으니 기운이 좋지 않소이다."

도진은 하인을 시켜 벽을 뜯고 나무로 된 사람을 꺼내서 한림에게 보였다. 한림이 크게 놀랐다.

"이것은 사람을 해치려 만든 것이 아니고 오직 첩이 한림의 사랑을 독차지하려는 마음으로 한 요망한 짓입니다."

한림은 그제야 사씨가 억울한 누명을 쓰고 쫓겨난 것이 아닐까 하고 의심하게 되었다. 그러고는 비로소 악몽을 깬 듯이 스스로 부끄러워하였다.

이것을 눈치 챈 교씨는 동청과 함께 한림을 해칠 계획을 상의하였다. 동청이 우연히 책상 서랍에서 한림이 쓴 글을 보고는 얼굴에 웃음을 띠더니 말했다.

"하늘이 우리 두 사람을 배필이 되게 해 주실 테니 부인은 걱정하지 마오."

"그게 정말이에요? 무슨 좋은 징조가 있나요?"

"이 글을 보니 엄 승상을 간악한 소인으로 비하여 비방하고 있으니, 증거가 되는 이 글을 승상에게 보이면 그가 황제께 알려서 유 한림을 엄벌에 처할 것이 아닙니까?"

동청이 한림의 글을 엄 승상에게 전하니 마침 잘되었다는 듯이 그 글을 황제에게 알렸다. 황제가 그 글을 받아 보고는 크게 노하여 한림을 극형에 처하려고 하였다. 그러나 태우 서세가 상소를 올려 가까스로 감형되어 귀양길에 오르게 되었다.

그러자 교씨는 거짓으로 통곡하며 말했다.

"한림께서 먼 곳으로 고생길을 떠나시는데 첩이 어찌 떨어져서 홀로 살겠습니까? 저도 따라가 생사를 같이하고자 합니다."

"나는 이제 타지로 가서 생사를 기약하지 못하니, 그대는 집을 잘 지키고 조상의 제사를 받들고 아이들을 잘 길러 주시오. 그리고 인아는 골격이 대범하니 잘 길러만 준다면 내가 죽어도 눈을 감을 것이오."

교씨가 한림을 안심시키며 말했다.

"어찌 제 배를 앓고 낳은 봉추와 달리 생각하겠습니까?"

"부디 그렇게 부탁하오."

유 한림은 하인 몇 명을 데리고 먼 귀양길을 떠났다.

그 후 동청은 엄 승상의 편이 되어 진유현 현령으로 출세하여 부임하게 되자 교씨에게 사람을 보내었다. 기별을 받은 교씨는 매우 기뻐하며 사촌 형이 죽어 시골에 간다고 거짓말을 하고 봉추와 인아, 심복 종들만 데리고 길을 떠났다. 방탕한 사내와 음란한 여자는 서로 만나 저희들 세상이라고 기뻐하며 어찌할 줄을 몰랐다.

"인아는 원수의 자식인데 데리고 가서 무엇 하겠소?"

동청이 말하자 교씨는 그 말이 옳다 여기고 시녀 설매를 시켜 어린 인아를 물속에 넣어 죽이라고 했다. 그러나 설매는 차마 죽일 수 없어 강가의 숲에 감추어 두고 와서 거짓말로 교씨에게 고하였다.

"아이를 물에 넣었더니 물속에서 잠깐 들락날락하다가 마침내 가라앉아 보이지 않았습니다."

교씨와 동청은 기뻐하며 육로로 진유현에 도착하였다.

한편, 유 한림은 귀양길을 떠난 후 드디어 자기의 과오를 깨닫고 깊이 후회하였다. 그러니 밤낮으로 화가 가슴에 치솟아 병이 깊어졌다.

하루는 한 노인이 꿈에 나타나

"병이 중하니 이 물을 드시고 나으시기 바랍니다."

하며 물병을 마당에 놓고 홀연히 떠나갔다.

한림이 이상한 꿈이라고 생각하고 있는데, 이튿날 아침 종이 뜰을 쓸다가 놀라며 중얼거리는 소리가 들렸다.

"마른 땅에서 웬 물이 솟아날까? 참 이상도 하다."

이에 한림이 창을 열어 보니 꿈에 노인이 물병을 놓고 간 자리에서 물이 솟아 나오고 있었다. 한림은 꿈을 떠올리고 물을 길어 오라고 하여 먹어 보니 맛이 달고 시원해서 무척 좋았다.

그 후 한림의 병은 깨끗이 나았을 뿐 아니라 그 지방의 풍토병(風土病, 어떤 지역의 특수한 기후나 토질로 인하여 발생하는 병)이 사라졌다. 이에 감격한 사람들은 그 우물을 '학사천'이라 불렀다.

진유현에 도착한 동청은 백성에게 세금을 가혹하게 착취하고, 그것도 부족하여 황제께 상소하여 금은보화가 많은 곳으로 승진해 가게 되었다. 때마침 황제가 태자를 책봉하는 날이라 한림도 은총을 입어 친척이 있는 무창 땅을 향하였다.

한림이 여러 날 길을 가다가 장사 땅을 지나게 되었다. 그때 갑자기 어마어마한 행차가 지나가기에 자세히 보니 다름 아닌 간악한 동청의 행차였다.

'아니 저놈이 어떻게 높은 벼슬을 하고 이 지방에서 행차를 할까? 아하, 저놈이 천하의 세도가 엄 승상에게 아부하여 저런 출세를 하였구나.'

한림은 분노를 느끼며 자신을 더욱 부끄럽게 생각했다. 이때 맞은편 집에서 여자 한 명이 나오다가 주점에서 점심을 먹는 한림을 보았다.

"유 한림께서 어떻게 이런 곳에 와 계십니까?"

자세히 보니 바로 시녀 설매였다.

"나는 황제의 은혜를 입고 귀양이 풀려서 황성으로 돌아가는 길이다만 너는 이곳에 어떻게 왔느냐? 그래, 집안은 평안하냐?"

한림이 묻자 설매는 그간의 모든 사실을 한림에게 고하였다.

설매의 말을 들은 한림은 기가 막혀서 한참 동안 말을 못하다가 다시 말을 꺼냈다.

"좌우간 이렇게 된 자초지종을 더욱 자세히 말하라."

한림이 비통한 안색으로 재촉하자 설매도 흐느껴 울며 말하였다.

"하늘을 속이고 주인을 저버린 저의 죄가 천지에 가득하오니 한림께서 관대히 용서하여 주십시오."

"내 지난 일은 탓하지 않을 테니 숨기지 말고 사실대로 말하여라."

"그간 모든 일은 교씨가 꾸민 간계였습니다. 한림께서 귀양 가시게 된 것도 동청과 교씨가 엄 승상에게 고하여 꾸민 농간이었습니다."

설매는 팔뚝을 걷고 팔뚝에 고문당한 흉터를 내보이면서 인아를 죽이려 한 경위에 대하여 말했다.

"다행히 너의 갸륵한 소행으로 인아가 살았다면 너는 그 애 생명의 은인이다."

"밖에 저를 데리러 온 사람이 있으니 더 머무르면 의심을 받습니다. 떠나기 전에 급히 한 말씀 아뢰겠습니다. 어제 악주에서 들은 소식인데 사씨 부인께서 장사로 가시다가 풍랑을 만나 물에 빠져 돌아가셨다는 말도 있고, 어떤 사람의 도움으로 아직 살아 계시다는 풍문도 있으니 한림께서 수소문하여 알아보십시오."

그렇게 말하고 설매는 얼른 교씨의 행렬을 쫓아갔다. 교씨가 이상히 여겨 설매를 데리고 온 시녀에게 물었다.

"왜 이렇게 늦었느냐?"

"어떤 이와 이야기를 하느라고 이토록 늦게 되었습니다."

"그 사람이 누구더냐?"

"행주 땅에 귀양 간 한림이 돌아오는 길이었습니다."

교씨가 깜짝 놀라며 행차를 멈추고 동청과 함께 뒷일을 상의하니 동청 역시 깜짝 놀라 건장한 관졸 수십 명을 뽑아 어서 가서 한림의 목을 베라고 명하였다.

이런 소동이 일어난 것을 본 설매는 두려워서 그만 스스로 목을 매었다.

한림은 설매에게 기막힌 소식을 듣고 악주에 이르러 강가를 배회하다가 큰 소나무 껍질에 큰 글씨로 '모년 모일 사씨 정옥은 이곳에 눈물을 뿌리고 강물에 몸을 던졌다'고 쓴 것을 발견하였다. 통곡하며 울다 정신을 차리고 사씨의 넋이라도 위로하기 위하여 제문(祭文, 죽은 사람에게 애도의 뜻을 나타낸 글)을 지으려고 하였다. 그때 장정 수십 명이 칼과 창을 가지고 들이닥치면서 외쳤다.

"유 한림만 잡고 다른 사람은 상하게 하지 말라!"

한림이 놀라 뒷문으로 도망쳐서 방향도 모른 채 허둥지둥 달아났다. 그러나 얼마 가지 않아서 큰 강물이 가로놓여 있으므로 어쩔 수 없이 물에 몸을 던지려는 순간, 어디선가 배 젓는 소리가 은은히 들려왔다. 소리 나는 곳으로 허둥지둥 달려가면서 한림은 하늘에 빌었다.

한편, 동정호 수월암에서 사씨를 보호하고 있던 묘혜니가 하루는 "부인, 오늘이 바로 4월 15일인데, 그전에 하시던 말을 잊으셨나요?"

하고 일깨워 주었다. 속세와 인연을 끊은 사씨 부인은 그 중요한 4월 15일의 일도 잊고 있었던 것이다. 그러던 중 묘헤니의 말을 듣고 흰 마름꽃이 피어 있는 물가로 배를 저어 가면서 슬픈 추억에 사로잡혀 있었다.

한림은 배를 향하여 가면서 구원을 청하였다.

"사람 살려 주시오!"

배를 젓던 묘헤니가 그곳으로 배를 대려 하자 사씨 부인이 말렸다.

"저 사람의 음성이 남자인데 태워도 괜찮겠습니까?"

"눈앞에 죽는 사람을 두고 어찌 구하지 않겠습니까?"

묘헤니가 배를 물가에 대니 한림이 배에 뛰어오르면서 다급한 목소리로 청했다.

"도적놈들이 쫓아오니 빨리 배를 저어 가 주시오."

그리하여 한림은 위기를 모면하고 배 안의 사람을 보니 뜻밖에도 두 사람 모두 여자였다. 이때 소복을 입은 젊은 여자가 한림을 보더니 울음을 터뜨렸다.

한림이 이상히 여기고 자세히 보니 자기의 아내 사씨가 분명했다.

"부인을 여기서 만나다니 이게 어찌 된 일이오. 뜻밖에 만난 부인에게 내가 이제 무슨 낯을 들어 대하겠소. 어리석은 나를 탓하시오."

남편의 뉘우치는 말을 듣고 사씨 부인은

"한림께 이런 말씀을 듣지 못하였다면 죽어도 어찌 눈을 감았겠습니까?"

하며 울고만 있었다. 서로 죽은 줄 알았다가 다시 만난 부부는 반가운 것도 잠깐, 어린 인아의 생사를 알지 못해 새로운 슬픔에 사로잡혀 오열하였다.

수월암에 도착한 한림이 부인을 보고 말하였다.

"범의 입에 들어간 환란은 피했으나 의지할 곳이 없으니 무창으로 가서 약간의 전량(田糧, 밭을 빌려 주고 거두어들이던 양곡)을 모아 앞일을 꾸려 갈 것이니 부인도 같이 가 주기를 바라오."

"한림께서 저를 원하시면 제가 어찌 명을 따르지 않겠습니까? 하지만 다시 돌아가는 데도 예절이 있어야 하지 않을까 합니다."

"아, 내가 너무 급하게 생각한 모양이오. 내가 먼저 가서 묘를 모셔 오고, 다시 소식을 수소문한 후에 예를 갖추어서 데려가리다."

한림은 남이 알아보지 못하게 변장을 하고 길을 떠났다.

한편, 동청은 교씨를 데리고 계림 태수로 부임하여 심복 부하 냉진을 시켜 행인이 물건을 약탈하는 짓을 일삼았다. 교씨가 계림에 간 지 얼마 되지 않아 봉추가 병들어 죽자 어미의 정으로 괴로워하였다.

그러던 중 냉진이 서울에 와서 보니 엄 승상의 세도가 이미 무너진 때였다. 이에 놀란 냉진은 화가 자신에게 미칠 것을 두려워하여 동청의 행실을 고자질하니 법관이 황제에게 알렸다. 황제가 노하여 동청을 잡아 네거리에서 극형에 처하였다.

냉진은 후한 상금을 받고 이번에는 교씨를 데리고 부부 행세를 하였다.

뒤늦게 잘못을 깨달은 황제는 엄 승상의 잔당을 모두 없애고 한림을 이부시랑으로 임명하였다. 또한 과거를 실시하여 인재를 구하니 사씨 부인의 동생도 급제하여 영화를 누리게 되었다.

한림이 다시 벼슬길에 오르게 되어 조정에 나가니 황제가 기뻐하며 명하였다.

"경의 뜻이 굳어서 특히 강서백을 삼으니 어진 마음으로 직무를 두루 살피기 바라오."

한림이 어전에서 물러나 집으로 돌아오니 하인들이 눈물을 흘리며 맞았다.

한림이 사당에 참배하고 고모 두씨 부인을 찾아 사죄하니 부인이 흐느껴 울며 말하였다.

"이 몸이 살았다가 조카가 다시 귀한 몸이 된 것을 보니 죽어도 한이 없다."

"저의 죄는 만 번 죽어도 부족하나, 다행히 부부가 다시 만났으니 죄를 용서하십시오."

이때 사씨 부인의 동생 사춘관이 누님을 데려 오겠다 하여 허락하고 강가에서 맞을 테니 먼저 가라고 하였다.

사춘관이 미리 편지를 보내 동정호의 군산섬에 이르니 사씨 부인이 기다리고 있다가 기쁨을 감추지 못하였다. 사씨 부인은 묘혜니에게 감사의 뜻으로 유 시랑이 보내 온 예물을 전하고 이별을 하며 서로 아쉬워하였다.

일행이 강가에 이르니 유 시랑이 기다리고 있었는데 금빛 수를 놓은 휘장이 강변을 덮고 환영하는 사람이 물가에 길게 늘어섰다.

시녀들이 새 의복을 올리자 부인은 칠년 동안 입었던 소복을 벗고, 색깔이 고운 옷으로 갈아 입고 부부가 상봉하니 세상에 보기 드문 경사였다. 뱃길로 고향집에 이르니 하인들이 감격하며 사씨 부인을 맞이하였다.

사씨 부인은 남편을 만나서 다시 유씨 가문의 안주인이 되었으나 아들 인아의 생사를 알지 못해 또다시 슬픔에 잠겼다.

"후손을 위하여 다시 아들을 낳을 길을 마련할까 합니다."

"후손을 위하여 다시 소실을 권하는 뜻은 고마우나 교씨로 인하여 집안이 너무도 어지러웠으니 어찌 다시 사람을 집안에 들여 놓겠소?"

"상공은 너무 고집 마시고 제 말을 들으십시오."

사씨 부인은 한림의 허락을 받아 묘혜니의 조카딸 임씨를 첩으로 맞아 들였다. 그런데 그녀는 소년을 동생으로 데리고 있다고 했다. 사씨 부인이 함께 오라고 허락하자 소년을 집으로 데리고 왔다. 그런데 소년이 먼

저 유모를 알아보고

"유모, 왜 날 몰라보는 거야?"

하는 것이었다. 이렇게 하여 사씨 모자는 상봉하였다.

한편 교씨는 냉진과 살다가 그가 도망가자 기생이 되었는데 유 시랑 댁 사환이 술집에서 교씨를 보고 그 소식을 전하였다. 사씨 부인도 교씨에 대한 미움이 가시지 않아 매파와 상의하여 그녀를 잔치에 청하기로 하였다. 그저 아무것도 모르는 교씨는 기뻐하기만 했다.

잔치가 끝나가자 유 시랑은

"오늘 이 즐거운 잔치에 흥을 돋우려고 명창을 데려왔으니 모두 구경하시오."

교씨가 눈을 들어서 좌중을 보니 유 한림 문중의 일족이라, 갑자기 벼락을 맞은 듯하여 애걸하였다. 그러나 유 한림은 그녀의 비굴한 행동에 더욱 화가 나 시동에게 엄명하여 교씨의 가슴을 칼로 찢어 헤치고 심장을 꺼내라 하였다. 사씨 부인이 시동을 제지하고 남편을 만류하자 유 한림이 감동하여 교씨를 죽인 후에 동쪽 언덕에 묻어 주었다.

임씨가 유씨 가문에 들어온 지 십 년이 지나는 동안에 아들 삼형제를 낳았는데 모두 살빛이 희고 고결하여 신선과 같은 풍채를 지니고 있었다. 또한 유 시랑은 좌승으로 승진되어, 부부는 팔십여 세를 마음 편히 살았으며, 임씨도 복을 누려 사씨 부인을 모시며 안락한 세월을 보냈다.

호질(虎叱)

- 박지원(朴趾源) -

작품 정리

이 작품은 박지원이 지은 〈열하일기〉의 '관내정사' 속에 수록되어 있다. 이 작품은 위선적인 인물을 대표하는 북곽과 동리자를 내세워 당시의 양반 계급, 즉 다수 선비들의 부패한 도덕 관념을 풍자하여 비판한 것이다. 도덕과 인격이 높다고 소문난 북곽(양반 계급)은 결국 '여우' 같은 인물이요, 온몸에 똥을 칠한 더러운 인간이며, 끝까지 위선과 허세를 부리는 이중적인 인간임을 고발하고 있다.

작품 줄거리

날이 저물자 호랑이는 무엇을 잡아먹을까 고민하다가 마침내 청렴한 선비의 고기를 먹기로 결정하고 마을로 내려온다. 이때 고을에 덕망이 높은 학자로 이름난 북곽 선생이라는 선비가 동리자라는 젊은 과부와 정을 통하였다. 그녀에게는 성이 각각 다른 아들 다섯이 있는데, 어느 날 밤 아들들이 북곽 선생을 여우로 의심하여 몽둥이를 들고 어머니의 방을 습격한다. 그러자 북곽 선생은 허겁지겁 도망쳐 달아나다가 그만 길옆에 파 놓은 거름통에 풍덩 빠진다. 북곽 선생은 거름통에서 간신히 빠져나왔지만 이번에는 바위덩이만 한 큰 호랑이가 버티고 있었다. 호랑이는 더러운 선비라 탄식하며 유학자의 위선과 아첨, 이중인격 등에 대하여 신랄하게 비판한다. 북곽 선생은 정신없이 머리를 조아리고 목숨만 살려주기를 빌다가 머리를 들어 보니 호랑이는 보이지 않았다. 아침에 농사일을 하러 가던 농부가 북곽 선생을 발견하고 그의 행동에 대해 물었다. 그러자 그는 농부에게, 자신의 행동이 하늘을 공경하고 땅을 조심하는 것이라고 변명한다.

작가 소개

박지원(朴趾源 1737~1805)

조선 후기 문신·학자이며 호는 연암(燕巖), 자는 중미(仲美), 시호는 문도공이다. 16세에 처삼촌인 영목당 이양천에게 글을 배우기 시작하여 20대에 이미 뛰어난 글재주를 보였으며, 30대에 세상에 널리 이름이 알려지게 되었다. 박제가·이서구 등과 학문적으로 깊은 교류를 가졌으며, 홍대용·유득공 등과는 이용후생에 대해 자주 토론하고 함께 서부 지방을 여행하기도 하였다.

1765년 과거에 낙방하자 오직 학문과 저술에만 전념하다가 1780년(정조 4) 팔촌 형인 박명원을 따라 중국에 가서 청나라 문물을 두루 살피고 왔다.

이 연행(燕行)을 계기로 하여 충(忠)·효(孝)·열(烈) 등과 같은 인륜적인 것이 지배적이던 전통적 조선 사회의 가치 체계로부터 실학, 즉 이용후생의 물질적인 면으로 가치 체계의 변화를 가져오게 되었다. 그때 보고 듣고 한 것을 기행문체로 기술한 〈열하일기〉 26권을 남겼는데, 여기에는 〈양반전〉, 〈허생전〉, 〈호질〉 등 주옥같은 단편 소설들이 실려 있다.

그는 서학에도 관심을 가져 자연과학적 지식의 문집으로 〈연암집〉이 있고, 저서로는 〈열하일기〉, 〈과농소초〉 등이 전하며 연행 뒤 〈열하일기〉를 지어 백성에게 이롭고 나라에 도움이 되는 것이라면 비록 이적(夷狄)에게서 나온 것이라 할지라도 그것을 취하여 배워야 한다고 주장하였다.

1786년 음사로 선공감감역이 되어 늦게 관직에 들어서서 사복시주부·한성부판관·면천군수 등을 거쳐 1800년 양양부사를 끝으로 관직에서 물러났다.

문장가로서 뛰어난 솜씨를 보여 정아한 이현보의 문장과 웅혼한 그의 문장은 조선 시대 문학의 쌍벽으로 평가되고 있다. 희화(戲畵)·풍자(諷刺)의 수법과 수

필체의 문장들은 문인으로서의 역량을 잘 나타내 주는 작품의 특징이라고 할 수 있다. 〈열하일기〉, 〈허생전〉, 〈양반전〉, 〈호질〉, 〈민옹전〉, 〈광문자전〉, 〈김신선전〉, 〈역학대도전〉, 〈봉산학자전〉, 〈과농소초〉 등이 대표적인 작품이다.

핵심 정리

갈래 : 풍자 소설

연대 : 조선 영조

구성 : 비판적

시점 : 전지적 작가 시점

배경 : 정(鄭)나라 어느 고을

주제 : 양반 계급의 허위의식

 호질

 이 세상의 여러 가지 짐승 중에서 범은 산중의 임금 격이다.

 범은 모든 일에 뛰어날 뿐만 아니라 성품이 어질고, 성스러우며 그야 말로 천하에서 대적할 이가 없다. 그러나 이러한 범도 잡아먹히는 수가 있다고 한다. 비위라는 동물은 범을 잡아먹고, 죽우(竹于)도 범을 잡아먹으며, 박(駁)도 범을 잡아먹고, 특히 오색사자(五色獅子)는 범을 큰 나무가 있는 산에서 잡아먹고, 표견(豹犬)은 날아서 범과 표범을 잡아먹으며, 황요(黃要)는 범과 표범의 염통을 꺼내어 먹고, 활(猾)은 범과 표범에게 먹힌 뒤 그 뱃속에서 간을 뜯어벅으며, 추이(酋耳)는 범이 보이기만 하면 곧 찢어서 먹고 맹용을 만나면 눈을 뜨지 못하여 잡아먹히고 만다. 그런데 사람이 용은 무서워하지 않으나 범은 무서워하는 것은 역시 범의 위풍이 몹시 엄하기 때문이다. 범이 개를 잡아먹으면 술 마신 것처럼 취하게 되고, 사람을 잡아먹으면 신기한 조화를 부리게 된다.

 범이 사람을 한 번 잡아먹으면 '굴각'이라는 잡귀가 범의 겨드랑이에 붙어 살면서 그 집 주인이 갑자기 배고픔을 느껴 한밤중이라도 아내에게 밥을 짓게 한다.

 범이 두 번째 사람을 잡아먹으면 '이올(彝兀)'이라는 잡귀가 광대뼈에 붙어 살며 높은 곳에 올라가서 사냥꾼의 행동을 살피되, 만일 골짜기에 함정이나 화살이 있으면 먼저 가서 그것을 치워 버린다.

 범이 세 번째 사람을 잡아먹게 되면 '죽혼'이라는 잡귀가 범의 턱에 붙어 살며 그가 평소에 잘 알던 친구의 이름을 불러 댄다.

 어느 날 범이 여러 창귀들을 불러 모아 놓고 말했다.

"곧 날이 저무는데 어디 가서 먹을 것을 구한단 말이냐?"

그러자 굴각이 선뜻 나서서 대답하였다.

"제가 점쳐 보았더니 뿔과 털이 없고 머리가 검으며 눈 위에 발자국이 있는데, 듬성듬성 성긴 발걸음이고 뒤통수에 꼬리가 달려 있어 제 엉덩이를 채 감추지 못하는 물건이옵니다."

굴각이 말한 것은 머리를 딴 총각을 가리킨 말이었다.

다음에는 이올이 나서면서 말했다.

"동문에는 먹을 것이 하나 있는데, 그놈의 이름은 의원이라고 합니다. 의원은 온갖 약초를 다루고 먹으므로 그 고기가 향기롭습니다. 그리고 서문에도 먹을 것이 있는데, 그것의 이름은 무당입니다. 무당은 여러 귀신에게 예쁘게 보이려고 날마다 목욕을 하여 그 고기가 깨끗합니다. 그러니 의원과 무당 중에서 입맛 당기는 대로 골라 잡수십시오."

이 말을 들은 범은 수염을 추켜올리고 얼굴을 붉히며 호령하였다.

"도대체 의원이란 게 어떤 것인지나 알고 하는 말이냐? '의(醫)'란 의(疑)라고' 하는 말로 즉 의심스러운 자가 아니더냐. 저 자신도 모르는 것을 아는 체하고 이것저것 시험해 보다가 해마다 수많은 사람을 죽이는 의원의 고기가 어찌하여 향기롭다는 것이냐? 또 무당은 어떠냐? '무(巫)란 무(誣)'라는 말이 있다. 무당이란 귀신을 부릴 수 있다고 사람을 속여 굿을 합네 하고 무고한 백성들을 죽이느니라. 여러 사람의 원성이 그들의 뼛속까지 스며들어 '금잠'이라는 독충이 되어서 그들의 뼛속에 득실거리고 있는데 그것을 어떻게 먹을 수 있단 말이냐?"

이번에는 죽혼이 나서며 말했다.

"저 숲 속에 고기가 있는데 입으론 제자백가의 글을 외우고, 마음은 만물의 이치를 통달한 유학자이옵니다. 그의 이름은 석덕이라고 하는데 등살이 오붓하고 몸집이 기름져서 다섯 가지 맛을 모두 갖추고 있습니다."

범이 그제야 눈썹을 치켜세우고 침을 흘리며 하늘을 올려다보고 싱긋 웃으면서 말했다.

"내 좀 자세하게 듣고 싶구나."

모든 창귀들이 서루 다투며 범에게 권했다.

"유학자는 음과 양의 이치를 꿰뚫어 알고 있으며, 오행이 상생하는 이치와 육기가 서로 이끌어 주는 원리를 깨달아 알고 있으니 이보다 더 좋은 먹을 거리는 없을까 하옵니다."

"음양이란 도라 이르는데 저 선비는 이것을 꿰뚫었습니다. 오행이 서로 얽혀서 낳고, 육기가 서로 베풀어 주는데 저 선비가 이를 조화시키니 먹어서 맛이 있는 것이 이보다 더한 것이 없습니다."

범이 이 말을 듣고 얼굴빛을 붉히며 말했다.

음양이라는 것은 한 기운의 생성과 소멸에 불과한데 이 두 가지를 겸비했다면 그 고기가 여러 가지 섞여 순하지 않을 것이다. 또 오행이 제각기 자리에 있어서 애당초 서로 먼저 생기는 일이 없어야 하는데 구태여 자(子)·모(母)로 갈라서 심지어 짜고 신맛을 분배시켰으니 그 맛이 순수하지 못할 것이다. 육기란 스스로 행하는 것이요, 베풀고 인도하는 것을 기다리지 않는 것인데, 이제 그들이 망령되어 재성(財成)·보상(輔相)이라 일컬어서 자기들의 공이라고 으스대니 그것을 먹는다면 딱딱하여 체하거나 구역질이 나서 소화가 안 될 것이다."

그 말을 듣고 여러 창귀들은 아무도 감히 대답을 못하고 그저 묵묵히 앉아 있기만 하였다.

정이라는 고을에 두 명물이 있었다. 하나는 '북곽 선생'이라는 선비로 나이 마흔에 손수 교정을 본 책이 만 권이나 되었고, 구경(九經, 중국 고전의 아홉 가지의 경서)을 비롯하여 모르는 것이 없으며 뜻을 이해하기 쉽게 설명한 책만 만오천 권이 넘었다. 그리하여 왕에게까지 그 이름이 알려진 덕망 높은 학자였다.

또 하나는 마을 동쪽에 동리자라는 여인이 있었는데 얼굴이 예쁘고 일찍 과부가 되어 수절하고 있었다. 그 명성이 높아 왕은 그 고을 주변의 땅을 떼어 주면서 '동리과부의 마을'이라는 이름까지 지어 주었다. 그러나 동리자가 수절하고 있는 것은 사실이지만, 그에게는 다섯 아들이 있는데 모두 성이 각각 달랐다.

어느 날 밤 건넌방에서 떠들고 놀던 다섯 아이들 중의 한 놈이 밖에 나갔다가 들어오더니 긴장된 표정으로 말했다.

"안방에서 웬 남자 소리가 나기에 보았더니 북곽 선생이 계시더란 말이야!"

너무나도 괴이한 광경을 본 오형제는 다음과 같은 노래로 탄식을 하였다.

강 북쪽에는 닭이 울고
강 남쪽에는 별이 반짝이네.
방 안에 사람 소리 있으니
어찌 북곽 선생의 음성과 같은가.

서로의 얼굴만 쳐다보고 있던 다섯 형제는 안방으로 살금살금 가서 문틈으로 방 안을 들여다보았다.

북곽 선생과 마주 앉은 동리자가 미소로 교태를 부리면서 말했다.

"오랫동안 선생님의 덕을 사모하였습니다. 오늘 밤 낭랑한 목소리로 글 읽으시는 것을 들려 주실 수 없을까요?"

그제야 북곽 선생은 옷깃을 여미고 점잖게 꿇어앉아 시를 한 수 지어 읊었다.

병풍에는 원앙이 한 쌍이요, 흐르는 반딧불은 반짝반짝하는데
가마솥과 세발솥은 누구를 본떠 만든 것일꼬?

흥야(興也)라.

여기서 원앙이란 남녀의 애정을 비유한 말이요, 가마솥과 세발솥은 다섯 아들의 성이 각각 다른 것을 풍자한 것이다. 그러나 그 뜻을 알지 못한 동리자는 그저 방글방글 웃으며 좋아할 뿐이었다.

그 꼴을 본 다섯 형제는 직접 확인한 사실이지만 도저히 믿어지지 않는 듯 모두 고개를 갸웃거렸다.

한 아이가 말했다.

"북곽 선생같이 덕망이 높은 유학자가 수절하는 과부의 방에 들어갈 리가 없어! 소문에 의하면 이 고을 성문이 헐어서 여우란 놈이 굴을 파고 산다던데, 혹시 그 여우란 놈이 아닐까?"

다른 아이가 말했다.

"맞았어! 여우가 천년을 묵으면 요술을 부려 사람의 탈을 쓴다고 하더라. 그 여우란 놈이 북곽 선생의 탈을 쓰고 어머니 방에 들어간 게 틀림없어!"

방 안에 있는 것이 여우일 것이라고 결론을 내린 다섯 아이들은 의견이 분분하였다.

"여우의 관을 얻는 자는 부자가 될 수 있다고 하더군."

"그뿐인가! 여우의 신을 얻어 신으면 자기의 모습을 감출 수 있으며 여우의 꼬리를 얻으면 모든 사람이 그 사람에게 홀려 버린대!"

"그러니 저 여우를 사로잡아서 우리들이 나누어 갖도록 하자."

이렇게 합의를 본 다섯 아이들은 일시에 문을 박차고 방 안으로 뛰어들었다.

"천년 묵은 저 여우를 잡아라."

하며 고함을 지르자 북곽 선생은 크게 놀라 뒷문으로 달아났다. 엉겁결에 뛰어나오기는 했으나, 덕망이 높기로 그 이름이 왕에게까지 알려진 몸인데 만약 이 소문이 나돌면 큰 낭패가 아닐 수 없었다.

다행이 다섯 아이들의 "여우 잡아라!" 하는 소리를 들었으므로 여우의 흉내를 내서 자기의 본색을 감추기로 하였다. 북곽 선생은 팔로 얼굴을 가리고 도깨비처럼 괴상한 춤을 추면서 '캥캥' 소리를 지르며 달아났다.

그런데 칠흑같이 어두운 밤길을 분별없이 뛰어가다가 그만 길옆에 파놓은 거름통에 풍덩 빠지고 말았다. 악취가 진동하는 거름통에서 간신히 빠져나와 두리번거리던 북곽 선생은 기겁을 하며 털썩 주저앉아 버렸다. 바로 앞에 바위덩이와 같은 큰 범 한 마리가 버티고 있는 게 아닌가?

북곽 선생의 망측스런 꼴을 본 범은 코를 싸쥐면서 말했다.

"어허! 유학자한테 고약한 냄새가 나는구나."

북곽 선생은 머리를 조아려 세 번 절하고 꿇어앉아 말했다.

"범님의 높은 덕망은 지극하십니다. 대인은 범님의 그 변화를 본받고 제왕은 그 걸음걸이를 본받으며 사람의 자식은 그 효성을 본받으려 하고 장수는 범님의 그 위엄을 배우고자 합니다. 그리고 범님의 그 거룩하신 이름이 저 하늘에 있는 성스러운 용과 짝이 되어 이 용이 한 번 움직이면 바람도 일으킬 수 있고, 또 한 번 움직이면 구름도 움직일 수 있으킬 수 있는데 범님은 이와 같은 조화를 가지고 계십니다. 범님같이 덕망이 높으신 분의 신하가 될 수는 없는지요."

범은 얼굴을 찡그리며 꾸짖었다.

"어허, 가까이 오지 말아라. 내 일찍이 들으니 유학자는 아첨을 잘하는 자들이라 하더니 과연 옳은 말이로구나. 너는 평소에 모든 나쁜 말을 동원하여 내 욕만 하더니, 목숨이 다급해지니까 이제는 세상의 좋은 말을 모조리 골라 가며 아첨을 하니 누가 너의 말을 믿겠느냐? 무릇 천하의 이치는 하나이니 범의 성품이 악하면 사람의 성품도 역시 악하다. 사람의 성품이 착하다면 범의 성품도 착하다. 너의 천 가지 말, 만 가지 말이 오상을 떠나지 않으며, 경계나 권면이 언제나 사강(四綱)에 있지만 저 서울이나 고을 사이에는 코 베이고 발 잘리고 얼굴에 문신을 한 채 다니는 것들은 모두 오륜을 순종하지 않았던 사람이다. 그럼에도 불구하고 밧줄이며 먹바늘이며 도끼며 톱 따위를 날마다 공급하기에 겨를이 없으니 그 나쁜 짓들은 막을 길이 없다. 범의 세계에는 본래 이러한 형벌이 없으니 이로써 본다면 범의 성품이 사람보다 어질지 아니한가."

범은 계속해서 북곽 선생을 꾸짖었다.

"들어라. 먹는 것만 하더라도 사람은 못 먹는 게 없어 무엇이나 되는 대로 먹어 치우지만 범은 초목이나 벌레 같은 것은 먹지 않으며, 강술 같은 좋지 못한 것을 즐기지 않고, 젓갈이나 알 같은 자질구레한 것도 차마 먹지 못한다. 산에 있는 사슴이나 노루를 먹고 들에 나가면 소나 말을 사냥하여 먹으며, 더구나 사람들처럼 먹는 것을 가지고 서로 다투는 일은 없다. 이 얼마나 광명정대한가? 범이 노루나 사슴을 먹으면 사람은 범을 미워하지 않다가도 범이 만일 말과 소를 잡아먹으면 원수라고 떠들어 대더구나. 아마 노루나 사슴이 사람에게 은혜를 끼친 적이 없지만 말과 소가 태워 주고 일해 주는 공로도, 사랑하고 충성하는 생각도 다 저버리고 다만 날마다 푸줏간이 이어지도록 이들을 죽이고, 심지어는 그 뿔과 갈기까지 남기지 않고 오히려 노루와 사슴을 함부로 잡아 우리로 하여금 먹을 것을 잃게 하고, 들에 나가서도 제대로 끼니를 이을 수 없게 하고 있으니 하늘로 하여금 그 정치를 공평하게 한다면 너희를 잡아먹는 데 있겠는가 놓아주는 데 있겠는가. 무릇 자기 것이 아닌 것을 도(盜)라 하고, 산 것을 죽이고 물건을 해치는 것을 적(賊)이라 한다. 너희가 밤낮 바쁘게 돌아다니며 팔을 걷고 눈을 부릅뜨며 남의 것을 함부로 빼앗고도 부끄러운 줄 모르고, 더구나 심한 자는 돈을 불러 형이라 하고 장수가 되기 위하여 아내를 죽이니 가히 다시 인륜의 도리를 논할 수가 없는 것이다. 메뚜기에게서 그 밥을 빼앗기도 하고, 누에한테서 그 무엇을 빼앗고, 벌을 못살게 굴어 그 꿀을 빼앗고, 심한 무리는 심지어 개미의 알을 파내어 젓갈을 담갔다가 조상 제사를 지내니 잔인하고 덕 없기는 세상에 어디 사람보다 더한 게 있겠는가. 너희는 이(理)를 말하며 성(性)을 논하고 걸핏하면 하늘을 일컬으나 하늘이 명한 대로 본다면 범이나 사람이 다 한 가지 동물이요, 하늘과 땅이 만물을 낳아서 기르는 인(仁)으로 논한다면 범과 메뚜기·누에·벌·개미와 사람이 모두 함께 살면서 서로 어길 수 없는 것이요, 또 그 선악으로 따진다면 버젓이 벌이나 개미의 집을 노략하고 긁어 가는 놈이야말로 천하의 큰 도(盜)가 아니겠는가. 메뚜기와 누에의 살림을 함부로 빼앗고 훔쳐 가는 놈이 호로 인의(仁義)의 큰 적이 아니겠는가. 그리고 범이 일찍이 표범을 먹지 않음은 범이 진실로 차마 제 무리를 해칠 수 없는 까닭이다. 그런데 노루나 사슴을 잡아먹을 것을 계산하면 사람이 말과 소를 먹는 것보다는 많지 않을 것이며, 범이 사람을 잡아먹는 것을 계산하면 사람이 저희끼리 서로 잡아먹는 것보다는 많지 않을 것이다. 지난해 관중(關中)이 크게 가물었을 때 인민(人民)이 서로 잡아먹는 자 수만 명이요, 또 앞서 산동(山東)에 큰 홍수가 났을 때 인민들이 서로 잡아먹은 자 역시 수만 명이었다. 그러나 서로 잡아먹음이 많기야 어찌 춘추 시대만 하였을까. 춘추 시대에는 공덕을 세우기 위한 싸움이 열일곱 번이요, 원수를 갚는 싸움이 서른 번에 그들의 피는 천리를 물들였고, 그들의 시체는 백만을 넘었다. 그러나 범의 세계에서는 가뭄과 홍수 걱정을 모르므로 하늘을 원망할 것 없고 원수와 은혜를 모두 잊고 지내기 때문에 누구에게나 원한이나 미움을 사는 일이 없다. 이렇게 보면 범이란 참으로 천명을 알고 그에 따라서 사는 동물이므로 흉악한 무당이나 의원의 간사한 행동에 혹하지 않고, 타고난 자신의 모양대로 천명을 다하기 때문에 세속의 이해에 이끌려 병들지 않으니 이것은 범이 지혜롭고 성스러운 까닭이다. 그 한편의 일만 엿보더라도 족히 천하에 문(文)을 자랑할 수 있으며, 자그마한 병기를 지니지 않고 홀로 발톱이나 이빨의 날카로움만 가지고도 무용을 온 천하에 빛낼 수 있다. 또

한 옛적에 제기(祭器)나 술통에는 으레 범이나 원숭이의 모양을 새기거나 그렸으니, 이는 실로 범의 효성스러움을 천하에 높이 찬양하여 떨치고 가르치기 위함이었다. 범은 하루에 한 번 사냥하면 먹을 것이 족하였고, 나머지는 아무 곳에나 내버려두면 까마귀, 솔개, 청개구리, 말개미 따위가 와서 먹었다. 그러니 범이 얼마나 인자한가는 일일이 들어 말하기가 어려울 정도이다.

북곽 선생이 머리를 조아리며 범의 말에 수긍했다.

"예예, 지당한 말씀이옵니다."

범이 계속해서 말을 이었다.

또한 범은 아무것이나 먹지 않는다. 고자질하는 무리는 먹지 않으며, 병에 걸린 자도 먹지 않으며, 상복 입은 무리도 먹지 않으니 범이 얼마나 의로우며 인자하냐. 그런데 너희가 먹고사는 것이야말로 인정 없기 짝이 없다. 저 덫과 함정으로도 모자라서 저 새 그물, 노루 그물, 작은 물고기 그물, 그리고 큰 물고기 그물, 수레 그물, 삼태 그물 등을 만들었으니 이는 애당초 그물을 만든 사람이 먼저 천하에 화를 끼친 것이다. 또 큰 바늘, 쥘 창, 날 없는 칭, 도끼, 세모진 창, 한 길 여덟 자 창, 뾰족창, 작은 칼, 긴 창 등이 생기고, 또 화포(火砲)란 것이 있어서 터뜨린다면 소리가 화산을 무너뜨릴 듯, 그 불기운은 음양(陰陽)을 누설하여 그 무서움이 우레보다 더하거늘 그래도 그 사나운 마음을 다 풀지 못한다. 이에 보드라운 털을 빨아서 아교를 녹여 날을 만들되 끝이 대추씨처럼 뾰족하고 길이는 한 치도 못되게 하여 오징어 거품에다 담갔다가 가로세로 멋대로 치고 찌르되 그 굽음은 세모진 창과 같고, 날카로움은 작은 칼 같고, 예리함은 긴 칼 같고, 갈라짐은 가시창 같고, 곧음은 화살 같고, 팽팽하기는 활 같아서 이 병기가 한 번 번뜩이면 모든 귀신들이 밤중에 곡을 할 지경이라니 서로 잡아먹기로는 가혹함이 뉘라서 너희보다 더할 자 있겠느냐."

범은 이렇게 꾸짖고 나서 어슬렁어슬렁 산속으로 돌아가 버렸다.

한편 북곽 선생은 고개를 들지도 못한 채 엎드려 말했다.

"모두 지당한 말씀이옵니다. 〈맹자〉에 이르기를 '아무리 악한 자라도 목욕재계하면 상제도 섬길 수 있다.'고 하니 저도 목욕재제계하고 범님을 섬기게 해 주십시오."

이렇게 말을 한 다음 머리를 계속 조아리면서 범의 처신을 기다렸지만, 아무 대답이 없어 간신히 고개를 들어 보았더니 범은 온데간데없고 아침 해가 밝아 오고 있었다.

이때 일찌감치 밭을 갈려고 나오다가 이 광경을 본 한 농부가 북곽 선생에게 물었다.

"왜 새벽부터 들판에다 절을 하고 계십니까?"

아픈 데를 찔린 북곽 선생은 헛기침을 한 번 하고 점잖게 말했다.

"자네는 무식하여 잘 모르겠지만 옛글에 이런 말이 있네. '하늘이 높다 하더라도 감히 허리를 굽히지 않을 것이며, 땅이 아무리 두텁다 하더라도 어찌 감히 조심스럽게 딛지 않으리오?' 라고 하였기에 절을 하고 있는 것이라네."

양반전(兩班傳)

- 박지원(朴趾源) -

작품 정리

이 작품은 연암집의 〈방경각외전〉에 실린 7편의 전(傳) 가운데 하나이다. 이 작품은 당시의 현실을 날카롭게 풍자하고 있는데, 특히 새로운 시대에 걸맞지 않은 인간상(무능하기 짝이 없는 양반, 부패한 관료, 무지한 천민 등)을 해학적이고 풍자적으로 고발하고 있다. 시대적 흐름을 반영하여 몰락하는 양반과 부상하는 평민을 등장시켜 삶의 발랄함을 부각시키려는 해학적인 이 작품은 무능한 양반과 부자가 된 평민 사이에서 이루어진 양반 매매 사건을 소재로 해서, 사회적 모순을 안고 있는 전형적인 양반의 모습을 그리고 있다. 또한 사이사이에 끼어 있는 교묘하고 익살스런 표현은 독자의 웃음을 유발하기에 충분하며, 그러한 표현이 높은 문학적 가치를 인정받기도 한다.

작품 줄거리

강원도 정선에 한 양반이 살고 있었다. 그는 학식이 높고 현명하며 글 읽기를 좋아했다. 그에 대한 소문이 좋아 부임하는 신임 군수들마다 그의 집을 찾아가서 인사를 했다. 양반은 살림이 넉넉하지 못하여 해마다 관가에서 빌려 주는 환곡을 타먹고 살았다. 이렇게 여러 해를 보내는 동안 빚은 산더미처럼 쌓여 1천 석이나 되었다. 어느 날 이 고을에 순찰차 들른 관찰사가 관곡을 조사하다가 이 사실을 알고 당장 양반을 잡아들이라고 명령한다. 이때 건넛마을에 사는 문벌이 없는 부자가 소문을 듣고 양반집으로 달려가 환곡을 갚아 줄 테니 양반을 팔라며 흥정을 건다. 양반은 이게 웬 떡이냐 싶어 얼른 승낙한다. 그리하여 부자는 양반의 빚진 환곡 1천 석을 갚아 준다.

양반이 관곡을 갚았다는 말을 듣자 이를 의아하게 생각한 군수가 양반을 찾아간다. 일의 자초지종을 들은 군수는 마을 사람들을 모아 놓고 양반 매매증서를 만든다. 처음에 양반이 취해야 할 말과 행동거지를 하나하나 열거하자 부자는 양반이 좋은 것인 줄 알았는데 행동의 구속만 받아서야 되겠느냐며 자기에게 좀 더 이롭게 해 달라고 한다. 이에 군수는 두 번째 양반 매매증서를 고쳐 쓴다. 양반의 횡포를 하나하나 나열하면서 관직에도 나갈 수 있고, 상인들을 착취할 수도 있다고 한다. 부자는 '그런 양반은 도둑이나 다를 바 없다' 면서, 머리를 절레절레 흔들면서 달아나 버린다. 그리하여 그는 죽는 날까지 아예 '양반' 이란 말을 다시는 입 밖에 내지 않았다고 한다.

핵심 정리

갈래 : 풍자 소설

연대 : 조선 영조

구성 : 비판적

시점 : 전지적 작가 시점

배경 : 조선 시대 강원도 정선

주제 : 몰락하는 양반의 무능력과 위선

# 양반전

'양반'이란 말은 선비들에 대한 존칭이다.

강원도 정선 고을에 한 양반이 살고 있었는데 그는 매우 현명하며 글 읽기를 좋아하였다. 그에 대한 소문이 좋아 새로 부임하는 원님마다 그의 오막살이를 찾아가서 인사를 나누곤 하였다. 그러나 양반은 살림이 넉넉하지 못하여 해마다 관가에서 빌려 주는 환곡을 타다 먹었는데 한 번도 갚지 못하고 해를 거듭하니 어느덧 빚이 천 석에 이르렀다.

어느 날 관하의 군과 읍을 순행하던 관찰사가 환곡의 출납을 조사해 보고 몹시 화가 나 양반을 잡아들이라는 엄명을 내렸다.

"무슨 놈의 양반이기에 이렇듯 많은 환곡을 거저 먹는단 말이오? 당장에 명령을 내려 포교를 보내도록 하오!"

그러나 군수의 생각에는 '양반이 도저히 천 석이나 되는 쌀을 갚을 길이 없거늘 어찌 잡아 가둘 수 있을까!' 하며 애통하게 여겼으나 그렇다고 상관의 명령을 어길 수는 없었다.

이 소식을 전해 들은 양반은 밤낮으로 울고만 있었다. 그로서는 아무런 계책도 서지 않았기 때문이다. 아내가 그 꼴을 보니 욕설이 저절로 나왔다.

"당신은 이날 입때까지 글만 읽더니, 이제는 관가에서 꾸어 먹은 곡식도 갚지 못하는구려! 양반, 양반하고 고개만 끄덕이지만 참말 더럽소! 돈 한 푼 못 버는 그놈의 양반, 에잇 치사해!"

한편 건넛마을에 문벌이 없는 부자 하나가 살고 있었다. 그 부자가 양반이 잡혀가게 되었다는 소문을 듣자 그의 아들을 불러들였다.

"양반들은 아무리 가난해도 언제나 남에게 존경을 받으며 영화롭게 지내는데, 우리는 재물이 많지만 언제나 천대를 받으며 말 한 번도 거들먹거리지 못할 뿐만 아니라 양반의 코빼기만 봐도 굽실거려야 하고, 댓돌 아래에서 엎드려 절하면서 코가 땅에 닿도록 무릎걸음으로 설설 기어야만 되는구나!"

아버지가 탄식을 하자 큰아들이 분하다는 듯이 말했다.

"우리는 재물을 쌓아 두고도 밤낮 이 꼴로 살아가야 되니 부끄럽고 창피해서 못 견디겠어요?"

아버지가 다시 입을 열었다.

"보아하니 지금 저 건넛마을 양반이 환곡을 갚지 못해 몹시 난처한 모양인데, 이대로 가다가는 양반 신세를 보전하지 못할 것 같다마는……."

아버지가 말을 하면서 자식들의 눈치를 살피는데, 작은아들이 한 가지 제의를 했다.

"그놈의 양반을 아예 사 버리죠 뭐! 우리가 대신 환곡을 갚아 주고 양반 문서를 사면 재물도 많겠다 큰소리 치고 살지 않겠어요?"

부자는 부랴부랴 양반의 집으로 달려가서 환곡을 갚아 줄 테니 '양반' 신분을 넘겨 달라고 흥정을 걸었다. 양반은 속수무책으로 잡혀갈 날만 기다리고 있던 참이라 '이게 웬 떡이냐?' 싶어 얼른 승낙하였다. 이리하여 부자는 양반의 빚진 환곡 1천 석을 당장 관가에 갖다 갚으니, 누구보다 놀란 것은 군수였다.

어쨌든 양반이 죄를 면하게 되었으니 그 일을 치하도 하고 환곡을 갚게 된 연유를 알아보고자 군수는 몸소 양반의 집을 찾아갔다. 그런데 이게 어찌 된 일인가? 양반은 벙거지에 잠방이 차림을 하고서 얼른 뜰아래로 내려가 엎드리며

"소인, 소인은……."

하면서 감히 군수를 바로 쳐다보지도 못하였다.

군수는 몹시 놀라 빨리 내려가서 양반의 손을 잡아 일으키려고 하였다.

"여보시오, 이게 웬일이시오? 어찌하여 이렇듯 몸을 굽히시오?"

양반은 더욱 송구함을 이기지 못하고 머리를 조아리며 엎드려 말하였다.

"영감! 소인은 오직 황공할 따름이옵니다. 어느 앞이라고 감히 스스로 욕된 꼴을 하겠나이까? 실은 제가 '양반'을 팔아서 환곡을 갚았나이다. 그러하오니 이제부터는 건넛마을 부자가 '양반'이 되었나이다. 이제 소인은 영감을 뵈올 수도 없는 상사람이올시다."

이 말을 들은 군수는 잠시 생각에 잠기더니 이윽고 입을 떼었다.

"그 부자가 진실로 군자로다! 그 부자야말로 양반이로다. 재물이 많아도 인색하게 굴지 않고 의가 있음이요, 남의 딱한 사정을 돌봐 주었으니 인자함이요, 비천한 것을 미워하고 존귀한 것을 숭상하니 슬기로움이라! 그런 사람이야말로 참된 양반이로다! 그러나 '양반'의 매매는 사사로이 거래한 것이라 아무런 문서도 주고받지 않았으니 장차 분쟁이 일어날지도 모르니 고을 사람들을 모아 놓고 당신네 두 사람과 함께 이 사실을 밝히며 '양반매매증서'를 만들어 군수인 내가 증인으로서 서명 날인을 하겠소."

군수는 이렇게 다짐하고 돌아갔다.

관가로 돌아온 군수는 호방을 불러서 정선군 안에 사는 양반을 비롯하여 농민, 장사치에 이르기까지 모조리 불러들이도록 하였다.

이윽고 관가의 넓은 뜰에 많은 사람들이 모여들었다. 부자는 양반들이 모여 앉은 오른쪽에 앉히고, 양반은 섬돌 아래에 세웠다.

그러고는 '양반매매증서'를 만들었는데 그 내용은 이러했다.

건륭 십년 구월 모일에 이 문서를 만든다. 환곡을 갚기 위해 '양반'을 팔았으니 그 값이 쌀 일천 석이다. 본래 양반에는 여러 가지가 있다. 글만 읽는 양반은 '선비'라 하고, 정사에 관여하는 양반은 '대부'라 하고, 덕이 높은 양반은 '군자'라고 한다. 무관은 계급에 따라 서반에 늘어서고, 문관은 서열에 따라 차례로 서는데 이를 통틀어 양반이라 일컫는다. 이제 '양반'을 산 자는 제 뜻에 따라 이 중에서 하나를 선택할 수 있다.

양반은 천한 말과 행동을 하지 말아야 하고, 선조들의 높은 행적을 본받아 이를 따라야 한다. 새벽에 일찍 일어나 등잔불을 밝히고 꿇어앉아, 눈은 코끝을 내려보면서 얼음 위에 조롱박을 굴리듯 동래박의(東萊博議)를 술술 외워야 한다. 배고픔을 참고 추위도 견뎌야 하며, 가난하다는 말을 해서는 안 된다. 할 일이 없어 앉아 있을 때는 아래 위의 이를 마주쳐 딱딱거리며, 뒤통수를 톡톡 치고 잔기침을 하며, 입을 다셔 침을 삼켜야 한다. 탕건이나 갓은 소매로 문질러 먼지를 떨어내고 윤이 나게 하며, 세수를 할 때는 주먹을 쥐고 씻지 말고, 양치질은 알맞게 해 냄새가 나지 않게 한다. 노비를 부를 때는 목청을 길게 돋우어 부르고, 걸음은 느릿느릿 걷고, 신은 가볍게 끌어야 한다. 〈고문진보〉와 〈당시품위〉를 작은 글씨로 베끼되 한 줄에 백 자씩 들어가게 써야 한다.

또한 손으로 돈을 만지지 않고 쌀값을 묻지 말아야 한다. 아무리 더워도 버선을 벗으면 안 되고, 밥을 먹을 때는 맨상투 바람으로 먹지 않는다. 밥을 먹을 때는 국을 먼저 먹지 말고, 국물을 먹을 때는 훌훌 소리를 내면서 마셔서는 안 되고, 젓가락을 절구질하듯 굴려서도 안 된다. 날파를 먹으면 안 되고 막걸리를 마실 때 수염을 빨지 말며, 담배를 피울 때도 볼이 파이도록 빨아서는 안 된다.

아무리 화가 나더라도 아내를 때려서는 안 되며, 물건을 발로 차서도 안 된다. 노비를 꾸짖을 때도 상스러운 욕설을 하면 안 되고, 말과 소를 나무랄 때도 침이 튀지 않게 한다. 소를 잡아먹지 않고 노름을 해서도 안 된다. 병이 나도 무당을 부르지 말며, 제사 때 중을 불러 제를 올려서도 안 되며, 추워도 화롯불을 쬐지 않는다.

이와 같은 여러 가지 행실이 만약 양반과 다를 경우에는 이 문서를 관가로 가지고 와서 마땅히 송사를 할 것이다.

이리하여 성주인 정선 군수가 문서 끝에 이름을 쓰고 좌수와 별감이 증인이 되어 나란히 이름을 써 넣었다. 이어서 통인이 도장을 여기저기 찍었다. 그 모습은 마치 밤하늘에 별이 널려 있는 것 같았다.

호장이 이 증서를 다 읽어 주자 부자는 탄식하면서 이렇게 말했다.

"허허! 양반이란 것이 단지 이것뿐이오? 나는 양반이 신선 같다고 들었으며 또 그렇게 알고 있었기에 천 석이나 되는 재산을 서슴지 않고 내놓은 것이니 나에게 좀 더 이롭게 고쳐 주십시오."

군수는 부자를 괘씸하게 여겼으나 환곡을 갚아 준 공적을 참작하여 '양반매매증서'를 고쳐 쓰기로 하였다.

하늘이 백성을 네 가지로 만들었으니 이들 가운데서 가장 으뜸은 선비라 일컫는 양반이며 막대한 이로움을 지녔느니라. 몸소 농사를 짓거나 장사를 하지 않을뿐더러 대충 글을 익히면 크게는 문과에 급제하고 최소한 진사는 된다. 문과에 급제하면 홍패를 받는데, 그 크기는 불과 두 자밖에 안 되지만 이것만 있으면 무엇이든 갖출 수 있으니 그야말로 돈 자루나 다름이 없다. 진사는 사십에 첫 벼슬을 해도 이름이 나고 장차 더 큰 벼슬에 오를 수 있다.

그리하여 귀밑털은 일산 바람에 희어지고 배는 노비들의 긴 대답 소리에 먹지 않아도 불러진다. 방 안에는 화분을 들여서 기생으로 삼고 뜰에는 학을 길러 우짖게 해야 한다. 설령 선비가 군색하여 낙향을 하더라도, 여전히 마음대로 할 수 있으니 이웃의 소를 빌려 자기의 논밭을 먼저 갈게 하며, 동네 사람들에게 김을 매게 한다. 만약 양반을 업신여기며 말을 듣지 않을 때는 그놈의 코에다 잿물을 들이붓고, 상투를 잡아매어 수염을 뽑는다 해도 감히 원망조차 못할 것이다.

　호장이 여기까지 읽어 내리자 부자는 갑자기 손을 내저으면서
"아이고, 맙소사!"
하고는 숨을 헐떡이며 말하였다.
"그만두시오, 그만두시오! 양반이란 게 참으로 맹랑한 것이구려! 나리들은 나를 도둑놈으로 만들려고 하는구려!"
　그러고는 벌떡 일어나더니, 머리를 절레절레 흔들면서 달아나 버렸다. 그리하여 그는 죽는 날까지 아예 '양반'이란 말을 다시는 입 밖에 내지 않았다고 한다.

허생전(許生傳)

- 박지원(朴趾源) -

작품 정리

    허생전은 〈양반전〉, 〈호질〉 등과 함께 연암 박지원의 대표적인 한문 소설이다. 이 작품은 18세기 후반의 사회 현실을 17세기 후반으로 무대를 옮겨 당대 사회의 정치적·경제적·사회적 제도의 취약점과 무순, 집권층의 무능력과 허위 의식을 허생이라는 인물을 통해 비판하고 그 대응책을 제시한 작품이다.

작품 줄거리

    허생은 남산 밑에 비바람조차 가리지 못할 만큼 초라한 초가집에서 살았다. 그는 글 읽기를 좋아하였으나 아내가 삯바느질을 해서 겨우 연명해 가는 형편이었다. 어느 날 굶주림을 참다못한 아내가 푸념을 하자 허생은 책을 덮고 탄식하며 집을 나선다.

    허생은 장안에서 제일의 부자라는 변씨를 찾아가 1만 냥을 빌려 지방으로 내려간다. 그는 이 돈을 밑천으로 장사를 해 큰돈을 번 후 변산의 도적 떼를 이끌고 빈 섬으로 들어가 살기 좋은 낙원을 건설한다. 집으로 돌아온 허생은 변씨를 찾아가 10만 냥을 내놓는다. 변씨에게 허생의 이야기를 들은 어영대장 이완이 허생을 찾아간다. 이완이 허생에게 조정의 어진 인물을 찾는 중이라고 말하자 허생이 와룡 선생을 천거하고 종실과 권세 있는 집안의 계집들을 명나라 후손에게 시집보내고, 사대부의 자제들을 뽑아 유학을 보내 그들의 풍속과 실정을 파악하게 할 수 있냐고 묻자 이완은 어렵다고 말한다.

격노한 허생은 옆에 있던 칼로 이완을 찌르려 했으나 혼비백산 겁에 질려 달아난 이완은 이튿날 다시 허생의 집을 찾아갔으나 허생은 어디로 갔는지 없고 다 쓰러져 가는 그의 초가집만 쓸쓸하게 남아 있었다.

핵심 정리

갈래 : 풍자 소설

연대 : 조선 정조

구성 : 풍자적

시점 : 전지적 작가 시점

배경 : 조선 효종 때 서울 묵적골

주제 : 양반 사대부의 무능과 실학사상 실천

# 허생전

허생은 남산 밑 묵정동에 살았는데 두어 칸밖에 안 되는 초가집은 거의 비바람조차 가리지 못할 만큼 초라했다.

허생은 날마다 방에 들어앉아 글만 읽으니 먹고살게 없었다. 할 수 없이 아내가 삯바느질로 겨우 연명해 가는 형편이었다.

어느 날 굶주림을 참다 못한 아내가 눈물을 흘리면서 말했다.

"당신은 과거 한 번 못 보고 글만 읽고 있으니 앞으로 무엇을 하겠다는 거예요?"

허생은 빙그레 웃으면서 대답했다.

"내 글이 아직 미숙해서 그러오."

"그럼 일이라도 해서 돈 좀 벌어 보세요."

"배운 것이 글뿐인데 그런 일을 내가 어떻게 할 수 있소?"

"일을 못하면 장사라도 해야죠."

"밑천이 있어야 장사를 하지……."

아내가 버럭 성을 내며 말했다.

"아니 그럼 밤낮으로 글만 읽더니 무엇을 배웠어요. 일도 못한다 장사도 못한다. 그럼 어디 가서 비럭질이라도 해 오세요."

모욕을 느낀 허생은 보던 책을 덮고 일어나면서 탄식했다.

"어허, 애석하구나! 십년 기약으로 글 읽기를 시작하여 앞으로 삼년밖에 남지 않았는데……."

허생은 집에서 나왔으나 갈 만한 곳이 없어 이리 기웃 저리 기웃 서성이더니 지나가는 사람을 붙잡고 물었다.

"이 마을에서 가장 부자가 누구요?"

그 사람은 생각할 것도 없이 대뜸 대답했다.

"아 그야 변 부자지요."

변씨라는 장안의 갑부 하나를 확인한 그는 곧바로 변씨 집을 찾아갔다.

"남산 밑 묵정동에 사는 허생이라 하오. 내가 집이 가난해서 장사를 해 보고자 하니 돈 만 냥만 빌려 주시오."

변씨는 괴이한 선비를 유심히 보고만 있더니 말 한마디 없이 돈 만 냥을 선뜻 내놓았다.

허생 역시 그 돈을 받아 가지고 묵묵히 나왔다. 이 광경을 지켜보고 있던 주위 사람들이 변씨에게 물었다.

"이름조차 묻지 않고 만 냥이나 되는 거금을 선뜻 빌려 주시다니 도대체 무슨 생각으로 그러시는 겁니까?"

"자네들이 모르는 소리일세. 남에게 아쉬운 소리를 하는 사람은 대개 그럴듯하게 말을 꾸며 대고 신의가 있는 체하는 법인데 방금 그 사람은 그러한 기색이 조금도 없단 말이야. 두고 보시오. 저 사람은 내가 빌려 준 돈보다 더 많은 돈을 가져 올 테니."

한편 허생은 기호 지방(경기도와 황해도의 남부 및 충청남도의 북부를 이르는 말)의 접경이요, 삼남(충청도, 전라도, 경상도를 통틀어 이르는 말)의 어귀인 안성으로 갔다. 그곳 시장에 자리를 잡고 대추, 밤, 감, 배 등속의 과일이란 과일은 모조리 사들였다. 안 팔겠다는 사람이 있으면 값을 곱절로 쳐 주고라도 다 사들였다. 이렇게 되고 보니 안성의 과일은 물론 전국의 과일이 모두 허생의 창고로 들어갔다. 제사에 쓰일 과일을 독점한 허생은 본전의 몇 배가 되는 돈을 벌었다. 허생은 한숨을 쉬며 말했다.

"돈 만 냥으로 온갖 과일을 사들였으니 우리나라가 좁긴 좁구나."

다음에는 그 돈으로 칼, 괭이, 무명 따위의 이용품을 같은 수법으로 사들여 제주도로 건너갔다. 제주에 귀한 일용품을 팔아서 이득을 본 허생은 그곳의 특산인 말총을 죄다 사 버렸다. 그러면서 혼자 중얼거렸다.

"몇 해 안 가서 이 나라의 사람들은 상투도 매지 못할걸!"

아니나 다르랴! 얼마 후 망건 값은 열 배로 뛰었고 망건 장수들은 돈을 한 짐씩 짊어지고 제주로 모여들었다.

이렇게 해서 백만장자가 된 허생은 뱃사공 한 사람을 붙들고 근처에 사람이 살 만한 빈 섬이 없느냐고 물었다.

"여기서 동쪽으로 사흘만 가면 사문과 장기 사이에 섬이 하나 있는데, 온갖 꽃과 과일이 무성하고 사슴과 물고기 떼가 한가로이 놀며 땅이 비옥하답니다."

"나를 그곳으로 안내해 주시오. 그러면 당신이 평생 쓰고도 남을 돈을 드리겠습니다."

뱃사공과 함께 섬에 도착하여 사방을 두루 답사하고 난 허생은 혼자서 중얼거렸다.

"천 리도 못 되는 섬이니 무엇을 하겠는가? 땅은 기름지고 물이 좋으니 부자로는 살겠군."

이때 마침 변산에 큰 도둑 떼가 일어 관가에서는 이들을 잡으려 애쓰고 도둑 떼들은 포졸이 무서워서 나오지 못하고 굶어 죽을 지경이었다.

이러한 이야기를 들은 허생은 혼자 도둑의 소굴을 찾아가 그들의 두목과 이야기를 나누었다.

"당신들에게 처자와 토지가 있는가?"

"허허……그런 것이 있다면 무엇 때문에 고생스럽게 도둑질을 하겠는가?"

"그렇다면 내가 당신들에게 돈을 나누어 주지. 내일 저 바닷가에 붉은 깃발을 단 배가 나타나거든 내가 싣고 온 돈 배인 줄 알고 당신들 마음대로 가져가 보시오."

허생은 굳게 약속하고 나서 도둑의 소굴을 빠져나왔다.

도둑들은 허황한 허생을 비웃었으나 이튿날 약속대로 돈 삼십만 냥을 싣고 나타나자 그들은 모두 엎드려 절하면서 허생을 장군으로 모시겠다고 했다.

허생이 도둑들에게 명령했다.

"자, 당신들 마음대로 이 돈을 가져가시오."

그들은 저마다 앞을 다투어 돈을 한 짐씩 지고 나왔다. 그러나 아무리 힘센 놈이라도 백 냥 이상은 지지 못했다. 이 모습을 본 허생은 웃음이 절로 나왔다.

"돈 백 냥을 지고 끙끙거리는 주제에 무슨 도둑질을 하겠다는 거냐? 너희들은 평범한 백성이 되고 싶어도 이름이 도둑의 명부에 실려 있어 그러지도 못할 것이니 이 돈으로 각각 계집 하나와 소 한 마리씩만 데리고 오너라."

이렇게 말한 허생은 예의 기름진 섬으로 들어가 그들을 기다렸다. 약속한 날 그들은 제각기 여자와 소를 데리고 돌아왔다.

도둑의 섬은 살기 좋은 낙원으로 변했고, 땅이 기름지니 먹을 것이 풍족하였다.

이때 일본 장기에 흉년이 들었다는 소문을 들은 허생은 남아도는 양식을 싣고 가서 돌아올 때는 은 오백만 냥을 배에 싣고 왔다.

섬으로 돌아온 허생은 주체할 수 없는 은 오십만 냥을 바다 가운데 던져 버리면서 만족한 듯이 말했다.

"이제 내 일이 끝났다. 처음에 이곳에 올 때는 부자가 된 다음 학문과 예절을 가르치려 했는데, 섬은 좁고 나의 덕도 모자라 이제 떠나련다. 이 후부터 아이를 낳거든 오른손으로 수저를 들도록 하며 어른에게 사양하는 법을 가르쳐라. 그리고 다른 섬과는 절대로 왕래를 하지 마라. 또 너희 중에 글을 조금이라도 아는 자는 나와 함께 나가야 한다. 글이란 화의 근원이니라."

이와 같이 교훈을 내린 뒤 자기가 타고 나갈 배 한 척만 남겨두고 나머지 배는 모두 불살라 버렸다.

육지에 올라선 허생은 가난한 사람들을 찾아다니며 돈을 나누어 주었으나 한양에 돌아왔을 때는 아직도 십만 냥이 넘게 남아 있었다.

변씨 집을 찾아간 허생은 은 십만 냥을 내놓으면서 말했다.

"자 받으시오. 그때는 글을 읽다가 배가 고파서 체면 불구하고 찾아온 것이었으나 우리같이 학문을 하는 사람에게 돈이란 소용이 없나 봅니다. 돈 때문에 사람이 달라지는 법은 없으니까요."

변씨는 깜짝 놀라면서 말했다.

"이렇게 많은 돈을 받을 수는 없소. 빌려 간 돈을 갚겠다면 일 푼의 이자를 쳐서 받도록 하지요."

"당신은 나를 장사치로 보시오."

이렇게 말을 던진 허생은 십만 냥의 은을 남겨 둔 채 일어섰다.

변씨는 밖으로 나와 허생의 뒤를 밟았더니 남산 밑의 다 쓰러져 가는 초가집으로 들어가는 것이 아닌가. 이튿날 변씨는 허생의 집을 찾아가서 돈을 내놓았다. 하지만 허생은 사양하면서 말했다.

"내가 만일 부자가 되고 싶었다면 백만 냥을 버리고 십만 냥을 얻겠소? 돈은 그대로 가져가시고 그 대신 우리 내외가 먹고 지내는 데 필요한 생활비만 그때그때 보내 주시오. 이 이상 나에게 재물로 인한 괴로움을 주지 마시오."

이렇게 해서 변씨는 허생의 생계를 돕는 정도에서 그치기로 했다.

몇 해를 지내는 동안 두 사람은 아주 가까워졌다. 변씨는 만 냥으로 어떻게 백만 냥이나 되는 큰돈을 벌었는지 그동안 정말 궁금했다. 어느 날 두 사람은 술이 거나하게 취하자 변씨가 입을 떼었다.

"선생은 어떻게 해서 오년동안에 백만 냥이나 벌으셨소?"

"그거야 아주 쉬운 일이죠. 조선은 외국의 배나 차가 통하지 않기 때문에 모든 물건이 그 속에서 생산되고 그 속에서 소비된답니다. 천 냥으로 모든 물건을 다 살 수는 없으나 백 냥으로 그중의 한 가지 물건을 독점할 수 있지 않겠소? 물건만 독점하면 그 값은 물주가 부르는 게 값이지요. 그러나 이러한 방법으로 돈을 버는 것은 나라를 망치는 길이니 조심해야 합니다."

변씨는 상대방이 비범한 천재라고 감탄하면서 이렇게 물었다.

"지금 나라의 실정을 보면 슬기로운 지사가 저마다 재주를 자랑할 법도 하건만 선생은 어찌하여 숨어 살려 합니까?"

"숨어 살던 사람들은 많았소. 나는 장사를 해서 번 돈도 바다 속에 던져 버렸는데 또 무슨 욕망이 있겠소. 그런 말씀은 그만하고 술이나 마십시다."

이런 일이 있은 이후, 변씨는 허생의 이야기를 어영대장 이완에게 했다.

이 말을 들은 이완은 아주 반가워하며 청했다.

"나를 그 선생에게 안내해 주오."

이완은 유비의 삼고초려를 본받기 위해 변씨와 단둘이서 걸어가기로 했다. 허생을 찾아간 이완이 지금 조정에서는 어진 인물을 찾고 있는 중이라고 열변을 토하자 허생은 그의 말을 막으며 이렇게 말했다.

"와룡 선생을 소개할 터이니 임금으로 하여금 삼고초려를 하시도록 대장인 당신이 주선하실 수 있으시겠소?"

"매우 어려운 말씀이신데요. 다른 더 좋은 일을 가르쳐 주십시오."

"청나라 장사들이 조선에 대한 옛 은혜를 빙자하고 이 나라에 굴러 와서 계집을 요구하고 있는데 당신은 조정에 특청을 해서 종실과 권세 있는 집안의 계집들을 이들에게 출가시킬 수 있겠소?"

어영대장은 고개를 숙이고 생각에 잠기더니 어려운 일이라고 대답했다.

"여전히 어렵다고만 하시는데 그러면 무엇이 가능하겠소. 이번에는 아주 쉬운 일을 가르쳐 드릴 테니 당신은 해낼 수 있겠소?"

"어서 말씀해 보십시오."

"사대부의 자제들을 뽑아 청나라에 유학을 보내시오. 그리하여 이들로 하여금 그들의 풍속과 실정을 깊이 파악하도록 한다면 장차 지난날의 국치를 씻을 날이 올 것이오."

"존엄한 사대부들이 자기의 귀여운 자제들을 오랑캐 나라로 보내려고 하겠습니까?"

어영대장의 대답이 이처럼 점잖게 떨어지자 허생은 분노가 왈칵 치밀었다.

"이른바 사대부란 무엇이냐? 어느 뼈인지도 모르게 태어나서 사대부라고 뽐내는 놈들이 아니 그래 상투 틀고 거추장스런 도포를 입고 전쟁터에 나가는 것이 옛 법이란 말인가? 그놈들의 옛 법은 무엇이나 못한다는 것뿐이군. 그래, 세 가지 중 한 가지도 못하겠다면서 충신이라고 자부하는 네 놈의 목부터 잘라야겠다."

격노한 허생이 옆에 있는 칼을 집어 들었다. 혼비백산 겁에 질려 그 집을 뛰쳐나온 이완은 이튿날 다시 삼고초려를 했으나 허생은 어디로 갔는지 없고 다 쓰러져 가는 그의 초가집만 쓸쓸하게 남아 있었다.

옹고집전(雍固執傳)

- 작자 미상 -

작품 정리

〈옹고집전〉은 작자와 창작 연대 미상의 고전소설이다. 조선 후기의 시대상을 잘 반영하고 있는 설화소설이며 판소리 열두 마당의 하나로 옹고집타령으로 불린다.

옹고집이 동냥 온 중을 괄시하여 화를 입게 되는 장면과 부자이면서 인색한 옹고집을 징벌하고 가짜인 옹고집이 진짜 옹고집을 쫓아내어 결국에는 자살을 결심하다 개과천선하는 이야기로, 조선 후기 시대상인 금전적 이해관계나 부를 추구하는 데만 몰두하는 인간에 대한 반감과 인간의 참된 도리에 대한 교훈을 주는 작품이다.

작품 줄거리

옹진골 옹당촌에 사는 성은 옹이고 이름이 고집은 심술 사납고 인색하며 삐뚤어진 마음과 불효한 인간으로 매사에 고집을 부리는 수전노였다. 팔십 노모가 냉방에 병들어 아프지만 약 한 첩 쓰지 않고 돌보지 않는다. 노모가 옹고집의 불효를 탓하자 노모가 너무 오래 산다고 핀잔을 준다.

이에 월출봉 취암사의 도승이 학대사라는 중에게 옹고집을 혼내 주라고 보내지만 오히려 매만 맞고 돌아온다. 이에 화가 난 도사가 초인(草人)으로 가짜 옹고

집을 만들어 옹고집의 집에 가서 진위를 다투게 한다.

진짜와 가짜를 가리려 관가에 송사를 하지만 진짜 옹고집이 져서 집을 빼앗기고 쫓겨나 걸식 끝에 자살하려 하나 도사가 구해 준다. 도사에게 받은 부적으로 가짜 옹고집을 다시 초인으로 만들고 그간의 잘못을 참회하여 새사람이 되어 모친께 효도하고 불교를 신봉하게 된다.

핵심 정리

갈래 : 풍자 소설

연대 : 미상

구성 : 해학적

시점 : 전지적 작가 시점

배경 : 옹달 우물과 옹연못이 있는 옹진골 옹당촌

주제 : 인간의 참된 도리에 대한 교훈

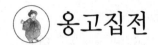

옹고집전

　옹달 우물과 옹연못이 있는 옹진골 옹당촌에 한 사람이 살았으니 성은 옹가요, 이름은 고집이었다. 성미가 매우 괴팍하여 풍년이 드는 것을 싫어하고 심술 또한 맹랑하여 매사를 고집으로 버티었다.

　살림 형편을 살펴보건대 석숭의 재물이나 도주공의 드날린 이름이나 위세를 부러워하지 않을 만하였다.

　앞뜰에는 노적이 쌓여 있고 뒤뜰에는 담장이 높직한데 울 밑으로는 석가산이 우뚝하다. 석가산 위에 아담한 초당을 지었는데 네 귀에 풍경이 달렸으매 바람 따라 쟁그렁 맑은 소리 들려오며, 연못 속의 금붕어는 물결 따라 뛰놀았다.

　동편 뜨락 모란꽃은 봉오리가 반만 벌어지고, 왜철쭉과 진달래는 활짝 피었더니 춘삼월 모진 바람에 모두 떨어졌으되, 서편 뜨락 앵두꽃은 담장 안에 곱게 피고, 영산홍 자산홍은 바야흐로 한창이요, 매화꽃도 복사꽃도 철을 따라 만발하니 사랑치레가 찬란하였다.

　팔작집 기와 지붕에 마루는 어간대청 삼층 난간이 둘러 있고, 세살창의 들장지와 영차에는 안팎 걸쇠, 구리 사복이 달려 있고, 쌍룡을 새긴 손잡이는 채색도 곱게 반공중에 들떠 있다. 방 안을 들여다보니 별앞달이에 팔첩 병풍이요, 한녘으로 놋요강, 놋대야를 밀쳐놓았다.

　며늘아기는 명주 짜고 딸아기는 수놓으며, 곰배팔이 머슴 놈은 삿자리

엮고 앉은뱅이 머슴 놈은 방아찧기 바쁘거니와, 팔십 당년 늙은 모친은
병들어 누워 있거늘 불효막심 옹고집은 닭 한 마리, 약 한 첩도 봉양을
아니 하고 조반석죽 겨우 바쳐 남의 구설만 틀어막고 있었다.

불기 없는 냉돌방에 홀로 누운 늙은 어미 섧게 울며 탄식하기를,

"너를 낳아 길러 낼 제 애지중지 보살피며 보옥같이 귀히 여겨 어르면
서 하는 말이, '은자동아, 금자동아, 고이 자란 백옥동아, 천지 만물 일월
동아, 아국사랑 간간동아, 하늘같이 어질거라, 땅같이 너릅거라. 금을 준
들 너를 사며 은을 준들 너를 사랴. 천생 인간 무가보는 너 하나뿐이로
다.' 이같이 사랑하며 너 하나를 키웠거늘 천지간에 이러한 어미 공을 네
어찌 모르느냐? 옛날에 효자 왕상이는 얼음 속의 잉어를 낚아다가 병든
모친 봉양하였거늘, 그렇지는 못할망정 불효는 면하렷다!"

불측한 고집이 놈, 어미 말에 대꾸하되,

"진시황 같은 이도 만리장성 쌓아 놓고 아방궁을 이룩하여 삼천 궁녀
두루 돌아 찾아들며 천년 만년 살고지고 하였으되, 그도 또한 이산에 한
분총 무덤 속에 죽어 있고, 백전백승 초패왕도 오강에서 자결하였고, 안
연 같은 현학사도 불과 삼십 세에 요절하였거늘, 오래 살아 무엇하리? 옛
글에 일렀으되 '인간 칠십 고래희라' 하였으니 팔십이 된 우리 모친 오
래 산들 쓸데없네. '오래 살면 욕심이 많아진다.' 하니 우리 모친 그 뒤
라서 단명하랴? 도척같이 몹쓸 놈도 천추에 유명하거늘, 어찌 나를 시비
하리요?"

이놈의 심사 이러한 가운데에 또한 불교를 업신여겨 허물 없는 중을
보면, 결박하고 귀 뚫기와 어깨 타고 뜸질하기가 일쑤였다. 이놈의 심보
가 이러하니 옹가집 근처에는 동냥중이 얼씬도 못하였다.

이 무렵, 저 멀리 월출봉 취암사에 도사 한 분이 있었으니, 그의 높은

술법은 귀신도 감탄할 경지에 이르러 있었다.

하루는 도사가 학대사를 불러 이르기를,

"내 듣건대 옹당촌에 옹좌수라 하는 놈이 불도를 업신여겨 중을 보면 원수같이 군다 하니 네 그놈을 찾아가서 책망하고 돌아오라."

분부 받고 학대사는 나섰것다. 헌 굴갓 눌러쓰고 마의 장삼 걸쳐 입고 백팔염주 목에 걸고 육환장을 거머짚고 허위적허위적 내려오니, 계화는 활짝 피고 산새는 슬피 울며 가는 길을 재촉한다.

노을진 석양녘에 옹가집에 다다르니 어간대청 너른 집에 네 귀에 풍경 달고 안팎 중문 솟을대문이 좌우로 활짝 열어젖혔기에, 목탁을 딱딱 치며 권선문을 펼쳐 놓고 염불로 배례할 새,

"천수천안 관자재보살, 주상 전하 만만세, 왕비 전하 수만세, 시주 많이 하옵시면 극락 세계로 가오리다. 아미타불 관세음보살……."

중문에 기대어서 이 광경을 보던 할미종이 넌지시 이르는 말이,

"노장, 노장. 여보, 노장. 소문도 못 들었소? 우리 댁 좌수님이 춘곤을 못 이기사 초당에서 낮잠이 드셨으매, 만일 잠을 깰라치면 동냥은 고사하고 귀 뚫리고 갈 것이니 어서 바삐 돌아가소."

학대사가 대답하되,

"고루거각 큰 집에서 중의 대접이 어찌하여 이러할까? '적악지가에 필유여앙이요, 적선지가에 필유여경이라.' 이르나이다. 소승은 영암 월출봉 취암사에 사옵는데, 법당이 퇴락하여 천 리 길 멀다 않고 귀댁에 왔사오니 황금으로 일천 냥만 시주를 하옵소서."

합장배례하고 다시 목탁을 두드리니 옹좌수 벌떡 일어나 밀창문을 드르르 밀치면서,

"어찌 그리 요란하냐?"

종놈이 조심조심 여쭈기를,

"문밖에 중이 와서 동냥 달라 하나이다."

옹좌수 발칵 화를 내어 성난 눈알 부라리며 소리질러 꾸짖기를,

"괘씸하다, 이 중놈아! 시주하면 어쩐다냐?"

학대사는 이 말 듣고 육환장을 눈 위로 높이 들어 합장배례로 대답하기를,

"황금으로 일천 냥만 시주하옵시면 소승이 절에 가서 수륙제를 올릴 적에 아무 면 아무 촌 아무개라 외우면서 축원을 드리오면 소원대로 되나이다."

옹좌수가 쏘아붙이되,

"허허, 네놈 말이 가소롭다! 하늘이 만백성을 마련할 제 부귀빈천, 자손유무, 복불복을 분별하여 내셨거늘, 네 말대로 한다면 가난할 이 뉘 있으며 무자할 이 뉘 있으리? 속세에서 일러 오는 인중 마른 중이렷다! 네놈 마음 고약하여 부모 은혜 배반하고, 머리 깎고 중이 되어 부처님의 제자인 양, 아미타불 거짓 공부하는 듯이 어른 보면 동냥 달라, 아이 보면 가자 하니, 불충불효 태심하며 불측한 네 행실을 내 이미 알았으니 동냥 주어 무엇하리?"

학대사는 다시금 합장배례하며 공손히 하는 말이,

"청룡사에 축원 올려 만고 영웅 소대성을 낳아 갈충보국하였으며 천수경 공부 고집하여 주상 전하 만수무강하옵기를 조석으로 발원하니, 이 어찌 갈충보국 아니오며 부모 보은 아니리까? 그런 말씀 아예 마옵소서."

옹좌수 하는 말이,

"네 무엇을 배웠기로 그렇듯 말하느냐? 지식이 있을진대 나의 관상 보아다고."

학대사가 일러주되,

"좌수님의 상을 살피건대 눈썹이 길고 미간이 넓으시니 성세는 드날리되 누당이 곤하시니 자손이 부족하고, 면상이 좁으시니 남의 말을 아니듣고, 수족이 작으시니 횡사도 할 듯하고, 말년에 상한병을 얻어 고생하다 죽사오리다."

이 말을 듣고 성난 옹좌수가 종놈들을 소리쳐 불렀다,

"돌쇠, 뭉치, 깡쇠야! 저 중놈을 잡아내라!"

종놈들이 일시에 달려들어 굴갓을 벗겨 던지고 학대사를 휘휘 휘둘러 돌 위에 내동댕이치니 옹좌수가 호령하되,

"미련한 중놈아! 들어보라. 진도남 같은 이도 중을 불가하다 하고서 운림처사 되었거늘, 너 같은 완승 놈이 거짓 불도 핑계하여 남의 전곡 턱없이 달라 하니, 너 같은 놈 그저 두지 못하렷다!"

종놈 시켜 중을 눌러 잡고, 꼬챙이로 귀를 뚫고 태장 사십 대를 호되게 내리쳐서 내쫓았다.

그러나 학대사는 술법이 높은지라 까딱없이 돌아서서 사문에 들어서니 여러 중이 내달아 영접하여 연고를 캐물으니, 학대사는 태연자약 대답하기를,

"이러저러하였노라."

중 하나가 썩 나서며,

"스승의 높은 술법으로 염라대왕께 전갈하여 강임도령 차사 놓아 옹고집을 잡아다가 지옥 속에 엄히 넣고 세상에 영영 나지 못하게 하옵소서."

학대사는 대답하되,

"그는 불가하다."

다른 중이 나서면서,

"그러하오면 해동청 보라매 되어 청천운간 높이 떠서 서산에 머물다가

날쌔게 달려들어 옹가 놈 대갈통을 두 발로 덥석 쥐고 두 눈알을 꼭지 떨어진 수박 파듯 하사이다."

학대사는 움칠하며 대답하되,

"아서라, 아서라! 그도 못하겠다."

또 한 중이 썩 나서며,

"그러하오면 만첩청산 맹호 되어 야심경 깊은 밤에 담장을 넘어들어 옹가 놈을 물어다가 사람 없는 험한 산 외진 골에서 뼈까지 먹사이다."

학대사는 여전하게,

"그도 또한 못하겠다."

다시 한 중이 여쭈기를,

"그러하오면 신미산 여우 되어 분단장 곱게 하고 비단옷 맵시 내어 호색하는 옹고집 품에 누워 단순호치 빵긋 벌려 좋은 말로 옹고집을 속일 적에, '첩은 본디 월궁 선녀이옵는데 옥황상제께 죄를 얻어 인간계로 내치시매 갈 바를 몰랐더니, 산신님이 불러들여 좌수님과 연분이 있다 하여 지시하옵기로 이에 찾아왔나이다.' 하며 온갖 교태 내보이면 호색하는 그놈이라 필경에는 대혹하여 등 치며 배 만지며 온갖 희롱 진탕하다 촉풍 상한 덧들려서 말라죽게 하옵소서."

학대사 벌떡 일어나며 하는 말이,

"아서라, 그도 못하겠다."

술법 높은 학대사는 괴이한 꾀 나는지라. 동자 시켜 짚 한 단을 끌어내어 허수아비 만들어 놓고 보니 영락없는 옹고집의 불측한 상이렷다. 부적을 써 붙이니 이놈의 화상, 말대가리 주걱턱이 어디로 보나 영락없는 옹가였다.

허수아비 거드럭거드럭 옹가 집을 찾아가서 사랑문 드르륵 열며 분부

할 제,

"늙은 종 돌쇠야, 젊은 종 몽치, 깡쇠야! 어찌 그리 게으르고 방자하냐? 말 콩 주고 여물 썰어라! 춘단이는 바삐 나와 발 쓸어라!"

하며 태연히 앉았으니 이리 보나 저리 보나 분명한 옹좌수였다.

이때 실옹가 들어서며 하는 말이,

"어떠한 손이 왔기로 이렇듯 사랑채가 소란하냐?"

허옹가가 이 말 듣고 나앉으며,

"그대 어쩐 사람이기로 예 없이 남의 집에 들어와 주인인 체하느뇨?"

실옹가 버럭 성을 내며 호령하되,

"네가 나의 형세 유족함을 듣고 재물을 탈취코자 집 안으로 당돌히 들었으니 내 어찌 그저 두랴! 깡쇠야, 이놈을 잡아내라!"

노복들이 얼이 빠져 이도 보고 저도 보고, 이리 보고 저리 보나 이옹저옹이 같은지라. 두 옹이 아옹다옹 맞다투니 그 옹이 그 옹이요, 백운심처 깊은 곳에 처사 찾기는 쉬울망정 백주당상 이 방 안에 우리 댁 좌수님 찾을 가망 전혀 없어 입 다물고 말 없더니 안채로 들어가서 마님께 아뢰기를,

"일이 났소, 일이 났소. 아씨님, 일이 났소! 우리 댁 좌수님이 둘이 되었으니 보던 중 처음입니다. 집안에 이런 변이 세상에 또 있겠습니까?"

마님이 이 말 듣고 대경실색하는 말이,

"애고애고, 이게 웬말이냐? 좌수님이 중만 보면 당장에 묶어 놓고 악한 형벌 마구 하여 불도를 업신여기며, 팔십 당년 늙은 모친 박대한 죄 어찌 없을까보냐? 땅 신령이 발동하고 부처님이 도술 부려 하늘이 내리신 죄, 인력으로 어찌하리?"

마나님은 춘단 어미를 불러들여 분부하되,

"바삐 나가 네가 진위를 가려 보라."

춘단 어미가 사랑채로 바삐 나가 문틈을 열고 기웃기웃 엿보는데, '네가 옹가냐? 내가 옹가다!' 하고 서로 고집하여 호령호령하니, 말투와 몸놀림이 똑같은데 이목구비도 두 좌수가 흡사하니 춘단 어미 기가 막혀 하는 말이,

"'뉘라서 까마귀 암수를 알아보리요?' 하더니 뉘라서 어찌 두 좌수의 진위를 가리리요?"

춘단 어미 허겁지겁 안으로 들어서며,

"마님, 마님! 두 좌수님 모두가 흡사하와 소비는 전혀 알아볼 수 없사옵니다."

마나님이 생각난 듯 하는 말이,

"우리 집 좌수님은 새로이 좌수 되어 도포를 성급히 다루다가 불똥이 떨어져서 안자락이 탔으므로 구멍이 나 있으니 그것을 찾아보면 진위를 가릴지라. 다시 나가 알아 오라."

춘단 어미 다시 나와 사랑문을 열어젖히면서,

"알아볼 일 있사오니 도포를 보사이다. 안자락에 불똥 구멍 있나이다."

실옹가가 나앉으며 도포 자락 펼쳐 뵈니 구멍이 또렷하니 우리 댁 좌수님이 분명하것다.

허옹가도 뒤따라 나앉으며,

"예라, 이년! 요망하다, 가소롭다! 남산 위에 봉화 들 때 종각 인경 뗑뗑 치고 사대문을 활짝 열 때 순라군이 제격이라, 그만 표는 나도 있다."

허옹가가 앞자락을 펼쳐 뵈니 그도 또한 뚜렷하것다. 알 길이 전혀 없는지라 답답한 춘단 어미 안으로 들어서며 마님 불러 아뢰기를,

"애고, 이게 웬 변일꼬? 불구멍이 두 좌수께 다 있으니 소비는 전혀 알수 없소이다. 마님께서 몸소 나가 보옵소서."

마나님 이 말 듣고 낯빛이 흐려지며 탄식하되,

"우리 둘이 만났을 제 '여필종부 본을 받아 서산에 지는 해를 긴 노로 잡아매고 길이 영화 누리면서 살아서 이별 말고 죽어도 한날 죽자.' 이렇듯이 천지에 맹세하고 일월도 보았거늘, 뜻밖에 변이 나니 꿈인가 생시인가? 이 일이 웬일일꼬? 도덕 높은 공부자도 양호의 화액을 입었다가 도로 놓여 성인 되셨으매 자고로 성인들도 한때 곤액 있거니와, 이런 괴변 또 있을꼬? 내 행실 가지기를 송백같이 굳었거늘 두 낭군을 어찌 새삼 섬기리요?"

이렇듯 탄식할 제, 며늘아기 여쭈기를,

"집안에 변을 보매 체모가 아니 서니 이 몸이 밝히오리다."

사랑 방문 퍼뜩 열고 들어가니 허옹가 나앉으며 이르기를,

"아가, 아가. 게 앉아 자세히 들어보라. 창원 땅 마산포서 너의 신행하여 올 제 십여 필마 바리로 온갖 기물 실어 두고, 내가 후행으로 따라올 제 상사마 한 놈이 암말 보고 날뛰다가 뒤뚱거려 실은 것을 파삭파삭 결딴내어 놋동이는 한복판이 뚫어져서 못 쓰게 되었기로 벽장에 넣었거늘, 이도 또한 헛말이냐? 너의 시아비는 바로 내로다!"

기가 막힌 실옹가도 앞으로 나앉더니,

"애고, 저놈 보게. 내가 할 말 제가 하니 애고애고, 이 일을 어찌하리? 새아기야, 내 얼굴을 자세히 보라! 네 시아비는 내 아니냐?"

며느리가 공손히 여쭈기를,

"우리 아버님은 머리 위로 금이 있고 금 가운데 흰머리가 있사오니 이 표를 보사이다."

실옹가가 얼른 나앉으며 머리 풀고 표를 뵈니, 골통이 차돌 같아 송곳으로 찔러 본들 물 한 점 피 한 방울 아니 나겠더라. 허옹가도 나앉으며 요술 부려 그 흰 털 뽑아 내어 제 머리에 붙인지라, 실옹가의 표적은 없어지고 허옹가의 표적이 분명하것다.

"며느리야! 내 머리를 자세히 보라."

하니 며늘아기 살펴보고,

"틀림없는 우리 시아버님이오."

실옹가는 복통할 노릇이라 주먹으로 가슴치고 머리를 지끈지끈 두드리며,

"애고애고, 허옹가는 아비 삼고 실옹가를 구박하니 기막혀 나 죽겠네! 내 마음에 맺힌 설움 누구보고 하소연하랴?"

종놈들 거동 보니 남문 밖 사정으로 걸음을 재촉하여 서방님을 찾아간다.

"가사이다, 가사이다. 서방님, 어서 바삐 가사이다! 일이 났소, 변이 났소. 우리 댁 좌수님이 두 분이 되어 있소."

서방님이 이 말 듣고 화살 전통 걸어 멘 채 천방지축 집에 와서 사랑으로 들어가니 허옹가가 태연자약 나앉으며 탄식하되,

"애고애고, 저놈 보게. 내가 할 말 제가 하네."

아들놈의 거동 보니 맥맥상간 살펴보나 이도 같고 저도 같아 알 길이 전혀 없어 어리둥절 서 있것다. 허옹가가 나앉으며 실옹가의 아들 불러 재촉하여 이르기를,

"너의 모게 알아보게 좀 나오라 하여다고! 이렇듯이 가변 중에 내외할 것 전혀 없다!"

하니 실옹가 아들놈이 안으로 들어가서,

"어머님, 어머님. 사랑방에 괴변 나서 아버님이 둘이오니 어서 나가 자세히 살펴보소서."

내외도 불구하고 마나님이 사랑에 썩 나서니 허옹가가 실옹가의 아내 보고 앞질러 하는 말이,

"여보, 임자! 내 말을 자세히 들어봐요. 우리 둘이 첫날밤 신방으로 들었을 때 내가 먼저 동품하자 하였더니 언짢은 기색으로 임자가 돌아앉기로, 내 다시 타이르며 좋은 말로 임자를 호릴 적에 '이같이 좋은 밤은 백 년에 한 번 있을 뿐인지라 어찌 서로 허송하랴?' 하자 그제서야 임자가 순응하여 서로 동품하였으니, 그런 일을 더듬어서 진위를 분별하소."

실옹가의 아내가 굽이굽이 생각하니 과연 그 말이 맞은지라 허옹가를 지아비라 일컬으니, 실옹가는 복장을 쾅쾅 치나 눈에서 불이 날 뿐 어찌 할 수 없으렷다.

실옹가 아내 측은하여 하는 말이,

"두 분이 똑같으니 소첩인들 어이 아오? 애통하오, 애통하오!"

안으로 들어가도 마음이 아니 놓여 팔자 한탄 소란하다.

"애고애고, 내 팔자야! 여필종부 옛말대로 한 낭군 모셨거늘, 이제 와 이도 같고 저도 같은 두 낭군이 웬 변인고? 전생에 무슨 득죄하였기로 이 년의 드센 팔자 이렇듯 애통할꼬? 애고애고, 내 팔자야!"

이럴 즈음 구불촌 김별감이 문밖에 찾아와서,

"옹좌수 게 있는가?"

하니 허옹가가 썩 나서며,

"그게 뉘신가? 허허, 이거 김별감 아닌가! 달포를 못 보았는데 그새 댁 내 무고한가? 나는 요새 집안에 변괴 있어 편치도 못하다네. 어디서 온 누구인지 말투와 몸놀림에 형용도 흡사하여 나와 같은 자 들어와서 옹좌수라 일컬으며 나의 재물 빼앗고자 몹쓸 비계 부리면서 낸 체하고 가산을 분별하니 이런 변이 어디 또 있을는고? '그의 아내는 알지 못하되 그의 벗은 알지로다' 하였으니 자네 나를 모를까 보냐? 나와 자네는 지기 상통하는 터수, 우리 뜻을 명명백백 분별하여 저놈을 쫓아 주게."

실옹가는 이 말 듣고 가슴을 쾅쾅 치며 호령하기를,

"애고애고, 저놈 보게! 제가 낸 체 천연히 들어앉아 좋은 말로 저렇듯 늘어놓네! 이놈, 죽일 놈아. 네가 옹가냐? 내가 옹가제!"

이렇듯이 두 옹가 아옹다옹 다툴 적에 김별감은 이리 보고 저리 보고 어이없어 하는 말이,

"양옹이 옹옹하니 이옹이 저옹 같고 저옹이 이옹 같아 양옹이 흡사하니 분별치 못하겠네! 사실이 이럴진대 관가에 바삐 가서 송사나 하여 보게."

양옹이 이 말을 옳게 여겨 서로 잡고 관정에 달려가서 송사를 아뢰었다. 사또가 나앉으며 양옹을 살피건대 얼굴도 흡사하고 의복도 같은 고로 형방에게 분부하되,

"저 두 놈 옷을 벗겨 가려 보라."

하니 형방이 썩 나서며 양옹을 발가벗기었다. 차돌 같은 대갈통이 같거니와 가슴, 팔뚝, 다리, 발이 모두 같고 불알마저 흡사하니 그 진위를 뉘라서 가리리요.

실옹가가 먼저 아뢰기를,

"민이 조상 대대로 옹당촌에 사옵는데 천만의외로 생면부지 모를 자가 민과 행색 같이하고 태연히 들어와서 민의 집을 제 집이라, 민의 가솔을 제 가솔이라 이르오니 세상에 이런 변괴 어디 또 있나이까? 명명하신 성주께서 저놈을 엄문하와 변백하여 주옵소서."

허옹가도 또한 아뢰기를,

"민이 사뢰고자 하던 것을 저놈이 다 아뢰매 민은 다시 사뢸 말씀 없사오니 명철하신 성주께서 샅샅이 살피시와 허실을 밝혀 가려 주옵소서. 이제는 죽사와도 여한이 없겠나이다."

사또가 엄히 꾸짖어 양옹을 함구케 한 연후에 육방의 아전과 내빈 행

객 불러 내어 두 옹가를 살펴보게 하였으나 실옹이 허옹 같고 허옹이 실옹 같아 전혀 알 수 없는지라. 형방이 아뢰기를,

"두 백성의 호적을 상고하여 보사이다."

사또는,

"허허, 그 말이 옳도다."

하고 호적색을 부러 놓고 양옹의 호적을 강받을 때 실옹가가 나앉으며 아뢰기를,

"민의 아비 이름은 옹송이옵고 조는 만송이옵나이다."

사또가 이 말 듣고 하는 말이,

"허허, 그놈의 호적은 옹송망송하여 전혀 알 수 없으니 다음 백성 아뢰라."

이때 허옹가 나앉으며 아뢰기를,

"자하골 김등네 좌정하였을 적에, 민의 아비 좌수로 거행하며 백성을 애휼하온 공으로 말미암아 온갖 부역을 삭감하였기로 관내에 유명하오니 옹돌면 제일호 유생 옹고집이요, 고집의 나이 삼십칠 세요, 부학생은 옹송이온데 절충장군이옵고, 조는 상이오나 오위장 지내옵고, 고조는 맹송이요, 본은 해주이오며, 처는 진주 최씨요, 아들놈은 골이온데 나이는 십구 세 무인생이요, 하인으로 천비 소생 돌쇠가 있소이다.

다시 민의 세간을 아뢰리다. 논밭 곡식 합하여 이천백 석이요, 마구간에 기마가 여섯 필이요, 암수퇘지 합하여 스물두 마리요, 암탉 장닭 합 육십 수요, 기물 등속으로 안성 방자유기 열 벌이요, 앞닫이 반닫이에 이 층장, 화류문갑, 용장, 봉장, 가께수리, 산수병풍, 연병풍 다 있사옵고, 모란 그린 병풍 한 벌은 민의 자식 신혼 시에 매화 그린 폭이 없어져 고치고자 다락에 따로 얹어 두었사오니 그것으로도 아옵시고, 책자로 말하오면 천자·당음·당률·사략·통감·소학·대학·논어·맹자·시전·서전·주역·춘추·예기·주벽·총목까지 쌓아 두었소이다.

또 은가락지가 이십 걸이, 금반지는 한 죽이요, 비단으로 말하오면 청·홍·자색 합쳐서 열세 필이요, 모시가 서른 통이요, 명주가 마흔 통이온 중 한 필은 민의 큰 딸아이가 첫몸을 보았기로 개짐을 명주통에 끼웠더니 피가 조금 묻었으매, 이것을 보아도 명명백백 알 것이오. 진신·마른신이 석 죽이요, 쌍코 줄변자가 여섯 켤레 중에 한 켤레는 이달 초사흘 밤에 쥐가 코를 갉아먹어 신지 못하옵고 안 벽장에 넣었으니, 이것도 염문하와 하나라도 틀리오면 곤장 맞고 죽사와도 할 말이 없사오나, 저놈이 민의 세간 이렇듯이 넉넉함을 얻어 듣고 욕심 내어 송정 요란케 하오니 저렇듯 무도한 놈을 처치하사 타인을 경계 하옵소서."

관가에서 듣기를 다 하더니 이르기를,

"그 백성이 참 옹좌수라."

하고 당상으로 올려 앉히며 기생을 불러들이더니,

"이 양반께 술 권하라."

하였다. 일색 기생이 술을 들고 권주가를 부르는데,

"잡으시오, 잡으시오, 이 술 한잔 잡으시오. 이 술 한잔 잡으시면 천년만년 사시리라. 이는 술이 아니오라 한무제가 승로반에 이슬 받은 것이오니 쓰나 다나 잡수시오."

흥이 나는 옹좌수가 술잔을 받아들고 화답하여 하는 말이,

"하마터면 아까운 가장집물 저놈한테 빼앗기고, 이러한 일등 미색의 이렇듯 맛난 술을 못 먹을 뻔하였구나! 그러나 성주께서 흑백을 가려 주시니 그 은혜는 백골난망이옵니다. 겨를을 내시어서 한 차례 민의 집에 나오시오. 막걸리로 한잔 술 대접하오리다."

"그는 염려 말게. 처치하여 줌세."

뜰 아래 꿇어앉은 실옹가를 불러 분부하되,

"네놈은 흉칙한 인간으로서 음흉한 뜻을 두고 남의 세간 탈취코자 하

였으니, 죄상인즉 마땅히 의율정배할 것이로되 가벼히 처벌하니 바삐 끌어내어 물리쳐라."

대곤 삼십 대를 매우 치고 죄목을 엄히 문초하되,

"네 이놈! 차후에도 옹가라 하겠느냐?"

실옹가는 곰곰이 생각건대 만일 다시 옹가라 우길진대 필시 곤장 밑에 죽겠기에,

"예, 옹가가 아니오니 처분대로 하옵소서."

아전이 호령하기를,

"장채 안동하여 저놈을 월경시키라."

하니 군노 사령 벌떼같이 일시에 달려들어 옹가 놈의 상투를 움켜잡고 휘휘 둘러 내쫓으니, 실옹가는 할 수 없이 걸인 신세가 되고 말았다.

고향 산천 멀리하고 남북으로 빌어먹을 새, 가슴을 탕탕 치며 대성통곡하며 하는 말이,

"답답하다, 내 신세야! 이 일이 꿈이냐 생시냐? 어찌하면 좋을는고? 이른바 낙미지액이로다."

무지하던 고집이 놈 어느덧 허물을 뉘우치고 애통하여 하는 소리가,

"나는 죽어 싼 놈이로되 당상 학발 우리 모친 다시 봉양하고 싶고, 어여쁜 우리 아내 월하의 인연 맺어 일월로 다짐하고 천지로 맹세하여 백년종사하렸더니, 독수공방 적막한데 임도 없이 홀로 누워 전전반측 잠 못 들어 수심으로 지내는가? 슬하에 어린 새끼 금옥같이 사랑하여 어를 적에, '섬마둥둥, 내 사랑아! 후두둑후두둑, 엄마 아빠 눈에 암만' 나 죽겠네, 나 죽겠어! 이 일이 생시는 아니로다. 아마도 꿈이니, 꿈이거든 어서 바삐 깨어나라!"

이럴 즈음 허옹가의 거동 보세. 송사에 이기고서 돌아올 때 의기양양하는 거동, 진소위 제법이것다. 얼씨구나, 좋을시고! 손춤을 휘저으며 노

래가락 좋을시고! 이리저리 다니면서 조롱하여 하는 말이,

"허허, 흉악한 놈 다 보겠다! 하마터면 고운 우리 마누라를 빼앗길 뻔하였구나."

하고 집으로 들어서며 희색이 만면하니, 온 집안 식솔들이 송사에 이겼다는 말을 듣고 반가이 영접할 새, 실옹가의 마누라가 왈칵 뛰쳐 내달으며 허옹가의 손을 잡고 다시금 묻는 말이,

"그래, 참말 송사에 이겼소이까?"

"허허, 그리하였다네. 그사이 편안히 있었는가? 세간은 고사하고 자칫하면 자네마저 놓칠 뻔하였다네! 원님이 명찰하여 주시기로 자네 얼굴 다시 보니 이런 경사 또 있는가? 불행 중 행이로세!"

그럭저럭 날 저물매 허옹가는 실옹가의 아내와 더불어 긴긴 밤을 수작타가 원앙금침 펼쳐 놓고 한자리에 누웠으니, 양인 심사 깊은 정을 새삼 일러 무엇하랴!

이같이 즐기다가 잠시 잠이 들어 실옹가의 아내가 한 꿈을 얻으매, 하늘에서 허수아비가 무수히 떨어져 보이기에 문득 깨달으니 남가일몽이라.

허옹가한테 몽사를 말하니 허옹가 고개를 끄덕이며,

"그 일이 분명하면 아마도 태기가 있을 듯하나 꿈과 같을진대 허수아비를 낳을 듯하네마는, 장차 내 두고 보리라."

이러구러 십 삭이 차매 실옹가의 아내 몸이 고단하여 자리에 누워 몸을 풀 새, 진양 성중 가가조에 개구리 해산하듯, 돼지가 새끼 낳듯 무수히 퍼 낳는데 하나, 둘, 셋, 넷, 부지기수로다. 이렇듯이 해산하니 보던 바 처음이며 듣던 바 처음이다.

실옹가의 마누라는 자식 많아 좋아라고 괴로움도 다 잊으며 주렁주렁 길러 내었다.

이렇듯이 즐거이 지낼 무렵, 실옹가는 할 수 없이 세간, 처자 모조리 빼앗기고 팔자에 없는 곤장 맞고 쫓겨나니 세상에 살아 본들 무엇하리?

'애고애고, 내 팔자야. 죽장망혜 단표자로 만첩청산 들어가니 산은 높아 천봉이요, 골은 깊어 만학이라. 인적은 고요하고 수목은 빽빽한데 때는 마침 봄철이라. 출림비조 산새들은 쌍거쌍래 날아들 새, 슬피 우는 두견새는 이내 설움 자아내어 꽃떨기에 눈물 뿌려 점점이 맺어 두고 불여귀는 이로 삼으니 슬프다, 이런 공산 속에서는 아무리 철석 같은 간장이라도 아니 울지는 못하리라.'

자살을 결심하고 슬피 울 새, 한 곳을 쳐다보니 층암절벽 벼랑 위에 백발 도사 높이 앉아 청려장을 옆에 끼고 반송 가지를 휘어잡고 노래 불러 하는 말이,

"뉘우쳐도 미치지 못하느니라. 하늘이 주신 벌이거늘 누구를 원망하며 누구를 탓하고자 하는가?"

실옹가는 이 말을 다 들으매 어찌할 줄 모르는 듯, 도사 앞에 급히 나아가 합장배례 급히 하며 애원하되,

"이 몸의 죄 돌이켜 생각하면 천만 번 죽사와도 아깝지 아니하오나 밝으신 도덕하에 제발 덕분 살려 주사이다. 당상의 늙은 모친, 규중의 어린 처자, 다시 보게 하옵소서. 이 소원 풀고 나면 지하로 돌아가도 여한이 없을 줄로 아나이다. 제발 덕분 살려 주옵소서."

온갖 정성 다 기울여 애걸하니 도사가 소리 높여 꾸짖기를,

"천지간에 몹쓸 놈아! 이제도 팔십 당년 병든 모친 구박하여 냉돌방에 두려는가? 불도를 업신여겨 못된 짓 하려는가? 너 같은 몹쓸 놈은 응당 죽여 마땅하되 정상이 가긍하고 너의 처자 불쌍하기로 풀어 주겠으니 돌아가 개과천선하여라."

도사는 부적 한 장을 써 주면서 일러두길,

"이 부적 간직하고 네 집에 돌아가면 괴이한 일이 있으리라."

하고 슬며시 사라지니 도사는 간데온데없었다.

　즐거운 마음으로 고향에 돌아와서 제집 문전 다다르니, 고루거각 높은
집에 청풍명월 맑은 경개는 이미 눈에 익은 풍취로다. 담장 안의 홍련화
는 주인을 반기는 듯, 영산홍아, 잘 있었느냐? 자산홍아, 무사하냐? 옛일
을 생각하매 오늘이 옳으며 어제는 잘못임을 깨닫고 옛집을 다시 찾아오
니 죽을 마음 전혀 없다.
　"가소롭다, 허옹가야! 이제도 네가 옹가라고 장담을 할 것이냐?"
　늙은 하인 내달으며,
　"애고애고, 좌수님. 저놈이 또 왔소이다. 천살맞았는지 또 와서 지랄하
니 이 일을 어찌하오리까?"
　이럴 즈음에 방에 있던 옹가는 간데없고, 난데없는 짚 한 뭇이 놓여 있
을 따름이요, 허옹가와 수다한 자식들도 홀연히 허수아비 되므로 온 집
안이 그제서야 깨달은 듯 박장대소하였다.
　좌수가 부인에게 하는 말이,
　"마누라, 그 사이 허수아비 자식을 저렇듯이 무수히 낳았으니 그놈과
한가지로 얼마나 좋아하였을꼬? 한 상에서 밥도 먹었는가?"
　얼이 빠진 부인은 아무 말 못하고서 방 안을 돌아가며 허옹가의 자식
들 살펴보니 이를 보아도 허수하비요, 저를 보아도 허수하비라, 아무리
다시 보아도 허수아비 무더기가 분명하였다. 부인은 실옹가를 맞이하여
반갑기 그지없되 일변 지난 일을 생각하고 매우 부끄러워하였다.

　도승의 술법에 탄복하여 옹좌수 그로부터 모친께 효성하며 불도를 공
경하여 잘못을 뉘우치고 착한 일 많이 하니, 모두들 그 어짊을 칭송하여
마지아니하였다.

춘향전(春香傳)

- 작자 미상 -

〈춘향전〉은 신분을 초월한 사랑과 정절(貞節)을 주제로 한 작품이다. 전래의 열녀 설화, 암행어사 설화, 신원 설화 등이 결합하여 판소리 창으로 불리다가 소설화한 것으로 보인다. 사설의 서사적 구조나 서술이 예술성이 높고, 청중들의 사랑을 가장 많이 받아 온 마당으로 우리나라 고전소설 중 최고의 걸작으로 평가받고 있다.

이 작품은 순수한 연애와 평등사상을 고취한 반봉건적 문학으로 해학과 풍자적인 면도 보인다. 또한 사실적인 표현으로 생동하는 인물을 창조했기 때문에 고전 소설의 위상을 한 단계 끌어올렸다는 평가를 받는다.

향단과 함께 그네를 뛰는 춘향이의 모습에 반한 이몽룡은 춘향과 백년가약을 맺고 행복한 날들을 보낸다. 그러나 남원 부사가 임기를 끝내고 서울로 돌아가자 두 사람은 어쩔 수 없이 이별을 하게 된다. 춘향은 이몽룡이 과거에 급제하기를 바라며 하루하루를 지낸다. 이때 고을에는 악명 높기로 소문난 변학도가 신임 사또로 온다. 오래전부터 춘향의 얘기를 들은 변학도는 춘향에게 수청을 들 것을 권유하지만 춘향은 거절한다. 이에 분노한 변학도는 춘향을 옥에 가두고, 자신의 생일날에 처형할 것을 계획한다. 한편 서울로 간 이몽룡은 과거에 급제하여 남원에 내려온다. 잔칫상이 한창인 변학도의 생일날 암행어사 이몽룡은 변학도의 직분을 파하고 꿈에 그리던 춘향과 만나 행복하게 살았다.

핵심 정리

갈래 : 판소리계 소설

연대 : 미상

구성 : 서사적

시점 : 전지적 작가 시점

배경 : 조선 숙종 때 전라도 남원 광한루

주제 : 계급타파와 정조 관념 고취

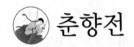 춘향전

숙종 대왕 즉위 초에 덕성이 크시어 조정에 충신이 가득하고 집집마다 효자와 열녀는 다 있었다.

아름답고 아름다운지고……. 때맞추어 비가 알맞게 내리고 바람이 고르게 부니 배 두드리며 사는 백성들이 곳곳에서 격양가(擊壤歌, 풍년이 들어 농부가 태평한 세월을 즐기는 노래)를 불렀다.

이때 전라도 남원에 월매라는 기생이 있었으니, 삼남(三南, 충청도, 전라도, 경상도 세 지방을 통틀어 이르는 말)의 이름난 기생으로 일찍이 퇴기하여 성씨라는 양반과 노후를 보냈다. 그러나 마흔 살이 넘어도 자식 하나 없는 것이 한이 되어 마침내 병을 얻었다.

하루는 남편을 불러들여 공손히 말했다.

"전생에 무슨 은혜를 입었기에 이생에서 부부 되어, 기생 행실 다 버리고 예절도 지키고 길쌈을 하여 옷도 지었건만 무슨 죄가 이리 많아 자식 하나 없으니, 부모 형제 아무도 없는 우리 신세 조상 무덤의 향과 꽃을 누가 받들며, 죽은 뒤 장사는 누가 치르리오. 명산대찰(名山大刹, 이름난 산과 큰 절)에 가서 불공이나 들여 자식 하나 얻으면 평생의 한을 풀겠습니다."

그 후 두류산 반야봉에 정성껏 공들여서인지 그달부터 태기 있었다. 열 달이 차자 하루는 향기가 방 안에 가득하고 색구름이 빛나는데 혼미한 가운데 아기를 낳으니 구슬 같은 딸이었다. 월매가 그토록 바라던 아들은 아니지만 나름대로 소원을 이룬 셈이었다. 그 사랑하는 마음을 어찌 말로 하리오. 월매는 딸의 이름을 춘향이라 짓고 손에 잡은 보옥같이 기르니 효행이 비길 데 없고 어질고 착하기가 기린과 같았다. 춘향이는 일고여덟 살이 되어 글 읽기에 마음을 붙이고 몸가짐에 절개까지 있으니, 춘향의 효행을 남원읍에서 칭송하지 않는 사람이 없었다.

이때 삼청동 이한림이라는 양반이 있었는데, 대대로 내려오는 명문가요, 충신의 후손이었다. 하루는 전하께서 충효록을 보시고, 충신과 효자를 가려내시어 지방관으로 임명하셨다. 이한림을 과천 현감에서 금산 군수에 제수(除水, 천거에 의하지 않고 임금이 직접 벼슬을 내리던 일)하시었다가 다시 남원 부사를 제수하시니, 이한림이 감사히 여기며 임금님께 하직하고 부하를 데리고 남원으로 향했다. 그곳에 도착하여 민정을 살피니, 사방에 아무런 일 없이 조용하고 백성들은 그를 칭송하였다.

어느 날 사또 자제 이 도령이 방자를 불러 물었다.

"이 고을에서 경치가 좋은 곳이 어디냐? 바야흐로 봄인지라 절로 흥과 운치가 도니 아름다운 경치를 안내하여라."

방자가 대꾸했다.

"글공부하시는 도련님이 경치를 찾아 무엇 하시려고요."

이 도령이 방자를 꾸짖으며 말했다.

"무식한 말이다. 예부터 경치 좋은 강산을 구경하는 것은 풍월과 글 짓는 데 근본이 되는 것이다. 신선도 두루 돌아다니며 널리 보거늘 어이하여 부당하냐?"

이때 방자가 이 도령의 뜻을 받아 사방 경치를 말했다.

"동문 밖에 나가면, 관왕묘는 아주 먼 옛적 영웅의 엄한 위풍이 어제오늘 같사옵고, 남문 밖에 나가오면 광한루, 오작교, 영주각이 좋사옵니다. 또 북문 밖에 나가면 푸른 하늘에 금부용 꽃이 빼어나게 우뚝 섰으니 기암이 둥실 용트림한 듯한 산성이 좋사옵니다."

이 도령이 고개를 끄덕이며 말했다.

"애야, 네 말을 들어보니 광한루와 오작교가 절경인 모양이로구나. 그리로 구경 가자."

이 도령이 사또 앞에 들어가서 공손히 아뢰었다.

"오늘 날씨도 화창한데 잠깐 나가 시운이나 생각하고 오겠나이다."

사또가 매우 기뻐하시며 허락하시고 분부하시었다.

"남쪽 지방의 풍물을 구경하고 돌아오되 시제를 생각하여라."

"아버님이 가르치시는 대로 하겠사옵니다."

이 도령이 사또전을 물러 나와 방자에게 말했다.

"방자야, 나귀 안장 올리거라."

"나귀 대령하였소."

도령님 거동 보소. 고운 얼굴에 신선 같은 기질과 풍채, 곱게 빗어 밀기름에 잠재워 궁초(엷고 무늬가 둥근 비단의 한 종류) 댕기 석황(石黃, 비소의 화합물) 물려 맵시 있게 잡아 땋은 채 머리, 쌍문초 긴 동정, 중치막(예전에, 벼슬하지 아니한 선비가 소창옷 위에 덧입던 웃옷)에 도포를 받쳐 입고 흑사띠(검은 실로 짠 띠)를 가슴 위로 눌러 매고 당혜를 끄는구나.

"나귀를 붙들어라."

광한의 진경도 좋지만 오작교가 더욱 좋다. 과연 호남의 으뜸이라 하겠다. 오작교가 분명하면 견우직녀 어디 있나. 이런 승지에 풍월이 없을쏘냐. 이 도령은 글 두 귀를 지었다.

드높고 밝은 오작의 배에
광한루 옥섬 돌 고운 다락이라
누구냐 하늘 위의 직녀란 별은
흥 나는 오늘은 내가 견우일세.

이때 내아(內衙, 조선 시대에 지방 관아에 있던 안채)에서 술상이 나왔는데, 술을 한 잔 먹은 후에 취흥이 도도하여 담배 피워 입에다 물고 이리저리 거닐 적에 꾀꼬리 짝 부르는 소리가 봄 취흥을 돋운다. 노랑 벌 흰나비 노랑나비도 향기 찾는 거동이다. 날아가고 날아오니 춘성의 안이요, 영주, 방장, 봉래가는 눈앞에 있으니, 물은 은하수요, 경치가 하늘의 옥경(玉京, 하늘 위에 옥황상제가 산다고 하는 가상적인 서울)과 같다. 옥경이 분명하면 월궁(月宮, 전설에서 달 속에 있다는 궁전)의 항아(姮娥, 달 속에 있다는 전설 속의 선녀)가 없을 리 있겠느냐.

때는 춘삼월이라 말했으나 오월 단옷날이었다. 일 년 가운데 제일 좋은 시절이다. 월매 딸 춘향이 또한 시서(詩書)와 음률(音律)에 조예가 깊으니, 어찌 천중절을 모를쏘냐. 그네를 뛰려고 향단이를 앞세우고, 내려와서 그넷줄을 섬섬옥수(纖纖玉手, 가냘프고 고운 여자의 손을 이르는 말) 넌지시 들어 양손에 갈라 잡고, 백릉(白綾, 흰 빛의 얇은 비단) 버선 두 발길로 살짝 올라 발 구를 때, 세버들같이 고운 몸이 단정히 노니는데 뒷단장 옥비녀, 은죽절(銀竹節, 은으로 대마디 형상처럼 만든, 여자의 쪽에 꽂는 장식품)과 앞 치레 볼 것 같으면 밀화장도(蜜花粧刀, 밀화로 꾸민, 주머니 속에 넣거나 옷고름에 늘 차고 다니는 칼집이 있는 작은 칼), 옥장도며 광원사 겹저고리 제색 고름의 모양이 난다.

"통인아!"

"예!"

"저 건너 화류 중에 오락가락 희뜩 어른어른하는 게 무엇인지 자세히 보고 오너라."

통인이 살펴보고 말했다.

"이 고을 기생이던 월매의 딸 춘향이란 계집아이입니다. 제 어미는 기생이오나 춘향이는 도도하여 기생 구실 마다하고 백화초엽(百花草葉, 온갖 꽃과 풀잎)에 글자도 생각하고, 여공(女功, 예전에 부녀자들이 하던

길쌈질) 재질이며 문장을 하는 등 여러 가지를 완벽하게 갖춘 여염집 처
자와 다를 것이 없습니다."

이 도령이 허허 웃고 방자를 불러서 분부했다.

"기생의 딸이라……. 급히 가 불러오너라."

방자가 분부를 듣고 춘향이한테 건너갈 때에, 맵시 있는 방자 녀석 서
왕모(西王母, 중국 신화에 나오는 신녀의 이름) 요지(瑤池, 중국 곤륜산
에 있다는 못)의 잔치에 편지 전하던 청조(靑鳥, 반가운 사자(使者)나 편
지를 이르는 말. 푸른 새가 온 것을 보고 동방삭이 서왕모의 사자라고 한
한무(漢武)의 고사에서 유래)같이 이리저리 건너갔다.

"여봐라, 춘향아."

부르는 소리에 춘향이가 깜짝 놀랐다.

"무슨 소리를 그 따위로 질러 사람을 놀라게 하느냐?"

"얘야 말 말아라, 일 났다."

"무슨 일?"

"사또의 자제 분이 광한루에 오셨다가 너 노는 모양 보고 불러오란 명
령을 내리셨단다."

춘향이가 화를 내며 말했다.

"네가 미쳤구나. 도련님이 나를 어찌 알고 부른단 말이냐? 네가 내 말
을 종달새가 열씨 까듯 했나 보구나."

"아니다. 내가 네 말을 할 리 있겠느냐. 하지만 너도 잘한 것 없다. 그
네를 타려면 네 집 후원 담장 안에 줄을 매고, 남이 알게 모르게 은근히
매고 타는 게 도리 아니냐?"

춘향이가 대답했다.

"네 말이 당연하나 오늘이 단옷날이다. 비단 나뿐이랴. 다른 집 처자들
도 예서 함께 그네를 탈 뿐 아니라, 혹 내 말을 할지라도 내가 지금 기적
(妓籍, 예전에 기생으로 등록되어 있던 소속. 또는 기생)에 있는 것도 아

닌데 여염집 아녀자를 함부로 부를 일도 없고, 부른다고 해도 갈 리 없다. 당초에 네가 말을 잘못 드린 모양이구나."

방자는 광한루로 다시 돌아와 이 도령에게 여쭈니 이 도령은 그 말을 듣고

"기특한 사람이다. 말인즉 바른 말이지만 다시 가서 말을 하되 이리이리하여 보아라."

이 도령이 광한루로 건너가서 입을 열었다.

"성현도 성이 같으면 장가가지 않는다 하였으니, 네 성은 무엇이며 나이는 몇 살이냐."

"성은 성씨이옵고 나이는 열여섯 살이옵니다."

"허허, 그 말 반갑구나. 네 나이 들어 보니 나와 동갑 이팔이요, 성씨를 들어 보니 나와 천생연분이 분명하구나. 좋은 연분으로 평생 동락해 보자. 너의 부모 다 계시냐?"

"편모슬하입니다."

"몇 형제나 되느냐?"

"올해 육십 살인 나의 모친과 무남독녀 저 하나뿐이옵니다."

"너도 남의 집 귀한 딸이로다. 우리는 하늘이 정한 연분이니 한평생 누리는 행복을 이뤄 보자."

춘향이 거동을 보라. 눈썹을 쫑그리며 붉은 입을 반쯤 열어, 가는 목 쭉 겨우 열고 옥성으로 말하는 것이었다.

"충신은 두 임금을 섬기지 아니하고 열녀는 두 지아비를 섬기지 않는다는데, 도련님은 귀공자요, 소녀는 천첩(賤妾, 종이나 기생으로 남의 첩이 된 여자)이라, 한 번 정을 맡긴 연후에 버리시면 일편단심 이내 마음 독수공방 홀로 누워 우는 신세가 되고 싶지 않사옵니다. 그런 분부 다시는 마옵소서."

"네 말을 들어 보니 어이 아니 기특하랴. 우리 둘이 인연 맺을 때 금석

맹약(金石盟約, 쇠나 돌처럼 변함없는 약속) 맺으리라. 네 집이 어디냐?"

춘향이가 대답했다.

"방자 불러 물으소서."

"방자야, 춘향의 집을 일러라."

방자가 손을 들어 가리켰다.

"송정 죽림 두 사이로 은은히 보이는 것이 춘향의 집이옵니다."

이 도령이 말했다.

"담이 정결하고 송죽이 울창하니 여자의 절개 행실을 가히 알 만하구나."

춘향이 일어나며 부끄러이 말하였다.

"인심이 고약하니 그만 놀고 가겠습니다."

"기특하다. 오늘 밤 퇴령(退令, 지방 관아에서 아전이나 심부름꾼을 물러가도록 허락하던 명령) 후에 너의 집에 갈 것이니 괄시나 부디 말라."

"나는 몰라요."

"네가 모르면 쓰겠느냐. 잘 가거라. 오늘 밤에 상봉하자."

누각에서 내려 건너가니 춘향의 모친 월매가 마중 나와 있었다.

"아이고, 내 딸 다녀오냐. 도련님이 무엇이라 하시더냐?"

"조금 앉았다가 가겠노라 하고 일어나니, 오늘 밤에 우리 집에 오마 합디다."

"그래 어찌 대답하였느냐?"

"모른다 하였지요."

"잘했다."

이 도령이 춘향을 보낸 후에 아른거려 생각 둘 데가 없어서 책방으로 돌아왔지만 만사에 뜻이 없고 오직 춘향이 생각뿐이었다. 말소리 귀에 쟁쟁하고 고운 태도 눈에 삼삼하여 해 지기만 기다렸다.

이 도령은 퇴령 놓기를 기다리다가 방자를 불러 물었다.

"방자야!"

"예!"

"퇴령 놓았나 보아라."

"아직 아니 놓았소."

조금 있더니 퇴령 소리가 길게 나자 이 도령이 신이 났다.

"방자야, 초롱에 불 밝혀라."

이 도령이 통인의 뒤를 따라 춘향의 집으로 건너갈 때 자취 없이 가만 가만 걸으면서 말했다.

"방자야, 사방에 불 비친다. 등을 옆으로 감춰라. 삼문 밖에 썩 나서서 좁은 길 사이에 푸른 버들 몇 번이나 꺾었으며, 투기하는 소년 아이들은 밤에 청루(靑樓, 기생들이 사는 집)에 들어갔으니 지체 말고 어서 가자."

이때 춘향이 칠현금 비껴 안고 남풍시(南風詩, 천하가 잘 다스려져 백성이 잘사는 것을 노래한 것)를 희롱하다가 자리에서 졸더니, 방자가 안으로 들어가자 개가 짖을까 염려하여 자취 없이 가만가만 춘향 방 영창 밑에 가만히 살짝 들어가서 기척을 했다.

"얘 춘향아, 잠들었느냐?"

춘향이가 깜짝 놀랐다.

"네 어찌 오느냐?"

"도련님이 와 계시다."

춘향이가 이 말을 듣고 가슴이 울렁울렁 속이 답답하여 부끄럼을 이기지 못해 문을 열고 나오더니 건넌방에 건너가서 모친을 깨웠다.

"아이고 어머니, 무슨 잠을 이다지 깊이 주무시오?"

춘향의 모가 잠에서 깨어 물었다.

"아가 무엇을 달라고 부르느냐?"

"누가 무엇을 달라고 했소?"

"그러면 어째서 불렀느냐?"

"방자가 도련님을 모시고 오셨다오."

춘향의 모친이 문을 열고 방자를 불러 물었다.

"누가 왔느냐?"

방자가 대답했다.

"사또 자제 도련님이 와 계시오."

춘향의 모친이 그 말을 듣고 향단에게 바삐 당부했다.

"향단아!"

"네."

"뒤 초당에 좌석과 등촉을 마련해 두어라."

춘향 모친이 나와서 공수(空首, 왼손을 오른손 위에 놓고 두 손을 마주 잡아 공경의 뜻을 나타냄)하고 우뚝 서서 안부를 물었다.

"그사이 도련님 문안이 어떠시오?"

이 도령이 웃으며 말했다.

"춘향의 모친이라지……평안한가?"

"예, 겨우 지냅니다. 오실 줄 진정 몰라 영접이 재빠르지 못하옵니다."

"그럴 리가 있나?"

춘향의 모친이 앞에서 인도하여 대문 중문 다 지나고 후원을 돌아가니 해묵은 별초당에 등촉을 밝혔는데 그중의 반가운 것이 연못 가운데 쌍오리로 손님 오신다고 두둥실 떠서 기다리는 모양이었다. 처마에 다다르니 그제야 춘향이가 사창을 반쯤 열고 나오는데 그 모양을 살펴보니 둥글고 밝은 달이 구름 밖에 솟은 듯 그 모양을 가늠키 어려웠다. 부끄러이 당에 내려 천연스레 서 있는 거동은 사람의 간장을 다 녹인다.

"귀중하신 도련님이 변변찮은 집에 와 주시니 황공하고 감격하옵니다."

이 도령이 그 말 한마디에 말문이 열렸다.

"그럴 리가 있는가. 우연히 광한루에서 춘향을 잠깐 보고 연연히 보내기로 탐화봉첩(여색을 좋아함) 취한 마음, 오늘 밤에 오는 뜻은 춘향의 모친을 보러 왔거니와 자네 딸 춘향이와 백년언약을 맺고자 하니, 자네의 마음은 어떠한가?"

춘향의 모친이 대답했다.

"가세가 부족하니 재상가에는 부당하고 사, 서인 상하에 다 미치지 못하니 혼인이 늦어져서 늘 걱정이나 도련님 말씀은 춘향과 백년가약을 맺는다는 말씀이오나 그런 말씀 마시고 노시다가 가시기나 하시지요."

이 말이 참말 아니라 이 도령이 춘향을 얻는다 하니 앞일을 몰라 뒤를 눌러 하는 말이었다. 이 도령이 기가 막혀 말했다.

"호사다마(好事多魔, 좋은 일에는 흔히 방해하는 일이 많음)로세. 춘향도 미혼이요, 나도 미장가(아직 장가를 들지 않음)라 피차 언약이 이렇고 육례(六禮, 혼인의 여섯 가지 의식. 관(冠), 혼(婚), 상(喪), 제(祭), 향음주례(鄕飮酒禮), 상견(相見)을 이른다)는 못할망정 양반의 자식이 한 입으로 두말할 까닭이 있겠나? 내 춘향이를 조강지처로 여길 터이니 염려 마오. 대장부 먹은 마음으로 박대하는 행실을 할 것인가! 허락만 해 주오."

월매가 이 말을 듣고 앉았더니 징조가 있는지라 연분인 줄 짐작하고 흔연히 허락했다.

"봉이 나니 황이 나고 장군 나니 용마 나고 남원의 춘향 나니 이화춘풍 꽃답다. 향단아, 주반(酒盤, 술과 안주를 차려 올려놓는 소반이나 예반) 준비했느냐?"

"예."

이 도령이 잔을 받아 손에 들고 탄식하며 말했다.

"내 마음대로 한다면 육례를 행할 것이나 그렇게는 못하고 개구멍 서방으로 들고 보니 어찌 원통하지 않겠는가. 춘향아, 그러나 우리 둘이 혼인을 치르는 큰 예식의 술로 알고 먹자."

온갖 장난을 다 하고 보니 이런 장관이 또 있으랴. 이팔, 이팔 둘이 만나 벅찬 마음 세월 가는 줄 모르는가 보더라.

어느 날 뜻밖에 방자 나와 아뢰었다.

"도련님! 사또께옵서 부르십니다."

이 도령이 들어가니 사또가 말씀하셨다.

"여봐라! 서울서 동부승지의 교지가 내려왔다. 나도 금세 뒤따라 갈 것이니, 너는 내행(內行, 여행길에 오르는 부녀자)을 모시고 오늘 당장 떠나거라."

이 도령이 사또의 말을 듣고 한편 반가우나 한편 춘향을 생각하니 가슴이 답답하여 사지의 맥이 풀리고 간장이 녹는 듯, 두 눈에서 더운 눈물이 펑펑 솟아져 고운 얼굴을 적시었다. 사또 보시고 물으셨다.

"너 왜 우느냐? 내가 남원에서 일생을 살 줄 알았더냐? 기관의 중앙 부서에 있는 직책으로 승차되니 섭섭히 생각 말고 오늘부터 떠날 차비를 차려 내일 오전에 떠나거라."

이 도령이 겨우 대답하고 물러 나와 내아에 들어가 모친께 춘향의 말을 울며 청하다가 꾸중만 실컷 들었다. 춘향의 집으로 가는데, 설움은 기가 막히나 길거리에서 울 수 없어 참고 나오는데 속에서는 두 간장이 끊어지는 듯했다. 춘향의 집 앞에 당도하니 울음이 왈칵 쏟아졌다.

"어푸어푸 어허."

"울지 마오. 울지 마오."

울음이란 말리는 사람이 있으면 더 울게 되는 법. 춘향이가 영문을 몰라 화를 내며 물었다.

"도련님 아가리 보기 싫소. 그만 울고 자초지정이나 말하오."

"사또께옵서 동부승지로 승차하셨소."

"댁의 경사요, 그러면 왜 운단 말이오."

"너를 두고 가야 하니 내 어찌 답답하지 않겠느냐?"

"지금 막 하신 말씀이 참말이오. 우리 둘이 처음 만나 백년가약 맺을 적에 대부인 사또께옵서 시키시던 일이오니까? 핑계가 웬 말이오. 광한 루서 잠깐 보고 내 집에 찾아와서 사람 없는 어두운 밤에 도련님은 저기 앉고 춘향이는 여기 앉아 하신 말씀 '굳은 맹약 어길 수 없다'고 전년 오월 단옷날 밤에 내 손목 부여잡고 밖으로 나와 대청 가운데 우뚝 서서 밝은 하늘 천 번이나 가리키며 만 번이나 맹세하지 않으셨나이까. 내 정녕 도련님을 믿었더니 말경에 가실 때는 똑 떼어 버리시니 이팔청춘 젊은 것이 낭군 없이 어찌 살꼬. 여보 도령님, 이 몸이 천하다고 함부로 버리셔도 그만인 줄로 알지 마오. 팔자 사나운 춘향이가 입이 써서 밥 못 먹고 잠 안 와 잠 못 자면 며칠이나 살 듯하오? 상사로 병이 들어 애통하다 죽게 되면 슬프고 원통한 이 혼이 원귀가 될 것이니 존중하신 도련님께 그건 재앙이 아니겠소. 사람 대접 그리 마오. 애고 애고 서러워라."

한참 이리 자진하여 슬피 울 때 춘향 모친이 영문도 모르고 나섰다.

"애고 저것들 또 사랑 쌈 났구나. 거참, 아니꼽다. 눈구석에 쌍가래가 설 일 많이 보네."

그러나 아무리 들어도 울음이 그치지 않기에 하던 일을 밀쳐놓고 춘향의 방 영창 밖으로 가만가만 들어가 아무리 들어도 이별이었다.

"허허 동네 사람 다 들어 보오, 오늘날로 우리 집에 사람 둘 죽습네다."

두 칸 마루 덥석 올라 영창문을 두드리며 우르르 달려들어 주먹을 겨누면서

"이년 이년 썩 죽어라. 살아서 무엇 하냐. 너 죽은 시체라도 저 양반 지고 가게. 저 양반이 올라가면 뉘 간장을 녹이려느냐? 이년 이년 말 듣거라. 내 늘 이르기를 후회하기 쉬우니 도도한 마음먹지 말고 여염 사람 가리어서 형세와 지체가 너와 같고 재주와 인물이 너와 같은 짝을 얻어 내

앞에서 노는 모습을 내 눈으로 보았으면 너도 좋고 나도 좋지. 마음이 도도하여 남과 다르더니 잘됐구나, 잘됐어."

두 손뼉 짝짝 마주치면서 도령님 앞에 달려들어

"나와 말 좀 합시다. 내 딸 춘향을 버리고 간다니 무슨 죄로 그러시오? 춘향이가 도련님을 모신 것이 거의 일 년이 되었으니 행실이 그르던가, 예절이 그르던가, 바느질이 그르던가, 언어가 불순하던가, 행실이 잡스러워 창녀와 같이 음란하던가, 무엇이 그르던가. 이 봉변이 웬일인가. 군자가 숙녀를 버리는 법, 칠거지악이 아니면 못 버리는 줄 모르는가?"

"여보소 장모, 춘향만 데려가면 그만 아니오."

"그래 아니 데려가고 견뎌 낼까?"

춘향이가 그 말을 듣고 이 도령을 물끄러미 바라보았다.

"어머니, 도련님 너무 조르지 마소. 우리 모녀의 평생 신세가 도련님에게 매였으니 알아서 하시라 당부나 하오. 이번엔 아무래도 이별할 수밖에 다른 수가 없소. 기왕에 이별이 될 바에는 가시는 도련님을 왜 조르리까마는 우선 갑갑하여 그러는 것 아니오? 어머니 그만 건너 방으로 가옵소서. 내일은 이별이 되는가 보오. 애고 애고 내 신세야 이별을 어찌할꼬. 도련님 올라가면 살구꽃 피고 봄바람 부는 거리거리마다 취하나니 장진주요, 보시나니 집집마다 미색이요, 곳곳에 풍악소리 간 곳마다 화월이라. 호색하신 도련님 밤낮으로 호강하실 때에 나 같은 먼 시골 천첩을 손톱만치나 생각하오리까? 애고 애고 내일이야."

서럽게 우는 이도령이 춘향이를 타일렀다.

"춘향아 울지 마라. 한양성 남북촌에 옥 같은 여자와 아름다운 여자 많건마는 규중심처(閨中深處, 부녀자가 거주하던 깊은 곳을 이르던 말) 깊은 정 너밖에 없었다. 내 아무리 대장부인들 잠시인들 잊을쏘냐."

춘향이와 이도령은 서로 기가 막혀 못 떠나는 것이었다. 도련님 모시고 갈 후배 사령이 헐레벌떡 들어오며 말했다.

"도련님, 어서 행차하옵소서."

춘향이 어찌할 길 없어

"도련님, 내 손으로 따른 술이나 마지막으로 잡수시오. 행찬 없이 가시려면 제가 드리는 찬합 간직하셨다가 숙소참에서 주무실 때에 저를 본 듯이 잡수시오. 향단아 찬합 술병 내오너라."

하고, 춘향이 한 잔 술 가득 부어 눈물 섞어 드리면서 말했다.

"한양성 가시는 길에 강가에 늘어선 푸른 나무들은 제 작별의 서러움을 머금었으니 제 정을 생각하시오. 아름다운 시절이 되어 가는 비가 뿌리거든 길 위에 오가는 사람의 가슴에 수심이 가득 차겠지요. 말에 오른 채 지치시어 병이 날까 염려되니, 방초무초(풀이 향기롭고 무성함) 저문 날에는 일찍 들어가 주무시고 아침 날 비바람에 늦게야 떠나시며, 한 걸음 천리마로 모실 사람 없사오니 부디부디 천금같이 귀하신 몸 조심하여 천천히 걸으시옵소서. 푸른 가로수가 우거져 늘어선 진나라 서울 길 같은 길에 평안히 행차하옵시고, 종종 편지나 하옵소서."

하루아침에 낭군을 이별하니 어느 날에 만나 보리. 온갖 근심과 한이 가득하여 끝끝내 마음이 북받쳐서 벅차다. 아름다운 얼굴과 운빈(여자의 귀밑으로 드려진 탐스러운 머리털)이 헛되이 늙는 한에 해와 달이 무정하다. 오동추야 달 밝은 밤은 어디 그리 더디 새며 녹음방초 비낀 곳에 해는 어이 더디 가는가. 달 걸린 밤 두견의 울음소리는 임 계신 곳 비치련만 심중에 품은 수심 나 혼자 뿐이로다. 밤빛이 비참한데 가물가물 비치는 게 창밖에 개똥불빛, 밤은 깊어 삼경인데 앉아 있은들 임이 올까. 누운들 잠이 올까. 임도 잠도 아니 온다. 이 일을 어이하리.

한편 이 도령은 올라갈 때 숙소마다 잠을 못 이뤘다.

"보고지고 나의 사랑 보고지고. 낮이나 밤이나 잊지 못하는 우리 사랑, 날 보내고 그린 마음 속히 만나 풀리라."

날이 가고 달이 감에 따라 마음을 굳게 먹고 과거에 급제하여 오래지 않아 부임할 것만 바라는 것이었다.

그 후 수삭 만에 신관 사또 났으니 자하골 변학도라는 양반이 오는데 문필도 유여하고 인물과 풍채도 활발하고 풍유 속에 달통하고 넉넉하되 흠이 있으니, 성격이 괴팍하고 사증(邪症, 보통 때는 멀쩡한 사람이 때때로 미친 듯이 행동하는 증세)을 겸하여 실덕(덕망을 잃는 행실)도 하고 잘못 결정하는 일이 간간이 있는 고로 아는 이들은 다 고집불통이라고 하였다.

광한루에 도착하여 옷을 갈아입고 객사에 임명차로 남여(藍輿, 의자와 비슷하고 뚜껑이 없는 작은 가마) 타고 들어갈 때 백성의 눈에 엄숙하게 보이려고 눈을 부러 둥글게 뜨고 객사에 들어가 동헌에 앉아 도임(到任, 지방의 관리가 근무지에 도착함) 상을 잡순 후에 행수 군관의 인사를 받고 육방관속(六房官屬, 지방 관아의 육방에 속한 구실아치)의 현신(現身, 아랫사람이 윗사람에게 처음으로 자신을 보임)을 받은 뒤 사또 분부했다.

"수노(首奴, 관아에 딸린 관노의 우두머리) 불러서 기생 대령하라."

호방이 분부를 듣고, 기생 안책 들여 놓고 호명을 차례로 부르는데 낱낱이 글귀를 붙여 부르는 것이었다. 연연히 고운 기생도 그중에는 많건마는 이미 사또께서는 춘향의 말을 높이 들은지라 아무리 들어도 춘향의 이름이 없어 사또 수노를 불러 물었다.

"기생 점고(點考, 명부에 일일이 점을 찍어 가며 사람의 수를 조사함) 다 되어도 춘향은 안 부르니 그년은 퇴기란 말이냐?"

수노가 대답했다.

"춘향 모는 기생이로되 춘향은 기생이 아니옵니다."

사또가 물었다.

"춘향이가 기생이 아니면 어찌 규중에 있는 아이의 이름이 높이 났느냐?"

"근본이 기생의 딸이오나 천정하신 연분인지 구관 사또 자제인 이 도령과 백년가약을 맺사옵고 도련님 가실 때에 과거에 급제하면 데려간다 당부하고 춘향이도 그리 알고 수절하고 있습니다."

사또가 화를 내며 말했다.

"이놈 무식한 상놈인들, 그게 어떠한 양반이라고 엄격한 아비 밑의 아름다운 도련님이 화방에 첩을 얻어 살자 할까. 이놈 다시는 그런 말을 입 밖에 냈다가는 죄를 면치 못하리라. 잔말 말고 불러 오라."

춘향을 부르라는 명령이 내리자 이방, 호방이 여쭈었다.

"춘향이는 기생이 아닐 뿐더러 전 사또 자제 도련님과 굳게 맹세한 약속이 중하옵고, 나이는 같지 아니 하오나 동방의 분의로 부르라 하시니, 사또의 품위가 손상될까 걱정되나이다."

사또가 크게 노하며 말했다.

"만일 시간을 지체하다가는 이방, 형방들 이하 각 청 두목을 하나같이 파면할 것이니 어서 빨리 대령시키지 못할까?"

육방이 소동을 치고 각 청 두목이 넋을 잃어 사령 관노 뒤섞여서 춘향의 집 앞에 당도하여 외쳤다.

"이리 오너라!"

춘향이가 밖에서 외치는 소리에 깜짝 놀라 문틈으로 내다보니 사령 군노들이 와 있었다.

김 번수며 이 번수며 여러 번수가 손을 잡고 제 방에 앉힌 후에 향단을 불렀다.

"향단아, 주반상 들여라."

취하도록 먹인 후에 궤 문을 열어 돈 닷 냥을 내놓으며 말했다.

"여러 번수님네, 가시다가 술이나 잡숫고 가옵소서. 뒷말 없게 하여 주오."

돈을 받아 차고 흐늘흐늘 들어갈 때 우두머리 기생이 나왔다.

"여봐라 춘향아, 말 듣거라, 너만한 정절은 나도 있고 너만한 수절은 나도 있다. 너만한 정절이 왜 없으며 너만한 수절이 왜 없겠느냐? 정절부인 아가씨, 수절부인 아가씨, 조그마한 너 하나로 말미암아 육방이 소동하고, 각 청 두목이 다 죽어난다. 어서 가자 바삐 가자."

춘향이는 상방에 올라 무릎을 여미고 단정히 앉았다. 사또가 혹하여 크게 기뻐하며 춘향이에게 분부했다.

"오늘부터 몸단장 정히 하고 수청을 거행하라."

"사또님 분부 황송하오나 일부종사 바라오니 분부하신 대로 못하겠소."

사또가 칭찬하며 말했다.

"아름다운 계집이로다. 네가 진정 열녀로다. 네 정절 굳은 마음 어찌 그리 어여쁘냐. 당연한 말이로다. 그러나 이수재(도련님)는 경성 사대부의 자제로 명문 귀족의 사위가 되었으니, 한때 사랑으로 잠깐 희롱하던 너를 조금이라도 생각하겠느냐?"

춘향이 대답했다.

"충신은 두 임금을 섬기지 않으며 열녀는 두 남편을 섬기지 않고 절개를 지킨다 함을 본받고자 하옵는데, 수차례 분부가 이러하오니 사는 것이 죽느니만 못하옵고 정절이 있는 여자는 두 남편을 섬기지 못하오니 처분대로 하옵소서."

사또 크게 노하여 분부했다.

"이년 들어라. 모반 대역하는 죄는 능지처참하게 되고 관장(官長, 관가의 장)을 조롱하는 죄는 기시율(棄市律, 죄인의 시체를 저자에다 버리던 중국의 형벌)에 처한다고 써 있으며, 관장을 거역한 죄는 엄형에 처하고 정배(定配, 죄인을 지방이나 섬으로 보내 정해진 기간 동안 그 지역

내에서 감시를 받으며 생활하게 하던 형벌) 보내느니라. 죽는다고 서러워 마라."

춘향이가 악을 쓰며 말했다.

"유부녀를 겁탈하는 것은 죄가 아니고 무엇이오?"

사또는 기가 막혀 어찌나 분하던지 연상(硯箱, 문방제구를 늘어놓아두는 작은 책상)을 두드릴 때 탕건이 벗어지고 상투고가 탁 풀리고 첫 마디에 목이 쉬었다.

"이년을 잡아 내려라!"

좌우의 나졸들이 늘어서서 능장, 곤장, 형장이며 주장을 집었다.

"아뢰라! 형리를 대령하라!"

"예, 머리 숙여라! 형리요."

사또는 어찌나 분이 났던지 벌벌 떨며 기가 막혀 '허푸허푸' 한다.

"여봐라! 그년에게 무슨 다짐이 필요하리. 묻지도 말고 형틀에 올려 매고 골통을 부수고 물 곤장을 올리라!"

"사또님의 분부가 지엄한데 저런 년을 무슨 사정 두오리까? 이년, 다리를 까딱 마라! 만일 요동하였다가는 뼈 부러지리라."

호통하고 들어서서 검장 소리 발맞추어 서면서 가만히 춘향에게 말했다.

"한두 개만 견디소. 어쩔 수가 없네. 요 다리는 요리 틀고 저 다리는 저리 트소."

"매우 쳐라!"

"예잇 때리오."

딱 붙어서 부러진 형장개비(형장으로 쓰는 막대기. 또는 그 부러진 토막)는 푸드덕 날아 공중에 잉잉 솟아 상방 대뜰 아래 떨어지고 춘향이는 아무쪼록 아픈 데를 참으려고 이를 북북 갈며 고개만 빙빙 두른다.

"애고 이게 웬 일이여!"

곤장, 태장을 치는 데는 사령이 서서 하나 둘 세건마는 형장부터는 법장이라 형리와 통인이 닭싸움하는 모양으로 마주 엎드려서 하나 치면 하나 긋고, 둘치면 둘 긋고, 무식하고 돈 없는 놈이 술집 벽에 술값 긋듯 그어 놓으니 한 일 자가 되었구나. 춘향이는 저절로 설움에 겨워 맞으면서

"일편단심 굳은 마음 일부종사의 뜻이오니 한낱 매를 치신다고 일 년이 다 못 가서 내 마음 조금이라도 변하오리까."

열 치고도 그만둘 줄 알았더니 열다섯 번째 매를 치니

"십오야 밝은 달은 떼구름에 묻혀 있고 서울 계신 우리 낭군 삼청동에 묻혔으니 달아달아 임 보느냐? 임 계신 곳 나는 어이 못 보는고."

스물 치고 끝날까 하였더니 수물다섯 매를 치니

"저 기러기, 너 가는 데 어디더냐. 가는 길에 한양성 찾아들어 삼청동 우리 낭군께 내말 부디 전해다오. 나의 모습을 자세히 보고 부디부디 잊지 마라."

삼십삼천 어린 마음을 옥황전에 아뢰려고 옥 같은 춘향 몸에 솟으니 유혈이요, 흐르느니 눈물이라.

피눈물 한데 흘러 무릉도원의 홍류수라.

춘향이 점점 악쓰며 하는 말이

"소녀를 이리 말고, 능지처참하여 박살하여 죽여 주면 죽은 뒤에 원조(怨鳥)라는 새가 되어, 초혼조(招魂鳥, 죽은 사람의 혼령을 부르는 새라는 뜻으로, '두견새'를 이르는 말)와 함께 울어 고요하고 쓸쓸한 산중의 달 밝은 밤에 임이 잠든 후 꿈을 깰까 하나이다."

"네 이년! 관청 뜰에서 발악하며 맞으니 좋은 게 무엇이냐? 이후에도 또 그런 거역을 할까?"

반은 죽고 반은 산 춘향은 점점 악쓰며 말했다.

"사또 들으시오. 죽기로 결심하고 먹은 마음을 어이 그리 모르시오. 계집의 품은 원한은 오뉴월에 서리 내립니다. 원통한 혼이 하늘로 다니다

가 우리 나랏님 앉은 곳에 이 원망하는 심정을 아뢰오면 사또인들 무사하랴. 덕분에 죽여 주오.”

사또 기가 막혀

“허허 그년 말 못할 년이로다. 큰 칼 씌워 옥에 가두어라.”

옥창 밖에는 앵두꽃이 떨어져 보이고 거울 복판이 깨져 보이고 문 위에 허수아비가 달려 있듯이 보였다.

“나 죽을 꿈이로다.”

수심과 걱정으로 밤을 샐 때 옥 밖으로 장님 하나가 지나가되 서울 봉사 같은 고로

“문수(점쟁이에게 길흉을 물음)하오.”

라고 외치련마는, 시골 봉사라

“문복하오.”

하며 외치고 가니, 춘향이 듣고

“어머니 저 봉사 좀 불러 주오.”

하자, 춘향의 어미가 봉사를 불렀다.

“여보 저기 가는 봉사님.”

봉사가 대답했다.

“그 누구요?”

“춘향의 어미요.”

“어째 찾나?”

“우리 춘향이가 옥중에서 봉사님을 잠깐 오시라 하오.”

봉사 한 번 웃으며

“날 찾는다니 의외로군. 가 보지.”

봉사가 옥으로 들어가니 춘향이 반기면서 말했다.

“애고 봉사님 어서 오오.”

봉사는 그중에 춘향이가 일색이란 말을 듣고 반가워하며 말했다.

"너무 염려는 말게. 대체 나를 어찌 청하였나?"

"다름이 아니라 간밤에 나쁜 꿈을 꾸었는데 해몽도 하고 우리 서방님이 어느 때나 나를 찾을까 길흉 여부를 점치려 청하였소."

"그리하게."

봉사가 점을 치는데

'저 태서의 믿음직한 말을 빌려 존경을 다하여 축원하옵나니 하늘이 언제 말씀하시었고 땅이 언제 말씀하셨으리요마는 두드리면 곧 응하시는 것이 신령하심이니 응감하시와 신통하게 하여 주옵소서.'

산통을 철겅철겅 흔들더니

"어디 보자. 일이삼사오륙칠, 허허 좋다. 좋은 괘로구나. 자네 서방님이 머지않아 내려와서 평생의 한을 풀겠네. 걱정 마오, 참 좋거든."

춘향이가 대답했다.

"말대로 그러하면 오죽 좋으리까. 간밤 꿈 해몽이나 해 주시오."

"어디 자상히 말을 하소."

"단장하던 큰 거울이 깨져 보이고, 창 앞에 앵두꽃이 떨어져 보이고, 문 위에 허수아비가 달린 듯이 보이고 태산이 무너지고, 바닷물이 말라 보이니, 나 죽을 꿈이 아니오?"

봉사가 잠시 생각하다가 말했다.

"그 꿈 장히 좋다. 꽃이 떨어지니 능히 열매를 맺을 것이요, 거울이 깨지니 어찌 큰 소리 한 번 없겠는가. 문 위의 허수아비 달렸음은 만인이 다 우러러봄이라. 바다가 말랐으니 용의 얼굴을 볼 것이며, 산이 무너지면 평지가 될 것이다. 좋다, 쌍가마 탈 꿈이로세. 걱정 마소. 머지않았네."

춘향은 장탄수심(長歎愁心, 크게 탄식하며 근심하는 마음)으로 세월을 보내었다.

이때 한양성의 도련님은 밤낮을 가리지 않고 시서백가(詩書百家, 중국 전국 시대의 제자백가들이 내세운 주장)를 잘 읽었으니 글로는 이백이요, 글씨는 왕희지였다. 나라에 경사가 있어 태평과(太平科, 나라에 경사가 있을 때 실시하던 과거)를 볼 때에 서책을 품에 품고 과거장으로 들어가 왕희지의 필법으로 조맹부의 체를 받아 짧은 붓으로 내리 갈겨 선장(先場, 가장 먼저 답안지를 냄)한다.

상시관이 글을 보니 글자마다 비점(批點, 시가나 문장 따위를 비평하여 아주 잘된 곳에 찍는 둥근 점)이요, 구절마다 관주(貫珠, 예전에 글이나 시문(詩文)을 하나하나 따져 보면서 잘된 곳에 치던 동그라미)였다. 글씨가 마치 용이 하늘로 치솟는 듯하고 비둘기가 모래밭에 내려앉은 듯하니 금세의 대재로구나. 금방(金榜, 과거에 급제한 사람의 이름을 써서 거리에 붙이던 글)에 이름을 걸고 임금님이 술 석 잔을 권하신 후 장원급제로 답안지를 시험장에 내걸었다.

임금님께서 친히 불러 보신 후에

"경은 재주 조종에 으뜸이로다."

하시고 도승지 입시하사 전라도 암행어사로 명을 내리시니 평생의 소원이다. 수의(繡衣, 암행어사가 입던 옷), 마패, 유척(鍮尺, 놋쇠로 만든 표준 자. 보통 한 자보다 한 치 더 긴 것을 단위로 하며 지방 수령이나 암행어사 등이 검시(檢屍) 할 때 썼다)을 내 주시니 전하께 하직하고 본댁으로 나갈 적에 철관풍채(鐵冠風采, 암행어사가 쇠로 만든 관을 쓴 모습. 또는 그와 같이 씩씩하고 위엄 있는 모습)는 산속의 맹호와 같았다.

부모에게 하직하고 전라도로 향할 때 남대문 밖에 나서서 서리 중방 역졸 등을 거느리고, 여산읍에 숙소하고, 이튿날에 서리 중방을 불러 분부했다.

"전라도 초읍 여산이라. 무거운 나라 일을 거행하여 분명히 하지 못하면 죽기를 면하지 못하리라."

추상같이 호령하여 서리를 불러 분부하되

"순천, 곡성으로 순행하여 아무 날 남원읍으로 대령하라."

분부하여 각기 분발하신 후에 어사또 행장을 차리는데 그 거동을 좀 보소.

숫제 사람을 속이려고 모자 없는 헌 파립(破笠, 해어지거나 찢어져 못 쓰게 된 갓)에 줄을 총총히 매어 초사(질이 나쁜 비단)로 만든 갓끈을 달아 쓰고, 당줄만 남은 헌 망건의 갓풀(짐승의 가죽, 힘줄, 뼈 따위를 진하게 고아서 굳힌 끈끈한 것. 풀로도 쓰고 지혈제로도 씀) 관자 노끈 당줄 달아 쓰고, 의뭉하게 헌 도복의 무명실 띠를 가슴에 둘러메고 살만 남은 헌 부채의 솔방울 선초(扇貂, 부채에 늘어뜨리는 장식품) 달아 햇볕을 가리고 내려올 때가 마침 농사철이라 농부들이 농부가를 부르는 것이 들렸다.

"저 농부 말 좀 물어보면 좋겠구먼."

"무슨 말?"

"이 골 춘향이가 본관에 수청 들어 뇌물을 많이 받아먹고 민정에 폐를 끼친다는 말이 옳은지?"

농부가 열을 내며 말했다.

"그대는 어디 사는가?"

"아무 데 살든지."

"아무 데 사는 데라니, 그대는 눈 콩알 귀 콩알이 없나? 지금 춘향이가 수청 아니 든다고 형장 맞고 갇혔으니 창가에 그런 열녀 세상에 드문 일이네. 구슬 같은 춘향 몸에 자네 같은 동냥아치가 함부로 떠들어 대다가는 빌어먹지도 못하고 굶어 죽으리. 올라간 이 도령인지 그놈의 자식은 한 번 간 후 소식이 없으니. 사람의 일이 그렇거늘 벼슬은커녕 아무것도 못하리."

어사또 남원으로 들어와 박석치에 올라가서 사방을 둘러보니 산도 옛날 보던 산이요, 물도 옛날 보던 물이었다.

'광한루야 잘 있더냐? 오작교야 무사하냐? 객사 앞의 푸르른 수양버들은 나귀 메고 놀던 터요, 청운낙수 맑은 물은 내 발을 씻던 청계수(淸溪水, 맑고 깨끗한 시냇물)라. 맑은 물 아름다운 경치 넓은 길은 오고 가던 옛 길이라.

어사또 춘향 집에 들어가니 안뜰 적막한데 춘향 모 거동 보소.

"하늘과 땅의 귀신이여, 햇님, 달님, 별님은 변하여 한 가지 마음이 되옵소서. 다만 내 딸 춘향이를 금쪽같이 길러 내어 외손봉사(外孫奉祀, 직계 비속이 없어 외손이 대신 제사를 받듦)를 바랐더니, 무죄한 매를 맞고 옥중에 갇혔으니 살릴 길이 없사옵니다. 하늘과 땅의 신령님이 부디 가엾게 여겨 한양성에 있는 이몽룡을 청운에 높이 올려 내 딸 춘향을 살려 주시옵소서."

어사는 춘향 모의 정성을 보고

'나의 벼슬한 것이 조상의 은덕으로 알았더니, 우리 장모의 덕이로다.'

하고

"그 안에 누구 있느냐?"

"뉘시오?"

"나일세."

"나라니 누구신가?"

어사가 들어가며 말했다.

"이 서방일세."

"이 서방이라니. 옳지, 이풍현 아들 이 서방인가?"

"허허, 장모가 망녕이 들었나 보세. 나를 몰라보다니."

"자네가 누구여?"

"사위는 백년지객이라 하였는데 어찌 나를 모르는가?"

춘향의 어미 반기며 손을 잡고 들어가서 촛불 앞에 앉혀 놓고 자세히 살펴보니 걸인 중에 상걸인이었다.

춘향의 어미가 기가 막혀

"이게 웬일이오?"

"양반이 잘못되니 말로 할 수가 없네. 그때 올라가서 벼슬길은 끊어지고 가산을 탕진하여 부친께서는 서당 훈장으로, 모친은 친정으로 제 각기 갈리어서, 나도 춘향에게 내려와서 돈 냥이나 얻어 갈까 하였더니, 와서 보니 양가 이력이 말이 아닐세."

춘향의 어미가 이 말을 듣고 기가 막혀

"무정한 이 사람아, 한 번 이별한 후로 소식이 없었으니 그런 인사가 어디 있으며, 뒤 기약인가 뭔가를 바랐더니 일이 잘되었소. 쏜 화살이요 엎지른 물이 되어 누구를 원망하고 누구를 허물하겠나마는, 내 딸 춘향을 대체 어찌하려는가?"

"여보시오 장모, 춘향이나 좀 보아야겠소."

"그렇게 하구려. 서방님이 춘향을 아니 보아서야 인정이라 하오리까?"

향단이가 여쭈었다.

"지금은 문을 닫았으니 파루(罷漏, 조선 시대에, 서울에서 통행금지를 해제하기 위하여 종각의 종을 서른세 번 치던 일) 치거든 가십시다."

이때 마침 바래를 뎅뎅 치는 것이었다. 향단이는 미음상을 이고 등롱을 들고 어사또는 뒤를 따라 옥문 앞에 당도하여 춘향이를 불렀다.

"춘향아!"

부르는 소리에 깜짝 놀라 일어나며

"어머니, 어찌 오셨소? 몹쓸 딸자식을 생각하와 천방지축 다니다가 떨어져 상하기 쉽소. 이다음에는 오실 생각 마옵소서."

"나는 염려 말고 정신을 차려라. 왔다."

"오다니 누가 와요?"

"그저 왔다."

"갑갑하여 나 죽겠소. 일러 주오. 꿈속에서 임을 만나 만단정회(萬端情懷, 온갖 정과 회포)하였더니 혹시 서방님께서 기별이 왔소, 벼슬하고 내려온다는 노문(벼슬아치가 당도할 날짜를 미리 갈 곳에 알리던 글)이고 왔소? 애고 답답하여라."

"너의 서방인지 남방인지 걸인이 하나 내려왔다."

"서방님이 오시다니. 꿈속에서 보던 임을 생시에 본단 말인가."

문틈으로 손을 잡고 말 못하고 기색하며

"애고 이게 누구시오. 아마도 꿈이로다. 그리워하며 보지 못하던 임을 이리 쉽게 만날 수 있을까. 이제 죽어도 여한이 없네."

한참을 반기다가 임의 형상을 자세히 보니 어찌 아니 한심하랴.

"서방님, 내 몸 하나 죽는 것은 서러운 마음이 없소마는 서방님은 이 지경이 웬일이오?"

"오냐, 춘향아 서러워 마라. 사람 목숨은 하늘에 매인 것이니 설마한들 죽을쏘냐?"

춘향이 모친 불러 말했다.

"한양성 서방님을 칠년대한 가문 날에 목마른 백성들이 비를 기다린들 나와 같이 기다렸을까. 심은 나무가 꺾어지고 공든 탑이 무너졌네. 가련하다 이내 신세. 서방님 내 말 들으시오. 내일이 본관사또 생신이라 취중에 술주정을 하면 나를 올려 칠 것이니 형문 맞은 자리에 장독(杖毒, 예전에, 장형(杖刑)으로 매를 심하게 맞아 생긴 상처의 독)이 났으니 수족인들 놀릴쏜가. 긴 머리 이렁저렁 걷어 얹고 이리 비틀 저리 비틀 들어 매 맞은 병으로 죽거들랑 짐꾼인 체 달려들어 둘러업고 우리 둘이 처음 만나서 놀던 부용당의 쓸쓸하고 고요한 곳에 뉘어 놓고, 서방님께서 손수 염습(殮襲, 죽은 사람의 몸을 씻긴 뒤에 옷을 입히고 염포로 묶는 일)

하되 나의 혼백을 위로하여 입은 옷은 벗기지 말고 양지 끝에 묻었다가, 서방님께서 귀하게 되어 성공하시거든, 잠시도 그대로 두지 말고 다시 염하여, 조촐한 상여 위에 덩그렇게 실은 후에 북망산천(北邙山川, 무덤이 많은 곳이나 사람이 죽어서 묻히는 곳을 이르는 말) 찾아갈 때, 앞의 남산과 뒤의 남산을 다 버리고 한양으로 올려다가 선산발치(조상의 무덤이 있는 산기슭)에 묻어 주오. 비문에 새기기를 '수절원사춘향지묘'라고 여덟 자만 새겨 주오. 망부석이 아니 될까. 서산에 지는 해는 내일 다시 오르련마는 불쌍한 춘향이는 한 번 가면 어느 때 다시 올까 가슴에 맺힌 원한이나 풀어 주오."

섧게 울 때 어사또가 달랜다.

"울지 마라, 하늘이 무너져도 솟아날 구멍이 있느니라. 네가 나를 어찌 알고 이렇듯 서러워하느냐?"

어사또는 춘향이와 작별하고 춘향의 집으로 돌아왔다.

"기생을 불러 다과상을 올리라. 육고자(肉庫子, 육고에 속하여 관아에 육류를 바치던 관노)를 불러 큰 소를 잡고 예방을 불러 고인을 대령하고 승발(承發, 지방 관아의 구실아치 밑에서 잡무를 맡아보던 사람)을 불러 차일(遮日, 햇볕을 가리기 위하여 치는 포장)을 치게 하라. 사령을 불러 잡인을 금하라."

이렇듯 요란할 때 기치군물(旗幟軍物, 예전에 군대에서 쓰던 깃발과 무기 따위를 통틀어 이르는 말)이며 육각(六角, 북, 장구, 해금, 피리, 태평소들로 이루어진 악기 편성) 풍류가 반공중에 떠 있고 푸르고 붉은 비단 옷을 입은 기생들은 비단 소매에 싸인 흰 손을 높이 들어 춤을 추고 '지화자 덩실' 하는 소리에 어사또의 마음이 심난했다.

"여봐라. 사령들아! 너의 상전에 여쭈어라. 먼 데 있는 걸인이 좋은 잔치에 왔으니 술과 안주나 좀 얻어먹자고 여쭈어라."

저 사령 거동 보소.

"어느 양반이기에, 우리 상전께서 걸인을 못 들어오게 하시니 그런 말은 내지도 마시오."

등을 밀쳐 내니 어찌 아니 명관인가. 운봉이 그 거동을 보고 본관에게 청했다.

"저 걸인의 의관은 남루하나 양반의 후예인 듯하니 맨 끝 자리에 앉히고 술잔이나 먹여 보냄이 어떠하오?"

어사또 들어가 단정히 앉아 좌우를 살펴보니 당상의 모든 수령들이 다 과상을 앞에 놓고 진양조 장단이 높아 갈 때 어사또 상을 보니 어찌 아니 분통하랴. 모 떨어진 개다리소반에 닥나무 젓가락, 콩나물, 깍두기, 막걸리 한 사발이 놓였구나. 상을 발길로 탁 차며 운봉의 갈비를 지분지분 잘랐다.

"갈비 한 대 먹읍시다."

"다리도 잡수시오."

하고, 운봉이 하는 말이

"이러한 잔치에 풍류로만 놀아서는 맛이 적사오니 차운(次韻, 남이 지은 시의 운자(韻字)를 따서 시를 지음. 또는 그런 방법)이나 한 수씩 해 보는 것이 어떠하오?"

"그 말이 옳소."

하니, 운봉이 운을 내는데 높을 고 기름 고 두 자를 내어 넣고 차례로 운을 달 때에 어사또가 말했다.

"걸인도 어려서 추구권(抽句卷, 좋은 구절을 뽑아 적은 책권)이나 읽었는데, 좋은 잔치 당하여서 술과 안주를 배불리 먹고 그저 가기 염치없으니 차운 한 수 하겠나이다."

운봉이 반기며 붓과 벼루를 내어 주니, 좌중이 다 못하여 글 두 귀를 지었으되 민정을 생각하고 본관의 정체를 생각하여 지었다.

금동이의 아름다운 술은

일만 백성의 피요

옥소반의 맛 좋은 안주는

일만 백성의 기름이라

촛불의 눈물이 떨어질 때

백성의 눈물이 떨어지고

노래 소리 높은 곳에

원망 소리 높더라.

이렇듯이 지었으되 본관은 몰라보고 운봉이 글을 보며 속으로 생각하
니 아뿔싸! 일이 났구나.

이때 어사또가 하직하고 간 연후에 공형을 불러 분부했다.

"춘향을 급히 올리라."

이때 어사또가 군호할 때 서리에게 눈짓을 하니, 청파 역졸의 거동을
보소. 달 같은 마패를 햇빛 같이 번쩍 들어

"암행어사 출두야!"

외치는 소리, 강산이 무너지고 천지가 뒤집히듯 산천초목 금수인들 어
찌 아니 떨랴.

남문에서,

"출두야!"

북문에서,

"출두야!"

이때 어사또가 분부했다.

"이 고을은 대감이 살던 고을이라 헌화를 금하고 객사로 옮기어라!"

어사또가 좌정한 후에 분부했다.

"본관을 봉고파직하라!"

"본관은 봉고파직이오!"

사대문에 방을 붙이고 옥 형리를 불러 분부했다.

"네 고을 죄인을 다 올리라!"

죄인을 올려 각각 문죄한 후에 죄 없는 자는 놓아 줄 때 형리에게 물었다.

"저 계집은 무엇이냐?"

형리가 여쭈었다.

"기생 월매의 딸이온데, 관청 뜰에서 포악히 군 죄로 옥중에 있사옵니다."

"무슨 죄냐?"

"본관사또의 수청으로 불렀더니 수청을 아니 들려 하고 관청에서 포악한 춘향이로소이다."

어사또가 분부했다.

"네가 수절한다고 관청에서 포악하였으니 살기를 바랄쏘냐? 죽어 마땅하되 내 수청도 거역할까?"

춘향이 기가 막혀

"내려오는 관장마다 모두가 명관이로구나. 어사또 들으소서. 층암절벽 높은 바위가 바람이 분들 무너지며 청송, 녹죽 푸른 나무가 눈이 온들 변하리까. 그런 분부 마시옵고 어서 빨리 죽여 주오."

어사또가 분부했다.

"얼굴을 들어 나를 보라!"

춘향이 고개를 들어 살펴보니 걸객으로 왔던 낭군이 어사또로 앉아 있었다. 반웃음 반 울음으로

"얼씨구나 좋을시고. 어사 낭군 좋을시고. 남원 읍내 가을 들어 떨어지게 되었더니, 객사에 봄이 들어 이화춘풍 날 살린다. 꿈이냐, 생시냐. 꿈을 깰까 염려로다."

이때 춘향의 어미가 들어와서 한없이 기뻐하는 말을 어찌 다 말하랴.

춘향이 남원을 하직할 때 귀하게 되었건만 고향을 이별하니 한편 기쁘고 또 한편 슬프지 아니하랴.

어사또는 좌우 도를 돌며 민정을 살핀 후에 서울로 올라가 어전에 절하니, 삼당상(三堂上, 육조의 판서, 참판, 참의를 통틀어 이르던 말)에 입시하사 문부를 사정한 후에 임금께서 크게 봉하시고 춘향에게 정렬부인을 봉하시니, 은혜에 감사하며 물러 나와 부모 앞에 뵈오며 넓으신 은혜에 감사드리었다.

이판, 호판, 좌우 영상을 다 지내고 벼슬을 물러난 후에 정렬부인과 더불어 백년을 동락할 때에 정렬부인에게서 삼남 이녀를 두었으니 모두가 총명하여 그 부친을 압도하고 계계승승하여 만세에 유전하였더라.

운영전(雲英傳)

- 작자 미상 -

〈수성궁몽유록〉 또는 〈유영전〉이라고도 한다. 조선 시대의 고대 소설 중에서도 남녀간의 애정을 미화한 대표적인 작품이다. 뿐만 아니라 결말을 비극으로 처리한 유일한 소설이다. 사건 전개에 사실감이 있어 〈춘향전〉보다 격이 높은 염정 소설이다.

이 작품에서는 유영이 김 진사와 운영을 만나 그들의 비극적인 사랑 이야기를 듣는 부분이 유영이 깬 후에 이루어진다. 다시 말해 유영이 주인공들을 만난 것이 꿈속에서가 아니라 현실 속에서 이루어진 것이다. 그러나 김 진사나 운영이 이미 죽은 사람이었다는 점에서 유영이 이들을 만난 것은 환상이라 할 수 있다. 따라서 작품에 더욱 현실성을 부여하려는 〈몽유록〉이 발전된 형식이라 할 수 있다. 이 작품을 일명 〈수성궁 몽유록〉이라 부르는 것도 바로 이 때문이다. 몽유록은 일반적으로 액자 구성 방식을 취하고 있다. 이 작품에서도 유영에 관한 이야기가 작품의 외화라면 김 진사와 유영에 관한 이야기는 작품의 내화라 하겠다.

선조 34년(1601) 봄, 유영(세종 대왕의 셋째 아들)이 안평 대군의 옛집이었던 수성궁에 놀러 갔다가 술에 취해 잠이 들었다. 잠에서 깨어난 유영은 안평 대군의 궁녀였던 운영과 운영의 애인이었던 김 진사를 만나 그들의 슬픈 사랑 이야기를 듣는다. 궁중에 갇혀 사는 궁녀의 몸인 운영과 김 진사는 특의 도움으로 수성궁의 담을 넘나들며 사랑을 속삭인다. 운영이 수성궁을 넘으려고 하지만 그들의 목숨을 초월한 모험적인 사랑은 결국 안평 대군에게 탄로가 나 운영은 옥중에서 자살을 하고 만다. 그날 밤 김 진사도 슬픔을 억누르지 못해 식음을 전폐하다가 죽음을 맞는다. 운영과 김 진사는 죽기 전에 자신들의 비극적인 사랑을 기록한 책을 유영에게 주며 영원히 전해 달라고 한다. 유영이 잠에서 깨어 보니 두 사람은 간 곳이 없고 귀책(鬼責)만 남아 있었다. 유영은 그 책을 가지고 돌아온 후 명산을 돌아다녔는데 어떻게 생을 마쳤는지 알 수 없었다.

핵심 정리

갈래 : 몽유 소설

연대 : 조선 숙종

구성 : 염정적

시점 : 전지적 작가시점

배경 : 조선 선조 때 안평대군의 수성궁

주제 : 신분을 초월한 남녀 간의 지고지순한 사랑

운영전

　수성궁은 안평대군(安平大君, 조선 세종의 셋째 아들)의 옛날 집으로 장안 서쪽의 인왕산 밑에 있었다. 그곳은 산천이 수려하여 용이 서리고 호랑이가 쭈그리고 앉아 있는 것과 같이 험준하였다.

　청파산에 사는 유영은 그 산의 아름다운 경치에 대해 익히 듣고 있었다. 어느 날 그가 높은 곳에 올라가서 사방을 바라보니 임진왜란을 겪은 후라 장안의 궁궐과 성안의 화려한 집들은 모두 텅 비어 있었다.

　유영은 바위 위에 앉아 소동파(蘇東坡, 중국 북송의 문인 소식(蘇軾)을 말함. '적벽부'라는 시를 비롯해 서화에도 능한 당송 팔대가의 한 사람)의 시를 읊다가 문득 차고 있던 술병을 열어 다 마시고는 취하여 바위 옆의 돌을 베개 삼아 누웠다. 잠시 후 술이 깨어 주위를 살펴보니 산수를 즐기던 이들은 모두 돌아가고, 동산에는 달이 떴으며 바람은 꽃잎을 어루만지고 있었다.

　그때 부드러운 말소리가 바람을 타고 들려왔다. 유영은 이상히 여겨 찾아가 보았다. 그곳에는 한 소년이 절세미인과 마주 앉아 있다가 유영이 오는 것을 보고 반갑게 맞이하였다. 미인이 조용히 잔심부름을 하는 계집종을 불러 자하주를 가져오게 하였는데 진기한 안주를 보아하니 인간 세상의 것은 아니었다.

　유영이 먼저 자기 이름을 말하고 나서 물으니 소년이 대답하였다.

　"성명을 가르쳐 드리는 것은 어렵지 않으나 말을 하자면 장황합니다. 저는 진사과에 올랐다 하여 사람들이 '김 진사'라 부릅니다. 그리고 이 여인은 '운영'인데, 옛날 안평대군이 살던 궁궐의 궁인이었습니다."

진사가 운영을 돌아보면서 말했다.

"그건 아주 먼 옛날 일인데 그대가 어찌 기억하고 있소?"

"마음에 쌓인 한을 어느 날인들 잊으리까? 제가 이야기해 드릴 것이니 낭군님이 옆에 있다가 빠뜨리는 것이 있거든 덧붙여 주옵소서."

세종대왕의 왕자 여덟 대군 중에서 셋째 왕자인 안평대군이 가장 영특하였지요. 나이 13세에 사궁(四窮, 조선 후기 서울에 있던 네 개의 궁. 명례궁, 수진궁, 어의궁, 용동궁을 이름)에 나와서 거처하시니 '수성궁'이라 하였습니다.

대군은 궁녀 중에서 나이가 어리고 얼굴이 아름다운 열 명을 골라서 〈언해소학〉 〈중용〉 〈대학〉 〈맹자〉 〈시경〉 〈서경〉 〈통감〉 〈송서〉 등을 차례로 가르쳐 5년 이내에 모두 깨우쳤지요. 그 열 사람의 이름은 소옥, 부용, 비경, 비취, 옥녀, 금연, 은섬, 자란, 보련, 운영이니, 운영은 바로 저였어요.

대군은 항상 저희들에게 엄히 명하셨습니다.

"시녀로서 한 번이라도 궁문을 나가는 일이 있으면 그 죄로 인해 죽음을 당할 것이며, 바깥 사람들 가운데 궁녀의 이름을 아는 이가 있다면 그 또한 죽음을 면치 못할 것이다."

하루는 밤에 자란이라는 궁녀가 저에게 물었습니다.

"네가 그리워하고 있는 애인이 누군지는 알지 못하지만 너의 안색이 날로 수척해지니 안타까워서 내가 묻는 거야. 숨기지 말고 이야기해 봐."

저는 일어나 고마워하며 말했습니다.

"네가 지극한 우정으로 묻는데 어찌 숨길 수 있겠니?"

하고는 자란에게 모두 이야기를 해 주었습니다.

지난 가을, 국화꽃이 피고 단풍이 떨어지기 시작할 때 하루는 동자가 들어와 고했어.

"나이 어린 선비가 김 진사라 하면서 대군을 뵙겠다 합니다."

"김 진사가 왔구나."

대군은 기뻐하면서 김 진사를 맞이하셨지. 김 진사는 베옷을 입고 가죽 띠를 맨 선비였는데 얼굴과 행동이 신선 세계에나 있을 법한 사람과 같았어. 진사님이 대군께 절을 하고 나서 말했지.

"외람되게 많은 사랑을 입고서도 이제야 인사를 올리게 되어 황송하옵니다."

진사님이 처음 들어올 때 이미 우리와 얼굴을 마주쳤으나 대군은 진사님의 나이가 어리고 또한 심성이 무척 착하므로 우리더러 다른 곳으로 물러가 있도록 하지 않으셨어. 대군이 진사님 보고 말씀하셨어.

"가을 경치가 매우 좋으니 바라건대 시 한 수를 지어 이 집에서 광채가 나도록 해 주오."

그러면서 대군은 금연에게 노래를 부르게 하고, 부용에게는 거문고를 타게 하셨지. 또 보련은 단소를 불게 하고, 나에게는 벼루를 받들게 하셨는데, 그때 내 나이 열일곱 살이었지. 낭군을 한 번 보니 정신이 어지러워지고 가슴이 울렁거렸는데, 진사님 또한 나를 돌아보면서 웃음을 머금고 자주 눈여겨보는거야.

진사님이 붓을 잡고 오언(五言, 한 구가 다섯 자씩으로 된 한시) 사운(四韻, 네 개의 운각으로 된 율시) 한 수를 지었는데 내용은 이러했지.

거리 남쪽을 향해 날아가니
궁 안에 가을빛이 깊구나
차가운 물에 연꽃은 구슬 되어 꺾이고
서리 내린 국화에는 금빛이 드리우네
비단 자리에는 홍안(紅顔, 젊고 아름다운 얼굴)의 비녀

옥 같은 거문고 줄에는 백운 같은 소리
유하주 한 말 들고 먼저 취하니
이 몸 가누기 어렵도다.

대군이 읊다가 놀라시면서 말씀하셨어.
"진실로 천하의 드문 재주로다. 어찌 서로 늦게 만났던고."
시녀들도 감탄을 금치못했어.
"이분은 반드시 신선이 학을 타고 속세에 오신 것이니 어찌 이와 같은 사람이 또 있겠습니까?"
이때부터 나는 잠도 못 자고 입맛도 없고 마음이 괴로워서 허리띠를 푸는 것조차 잊곤 했는데, 너는 아무것도 눈치 채지 못하더라.
운영이 말을 마치자 자란이 말했습니다.
"그래, 내가 몰랐었구나. 이제 네 말을 들으니 마치 술이 깬 것처럼 정신이 맑아지는 것 같구나."
그 후로 대군은 진사님과 자주 접촉하였으나, 저희는 서로 얼굴을 보지 못하게 하여 언제나 문틈으로 엿보다가 하루는 제가 오언 사운 한 수를 썼습니다.

베옷에 가죽 띠를 맨 선비는 신선과 같은데,
늘 바라보건만 어찌하여 인연이 없는고.
솟는 눈물은 얼굴을 씻고
원한은 거문고 줄에 우나니
가슴속 원한을
머리 들어 하늘에 하소연한다.

저는 시와 금전 두 닢을 겹겹이 봉해서 진사님에게 부치려고 하였으나 방법이 없었지요.

얼마 후 진사님이 궁에 들어오셨는데 얼굴에 핏기가 없어 옛날의 기상을 찾기 어려웠습니다. 제가 벽에 구멍을 뚫고 봉투를 던졌더니, 진사님이 주워서 집으로 가져가 펴 보고는 슬픔을 이기지 못하여 손에서 놓지도 않고, 그리운 마음에 몸을 가누지 못하셨다 합니다.

그 당시에 한 무녀가 대군의 궁에 드나들면서 신용을 얻고 있었는데, 이 소문을 들은 진사님이 그 집을 찾아가 보니 서른이 안 된 아주 예쁜 여자였답니다.

그녀는 일찍이 과부가 된 뒤부터 음녀(淫女, 성격이나 행동이 음란하고 방탕한 여자)로 자처하고 있었던지라 진사님을 보고는 기뻐하였지요. 무녀는 진사님을 붙들어 놓고 반드시 밤을 새우면서 같이 자리라 마음먹었답니다. 다음 날 목욕하고 짙은 화장에 화려하게 꾸미고 꽃 같은 요와 옥 같은 자리를 깔아 놓고 계집종에게 망을 보게 하였지요.

진사님이 오셔서 이 광경을 보고 이상하게 여기자, 무녀가 말했습니다.

"오늘 저녁은 무슨 날이기에 이같이 훌륭한 분을 뵙게 되었을까요?"

진사님은 무녀에게 뜻이 없었기 때문에 대답도 않고 있으니, 무녀가 또 말했지요.

"과부의 집에 젊은이가 왕래를 꺼리지 않고, 더구나 무엇 때문에 당신의 고민을 말하지 않는지요?"

"점술이 신통하다면 어찌 내가 찾아오는 뜻을 알지 못하오?"

무녀는 즉시 영전에 나가 신에게 절하고 방울을 흔들고 몸을 떨며 중얼거렸습니다.

"당신은 정말로 가련한 사람입니다. 뜻을 이루지 못할 뿐만 아니라 삼년이 못 가서 황천 사람이 됩니다."

"나도 알고 있습니다. 그러나 마음속에 맺힌 한은 백약으로도 고칠 수 없으니, 만일 당신이 다행히 편지를 전하게 된다면 죽어도 잊지 못할 것입니다."

"저는 비천한 무녀로 부르지 않으면 감히 궁에 들어가지 못합니다. 그러나 진사님을 위해 한번 가 보겠습니다."

무녀가 편지를 갖고 궁에 들어와 가만히 저에게 전해 주었습니다. 방으로 들어와서 뜯어 보았습니다.

'처음 눈으로 인연을 맺은 후부터 마음은 둥실 떴고 넋이 나가 도저히 진정치 못하고 늘 궁궐 쪽을 바라보며 애를 태웠지요. 이전에 벽 사이로 전해 주신 잊을 수 없는 옥음(玉音, 남의 편지나 말을 높여 이르는 말)을 소중히 받아 들고 가슴이 메어 반도 채 읽지 못하고 눈물이 떨어져 글자를 알아볼 수 없어 다 보지도 못하였으니 장차 이를 어찌 하오리까. 그 후부터 누워도 잠들지를 못하고 음식은 목을 내려가지 않고, 병은 골수에 사무쳐……'

사연 끝에 칠언 사운 한 수가 적혀 있었는데 바로 이러했지요.

누각은 저녁 문 닫혔는데
모든 그림자 희미하여라.
낙화는 물에 흐르고
어린 제비는 집을 찾아가네.
누워도 못 이룰 꿈이요.
하늘엔 기러기도 없네.
눈에 선한 임은 말 없고
꾀꼬리 소리에
옷깃 적시네.

편지를 다 읽고 나자 기가 막혀서 입으로는 말조차 할 수 없고 눈물이 다하자 피가 눈물을 이었습니다.

하루는 대군이 비취를 불러 말씀하셨습니다.

"너희들 열 명이 한 방에 같이 있으니 공부에 전념할 수가 없다." 그러고는 다섯 명을 서궁으로 보냈지요. 저는 자란, 은섬, 옥녀, 비취와 같이 그날로 짐을 옮겼습니다. 옥녀가 말했습니다.

"그윽한 꽃, 흐르는 물, 꽃다운 수풀이 마치 산 옆이나 들에 있는 것 같으니 참으로 훌륭한 독서당이구나."

그 말에 제가 대답했지요.

"산사람도 아니고 중도 아니면서 이 깊은 궁에 갇혔으니, 참말로 장신궁(長信宮, 중국 한나라 때 장락궁 안에 있던 궁전. 주로 태후가 살았다)이 따로 없다."

그랬더니 모든 궁인들이 탄식하고 울적하게 여겼습니다.

그 후에 나는 편지를 써서 뜻을 이루고자 했으며, 진사님도 지성으로 무녀를 찾아가 간절히 부탁하였으나 더는 드나들기를 좋아하지 않았어요. 아마 진사님이 자기한테 관심이 없다는 것을 알고 그랬을 것 같기도 합니다.

그럭저럭 두어 달이 지나고 계절은 다시 가을이 되어 서늘한 바람이 불고 국화는 황금빛을 토하고, 벌레는 소리를 가다듬고 흰 달은 빛을 밝혔지요. 시내에서 빨래하기 좋은 때라 여러 궁녀와 같이 날짜와 빨래할 장소를 결정하려 했으나, 의논이 잘 되지 않았어요.

남궁 사람들이 말했습니다.

"맑은 물과 흰 돌은 탕춘대 밑보다 나은 데가 없단다."

그러자 서궁 사람들이 말했습니다.

"소격서동의 물은 문 밖에서 더 내려가지 않는데 왜 가까운 곳을 놔두고 먼 데로 가려고 해?"

결국 남궁 사람들이 고집을 부리며 승낙하지 않아 결정을 짓지 못하고, 그날 밤에는 그만 흩어지고 말았지요.

그 뒤 진사님을 그리워하는 저의 병이 점점 깊어지자 남궁과 서궁의 궁녀들이 모여 의논한 끝에 소격서동으로 정하기로 하였지요. 중당에 모여 있는데 소옥이 말했어요.

"하늘은 푸르고 물이 맑으니 빨래할 때가 되었구나. 오늘 소격서동에다 휘장을 치는 것이 좋겠지?"

이에 여러 사람들이 모두 찬성하였습니다. 저는 서궁으로 돌아가서 흰 나삼(羅衫, 얇고 가벼운 비단으로 만든 적삼)에다 가슴속에 가득 찬 슬픔과 바람을 써서 품에 넣고는 자란과 같이 일부러 뒤떨어져 마부를 보고 일렀어요.

"동문 밖에 있는 무당이 가장 영험하다고 하니, 내가 그 집에 가서 내 병을 보이고 오겠다."

저는 그 집에 가서 좋은 말로 애걸하며 말했지요.

"오늘 찾아온 것은 진사님을 한번 만나고 싶어서이니 부디 소식을 전해 준다면 이 몸이 다하도록 은혜를 갚겠어요."

무녀가 사람을 보냈더니 진사님이 찾아왔습니다. 둘이 서로 만나 한마디도 하지 못하고 눈물만 흘릴 뿐이었지요. 제가 편지를 주면서 말했어요.

"저녁에 틈을 타서 꼭 돌아올 것이니 낭군님은 여기에서 기다려 주옵소서."

그러고는 바로 말을 타고 갔습니다. 진사님께 전한 편지의 그 사연은 이러하였지요.

"며칠 전에 무산의 신녀가 전해 준 편지에는 낭랑한 옥음이 종이에 가득하였습니다. 정중한 마음으로 읽고 또 읽어 보니 슬프고도 기뻐서 마음을 진정하지 못하고 바로 답신을 보내고자 하였으나, 전할 길이 없었습니다. 또한 편지를 보내면 비밀이 샐까 두려워, 고개를 들어 멀리 바라보며 날아가고자 하는 마음 간절하였으나 날개가 없으니 애가 타고 넋이 사라져 오로지 죽을 날을 기다리고 있답니다. 다만 죽기 전에 이 편지를 통하여 평생의 회포를 다 말씀드리오니 엎드려 바라옵건대 낭군께서는 저를 잊지 마시고……."

그 글은 애가 타서 마음속 깊이 상심하는 글이고, 그 시는 상사의 시였습니다.

제가 말을 타고 무녀의 집에 돌아와 보니 진사님은 종일 울어 넋을 잃어 제가 온 것도 알지 못하는 것 같았어요. 제가 왼손에 차고 있던 운남의 옥색 금환(金環, 금으로 만든 고리)을 풀어서 진사님의 품속에 넣어 주며 말했습니다.

"낭군님께서는 저에게 박정하다 하지 않으시고 천금 같은 귀한 몸을 굽혀 더러운 집에 와서 기다리셨습니다. 제가 비록 어리석지만 목석이 아니오니 감히 죽음으로써 허락하리다. 제 말에 대한 약속의 표시로 금환을 드리겠습니다."

그러고는 갈 길이 바빠 일어나 작별을 고하니, 흐르는 눈물이 비와 같았습니다. 제가 진사님의 귀에다 대고 말하였습니다.

"저는 서궁에 있으니 낭군님께서 말을 타고 서쪽 담을 넘어 들어오시면, 삼생(三生, 전생(前生), 현생(現生), 내생(來生))에서 미진한 인연을 이을 수 있을 것입니다."

말을 마치고는 황급히 나와서 먼저 궁문을 들어오니, 나머지 여덟 사람도 뒤따라 들어왔습니다.

얼마 후 제가 자란을 보고 말하였습니다.

"오늘 저녁에는 진사님과 반드시 지켜야 할 약속이 있어. 만약 오늘 오시지 않는다면 내일 반드시 담을 넘어오실 거야. 오시면 어떻게 대접할까?"

그날 밤 진사님은 오지 않았습니다.

진사님이 담을 보니 높고 험준하여 넘지 못하고 돌아와서 근심하고 있는데, 특이라고 하는 종이 이것을 알고는 진사님을 위해 사다리를 만들어 주었답니다. 그것은 매우 가볍고 능히 거두었다 폈다 할 수 있어 아주 편리하였다 합니다.

그날 밤 궁으로 가려고 할 때 특이 품 안에서 털옷과 가죽 버선을 꺼내 주면서 말했답니다.

"이것을 신으면 넘어가기가 수월할 것입니다."

진사님이 그것을 입으니 얼굴빛이 훤하여 낮과 같았습니다. 마침내 진사님이 담을 넘어 숲 속에 엎드리니 달빛이 밝게 비치고 있더랍니다. 조금 있다가 사람이 안에서 나오더니 웃으면서 말하였습니다.

"이리 나오소서, 이리 나오소서."

진사님이 나아가 인사를 하자 자란이 진사님을 바로 모시고 들어왔지요.

"진사님이 오시기를 손꼽아 기다렸는데 이제야 뵈옵게 되어 저희들도 한시름 놓았습니다."

진사님이 계단을 지나 들어오실 때, 저는 사창을 열어 놓고 동물 모양의 금화로에 향을 피우고 유리 같은 서안(書案, 예전에 책을 얹던 책상)에다 〈태평광기〉 한 권을 펴 들고 있다가 진사님이 오시는 걸 보고 일어나 맞이하였습니다. 제가 일어나 절을 하니 진사님도 답례를 하였습니다.

자란이 준비해 준 진수성찬을 차려 놓고 자하주를 따라 권하니 석 잔을 마시고 진사님은 좀 취한 듯이 말했습니다.

"밤이 얼마나 깊었지요?"

자란이 마침 그 뜻을 알고는 휘장을 드리우고 문을 닫고 나갔습니다. 제가 등불을 끄고 잠자리에 드니 그 즐거움은 말 안 해도 알 것입니다. 밤은 이미 새벽이 되고 그 기쁨은 날 새기를 재촉하기에 진사님은 바로 일어나 돌아가셨습니다.

이후부터는 하루도 빠짐없이 어둑어둑할 때에 궁으로 들어와서 새벽에 돌아가셨습니다. 사랑은 더욱 깊어 가고 정은 점점 두터워져 스스로 그칠 때를 알지 못하였어요. 그러던 중 궁궐 안 눈 위에 발자취가 남게 되었습니다. 궁인들은 모두 그의 출입을 알고 위험하다고 했습니다.

하루는 진사님이 좋은 일의 끝이 화가 될까 두려워 근심하고 있는데 특이 들어와 물었습니다.

"진사님의 얼굴빛을 보니 근심이 있는 것 같습니다. 무슨 까닭입니까?"

"보지 못하면 병이 마음과 골수에 들고, 보면 헤아릴 수 없는 죄가 되니 어찌 근심하지 않겠느냐?"

"그러면 어찌하여 남몰래 업고 도망가지 않으십니까?"

특의 말을 들은 진사님은 그렇게 하기로 작정하고 그날 밤 특의 계획에 따라 제게 말하셨습니다.

"특이 비록 노비지만 꾀가 많아 이런 계획을 짰는데 어떠하오?"

진사님의 말을 다 듣고 나서 저는 허락했습니다.

"예전에 저의 부모님과 대군께서 주신 의복과 보화가 많으니 물건들을 버리고 갈 수는 없으니 어찌하면 좋을까요? 너무 많아 말 열 필이 있어도 다 운반할 수 없어요."

진사님이 돌아가서 특에게 말하니 그는 기뻐하면서 말했지요.

"무엇이 어렵겠사옵니까? 저의 벗 이십여 명이 있는데 그들에게 운반토록 하면 태산도 옮길 수 있을 것입니다."

저는 귀중한 물건들을 밤마다 정리하여 이레 만에 바깥으로 운반을 마치고 나니 특이 말했습니다.

"이것들 가운데 보화는 산중에다 구덩이를 파고 깊이 묻어 두는 것이 좋을 것 같습니다."

하지만 특의 생각은 이 보화를 얻은 후 저와 진사님을 산골로 끌고 들어가서 진사님을 죽이고, 저와 재물을 차지하려는 계획이었습니다. 그러나 순진하신 진사님은 그 사실을 전혀 알지 못했습니다.

하루는 진사님이 대군의 궁에 갔다 돌아와서 이렇게 말했습니다.

"도망해야 하겠소. 내가 지은 죄 때문에 대군이 의심을 품고 있으니 더 이상 지체하지 말고 오늘 밤에 도망가야 하겠소."

"지난밤 꿈에 한 사람을 보았는데 얼굴이 흉악하고 자기를 '모돈 단우'라 하면서 말하기를 '이미 약속한 바 있어 장성 밑에서 오래도록 기다렸노라' 하기에 깜짝 놀라 깨어 일어났습니다. 꿈이 상서롭지 않으니 낭군님도 다시 생각해 보세요."

"꿈은 거짓인데 그걸 어찌 믿을 수 있겠소?"

"장성이라고 말한 것은 궁궐이며 모돈이라고 말한 것은 특인 듯한데, 낭군님은 그 노비의 마음을 잘 알고 계신지요?"

"그놈은 본래 미련하고 음흉하지만 지금까지 나에게 충성을 다하였으니 어찌 그런 악한 일을 하겠소?"

"낭군님의 말씀을 어찌 감히 거역하리오마는 자란과 나의 정이 형제와 같으니 이 사실을 말하지 않을 수 없습니다."

그러고는 곧 자란을 불러 진사님의 계획을 말하였더니, 자란이 크게 놀라 꾸짖으며 말하였습니다.

"서로 즐거워한 지가 오래 되었는데 어찌 스스로 화를 부르려 하니? 한두 달 동안 서로 만난 것도 모자라 담을 넘어 도망치는 일을 어찌 사람으로서 차마 할 수 있겠어. 그리고 천지가 한 그물 속인데 하늘로 올라가거나 땅으로 들어가지 않는 이상 도망간들 어디로 갈 수 있겠어?"

진사님은 일이 이루어지지 못할 것을 짐작하고는 한탄하면서 눈물을 머금고 나가셨습니다.

하루는 대군이 서궁에 와서 철쭉꽃이 만발한 것을 보시고 시녀에게 명하여 오언절구를 지어 올리게 하고는 칭찬하셨습니다.

"너희 글이 날로 좋아지니 내 매우 흡족하구나. 다만 운영의 시는 누군가를 그리워하는 것 같구나. 네가 따라가고자 하는 사람이 어떠한 사람이냐? 김 진사의 글에도 의심할 만한 대목이 있었는데, 혹시 김 진사를 생각하고 있는 게냐?"

저는 즉시 뜰에 내려가 머리를 땅에 대고 울면서 고했어요.

"대군의 뜻을 어기고는 곧바로 죽고자 했으나 나이가 아직 스무 살이 안 되었고, 또 부모님을 보지 못하고 죽으면 구천(九泉, 땅속 깊은 밑바닥이란 뜻으로 죽은 뒤에 넋이 돌아가는 곳)에 가서도 한이 되겠기에 삶을 도둑질하여 여기까지 이르렀나이다. 이제 대군께서 제 마음을 아셨사오니 어찌 죽는 것을 애석하게 여기오리까."

그러고는 바로 비단 수건으로 스스로 난간에 목을 매었습니다. 그러자 대군이 크게 노하였으나 마음속으로는 정말 죽이고 싶지 않았는지 자란을 시켜 구하게 하여 죽지 못하였습니다.

진사님이 그날 밤 들어오셨으나 저는 병이 들어 일어나지 못하고 자란에게 맞이하도록 했습니다. 술 석 잔을 권하고는 제가 말했지요.

"이후로는 다시 볼 수 없을 것이니 삼생의 인연과 백년가약이 오늘 밤으로 다한 것 같습니다. 만약 하늘의 인연이 끊어지지 않았다면 구천에서 다시 만나겠지요."

진사님은 우두커니 서서 저를 한없이 바라보다가 가슴을 치고 눈물을 흘리면서 나갔습니다. 진사님이 집으로 돌아가서 특을 보고 한 가지만 말했습니다.

"재물은 네가 잘 지키고 있느냐? 내 장차 다 팔아서 지난날 무녀의 집에서 부처님께 드린 약속을 실천할 것이다."

특이 집에 돌아와서

'궁녀가 나오지 않으니 그 보물들은 몽땅 나의 것이 되겠지.'

하며 벽을 향하여 남몰래 웃었으나 사람들은 아무도 알 수 없었지요.

하루는 특이 스스로 옷을 찢고 코를 쳐서 피가 흐르게 하여 온몸을 더럽히고 머리를 흩뜨리고는 진사님 앞에 맨발로 엎드려 울면서 말했어요.

"외로운 이 몸이 산중을 지키다가 수많은 도적들이 습격하여 목숨을 걸고 도망쳐 왔습니다. 만일 그 보화가 아니었다면 제가 어찌 이와 같은 위험에 처했겠습니까."

그러면서 주먹으로 가슴을 치고 통곡을 하자 진사님이 따뜻한 말로 위로해 주었습니다. 하지만 얼마 후 진사님은 특의 모든 소행을 알고 노비 십여 명을 거느리고 가서 불시에 그의 집을 수색하여 보니, 금팔찌 한 쌍과 운남 보경(중국 운남에서 만든 거울) 하나만 남아 있을 뿐이었습니다.

이 사건의 소문이 퍼져 궁인 하나가 대군에게 고하니 대군이 크게 노하여 남궁인을 시켜 서궁을 뒤지게 하였습니다. 그래서 제 의복과 보화가 전부 없어진 걸 알고 대군은 서궁 궁녀 다섯 명을 뜰에 불러 놓고 형장을 엄하게 차리고는 명령을 내렸습니다.

"이 다섯 명을 모두 죽여서 다른 사람들에게 본을 보여라!"

그러고는 집행인 한 사람에게 명하셨습니다.

"곤장의 수를 헤아리지 말고 죽을 때까지 쳐라."

그러자 다섯 궁녀가 호소하였습니다.

"바라건대 말이나 한번 하고 죽게 해 주십시오."

은섬이 글을 올리자 대군이 보고 나더니 노여움이 좀 풀리는 것 같으므로, 소옥이 꿇어앉아 울면서 아뢰었습니다.

"전날 빨래하러 갈 때 성 안으로 가지 말자고 한 것은 저의 의견이었으나 자란이 밤에 남궁으로 와서 매우 간절히 청하기에 제가 그 뜻을 안타깝게 여겨 다른 궁녀들의 뜻을 물리치고 따랐사옵니다. 운영이 절개를 깨뜨리게 된 죄는 저에게 있사옵니다. 운영은 죄가 없으니 저를 죽이시고 운영의 목숨을 살려 주옵소서."

그 말에 대군의 노여움이 조금 풀어져 저를 별당에 가두고 다른 궁녀들은 돌려보냈습니다. 그러나 그날 밤 저는 괴로움을 이기지 못하고 결국 비단 수건으로 목을 매어 죽었습니다.

진사는 붓을 들어 기록하고 운영은 옛일을 이야기하는데 바로 앞에서 보는 듯이 매우 상세하였다. 두 사람은 마주 보고 슬픔을 스스로 억제하지 못하다가 운영이 진사에게 말했다.

"다음 이야기는 낭군님께서 하옵소서."

그러자 진사가 이야기를 하기 시작했다.

운영이 자결한 후 궁인들 가운데 통곡하지 않는 사람이 없어 마치 부모가 돌아간 것과 같았습니다. 저는 예전에 무녀에게 했던 부처님과의 약속을 저버릴 수 없어 구천의 영혼을 위로해 주고자 금팔찌와 보경을 팔아 쌀 삼십 석을 사서 청녕사로 보내 재를 올리고자 했습니다. 그러나 믿을 만한 사람이 없어 다시 특을 불러 지난 죄를 사해 주고 명을 내렸습니다.

"내가 운영을 위해 초례(醮禮, 전통적으로 치르는 혼례식)를 베풀고 불공을 드려 소원을 빌고자 하니 네가 가지 않겠느냐?"

특이 즉시 절로 갔지만 삼일 동안 궁둥이를 두드리면서 누워 놀다가 지나가는 마을 여인을 강제로 끌고 들어와 절에서 수십 일을 지내고도 재를 올리지 않았습니다. 그러자 스님들이 분개하여 어서 재를 올리라고 재촉하였습니다.

특이 마지못하여 삼일을 밤낮으로 소원하는 말이 가히 기가 막힌 것이었습니다.

"진사는 오늘 빨리 죽고 운영은 다시 살아나 특의 짝이 되게 하여 주소서."

오직 그것뿐이었습니다. 그러고 나서 특이 돌아와 거짓으로 말했습니다.

"운영 아씨는 반드시 살길을 얻을 것입니다."

저는 그 말을 믿고 있었지요.

그 후 제가 공부를 하고자 청녕사에서 며칠 묵는 동안 스님들에게 특이 한 일을 자세히 듣고는 분함을 이기지 못하겠더이다. 그래서 목욕재계하고 부처님 앞에 나아가 절을 하고 향불을 사르면서 빌었습니다. 그랬더니 칠일 만에 특이 우물에 빠져 죽었습니다.

그 일이 있은 뒤 저는 세상일에 뜻이 없어져 어느 날 새옷을 갈아입고 고요한 곳에 누워 나흘을 마시지도 먹지도 않았습니다. 그러다가 깊이 탄식하고는 곧 다시 일어나지 못할 몸이 되고 말았습니다.

쓰기를 마치자 붓을 던지고 두 사람은 마주 보고 슬피 울면서 그칠 줄을 몰랐다. 그것을 보고 유영이 위로하자 김 진사는 눈물을 흘리면서 고마워하며 말하였다.

"우리 두 사람은 본래 천상의 선인으로 오래도록 옥황상제를 모시고 있습니다. 하루는 제가 하늘나라의 복숭아를 따 운영과 같이 먹다가 발각되어 인간 세상으로 귀양 내려온 것입니다. 그리하여 인간사의 괴로움을 골고루 겪다가 드디어 옥황께서 저의 허물을 용서하셨습니다. 이제 삼청궁으로 올라가 다시 옥황상제님을 곁에서 모시게 되었습니다. 그래서 돌아가는 길에 바람의 수레를 타고 다시 옛날 속세에서 놀던 곳을 찾아와 보았을 뿐입니다."

김 진사가 말하고는 눈물을 뿌리면서 운영의 손을 잡고 또 말했다.

"바다가 마르고 돌이 불에 타 버린들 우리의 정은 사라지지 않을 것이요, 땅이 늙고 하늘이 거칠어진들 우리의 원한은 지우기 어려울 것입니다."

김 진사는 취하여 운영의 몸에 기대어 시 한 수를 읊었다.

궁중에 꽃이 떨어지니 제비와 참새가 날고
봄빛은 예전과 같건만 주인은 없네
중천에 높이 솟은 달은 차갑기만 한데
아직 푸른 이슬은 우의(羽衣, 선녀나 신선이 입는다는 새의 깃털로 만든 옷)를 적시지 않는구나.

그러니 운영도 일어나 함께 읊었다.

고궁의 고운 꽃 봄빛을 띠니
천만 년 우리 사랑 꿈마다 찾아오는구나.
오늘 저녁 여기에 놀며 옛 추억 찾아보니
막을 수 없는 슬픈 눈물 수건을 적시네.

이때 유영도 시에 취하여 누워 있다가 산새 소리에 깨어났다. 주위를 둘러보니 구름과 연기가 땅에 가득하고 새벽빛은 아득한데, 사람은 보이지 않고 다만 김 진사가 기록한 책자만 홀로 있었다.

구운몽(九雲夢)

－ 김만중(金萬重) －

작품 정리

조선 숙종 때 서포 김만중이 지은 고전 소설이다. 민씨(閔氏)의 폐비설을 반대하다가 1689년 남해 유배 시절 어머니 윤씨를 위로하기 위해 지었다고 전해지는 우리나라 양반 소설의 대표 작품이다. 인간의 부귀 · 영화 · 공명은 한낱 꿈에 지나지 않는다는 주제로 유교, 도교, 불교 등 한국인의 사상적 기반이 총체적으로 반영되어 있으며 불교의 공 사상이 중심을 이루고 있다. 현실에서는 꿈으로 다시 현실로 돌아오는 이원적 환몽 구조를 바탕으로 한 몽자류 소설의 효시이다.

작품 줄거리

당(唐)나라 때 천축(天竺)으로부터 육관 대사라는 고승이 중국에 와서 큰 절을 세우고 제자를 모아 불도를 강론한다. 그중에서 가장 뛰어난 제자가 성진이었다. 어느 날 대사의 심부름으로 용궁에 가게 된 성진은 용왕의 융숭한 대접에 술을 몇 잔 마시고 돌아온다. 한편 선녀 위진군은 팔선녀를 대사에게 보내 약간의 보물을 선사한다. 길 중간에서 팔선녀와 성진이 만나게 되어 서로 희롱하다 돌아온다.

절에 돌아온 성진은 선녀들을 그리워하며 속세의 부귀영화만 생각한다. 끝내 그는 죄를 얻어 지옥에 떨어지고 인간 세상에 환생하여 양소유가 된다. 한편 팔선녀도 같은 죄로 지옥에 떨어졌다가 다시 세상에 환생한다. 양소유는 차례로 여덟 여인과 인연을 맺게 된다. 양소유는 승상 자리에 오르고 두 부인과 여섯 낭자를 거느리며 부귀영화를 누린다.

세월이 흘러 승상의 벼슬에서 물러난 양소유가 한가히 여생을 즐기던 어느 가을날 두 부인과 여섯 낭자를 거느리고 뒷동산에 올라갔다가 문득 인생의 허무함을 느낀다. 이때 한 노승을 만나 불도에 귀의하겠다고 말하자 도승은 쾌히 승낙하고 짚고 온 지팡이로 난간을 두드린다. 그러자 모든 것이 온데간데없이 사라지고 손에 백팔 염주를 들고 있는 자신(성진)뿐이었다.

당황한 그가 곰곰이 생각해 보니 부귀영화는 하룻밤 꿈이었다. 꿈에서 깬 성진이 황망히 대사 앞에 뛰어가 엎드리자 팔선녀도 뒤를 따라 들어와 제자가 되기를 청한다. 육관 대사의 설법을 듣고 큰 깨달음을 얻은 성진과 팔선녀는 후에 모두 극락세계로 귀의한다.

핵심 정리

갈래 : 몽자류 소설

연대 : 조선 숙종 남해 유배시

구성 : 전기적

시점 : 전지적 작가 시점

배경 : 당나라 때 남악 형산 연화봉과 동정호

주제 : 유, 불, 선의 사상과 인생무상

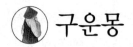 구운몽

육관대사의 제자 성진이 수부에 들어가다

천하에 명산 다섯이 있는데 동에는 동악, 즉 태산이요, 서에는 서악이니 화산이요, 남에는 남악, 즉 형산이요, 북에는 북악이니 항산이요, 한가운데에는 중악으로 숭산이니 이른바 '오악'이라 하였다. 오악 가운데서 형산만이 중원에서 멀리 떨어져 있는데 구의산이 그 남쪽에 있고, 동정호가 그 북쪽을 지나고 소상강이 돌아 나갔다. 그 모습이 마치 조상을 모시고 늘어선 자손들 같다. 줄지은 칠십이 봉이 곤두서서 하늘을 떠받치고, 꺾어 세운 멧부리가 기이한 창검같이 구름을 자르니, 모두가 수려하며 맑고 깨끗해 기운이 뭉친 데가 없었다.

진나라 시대에 선녀 위부인이 도를 닦아 깨치고는, 옥황상제의 분부를 받들어 선동과 옥녀들을 거느리고 이 산에 이르러 지키니 '남악 위부인'이라 불렀다. 당나라 때 한 노승이 서역 천축국에서 중국으로 들어와 형산에 암자를 짓고 중생을 가르치고 있었다. 사람들은 그를 육여화상, 또는 '육관대사'라 일컬었다. 그런데 제자 육백여 명 가운데 불법을 훤히 깨달은 이는 겨우 30여 명이었다. 그중 '성진'이라는 사람은 얼굴이 백설 같고 정신이 가을 물같이 맑아서, 나이 겨우 스무 살에 〈삼장경문〉을 다 익혀 모르는 것이 없고, 총명함과 지혜가 여러 제자들 가운데서도 뛰어났다.

어느 날 대사가 늘 함께하던 제자들과 더불어 불경을 설법할 때, 동정호의 용왕이 흰 옷차림의 노인으로 변해 그 자리에 나와 강론을 듣고 있었다. 그것을 본 대사가 제자들을 모아 놓고 말했다.

"내가 늙고 병들어 절 밖에 나가지 못한 지 어느덧 십 년이구나. 너희 가운데 누가 나를 대신해서 수부(水府, 물을 다스리는 신의 궁전)에 들어가 용왕님께 보답하고 돌아오겠냐?"

그러자 성진이 대답했다.

"소승이 비록 부족하나 가 보겠나이다."

대사가 크게 기뻐하며 성진을 보내기로 하니, 성진은 멋진 가사(袈裟, 중이 장삼 위에, 왼쪽 어깨에서 오른쪽 겨드랑이 밑으로 걸쳐 있는 법의)를 걸치고 육환장(六環杖, 중이 짚는 고리가 여섯 개 달린 지팡이)을 끌면서 표연히 동정호를 향하여 떠나갔다.

성진의 팔개 명주

수부에 들어간 성진은 용왕의 극진한 대접에 감사하여 사양하지 못하고 잇따라 술 석 잔을 기울였다. 성진이 용왕께 하직하고 수부를 떠나 바람을 타고 연화봉을 향하여 돌아오다 산 밑에 이르렀다. 그런데 자못 취기가 오르고 눈앞이 어른거리며 어지러움이 느껴져 곰곰이 생각하였다.

'스승이 만약 내 얼굴에서 술기운을 보시면 분명 꾸짖으실 터인데.'

그래서 냇가로 내려가 옷을 벗어 깨끗한 모래 위에 놓고 두 손으로 물을 떠서 얼굴을 씻는데, 문득 신기한 향내가 바람결에 진동하였다. 술에 취한 성진이 혼잣말로 지껄였다.

"이 시내에 무슨 신기한 꽃이 있기에 향기가 물을 따라오는 것일까? 내가 가서 찾아봐야겠다."

성진은 옷을 입고 시냇물을 따라 올라가 보았다. 그랬더니 여덟 명의 선녀가 돌다리 위에 앉아 있다가 성진과 마주쳤다. 성진이 즉시 육환장을 놓고 합장하며 공손히 말하였다.

"보살님들은 잠깐 이 천한 중의 말씀을 들어 보소서. 소승은 연화봉 육관대사의 제자로 스승의 명으로 용궁에 갔다 오는 길인데 이 좁은 다리에 보살님들이 앉아 계시니 제가 지나갈 수 없습니다. 잠시 길을 비켜 주십시오."

그중 한 선녀가 대답했다.

"저희는 남악산 위부인의 시녀들이온데 부인이 육관대사의 병문안을 하고 돌아가는 길에 잠시 이곳에서 쉬고 있습니다. 그러니 스님이 다른 길로 가시면 안 될까요?"

그 말을 들은 성진이 다시 부탁하였다.

"물이 깊고 다른 길이 없는데 어디로 가라고 하십니까? 길을 잠깐 열어 주십시오."

선녀가 대답하였다.

"스님께서 진실로 육관대사의 제자라면 도를 배웠을 터인데, 어찌 조그만 시냇물을 건너는 데 어려움이 있어 아녀자와 길을 놓고 다투십니까?"

성진이 웃으며 대답하였다.

"모든 낭자들의 뜻을 살피건대 기필코 행인한테서 길 값을 받으려 하시는군요. 다른 보화는 없고 마침 명주 여덟 필이 있으니 이것을 드리겠습니다."

그러고는 복사꽃 한 가지를 꺾어 팔선녀 앞으로 던지니 그 꽃이 변하여 여덟 필의 명주가 되어서는 찬란히 빛나며 향내가 진동하였다. 성진이 돌다리 위로 걸어가 사방을 둘러보니 팔선녀는 간곳없고, 고운 구름이 흩어지며 향내도 함께 사라졌다.

성진의 세상 생각

어느 날 밤, 성진이 깊은 생각에 잠겨 있었다.

'세상에 사내로 태어나서 어려서는 공자와 맹자의 글을 읽고, 자라면서 성군을 섬기고 밖으로는 대군을 이끄는 장수가 되고, 안으로는 백관의 어른이 되는 것이 당연한 포부다. 그리하여 황금 옷을 입고 허리엔 금도장을 차고, 눈으로는 고운 빛을 보고 귀로 신묘한 소리를 들으며, 미녀와 애틋한 사랑을 나누고 후세에 명예로운 발자취를 전하는 것이 대장부의 떳떳한 일이거늘, 슬프다. 불가의 도는 한 그릇의 밥과 한 잔의 물을 마시고, 수십 권의 경문에 백팔염주를 목에 걸고 설법하는 일뿐이구나. 그 도가 비록 높고 깊다 할지라도 적막하기 그지없으며, 설령 드높은 이치를 깨달아 대사의 도를 이어받고 연화대 위에 앉을지라도 삼혼칠백(三魂七魄, 사람의 혼백을 통틀어 이름)이 한번 불꽃 속에 흩어지면 누가 성진이 세상에 태어났던 것을 알겠는가?'

"사형(師兄, 한 스승 아래에서 자기보다 먼저 제자가 된 사람)은 주무십니까? 대사께서 부르십니다."

성진이 몹시 놀라며

'깊은 밤에 급하게 부르는 것은 반드시 무슨 이유가 있는 것이다.'

생각하고 동자와 함께 법당으로 갔다.

성진이 양가에 환생하다

성진이 급히 달려가 보니 육관대사가 모든 제자를 모아 놓고 불도를 설법하기 위해 자리에 앉아 있는데 엄숙한 가운데 촛불이 휘황하였다.

육관대사가 갑자기 성진을 크게 꾸짖었다.

"성진아 네 죄를 아느냐?"

성진은 몹시 놀라 섬돌 아래에 꿇어앉아 대답하였다.

"소승 사부님을 섬긴 지 십여 년이지만 조금도 법도에서 벗어난 적이 없습니다. 그런데 갑자기 엄히 나무라시니 진실로 죄를 알지 못하겠습니다."

그 말을 들은 대사가 더욱 노하여 꾸짖었다.

"몸과 마음을 닦는 중이 용궁에 가서 술을 먹었으니 그 죄가 적지 않고, 또한 돌아오다가 돌다리 위에서 팔선녀를 희롱한 죄와 더군다나 돌아온 후에도 불법은 까맣게 잊고 세상의 부귀를 꿈꾸는데 어찌 공부를 제대로 하겠느냐. 너는 이제 여기에 더 이상 머물 수 없다. 황건역사야, 이 죄인을 염라대왕께 끌고 가거라."

그리하여 염라대왕 앞에 끌려가니 이미 죽은 사람 여덟을 앞에 불러 놓고 성진에게 분부를 내렸다.

"이 아홉 사람을 거느리고 인간 세계로 가라."

염라대왕이 말을 마치자 갑자기 모진 바람이 불더니 아홉 사람을 공중으로 휘몰아 올려 사면팔방으로 흩어지게 하였다.

아래를 보니 두어 사람이 마주 서서 한가롭게 지껄였다.

"양 처사 부인이 쉰 살이 넘어 태기가 있어 참으로 희한한 일이라 했잖소. 그런데 해산할 징조가 있은 지 오래되었는데도 아직 아이 소리가 나지 않으니 이상하고도 염려스럽네."

그 말을 듣고 성진은 가만히 생각하였다.

'내가 이제 세상에 환생하겠으나 지금의 신세는 다만 혼백뿐이요, 육신은 연화봉 위에 있어 벌써 태워 버렸을 텐데, 내가 어린 까닭으로 아직 제자를 두지 못하였으니 누가 나를 위하여 사리를 감추어 두었을까?'

양소유의 부친이 신선이 되다

양 처사가 유씨에게 말하였다.

"내가 본래 인간 세상의 사람이 아니지만 부인과 전생에 인연이 있어 오랫동안 세속에 머물렀소. 사실 봉래산의 신선 친구가 글월을 보내어 부른 지 이미 오래됐으나 부인이 외로워할까 봐 가지 못했소. 이제 하늘이 도우셔 영민한 아들을 얻었으니 부인이 의지할 데가 생겼고, 늙어서도 반드시 영화를 보고 부귀를 누릴 것이니 내가 없더라도 꺼려하지 마시오."

양 처사는 말을 끝맺자마자 하얀 학을 잡아타고 표연히 사라졌다.

진채봉이 글월을 보내다

원래 이 여인의 성은 진씨요, 이름은 채봉으로 진 어사의 딸이었다. 그런데 어머니를 일찍이 여의고 다른 형제가 없어, 나이가 비녀를 꽂을 때에 이르렀지만 아직 시집을 가지 못했다. 그 무렵 진 어사는 서울에 올라가 있고, 딸만 홀로 집에 남아 있었는데 뜻밖에도 용모가 남다른 사나이를 만나 그가 읊조리는 시를 듣고 생각에 잠겼다.

'여자가 남자를 따르는 것은 평생의 중요한 일이다. 한 세상 편안하고 행복하게 사는 것은 모두 남편에게 달렸다. 옛날 탁문군이라는 여인은 과부의 몸으로도 사마상여(司馬相如, 중국 전하의 문인)를 따르지 않았던가. 지금 저분의 이름과 주소를 묻지 않는다면 부친께 아뢰어 중매자를 보내고자 한들 어디 가서 찾을 수 있을까?'

집으로 돌아온 여인은 편지를 써서 유모에게 주며 말했다.

"이 글을 가지고 객사(客舍, 나그네에게 밥을 해 주거나 묵게 하는 집)에 가서 아까 작은 나귀를 타고 이 누각 아래에 '양류사'를 읊던 분을 찾아 전하세요. 그리고 내가 인연을 맺기 원한다는 뜻도 전하되 허술함이 없도록 조심해야 합니다. 그분은 용모가 옥 같고 눈썹이 그림 같아서, 여러 사람이 섞인 가운데서도 마치 봉황이 닭 무리 속에 있는 것 같을 것입니다. 유모가 직접 잘 찾아보고 이 글월을 전해 주십시오."

천진교 누각에서 계섬월을 만나다

"저는 시골 선비로 과거를 보러 가는 길에 이곳에 이르렀는데 풍악 소리를 듣고 그냥 지나칠 수 없었습니다.

여러 서생이 양소유의 용모가 수려하고 차림새가 말쑥한 것을 보고는 일제히 일어나 절하며 맞아들였다. 그 가운데 두생이라는 이가 말하였다.

"양형이 정말로 과거를 보러 가는 선비라면 비록 청하지 않은 손이라도 오늘 놀이에 참여해도 상관없고, 귀한 손님이 오셨으니 흥이 더할 나위 없는데 무슨 거리낌이 있겠습니까?"

양소유가 말하였다.

"제가 일찍이 초 땅에 있으면서 글귀를 조금 지어 보았으나 지나가던 사람이 제형들과 더불어 재주를 겨루는 일은 지나칩니다."

그러자 와생이라는 사람이 외쳤다.

"양형의 용모가 여자보다 아름다우니 장부의 큰 뜻이 없고, 글재주도 또한 없겠소그려!"

양소유가 비록 겉으로는 사양하였으나 분위기를 보니 흥을 이기지 못하여 곁에 있던 빈 종이에 내리 시구 세 수를 지었다. 그 모양이 순풍을 만난 배가 바다에서 달아나고, 목마른 말이 물을 마시는 것 같아 모두들 놀라 낯빛이 달라졌다.

양소유가 붓을 자리에 내던지며 말하였다.

"오늘 짓는 시의 주제는 재량이라 하지만 글을 바치는 시각이 혹시 늦을까 염려스럽습니다."

정 사도 댁에서 지음(知音, 음악의 곡조를 잘 앎)을 만나다

정 사도의 부인이 종을 시켜 거문고를 가져다가 만지면서 칭찬하였다.

"참으로 묘한 재목이로다."

양소유가 대답였다.

"이 재목은 용문산 위에서 백년이나 묵은 오동나무로 성질이 굳고 단단하여 금석 같으니 천금을 주고도 사지 못할 것입니다."

그 사이에 섬돌에 그늘이 지기 시작했다. 그 댁 딸이 움직일 기색이 전혀 없자 양소유는 마음이 조급해져 부인에게 말했다.

"이 몸은 비록 옛날 곡조를 많이 익혔으나, 요즘의 곡조를 타지 못할 뿐 아니오라 곡조의 이름조차 모릅니다. 그런데 자청관 여관에게 들으니 댁의 따님께서 음률을 알기로는 오늘날의 종자기(鍾子期, 중국 초나라 사람으로 당시 거문고의 명인이었던 백아(伯牙)의 친구. 종자기가 죽자 백아는 자기의 음악을 이해해 주는 이가 더 이상 없다며 거문고 줄을 끊고 다시는 타지 않았다고 함)라 하니, 바라건대 천하에 으뜸가는 재주를 가지신 따님의 가르침을 받고자 합니다."

양한림이 연나라에 사신으로 가다

양소유가 과거에 장원한 후 정사도 댁 사위가 되기로 작정하고는 그해 가을 고향으로 내려가 어머니를 서울에 모시고 올라와 혼례를 올리기로 하였다. 한림원에 들어가는 바람에 바빠서 아직 찾아가지 못하였다가 그 즈음 시간을 내어 시골로 내려가려 했으나, 때마침 나라에 걱정이 많았다.

토번은 자주 변방을 침략하고, 하북 지방의 세 절도사는 연왕이니 조왕이니 혹은 위왕이니 자칭하며, 강한 이웃과 연계하여 군사를 일으켜 침입을 하므로 황제는 근심이 많았다. 그래서 문무 대신을 모아 논의하는데, 의견이 분분하자 한림학사 양소유가 아뢰었다.

"옛날 한무제가 남월왕을 불러 타이르던 일과 같이 급히 조서를 내리시어 달래시고, 귀순하지 않거든 군사를 보내어 치는 것이 상책인 줄로 압니다."

황제가 그 말에 따라 양소유에게 조서를 써 내도록 하였다. 황제가 그것을 읽어 보더니 마음에 들어 하며 명령을 내렸다. 은덕과 위엄을 두루 섞어 타이르는 뜻이니 광분하는 도적들도 감동할 듯했다.

객관에서 또 적경홍을 만나다

양한림이 미인을 향하여 물었다.

"낭자는 뉘시오?"

미인이 대답하였다.

"저는 본디 파주 사람이며 이름은 적경홍입니다. 어렸을 때 계섬월과 의형제를 맺었는데, 어젯밤에 병이 나서 상공을 보지 못하겠다고 저더러 대신 모셔 꾸지람을 면하게 하라고 해서 감히 이 자리에 있습니다."

말이 끝나기도 전에 계섬월이 문을 열고 들어와 덧붙여 말하였다.

"상공이 또 새 사람을 얻었으니 삼가 축하드립니다. 제가 하북땅 출신의 적경홍을 상공께 추천한 것인데 어떠하십니까?"

양한림이 대답하였다.

"듣던 것보다 더욱 아름답도다."

난양 공주 옥통소 소리에 화답하다

난양 공주가 탄생할 때 태후의 꿈에 선녀가 구슬을 가져와 품속에 넣어 주더니, 공주가 자라면서 지혜와 자질이 모두 예법에 맞는 것이 조금도 속된 버릇이 없고, 문필과 침선 또한 뛰어나므로 태후가 매우 사랑하였다.

어느 날 서역 태진국에서 백옥으로 만든 통소를 조공으로 바쳤는데 그 생김새가 기묘하여 악사에게 불어 보게 하여도 소리가 나지 않았다.

그 무렵 공주가 꿈에서 선녀를 만나 통소 부는 법과 곡조를 배웠다.

꿈에서 깨어나자마자 옥통소를 불어 보니 소리가 맑고 음률이 저절로 맞아 태후와 황제가 무척 기이하게 여겨 칭찬하였는데, 다른 사람은 아무도 부는 법을 몰랐다.

그러던 어느 날 태후가 황제에게 미소를 지으며 말하였다.

"양소유라는 대신을 보아하니 공주와 어울리고 그 풍채와 재주는 온 조정에서 뛰어나니 간택하시기 바랍니다."

"그간 공주의 배필이 아직 없어 항상 걱정하고 있었는데, 그 말씀을 듣고 보니 양소유는 난양 공주의 천생배필이오. 그러나 이 몸이 직접 보고 정할 터이니 그리 아시오."

양소유가 전장에서 심요연을 만나다

출전한 양소유가 장막 안에 앉아 촛불을 밝히고 병서를 보는데 갑자기 음산한 바람이 일어나 촛불이 꺼지더니 한 여인이 공중에서 내려왔다. 그의 손에는 서릿발 같은 비수가 들려 있었다. 자객인 줄 곧바로 알았으나 양소유는 낯빛조차 변치 않고 몸가짐을 더욱 늠름히 하면서 천천히 물었다.

"어떠한 여자인데 야밤에 군중에 들어온 것이냐?"

여인이 대답하였다.

"저는 토번국 찬보의 명을 받아 양 원수의 머리를 가져가고자 왔습니다."

양소유가 웃으며 말하였다.

"대장부가 어찌 죽기를 두려워하겠는가? 속히 목을 베라!"

그러자 여인이 칼을 던지고 머리를 조아리며 대답하였다.

"염려하지 마십시오. 제가 어찌 감히 경솔한 행동을 할 수 있겠습니까?"

양 원수가 여자를 부축해 일으키면서 물었다.

"그대가 이미 비수를 들고 군중에 들어와 놓고 나를 해치지 않는다니 오히려 이상하오."

여인이 대답하였다.

"전후 내력을 말씀 드리고자 하오나 이렇듯 서서는 말할 수 없습니다."

양소유가 자리를 내주며 앉으라고 권하며 물었다.

"낭자가 위험을 무릅쓰고 나를 찾아온 이유가 무엇이오?"

여인이 대답하였다.

"제가 비록 자객 신분이나 사람을 해칠 마음은 없으니 속마음을 떳떳이 밝히겠습니다."

여인이 일어나 다시 촛불을 켜고 양소유 앞에 앉았다. 다시 보니 구름 같은 머리에 금비녀를 높이 꽂고, 몸에는 갑옷을 입고 있는데 그 위에 석죽화(패랭이꽃)가 그려져 있었다. 봉황의 꽁지깃으로 만든 장화를 신고, 허리에 용천검을 비껴 찼는데 얼굴빛이 처연히 이슬에 젖은 해당화 같았다.

백룡담에서 백능파를 만나다

"저는 동정 용왕의 막내딸 백능파이옵니다. 갓난아기 때 부왕이 옥황상제께 보였는데 장진인이라는 이가 저의 사주를 뽑아 말하였답니다. 저는 먼 옛날 선녀의 몸이었으나 죄를 짓고 귀양을 와서 용왕의 딸이 되었다고 합니다. 그런데 다음 생에는 사람의 모습으로 인간 세상에 태어나 귀인의 첩이 되어 부귀와 영화를 누리고, 마침내 부처님께 귀의해 큰 중이 되리라 하였습니다. 우리 용의 무리는 사람의 모습으로 변화하는 것을 큰 영광으로 알고, 신선과 부처님의 곁에 사는 것을 더욱 깊이 바라고 있습니다.

저의 맏언니는 처음에 경수 용궁의 며느리가 되었으나 내외가 화합하지 못하여 두 집 사이가 틀어진 뒤, 유진군에게 개가하여 지금은 온 집안 사람들이 공경하고 있습니다.

그런데 맏언니보다 나을 것이라는 장진인의 말씀을 들으신 아버님은 저를 각별히 사랑하시고, 궁중의 시녀들도 하늘 위의 선녀같이 대접하였습니다. 어느 날 남해 용왕의 아들 오현이 저의 용모가 괜찮다는 말을 듣고 부왕께 혼인을 청하였습니다. 하지만 우리 동정은 남해 소속이라 감히 거절치 못하고, 아버님이 직접 남해로 가서 장진인의 사주 이야기를 아뢰고 그 뜻을 따르지 않았습니다. 그러자 남해 용왕은 교만한 아들의

자존심을 생각해 도리어 아버님께 '허황된 말에 홀렸다.'며 엄히 꾸짖고
는 오히려 혼담을 서둘렀습니다. 제가 곰곰 생각해 보니 만일 부모님 곁
에 있으면 분명 화가 미치리라 생각되어 몰래 궁을 나와 가시덤불 속에
홀로 집을 짓고 숨어서 세월을 보내 왔습니다. 그러나 남해 용왕의 핍박
이 더욱 심해져 부모님께서 '딸아이는 그 말에 따르기를 원치 않고 멀리
도망하여 세월을 보내고 있습니다.'하고 말하였습니다. 남해 왕자는 저
의 외로운 신세를 업신여겨 직접 군사를 이끌고 와서 저를 데려가려 하
였습니다. 다행히 저의 절절한 소원에 천지신명이 감동하여, 깊은 연못
의 물이 갑자기 변하여 얼음같이 차갑게 변하고 어둡기가 지옥 같아지자
타국의 군사는 쉽게 들어오지 못하였습니다. 이에 힘을 얻어 지금까지
위태로운 목숨을 보전하였는데, 오늘 당돌하게 귀인께 청하고자 누추한
곳까지 왕림하시게 한 것은 저의 상황을 아뢰고자 하는 것만은 아니옵니
다. 지금 천자의 군사가 어려움에 처한 지는 이미 오래고, 우물에조차 물
이 나지 않는데 흙을 파고 땅을 뚫는 것 또한 무척 고생스러운 일인 줄
압니다. 하지만 물을 얻지 못하면 군사들이 더는 힘을 지탱하지 못할 것
입니다. 제가 사는 이 물은 본디 맑디맑은 담수였는데, 제가 와서 살게
되자 물맛이 심히 나빠져 마시는 자마다 병이 나 이름을 '백룡담'이라
부르게 되었습니다. 이제 귀인이 오셔서 제가 의지할 곳을 얻었으니 귀
인의 근심이 곧 저의 근심이라 성의를 다하여 돕지 않을 수 없습니다. 이
제부터는 물맛이 예전과 같이 달 것이니 군사들이 마셔도 해가 없고 병
이 난 군사들도 곧 회복할 것입니다."

그 말을 모두 듣고 양소유가 말하였다.

"낭자의 말을 들으니 우리는 하늘이 정한 연분이라 월하노인(부부의
인연을 맺어주는 이)의 언약을 어지간히 맞출 수 있음직한데 낭자의 뜻
이 또한 나와 같으시오?"

양 승상의 두 부인과 여섯 첩이 결의하다

양 승상(양소유)은 오래전부터 심요연과 백능파 두 여인이 산수를 사랑하는 줄 알고 있었다. 그의 집 화원에 있는 연못은 맑기가 호수 같고 못 가운데는 '영아루' 라는 정자가 있었는데 양 승상은 능파를 그곳에 살게 하였다. 연못 남쪽에는 가산이 있는데 뾰족한 봉우리는 옥을 깎아 세운 듯하고 겹겹이 쌓인 석벽은 쇠를 겹쳐 쌓은 듯하며, 늙은 소나무는 그늘이 그윽하고 푸른 대나무는 시원한 그림자를 그렸다. 그 속에는 '빙설헌' 이라는 정자가 있어 심요연에게 살도록 했다. 모든 부인과 여러 낭자들이 화원에서 노닐 때는 요연과 능파 두 사람이 주인이 되었다.

어느 날, 주위의 부인들이 조용히 능파에게 물어보았다.

"부인의 신통한 조화를 한번 볼 수 있겠습니까?"

능파가 대답하였다.

"그것은 제 전생의 일입니다. 이제는 하늘과 땅의 기운을 타고 조화의 힘을 빌려 전신을 다 벗고 사람의 모습으로 변하여 벗은 껍질과 비늘이 산같이 쌓였습니다. 이를테면 참새가 변하여 조개가 된 후에 어찌 두 날개가 있어 날아다니겠습니까?"

그 말을 듣고 부인들이 말하였다.

"옳은 말씀입니다. 이치가 그러합니다."

한편 심요연은 비록 때때로 유 부인과 승상, 그리고 두 공주 앞에서 칼춤을 추어 한때의 흥을 돋우나 자주 추지는 않았다.

그러면서 요연이 말했다.

"당시에는 비록 칼춤으로 인연이 되어 승상을 만났으나 살기 있는 놀이가 아무래도 자주 볼 것은 못 됩니다."

두 공주를 비롯하여 여섯 부인들이 서로 뜻이 맞아 그 즐거움이란 마치 고기가 물에서 헤엄치고 새가 바람을 따라 나는 듯 서로 따르고 의지하며 한 형제처럼 지냈다. 또한 승상의 애정이 모두에게 균일하니 이는 모든 부인들의 덕이 온 집안에 화목한 기운을 이루는 것이요, 한편으로는 이들 아홉 사람이 전생에 인연이 있기 때문이었다.

하루는 두 공주가 서로 의논하면서 말했다.

"두 아내와 여섯 첩들의 정이 마치 피를 나눈 자매 같으니 이 어찌 하늘의 뜻이 아니리오? 그러니 마땅히 출신의 귀천을 가리지 말고 형 아우하며 지내는 게 좋겠소."

이 뜻을 여섯 부인에게 밝히니 다들 사양하는 중에서도 춘운과 적경홍과 계섬월이 더욱 응하지 않기에 영양 공주가 타일렀다.

"유현덕과 관운장, 장익덕 세 사람은 왕과 신하 사이지만 도원에서 의형제를 맺었다네. 나는 춘운과 더불어 본디 친정 규중에서부터 좋은 벗이니 형제가 되는 게 왜 안 될 일인가. 석가세존의 아내와 마등가의 여자는 그 높고 천함이 아주 다르며 또 행실이 달랐으나, 오히려 대사의 제자가 되어 마침내 연분을 얻었네. 비록 미천한 신분이나 뜻을 이루는 데 무슨 관계가 있겠는가?"

두 공주는 드디어 여섯 부인과 더불어 궁중으로 나아가 그간 극진히 모신 관음보살의 화상 앞에 향을 피우고 절하며 서약문을 지어 아뢰었다.

"유세차 모년 모월 모일에 부처님의 제자인 이소화, 정경패, 진채봉, 가춘운, 계섬월, 적경홍, 심요연, 백능파 여덟 사람은 목욕재계하고서 관음보살님 앞에 아룁니다. 불경에 이르기를 사해 안에 사는 사람은 모두 형제라 하였으니 이는 그 뜻이 서로 통하기 때문이라 여겨집니다. '하늘이 주신 인연을 길 가는 나그네와 같다.'고 한 사람이 있었습니다. 그와 같이 부처님의 제자인 저희가 처음에는 비록 남북으로 갈려 제각기 태어나 다시 동서로 흩어졌다가 한 사람의 낭군을 함께 섬기게 되었습니다. 또한 한 집에 살면서 어느덧 뜻이 맞고 정을 나누니, 한 가지의 꽃이 비바람에 흔들려서 규중에 날리거나 언덕 위에 떨어지며, 때로는 산속 시냇물에 떨어지지만 그 근본을 살펴보면 같은 뿌리에서 나온 것이옵니다. 하물며 형제는 한 기운을 타고나 흩어졌다가도 어찌 한 곳으로 함께 돌아가지 아니하겠습니까? 옛날과 지금이 비록 멀고 멀지만 한 시절에 같이 있고, 사해가 비록 넓고 크나 한 집에서 같이 살고 있으니 이는 실로 전생의 연분이요, 인생에서 좋은 기회라 하겠나이다. 그러므로 부처님의 제자인 저희가 이에 함께 맹세하여 형제를 맺고 복되고 안 좋은 일, 살고 죽는 일을 같이하려 합니다. 이 가운데서 혹시 다른 마음을 지니고 맹세한 말을 저버리는 사람이 있으면 하늘에서 반드시 거두시고 천지신명이 꺼리실 것입니다. 엎드려 바라옵건대 관음보살님께서는 복을 주시고 재앙이 없게 하여 주시며, 그로써 저희를 도우셔서 백년해로한 후에 함께 극락세계로 돌아가게 하옵소서."

이로부터 두 공주가 첩들을 아우라고 부르니 여섯 부인은 스스로 예의를 지켜 감히 호형호제 하지는 못하나 서로간의 정은 더욱 친밀해졌다. 그 후 여섯 사람이 각기 아이를 낳았는데 두 부인과 춘운, 섬월, 요연, 경홍은 아들을 낳고 채봉과 능파는 딸을 낳아 다 잘 길러 내어 한 번도 자녀로 인해 문제를 겪지 않았다.

성진과 팔선녀 꿈을 깨고 돌아오다

그 소식을 듣고 양 태사가 매우 기뻐하며 말하였다.

"우리 아홉 사람의 마음이 서로 합쳐졌으니 앞으로 무슨 염려할 일이 있겠는가? 내일 떠날 것이니, 오늘은 모든 부인들과 더불어 취하도록 술을 마시리라."

그러자 부인들이 입을 모아 말하였다.

"저희도 각기 한 잔씩 받들어 상공과 이별하겠습니다."

시녀를 불러 다시 술을 내오게 할 즈음 지팡이 소리가 돌길에서 나기에 모든 사람들이 의아하게 여겼다.

"누가 이곳으로 올라오는가?"

이윽고 노승이 다가오는데 눈썹은 자막대만큼이나 길고, 눈은 물결처럼 맑고, 몸놀림이 매우 특이하였다. 노승은 누대(樓臺, 누각과 대사)에 올라 양 태사를 보고는 절하며 말하였다.

"산중 사람이 대승상을 뵈옵니다."

태사는 이미 그가 예사 중이 아님을 알아보고 황망히 일어나 절을 하며 물어보았다.

"대사는 어느 곳에서 오셨나이까?"

노승이 웃으며 대답하였다.

"승상은 평생 친구를 알지 못하십니까? 일찍이 들으니 귀인은 잊기를 잘한다던데 과연 그러합니다."

양 태사가 자세히 보니 낯이 익은 듯도 하나 분명치 않았다. 그러나 깨달으며 모든 부인들을 한 번씩 보고 다시 노승을 향하여 말했다.

"내가 지난날 토번국을 칠 때 꿈속에서 동정 용왕의 잔치에 참석하고 돌아오는 길에 잠시 남악에 올라 늙은 대사가 자리를 갖추고 앉아 모든 제자들과 더불어 불경을 강론함을 보았는데, 스님은 바로 그 꿈에서 만났던 대사가 아니십니까?"

노승이 박장대소하며 말했다.

"옳도다, 옳도다. 그 말은 옳으나 꿈속에서 한 번 본 것만 기억하고 십년동안 같이 살던 일은 기억하지 못하니 누가 양 승상을 총명하다 하겠는가!"

태사는 망연자실하여 말했다.

"저는 열대여섯 살 이전에는 부모의 곁을 한 번도 떠나지 않았으며 열여섯에는 과거에 급제하여 바로 직책을 받았습니다. 그리하여 동으로는 연나라에 사신으로 가고, 서로는 토번을 정벌한 때 외에는 일찍이 이곳을 떠나지 않았는데 언제 스님과 더불어 십년을 살았겠습니까?"

노승은 여전히 웃으며 말했다.

"상공은 아직도 춘몽(春夢, 봄에 꾸는 꿈이라는 뜻으로, 덧없는 인생을 비유하여 이르는 말)을 깨지 못하였도다!"

양 태사가 당황하여 물었다.

"어떻게 하면 저를 춘몽에서 깨어나게 하실 수 있습니까?"

"그것은 어렵지 않다!"

그가 손에 들고 있던 돌지팡이로 돌난간을 두어 차례 두드리자 갑자기 네 골짜기에서 구름이 일어나 사방을 뒤덮었다. 앞을 분간하지 못하고 정신이 아득해진 양 태사는 마치 꿈을 꾸고 있는 듯했다. 그리고 한참 만에야 외쳤다.

"스님은 어찌하여 저를 바른 길로 인도하지 않으시고 환술로 희롱하십니까?"

말이 끝나기도 전에 구름이 걷히는데 노승은 간곳없고 좌우를 돌아보니 여덟 부인조차 간 곳이 없었다. 매우 놀라 어찌할 바를 모르는데, 다시 누대와 많았던 집들이 한순간에 없어지고, 자기 몸은 작은 암자 속 포단(蒲團, 보들로 만든 방석) 위에 앉아 있으며, 향로의 불은 이미 꺼지고 지는 달이 창가에 희미하게 비치고 있었다.

오른팔을 들어보니 백팔염주가 손목에 걸려 있고, 머리를 손으로 만져보니 머리털이 깎여 까칠까칠한 것이 틀림없는 젊은 중의 모양이요, 대승상의 위엄 있는 차림새가 아니었다.

한동안 정신이 황홀하더니 오랜 뒤에야 제 몸이 남악 연화봉 도량의 성진 행자임을 깨달았다.

'처음에 육관대사께 책망을 듣고 지옥으로 떨어졌다가 다시 인간 세상에 환생하여 양씨 문중의 아들이 되었다. 자라서는 과거를 보아 장원으로 뽑혀 한림학사가 되고, 다시 나아가서는 장수가 되고 돌아온 후에는 재상이 되어 공훈을 세우고, 벼슬에서 물러나서는 두 공주와 여섯 부인들과 더불어 여생을 즐겼던 것이다. 하룻밤의 꿈이로다. 짐작건대 스승이 내 생각이 그릇됨을 알고 이런 꿈을 꾸게 하여 인간의 부귀와 남녀의 사귐이 다 허무한 일임을 알게 하신 것이구나!'

세수하고 옷차림을 정제하여 법당으로 나아가니 다른 제자들이 이미 다 모여 있더라. 대사가 소리를 높여 물었다.

"성진아, 성진아! 인간계의 재미가 좋더냐?"

성진이 눈을 번쩍 뜨고 쳐다보니 육관대사가 서 있었다. 성진이 제 머리를 두드리고 눈물을 흘리며 말하였다.

"제자 성진은 행실이 부정하니 자신이 저지른 죄라 누구를 원망하고 누구를 탓하겠나이까? 마땅히 만족함이 없는 세계에 있으면 끝없이 윤회하는 재앙을 받을 것인데, 스승께서 하룻밤에 허망한 꿈을 불러 저의 마음을 깨닫게 해 주시니 스승의 깊은 은혜는 천만 겁(劫, 어떤 시간의 단위로도 계산할 수 없는 무한히 긴 시간. 하늘과 땅이 한 번 개벽한 때부터 다시 개벽할 때까지를 뜻함)을 지나도 갚지 못할 것입니다."

그 말에 육관대사가 다시 타일러 가르침을 내렸다.

"네가 흥을 타고 갔다가 흥이 다하여 돌아오니 내 새삼 무엇을 관여하겠느냐? 또 네 말이 꿈과 세상을 나누어 둘이라고 하니 아직도 네가 꿈에서 깨지 못한 것이니라. 옛날에 장주가 나비가 된 꿈을 꾸었다가 다시 나비가 장주로 화하니 어떤 것이 참인지 분별치 못하였다는데, 성진과 소유에게 어느 것이 참이며 어느 것이 허망한 꿈이냐?"

성진이 대답하였다.

"제자 성진은 이제 모든 것이 아득하여 꿈과 참을 분별치 못하겠사오니, 바라옵건대 스승께서는 법을 베풀어 이 몸에게 그것을 깨닫게 하소서."

육관대사가 쾌히 응낙하며 말했다.

"내 마땅히 〈금강경〉의 큰 법을 베풀어 그로써 네 마음을 깨닫게 하리

라. 잠시 후에 새로 올 제자들이 있으니 너는 기다려라."

말이 끝나기도 전에 문지기 도인이 손님들이 왔다고 아뢰니 뒤이어 위부인의 시녀 팔선녀가 대사 앞에 나와 합장하며 말했다.

"제자들이 비록 위부인을 모시고 있으나 배운 것이 적어 망령된 생각을 억누르지 못하였습니다. 욕심이 잠시 고개를 쳐들어 무거운 죄가 뒤따라와 인간계의 헛된 꿈을 꾸었지만 깨워 주는 사람이 없었습니다. 자비하신 스승께서 저희를 깨워 다시 데려오시니 감격하였나이다. 어제는 위부인의 궁중에 가서 하직하고 이제 돌아왔으니, 스승께서는 저희의 묵은 죄를 없애 주시고 각별히 밝은 가르침을 드리우소서."

육관대사가 또다시 말하였다.

"선녀들의 뜻이 비록 아름다우나 불법은 깊고도 머니, 큰 역량과 큰 염원이 없으면 능히 이르지 못한다. 그러니 그대들은 스스로 헤아려라."

팔선녀가 물러나와 낮에 칠한 연지와 분을 씻고 서로 자매의 인연을 맺고는 금 가위를 꺼내어 구름 같은 머리를 깎아 버리고, 다시 들어와 대사께 아뢰었다.

"저희 여덟 제자는 이미 얼굴 모습을 고쳤으며 이제부터 맹세코 스승의 가르침을 게을리 하지 않겠나이다."

육관대사는 매우 기뻐하며 말했다.

"좋도다, 좋도다! 너희 팔선녀가 이렇듯 달라질 수 있으니 어찌 감동하지 않겠는가?"

숙향전(淑香傳)

- 작자 미상 -

작품 정리

　조선 후기의 한글 소설로 한문으로는 이화정기, 이화정기우기, 이화정기적으로 불리고 있다. 이 소설은 영웅의 일생의 구조에 따라 여성의 수난을 그리면서 애정 성취의 욕구와 같은 여성의 관심사를 다루어 조선 시대 여인들이 필사하여 돌려 보던 책이다.

작품 줄거리

　송나라 때 김전이란 인물이 있었다. 하루는 김전이 어부들에게 잡혀 죽게 된 거북을 구해 주었는데, 어느 날 풍랑을 만나 위험에 처했으나 거북의 도움으로 살아난다. 김전 부부에게는 결혼한 지 여러 해가 지났으나 자식이 없었는데 명산 대찰에 가서 기도한 후에 딸 숙향을 얻는다. 하지만 숙향이 세 살 때 도적의 난이 일어나 김전 부부는 피란길에 숙향을 잃어버린다.

　부모를 잃은 숙향은 사슴의 도움으로 장 승상 집에 이르게 된다. 장 승상이 숙향을 양녀로 삼고 가사를 다 맡기자 시비 사향이 숙향을 시샘하여 흉계를 꾸민다.

　숙향이 도둑 누명을 쓰고 쫓겨나 물에 빠져 죽으려 하자 용녀가 구출한다. 하루는 숙향이 불에 타서 죽게 되었는데 다시 화덕진군에 의해 구출된다. 이후 마고 할미의 도움으로 이화정이라는 술집에서 수를 놓아 팔며 산다.

숙향이 놓은 수를 본 이선은 온갖 고생 끝에 숙향을 찾아 마고 할미에게 간청하여 성례를 치른다. 한편 이 사실을 안 이선의 아버지 이상서는 낙양원에게 숙향을 죽이라고 한다. 숙향이 자기의 딸이라는 사실을 모르는 낙양원 김전은 잃어버린 자기의 딸을 생각하며 차마 죽이지 못한다. 이상서도 숙향의 비범함을 보고 마음이 달라져, 숙향을 자신의 집에 두고 사람됨을 시험한다. 이선은 과거에 장원급제하고 부모의 승낙을 얻어 화목하게 지내게 된다. 이후 이선은 용궁과 봉래산에 가서 황태후의 병을 치료할 약을 구해 오는 공을 세워 초나라 왕이 되고 숙향과 함께 선계로 돌아간다.

핵심 정리

갈래 : 염정 소설

연대 : 조선 후기

구성 : 전기적

시점 : 전지적 작가 시점

배경 : 중국 송나라 연초

주제 : 시공을 초월한 사랑의 성취

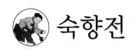

숙향전

　중국 송나라 때 김전이라는 천하에 제일가는 명공이 있었다. 그의 집안은 대대로 명문 집안이었으며, 아버지인 운수 선생은 덕이 높은 선비로 권세에는 뜻이 없어 벼슬을 하지 않고 산속에서 일생을 마쳤다. 아들인 김전 또한 문장이 뛰어나서 이백과 두보를 압도하고, 글씨는 왕희지를 무색하게 할 정도였다.

　김전이 하루는 반하수라는 강가에서 어부들이 큰 거북을 불에 구워 먹으려고 하는 것을 보았다.

　그는 술과 안주를 어부들에게 대신 주고 거북이를 사서 강물에 놓아주었다. 그랬더니 거북이가 물속으로 들어가면서 고맙다는 듯이 김전을 돌아보았다.

　돌아오는 길에 김전은 풍랑을 만나 위험에 처했으나 거북이의 도움으로 살아났다. 거북이가 입에서 새알만 한 진주 구슬 두 개를 토하여 그에게 주었다.

　그중 한 개에는 목숨 '수(壽)'자, 또 하나에는 '복(福)'자가 선명히 보였다. 김전은 구슬 두 개를 가지고 집으로 돌아왔는데, 이때 그의 나이 스무 살이나 되었으나 집안이 가난해서 장가를 들지 못한 총각 신세였다.

　한편, 형조 땅에 사는 '장희'라는 사람 역시 자신의 이름을 세상에 떨치는 데는 뜻이 없어 벼슬은 하지 않았으나, 공후의 자손으로서 매우 부유하였다. 그는 슬하에 외동딸이 있었는데 애지중지하며 길러 오고 있어 사윗감 고르는 데 여러 모로 살피며 안목이 높았다.

장희는 김전의 인품이 어질다는 이야기를 전해 듣고, 딸과 결혼해 줄 것을 청하니 김전은 예전에 거북에게서 얻은 진주를 예물로 보내 약혼을 하였다. 그러나 장모가 될 장희의 부인은 못마땅하게 생각하며 불평하였다.

"벼슬 높은 대갓집 귀공자의 구혼을 모두 물리치고 왜 하필 가난한 김전과 혼인을 시키려는 것이오?"

하지만 장희는 극구 우겨서 김전을 끝내 사위로 삼았다.

결혼식 날 보니 신랑, 신부의 품격과 용모가 해와 달과 같이 눈부셨다. 장희는 얼굴에 웃음꽃을 피우며 말했다.

"내 사위로는 오히려 넘친다."

그 후에도 사위를 생각하는 것이 친아들 못지않았다.

부부 또한 원앙이 푸른 물에 노는 듯 금슬이 좋아 보기에 아름다웠다. 결혼한 지 삼 년 만에 장희 부부가 모두 세상을 떠나자, 장례를 극진히 지낸 뒤 아침저녁으로 제사를 공손히 올렸다.

그 후 여러 해가 지났으나 김전 부부에게 아이가 생기지 않아 걱정이 많았다. 그러던 어느 해 칠월 보름날 밤, 부부가 달구경을 하고 있는데 갑자기 공중에서 회오리바람이 불더니 사방의 꽃잎이 산산이 흩어지는 것이었다.

그날 밤 부인은 이상한 꿈을 꾸었다. 하늘에서 달이 떨어져서 황금 멧돼지로 변하더니 품속으로 안겨 드는 바람에 놀라 잠에서 깨어났다. 다음 날 부인이 남편에게 말했더니 아이를 낳을 길몽이라며 기뻐하였다.

열 달이 지나 부인은 산기가 보였으나 좀체 아이를 못 낳고 여러 날 고생하여 약을 지어 주며 순산을 빌었다.

4월 8일, 갑자기 집안에 기이한 향기가 풍기며 오색구름이 주위를 둘러싸더니 밤이 깊은 후에 하늘에서 온 듯한 선녀 둘이 나타나서 말하였다.

"집을 말끔히 청소하고 기다리면 곧 선녀님이 내려오실 것입니다."

그러고는 장씨의 산실로 들어갔다.

김전이 나이 든 종을 시켜 집안을 청소하게 하고 기다렸더니, 이윽고 오색구름이 집 주위를 감싸며 향기가 다시 진동하였다.

산실로 달려가 보니 아내는 순산을 하고, 산파 노릇을 한 두 선녀는 벌써 자취를 감추었다.

아이를 보니 예쁜 딸이었다. 그는 딸의 이름을 '숙향'이라 하고 자를 '월궁선'이라 지어 주고는 사랑하고 소중히 키웠다.

숙향이 다섯 살 되던 해, 김전은 유명한 관상가 왕규를 불러 딸의 사주를 보게 하였다.

"숙향 아가씨는 본래 하늘나라 달 속 궁전에 사는 선녀였으므로 앞으로 귀하게 되실 것입니다. 다만 옥황상제께 죄를 지어 인간 세상으로 왔으니, 젊은 시절에는 운이 나쁘지만 그 고비만 넘기면 아주 좋을 것입니다."

김전이 의아해하며 반문하였습니다.

"우리 집은 사는 데 걱정이 없는데, 왜 초년의 인생이 괴로울 거라 하십니까?"

"함부로 말하지 못할 것이 사람의 팔자입니다. 아가씨는 다섯 살에 부모님과 이별하고 객지를 떠돌다가 스무 살이 되면 다시 만나 그 후로는 부귀영화를 누리게 될 것입니다. 슬하에 딸 하나를 두고 행복하게 살다가 칠십 세가 되면 다시 하늘로 올라갈 것입니다."

김전은 그 말을 믿지 않았으나 만일을 걱정하여 숙향의 생년월일시를 금실로 수놓은 비단 주머니를 만들어 항상 옷자락에 채워 두었다.

당시 송나라는 국운이 불안하였는데 주변의 금나라가 황성을 침략하려고 먼저 형초 지방을 침범하였다. 그 때문에 김전의 가족은 피난을 가다가 도중에 적병을 만나, 재산이 든 꾸러미를 버리고 숙향을 등에 업고 아

내를 데리고 도망하였다. 그러나 병사들의 추격이 급해지자 숙향을 업고
는 빨리 도망칠 수가 없었다.

기진맥진한 김전은 아내에게 말했다.

"여보, 적병들이 너무 빨리 뒤따라오니 숙향이를 여기에 숨겨 두고 우
선 급한 화를 피했다가 다시 와서 데려가기로 합시다."

아내는 처음에 반대했으나 사태가 위급해지자 짐 사이에 숙향을 숨겨
두고 가기로 결심하였다. 아내는 옥가락지 한 짝을 숙향의 옷고름에 달
아 주고 표주박에 밥을 담아 주면서 타일렀다.

"숙향아, 배고프거든 이 밥을 먹고 잘 숨어 있거라. 우리가 내일 와서
데려가마."

어린 숙향은 발을 동동거리고 울며 애원했다.

"어머니, 아버지 나를 버리고 어디로 가세요? 나도 데려가 주세요."

숙향이 부르는 소리에 김전 부부는 간장이 녹는 듯이 저리고 아파 허
둥지둥 달아나니 그 모양이 실로 참혹하였다. 뒤쫓던 병사들이 와서 보
고는 홀로 울고 있는 숙향을 업어다가 마을 앞에 두고 가면서, 눈물을 머
금었다.

"나도 이만한 자식이 있는데 참으로 불쌍하다. 너의 부모도 오죽 마음
이 아팠을까!"

밤이 되어 숙향이 홀로 울고 있는데 어디선가 황새 떼가 날아와서 날
개로 덮어 주어 춥지는 않았으나 배가 고파 견딜 수 없었다.그러자 이윽
고 원숭이 떼가 물고기를 잡아다 갖다 주어 숙향은 배가 부르도록 먹었
다.

이튿날 아침에는 까치가 와서 숙향을 인도하여 어떤 마을로 갔다. 잠
깐 몸을 피했던 김전이 돌아와 보니 숙향이 없어져서 할 수 없이 산속으
로 돌아가 버렸다.

숙향은 달빛이 처량한 밤까지 걷다가 파랑새를 따라서 으리으리한 궁

궐에 이르니 푸른 옷을 입은 소녀가 나와 숙향을 안고 들어갔다. 그곳에는 꽃관을 쓰고 아름답게 치장한 어떤 부인이 황금 의자에 앉아 있다가 숙향을 보자 말하였다.

"나는 후토 부인입니다. 선녀께서 인간 세상에 내려와서 고초를 겪으시기에 원숭이와 황새와 파랑새를 보냈는데, 그것들을 보셨습니까?"

"모두 만나 보았으며 그 은혜는 죽어서 백골이 되어도 잊을 수 없을 것입니다. 그래서 저는 지금부터 부인의 시녀가 되어 은혜를 갚고자 하옵니다."

"본디 하늘나라 달 궁전의 선녀이셨으니, 불행히도 지금은 잠시 귀양살이를 하지만 칠십 년의 삶을 다 살고 나시면 다시 하늘나라로 가셔서 영화를 누리실 것입니다."

이렇게 말하고는 후토 부인이 신비로운 약을 권하니 숙향은 정신이 맑고 총명해져서 하늘나라의 일만 기억하고 인간 세상의 일은 깨끗이 잊었다.

닭이 울고 날이 밝자 후토 부인이 주머니를 하나 주며 말하였다.

"그럼 장 승상 댁으로 먼저 가소서. 장 승상 댁은 여기서 삼천삼백 리 떨어져 있지만 이 사슴을 타면 순식간에 당도할 것입니다. 그리고 시장하시거든 이 열매를 잡수십시오."

숙향이 부인에게 고맙다고 인사하고 사슴 등에 올라타니 번개같이 달리고, 열매를 먹으니 배가 부르며 하늘나라의 일이 모두 잊혀지고 다시 인간 세상으로 돌아왔다.

어떤 마을에 이르니 홍남군이라는 땅의 장 승상 댁 동산이었다. 장 승상은 한나라 때 장량의 후손인지라 명망이 조정에서 으뜸이었다. 하루는 승상의 꿈에 선녀가 내려와서 계수나무 한 가지를 주면서 말했다.

"이 꽃을 잘 간수하면 뒤에 좋은 일이 있으리라."

집 위에는 오색 안개가 어리었고 기이한 향기가 집 안에 가득하니 승상이 이상하게 여겨 뒷동산에 올라가 살펴보니 모란꽃 밑에 한 소녀가 곤히 자고 있었다.

승상이 깨워 물었다.

"너는 누구인데 여기서 혼자 자고 있느냐?"

"저는 부모를 잃고 길을 헤매다가 어떤 짐승에게 업혀 여기까지 왔습니다."

승상은 마침 자식이 없었기에 무척 기뻐하여 친딸처럼 데려다 길렀다. 숙향은 차차 커 가면서 얼굴이 해와 달같이 훤하고 문장에도 능통하며, 수를 잘놓아 승상 부부에게 지극한 사랑을 받았다. 부인은 집안의 크고 작은 일을 모두 숙향에게 맡겼다. 숙향은 승상 부부를 마치 친부모처럼 정성스럽게 섬겼다. 승상 부부는 장차 숙향의 배필을 정하여 가문의 대를 잇도록 할 생각까지 했다.

한편, 장 승상 댁에는 오래전부터 함께 살던 '사향'이라는 계집종이 있었다. 그녀는 숙향이 오기 전에는 집안일을 죄다 도맡아 하며 제멋대로 재물을 빼돌려 자기 집 역시 남부럽지 않게 지내 왔다. 그러다 숙향이 가사를 맡은 뒤로는 더 이상 그런 짓을 못하고, 세도도 예전만 못해 항상 숙향을 해칠 기회만 노리고 있었다.

하루는 승상 부부가 별채에서 잔치를 베풀고 있을 때였다. 그 틈을 타서 사향이 부인의 침실에 들어가 승상의 장도와 부인의 금봉채(金鳳釵, 머리 부분에 봉황의 모양을 새겨서 만든 금비녀)를 훔쳐 숙향의 방에 숨겨 두었다. 그러고는 승상 부부에게 숙향이 물건을 훔쳤다고 고자질하고, 또 외간 남자와 몰래 만나고 다닌다고 거짓으로 고했다. 그 말에 승상이 크게 노하여 당장 내쫓으라고 명령을 내렸다.

숙향이 승상 집을 떠나 얼마쯤 가다 보니 큰 강이 앞을 막고 있었다.

'그래 마침 잘 되었다. 그만 이 강물에 빠져 죽자.'

숙향은 강가에 가서 하늘을 향해 절을 하고 한 손에 옥가락지를 쥐고 강물에 뛰어들었다.

그때 갑자기 오색구름이 뭉게뭉게 피어나더니 소녀들이 옥피리를 불며 연잎으로 만든 배를 급히 저어 와서는 용궁에 사는 선녀에게 숙향을 안고 배에 오르게 하였다.

소녀들이 말했다.

"귀중한 몸을 왜 버리려고 하십니까? 우리는 달 궁전에 사는 선녀님의 명령을 받들어 아가씨를 구하려고 왔습니다."

숙향을 구해 준 용궁 선녀가 미소를 지으며 옆에 찼던 호리병을 기울여 차를 따라 주었다.

"당신은 인간의 화식(火食, 불에 익힌 음식)을 먹어서 우리를 잘 모르는군요. 이 차를 마시면 곧 알게 되실 것입니다."

숙향이 그 차를 마시니 온몸이 상쾌해지고 천상의 옛 기억이 되살아났다. 달나라 궁전 선녀로서 옥황상제를 섬기며 살던 중 태을 진군을 사랑하게 되어 서로 시를 주고받으며 정을 쌓다가 마침내 궁전의 아끼는 보물을 훔쳐 그에게 준 죄로 인간 세계로 귀양 갔던 기억이 모두 떠올랐다.

연잎으로 만든 배를 저어 왔던 두 소녀가 바로 달나라 궁전에서 자신이 부리던 시녀임을 알고는 서로 붙들고 통곡하였다. 한 소녀가 말하였다.

"선녀님께서는 장 승상 댁의 사향이라는 계집종이 당신을 시기하여 누명을 씌운 죄를 아시고 옥황상제께 고하여 벼락을 쳐서 죽였습니다. 그리하여 당신의 억울함은 장 승상 부부도 잘 알게 되었습니다. 이로써 당신은 액운을 세 번 겪은 셈이니, 앞으로 두 번의 액운만 넘기면 마침내 태을 진군을 만나서 부귀영화를 누리실 것입니다."

"태을 진군이 도대체 누구이며 이승에서의 이름은 무엇이라고 하는지요?"

"태을 진군은 낙양 북촌리에 사는 위공의 아들로 태어나 평생 부귀를 누리게 되었다 하옵니다."

"그분이 있는 곳이 여기서 삼천 리라고 하던데, 그를 만나지 못하면 누구를 의지하고 살까요?"

"그것은 근심 마세요. 이 연잎 배를 타시면 순식간에 갈 수 있습니다. 또 천태산 마고 선녀가 당신을 위해 인간 세상으로 내려와서 기다린 지 오래되어 그분께 의지하면 되니 염려 마세요."

이윽고 배가 어느 마을에 이르자 선녀들이 숙향에게 말했다.

"여기에서 내려 저쪽 길로 가세요. 그러면 구해 줄 사람이 있을 것입니다."

선녀들이 숙향을 배에서 내리게 한 뒤 귤같이 생긴 과일을 주고는 배와 함께 사라졌다. 선녀가 준 과일을 먹었더니 천상의 일이 까마득히 잊혀지고 인간의 몸으로 고생한 일만 회상되었다.

숙향이 한 곳에 이르니 끝없는 대밭이 앞을 가로막고 있었다. 밤이 되자 큰 폭풍이 불면서 난데없는 불길이 솟아올랐다. 숙향이 어찌할 바를 몰라 하늘을 우러러 절을 하고 기도를 올렸다.

"전생의 죄가 중하여 천만 가지 고초를 겪으면서도 부모를 보려고 구차하게 목숨을 부지하려 했더니 이곳에 와서 화재로 죽게 되었습니다. 하느님께서 굽어 살피시어 부모님의 얼굴이나 보고 죽게 하옵소서."

정성껏 기도하자 한 노인이 나타나서 말하였다.

"나는 화덕 진군이라 하는데 너를 구하러 왔다. 옷은 벗어 놓고 알몸으로 등에 업혀라."

숙향이 등에 업히니 노인이 부채를 부쳐 불길을 피하여 구출해 주었다. 그리고 나서 노인은 홀연히 사라졌다. 그러나 알몸으로는 길을 나설 수가 없어 어쩔 줄 모르고 있는데 광주리를 옆에 낀 한 노파가 나타나서 말했다.

"나는 자식이 없는 과부인데 나하고 같이 가서 살지 않겠니?"

"지금 제가 벗은 몸인 데다 배가 고파 못 견디겠습니다."

그러자 노파가 광주리에서 나물 한 뭉치를 꺼내 주기에 먹었더니 배가 부르고 옷까지 주어 받아 입고는 노파를 따라갔다.

어느덧 해가 바뀌어 봄이 되었다. 어느 날 노파는 술을 팔러 나가고 숙향이 홀로 수를 놓고 있었다. 그때 파랑새 한 마리가 나타나더니 숙향에게 말했다.

"낭자의 부모가 저기 계시니 나를 따라오시오."

파랑새를 따라 한 곳에 이르니 구슬로 대를 쌓고 산호 기둥을 세웠으며 호박으로 주춧돌을 놓은 집이 한 채 나타났다. 집 안 곳곳에는 오색구름이 아로새겨져 광채가 찬란하여 눈이 부셔 똑바로 보지 못할 정도였다.

그때 갑자기 향기가 진동하더니 선관(仙官, 벼슬살이를 하는 신선)과 선녀들이 학과 봉황을 타고 쌍쌍이 집으로 들어갔다. 또한 오색구름이 뭉게뭉게 일어나더니 옥황상제가 탄 황금수레가 나타났고 그 뒤에는 석가여래가 오백 나한의 호위를 받으며 뒤따라오는데, 풍악이 울리고 향기가 진동하였다.

이윽고 달나라 선녀가 숙향을 알아보고 말했다.

"너를 여기서 보니 반갑구나. 인간 세상의 고생이 어떠하냐? 자, 어서 나를 따라 들어가서 실컷 구경하고 가거라."

선녀가 숙향을 데리고 나아가 옥황상제께 아뢰었다.

"이 아이는 이미 죽을 액운을 네 번이나 넘었으니 그만 천상의 죄를 용서하시고 석가여래로 하여금 수명을 이어 주시되 칠십을 점지하옵소서."

옥황상제가 남두성에 명하여 숙향에게 복을 점지해 주었다.

"칠성에 명을 내여 자손을 점지하되 아들 둘, 딸 하나를 보내라." 남두성이 숙향의 복을 점지해 주었다.

"아들은 정승이 되고 딸은 왕후가 되게 하나이다."

그런 다음 옥황상제에게 반도(蟠桃, 삼천 년마다 한 번씩 열매가 열린다는 하늘나라에 있는 복숭아) 두 개와 계수나무 꽃가지 하나를 받아 가지고 내려와서 태을에게 주었다.

그때 숙향의 옥가락지에 박힌 진주알이 빠져 땅에 떨어졌다. 태을이 그 진주를 주우니 숙향이 부끄러워 어쩔 줄을 몰랐다. 그때 노파가 돌아와서 말했다.

"숙향 낭자, 꿈에 본 하늘나라의 광경이 어떠하던가요?"

숙향이 깜짝 놀라며 물었다.

"내가 꾼 꿈을 어떻게 알았나요?"

"파랑새가 인도해 갈 때 이미 알았어요. 방금 전에 본 광경을 수로 놓아 기록해 두세요."

숙향이 요지(瑤池, 중국 곤륜산에 있다는 연못으로 신선이 살았다고 함)의 모습을 수놓아 보여 주자 노파가 칭찬하고는 장에 가서 팔면 큰돈이 될 거라고 말하였다.

"어쩌면 재주가 이렇게 놀라울까?"

숙향이 의아해하며 물었다.

"이것의 진가를 누가 알아볼까요?"

그 후 장에 팔러 나갔더니 과연 그림을 그려 수놓는 족족이 오백 냥씩을 내고 사 갔다.

어느 날 조적이라는 사람이 숙향의 수를 샀으나 제목이 없으므로 명필에게 글씨를 받아 천하의 보물로 삼으려 하였다. 마침 낙양에 사는 이 위공의 아들이 문장과 글씨로는 이태백과 왕희지를 무색케 한다는 말을 듣고 그를 찾아갔다.

병부상서 이 위공은 문무를 겸비하여 그 명성을 온 나라에 떨쳐 황제가 칭찬하고 위공이라는 벼슬을 내렸다. 위공은 고향에 돌아와서는 농업에 힘써 가세가 부유하였으나 단지 슬하에 혈육이 없었다.

위공이 하루는 꿈을 꾸었는데 신선이 나타나

"천상의 태을 진군이 옥황상제께 죄를 지었으므로 그대에게 점지하니 귀하게 키우라."

는 말을 전하고 사라졌다.

과연 그달에 부인에게 태기가 있어 이듬해 사월 초파일이 되자 오색구름이 일고 기이한 향기가 집안에 가득 차더니, 학의 날갯짓 소리가 나면서 선녀 둘이 나타났다. 부인이 사내아이를 낳자 선녀들이 아기의 몸을 씻어 눕히고는 떠나면서 말했다.

"우리는 해산을 돕는 선녀이온데 옥황상제의 명을 받고 온 것입니다. 그런데 아기의 배필이 남군 땅에 있으므로 그를 보려고 바삐 가는 길입니다."

"선녀님, 이 아이 배필의 이름은 무엇이라 하옵니까?"

"숙향이라 하옵니다."

선녀들은 홀연히 흔적을 감추었다.

이 위공이 방으로 들어가 보니 아기의 얼굴이 꿈에서 본 하늘나라 선관과 같아 기이하게 여겨 이름을 '선'이라 하고 자를 '태을'이라고 지었다. 선은 낳은 지 대여섯 달 만에 말을 하고 다섯 살이 되자 모르는 글이 없고, 열 살에 이르니 벌써 이름을 천하에 떨쳤다.

어느 날 이선이 '대성사'라는 큰 절에 갔다가 문득 잠이 들었는데 꿈에 부처님이 이르셨다.

"오늘 왕모의 잔치에 선관과 선녀들이 모인다 하니 나를 따라와서 구경하여라."

이선이 부처가 주는 열매를 먹고 자기가 하늘나라의 태을 진군이었다는 것과 달나라 궁전에 사는 한 선녀와 시와 노래를 지어 서로 화답하던 일이 모두 떠올랐다. 그리고 주위에 모인 선관들이 모두 옛날 천상에 살던 때의 벗들임을 알고 기뻐하다가 절에서 울려 오는 종소리에 놀라서 깨어 보니 꿈이었다.

그날 조적이 가져온 족자의 그림을 보니 꿈에서 본 바로 그 선경이 그대로 그려져 있어 놀라 물었다.

"이 족자를 도대체 어디서 얻었나요?"

조적이 대답했다.

"낙양 동촌리에 있는 이화정에서 술 파는 노파에게서 산 족자입니다."

그 말을 들은 이선은 조적을 달래어 육백 냥을 주고 그 족자를 샀다. 그리고 수놓은 사람을 알아보기 위해 이화정으로 노파를 찾아가서 물었다.

"요지 그림 수놓은 것을 할머니가 팔았다고 하는데, 수를 놓은 그 사람은 어디에 있습니까?"

"나도 본 지가 하도 오래되어 지금은 어디 있는지 알 수 없으나, 그 족자를 수놓은 아이는 이승에서의 이름이 '숙향'이라 합니다. 그를 찾으려면 형주 땅에 사는 김전을 찾아가 보십시오. 거기도 없으면 홍남군에 사는 장 승상 댁을 찾아가 보시오."

이선이 노파의 말대로 찾아갔으나 모두들 숙향의 행방을 알 수 없다고 하였다. 그러다 어떤 곳에 이르니 한 노인이 말하기를 숙향은 이미 물에 빠져 죽었다고 했다. 이선은 낙심하여 향과 초를 갖추어 숙향을 위해 제사를 지내 주었다. 그러자 어디선가 피리 부는 소리가 나더니 푸른 옷을 입은 동자가 작은 배를 타고 와서는 이선에게 말했다.

"여기서 조금 가면 감투를 쓴 노인이 있을 것이니 그에게 물어보시오."

동자의 말대로 찾아갔더니 과연 노인이 졸고 있기에 깨워서 물었다. 그러나 노인은 눈살을 찌푸리며 말했다.

"숙향이란 이름은 듣도 보도 못했다."

이선이 다시 한 번 간곡히 물으니 노인이 비로소 대답해 주고는 홀연히 자취를 감추었다.

"마고할미 집에 가서 지성으로 빌면 네 뜻을 이룰 수 있을 거다." 하더니 홀연히 자취를 감추었다. 그 무렵에 이화정의 마고할미는 숙향의 방에 와서 말하였다.

"아까 온 소년이 전생의 태을 진군인데 아가씨의 배필입니다. 그러나 아깝게도 병신이 되었습디다."

"그분이 전생에 진실로 태을 진군이라면 병신인들 상관 있습니까? 내 옥가락지와 진주를 가진 분이 태을이니 자세히 살펴봐 주세요."

하며 태을에 대한 변함없는 일편단심으로 부탁하였다. 한편 이선은 삼일 만에 목욕재계하고, 요지에 가서 얻은 진주와 요지 그림을 담은 족자를 가지고 이화정의 마고할미 집으로 찾아갔다.

"내가 숙향을 만나고 못 만나는 것은 오직 할머니께 달렸으니, 이 인생을 부디 가엾게 여겨 주십시오."

"도령의 지성에 감동하여 찾아보았더니 '숙향'이라는 이름을 가진 처녀를 세 명 알아냈습니다."

이선이 물었다.

"그 처녀들은 어디 어디에 살고 있습니까?"

이선이 물었다.

"하나는 큰 대갓집 딸이고, 하나는 거지 계집애요, 하나는 세상에 보기 드문 미인이나 장애를 가진 몸입니다. 그 소녀가 말하기를 자기 배필은 진주를 가져간 사람이니 그 증거를 보여 준다면 만나겠다고 하였습니다."

이선이 제비 말만큼이나 큰 진주를 노파에게 보여 주며 말하였다.

"진주가 증거라고 말한 처녀가 바로 내가 찾는 숙향이오. 요지에 갔을 때 신선들 나라에만 있는 복숭아를 준 선녀에게서 진주를 받았으니, 할머니도 한번 보십시오."

"그렇다면 진주를 가져다가 그 소녀에게 보이는 게 좋겠군요."

마고할미는 진주를 받아서 집에 돌아와 숙향에게 보였다. 그것을 본 숙향이 기뻐하며 말했다.

"이 진주는 분명히 제 것이니 이제 모든 일은 할머니 생각대로 하세요."

노파가 다시 이선을 찾아가서 사실대로 말하자 이선이 기뻐해 마지않았다.

그때 이선의 부친 이상서는 마침 서울에 올라가 있었으므로, 하는 수 없이 이선은 아버지의 손위 고모의 허락을 받아 숙향을 아내로 맞았다. 드디어 만나게 된 부부의 정은 원앙새가 푸른 숲에서 노닐 듯 꽃을 피웠다.

그러나 서울에 머물러 있던 이상서는 자기도 모르게 아들이 혼인한 것에 크게 화가 나서, 낙양 태수에게 자기 아들을 유혹한 계집을 잡아다가 죽이라고 엄명을 내렸다.

어느 날 저녁, 까치가 숙향의 방 창 앞에 있는 나무에 날아와서 구슬피 우니 숙향이 흉한 일이 벌어질 징조가 아닌가 걱정하였다. 아니나 다를까 그날 밤에 관가의 포졸들이 몰려와 숙향을 잡아갔다. 그들이 숙향을 형틀에 잡아맨 뒤 곤장을 치려 하였지만 형리(刑吏, 옛날 지방 관아 형방의 관리)의 팔이 얼어붙은 듯 움직이지 않아 도저히 칠 수가 없었다.

그때는 한밤중이었는데 집에서 잠을 자는 태수 부인, 즉 시어머니의 꿈에 숙향이 울면서 나타나 호소하였다.

"아버님께서 저를 죽이려 하시는데 어머니께서는 왜 구해 주시지 않습니까?"

놀라 잠에서 깬 부인 장씨가 급히 남편인 태수에게 달려가 꿈 이야기를 하고는 며느리를 죽이지 말라고 하였다.

한편, 감옥에 있는 숙향 옆에 파랑새가 날아오자 급히 혈서로 사연을 써서 주었더니 고모 집에 있던 이선의 팔에 날아가 앉았다. 그런데 새를 보니 발목에 편지가 매어 있어 풀어 보니 숙향이 쓴 것이다. 이선이 놀라며 고모에게 그 사연을 알렸다. 고모가 이선을 안정시키며 말했다.

"내가 나서서 혼인시킨 일을 상서가 반대하고 고집을 부리니 내 말을 듣지 않는다면 내 시고모인 황후께 여쭈어 조치를 취하겠다."

날이 밝자 고모는 채비를 차려 서울로 급히 올라갔다.

당시 낙양 태수는 공교롭게도 바로 숙향의 아버지 김전이었다.

아무것도 모르던 그는 숙향을 끌어내 죄를 심문하였다.

"너는 하나도 속이지 말고 바른대로 대라."

숙향이 겨우 정신을 차리고 입을 열었다.

"저의 아비는 이 상서이고 제 이름은 숙향이며 나이는 열다섯 살입니다."

마침 태수 옆에 있던 부인이 간곡히 부탁하였다.

"얼굴이 우리 숙향이와 같고 나이도 꼭 맞으니 저 아이의 근본을 다시 조사하기로 하고, 아직 엄히 다스리지 말아 주십시오."

김 태수가 부인의 말을 옳다고 여기고 다시 감옥에 가둔 뒤 그 사연을 서울에 있는 이 상서에게 기별하였다.

서울의 이 상서가 편지를 보더니 무척 노하여 김전을 계양 태수로 좌천시키고, 다른 사람을 낙양 태수로 임명해 기어코 숙향을 죽이려 하였다. 바로 그 즈음 이선의 고모가 상서를 찾아왔다. 이 상서가 안부를 묻자 고모는 인사도 받지 않고 상서를 꾸짖었다.

"선이와 숙향의 혼인은 내가 시킨 일인데. 너는 내게도 알리지도 않고 무죄한 숙향을 어찌 죽이려 하느냐?"

"이번 일을 누님께서 주선하신 줄 모르고 제가 잘못을 저질렀습니다. 낙양 태수에게 다시 기별하여 죽이지 말라고 조치하겠습니다."

그때 황후는 조카딸이 상경하였다는 기별을 듣고 궁중으로 불러 머무르게 하였다. 그러자 여 부인(이선의 고모)은 급히 이선에게 편지를 보내 숙향이 감옥에서 석방될 것이라고 알렸다.

한편, 여전히 마음이 풀리지 않은 이 상서는 아들을 서울로 불러 태학으로 보내 학문에만 열중하도록 하였다. 그리고 석방된 숙향을 낙양 근처에 살지 못하도록 하였다.

"남편은 서울로 가시고 이제 이 고을에도 있지 못하니, 도대체 저는 어디로 가야 합니까?"

숙향이 슬퍼하며 마고할미에게 물었다.

"이렇게 된 것은 아직 끝나지 않은 액운 때문입니다. 여기 오래 있으면 또 화를 당할 것이니 나와 같이 이 고장을 떠납시다."

그리하여 숙향은 마고할미와 함께 이화정을 버리고 딴 고장으로 가서 살게 되었다. 하루는 마고할미가 서글프게 말하였다.

"나는 본디 천태산에 사는 마고할미인데 낭자를 보호하기 위해 세상에 내려와서 급한 화를 막아 주었습니다. 이제 인연이 다하여 떠나게 되었으나 여러 해 동안 같이 살던 정을 잊을 수가 없습니다."

숙향이 그 말을 듣고 깜짝 놀라 절하고 감사해하며 말하였다.

"그동안 할머니의 은혜를 입어 제 한 몸이 편안했는데 할머니가 신선의 세계로 돌아가시면 이제 누구를 의지하오리까?"

"그래서 내가 푸른 삽살개를 두고 갈 것인데 이제부터는 그놈이 낭자의 어려움을 도울 것입니다."

"할머니 가시는 길이 얼마나 멀며, 그럼 언제 가시렵니까?"

"내가 갈 길은 여기서 수만천 리요, 지금 떠나려고 합니다."

그러고는 입었던 적삼을 벗어 주고 홀연히 사라지자니 숙향은 적삼을 붙들고 통곡하였다.

이선은 서울 태학에서 공부하면서도 숙향의 소식을 듣지 못하여 우울한 나날을 지내고 있었다. 그러던 중 태학의 관원들이 황제에게 상소를 올렸다.

"최근에 매우 길한 징조인 태을성이 하늘에 비치었으니 부디 과거를 시행해 인재를 잃지 마옵소서."

황제가 그 생각이 옳다며 허락하고 택일하여 과거를 시행했는데, 이때 이선이 그동안 갈고닦은 학문과 재주를 유감없이 발휘하여 글을 지은 결과, 장원 급제를 하였다. 황제는 이선을 몸소 만나고 즉시 한림학사에 임명하였다. 이선은 은혜를 감사히 여기고, 고향으로 가는 도중에 낙양 이화정에 들러 숙향을 찾았으나 간 곳을 알 길이 없었다.

한편, 숙향은 푸른 삽살개의 도움으로 이 상서 부인에게 구원을 받아 그동안 겪었던 우여곡절을 숨김없이 아뢰니, 부부도 비로소 숙향의 착한 행실에 감동하여 며느리로 받아들이고 아들 이선 몰래 집에 데려다 놓았다.

이선이 돌아오자 상서 부인이 시녀를 시켜 숙향을 데려와 만나게 하니 뛸 듯이 기뻐하였다. 숙향이 낮은 음성으로 말하였다.

"일찍이 청운(靑雲, 높은 지위나 벼슬을 비유적으로 이름)의 뜻을 품으시고, 이제 영광이 비할 데 없으니 축하드리옵니다."

이선이 기뻐하며 숙향의 옥 같은 손을 잡고 봉루당으로 가서 그 동안 깊이 그리워하던 정을 나누었다. 그리고 하늘에 올라간 마고할미의 문상을 하고 난 뒤 숙향이 말했다.

"오늘은 낭군을 모시고 즐기는 날이오니, 훗날 모두 말씀드리겠습니다."

이윽고 이선이 부인 숙향과 함께 나오자 상서 부부가 기쁨을 이기지 못하여 칭찬하고 아래 윗사람이 두루 축하하였다.

그 즈음 황제가 이 학사(이선)를 형주 자사로 임명하고, 즉시 부임하라는 특명을 내렸다. 이 학사는 숙향과 더불어 부모님께 하직하고 마고할미 산소로 하직 인사차 성묘를 갈 때 푸른 삽살개가 따라왔다.

"네가 비록 짐승이나 너 아니었으면 벌써 나는 죽었을 테니 그 은혜를 무엇으로 갚겠느냐?"

숙향이 말하자 개가 발로 흙을 긁어 자세히 보니

"아아, 슬퍼라. 인연이 다했으니 나는 여기서 이별하나이다."

라고 적혀 있었다. 이윽고 검은 구름이 개를 감싸더니 이내 간 곳이 없어졌다.

숙향 부인은 슬피 울며 말했다.

"삽살개야, 네 은혜는 마고할미의 은혜와 함께 잊지 않겠다."

이때 김전은 양양 태수로 승진하였는데 형주 자사의 다음가는 지위여서 이선을 찾아가 인사를 하고 돌아오는 길에 인품이 비상하게 보이는 한 노인을 만났다. 김전은 그에게 다섯 살 때 헤어진 딸 숙향이 살아 있다는 이야기를 듣고 부인에게 급히 알렸다.

어느 날, 김전의 부인 장씨가 자사 부인을 찾아가 이야기를 나누다가 우연히 잔을 든 자사 부인의 손가락에 끼어 있는 옥가락지를 보게 되었다. 장씨 부인이 깜짝 놀라 물으니 자사 부인이 말하였다.

"예전에 부모님이 저와 이별할 때 끼워 주신 것으로, 항상 부모님을 뵙듯이 손에 끼고 있습니다."

장씨가 자세히 보니 딸의 옷고름에 채워 주었던 것과 똑같은 옥가락지가 분명하였다. 그래서 지금까지의 사연을 물으니 과연 자기 딸 숙향이 틀림없었다. 숙향과 장씨는 서로 부둥켜 안고 기뻐했다.

그 뒤 이선은 점차 승진하여 병부 상서가 되고 숙향은 정렬부인이 되었다.

그러던 중 황태후가 병을 얻었는데 귀 먹고 말 못하고 눈도 보지 못하였다. 이에 황제 또한 깊이 우려하여 침식을 전폐하였다. 하루는 도사 한 사람이 나타나 병을 고칠 수 있는 방법을 알려 주었다.

"이 병환은 봉래산의 개연초를 가져다 드셔야 말을 하실 것이요, 바다의 용왕에게서 개안주를 얻어다 드려야 다시 만물을 보실 것입니다. 그러니 어진 신하를 보내 구해 오게 하옵소서."

그러고는 연기처럼 자취를 감추었다.

황제가 신기하게 여기고 대신들과 의논한 끝에 명을 내렸다.

"조정의 신하 가운데 이선이 재주가 특별하니, 그것을 구하러 보냅시다."

이리하여 이선은 천신만고 끝에 용왕과 마고 선녀(옛 마고할미)의 도움을 받아 선약을 얻어 가지고 황제를 알현하게 되었다.

"몇 만 리 길을 찾아다녀 선약을 얻어 온 경의 충성이 놀랍도다. 그러나 안타깝게도 황태후께서 이미 승하하셨으니, 과연 다시 살아날 영험이 있을지는 알 수 없소."

황제가 먼저 옥가락지를 시신 위에 얹으니 온몸의 살이 산 사람같이 되고 환혼주(還魂酒, 전설에서 죽은 사람을 살아나게 한다는 술)를 바르니 숨기운이 회복되고 입 안에 개연초를 넣으니 말을 하였다. 또 개안주로 눈을 뜨게 하니 완전히 소생하였다. 황제는 이선이 약을 얻게 된 경로를 듣더니 크게 칭찬하였다. 황제는 이선의 공을 높이 사 이선을 초왕에 봉하고 김전에게 승상의 벼슬을 내렸다.

이선은 그 은혜에 감사히 여기고 집으로 돌아와서 부모와 김 승상 부부, 장 승상 부부와 정렬부인인 숙향과 함께 기뻐하며 큰 잔치를 베풀었다. 황제가 이 소식을 듣고 궁중 아악단을 보내어 흥을 돋워 주었다.

그 뒤 세월은 흘러 초왕 이선이 칠십 세가 되던 해 칠월 보름날, 자손들과 가족을 거느리고 궁중에서 잔치를 열었다. 그때 한 선비가 찾아왔는데 초왕이 그를 보니, 다름 아닌 '여동빈'이라는 선관이었다. 이선이 물었다.

"그대는 어디서 오는 길이오?"

"저는 옥황상제의 명을 받고 초왕을 데리러 왔습니다. 이제 저와 함께 가십시다."

"하지만 내가 속세에 사는 몸으로 어찌 천상에 올라갈 수 있겠소?"

이선이 말하자 여동빈 선관이 물었다.

"예전에 봉래산에서 선녀가 주었던 약을 지금도 가지고 계십니까?"

그제야 초왕 이선이 깨달은 바가 있어 즉시 약을 보내어 왕비 숙향과 딸 매향에게 한 개씩 먹게 하였다. 그러자 그들은 부처의 몸으로 변하여 공중으로 떠올라 천상으로 향했다.

채봉감별곡(彩鳳感別曲)

- 작자 미상 -

작품 정리

조선 시대 고전 소설로 작자와 연대는 알 수 없다. 〈추풍감별곡〉이라고도 한다. 작품명은 작품에 삽입된 '감별곡'이라는 가사(歌辭)에서 비롯된 것으로 본다.

이 작품은 남녀 주인공이 헤어지고 만나는 과정을 그린 애정 소설에 속한다. 또한 내용 중 채봉의 아버지가 벼슬을 사려고 하는 등 조선 후기 부패한 관리들의 이면을 폭로한다는 점에서 사회적 소설로도 볼 수 있다.

작품 줄거리

여주인공 채봉은 평양성 밖 김 진사의 딸로, 봄날 꽃구경에 나섰다가 전 선천 부사의 아들 강필성을 만나 서로 호감을 갖게 된다. 필성은 채봉이 수줍어 도망하다가 떨어뜨린 손수건을 주워 연정을 담은 시를 써서 시비 추향에게 전하니 채봉이 화답시를 보낸다. 채봉의 어머니 이 부인이 채봉을 질책하자 채봉이 사실을 말한다. 필성이 어머니를 통하여 채봉의 집에 매파를 보내자, 채봉의 아버지 김 진사가 서울에 가고 없는 동안에 부인이 혼자 결정하여 약혼한다. 그러나 벼슬이 탐난 김 진사는 딸을 허 판서의 첩으로 보내려 하는데, 상경하던 도중 도적을 만나 재물을 모두 잃고, 채봉은 평양으로 도망온다. 이 사실을 안 허 판서는 노여워하며 김 진사를 하옥시키고 이때 채봉은 몸을 팔아 아버지를 구하고자 송이라는 기생이 된다. 채봉이 필성에게 주었던 한시를 푸는 사람을 찾던 끝에 둘은 다시 만나게 되지만, 평양감사 이보국이 채봉을 탐내어 데려가자 필성은 자진하여 이방 신분이 된다. 밤마다 필성을 그리며 '추풍감별곡'을 읊는 채봉의 사연을 들은 이보국이 둘의 사랑에 감복하여 결국 둘을 결혼시킨다.

핵심 정리

갈래 : 염정 소설

연대 : 조선 후기

구성 : 사실적

시점 : 전지적 작가 시점

배경 : 조선 말기 평양성

주제 : 권세에 굴하지 않는 진실한 사랑

 채봉감별곡

화창한 봄날이었다.

삼월도 보름이 넘은 지 오래며 산과 들에는 가는 곳마다 개나리, 진달래꽃이 한창이었다. 밝아 오는 봄날 새벽하늘이 아침으로 변해 가는 조용하고 맑은 순간.

기와집과 초가집들이 사이좋게 총총히 박힌 비둘기장 같은 평양의 한 마을에서는 아침 짓는 연기가 길게길게 퍼져 올라온 지도 꽤 오래됐다.

김 진사는 자기 집 안방에서 막 아침 밥상을 물리는 참이었다. 전에 없이 아침상이 일찍 끝났다. 오늘 아침 김 진사의 얼굴에는 평소 볼 수 없었던 어떤 긴장과 흥분이 감돌았다. 그는 해가 떠오르기 전에 아침밥을 일찌감치 먹고 먼 길을 떠날 채비를 하고 있었다. 오십이 내일모레인 김 진사는 한 손으로 긴 수염을 쓰다듬으면서 한 손으로는 물려 놓은 밥상 곁에 다소곳이 앉아 있는 딸 채봉이의 어깨를 툭툭 쳤다.

"얘! 채봉아⋯⋯."

"⋯⋯."

채봉이는 말이 없었다. 눈은 방바닥을 겨누고 입술을 샐쭉거리며 옷고름만 만지작거리는 채봉이의 표정은 아버지가 무슨 말을 할 지 다 알고 있으니 새삼스럽게 꺼내지 않아도 된다는 듯 냉정한 빛이 서려 있었다.

김 진사는 서울에 올라가 과거를 보기로 결심했다. 일평생 한번 해 보는 대담한 결심이기도 했다.

벼슬!

출세!

이것은 예나 지금이나 늙거나 젊거나 사나이 대장부라면 누구나 한 번은 꿈꾸어 보았을 법한 욕망이요, 야심이었다.

이번에 서울에 올라가는 것은 벼슬자리 못지않게 중대한 목적이 또 한 가지 있었다.

그것은 무남독녀 외동딸 채봉이의 배필감을 구해보자는 생각이었다. 채봉이야말로 어느 모로 보나 한 군데도 빠지는 곳이 없는 가인 중에서도 가히 절색이라고 할 수 있는 귀여운 딸이었다. 올해 열여섯 살. 탐스러운 꽃봉오리가 꼭 한 번 방긋 웃으며 꽃잎을 헤벌쭉하고 벌릴락 말락 하는 것처럼 나긋나긋하면서도 아름답게 자라고 있는 외딸이었다. 또한 뛰어난 재원이기도 했다. 일곱 살 때부터 고금의 서적을 읽지 못한 것이 없었고 한 번 읽은 것은 잊어버리는 법이 없었다. 열 살이 되면서부터는 시서 백가의 글 을 모르는 것이 없었으며 그 밖에도 바느질, 수놓기 등 여자로서 갖추어야 할 것에 천부적인 재질을 지니고 있으니 어찌 금이야 옥이야 하며 키우지 아니할 수 있는가.

김 진사의 집 후원에는 아담하고 청초한 초당이 한 채 있었는데, 이는 귀여운 딸을 생각하는 김 진사가 특별히 마음먹고 지어서 추향이에게 채봉의 시중을 들게 하며 함께 거처시키는 곳이었다.

김 진사가 좀 더 높은 벼슬자리를 꿈꾸고, 또 딸의 배필도 구해 보겠다는 엉뚱한 포부를 안고 서울로 떠난 그날 오후였다.

아버지를 머나먼 서울로 떠나보낸 허전함 때문이려니와 한편으로는 봄기운을 못 이기어 채봉이는 추향이를 데리고 축산에 올라 살랑이는 봄바람에 두 볼을 붉히며 자못 상쾌한 마음으로 눈 아래 봄 경치를 내려다보고 있었다.

바로 이때였다.

서쪽의 높은 담과 담 사이에 틈이 조금 벌어진 곳에서 난데없이 사람의 음성이 들려왔다. 채봉이보다 더욱 깜짝 놀란 것은 추향이었다.

추향이가 몸을 홱 돌리며 바라보니 열일고여덟 살쯤 되어 보이는 젊은 도령이 이쪽을 정신 잃고 들여다보고 있는 것이었다. 옷맵시도 깨끗하고 단정했으며 허여멀쑥한 살결, 날카로운 눈초리, 위로 치켜 올라간 진한 눈썹, 오똑한 콧날, 꽉 다문 입술…….

그 늠름하고 잘생긴 풍채는 여자의 마음을 흔들어 놓지 않고는 못 배길 만큼 준수했다. 도령의 이런 모습을 보지 않을 수 없는 채봉이도 보아서 안 될 것을 잘못 본 사람처럼 탐스러운 두 볼이 새빨개졌다.

채봉이는 허둥지둥 어찌할 바를 모르다가 추향이를 끌고 그대로 줄달음질하여 초당 안으로 뛰어들어 몸을 감추었다.

도령은 초당 쪽을 유심히 내려다보다가 문득 시선을 땅바닥으로 떨어뜨렸다. 그때 발밑에 하얀 손수건 하나가 떨어져 있는 것을 발견했다. 그는 씽긋하고 만족스런 미소를 띠었다.

도령이 기뻐서 어쩔 줄 모르며 선뜻 허리를 굽혀 손수건을 집어 보니 길이가 석 자나 되는 명주 수건이었다.

수건 한쪽 끝에는 붉은 실로 채봉이라는 두 글자가 또렷하고 아름답게 수놓아져 있는 것이었다.

'어허, 이건 굉장한 보물인데…….'

도령은 명주 손수건을 꼬깃꼬깃 뭉쳐서 손에 꼭 쥐었다.

한편 손수건을 흘리고 돌아온 것을 깨달은 채봉이는 추향이를 시켜서 그것을 찾아오라고 했다. 추향이는 아가씨가 시키는 대로 언덕 위로 되돌아와서 열심히 수건을 찾았다. 더없이 좋은 기회라고 생각하고 그때까지 앉아 있던 도령은 선뜻 거침없이 한 마디를 던졌다.

"무얼 그리 찾느냐? 혹시 이 손수건을 찾는 것이냐?"

추향이는 깜짝 놀라는 척하며 몸을 돌려 애원하다시피 허리를 굽히며 말했다.

"어느 댁 도련님이신지는 모르오나 그 손수건을 돌려주십시오."

도령이 점잖게 물었다.

"손수건은 누구의 것이냐?"

"저희 아가씨 것이옵니다."

"그럼 아가씨의 이름은 무엇이지?"

"저, 채자 봉자 두 자이옵니다."

도령은 그제야 얼굴에 환한 미소를 띠었다. 그러고는 어떤 승리감에 도취된 듯 또 한 번 쾌활하게 웃음을 터뜨렸다.

"하하하, 채봉이라……. 그 이름은 이 손수건 위에 수놓아져 있는 글자인걸. 내가 손수건을 돌려줄 터이니 너도 내 청을 들어주겠느냐? 잠깐만 기다려다오. 내 곧 돌아올 것이니……."

도령은 이렇게 말하고 처음 들어오던 담 틈으로 훌쩍 나가 버렸다.

도령은 급한 걸음으로 옆집으로 뛰어 들어가 벼루에 진한 먹을 담뿍 갈아 놓고 붓을 휘둘러 시 몇 구절을 명주 손수건 위에 써서 그것을 추향이에게 주었다.

채봉이는 손수건을 가지러 간 추향이가 아무리 기다려도 돌아오지 않자 어찌 된 일인지 여간 궁금한 것이 아니었다. 혼자서 이 궁리 저 궁리 하고 있는데 때마침 추향이가 숨이 턱에 닿아서 할딱거리며 손수건을 들고 달려오는 것이 아닌가?

"원 참, 세상에 별 괴상한 일을 다 보았네요!"

추향이는 지금까지 있었던 얘기를 채봉이에게 모두 말했다.

손수건을 받아 들고 펼쳐 보는 채봉이의 두 볼은 도령을 담 틈으로 힐끗 바라보았을 때보다도 몇 갑절이나 더 빨개졌다. 그 글귀는 다음 같이 적혀 있었다.

"아름다우신 분께서 떨어뜨린 손수건이기에 그 향기로움 비길 데 없나이다. 이는 부처님께서 정이 넘치는 이 사내에게 주시는 선물인가 봅니다. 그래서 서로 생각하는 안타까운 마음을 글로 적어 보내니 부처님께서 주신 좋은 기회를 아름다운 인연을 맺는 계기로 삼고자 하옵니다.”

글 맨 끝에는 연월일과 만생 강필성이라고 적혀 있었다.

채봉이도 이 궁리 저 궁리 해 봤으나 남의 글을 받고 답장을 하지 않는 것도 도리가 아니기에 색 두루마리를 펼쳐 놓고 시 한 수를 적어 추향이에게 내주면서 말했다.

“얘, 이번만은 어쩔 수 없이 답장을 해 드리지만, 다음부터는 이따위 것을 받아들이면 안 된다. 알겠니?”

추향이는 한쪽 손에 색 두루마리를 받아 들고 숨이 턱에 닿을 듯 급히 달려 그것을 도령에게 건넸다. 색 두루마리를 급히 펼쳐 보는 도령의 얼굴에는 쓰디쓴 웃음이 부지중에 지어졌다.

그 두루마리 속 회답의 시구에는 이렇게 써 있었다.

“권하노니 허황된 꿈을 꾸지 마시고, 공부하시는 데 전력을 기울이시어 출세하시기 바라옵니다.”

강필성은 두루마리를 다시 두르르 말아서 한쪽 손에 들고 추향을 돌아다보며 물었다.

“아가씨께서는 올해 몇 살이냐?”

“열여섯이세요.”

‘열여섯 살이라? 으흠! 열여섯 살밖에 안 되는 처녀가 어떻게 이렇게까지 글공부를 많이 했을까!’

“내 청을 한 가지 들어줄 수 없겠니?”

“무슨 청을요?”

“ 속담에도 싸움은 말리고 흥정은 붙이라고 하지 않니?”

“그래서요? 어떻게 하라는 말씀이신가요?”

"유명한 서상기(西廂記, 중국 원나라 때의 희곡)에는 홍란이가 그의 시비 앵앵이 때문에 혼인의 인연을 맺었다고 했는데, 너도 한번 홍란이와 같이 아가씨와 내가 만날 수 있도록 힘써 주렴!"

이 말을 들은 추향은 어처구니없다는 듯이 강필성을 쳐다보았다. 내심 능청맞고 앙큼스런 추향이도 이 생각 저 생각 나름대로 궁리하는 바가 없지는 않았다.

"그러시다면 이렇게 해 보세요. 성사가 되고 안 되는 것은 도련님 하기에 달려 있으니까요. 뒷날에라도 후회 없으시도록……. 그때는 저도 몰라요! 예? 아시겠어요?"

"자, 그러면 너만 믿는다!"

강필성은 추향이와 단단히 약속을 했다. 추향이는 급히 초당으로 돌아와서 채봉이의 동정을 살폈다. 추향이를 보고 깜짝 놀란 채봉이는 궁금하여 물었다.

"아까 갖다 드리라고 한 회답의 시구는 전해 드렸느냐? 그걸 보시고 아무 말씀도 없으시던?"

"서상기에 나오는 홍란이니 앵앵이니 하시면서……장군서 같은 사람이 되기를 원한다고 그러시던데요."

이 말을 듣자 채봉은 고개를 수그리고 한쪽 옷고름을 입으로 잘강잘강 씹으며 방 안으로 슬며시 들어갔다. 며칠이 흘러갔다. 맑고 둥근 보름달이 낮같이 밝게 비추는 저녁때 추향은 채봉이를 넌지시 꾀어내어 축산 언덕에 올라 바람을 쏘이며 달구경을 하고 있었다. 그때 난데없이 자기 옆에 나타난 사나이의 모습을 알아차린 채봉이는 놀란 가슴을 진정시키면서 천천히 그 꽃잎 같은 어여쁜 입술을 열어서 정중하게 인사를 했다.

강필성은 재빠르게 상반신을 굽혀 같이 인사를 했다.

"저에 대한 얘기는 추향이에게서 많이 들으셨으리라 생각하오. 원하건대 제 간절한 마음을 알아주시고 저를 장군서로 삼으시어 그대와 추향이 홍란과 앵앵이 되어서 백년해로하게 해 주시오! 제가 바라는 바는 오직 이것뿐이오!"

너무나 단도직입적으로 대드는 도령의 말에 채봉이는 어쩔 줄 몰라 하며 멍청이 서 있다가 초당 안으로 들어갔다. 강필성은 닭 쫓던 개 지붕만 쳐다보는 격이 되고 말았으나 역시 한 줄기 희망을 품을 수 있는지라 그 기쁨이야말로 천하를 얻은 듯했다.

한편 김 진사는 많은 돈을 가지고 서울로 올라온 뒤부터 한시도 쉴 새 없이 권세가 높은 집안를 찾아다니기에 눈코 뜰 사이가 없을 지경이었다.

그 당시 서울 장안에서 세력깨나 쓰고 산다는 사람은 허 판서였다. 김 진사는 허 판서와 가장 가깝게 지낸다는 김양수라는 사람과 친하게 되었는데, 김양수라는 위인은 윗사람에게 아첨이나 하고 비위나 맞추어 주면서 살아가는 소인배에 지나지 않았다. 허 판서에게 알랑알랑해서 양주 목사라는 벼슬자리를 얻었고, 벼슬을 사고파는 무리 틈에 끼어서 뚜쟁이처럼 주선을 해 주고 이익을 챙기며 사는 하잘것없는 위인이었다. 김양수는 김 진사가 벼슬자리를 얻기 위해 많은 돈을 가지고 서울에 올라왔다는 것을 알았다. 그래서 이 기회에 돈을 벌 요량으로 김 진사를 대접하는 척하며, 한편으로는 평양으로 사람을 보내어 김 진사의 재산이 얼마나 되나 뒷조사를 시켜 여러 가지 흉계를 꾸미려 드는 못된 인물이었다.

"그러나저러나 좋은 자리가 있는데 한번 해 보시겠소?"

"정말이오?"

"그러려면 출륙(出六, 조선시대에 참외 품위에서 육품의 계로 오르던 일)을 먼저 밟아야 하는데……. 우선 천 냥만 나에게 주시오. 건원릉 정자각 수리별단에 출륙의 순서를 밟을 수 있도록 내가 주선해 드릴 터이니."

"저 같은 시골 사람이 무엇을 알겠습니까? 부디 잘 부탁하오니 힘써 주십시오!"

"뭐 걱정하실 것은 없소. 모든 일을 내가 책임지고 해 드릴 것이니 노형은 그저 돈이나 넉넉히 준비하면 되는 것이오."

김 진사는 김양수의 말만 믿고 많은 돈을 주고 출륙의 길을 밟아 관보를 얻어 허 판서를 찾아갔다. 허 판서가 말하기를

"자네는 조그맣기는 하지만 과천군의 현감자리 같은 거라도 해 보는 것이 어떨까?"

김 진사는 뜻하지 않은 말에 그저 황송할 뿐이었다.

"돈은 얼마나 드리면 됩니까?"

돈을 주면 사고팔고 할 수 있는 벼슬자리였다.

"으흠, 아무리 적게 예산한다 해도 만 냥은 있어야 할걸!"

이때 연적에 물을 갖다 놓은 열일곱 살쯤 되어 보이는 아리따운 모습을 힐끗 쳐다본 김 진사는 무심결에 혼잣말로 중얼거렸다.

'그 아이, 신통하게 우리 애기 같기도 하다. 언제나 저렇게 잘생긴 사위를 맞아 짝을 지어 줄 수 있을까!'

이 어리석은 몇 마디 말이 그것을 옆에서 잠자코 듣고 있던 허 판서에게 무서운 야심을 품게 하는 도화선을 만들어 주었다.

"자네 지금 좋은 사윗감이라고 사위를 삼았으면……하는 말을 했지? 내가 자네 사위 노릇을 해 보고 싶은데 어떻게 생각하나?"

"농담 마십시오!"

그러나 추근추근한 허 판서는 감언이설로 그럴듯하게 김 진사를 자기 편으로 끌어들이려고 그 유창한 입심을 자못 거만스럽게 부리기 시작하며 나지막한 음성으로 바싹바싹 달려드는 것이었다.

결국 김 진사는 벼슬이라는 헛된 욕심에서 헤어나지 못하고 허 판서 앞에 굴복하고 말았다.

"그러면 내일 당장 평양으로 내려가서 딸을 데리고 올라오겠습니다."

벼슬과 출세라는 이 무서운 욕망을 위해서 애지중지 키운 어린 딸자식까지 바치기로 굳은 약속을 하고야 만 김 진사는 이튿날 평양으로 내려갔다.

평양으로 내려온 김 진사는 그동안 있었던 얘기를 부인에게 하고 딸 채봉이를 데리고 부인과 함께 이튿날 곧장 서울로 출발했다. 그러나 채봉이는 강 도령을 생각하면서 억지로 끌려가다시피 서울로 발걸음을 옮겼다.

김 진사, 이 부인, 채봉이 세 사람을 태운 세 채의 교자가 서울을 향해서 길을 떠난 뒤 중화군 만리교까지 왔을 때는 벌써 날이 저물어 땅거미가 내려앉아 더 이상 길을 갈 수 없게 되었다. 할 수 없이 조용한 주막을 찾아서 하룻밤을 보내고 날이 밝으면 다시 길을 떠날 작정으로 이 부인과 채봉이는 안채로 들여보내고 김 진사는 바깥채 방에서 쉬기로 했다.

삼경이 되었을 무렵, 난데없이 사방에서 으악 하는 소리가 진동하며 불길이 일어나더니 험한 광경이 벌어졌다. 화적의 무리들이 물밀듯이 몰려들어 사람이란 사람을 닥치는 대로 죽여 버리고 마을 사람들의 재물을 모두 약탈해 갔다. 갑작스럽게 봉변을 당한 김 진사가 혼비백산하여 안채로 뛰어 들어가 보니 벌써 채봉이는 온데간데없고, 사방에서 들려오는 건 처참한 통곡 소리와 수라장 같은 아우성 소리뿐이었다.

"채봉아! 채봉아!"

아무리 목청껏 고함을 질러 보아도 대답하는 사람이 있을 리 없다. 이게 어찌 된 일일까!

옆에 나란히 드러누워서 잠들어 있어야 할 딸 채봉이는 간 곳이 없었다. 채봉이는 아버지의 욕심 때문에 억울하게 늙은 사내의 첩이 되는 것을 견딜 수 없어 어머니가 잠들기를 기다렸다가 아무도 모르게 주막집에서 뛰쳐나와 그대로 평양을 향해서 걸음아 날 살려라 하고 도망쳐 버린 것이다.

한편 김 진사 내외는 그대로 걸어서 간신히 서울에 다다랐다. 서울에
도착하기가 무섭게 김 진사는 허 판서 집을 찾아갔다. 허 판서는 김 진사
가 돌아오기를 몹시 고대하고 있었다는 듯이 싱글벙글거리며 어쩔 줄 몰
라 했다.

그러나 김 진사는 고개를 숙이고 서울로 오는 동안 일어난 일들을 하
나도 빠짐없이 얘기했다.

"뭐라고? 서울로 올라오는 도중에 봉변을 당했다니 그게 대체 무슨 소
린가? 어서 사실대로 말해 보게!"

허 판서는 믿을 수 없다며 김 진사가 하는 얘기를 농담으로 받아들이
다가 얼마 후 그것이 사실이라는 것을 알게 되었다. 그러자 손톱만 한 동
정을 하기는커녕 갑자기 안색이 변하여 노발대발하며 딸을 데리고 올라
올 때까지 김 진사를 잡아 두고 이 부인을 평양에 내려 보냈다.

한편 평양으로 혼자 돌아와 버린 채봉이는 추향이 집에서 함께 지내고
있었다. 이때 이 부인은 평양에 내려와 죽은 줄 알았던 채봉이를 만나 서
로 부둥켜안고 통곡을 했다. 채봉이는 어머니를 통해 아버지가 자기 때
문에 허 판서 집에 잡혀 있다는 소식을 들었다.

채봉이는 그제야 평양으로 도망쳐 온 심정을 어머니에게 솔직히 고백
했다.

그러나 아랫입술을 지그시 깨물며 서울에는 절대로 가기 싫은 눈치였
다.

이 무렵에 마침 평양 감사로 새로 부임해 온 이보국이라는 사람은 나
이도 여든 살의 고령으로 덕망이 높고 인자한 양반으로 그 면성을 조야
에 떨치고 있는 훌륭한 인물이었다.

그는 채봉이라는 처녀가 용모가 출중할 뿐만 아니라 서화와 시도에도
비범한 재능을 갖추고 있다는 소문을 듣고서 어느 날 한가한 틈을 타서
서화를 구경할 생각으로 사람을 보내어 채봉이를 그의 별실로 불러들였

다.

"아, 너 참 잘 와 주었다. 듣자 하니 너는 서화에 뛰어난 재주를 가졌다는데 어디 내 앞에서 몇 자 써 보여줄 생각이 없느냐?"

이윽고 채봉이 앞에 남포 벼루와 청황의 무심필이 놓였다.

채봉이는 사양하지 못하고 가냘프고 고운 손으로 굵직한 붓대를 다부지게 움켜쥐고 단숨에 글을 써 내려갔다.

주옥같이 아름다운 글씨들이 한 자 한 자 새까만 광채를 발하면서 이 감사의 두 눈을 어리둥절하게 했다.

결국 채봉이의 타고난 글솜씨 때문에 평양 감사 이보국은 채봉이의 아버지 김 진사의 무죄를 증명해 주는 데 도움을 주었다.

벼슬과 출세를 꿈꾸다가 몸을 망쳐 버린 김 진사는 반역을 꾀하다가 멸문하는 화를 입은 허 판서와는 대단한 관련은 없었으나 그래도 다소 혐의가 있다 하여 그 후에도 꽤 오랫동안 옥에 갇혀 있어야 했다.

그러나 이 감사가 힘써 준 덕분에 김 진사는 가까스로 고향인 평양으로 무사히 돌아올 수 있었다.

김 진사는 먼저 채봉이와 이 부인을 만나고 다시 이 감사를 찾아가서 자신의 어리석음을 깊이 사죄했다. 이후 딸 채봉이의 혼사를 위해서 온 정성을 쏟았으며, 출세의 문이 자연히 열리고 있는 믿음직한 강필성을 사위로 맞이하게 되었다.

토끼전

- 작자 미상 -

작품 정리

〈토끼전〉의 주제는 충(忠)을 앞세운 중세적 유교의 지배 논리를 강조하는 경우, 이들 충과 유교적 도덕률에 대한 야유와 비판, 서민적·풍자적 해학이 주제인 경우, 또 이들 양자가 공존 내지 혼재하는 경우의 세 가지 양상으로 나타난다.

〈토끼전〉은 동물들을 등장시켜 풍자적으로 묘사한 의인 소설이자 우화 소설이다. 조선의 고전 소설에는 실화(實話)가 모델이 되어 작품으로 정착된 것이 적지 않다.

그러나 고전 소설에는 실화가 소설로 된 것뿐만 아니라 전래되어 내려오는 우화가 소설의 소재가 된 것 또한 적지 않다.

전해 내려오는 우화라 한다면 과거에는 설화 문학으로 벌써 오랫동안 민간에 유행되어 문자로 기록되지 않은 문학으로 일반 대중에게 환영을 받았다.

또 그러는 사이에 대중의 생활이 남몰래 그 가운데로 스며 들어가, 때마침 소설이 널리 읽혀짐에 따라 누군가가 문자로 옮겨 작품화된 것이라 할 수 있다.

작품 줄거리

용왕이 병이 나자 도사가 나타나 육지에 있는 토끼의 간을 먹으면 낫는다고 한다. 용왕은 수궁의 대신을 모아 놓고 육지에 나갈 사자를 고르는데 서로 다투기만 할 뿐 결정을 하지 못한다. 이때 별주부 자라가 용왕의 명을 받고 토끼의 간을 구하기 위해 육지로 간다. 토기 화상을 가지고 육지에 다다른 자라는 산중에서 토끼를 만나 수궁에 가면 높은 벼슬을 주겠다는 말로 토끼를 유혹한다.

자라의 말에 속은 토끼는 자라를 따라 용궁에 이른다. 용왕은 토끼를 보자 배를 갈라 간을 꺼내라고 한다. 그러자 토끼는 꾀를 내어 간을 육지에 두고 왔다고 한다. 용왕은 토끼를 환대하면서 다시 육지에 가서 간을 가져오라고 한다.

자라와 함께 육지에 이른 토끼는 자라를 조롱하며 달아나고 자라는 허탈한 마음으로 돌아간다. 토기는 죽음을 모면해 옛길을 찾아가니 너무나 기쁜 나머지 앞뒤를 분별없이 뛰어가다가 그물에 걸리지만 쉬파리를 보고 꾀를 생각해 내어 간신히 위기를 모면한다.

핵심 정리

갈래 : 우화 소설

연대 : 미상

구성 : 교훈적

시점 : 전지적 작가 시점

배경 : 옛날 옛적 용궁, 바닷가, 산 속

주제 : 인간의 속물적 근성과 고난 극복

 토끼전

천하에는 사해가 있고, 사해에는 제작기 용왕이 있으니 동해는 광연 왕이고, 남해는 광리 왕이며, 서해는 광택 왕이고, 북해는 광덕 왕이다.

사해의 용왕 가운데 남해의 광리 왕이 우연히 병을 얻어 백 가지 약으로도 효험을 보지 못했다.

용왕은 자손을 불러 뒷일을 부탁하고, 눈물로 세월을 보내더니 하루는 여러 빛깔로 아롱진 고운 구름이 수궁을 뒤덮고 기이한 향내가 사면으로 일어나면서 골격이 깨끗하고 빼어나며 용모 단정한 도사가 내려와 용왕께 나아가서 공손히 인사를 드렸다.

용왕은 도사를 반가이 맞이하며 말했다.

"도사께서 누추한 이곳까지 왕림하셨으니 감사한 말씀 헤아릴 바 없사오나 과인이 병이 깊어 문전까지 나가 영접하지 못함을 용서하옵소서."

"나는 하늘나라의 태을 선관으로 대왕의 동생인 광연 왕과 절친한 사이옵니다. 광연 왕에게 대왕의 병세가 위독하다는 말을 듣고 문병차 왔사온데 그간 차도가 있으신지요?"

"과인의 병세를 물어 주시니 황공하옵니다. 몇 해 전에 상제의 조서를 받고 황주 땅에 비를 내리러 갔다가 우연히 병을 얻어 백 가지 약으로도 효험을 보지 못하니, 과인의 병세를 자세히 살피시고 신약을 가르쳐 주옵소서."

용왕이 간절히 애걸하자 도사는 대왕의 맥을 짚어 보고 한참 동안 생각에 잠겼다가 입을 열었다.

"사람의 오장 육부에 있는 병은 맥을 짚어 보면 대략 짐작할 수 있으나 대왕의 귀하신 몸은 인간과 달라 진맥하기가 어렵나이다. 대왕의 병세는 간경이 허하고 울화가 위로 올라 모든 병이 한꺼번에 나타났으니, 화타(華陀, 중국 후한 말기에서 위나라 초기의 명의)와 편작(扁鵲, 중국 전국 시대의 의사)이 모시고 있다 해도 고칠 수 없사옵니다. 하지만 오직 한 가지 신약이 있습니다. 인간 세상에 있는 토끼의 간으로 환을 지어 복용하면 놀라울 정도의 효과가 있을 것입니다."

이 말을 들은 용왕은 기뻐하며 즉시 문무백관을 한자리에 모아 놓고 토끼 간을 구해 올 만한 자를 골라 달라고 대사에게 부탁하였다.

대사는 신하들을 자세히 살펴본 후 용왕에게 아뢰었다.

"이번 사신에게 대왕의 목숨이 달렸으니 항우(項羽, 중국 진나라 말기의 무장) 같은 기력과 공명 같은 지략과 소진(蘇秦, 중국 전국 시대의 유세가) 같은 언변을 가진 자를 찾아야 합니다. 주부 벼슬에 있는 자라로 말하자면, 등의 철갑은 화살을 피할 것이오, 다리가 짧으니 헤엄도 잘 치겠고, 목을 임의로 늘일 수 있으니 원근을 잘 살필 것이며 배에 임금 왕자가 쓰였으니 목숨이 길 것입니다. 그러하오니 자라를 사신으로 보내는 것이 좋을 듯하옵니다."

용왕이 술을 부어 자라에게 권하며 말했다.

"그대가 이번에 공을 세우고 돌아오면 대대로 부귀영화를 누리리라."

용왕은 화공을 불러 토끼의 화상을 그리도록 하였다.

화공이 토끼의 화상을 그리는데, 난초, 지초, 모란화초, 꽃 따 먹던 입을 그리고, 천하 명산 경치를 보던 눈, 그리고 날아다니는 새 우질 때 소리 듣던 귀, 만화방창(萬化方暢, 따뜻한 봄날에 온갖 생물이 나서 자라 흐드러짐) 꽃나무 숲을 펄펄 뛰던 발, 그리고 엄동설한에 바람막이가 되어 주는 털을 그리니 두 귀는 쫑긋, 앞발은 앙금, 뒷발은 길쭉, 맑은 물 굽은 길의 계수나무 그늘 속에서 이리 뛰고 저리 뛰던 완연한 토끼더라.

자라가 토끼의 화상을 받아 들고 집으로 돌아와 서자와 작별할 때, 아내는 눈물을 흘리며 당부했다.

"임금을 위하다가 목숨을 바친들 여한이 있으리오. 집안 생각은 아예 말고, 부디 토끼의 간을 구해다가 임금님의 병을 낫게 하십시오."

"부인 말씀을 들으니 충신의 아내 되기에 부끄럼이 없겠소. 나 없는 동안 늙으신 어머니와 어린 자식들이나 잘 보호하며 평안히 있으시오."

별주부는 행장을 꾸려 만경창파 깊은 물에 허위 둥실 떠올라서 바람 부는 대로 물결치는 대로 이리저리 흐르다가 물가에 당도하였는데 육지가 처음인 자라는 어디로 향해야 할지 몰랐다.

이곳저곳 두루 찾아 한 곳에 당도하여, 바위 위로 기어오른 자라는 백통(구리, 아연, 니켈의 합금) 담뱃대에 삼동초를 비벼 담아 불을 붙여 입에 물고는 이리저리 살펴 한 곳을 바라보니 청계산 수풀 속에 온갖 짐승이 다 모였다. 별주부 엉금엉금 기어가서 동정을 살펴보니 흰 범, 대범, 표범, 노루, 사슴, 너구리, 멧돼지, 수달, 토끼, 여우, 곰, 다람쥐, 참쥐, 두꺼비 등 온갖 짐승이 다 모여 잔치를 하는 모양인데, 서로 윗자리에 앉으려고 나이와 위풍을 내세우며 다투고 있지 않은가.

별주부가 화상을 꺼내어 비교해 보니 가장 위에 앉아 있는 것은 범이었다. 그다음에 앉아서 많은 말을 지껄이는 놈은 분명히 토끼였다. 별주부는 잔치가 끝난 후에 토끼를 만나 시험해 보리라 하고 기다렸다. 이윽고 서산에 해가 질 무렵에 여러 짐승들은 잔치를 끝내고 흩어졌다.

신변의 위험을 느낀 자라는 산 아래로 내려와 잠시 숨어 있다가 이윽고 사방을 살펴보니 토끼를 비롯한 모든 짐승들이 온데간데없었다.

한순간의 위험을 피하려다 모처럼 만난 토끼를 놓쳐 버린 별주부는 산허리에 높이 올라 단을 쌓아 놓고 산신께 기도를 올렸다.

"신령께서는 나의 정성을 살피시어 토끼를 만나게 해 주옵소서."

예절 없는 절을 무수히 하고 있는데, 이때 토끼가 잔치를 끝내고 몹시 취해 석약천 좁은 길로 하늘하늘 뛰어오고 있었다.

별주부는 산신의 도움이라 생각하고 말소리를 낮추어 말했다.

"저기 오시는 이는 누구시오?"

토끼가 정신을 가다듬고 사방을 살펴보며 말했다.

"게 뉘라서 날 찾나? 상산사호(商山四皓, 중국 진시황 때에 난리를 피하여 산시 성의 상산에 들어가서 숨은 네 사람. 동원공, 기리계, 하황공, 각리 선생을 이름) 노인들이 바둑 두자고 날 찾나? 죽림칠현(竹林七賢, 중국 진나라 초기에 노자와 장자의 무위 사상을 숭상하여 죽림에 모여 청담으로 세월을 보낸 일곱 명의 선비)들이 술 마시자고 날 찾나? 이태백이 채석 가자고 날 찾나? 인생 부귀 물으시면 뜬구름이라 가르쳐 주고 역대 흥망을 물으시면 상전벽해(桑田碧海, 뽕나무 밭이 변하여 푸른 바다가 된다는 뜻으로, 세상일의 변천이 심함을 비유적으로 이르는 말)라 일러 주지. 그런데 그대는 도대체 누구시오?"

"저는 경해 수궁에 사는 별주부 자라라고 하온데 노형은 누구시오?"

"나는 이 산중에 사는 토 선생이라 하오."

별주부가 유식한 체하며 물었다.

"타랴터텨 하는 '토' 자시오?"

"그런 '토' 자가 아니라, 자하골 나무전의 언월생토라 하는 '토' 자이외다."

"말씀을 듣자 하오니 매우 유식하시구려."

토끼가 너털웃음을 웃고 나서 뽐내며 말했다.

"예, 논어, 맹자, 시전, 서전, 주역, 춘추강목(春秋綱目), 필대가며, 당음(唐音, 중국 원나라의 양사굉이 당나라 때의 시를 엄선하여 엮은 책), 당시(唐詩, 중국 당나라 때의 시인들이 지은 시), 고문 예기 시서백가어(詩書百家語, 〈시경〉, 〈서경〉과 제자백가의 책을 아울러 이르는 말)를 두루 다 섭렵하였소."

"토 선생의 문필이 그러하면서 장원 급제하여 부귀영화를 누리지 못하고 어찌 저리 적막하게 지내시오."

토끼가 화를 버럭 내며 말했다.

"나의 재주가 비상하나 시절이 뒤숭숭하여 공명을 하직하고 산중의 주인 되어 사철 풍경을 구경하나니, 나의 재미 들어 보시오. 춘삼월 돌아오면 꽃바람이 건듯 불어 온갖 풀과 꽃들 피어날 때 석탑 위에 걸터앉아 꽃과 버들을 감상하는 것은 나의 봄 경치요, 여름이 돌아오면 남풍이 불어 온갖 잡초가 무성할 때 청계수 맑은 물에 손발 씻고 돌아서서 약초를 캐는 것이 이 산중의 여름 풍경이라. 서풍에 익은 과실 산과 들에 널려 있어 내 마음대로 따 먹는 것은 나의 가을 재미요, 만학천봉(萬壑千峯, 첩첩이 겹쳐진 깊고 큰 골짜기와 수많은 산봉우리)에 백설이 쌓이면 맑고 밝은 달빛을 벗 삼아 불로초를 장복(長服, 약이나 음식을 오랫동안 계속해서 먹음)하여 명을 더욱더 오래 유지하는 것이 산중의 맛이로다."

토끼의 말을 듣고 있던 별주부가 하늘을 보고 크게 웃으며 말했다.

"그대의 말은 모두 거짓이로다. 그대의 말을 그 누가 곧이들으리오. 내가 생각건대 그대가 봄날이 화창하여 풀잎이나 따 먹으러 깊은 산속으로 들어갈 때 맹렬한 저 독수리 화살같이 날아드는데 그대가 무슨 정신이 있어 꽃과 버들 구경하리오. 여름으로 말할진대 목이 말라 물 먹으러 시냇가로 내려갈 때 소 먹이는 목동들이 채찍을 들고 쫓아오는데 천방지축 도망하는 것도 바쁜데 어느 겨를에 약을 캐리요. 또 단풍잎이 붉어질 때 무슨 과실이나 얻어먹으려고 조용한 곳을 찾아가면 냄새 잘 맡는 사냥개가 그대의 자취를 밟고 총 잘 쏘는 사냥꾼이 방아쇠를 당길 때 그대는 혼비백산하여 도망하는데 어찌 불쌍하지 아니하오. 온 산이 백설로 뒤덮였을 때 먹을 것이 없어, 도토리 조각이나 있나 하고 양지 쪽에 내려가면 나무 하던 초립동이 낫을 들고 쫓아오니 도망가기 바쁘고, 달아나다가 농부가 놓은 덫에 걸릴 자는 그대 말고 누가 또 있는가? 이렇게 보건대 춘하추동 사시절에 그대에게 편할 날이 어느 때인가?"

토기는 주부의 말을 듣고 한풀 꺾이는 듯 잠잠히 앉아 있다가 말했다.

"형이 나에게 무슨 마음이 있기에 갈수록 모진 말만 하시오? 형이 계신 수궁 경치는 어떠하오?"

"우리 수궁 경개를 말하면, 오색구름 깊은 곳에 영덕전이 솟았는데, 백옥 난간, 산호 기둥, 호박 주렴, 진주 용상에 구름과 안개로 병풍을 둘러치고 팔선녀가 시위하여 날마다 잔치를 베풀 적에 금관 조복 백관들이 차례로 늘어앉고 풍류가 흥겨우며 호박 반 유리 상에 금광초 불사약을 소복이 담아다가 앞앞이 권할 때에 기분이 상쾌하고 심신이 황홀하더이다."

이 말을 들은 토끼는 마음에 동요를 느꼈다.

"나 같은 사람도 수궁에 들어가면 벼슬도 할 수 있고 팔선녀와 정을 나눌 수 있으리까?"

"뛰어난 문필과 풍채를 지닌 토 선생이 수궁에 가신다면 그 누가 우러러보지 않겠소? 지금 홍문관 대제학의 자리가 비어 있는데 내가 선생을 추천하여 낙점하시게 하리라."

"내 비록 가고는 싶으나 물과 육지가 다른지라, 갈 길이 없을까 하노라."

"그것은 조금도 염려 마오. 내 등에 업히면 천리만리라도 갈 수 있으니."

별주부의 말을 듣고 있던 토끼가 반신반의하여

"그대의 말씀은 감사하나 갈 뜻이 없나이다."

하니, 자라는 짐짓 산 아래로 내려가며,

"그렇다면 진즉 말씀할 일이지 형이 싫다하면 호랑이를 데리고 가야겠소. 그럼 후에 다시 만납시다."

하며, 하직하고 떠나가자 토끼가 황급히 쫓아 내려오면서 사정했다.

"우리 숙주께서는 모든 일을 나에게 의논하니, 찾아가도 소용없소. 만리타국(萬里他國, 조국이나 고향에서 멀리 떨어져 있는 다른 나라)으로 떠나려 하면서 그만한 의심도 없으리오. 이제 그대의 참뜻을 알았으니 나를 데리고 가 주오."

자라는 짐짓 속는 체하고 다시 한 번 다짐한 다음 토끼를 데리고 물가로 내려갔다.

이때 방정맞은 여우가 산모퉁이에서 난데없이 나타나 말했다.

"어리석은 토끼야, 내 말을 들어 보아라. 물이란 위험한 곳이다. 타국으로 벼슬을 구하러 갔다가 못되면 굶어 죽고 잘되면 제명대로 살지 못하고 죽는 법이니라. 너와 나의 옛정을 생각하여 충고하노니 가지 마라."

토끼가 곧이듣고 따라가지 않겠다고 하자 별주부는 다 된 일을 여우란 놈이 훼방을 부렸다며 짐짓 돌아보지도 않고 엉금엉금 내려가며 혼자 중얼거렸다.

"제 복이 아니니 별수 없군."

이 말을 들은 토기가 뒤따라오며 물었다.

"제 복이 아니라니 도대체 무슨 말이오. 자세히 일러 주오."

자라는 내심으로 기뻐하며 대답했다.

"남의 좋은 사이를 이간한 것 같아서 말하지 않으려 했는데 당신이 물으니 말하지 않을 수 없군. 내가 육지에 올라왔을 때 여우가 저를 데려가라고 하였으나 간사한 그 심술이 좋지 않아 거절하였더니, 당신을 데려간단 말을 듣고 쫓아와서 당신을 떼어 놓고 자기가 따라가려는 것이 분명하오."

토끼는 별주부의 말을 다시 곧이듣고 여우를 한 번 꾸짖고 나서 말했다.

"내 아무리 어리석으나 어찌 무식한 자의 부질없는 말을 곧이들으리오? 노형은 잠시 내가 주저한 것을 탓하지 마시고 바삐 가십시다."

자라는 토끼를 데리고 물가에 도달하여 토끼를 등에 업고 한없이 넓고 넓은 바다에 뛰어들어 수궁으로 향하는데 토끼가 깜짝 놀라 백사장으로 뛰어내리며 말했다.

"물소리 저러하니 차마 무서워서 못 들어가겠소."

별주부가 크게 화를 내어 꾸짖고 또 달래었다.

"방정맞은 토끼야! 네 목숨이 경각간에 달렸는 줄 모르고 태평으로 지내니 애석하구나! 너의 관상을 보니 죽을 날이 그다지 머지않은데 어찌 제 명을 다하고 편안히 자리에 누워 죽는 것을 바라리오? 그러나 수궁으로 들어가면 백 년 동안 장수하는 것은 물론이요, 벼슬이 일품인데 참으로 애석하도다."

토끼가 그 말을 듣고 환히 깨달으며 일어나 말했다.

"대장부 죽을지언정 어찌 친구의 말을 듣지 아니 하리오?"

별주부는 토끼를 등에 업고 너른 물을 돛대 없는 어선처럼 지향 없이 찾아갔다. 토끼는 눈을 감고 자라 등에 엎드려 간장이 녹는 듯하더니, 이윽고 물소리가 그쳤다. 눈을 들어 살펴보니 완연한 별천지라, 마음이 황홀하여 자라를 칭찬했다.

"형의 말이 옳소이다. 바라건대 좋은 자리에 추천하여 주오."

"그대는 여기서 잠깐만 기다리오. 내가 입궐하여 그대와 같이 왔음을 아뢰리다."

자라는 말을 마치고 총총히 사라졌다.

토끼는 홀로 앉아 자라가 돌아오기만을 기다렸다. 그때 갑자기 나졸들이 달려들어 결박하고 영덕전으로 들어가 뜰아래 꿇어앉혔다. 토끼는 겨우 정신을 차리어 전상을 우러러보았다.

용왕이 토끼에게 하교를 내렸다.

"과인의 병이 중한데 백약이 무효하더니 너의 간으로 환을 지어 먹으면 살아난다고 하기에 자라를 보내 너를 잡아왔느니라. 무례한 줄 알지만 네가 죽은 후에 과인의 병이 나으면 군신 중에 으뜸 공신이 너밖에 누가 있겠는가. 별도로 사당을 세워 매일매일 향을 피우는 등 극진히 지내리라."

토끼는 자라의 꾐에 속은 것이 분하였으나 후회해 봤자 소용없었다. 문득 한 가지 계교를 꾸며 낸 토끼는 얼굴색이 하나 변하지 않고 태연히 입을 열어 용왕께 아뢰었다.

"대왕의 간절하신 말씀을 듣자오니 소신의 배를 가른들 여한이 없겠나이다. 그러나 소신의 배를 가르지 않고도 대왕의 환후를 치료할 수 있사옵니다. 소신 비록 체구는 작으나 다른 짐승과 달라 밑구멍이 셋이옵니다. 두 구멍으로는 대소변을 통하고 나머지 한 구멍으로는 간을 출입하온데 초순부터 보름까지는 정결한 곳에 내어 걸고 아침 이슬과 달의 정기를 쏘인 후에 십육 일부터 그믐까지는 몸속에 간직하오니, 이른 바 망월토라 하옵니다. 약 중의 약인 줄 인간도 아는 까닭으로 종종 빌려 주는 일이 있사온데 하물며 대왕의 환후에 간절히 쓰신다니 어찌 아니 드리리오. 하지만 이곳에 올 때 매우 급하고 바빠 간을 가져오지 못하였나이다. 앞으로 석 달만 시간을 주시면 소신의 간은 물론 친구의 간까지 얻어 오리다."

용왕이 이 말을 듣고 크게 노하여 말했다.

"너는 간사한 말로 거짓을 고하니 죽어도 공이 없으리라."

용왕은 무사를 시켜 속히 배를 가르라 하니 토끼가 안색을 변치 않고 말했다.

"이제 소신의 배를 갈라 만일 간이 없으면 대왕의 병환도 고치지 못하고 소신만 억울하게 죽을 따름이니 그렇게 되면 누구에게 간을 구하시려 하옵니까? 그래도 믿기 어려우면 소신의 밑구멍을 보시옵소서."

용왕이 신하를 시켜 보게 하니 과연 구멍이 셋이라. 이때 금붕어가 용왕께 아뢰었다.

"그러나 세상일을 예측치 못하오니 별주부를 다시 보내 간을 가져오도록 하는 것이 어떨는지요."

토끼가 다시 아뢰었다.

"인간은 수궁과 달라 산천이 험악하고 초목이 무성하여 찾아갈 수 없다는 사실은 별주부가 더욱 잘 알 것이오."

왕은 토끼를 당장에 올려 앉히고 잔치를 베풀어 위로하였다. 토끼는 죽을 궁지를 벗어난 것이 하도 기뻐 이지저리 뛰놀다가 자리에서 떨어졌다. 자라가 토끼를 꾸짖으며 말했다.

"네가 얕은 꾀로 감히 우리 대왕을 속이려고 하느냐?"

토끼는 분함을 꾹 참고 잔치가 끝나기를 기다렸다가 용왕께 아뢰었다.

"소신이 의서를 보니 중병에는 왕별탕이 제일이라 하더이다. 그러니 구년 묵은 자라탕을 먼저 쓰시고 소신의 간을 쓰시면 약효가 더욱 빠를 것이옵니다."

이 말을 들은 용왕은 신하들을 불러 의논한 결과, 별주부는 인간 세상에 다녀온 공을 참작하여 죽일 수 없고 그 대신 암자라인 그의 아내를 왕별탕에 쓰기로 하였다.

별주부 기가 막혀 집으로 돌아와 아내와 타협하고 토끼를 모셔다가 주찬으로 극진히 대접하며 땅에 엎드려 애걸했다.

"부인의 생명이 토 선생께 달렸으니 부디 굽어 살피시어 목숨을 구해 주소서."

토끼가 비웃으면서 말했다.

"네가 당초 나를 죽을 데로 유인하고 없는 간도 있다 하여 기어이 죽이려 하더니 너의 아내 죽이기는 애통하다고 애걸하는 것이냐? 만일 죽는 것이 원통하거든 너의 아내를 나에게 수청 들도록 하여라."

별주부는 하는 수 없이 토끼의 청을 승낙했다.

이튿날 아침, 토끼는 용왕께 문후(問候, 웃어른의 안부를 물음)하고 다시 아뢰었다.

"어제 왕별탕을 쓰시라 한 것은 급한 약이 없어 아뢰었지만 다시 생각하여 보니 소신의 간을 먼저 쓰시고 동정을 보아 다른 약을 쓰시는 것이 좋을 듯하옵니다. 또 별주부는 공신인데 너무 가혹한 처사인 듯도 하옵니다."

용왕은 매우 기뻐하며

"토 선생의 말씀이 옳은 줄 아오. 과인의 병세 한시가 급하오니 수고를 아끼지 말고 속히 다녀오시오."

하고, 당부하니 토끼가 마지못한 체하고 다시 별주부와 길을 떠날 제, 별 부인이 하녀를 시켜 토 선생께 편지를 보냈는데 내용은 이러했다.

'소첩의 팔자 기박하여 일찍이 부모를 여의고 열다섯 살에 주부와 만났으나 금슬이 부족하여 남모르는 눈물로 세월을 보내다가 하늘이 도와 토 선생을 만나 백년을 기약하였더니 국사 때문에 한 번 만난 낭군과 이별하니 기약이 아득하오. 인간 세계에 당도하면 별주부는 버려두고 낭군만 돌아오소. 눈물이 앞을 가려 대강 그치나이다.'

이때 용왕이 여러 신하를 거느리고 토끼를 전송하였다. 토끼가 용왕께 하직하고 다시 주부의 등에 올라 물에 드니 고국 강산 다시 볼 생각에 웃음이 절로 나왔다. 별주부가 토끼에게 말했다.

"우리가 공을 세우고 돌아가면 선생은 대왕의 사부 되어 귀함이 한이 없을 것이니, 풍랑 속에 여러 번 동행한 점과 별 부인의 정을 생각하여 특별히 보호하여 주시오."

토끼는 속으로 비웃으며 쾌히 허락했다. 어느덧 물가에 당도하자, 백사장에 뛰어내려 이리 뛰고 저리 뛰며 자라를 조롱했다.

"이 미련한 별주부야. 저절로 생긴 오장육부에 변화 있다더냐? 너의 조정이 무식하여 함정에 든 범을 놓아 보냈으니 골수에 깊이 든 병 이제는 어이하리? 산중의 부귀가 부족하여 용궁에 가 벼슬하랴? 지척에 있는 간을 여기까지 찾으러 왔구나! 다시 한 번 뜻한 데로 나를 유인하여 봐

라. 너의 사정 생각하면 불쌍키도 하다마는 너의 아내와 미진한 정 심중에 병이 된다."

별주부가 정색을 하며 말했다.

"실없는 소리 하지 말고 간이나 찾아 속히 돌아가자."

그러자 토끼가 화를 버럭 냈다.

"간은 내 뱃속에 들어 있거늘 너를 위해 네가 죽으랴? 어리석은 별주부야! 나와 같은 영웅호걸 수궁에서 보았느냐. 네가 만일 용기가 있거든 뭍으로 나와서 싸워 보자. 내 비록 고단하나 상상봉의 호랑 숙주 내 소리 급히 나면 한순간 달려오니 너 같은 못난 자식은 혼이 나 봐야 한다."

토끼는 잔방귀 소리를 졸졸 흘리며 청산 녹음 사이로 화살대같이 사라져 버렸다.

별주부는 분을 이기지 못하고

"우리 대왕은 저 놈의 꾀에 빠져 만반진수(滿盤珍羞, 상 위에 가득 차린 귀하고 맛있는 음식)를 공연히 허비하고, 씻기 어려운 욕이 내 집까지 미쳤으니 어찌 원통하지 않으리오. 만리타국에 찾아온 일이 헛되게 되었으니 무슨 얼굴로 고국에 돌아가리오."

하며, 종일토록 통곡했다.

이때 토끼는 죽음을 모면하고 옛 길을 찾아가니 너무나 기뻐서 앞뒤 분별 없이 뛰어가다가 그만 그물에 걸렸다. 벗어날 길이 없음을 깨달은 토끼는 하늘을 우러러 탄식하며 슬피 울었다.

"내 당초 수궁에서 죽었던들 신체나 비단으로 염습(殮襲, 죽은 사람의 몸을 씻긴 뒤에 옷을 입히고 염포로 묶는 일)하며, 혼백이라도 춘추제향을 극진히 지내줄 것인데 간신히 빠져나온 목숨 이 지경이 되고 보니, 내 비록 제갈량의 지략과 오자서(伍子胥, 중국 춘추 시대의 초나라 사람)의 기력인들 어찌 벗어나리오. 이제는 죽기밖에 별 도리가 없구나!"

그때 코밑에 쉬파리 한 마리가 앉아 있었는데, 문득 꾀를 생각하여 쉬파리에게 수작을 걸었다.

"내가 죽은 줄 알고 찾아온 모양인데 네깐 놈이 먹으면 얼마나 먹으랴?"

"내가 비록 고단하나 음식을 먹으면 하루 천 마리의 소라도 먹으며, 경각간에 백자천손(百子千孫, 헤아릴 수 없이 많은 자손)으로 후손이 번성한다."

토끼는 내심 기뻐하며 말했다.

"네 자손이 많다 하니 나와 내기를 하자. 나의 털끝마다 너의 알을 슬면 너희를 매우 맛이 좋은 음식이 있는 곳으로 안내해 주리라."

쉬파리는 토끼의 속셈도 모르고 털끝마다 알을 슬어 놓으니, 토끼는 죽은 듯이 눈을 감고 누워 있었다.

석양 무렵에 그물 임자가 와서 토끼를 보니 구더기가 득실득실하자 그물에서 빼내어 산골짜기에 던져버리니 기뻐하며 산허리로 달아나 말하기를

"좋을시고 내 팔자여! 재미있다 내 일이여! 용왕같이 신령함도 내 말 한마디에 귀가 먹고, 사람같이 영악함도 내 꾀에 눈이 멀어, 죽을 몸이 살았으니 우리 선산 명당 발음(發蔭, 조상의 묏자리를 잘 써서 그 음덕으로 운수가 열리고 복을 받는 일) 나 혼자 다 받았네. 수궁과 이 세상에 날 당할 이 뉘 있으리."

하며, 울창한 수풀 사이로 자취 없이 사라졌다.

장끼전

- 작자 미상 -

작품 정리

작자·연대 미상의 고전 소설. 조선후기의 작품으로 장끼, 까투리 등 조류를 의인화한 일명 〈장끼전〉, 〈웅치전〉, 〈화충전〉, 〈화충가〉, 〈화충선생전〉, 〈자치가〉 등이라고도 한다. 판소리의 한마당인 〈장끼타령〉을 소설화한 율문체 작품으로, 처음에 판소리 〈장끼타령〉으로 불리다가 그 전승이 끊어지면서 대본인 가사만이 남아 소설화된 것이다.

작품 줄거리

장끼가 봄 풍경을 즐기러 나왔다가 까투리를 보고 반해 청혼을 한다. 장끼 도령은 까투리에게 소식이 없자 모후에게 자신의 심정을 알리고 부왕에게 전하였더니 궁궐을 지키는 친위 부대를 보내어 장끼를 잡아 옥에 가둔다. 한편 까투리는 대보 장군의 아들 운무와 혼인을 재촉하는 아버지에게 장끼 도령과의 혼인을 간곡히 부탁한다.

한참 동안 생각에 잠긴 끝에 기묘한 방안을 생각해 낸 왕은 운무와 힘과 지혜를 겨루는 경합을 벌이게 한다. 경합에서 이긴 장끼 도령은 공주와 만난다. 한편 아들 운모를 잃은 대보 장군은 궁리 끝에 병부 대신의 아들 큰내 장군과 한뫼 도령을 대결하게 해 이기는 사람이 공주의 배필이 되게 하는 계략을 꾸민다. 왕은 대결에서 이긴 한뫼를 문부 대신에 임명하고 딸과 혼인시킨다. 세월이 지난 어느 날 인간 세상에서 개를 훈련시켜 꿩을 사냥하게 하자 꿩의 세상에서는 큰 소란이 일어난다. 엎친 데 덮친 격으로 계속된 장마 때문에 먹을 것이 없자 여기저기에 서 배고파 굶어 죽게 되었다는 소리가 터져 나온다. 하루는 한뫼 일행이 먹을 것을 찾아 들판을 헤매다가 콩알을 발견한다. 한 장끼가 먹으려 하자 한뫼가 불길한 느낌이 들어 말린다. 한뫼는 여러 장끼들을 불러 놓고 본보기를 보이며 자신이 콩알을 먹고 아무 일이 없으면 근처에 있는 콩을 따 먹고, 만약 자신이 덫에 걸려 죽게 되면 절대 콩을 따먹지 않겠다고 맹세를 하게 한다. 한뫼가 콩알을 잡아채자 한뫼의 목이 덫에 걸린다. 한뫼는 임금에게 충성하고 나라가 번성하도록 애써 달라는 유언을 남기고 죽는다.

핵심 정리

갈래 : 우화 소설

연대 : 미상

구성 : 우화적

시점 : 전지적 작가 시점

배경 : 봄날 어느 산골 마을

주제 : 남존 여비 사상과 여성의 개가금지에 대한 비판

🪶 장끼전

봄날 어디를 살펴보나 가득 펼쳐져 있는 진달래, 꽃.

"도련님, 고단하실 텐데 이젠 돌아가십시다!"

"지금 돌아간들 할 일이 없지 않느냐?"

"늦게 들어가시면 아버님께 꾸중 들으십니다."

"그렇더라도 이 아름다운 풍경을 놓칠 수는 없지 않느냐? 꾸중이야 참으며 되지만 이 풍경은 한 번 떠나면 다시 볼 길이 없지 않느냐?"

"얘! 저기, 저것이 무엇이냐?"

도련님의 소스라치게 놀라는 소리에 하인 놈은 덩달아 고개를 높이 치켜들어 두리번거린다.

"무엇 말입니까? 소인의 눈에는 아무것도 보이지 않는데요."

"신분이 미천한 놈은 눈마저 총기가 없구나! 저기 저 잔디 위에 분명 선녀처럼 아름다운 까투리 아가씨들이 놀고 있지 않느냐?"

"바른 말을 하리다. 실은 도련님이 저 아가씨들을 보고 딴생각을 하실까 하여 어서 돌아가시자고 재촉했습니다."

"네 녀석은 눈만 빠른 줄 알았더니 눈치도 빠르구나. 과연 저 아가씨들을 보니 마음이 설렌다. 이렇게 만난 것도 인연인데 어서 데려오도록 해라."

"성미도 급하십니다. 어떤 아가씨들인 줄이나 알고 그런 말씀을 하십니까? 바로 대왕 마마의 무남독녀 공주님과 시녀들입니다. 그리고 저 까투리의 주변에는 수많은 군졸이 있습니다. 잘못하다가는 잡혀가셔서 목숨을 잃게 됩니다. 그런 말씀 거두시고 어서 돌아가십시다."

하지만 도령은 불길처럼 피어오르는 애모의 정을 어떻게 해도 누를 수가 없어 버럭 소리를 질렀다.

"갔다 오라면 그리 할 것이지 웬 말이 그리 많으냐?"

"소인은 못 가겠습니다. 다리가 떨리고 날개가 굳어져서 도무지 몸을 움직일 수가 없어요."

"못난 녀석, 싫거든 그만둬라! 내가 앞장서서 가 볼 테다."

도령은 나뭇가지를 박차고 몸을 하늘 높이 솟구쳤다.

"궁녀들만 노는 곳에 어인 일로 공자가 찾아오셨소?"

"무엄한 이 몸에게 죽음 대신 인사 아뢰기를 허락해 주시면 은혜가 백골난망(白骨難忘, 죽어서 백골이 되어도 잊을 수 없다는 뜻)입니다."

도령은 점잖게 절하고 나서 말했다.

"여쭙기 황송하오나 시녀들을 잠시 멀리해 주소서."

"무슨 말인데 그리 은밀하오?"

공주는 잠시 망설이기는 했으나 이내 명을 내렸다.

"얘들아, 잠시 자리를 물러나 있거라!"

"제가 여쭙고자 하는 말씀은 다른 게 아닙니다. 실은 저 건너까지 놀러 왔다가 공주님의 자태를 뵙고는 젊은 가슴이 마냥 설레고 황홀한 나머지 그만 넋을 잃고 말았습니다. 제 비록 보통 사람의 신분이나 공주님을 사모하는 뜻은 누구에게도 비길 수 없습니다. 제 뜻을 받아 주신다면 공주님을 위해서 목숨이라도 바치겠습니다. 제 뜻을 부디 살펴 주십시오."

"공주의 혼인은 대왕 전하만이 결정하시는 일이오. 그런 말 함부로 하지 말고 어서 돌아가도록 하시오."

"혼인의 절차는 대왕 마마의 처분을 기다리기로 하겠습니다. 단지 공주님의 마음만이라도 알려 주십시오. 이렇게 애타는 제 마음을 헤아려 주겠다고 말씀만 해 주십시오."

"그런 말을 어떻게 이 자리에서 대답하라고 하시오. 공자의 심정은 알았으니 다음날을 기약하고 오늘은 이만 돌아가도록 하시오."

"높고 푸른 하늘을 믿듯이 공주님의 말씀을 믿고 기다리겠습니다. 부디 다시 뵐 날을 알려 주십시오."

이튿날 아침, 도령은 잠에서 깨자마자 아버지의 부름을 받았다. 얼굴에 흰빛이 감돌 만큼 늙고 위엄이 있는 아버지가 말하였다.

"실은 얘기할 문제가 있어서 너를 불렀다. 요 너머 골짜기 태수의 집에 과년한 규수가 하나 있느니라. 그 집과 우리는 대대로 우의가 깊고, 그 규수는 어렸을 때부터 너도 잘 알고 있지? 외모뿐 아니라 재주도 대단하고 들리는 말로는 벌써 오래전부터 너를 사모해 왔다는구나. 우리 집에 그런 규수가 며느리로 들어오게 된다면 참으로 복된 일일 듯하구나."

"아버님! 그 혼인 말씀은 무르도록 해 주십시오. 장끼마다 겉모양이 다르듯이 속마음도 다르지 않겠습니까? 아직 저는 그 규수와 혼인할 생각이 없으니 부디 없던 일로 해 주십시오."

"아니! 그 규수와 혼인할 생각이 없다면 다른 마음속 상대라도 있다는 말이냐?"

아버지의 언성은 아까보다 적잖이 높고 거칠었다.

며칠이 지나도록 내내 공주를 그리던 도령은 말없이 앞장을 서서 걷기도 하고 날기도 하면서 시름에 잠겨 공주가 사는 궁궐 쪽을 바라보았다.

"오늘도 소식이 없구나. 이만 들어가도록 하자."

"도련님! 저것이 무엇입니까? 저기 검은 그림자가 보이지 않습니까? 분명 장끼와 까투리들이 날아오고 있습니다. 저기 좀 보십시오!"

"정말 장끼와 까투리들이 날아오는구나! 저, 뚜렷이 빛나는 것은 궁궐 사신과 시녀들이다! 공주가 보내는 사신이 분명하다!"

"귀공들이 이곳 태수의 아드님과 그 하인이십니까?"

"그렇습니다. 보아하니 궁중에서 나오신 사신들인데 먼 길에 고생이 크셨겠습니다. 무슨 일이신가요?"

"공주 마마의 심부름으로 나왔습니다. 마마께서 보내신 이 글월을 받으십시오."

"오오, 공주님의 소식!"

공자님을 뵙고 난 뒤 평생 공자님을 의지하고 살아가려고 생각했으나, 뜻하지 않은 장벽이 있는 것을 알게 되었습니다. 모후(母后, 임금의 어머니) 전하께 제 심정을 말씀드려 부왕께 전하였더니 이미 부마(駙馬, 임금의 사위)가 될 장끼를 정해 놓으셨다고 하십니다. 더구나 소녀의 마음을 사로잡고 나라의 질서를 어지럽혀 놓은 공자님을 즉시 붙잡아 오라는 명령을 내리셨다 합니다. 우리들은 이 세상에서는 인연이 없는 듯하니 험한 나졸들에게 욕을 보시기 전에, 멀리 떠나 다른 나라를 찾아가셔서 앞날을 행복하게 지내십시오.

슬픈 공주 올림

그때 돌연 하늘이 소란해지며 무수한 날짐승이 저 아래 궁궐 쪽에서 치달아 올라왔다.

"거기 섰거라!"

맨 앞자리를 차지하고 날아오던 나졸 한 놈이 땅 위에 내리기도 전에 도령에게 소리를 쳤다.

"너는 분명히 봉밋골에 사는 태수의 아들이렷다! 우리는 궁궐을 지키는 친위부대다. 대왕 마마의 칙명을 받들고 너를 체포하러 왔다!"

도령이 옥에 갇히게 된 날부터 공주는 침식을 전폐하고 안타까워했다. 시녀들이 아무리 좋은 음식을 차려 올리고 온갖 풍악을 다 들려주어도 공주는 슬프고 괴로운 표정을 조금도 바꾸려 들지 않았다. 공주의 몸은 나날이 수척해져 갔다.

"내 어여쁜 딸아, 너의 심정을 내가 모르며 아바마마인들 모르시겠느냐? 그러나 나라에는 상감조차 복종해야 할 엄한 법이 있으니, 그 앞에서는 너의 괴로움마저 참는 수밖에는 다른 길이 없지 않겠느냐? 그 도령을 잊고 아바마마가 정하신 대보 장군의 아드님과 혼인하면 그동안의 네 괴로움은 일장춘몽(一場春夢)처럼 자취도 없이 사라질 것이다."

"살다가 이다음에 설사 태수의 아드님을 제 손으로 내쫓을 만큼 싫어지는 한이 있다 하더라도 지금은 그 도령 없이는 살아갈 수 없나이다. 굽어 살피셔서 더는 다른 말씀을 말아 주소서."

그날 밤 잠자리에 든 대왕에게 왕후는 조용히, 그러나 절실하게 아뢰었다.

"단 하나밖에 없는 공주가 분명 병이 들었나이다. 자칫하다가는 그 애를 잃게 되고, 이 왕실의 후사가 끊기게 될 지도 모르옵니다. 그 애를 구하시려거든 태수의 아들을 풀어 주라고 어명을 내리소서."

대왕의 얼굴에는 몇 가지 착잡한 표정이 지나갔다. 미천한 태수의 아들을 궁중으로 들여놓을 도리는 없었다. 한참 동안 눈을 감고 생각에 잠긴 끝에 왕은 기묘한 방안을 생각해 냈다.

"이렇게 하면 어떠하겠소?"

"어떤 방법이옵니까?"

"태수의 아들을 시켜 대보의 아들과 힘과 지혜를 겨루게 하는 거요. 이런 싸움은 서로 목숨을 내걸고 다투게 마련이니 태수의 아들은 대보의 아들에게 틀림없이 죽게 될 것이오. 그렇게 해서 태수의 아들이 죽는다면 공주도 눈물을 거두지 않을 수 없을 것이오."

이튿날 궁중에서는 대보의 아들 운무 장군과 태수의 아들 한뫼 도령이 용기와 지혜를 겨루게 된다는 포고(布告, 국가의 결정을 공식적으로 널리 알림)가 내렸다.

드디어 경합하는 날이 왔다. 구름 한 점 없는 늦봄이라 바람도 불지 않았다. 궁궐 뒤, 예전에 한뫼 도령과 공주가 처음 만났던 잔디밭이 싸움터로 정해져 있었다. 언저리의 높고 낮은 나무 바위나 잔디 위에는 전국에서 온 구경꾼이 개미 떼처럼 모여 있었다.

"오늘의 시합은 힘의 많고 적음이 아니라 지혜를 가리는 일입니다. 저 골짜기에는 대왕께서 늘 구하고 싶어 하시는 장수초가 있습니다. 오늘의 시합은 무서운 매들이 득실거리는 매바윗골을 뚫고 들어가서 그 장수초를 뜯어 누가 먼저 대왕 전하께 바치는지 겨루는 것입니다."

말이 떨어지자 한뫼 도령과 운무 장군은 쏜살같이 하늘로 날아올랐다.

저 아래 골짜기에서는 두렵기 그지없는 매의 소리가 들려왔다. 두 도령이 눈을 똑바로 뜨고 쏘아보니 크고 작은 매들이 이리저리 위세 좋게 날고 있었다. 매들의 출현에 운무 장군도 주춤하기는 했으나 뒤로 물러서거나 몸을 숨기지 않고 그대로 날아갔다.

장끼가 날아오는 모습을 매들의 보초가 발견했다. 그러나 장끼의 힘과 기술은 매의 발톱과 주둥이에 견줄 바가 아니었다. 다른 매 떼들이 채 닿기도 전에 운무 장군은 먼저 덮쳐든 매에게 숨 줄기가 막혀 기다란 비명을 남기고는 그대로 몸이 처졌다. 그러자 매 떼들이 땅에 뒹구는 운무 장군의 눈을 빼고 배를 가르기 시작했다.

숨어서 바라보는 한뫼 도령의 온몸에 소름이 쫙 돋았다. 도령은 이리저리 생각을 가다듬던 끝에 결국 한 가지 방법을 궁리해 냈다. 도령은 숨어서 기다리는 것이 무척 답답하였지만 끈기 있게 밤이 되기를 기다려서 몰래 약초가 있는 곳으로 다가갔다. 해가 뉘엿뉘엿 산 너머로 지기 시작하더니 이내 온 누리가 어두워졌다.

한뫼 도령은 눈에 불을 켜고 언저리를 살피며 살금살금 기어갔다. 몇 군데의 바위 기슭과 비탈길, 또 몇 고비의 모퉁이를 돌아가니 문득 이제까지 맡아 본 적이 없는 그윽한 풀 향기가 코를 찔렀다.

드디어 말로만 듣던 장수초가 바로 눈앞에 돋아나 있는 것이 보였다. 한 잎, 두 잎…… 한뫼 도령은 입이 터질 만큼 그득히 장수초를 따 물고 얼른 빠져나왔다. 올 때 눈여겨보며 익혀 둔 길이라 돌아갈 때는 어렵지 않았다.

"한뫼는 장수초를 뜯어왔고, 더욱이 운무 장군보다 앞서서 되돌아왔습니다."

군중들이 일제히 소리를 합쳐 외쳤다. 운무 장군을 물리치고 승리를 차지한 한뫼는 옥에서 풀려 나와 거리낌 없이 공주와 만날 수 있게 되었다.

그러나 한편, 한뫼 도령과의 싸움에서 아들 운무를 잃은 아버지 대보 장군은 어떤 대가를 지불하더라도 원수를 갚아야겠다고 이를 갈며 맹세했다. 밤새도록 궁리를 한 끝에 대보 장군은 그럴 법한 계략을 생각해 냈다. 이튿날 그는 자기와 그중 가까운 병부 대신을 만나 속마음을 이야기했다.

"철없는 자식 놈이 싸움에 진 것을 가타부타 재론할 일은 아니지만, 아비 된 심경은 너무도 억울합니다. 듣자 하니 한뫼라는 아이는 제 아비의 뜻으로 다른 곳에 정혼을 해 놓았다고 합니다. 이미 다른 곳에 정혼을 한 보잘것없는 도령이 저 존귀한 공주님을 농락하고 있다니, 나라의 질서가 이렇게 문란할 수야 없지 않습니까?"

"아주 중요한 사실을 알아내셨습니다. 그려. 그 일을 구실로 다시 한 번 힘 겨루기를 시키도록 상감께 아뢰는 것이 어떻겠습니까?"

그들 둘은 은밀히 모의를 하고 다음 날 어전회의에 참석했다. 회의가 끝날 무렵 병부 대신이 엄숙한 목소리로 임금에게 아뢰었다.

"봉밋골 태수의 아들 한뫼는 엄연히 정혼한 규수가 있다고 하옵니다. 그런 자를 대왕 전하의 부마로 삼는다면 어찌 왕실을 욕되게 하는 일이 아니겠습니까?"

임금이 놀라는 얼굴로 여러 신하들을 돌아보았다.

"그런 말은 지금 처음 듣소. 분명 사실이오?"

"얘기가 오고 가기는 하였사오나 한뫼 도령은 분명히 거절한 줄로 알고 있습니다. 그 일은 다시 논의할 것이 못 되는 줄로 아옵니다."

임금이 화난 기색으로 말하였다.

"그런 일이 있고 없고는 둘째 문제고, 혼담 자체가 오고 간 것도 합당하다고 할 수 없는 일이오. 다시 힘을 겨루도록 해서 승패를 가리게 한 뒤, 이긴 자를 공주와 짝을 지어 주도록 하겠소. 힘세고 인망 있는 젊은이를 하나 천거하도록 하오!"

"여쭙기 황송하오나 병부 대신의 아드님이 용기로 보나 지혜로 보나 인망으로 보나 이 나라 젊은이 중 으뜸이라고 여기옵니다."

모두 입을 모아 병부 대신의 아들 큰내 장군과 한뫼 도령을 대결하도록 하자는 데 의견이 일치했다.

"어떤 방법으로 싸움을 치르도록 하는 게 좋겠소?"

임금이 대신들에게 물었다.

"소신에게 한 가지 방안이 있사옵니다. 이번 추석에 인간들은 또 활을 메고 우리들을 사냥하러 나서기로 하였다고 하옵니다. 우선 사람들이 사냥하러 올라오는 길목에 두 젊은이를 미리 가 있게 하옵니다. 그런 뒤 다람쥐 한 마리도 놓치지 않고 샅샅이 뒤지고 활을 쏘며 올라오는 사람들의 공격을 어떻게 하든 모면해 보라고 하는 것입니다. 불행히도 둘 다 목숨을 잃을 위험이 있기는 하지만 만일 살아남기만 하면 공주 마마의 짝이 되는 것은 아주 당연한 일일 것입니다."

대신 하나가 제안하였다.

"그 말이 맞사옵니다. 더욱이 살아난 도령의 힘과 꾀를 우리들 전부가 배우도록 한다면 우리 겨레 구원의 영웅으로 받들 수도 있는 일이라고 여겨지옵니다."

또 다른 대신이 적극 추천하였다.

"과연 훌륭한 의견들이오. 이번의 싸움을 계기로 우리 겨레가 인간들에게 조금이라도 해를 덜 당할 수만 있다면, 그것은 당사자들뿐 아니라 겨레를 위해서라도 죽음을 무릅쓰고 실천토록 해 볼 가치가 있는 일이오. 다른 대신들의 뜻은 어떠하오?"

"지당하신 말씀이옵니다."

모두가 흔쾌히 찬성하였다.

추석이 되자 지난번 경합을 치르던 장소에 또다시 대신들과 심판원, 그리고 수많은 군중들이 모여들었다.

한뫼 도령과 큰내 장군은 엄정한 심판원 셋과 함께 일찌감치 용마루 골짜기 꼭대기에 이르렀다. 이윽고 아래쪽에서 왁자지껄하는 소리가 들려왔다.

"와아!" 하는 함성과 함께 사람들이 요란스레 골짜기 위로 올라오는 모습이 심판관들의 눈에 띄었다.

두 장끼 도령이 몸을 숨기고 있는 풀숲과 바위 틈새에 차차 사람들의 발자국 소리가 가까워졌다. 큰내 장군은 바위틈에 몸을 숨기고 있다가 아무래도 불안해서 그 옆에 있는 풀포기 속으로 뛰어 들어갔다. 이만하면 사람들의 눈에는 띄지 않을 만큼 안전하고 깊은 풀 속이라고 생각하였다. '제발 저쪽으로 비켜 가게 해 주소서.' 하고 큰내 장군은 산신령에게 빌었다. 발자국은 한 걸음, 두 걸음 거침없이 올라오고 있었다. 그 거리가 이내 아주 가까워졌다.

큰내 장군은 옴짝달싹하지 않고 사람의 발걸음을 지켜보고 있었다. 점점 가까워지는 발길이 이제는 턱 앞에까지 좁혀 들었다. 가까이 보이던 두 발 중의 하나가 바로 코앞에 놓이더니 또 한 발이 번쩍 들려 올라갔다. 순간, 큰내 장군은 더는 그대로 있을 수 없다고 판단했다. 이대로 밟혀 죽을 바에는 설사 또 다른 죽음이 기다린다고 하더라도 달아날 수밖에 없다고 생각하였다.

푸드덕!

큰내 장군은 있는 힘을 다 모아서 날개를 뒤흔들며 날았다. '이제 살았다!' 는 생각을 채 끝마치기도 전이었다. 큰내 장군은 난데없이 솟아오르는 화살의 '횡!' 하는 소리를 바로 귓가에서 들었다.

"앗!"

비명이 터져 나온 것은 화살이 날아오는 소리를 들은 것과 거의 같았다.

한편, 한뫼 도령은 처음부터 나무 포기 속에 몸을 도사리고 앉은 채 조금도 움직이지 않았다. 그쪽으로 자그마치 두 사람의 몰이꾼이 서로 얘기를 주고받으며 걸어 올라오고 있었다. 이제 열 발자국 거리로 닥쳐왔다. 한뫼 도령은 가슴이 떨리며 온몸에서 땀이 마구 흐르는 것을 느꼈다. 눈앞에 있는 몰이꾼의 한 발이 번쩍 머리 위로 솟아 올라가자 한뫼 도령은 저도 모르게 날개에 힘을 주었다.

사람의 발에 밟혀 죽느니 한 번이라도 날아 보다가 요행히 죽지 않고 사는 길을 찾는 것이 옳은 일이라는 생각이 번개처럼 머릿속에 떠올랐다. 그 순간 한뫼 도령은 마음을 다잡고 스스로를 꾸짖었다. 몸을 빼어 날다가 그대로 화살에 맞아 땅에 떨어져 버린 큰내 장군의 죽음을 바로 조금 전에 보지 않았느냐고 마음속에서 소리쳤다. 한뫼 도령은 화살에 꿰뚫려 죽느니 이 몰이꾼의 발에 밟혀 죽으리라 하고 차갑게 결심했다. 입을 다물고 눈을 감으며 운명의 순간을 기다렸다.

"앗!"

한뫼 도령은 절망으로 부르짖는 낮은 소리를 냈다. 머리와 잔등은 밟히지 않았으나 꽁지 끝을 밟혔다고 느꼈기 때문이다. 한뫼 도령은 죽음이 찾아온 것을 깨달았다. 그러나 아찔한 순간이 지나가자 한뫼 도령은 눈을 떴다. 여전히 죽지 않은 자신을 느꼈다. 꽁지 끝을 스친 사람의 발길이 다시 번쩍 들리더니 또 성큼 위쪽으로 옮겨져 갔다.

"푸!"

이제 사람들은 이미 산 고개를 넘어간 지 오래인 듯 누리는 밤중처럼 고요했다. 심판원들이 사람의 그림자가 까마득히 사라진 것을 확인한 모양이었다. 고개를 치켜들더니 훌쩍 몸을 솟구쳐 한뙤 도령이 있는 곳으로 날아 내려왔다.

"기특하다."

심판원은 임금에게 결과를 보고하고 한뙤가 승리했음을 널리 선포하였다.

임금도 이번에는 진심으로 감탄과 기쁨을 섞어 크게 외쳤다.

"기특한 일이다!"

한뙤 도령이 머리 숙여 절하였다.

"황공하옵니다."

"싸움의 과정은 이것으로 완전히 끝났음을 알린다. 우리의 용감한 한뙤가 어떻게 해서 저 포악하고 무지한 인간들의 포위를 벗어날 수 있었는지 들어 보기로 하자!"

임금이 말하자 한뙤 도령은 공손히 몸을 일으켰다.

"우리 겨레는 누구나 적이 가까이 올 때 놀란 나머지 정신을 잃고 하늘 높이 나는 버릇이 있습니다. 옛날 산짐승들이 못살게 굴어 그들의 공격을 피하려고 날기 시작한 것이 그대로 습관이 되었던 것입니다. 하지만 이제는 덮어놓고 날아 올라가는 것이 도리어 더 위험하게 되었습니다. 솔개나 보라매뿐 아니라, 인간들까지 활을 쏘아 대며 날고 있는 우리들을 마구 죽이기 때문입니다. 저는 이 점을 생각하고 최후까지 마음을 가다듬어 몸을 움직이지 않고 가만히 있었습니다."

"그 지혜, 가상하구나!"

"여쭙기 황공하오나 이번의 체험을 통해서 저는 인간들의 화살을 피하는 방법을 터득하였습니다."

이튿날 대왕은 대신들과 어전회의를 끝내고 그 자리에 한뙤 도령을 불러들였다. 한뫼 도령이 임금 앞에 엎드리니 대왕은 점잖게 선언하였다.

"한뫼는 아직 나이는 어리나 용기와 지혜와 식견은 다른 이들보다 뛰어나다. 이제 나는 그 공을 가상히 여겨 너를 이 나라의 문부 대신에 임명하고 '상군'의 칭호를 주도록 하겠다. 모쪼록 힘을 다해 나라를 한층 더 부강하게 하도록 힘써 주기 바란다."

"황공하여 드릴 말씀이 없사옵니다."

그리하여 탁월한 용기와 지혜로써 싸움을 번번이 이겼을 뿐 아니라, 세상의 모든 꿩에게 더없는 구원을 베풀어 준 한뫼 장군의 이름은 이제 나라 안에서 모르는 꿩이 없게 되었다.

어느 날 어전회의에서 마침내 임금은 먼저 입을 열었다.

"과인의 딸이 나이가 찼는데 배필이 되기로 정한 운무를 잃은 뒤, 아직 달리 정혼하지 않고 그대로 있소. 봉묏골 태수의 아들 한뫼 문부가 영특한 인물로 여겨져 이제 그를 부마로 삼고자 하는데 여러 원로들의 의견은 어떠하오?"

"지존하신 상감마마의 뜻을 어찌 받들지 않으려 하겠사옵니까?"

하늘이 물빛처럼 맑고 누리가 그림처럼 고요한 날, 공주와 한뫼 장군의 혼례식이 거행되었다. 임금과 왕비가 나란히 앉아 있고, 그 앞에 신랑과 신부가 마주 보고 섰다.

공주는 호두 껍질로 만든 족두리를 쓰고, 몸에는 누에고치를 풀어 만든 명주 장삼을 걸쳤다. 머리털과 깃털 하나하나에 오색 물감을 들여 무지갯빛처럼 눈이 부시고, 주둥이와 발톱은 수정으로 갈아서 유리알처럼 아른거렸다. 온몸을 감싼 향기는 대궐 안에 가득 퍼지고, 한뫼 신랑을 바라보는 두 눈은 이슬처럼 윤기가 흐르고 행복감에 젖어 있다.

한뫼 신랑의 당당한 풍채는 더욱 늠름했다. 머리 위에는 향나무로 다듬은 밤송이만 한 부마관을 쓰고, 등에는 금과 은과 수정알을 박은 두루마기가 펄펄 휘날렸으며, 빗질을 깨끗이 한 꽁지는 공작의 날개가 무색

할 만큼 탐스럽고 우람차 보였다. 가슴에는 나라를 지키고 궁궐과 백성을 다스리기 위한 은칼이 날카롭게 빛나고 있었다.

예물 바치는 절차가 끝나자 전례 대신은 대기하고 있는 무희와 가인들에게 노래 부르고 춤을 추게 하였다. 가인과 무희의 춤과 노래에 이어 대신, 대작, 문무백관(文武百官, 모든 문관과 무관)들 또한 마음 놓고 춤추며 노래를 불렀다. 장엄하고 화려한 혼례식은 저녁 나절이 되어서야 겨우 끝이 났다.

한뫼 문부가 말했다.

"이제부터 나는 공주, 공주는 나. 우리는 두 몸이면서 한 몸입니다."

임금이 대신들에게 말하였다.

세월이 지난 어느 날, 인간 세상에서 그중 신분이 높은 임금이 많은 부하들을 모아 놓고 의논을 하였다.

"근래에 어찌 된 일인지 우리 인간은 꿩이라고는 도저히 잡을 도리가 없소. 아무리 소란스럽게 굴어도 죽은 듯이 숨어 있기도 하려니와, 눈에 띈다 해도 다람쥐처럼 숲 속으로 숨어 들어가는 바람에 이놈들을 붙들기가 이만저만 어렵지 않게 되었소. 그렇게 흔하게 먹을 수 있는 꿩고기를 얻기 어려우니, 우리는 고사하고 선조 제사를 모실 때 쓸 꿩포를 마련할 수가 없소. 또한 벼슬의 종류와 계급을 표시하는 의관도 꿩 꼬리가 없어서 만들어 낼 수가 없소. 여태까지 이런 변고는 없었소. 반드시 꿩을 전처럼 잡아야 되겠으니, 여러분들 중에 좋은 생각이 있거든 말해 보오."

총명한 대신 하나가 의견을 내놓았다.

"소신에게 한 가지 방도가 있사옵니다. 지금 민가에서는 개라는 동물을 기르기 시작하였사옵니다. 개는 귀가 몹시 밝고 냄새를 또한 잘 맡아서 꿩이든 다른 짐승이든 어디에 숨어 있다는 것을 멀리서부터 알 수가 있을 줄로 아옵니다. 개를 산으로 데리고 다니며 꿩을 찾아내도록 하면, 아무리 꿩이 잘 숨고, 나무 사이로 잘 숨어 달아난다고 해도 개의 눈에 띄지 않을 수 없을 것입니다. 그러면 다시 전처럼 하늘로 치솟든지 개에게 물려 나오든지 할 것입니다."

대신들이 한마디씩 모두 다 찬성하였다.

"절묘한 생각인 듯하옵니다. 곧 그 방법을 실시해 보기를 바라옵니다."

그리하여 개의 활동이 큰 효과를 나타내어 사냥을 잘할 수 있도록 인간들은 개를 따로 훈련하고 길들이기 시작했다. 개가 사냥에 따라다니자, 꿩의 세상에서는 또다시 큰 소란이 일어났다. 그래서 왕을 모시고 다시 어전회의가 열리게 되었다.

집으로 돌아온 한뫼 문부는 갖가지로 생각을 더듬어 보았으나 두드러진 계책이 도무지 떠오르지 않았다. 이튿날도 그들은 또 멀리 떨어져서 사냥이 벌어지는 광경을 지켜보았다.

저녁 나절에 이르러 한뫼는 비로소 하나의 결론에 도달했다. 탁월한 지혜라고는 여겨지지 않았으나, 지금의 형편으로는 그 이상의 것이 나오지 않으리라고 믿어졌다.

"완벽하다고는 여쭙기 어렵사오나 우선 취해야 할 급한 방도를 한두 가지 생각했사옵니다. 첫째로, 우리들의 체취를 조금이라도 덜 나도록 해서 사냥개들의 습격을 가능한 한 막도록 하는 일이옵니다. 그런 효과를 나타내려면 감향초의 잎을 자주 따 먹도록 할 것이며, 거처하고 있는 둥우리의 지붕을 벗겨 내거나 나뭇가지 위에 그대로 자거나 해서 하늘에서 내리는 비와 밤이슬로 체취를 씻어 내도록 해야 할 줄로 생각되옵니다. 둘째로, 사냥개가 몸을 덮쳐 물어도 움직이지 않으면 그건 앉아서 죽음을 부르는 일이 되옵니다. 그러므로 우리는 앞으로 개나 사람이 근방에 있으면 어디까지든 기어서 달아나도록 해야 합니다."

"그 방법도 현재로서는 실천하지 않고 있는 일이오. 다른 대신들의 의향은 어떠하오?"

"필요한 처사이옵니다."

한뫼 문부가 제시한 두 가지 방법은 즉시 채택되어 그날부터 시행해 보기로 했다.

꿩들은 여름부터 가을이 될 때까지 겨울을 날 동안 먹을 양식을 늘 마련해 왔는데, 그해에는 오랫동안 계속된 장마 때문에 먹을 것이 씻겨 내려가고 혹은 썩어 버려 겨우살이까지 장만해 둘 겨를이 없었다. 그러므로 배고파 굶어 죽게 되었다는 소리가 여기저기에서 터져 나왔다. 한뫼 문부는 이날도 먹을 것을 구하기 위해 산비탈을 내려가 들판을 날아서 건넜다.

그런데 문득 어디선가 콩알 냄새와 꿀 냄새가 풍겼다. 그 냄새가 나는 곳에 사람이 둘 서 있었다.

"조금만 더 올라가서 놓으십시다. 어제 저기서 꿩들이 나는 것을 보았어요."

열 군데나 덫을 놓고 난 두 내외는 뒤를 흘금흘금 돌아보면서 오던 길을 밟아 도로 내려갔다. 그 강렬한 꿀 향기와 구수한 콩 냄새는 대뜸 한뫼 문부의 식욕에 불을 질렀다.

한뫼는

"안 된다!"

하고 외치며 그 자리를 뛰쳐나왔다.

"이상스러운 일도 다 있습니다!"

장끼들 한 무리가 한뫼에게 다가오더니 그중 하나가 큰 소리로 말했다.

"무슨 일이 그렇게도 이상스럽더냐?"

"백성들 중에 몇몇이 저 고개 너머 들판 기슭을 가 보았다고 합니다. 그런데 거기에는 놀랍게도 꿀을 바른 콩알이 널려 있다고 합니다."

"그 콩알이 잔디밭 기슭에도 있고 떡갈나무 포기 밑에도 있다지 않다더냐?"

"네, 바로 그렇다고 합니다."

"그 콩알은 결코 따먹어서는 안 된다! 만약 따먹는다면 목숨을 잃게 된다!"

"꿀 묻은 콩알이 분명한데 목숨을 잃게 된다니 그게 무슨 말씀이십니까?"

한뫼가 엄히 일렀다.

"인간이 우리를 잡을 궁리 끝에 미끼로 거기에 놓아 둔 먹이들이다. 콩알에 탐을 내면 제대로 목에 넘겨 보지도 못한 채 죽고 만다. 굶어서 죽는 한이 있더라도 그 콩을 입에 대면 안 된다."

"그래도 굶어서 죽는 것보다는 나을 듯합니다. 저는 아무리 말리셔도 저 콩을 따먹어야 하겠습니다."

"잠깐 기다려라!"

한뫼 문부는 주위의 여러 장끼들을 불러 놓고 나서 비통한 목소리로 외쳤다.

"여러분이 내 말을 도무지 믿으려고 하지 않으니 내가 본보기를 보일 수밖에 구려. 내가 저 콩을 입에 넣을 테니 아무 일도 일어나지 않으면 여러분은 내게 무슨 벌이든지 내리고, 이 근처에 있는 콩을 모조리 따먹도록 하시오. 그러나 만약 내가 덫에 치게 되거든 그다음부터는 절대 이런 콩일랑 따먹지 않겠노라고 맹세해 주시오!"

공주가 한뫼의 앞을 가로막으며 날카롭게 소리쳤다.

"안 됩니다. 본보기를 보이시다가 정말 신상에 무슨 일이라도 일어나면 어찌하시렵니까?"

하지만 그때는 한뫼 문부가 콩알을 이미 입에 물고 잡아챈 뒤였다.

'꽝!' 하고 언저리가 무너지는 것같이 덫이 튀면서 한뫼 문부의 목은 육중하고 질긴 참나무 덫의 틈바구니에 끼어 옴짝도 하지 못했다.

"공주, 잘 있으시오. 여러분, 임금님께 충성을 다해 이 나라가 끝없이 번성하도록 모두 애써 주시오."

"공주 마마, 몸을 피하소서! 사람이 이리로 가까이 오고 있습니다!"

들판에서는 천둥 같은 소란이 앞뒤 가릴 겨를 없이 공주의 주위를 뒤흔들었다.

"낭군과 나는 언제나 함께 있기로 맹세했다. 그가 여기에 있는데 내가 어디로 간단 말이냐? 나는 이제부터 영원히 한뫼의 아내로 곁에 있으리라."

공주는 끝내 죽은 한뫼에게서 떠나지 않았다.

용궁부연록(龍宮赴宴錄)

- 김시습(金時習) -

이 작품은 비극적 성격을 드러내면서 현실과 이상의 대립을 하나의 문제로 제기한다. 자신은 지적인 능력을 마음껏 발휘하고자 하나 세상이 자신을 받아들여 주지 않는 데에서 오는 작자의 불만을 나타낸 작품이다. 김시습은 어릴 때에 탁월한 글재주를 인정받아 조정에 초대되어 세종으로부터 칭찬을 받은 일이 있었다.

글에 능하여 그 재주가 조정에까지 알려진 한생(韓生)이 어느 날 꿈속에서 용궁으로 초대되어 간다. 한생은 용왕의 청을 받고, 새로 지은 누각의 상량문을 지어 주었더니 용왕은 그 재주를 크게 칭찬하고 잔치를 베풀어 대접하였다. 잔치가 끝난 뒤 용왕의 호의로 한생은 여러 누각과 보물들을 두루 구경하고 용왕이 주는 구슬과 빙초를 받아 가지고 나온다. 한생은 이것을 대나무 상자에 깊이 간직하고 남에게 보이지 않는다. 그 후 한생은 세상의 명예와 이익을 마음에 두지 않고 명산으로 들어가 자취를 감추었다.

핵심 정리

갈래 : 몽유 소설

연대 : 조선 세조

구성 : 전기적

시점 : 전지적 작가 시점

배경 : 고려 때 개성

주제 : 화려한 용궁체험과 삶의 무상

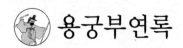

용궁부연록

개성에 천마산이라는 산이 있는데 그 높이가 하늘에 닿을 만큼 높아서 '천마'라는 이름을 얻게 되었다고 한다. 그 산속에 용추(龍湫, 폭포수가 떨어지는 바로 밑에 있는 깊은 웅덩이)가 있는데 그 이름은 박연이었다. 박연의 둘레는 얼마 되지 않지만 그 깊이는 몇 길이나 되는지 알 수 없으며, 거기에서 넘친 물이 백여 길이나 되는 폭포를 이루었다.

경치가 맑고 아름다워서 구경꾼들은 반드시 이곳에 들렀으며, 옛날부터 용신이 산다는 전설이 역사책에 실려 있다. 또 국가에서도 세시가 있으면 소 한 마리를 잡아서 용신에게 제사 지내는 것이 예의였다.

고려 때 개성에 살고 있던 한생은 일찍부터 문장에 능해서 그 이름이 조정에까지 들렸다.

어느 날 한생이 집에 혼자 있는데 갑자기 푸른 옷을 입고 머리에 수건을 쓴 사람 둘이 공중에서 내려와 뜰 밑에 엎드려 말했다.

"저희는 박연에 계신 용왕님의 분부를 받고 선생님을 맞으러 왔습니다."

한생은 깜짝 놀라 낯빛을 바꾸면서 말했다.

"인간과 신국의 길이 다른데 어찌 서로 통할 수가 있겠소? 더구나 물길이 멀고 풍파가 사나운데 어떻게 갈 수가 있겠소?"

그러자 푸른 옷을 입은 동자들이 말했다.

"문밖에 이미 말을 대령했사오니 염려하지 마시옵소서."

그들이 한생의 소매를 잡고 문을 나서니 과연 말 한 필이 있었는데, 금으로 만든 안장과 옥으로 꾸민 굴레가 훌륭했다. 사람들은 모두 머리에 붉은 수건을 썼으며, 비단으로 만든 바지를 입은 사람이 십여 명 있었다.

그들은 한생을 부축하여 말 위에 앉힌 뒤에 일산(日傘, 햇볕을 가리기 위하여 세우는 큰 양산)을 앞세우고 기악을 뒤따르게 했다. 푸른 옷을 입은 두 사람도 홀(笏, 조회할 때나 출입할 때 일을 기록하기 위하여 가지는 수판)을 들고 따라왔다.

말이 공중을 향해 나니 네 발굽 아래엔 구름만 보일 뿐 땅은 보이지 않았다. 이리하여 그들 일행은 눈 깜짝할 사이에 용궁 문 앞에 도착하여 말에서 내렸다. 문지기는 모두 방게, 새우, 자라의 갑옷을 입고 무기를 들고 엄숙하게 늘어서 있으나 한생을 보더니 모두 경례하고 의자를 권했다. 이때 두 사람이 안으로 들어가 보고하니 얼마 안 되어 푸른 옷의 동자 둘이 나와서 한생을 안내했다.

한생이 조심스럽게 나가다가 궁문을 쳐다보니 현판에 '함인지문'이라 씌어 있었다. 한생이 문에 다다르자 용왕은 절운관을 쓰고 칼을 차고 홀을 들고서 뜰아래로 내려와 맞았다. 그러더니 대궐 위에 올라가 의자에 앉기를 청하였는데 이것이 수정궁 안의 백옥상이었다.

한생은 자리를 사양하면서 말했다.

"인간 세상의 어리석은 백성은 초목과 같은 처지이온데 어찌 위엄을 헤아리지 않고 분수에 넘치게는 사랑을 받겠습니까?"

그러자 용왕이 말했다.

"오랫동안 선생의 명성은 익히 들어 알고 있습니다만 높으신 얼굴을 이제야 뵈오니 기쁘기 그지없습니다."

용왕은 손을 내밀어 앉기를 청했다. 한생이 세 번 사양한 뒤에 자리에 오르자, 용왕은 남향으로 칠보 상에 앉고 한생은 서향으로 앉으려 하는데 문지기가 말했다.

"손님 몇 분이 또 오십니다."

용왕은 곧 문밖으로 나가서 그들을 맞았다. 세 명의 손님은 붉은 도포를 입고 다양한 빛깔의 수레를 탔는데 그 위와 시중드는 사람들로 보아 임금의 행차 같았다.

그때 한생은 들창 밑에 몸을 숨겼다가 자리를 정한 뒤에 인사를 청해야겠다고 생각했다. 용왕은 세 명의 손님을 동향으로 앉게 한 뒤에 말했다.

"마침 양계(陽界, 육지 세계)에 계신 문사 한 분을 맞았으니 그대들은 의아해하지 마시오."

용왕은 좌우에 있는 사람에게 명하여 한생을 들어오게 했다. 한생은 들어왔으나 윗자리에 앉기를 사양하며 말했다.

"여러분은 귀중하신 몸이고 저는 가난한 선비인데 어찌 높은 자리에 앉을 수 있겠습니까?"

"아니오. 우리와 선생은 음양의 길이 달라서 서로 통제할 권리도 없거니와 또한 용왕님은 인망이 높고 감성이 풍부하시니, 선생은 반드시 양계 문학의 대가이실 것입니다. 그러니 용왕님이 명하시는 대로 따르는 것이 어떻겠습니까?"

용왕은 각기 자리에 앉기를 권했다. 이에 세 사람은 동시에 자리에 앉고 한생은 끝까지 겸손한 태도로 제일 끝자리에 앉았다.

자리를 잡고 앉아서 찻잔을 한 바퀴 돌린 뒤에 용왕이 한생에게 말했다.

"내게는 아들이 없고 딸 하나를 두었는데 결혼할 때가 되었소. 오래지 않아 예를 치르려 하나 집이 누추해서 화촉을 밝힐 만한 방도 없어 별당 한 채를 세워 '가회각'이라 이름 지었소. 남은 준비는 다 되었으나 상량문(上樑文, 상량식을 할 때에 축복하는 글)을 마련하지 못했소이다. 내 들으니 선생은 이름을 삼한에 떨치고 재주가 학자들보다 뛰어나다고 하여 특별히 초대한 것입니다. 나를 위하여 상량문 한 편을 지어 주시지 않겠소?"

말이 끝나자 두 아이가 푸른 옥 벼루와 소상반죽(대나무의 희귀 품종)으로 만든 붓 그리고 이름난 비단 한 폭을 가져 와 한생 앞에 무릎을 꿇고 앉았다. 한생이 곧 일어나 붓을 잡고 글을 쓰는데, 그 글씨는 마치 구름과 내가 서로 얽히는 듯했다.

"말씀드리건대, 이 누리 안에서는 용신이 가장 성스럽고, 인물 사이에서는 배필이 지극히 소중하다. 이미 세상에 높은 공로를 세우니 어찌 복을 받지 않으리오. 그런 까닭에 우는 징경이(물수리)는 〈시경〉에서 읊었고 나는 용은 〈주역〉에서 말했다. 이에 새로이 집을 짓고 아름다운 이름을 붙이며, 자라를 불러 힘을 내고 조개를 모아 재목을 삼았으며 수정과 산호로 기둥을 세우고 용골과 낭간(경옥의 일종. 암녹색 내지 청벽색을 발하는 반투명의 아름다운 돌)으로 들보를 올렸다. 주렴을 걷으면 산 빛이 푸르고 구슬 창을 열면 골짜기에 구름이 둘러 있다. 부부가 금슬 있게 지내고 백 년간 복을 누리어 금지(귀족을 말함)를 후세에 길이 뻗게 해다오. 바람과 구름의 변화를 돕고 대자연의 공덕이 높은 하늘에 오를 때나 깊은 못에 내릴 때나 상제의 어진 마음을 헤아리고 백성을 사랑하라. 위풍이 넘치고 공덕이 높아 검은 거북과 붉은 잉어는 뛰면서 소리치고 나무귀신과 산의 도깨비도 모두 치하하리. 마땅히 찬양하는 노래 두어 장을 불러 들보를 들어 보리라.

들보 동쪽에 떡을 던지니
높고 높은 푸른 산이 저 공중에 솟았구나.
우레 소리 시냇가에 들려올 때
만 길이나 푸른 벼랑 구슬 빛이 영롱하네.

들보 서쪽에 떡을 던지니

높은 바위 그윽한 길에 산새들이 우짖는다.
깊고 깊은 저 용추는 몇 길이나 되겠는가.
푸른 유리 한 이랑이 봄빛 짙어 어리네.

들보 남쪽에 떡을 던지니
푸른 산 십 리 사이 솔 있네.
굉장한 저 신궁을 그 누가 알아 주랴.
유리처럼 맑은 모양 그림자만 잠겨 있네.

들보 북쪽에 떡을 던지니
아침 햇살 처음 떠오를 때 거울처럼 밝은 용추
삼백 길 흰 산 자취 저 공중에 비꼈으니,
하늘 위의 은하수는 이곳으로 떨어지네.

들보 위에 떡을 던지니
창공에 흰 무지개 손을 뻗어 어루만지네.
동해의 부상(해가 뜨는 동쪽 바다 속 상상의 신성한 나무)은 멀고 멀어
천만 리라
인간 세상 굽어보니 손바닥과 똑같네.

들보 아래에 떡을 던지니
어여쁘다 봄의 밭이랑 아지랑이 끼어 있네.
성스러운 물 한 줄기 이곳에서 길어다가
온 누리에 비와 같이 뿌려 보면 어떠리.
바라건대 이 집을 지은 뒤에 혼례를 올려 만복이 함께 하고 온갖 상서
로운 기운이 모두 모여들어 용궁과 옥으로 꾸민 궁전에 구름이 찬란하여

원앙 이불과 봉황 베개에 즐거움이 한없으리라."

한생은 글쓰기를 마치자 곧 용왕에게 바쳤다. 용왕이 크게 기뻐하며 세 명의 손님에게 그 글을 보여 주니 감탄하지 않는 사람이 없었다. 이에 용왕은 한생을 위하여 연회를 열었다. 한생이 물었다.

"저 많은 신들이 한자리에 모였으니 이제 이름을 알려 주시겠습니까?"
용왕이 말했다.

"선생은 양계의 사람이라 당연히 모르실 것입니다. 저 세 분 중 첫째 분은 조강신이요, 둘째 분은 낙하신이요, 셋째 분은 벽란신인데 선생과 같이 놀게 하기 위하여 초대한 것이오."

곧 술을 올리고 풍악을 울리며 미녀 십여 명이 꽃을 머리에 꽂고 춤을 추면서 벽담곡 한 곡조를 불렀다.

푸른 산은 창창하고 푸른 연못은 출렁이네.
나는 폭포 우렁차게 은하수에 닿았네.
저 가운데에 계신 임이시여! 환패(왕과 왕비의 법복이나 문무객관의 조복과 제복의 좌우에 늘이어 차던 옥) 소리 쟁쟁하네.
빛나는 위풍이요, 갸륵한 얼굴이네.
좋은 시절 길한 날에 봉황새 울음 울 때
나는 듯한 이 집 지어 온갖 상서로운 기운 다 모이네.
문사(문학에 뛰어나고 시문을 잘 짓는 사람)를 모셔다가 글을 지으니
높은 덕 노래하여 긴 들보를 올렸네.
술잔을 기울고 향기로운 술을 부어
가벼운 제비처럼 봄볕 향해 뛰노네.
화로에는 매운 향기 냄비에는 옥미음을 끓이네.
얌전하다 하지 않으랴, 높이 앉은 임이시여!

갸륵하신 덕이시라 어깨 치며 껄껄 웃네.

옥 항아리 치는 소리 마음껏 마시소서. 맑은 흥이 흡족하자 슬픈 마음 절로 나네.

춤이 끝나자 다시 사내 십여 명이 왼손에는 피리를 들고 오른손에는 일산을 들고 서로 돌아보면서 회풍곡을 불렀는데, 그 노래는 이러했다.

산기슭에 사람이 있으니 덩굴 풀도 옷을 입었네.

해가 곧 저무는데 맑은 물결 일어 가느다란 무늬가 비단 같네.

나부끼는 바람 앞에 귀밑머리 헝클어지고

뭉게뭉게 구름 일어 옷자락은 너울너울

빙빙 돌면서 꼬불거리니 예쁜 웃음으로 서로 마주치네.

내가 입은 홑옷은 여울 위에 던지고

내가 꼈던 가락지는 찬 모래에 버려 두네.

뜰 잔디에 이슬이 젖고 높은 산에는 연기가 자욱하네.

마치 강 위의 푸른 소라 같네.

이따금 치는 징 소리에 비틀비틀 취해 춤추네.

물처럼 많은 술이요, 산같이 쌓인 고기일세.

손님은 이미 취해서 얼굴이 일그러지니 새 곡조 지어 노래 부르세.

몸을 서로 부축하고 서로 끌며 서로 손뼉 치고 웃기도 하네.

옥 술병 두드리면서 한없이 마셨으니

맑은 흥취 무르익자 슬픈 마음 많아지네.

왕은 기뻐하여 다시 술을 부어 권하면서 스스로 옥룡적(피리 이름)을 불어 수룡음(한국 전통 악곡의 한 형태. 연주 형태를 가리킴) 한 곡조를 노래하여 흥을 돋웠다.

풍류 소리 가운데 또 한 잔 가득 부어

기린을 그린 항아리에서는 이름난 술 흘러내리네.

처량한 저 옥피리 비껴 쥐고 한 번 불어

하늘 위의 푸른 구름 쓸어 본들 어떠하리.

물결을 충동하여 바람과 달을 벗 삼네

경치는 뛰어난데 이 인생 늙는구나.

애달파라 빠른 세월 풍류조차 꿈이런가.

기쁨도 간데없으니 이 시름 어이하리.

서산에 낀 저 연기는 이 저녁에 녹아 없어지고

동쪽 봉우리 둥근 달이 기쁘게도 솟아 오르네.

술잔을 높이 들어 물어 보자, 저기 저 달

진세의 온갖 태도 몇 번이나 겪어 왔나.

금 술잔에 술은 그대로 있는데 임은 이미 취했네.

옥산(남의 취중의 풍채를 칭찬하는 말)이 무너진들 그 뉘라서 자빠뜨릴 수 있으리.

아름다운 임이시여! 모든 근심 잊고

푸른 하늘 높은 곳에서 유쾌하게 놀아 보세.

용왕은 노래를 마친 뒤에 좌우를 돌아보면서 말했다.

"우리나라의 놀이는 인간 속세와 같지 않으니 그대들은 귀하신 손님을 위하여 각기 재주를 보이는 것이 어떠한가?"

이때 한 사람이 자칭 곽개사(게의 별칭. 곽삭의 곽으로 성을 삼고 횡행개사의 개사로 이름을 삼았음)라 하고 발굽을 들고 비스듬한 걸음으로 나와서 말했다.

"나는 산속에 숨어 사는 선비요, 바위틈에 사는 한가한 사람입니다. 8월에 가을바람이 맑으면 동해 바닷가에 가서 벼 까끄라기를 운반하고,

높은 하늘에 구름이 흩어질 때면 남정성(南井星) 곁에서 빛을 토했습니다. 속은 누렇고 겉은 둥글며 딱딱한 갑옷을 입고 날카로운 창을 가졌습니다. 재미와 풍류는 장사를 기쁘게 해 주고 곽삭한 모습은 부인들에게 웃음을 주었습니다. 그러니 내 마땅히 다리를 들고 춤을 추어 보겠습니다."

곽개사는 곧 그 앞에서 갑옷을 입고 창을 들고서 침을 흘리며 눈을 부릅뜬 채 사지를 흔들면서 앞으로 나아갔다 뒤로 물러났다 하며 팔풍무(八風舞, 음란하고 추악한 춤)를 추는데 그의 무리가 수십 명이요, 춤추는 태도는 모두 법도에 맞았다. 이때 곽개사가 노래 한 곡조를 불렀다.

강과 바다를 의지하여 비록 구멍 속에 살고 있을망정
기운을 토하려면 범과도 싸우리라.
이 몸이 아홉 척이라 상감 앞에 거짓 없이 아뢰고
겨레는 열 갈래이니 이름 못다 말하리.
임이시여! 기쁜 잔치 발굽 들고 비스듬한 걸음
깊이 잠겨 있었더니 강나루의 등불에 놀라
원수를 무찌르려고 날쌘 창을 뽑았던가.
무장공자(게의 별칭. 창자가 없다는 뜻)라고 웃지 마오
쌓인 덕이 군자라네.
온 사지에 사무쳐서 다리가 옥같이 통통하다
오늘 밤이 어떤 밤인가 요지(중국 곤륜산의 선인이 살았다는 못)의 잔치에 내가 왔네.
임께서 노래하자 손님도 취해 설렁이네.
황금 궁전 위 백옥상에서 한잔 드세 풍류 지어
퉁소 소리 쉴 새 없이 이름난 술에 취해 보세.
산 귀신이 와서 춤을 추고 물고기들도 뛰노는구나.

산에는 개암과 들에는 씀바귀 임 생각이 절로 나네.

　그 춤추는 모습을 본 많은 사람들은 웃음을 참지 못했다. 이때 또 한
사람이 자칭 현 선생(거북의 별칭)이라 하고 꼬리를 끌면서 목을 길게 늘
이고 눈을 부릅뜨고 나와 말했다.

　"저는 원래 그늘에 숨어 사는 자요, 연잎에서 노는 사람입니다. 낙수에
서 등에 글을 지고 나와 성스러운 하우(하나라의 우왕. 홍수를 다스리니
낙수에서 신령한 거북이 나왔다 함)의 공로를 나타냈으며, 맑은 강에서
그물에 걸려 송 원군(송나라 사람으로 꿈을 꾼 후 신령한 거북을 얻어,
그것을 죽여서 점을 치니 실책이 없었다고 함)의 꾀를 성공시켰습니다.
신기한 점은 세상의 보배가 되고, 삼엄한 무기는 장사의 기상입니다. 노
오(진나라 사람. 북해에서 놀 때에 거북의 등에 걸터앉아 조개를 잡아먹
었다고 함)는 바다 위에서 나를 걸터앉았고, 모보(진나라 사람. 기르던
거북을 놓아 주었더니 후에 그 거북이 생명을 구해 주었다고 함)는 나를
강물에 놓아 주었습니다. 살아서는 보배요, 죽어서는 신령이니 내 마땅
히 노래 한 곡조를 불러 천 년에 쌓인 회포를 풀어 보겠습니다."

　그는 목을 움츠렸다 뽑았다 하더니 얼마 지나지 않아 조용히 구공(당
나라 때의 춤 이름. 본래 이름은 공성경선악)의 춤을 추는데, 홀로 나아
갔다가 물러섰다 하면서 노래 한 곡조를 부른다.

　산속 연못에 의지하여 길이 살았네.
　천 년을 살면서 다섯 가지 색을 갖추고
　열 꼬리를 흔들며 가장 신기하고 영묘하였네.
　내 비록 긴 꼬리를 진흙 속에서 끌더라도
　묘당(廟堂, 종묘와 명당을 아울러 이르는 말)에 간직됨은 내 소원이 아
니라.

약 없어도 오래 살고 배운 것 없어도 영과 통하네.

고결한 임을 만나 복되고

수족의 어른 되어 숨은 이치 연구하고

문자 그려 등에 지고 좋은 일과 언짢은 일을 가르치네.

지혜가 있다 해도 재앙은 어쩔 수 없네.

재능을 믿지 마라, 못 미칠 일 있으리라.

죽음을 면하려니 물고기를 벗 삼네.

발 들고 목을 뽑아 즐거운 잔치에 나 왔노라.

임의 조화를 축하하려 힘차게 붓을 뽑아

술 올리자 풍류 일어 즐겁기가 끝이 없네.

북을 치고 퉁소 부니 도롱뇽이 춤을 추네.

산도깨비 물신령들 빠짐없이 다 모였네.

뜰 앞에서 서로 맞아 춤도 추고 뛰놀았네.

손목 잡고 재미있게 웃어 즐겁기 그지없네.

해 저물고 바람 불어 고기 뛰어놀고 물결 일 때

좋은 때를 늘 얻으랴, 내 마음이 슬프구나.

곡조가 끝났으나 황홀한 그 춤들은 이루 형용할 수가 없었다. 이에 좌석에 앉은 사람들은 모두 기쁨을 참지 못했다. 그 뒤를 이어 숲 속의 도깨비와 산에 사는 괴물들이 각기 그 재주를 자랑하며 휘파람을 불고 노래도 부르며 피리도 불고 글도 외웠다. 그 모양은 서로 같지 않지만 그들의 소리는 한 가지였다. 그 노래는 이러했다.

깊은 물에 계신 임은 때때로 날아 하늘 위에 있네.

오, 임이시여! 기나긴 복 천년만년 누리소서.

귀한 손님 맞이하니 의젓한 신선이 따로 없네.

새 곡조를 노래하니 구슬처럼 구르는구나.

옥석에 깊이 새겨 길이길이 전하리라.
임께서 돌아갈 때 이 잔치를 벌였구나.
채련곡(남녀의 사랑을 다룬 노래)을 불러 보세
예쁜 춤을 나풀나풀 추고
쇠북 소리 둥둥거리는데 거문고로 화답하네.
배 저어라 한 소리에 고래처럼 숨을 쉬네.
예식도 갖췄건만 즐거움이 끝이 없네.

그다음에는 물속의 군장인 세 손님도 꿇어앉아 각기 시 한 수씩을 지어 올렸다.
첫째 조강신은 이렇게 읊었다.

푸른 바다 조종이라 장한 기세 쉼이 없어
힘차게 이는 물결 가벼운 배 띄웠구나.
구름이 흩어진 뒤라 밝은 달이 물에 잠겨
밀물이 일려 할 때 건들바람 섬에 가득하네.
맑은 물결 해오라기 오며 가며 놀고 있네.
사나운 파도 속에 시달리던 이 몸인데
기쁘도다. 오늘 저녁 온갖 근심 다 녹았네.

둘째 낙하신은 이렇게 읊었다.

아롱아롱 오색 꽃은 그림자조차 가렸고
대그릇과 악기들은 질서 있게 늘어서 있네.
운모 휘장 두른 곳에서 노랫소리 흘러나오고
수정 주렴 드리운 곳에서는 나풀나풀 춤을 추네.

성스러운 용왕님은 항상 이곳에 잠기실까
아름답다 귀한 문사 자리 위에 보배일세.
어찌하면 긴 끈 얻어 지는 해를 잡아매리.
봄이 한창인데 거듭 취해 놓고 간들 어떠하리.

셋째 벽란신은 이렇게 읊었다.

임은 취하시어 놓은 상에 기대어 있네.
부슬부슬 산에 비가 내려 해는 이미 석양일세.
고운 춤을 나풀나풀 비단 소매 날리네.
맑은 노래 가늘어서 새긴 들보 안고 도네.
외로운 회포 몇 해던가 그윽한 저 섬 속에
오늘에야 기쁘게도 흘러 그 뉘라서 아오리까.
예나 지금 세상일이 속절없이 바쁘기만 하네.

용왕은 그들의 시를 차례로 읊고 나서 한생에게 주었다. 한생은 이 글
들을 받아 읽은 뒤에 곧 장편 시 한 수를 지어 찬미했다.

천마산은 높고 높아 나는 폭포 멀리 뿌려
바로 솟아 숲을 뚫고 급히 흘러 시내 되네.
물 가운데 달 잠기고 그 밑에는 용궁이라.
신기 변화의 자취를 두고 높이 올라 공을 세워
가는 내에는 향기가 일고 상서로운 바람이 부네.
상제에게 명령 받아 푸른 섬을 보살필 때
구름 탄 채 조화하고 말을 달려 비 내리네.
황금대궐 잔치 열고 옥계 앞에 풍류 지어

이름난 술잔에 노을 뜨고 붉은 이슬 연잎에 맺네.

엄숙한 태도 무겁지만 예법은 더욱 높네.

의관은 찬란하고 환패 소리 쟁쟁하네.

자라가 오래 살기를 빌고 물 신령도 모여 있네.

조화가 얼마나 황홀한가 숨은 덕이 더욱 깊네.

북을 치니 꽃이 피고 술잔 속에 무지개 이네.

천녀는 옥피리 불고 서왕모는 거문고 타네.

술 한 잔 또 부어라 만세 삼창하리로다.

얼음 같은 과실이요, 상 위에는 수정과일세

온갖 진미에 배부르고 깊은 은혜가 뼈에 스며

바닷물 마신 듯이 봉래산에 구경 온 듯

즐거운 뒤 이별이라 풍류조차 꿈이로다.

이 시를 들은 사람 중 탄복하지 않은 자가 없었다. 용왕은 한생에게 감사의 뜻을 표하고 나서 말했다.

"마땅히 이 시를 돌과 금에 새겨 영원히 보배로 삼을 것이오."

이에 한생은 감사를 표한 뒤에 용왕에게 청했다.

"용궁의 좋은 일들은 잘 보았습니다만 도시의 장한 형세와 건설의 번화함도 자유로이 구경할 수 있겠습니까?"

용왕이 말했다.

"그렇게 하시오."

한생은 용왕의 허가를 얻어 문밖에 나오니 오색 구름이 주위에 둘러싸여 동서를 분간할 수 없었다.

용왕이 신하에게 명하여 구름을 걷히게 하니 한 사람이 뜰에 서서 입을 찌푸리고 공중을 향하여 한 번 불자 천지가 갑자기 환하게 밝아지더니 산과 바위들은 간데없고 넓은 세계에 온갖 꽃이 피어 있고, 평탄한 모래 주위에 금성을 쌓았는데 그 가운데에 푸른 유리 벽돌을 펴 두어 빛이 찬란하였다.

용왕이 두 사람에게 일러 한생을 인도하여 다니다가 한 곳에 이르니 높은 누각 하나가 있는데 그 이름은 '조원지루'라 하였다. 그 누각은 전체가 수정으로 되어 있고 구슬과 옥으로 꾸민 뒤에 금으로 벽을 칠한 것이었다.

그 위에 올라가니 마치 공중을 밟는 것과 같고 계단은 열 개인데 한생이 여덟 번째 계단에 오르려 하자 사자가 말했다.

"여기에서 멈추십시오. 여기는 상감께서 신력으로 오르시는 곳입니다. 저희들도 아직 보지 못했습니다."

이 누각의 위층은 구름 위에 솟아 있어 보통 사람은 도저히 오를 수 없는 곳이었다. 한생은 할 수 없이 그만 내려와 또 다른 곳에 이르니, 이곳은 곧 '능허지각'이었다. 한생이 물었다.

"이 집은 무엇을 하는 곳인가요?"

사자가 대답했다.

"이곳은 상감께서 하늘에 조화할 때 모든 행장과 의관을 차리시는 곳입니다."

한생은 다시 그 기구를 구경시켜 달라고 청했다. 사자가 인도한 곳에 이르자 어떤 물건이 있었는데 그 모양은 둥근 거울과 같고 빛이 번득여 바라보기가 어려웠다. 한생이 또 물었다.

"이것은 무엇이오?"

"번개를 맡은 전모(電母)의 거울입니다."

마치 북처럼 생긴 물건을 한생이 한번 쳐 보려 하자 사자가 말했다.

"치지 마십시오. 만일 이 북을 한 번 치면 백 가지 물건이 모두 진동하게 되니, 이것은 천둥을 맡은 뇌공(천둥을 맡고 있는 신)의 북입니다."

또 한 곳에는 목탁과 같은 물건이 있었는데 한생이 이것을 흔들어 보려 하자 사자가 말했다.

"이것은 바람을 불게 하는 목탁입니다. 만일 이것을 한 번 흔들면 산의 바위가 무너지고 큰 나무가 뽑힙니다."

또 한 가지 물건은 모양이 비와 같고 그 옆에는 물을 길어 놓은 항아리가 있었다. 한생이 비를 들어 그 물을 뿌리려 하자 사자가 말했다.

"이 비를 한 번 뿌리면 홍수가 나서 천지가 물바다가 될 것입니다."

이에 한생이 물었다.

"그러면 어찌해서 여기에는 구름을 불어 내는 기구를 비치하지 않았소?"

사자가 대답했다.

"구름이야 상감의 신력으로 되는 것이지 기계로 이루어지는 것이 아닙니다."

"그렇다면 천둥, 번개, 비 같은 것을 맡은 분은 어디 계시오?"

한생이 또 묻자 사자가 대답했다.

"옥황상제님께서 그들을 가두어 두었다가 우리 상감께서 나오시면 모이게 합니다."

그 외의 기구도 많았지만 무엇인지 일일이 알 길이 없었다. 또 기다란 행랑이 몇 리쯤 잇따라 뻗어 있었는데 문에는 튼튼한 자물쇠가 채워져 있었다. 한생이 궁금해 물었다.

"이것은 무엇이오?"

사자가 말했다.

"저도 자세히는 모르지만 이곳은 상감께서 칠보를 간직해 두신 곳이라고 합니다."

한생은 얼마 동안 구경했으나 다 볼 수가 없기에 그만 돌아가려 했다. 그러나 우람한 문들이 하도 많아 나갈 곳을 알 수가 없어 부득이 사자에게 길을 인도해 달라고 청한 뒤에야 비로소 본래 있던 곳으로 되돌아와 용왕께 감사의 뜻을 표했다.

"대왕의 높으신 은덕으로 속세에서 보지 못하던 선경을 구경했습니다."

이생은 곧 두 번 절하고 작별의 인사를 올렸다. 용왕은 산호 쟁반 위에 깨끗한 구슬 두 알과 비단 두 필을 담아서 노자에 쓰라고 준 뒤에 문밖까지 나와서 환송했다. 이때 그 세 손님도 함께 하직하고 떠났다.

용왕은 다시 두 사자를 시켜 산을 뚫고 물을 헤치는 기구를 가지고 한생을 인도하게 했다. 이때 한 사자가 한생에게 말했다.

"선생께서는 제 등에 업혀 잠시 눈을 감으십시오."

한생은 그의 말대로 할 수밖에 없었다.

사자 한 사람이 기계를 들고 앞길을 인도하는데 마치 몸이 공중으로 날아가는 것 같고 다만 바람 소리와 물소리가 끊어지지 않을 뿐이었다.

이윽고 그 소리가 그쳐 한생이 눈을 떠 보니 자기 집 방 안에 누워 있었다.

한생은 놀라 문밖으로 나가 보니 하늘에는 별이 드물고 닭은 세 홰나 울어 밤이 이미 오경이나 되었다. 이에 급히 자기 품속에 손을 넣어 보니 용왕이 준 구슬과 빙초가 들어 있었다. 한생은 이것을 대나무 상자에 깊이 간직하고 남에게 보이지 않았다.

그 후 한생은 세상의 명예와 이익을 마음에 두지 않고 명산으로 들어 갔는데, 그가 어떻게 되었는지는 알 수 없었다고 한다.

남염부주지(南炎浮洲志)

- 김시습(金時習) -

작품 정리

　조선 시대 생육신(生六臣)의 한 사람인 매월당 김시습이 지은 고대 소설. 한국 최초의 한문 단편 소설 가운데 하나로 다른 4편과 함께 작자의 소설집 〈금오신화〉에 실려 있다. 수양대군의 왕위 찬탈에 통분하여 경주 금오산에 은거할 때 지었다. 주인공이 꿈속에서 겪은 일을 중심으로 내용이 전개되는 몽유 구조의 소설로, 작자의 철학 사상이 가장 집약적으로 표현되어 있는 작품이다.

작품 줄거리

　경주에 사는 박생(朴生)은 유학(儒學)으로 대성하겠다는 포부를 지니고 열심히 공부했으나 과거에 실패한다. 박생이 하루는 주역을 읽다가 잠깐 조는 사이에 저승사자에게 인도되어 염부주라는 별세계에 이르러 염왕(閻王)과 사상적인 담론을 벌인다. 세상의 이치는 하나뿐이라는 내용의 철학 논문인 〈일리론〉을 쓰면서 자신의 뜻을 더욱 확고하게 다진다. 그는 염왕과 유교 · 불교 · 미신 · 우주 · 정치 등 다방면에 걸친 문답을 통해 자신의 지식이 타당한 것임을 재확인한다. 꿈을 깬 박생은 그로부터 몇 달 뒤 병이 들어 죽게 되었는데, 의원과 무당을 모두 물리치고 고요히 숨을 거두었다.

🐞 남염부주지

옛날 경주에 '박생'이란 사람이 살고 있었다. 그는 유학으로 성공하기 위해 노력하던 중 태학관에 보결생(補缺生, 어떤 사연으로 빈자리를 대신 채우는 학생)으로 추천되었다. 그러나 시험에 낙방하여 항상 마음에 차지 않아 시무룩해하였다.

그는 또한 뜻이 매우 높아 권세를 좇지 않고 생각을 굽히지도 않았다. 그래서 남들은 거만한 위인이라고 했으나, 사람들과 교제할 때는 태도가 온후하였으므로 여러 사람의 칭송이 자자하였다. 그는 불교, 무당, 귀신 등에 특히 의심을 품었는데, 〈중용〉 〈주역〉을 읽은 뒤 더욱 자신을 얻었다.

어느 날 그는 스님과 불교에 대한 질의를 하게 되었는데 스님이 이렇게 말하였다.

"천당과 지옥이란 것에 대해 그대는 어찌 생각하오."

"그야 천지가 한 음양인데 어찌 천지 밖에 그런 세계가 또 있겠습니까?"

그가 대답하니 스님도 쉽사리 단언하여 말하지 못했다.

스님은 또다시 말했다.

"명확히 말하기는 어렵소만 악인악과(惡因惡果, 나쁜 일을 하면 반드시 나쁜 결과가 따름) 선인선과(善因善果, 선한 일을 하면 반드시 좋은 보답이 따름)의 화복이야 어찌 하겠습니까?"

그러나 박생은 그 말을 믿지 않고 〈일리론〉이라는 책을 만들어 본보기로 삼았다. 그 책의 내용은 이러했다.

'천하의 이치는 하나요, 이는 곧 하늘이 명함이다. 본디 하늘이 음양과 오행으로 만물을 낳을 새 기운을 모아 그것이 마침내 형상을 이루고 첨가된 것이다. 이치란 것은 일용과 사물 사이에 있는 도리니 이른바 도(道, 종교적으로 깊이 깨우친 이치나 그런 경지) 라는 것이다. 이것을 좇으면 어디로 가나 합당하여 편안하고, 이것을 거스르면 성품을 잃는 것이 되니 곧 재앙이 미친다.'

운운하여 불교의 허무적멸을 주로 한 이단에 빠지지 않으려는 것이었다.

박생이 이런 책을 저술한 뒤 하루는 자기 방에 앉아 등잔불을 돋우고 책을 읽다 잠깐 조는 사이에 문득 한 곳에 이르렀는데, 아득히 넓은 바다 가운데 섬 하나가 있었다.

그곳에는 초목도 모래도 없어 밟히는 것이라고는 구리 아니면 쇠였다. 대낮에는 불길이 하늘을 뚫을 듯, 대지가 없어질 듯하고 밤이면 거센 바람이 서쪽에서 불어와 사람의 살과 뼈를 에는 듯하였다. 쇠로 된 벼랑이 마치 성벽과 같이 해변에 접해 있고 철문 한 개만이 있는데, 자물쇠가 어마어마하게 컸다. 문을 지키는 자는 꼴이 영악하였는데, 창과 철퇴로 외적을 방어하고 있었다. 또한 그 안에 사는 백성들은 쇠로 집을 지었는데 낮이면 더워 죽을 지경이요, 밤이면 얼어 죽을 지경이었다.

박생이 크게 놀라 주저하는데 문지기가 부르기에 당황하여 그 앞으로 갔다. 문지기는 창을 세우고 박생에게 물었다.

"그대는 누구요?"

박생은 떨면서 대답했다.

"아무 나라의 아무 땅에 사는 유생이올시다. 영관께서는 너그럽게 용서하여 주소서."

그러고는 엎드려 절하며 두 번, 세 번을 빌었다. 수문장이 말을 이었다.

"유생은 본래 어떤 위험 앞에서도 굴하지 않는다고 들었는데, 그대는 어찌 이와 같이 하는가? 우리는 세상의 이치를 아는 유생을 모시고자 했으며, 국왕께서도 당신 같은 사람을 만나서 뜻을 동방에 전하고자 하던 터였소. 조금만 앉아 계시오. 내 국왕께 고하여 뵙게 해 드리리다."

수문장이 들어가더니 한참 만에 나와서 말하였다.

"국왕께서 평상시에 거처하는 궁전에서 맞으신다 하오. 당신은 전하의 위엄에 무서워 말고 정직하게 대답하되 이 나라 백성들이 바른 길을 걷도록 해 주기 바라오. 이윽고 검은 옷과 흰옷을 입은 두 아이가 각자 책 한 권씩을 가지고 왔는데, 한 권은 흰 종이에 푸른 글자로 씌어 있고, 또 한 권은 흰 종이에 붉은 글씨로 쓴 것이었다. 박생은 자신의 이름이 붉은 글씨로 적혔음을 알았다.

박생은 의아하여 물었다.

"나에게 이 책을 보이는 것은 무슨 까닭이오?"

동자가 대답하였다.

"검은 책은 악한 이들이 적힌 명부이고 흰 책은 선한 사람의 명부요. 선인 명부에 실린 이는 국왕께서 예법으로 맞이하고, 악인 명부에 실렸으면 노예같이 대합니다."

그렇게 전하고 동자들은 안으로 들어갔다.

이윽고 사람들이 나와서 박생 앞에 연꽃 의자가 놓인 보배 수레를 대령하고 동자들은 파리채와 양산을 가지고, 무사와 나졸들은 창을 휘두르며 나타났다. 박생이 바라보니 앞에는 철로 된 성벽을 세 겹이나 두른 궁궐이 높이 솟아 있는데, 금산 아래 자리 잡아 불꽃이 무섭게 타오르고 있었다.

길옆에 다니는 사람들은 그 불꽃 가운데서 구리쇠를 밟고 다녔다. 그러나 박생의 앞에는 수십 보쯤 되는 곳에 평탄한 길이 있어 인간 세계와 다름없으니 아마 신통력으로 그렇게 된 것 같았다.

드디어 왕궁에 이르니 두 사람의 미녀가 나와서 맞았다. 이들에게 인도되어 들어가니 왕이 통천관(通天冠, 황제가 정무를 보거나 조칙을 내릴 때 쓰던 관)을 쓰고 옥대(玉帶, 임금이나 관리의 공식 복장에 두르던 옥으로 장식한 띠)를 두르고 뜰아래 내려와 맞았다. 박생은 그 자리에 엎드려 왕을 쳐다보지도 못하였다.

왕은 박생의 소매를 잡아 일으켜 대궐에 오르게 하고 자리를 마련하여 앉혔다. 좌정한 왕이 시종에게 명하여 차를 들이니 차가 마치 구리쇠와 같고 과실도 철로 만든 것과 다름없었다. 박생은 놀랍고 두려우나 피할 길이 없어 그들이 하는 모습만 보고 있을 뿐이었다. 차를 다 마신 뒤 왕이 박생에게 말했다.

"선비는 여기가 어딘지 모를 것이요. 속세에서 말하는 '염부주'요. 대궐 북쪽 산이 옥초산인데 이곳 남쪽에 있으므로 '남염부주'라 하오. 나의 이름은 '염마'라 하니 불꽃이 내 몸을 마찰하는 까닭이요. 내가 이곳 왕이 된 지 일 년이 지나 신통(神通, 무슨 일이든지 해낼 수 있는 영묘하고 불가사의한 힘이나 능력) 변화를 부리지 못할 것이 없고 내 뜻대로 되지 않은 일이 없소.

창힐(중국 고대 전설상의 제왕. 새의 발자취를 보고 글자를 처음 만들었다고 함) 글자를 만들 때 내가 백성을 보내어 울게 하고, 구담이 부처가 될 때는 부하를 보내 보호해 주었소. 삼황(三皇, 고대 중국의 전설상의 세 임금인 복희씨, 신농씨, 황제), 오제(五帝, 중국 태고 시대의 다섯 성군인 요, 순, 소호, 전욱, 제곡), 주공, 공자에 이르러서는 스스로의 도를 지키니 내 어찌할 수 없어 관여하지 않았소."

"주공과 구담은 어떤 인물이옵니까?"

박생이 물으니 왕이 대답하였다.

"주공은 중화 문물의 성인이요, 구담은 서역 간흉(奸凶, 간악하고 흉악한 무리라는 뜻으로 변방 토착세력을 말함) 가운데의 성인이오. 그는 문물에 비록 밝으나 성품이 순진하여 주공과 공자께서 그를 가르치셨소. 간흉한 민족이 비록 어리석고 사리에 어둡기는 하나 기운에 날카로움과 무딤이 함께 있어 구담이 이를 꾸짖어 바로잡곤 하였소. 또한 주공은 바르지 못한 일을 버리게 하였다오. 진실로 그 뜻이 옳으며 석가의 법은 사도로써 사도를 물리쳤으므로 그 말이 허황되다고 보오. 정직한 것은 군자가 좇는 것이며, 허황된 것은 소인이 믿는 것이니 이것이 양극이라 할 것이다. 그러므로 군자는 소인으로 하여금 바른 이치를 깨닫게 해야 마땅하니, 후세에게 도가 아닌 것을 믿게 하고 세상을 속이고자 함이 아닌 줄로 아오."

박생이 또 물었다.

"귀신이란 어떤 것이옵니까?"

왕이 말하였다.

"귀란 '음의 넋'이요, 신이란 '양의 넋'이니 조화의 자취요, 굳이 배우지 않아도 능히 아는 것이라 할 수 있소. 사람이 살아 있을 때는 인물, 죽으면 귀신이라 하는데, 그 이치야 다를 바 있겠소?"

"세상에서는 귀신에게 굿을 하며 제사 지내는 일이 많은데, 그때의 귀신과 할아버지뻘의 조상인 귀신은 어떻게 다르옵니까?"

"다를 것이 없소. 선비는 어찌 보지 못하였소? 선유가 말하되 귀신이란 형상도 없고 소리도 없으며 물건의 처음과 끝이 모양의 합치고 흩어지는 데 따르는 것이오. 다만 인간들이 귀신이 있다고 생각하는 것뿐이오. 예부터 공자는 귀신을 공경하여 멀리하라 하였으니, 아마 이런 이치를 말한 것이라 생각하오."

박생이 말하였다.

"그런데 세상에서는 일종의 못된 귀신과 요물이 있어 실제로 사람을 해친다고 하니, 이것 역시 귀신이라 부를 만한 것일까요?"

"귀란 '굴'을 의미하고 신이란 '펴는 것'을 말하니, 굴하여 신하는 것은 조상 귀신을 말하는 것이고, 굴하고 신하지 못하는 것은 기혈이 한 곳에 몰려 흩어지지 않은 것, 즉 요귀를 가리키는 것이라오. 산에 있는 것은 '초', 물에 있는 것은 '역', 물건을 해치는 요귀는 '여', 마을을 괴롭히는 것은 '마', 물건에 의지하는 요귀는 '요', 물건을 혹하게 하는 것은 '매'라 하니, 이들을 모두 '귀'라 하오. 또한 음양을 미루어 헤아릴 수 없는 신을 '신'이라 이르는 것이오."

박생이 다시 물었다.

"제가 일찍이 들으니 스님들이 말하기를 천상에는 즐거움이 가득한 천당이라는 곳이 있고, 지하에는 고통스런 지옥이 있어 명부(사람이 죽은 뒤에 심판을 받는 곳) 시왕(저승에서 죽은 사람을 재판하는 열 명의 대왕. 진광대왕, 초강대왕, 송제대왕, 오관대왕, 염라대왕, 변성대왕, 태산대왕, 평등대왕, 도시대왕, 오도 전륜대왕. 죽은 날부터 49일까지는 7일마다, 그 뒤에는 백일·소상(小祥)·대상(大祥) 때에 차례로 이들에 의하여 심판을 받는다고 한다)을 배치하여 죄인을 다스리는데 과연 사실인지요. 그리고 사람이 죽은 지 이레 만에 부처님께 제를 올려 그 영혼을 천도하고, 왕에게 지전(紙錢, 지폐, 즉 돈을 말함)을 바쳐 그 죄악을 청산한다 합니다. 그렇게 하면 아무리 간악한 인간이라도 저승의 대왕께서 그를 용서하실 수 있는지요?"

왕이 크게 놀라 말하였다.

"그게 무슨 말이오? 금시초문이오. 천지 밖에 또 천지가 있으리오. 그리고 '왕'이라 함은 만인이 죽어서 귀의함을 이르는 것이니, 옛적 삼대 이상인 억조의 임금을 다 왕으로 일컬을 것이오.

달리 불릴 것이 없으나 옛날 부자와 같은 이는 춘추에 백왕이 바뀌지 않는 대법을 세운다 하였으며, 불도 배우는 사람을 교화하고 지도하는 방장화상(方丈和尙)을 존경하여 '천왕'이라 한 것은 곧 임금의 이름이지 다른 무엇을 보탠 것이 아니오. 그런데 진(秦, 중국 진나라의 초대 황제

B.C. 259~B.C. 210)이 초, 제, 연, 한, 위, 조 6국을 멸하고는 스스로 자기의 덕은 삼황을 겸하고 공훈은 오제보다 높다 하여 왕을 '황제'로 고쳤다오. 그다음부터 분수에 맞지 않게 왕이라 칭하는 자들이 많아졌소. 위, 양, 형, 초의 임금이 다 그런 이들이오. 그 후부터 왕자의 명분이 어지러워졌음은 말할 것도 없고 문무백관의 권위가 없어졌소. 또 세상이 무지하여 인간의 실정은 생각하지 않고 신의 도만 엄하다 하니, 어찌 한 지역 안에 왕이라 일컫는 자가 이처럼 많소? 그대는 어찌 듣지 못하였소? 하늘에는 두 해가 없고 나라에는 두 임금이 없다 하였는데, 이 말은 능히 믿을 수 있겠소? 제를 지내어 영혼을 천도한다든지 지전을 살라 제사 지내는 그 까닭을 나는 알 수가 없소. 그대가 아는 대로 말해 주오."

박생이 자리에 물러나 옷깃을 펴며 말하였다.

"세상에서는 부모가 죽은 지 사십구일 만에 양반, 상인 할 것 없이 장사 지내는 일은 돌보지 않고, 오직 영혼 천도를 으뜸으로 삼습니다. 돈 많은 이는 부의를 많이 내어 큰 제를 올리고 가난뱅이도 논밭과 집을 팔아 모든 것을 장만하여 스님을 불러 복전을 닦고 불상을 모셔 주문을 외지요. 그러나 그 소리가 새나 쥐가 지절거림과 같아 아무런 뜻이 없으며, 상주가 처자 권속(친족)을 있는 대로 모아 남녀가 서로 뒤섞이며, 대소변이 낭자하여 극락정토를 더럽힙니다. 또 시왕을 초대한다 하여 음식과 술을 갖추고 제사 지내는데, 이때 지전을 살라 속죄한다 합니다. 그러나 시왕을 위한다는 자들이 이렇듯 예의를 돌보지 않고 탐욕을 내지만, 법이 있어 중벌에 처할 수 있겠습니까. 이에 대해 저는 매우 못마땅하게 생각하고 있사옵니다."

"슬프다! 인간이 이 세상에 날 때 하늘의 명으로 성을 삼고, 땅이 곡식을 길러 주며, 임금은 법으로 다스리고, 스승은 도로써 가르치고, 어버이는 은혜로 길러 주니, 이로 말미암아 오전(五典, 즉 오륜(五倫). 유학에서 강조하는 사람이 지켜야 할 다섯 가지 도리. 부자유친, 군신유의, 부부유

별, 장유유서, 붕우유신)이 차례가 있고, 삼강(유교의 도덕에서 기본이
되는 세 가지 강령. 임금과 신하, 부모와 자식, 남편과 아내 사이에 마땅
히 지켜야 할 도리로 군위신강, 부위자강, 부위부강)이 문란하지 않게 되
는 것이오. 이를 잘 따르면 평화롭고 이를 거스르면 재앙이 있으리니, 그
것은 사람이 행한 대로 받는 것이요. 그리고 사람이 죽으면 정신과 기운
이 흩어져 근본으로 돌아갈 뿐이라 어찌 캄캄한 속에 머물러 있으리오.
다만 원한을 지닌 원귀들이 쓸쓸한 싸움터에서 울기도 하고, 한 맺힌 집
안에 나타나기도 하고, 또는 무당에 의탁하여 자기의 뜻을 표하며 사람
에게 의지하여 비통함을 하소연하는 것은 비록 정신은 흐트러지지 않았
더라도 결국 아무것도 없는 것으로 변할 뿐이오. 그런데 어찌 형체를 빌
려서 지옥의 고통을 받겠소? 이것은 물리를 연구하는 학자로서 짐작하는
바요. 부처에게 제를 드리고 시왕에게 사함을 받는 것은 더욱 황당한 일
이오. 또 제를 지낸다 함은 정결함을 뜻하고 그 여부는 정성에 있지, 다
른 뜻은 없는 것이오. 부처란 청정의 뜻이요, 왕이란 존엄의 뜻이니 어찌
청정의 신이 속세의 공양을 맛보며 왕의 존엄함을 지니고 죄인의 뇌물을
받을 수 있으며, 명멸하는 귀신이 어찌 세상의 형벌을 용서할 수 있으리
오. 이것 또한 이치를 탐구하는 선비로서 마땅히 생각할 수 있는 바가 아
니겠소?"

"그러면 윤회에 대해서 어찌 보아야 하겠나이까?"

왕이 대답했다.

"정신이 흐트러지지 않았을 때는 마치 윤회의 길이 있을 듯하나 오래
되면 다 소멸되고 마는 것이겠지요."

박생이 또 물었다.

"왕께서는 어찌 된 연고로 이 나라 임금이 되셨나이까?"

"내가 세상에 있을 때 왕에게 충성을 다하고 도적을 없애며 맹세하기
를 죽어서라도 마땅히 이귀가 되어 도적을 죽이리라 하였는데, 그 남은

바람을 다하지 못하여 이 나라의 군장이 되었소.

그리고 내 일찍이 들으니 선생의 정직하고 불굴의 성격은 천고의 달인이라 하더이다. 그러나 형산의 백옥이 티끌에 묻혀 있고 밝은 달이 깊은 못에 빠진 것 같으니 어찌 아깝지 않겠소. 마침 나 또한 운이 다하여 이자리를 떠나야 할 판이요. 선생도 명이 다한 것 같으니 이제부터 이 나라의 백성을 맡아 주시오."

염마가 말을 끝낸 뒤 크게 잔치를 베풀어 즐길 때, 삼한 흥망에 대한 말을 꺼내자 박생이 더불어 일일이 얘기하다가 고려 건국에 이르자 염마는 수차례 감탄해 마지않으면서 말했다.

"나라를 맡은 자는 폭력으로 백성을 다스리지 못할 것이며, 덕 없이 지위를 차지할 수 없을 것이오. 하늘이 비록 영원히 말이 없을지라도 그 명은 엄한 것이오. 그리고 국가는 백성의 것이요, 명이란 하늘이 명하는 것이니 천명이 가고 민심이 떠나면 비록 몸을 보존하고자 한들 어찌 가능하겠소."

박생은 다시 역대 제왕이 그릇된 도를 믿다가 재앙을 입은 얘기를 하자 염마왕은 이맛살을 찌푸리며 말했다.

"백성들이 기쁘게 노래 부르되 수재와 한재가 내리는 것은 하늘이 임금에게 삼갈 것을 암시함이요, 백성들이 원망해도 좋은 일이 나타남은 임금을 교만 방종하게 함이니 역대 제왕이 재앙을 입을 때 그 백성들은 안락하였소? 원망하였소?"

"간신이 벌 떼처럼 일어나 큰 난리가 일어났지만, 임금은 백성을 눌러 정치를 하였으니 백성들이 어찌 안락할 수 있으리까?"

문답이 끝나자 염마는 잔치를 거두고, 박생에게 왕위를 전하고자 손수 글월을 지어 내렸다. 박생이 그 글을 받들어 예식을 마치고 물러 나온 뒤, 염마는 다시 신하들에게 명령하여 축하하도록 했다. 그 후 박생을 고국으로 잠깐 보낼 때 거듭 칙령을 내렸다.

"머지않아 다시 이곳에 돌아올 것이니, 나와 더불어 문답한 모든 내용을 인간 세상에 퍼뜨려 황당한 전설을 남기지 마시오."

박생은 다시 절하며 말했다.

"감히 명령을 어길 수 있으리까."

그러고는 대궐 문을 나와 수레에 탔는데 말굽이 진흙에 붙자 수레를 잡아챘다. 그 바람에 박생이 깜짝 놀라 깨어 보니 한갓 허무한 꿈이었다. 주위를 살펴보니 책들은 상 위에 흩어져 있고 등불은 희미하게 가물거리고 있었다.

박생은 그로부터 몇 달 뒤 병들어 죽게 되었는데, 의원과 무당을 모두 물리치고 고요히 숨을 거두었다고 한다.

심청전(沈淸傳)

- 작자 미상 -

작품 정리

　이 소설은 〈거타지〉, 〈인신 공회〉, 〈맹인 득안〉, 〈효녀 지은〉 등의 전래 설화가 창(唱)의 판소리 사설로 구전되어 오다가 조선 시대 영·정조에 이르러 소설화한 것이다. 또한 여러 사람들의 참여에 의해 첨삭된 적층 문학의 성격을 가지고 있는 것이 특징이다. 이 소설의 사상적 배경은 불교의 인과응보의 환생을 바탕으로, 유교의 효(孝) 사상이 형상화되었다. 고대 소설 〈심청전〉을 이해조가 〈강상련〉이란 소설로 개작하였다.

작품 줄거리

　옛날 황주 땅에 행실이 훌륭한 심학규라는 사람이 부인 곽씨와 살고 있었다. 늦도록 자식이 없어 근심하던 중 어느 날 신몽을 얻어 심청을 낳는다. 부인 곽씨는 청을 낳은 지 사흘 만에 세상을 떠나고 가세는 점점 기울어 동냥젖을 얻어 키운다.

　심학규의 사랑을 받고 자란 심청은 아버지를 극진히 봉양한다. 어느 날 심청이 이웃집에 방아를 찧어 주러 갔다가 늦어지자 청을 찾아 나선 심 봉사는 구렁에 빠진다. 때마침 그곳을 지나던 몽운사 화주승이 그를 구해 주고 공양미 3백 석을 시주하면 눈을 뜰 수 있다고 하자 앞뒤 가리지 않고 시주를 서약한다. 남몰래 고민하는 아버지의 사정을 들은 심청은 천지신명께 지성으로 빈다. 그때 인신 공양을 구하러 다니는 남경 상인들에게 자신의 몸을 판 대가로 받은 공양미 3백 석을 몽운사에 시주한다. 심청은 아버지가 걱정할까 봐 장 승상 수양딸로 가게 되었다고 거짓말을 하고, 뒤늦게 사실을 안 심학규는 통곡하며 실신한다. 배를 타고 인당수에 도착한 심청은 아버지를 걱정하면서 인당수에 뛰어든다.

남경 상인이 심청의 덕택으로 억만금의 이익을 내고 돌아오다가 인당수에 떠 있는 연꽃을 이상히 여겨 용왕에게 바친다. 용왕은 연꽃 속에서 나온 심청을 아내로 맞이하고, 황후가 된 심청은 아버지를 찾기 위해 맹인 잔치를 연다. 심청이 떠난 뒤 뺑덕 어멈과 같이 살던 심학규는 소문을 듣고 마지막 날 황성에 상경해 심청을 만나 눈을 뜬다.

핵심 정리

갈래 : 판소리계 소설

연대 : 미상

구성 : 교훈적

시점 : 전지적 작가 시점

배경 : 명나라 성화연간 남군의 명유

주제 : 부모에 대한 효성과 왕생극락 불교사상

심청전

옛날 황주 땅 도화동에 심학규라는 사람이 있었다. 그는 고장에서 손꼽히던 양반 집안에서 태어났다. 대대로 할아버지들은 모두 명망이 대단했다. 그러나 차츰 가세가 기울고 자손이 귀해지더니 심학규에 이르러서는 가까운 일가 하나 없이 눈먼 채 이 세상에 오직 혼자 남게 되었다. 그러나 명문의 혈통을 이어받은 덕인지 심학규는 행실이 바르고 마음이 곧아 마을 사람들이 모두 그를 함부로 대하지 못했다.

어느 날 새벽 일찍이 잠에서 깬 심학규의 부인 곽씨는 간밤에 황홀한 꿈을 꾸어 남편을 불렀다.

"참 이상한 일도 다 있지. 참말 이상한 꿈을 다 꿨어. 당신은 무슨 꿈인데?"

심학규가 말하자 아내가 대답했다.

"황홀한 꿈이었어요. 갑자기 천지가 환해지더니 하늘에 오색구름이 펼쳐지지 않겠어요? 그러더니 선녀가 내려왔어요. 머리에 화관을 쓰고 학같은 옷을 펄럭이며 허리에는 월패(月佩, 예전에 허리나 가슴에 차던 패옥(佩玉)의 하나)를 차고 계수나무 가지를 들고, 학을 타고 내려오는 거예요. 바로 제 앞에 내려서더니 앞으로 걸어와 절을 하였어요."

"분명히 태몽인가 보네. 부처님이 자네의 지극한 정성을 보시고 아들을 점지해 주시나 봐."

그 후 열 달이 지나서 아기를 낳았는데, 곽씨 부인이 난산을 하여 심학규가 산신께 순산을 비니 이윽고 아기 울음소리가 들렸다.

심학규가 물었다.

"아들인가요? 딸인가요?"

산파가 말하였다.

"아들은 아니지만 참 예쁘고 튼튼하게 생겼습니다. 딸이라 섭섭하세요?"

그러자 심학규가 기뻐하며 말했다.

"원 별말씀을 딸이면 어때요. 딸자식은 자식이 아닌가요?"

그러나 아이를 낳은 지 사흘이 되어도 곽씨 부인은 자리에 누운 채 일어나지 못하고 저승으로 갔다.

"인심도 무던히 좋은 분이 왜 그리 박명할까? 그 어질고 사리에 밝은 부인이 복을 받아도 남의 곱은 받아야 할 텐데, 아이 낳고 이레도 안 돼서 이게 무슨 변이람!"

마을 사람들은 남녀노소 할 것 없이 모두 슬퍼하며 한결같이 곽씨 부인의 후덕함을 아까워했다.

새벽닭이 울었다. 청이는 낮에 얻어먹은 젖이 다 내려갔는지 보채기 시작했다.

"아가, 조금만 참아라. 날이 새면 마을에 나가 젖을 얻어 먹여 주마."

심 봉사는 아이를 안고 방 안을 서성거렸다. 우물가에서 두레박 소리가 나고 동네 아낙네들의 두런거리는 소리가 들려왔다.

심 봉사는 아기를 싸서 한쪽 품에 꼭 끼어 안고 한 손엔 지팡이를 들고 밖으로 나섰다. 아이를 안았으니 발걸음이 더욱 조심스러워졌다.

"후덕하신 부인들, 또 찾아와 죄송합니다. 이레 안에 어미를 잃은 이것이 앞 못 보는 아비 손에서 이렇게 자라 가는군요. 죄 많은 두 목숨 그저 여러 어른들 덕에 살아갑니다. 죄송한 말씀, 고마운 말씀 이루 다 아뢸 수 없습니다. 댁의 귀한 아기 먹다 남은 젖이 있거든 한 모금만 빨려 주십시오."

심 봉사가 말하자 한 아낙이 나섰다.

"잠깐 좀 기다리세요. 마침 우리 동서가 젖이 나오니 한 모금 빨려 주도록 하겠습니다."

딸이 일곱 살이 되자 심 봉사는 천자문을 가르치기 시작했다. 어려서부터 장님이 아니고 글을 배운 뒤에 시력을 잃었으므로 글을 가르칠 수 있었다. 청이가 열 살 되던 봄, 한식날에도 심 봉사와 딸은 곽씨 부인의 묘소를 찾았다. 심 봉사는 이제 제법 성숙한 딸에게 그간 살아온 모든 얘기를 들려주었다. 어렸을 때부터 오늘까지의 얘기를 모두 하며 곽씨 부인의 유언까지도 빼놓지 않고 들려주었다.

'정말 훌륭하신 어머님이셨구나. 그런데 나는 아버지의 짐만 되어 더 고생시키는 미천한 계집이니……'

청이는 아버지와 또 다른 생각에서 어머니 산소 앞에 엎드려 흐느꼈다.

청이는 그날 집에 돌아와서 아버지 앞에 나아가 아뢰었다.

"아버지, 내일부터는 제가 밥도 얻어 오고 쌀도 얻어 올 테니 아버지는 집에 계세요."

심 봉사가 만류하였다.

"안 될 말이다. 나야 아직 팔다리가 이렇게 성하고 동네 사람이 모두 나를 알고 동정해 주지만 어린 것이 어디를 나간단 말이냐? 절대 안 될 말이다."

"아버지, 제 청도 들어주세요. 그리고 제 말씀을 좀 더 들어 보세요. 말 못하는 까마귀도 제 날개로 날게 되면 부모에게 반포(反哺, 까마귀 새끼가 자라서 늙은 어미에게 먹이를 물어다 주는 일)할 줄 알고, 옛날에 곽거라는 사람은 부모의 반찬을 빼앗아 먹는다고 제 자식을 버릴 것을 의논했습니다. 또 맹종이란 사람은 효성이 지극하여 엄동설한(嚴冬雪寒)에 죽순을 얻어 부모를 봉양했다고 합니다. 저도 이제 열 살이 되었으니 옛날의 이름 있는 효자는 못 따를망정 어찌 가만히 앉아 있을 수 있겠어요?

눈 어두우신 아버님께서는 험한 길 다니시다 넘어져 다치시기도 쉽고 외딴 길에서 어쩌다 비바람 만나 병환이라도 나시면 어떡합니까? 저도 이제 아버님 덕분에 이만큼 뼈대가 굵었으니 이제 아버님은 집에 계셔도 됩니다."

청이는 내일부터 어떻게든 아버지를 집에 앉혀 둬야겠다고 마음을 굳게 다잡았다.

다음 날이 되어 청이는 구걸을 나갔다.

'뭐라고 얘기해야 할까? 부엌에 사람은 있는데…… 그대로 쑥 들어가야 할까?'

청이 이런 생각을 하며 사립문 안으로 들어서는데 '멍' 하면서 누런 수캐 한 마리가 청이 앞으로 덮쳐들었다. 안 그래도 조심스러웠던 청이는 바가지를 땅에 떨어뜨리고 그 자리에 털썩 주저앉았다.

"아니, 개가! 저리 비켜!"

부인이 부지깽이를 들고 달려오며 소리치자 개가 슬금슬금 물러났다.

"아유, 놀랐겠구나. 날씨가 춥다. 부엌에 들어와 불이나 좀 쬐렴!"

청이는 부엌으로 이끌려 들어갔다. 그런데 가만히 앉아 있을 수 없어 아궁이에 나무를 밀어 넣으며 불을 때 주었다.

"너 이 근처에 사니? 참 예쁘구나. 통 못 보던 아이인데 이사를 왔니?"

부인이 물었다.

"저는 도화동에서 왔어요. 어머니는 안 계시고 아버지만 계신데 아버지께서 앞을 못 보세요."

"그럼 심 봉사의 딸이구나. 네가 바로 그 소문난 심청이로구나."

"제가 심청이에요. 앞 못 보시는 아버지가 나가시는 것을 차마 볼 수가 없어 오늘 처음으로 제가 나왔어요."

이 말을 듣자 부인은 몹시 감탄한 듯 혀를 찼다.

"이것만 가지면 오늘 저녁까지 두 부녀가 먹을 수 있을 테니 가지고 바로 건너가거라. 그리고 이다음에도 조금도 어려워하지 말고 또 오너라."

청이는 묵직한 바가지를 받쳐 들고 마당으로 내려서며 말했다.

"이렇게 은덕을 입어서 어쩌면 좋아요?"

청이가 유복한 집에서 태어났더라면 아직 어리광을 부릴 때지만 어른 못지않게 소견이 트여 부지런히 바느질을 배워서 열세 살 때에는 동네 삯바느질까지 할 수 있게 되었다.

"꼭 돌아가신 네 어머니를 닮았구나. 솜씨가 어쩌면 그렇게 맵시 있고 차분하고 영그니? 이제 네 어머니 솜씨보다 오히려 뛰어난 것 같구나."

동네 아낙들이 너도나도 청이를 칭찬하였다.

심청이 나이 열다섯 살이 되었을 때에는 다 주저앉은 울타리도 말끔히 새로 둘러쳐지고 텅 비어 있던 장독대도 크고 작은 항아리들로 가득했다. 저녁이면 마을 처녀들이 바느질감을 들고 청이한테로 왔다. 그중에서도 곱분이는 특히 빼놓지 않고 찾아와 부탁을 하기도 했다.

곱분이가 얘기를 하고 돌아간 날, 낯선 소녀가 청이를 찾아왔다. 밖에서 부르는 소리가 나기에 청이 나가 보니 소녀가 공손히 말했다.

"저는 무릉촌 장 승상 댁 시녀인데 아가씨를 모시러 왔습니다. 승상 부인께서는 심청 아가씨의 소문을 들으시고 꼭 만나 보고 싶다고 하셨습니다."

"아버지, 장 승상 댁 부인께서 시녀를 보내어 저를 부르시니 지금 다녀와도 좋겠습니까?"

"나라 재상의 부인이 너를 부르신다니, 어서 다녀오너라. 그런데 아직 예의범절을 못 가르쳤으니 소홀함이 많겠으나, 네가 잘 생각해서 어긋남이 없도록 공손해야 한다."

청이는 아버지께서 인사드리고 시녀를 따라 장 승상 댁으로 갔다.

"먼 길 오느라고 수고했다. 어서 올라오너라. 정말 소문대로 모습도 빼어난 처녀구나! 내가 오늘 네게 긴히 할 얘기가 있다."

"무슨 말씀이온지요?"

장 승상 부인이 말하였다.

"심청아, 내 말을 들어주겠니? 승상은 이미 세상을 떠나시고 아들 삼형제는 모두 서울에 가 있단다. 다른 자식이나 손자도 없으니 슬하에 말벗이라고는 아무도 없구나. 나는 자나 깨나 적적한 빈 방에 혼자 앉아 책이나 읽으며 세월을 보내고 있단다. 그런데 네 사정 듣고 보니 양반의 자손으로서 고생하는 게 몹시 딱하더구나. 그러니 나의 수양딸이 되어 함께 기거하며 내 말벗도 되고, 너는 바느질도 더 배우고 글도 더 읽어 가며 재미있게 지내는 것이 어떻겠느냐?"

청이가 그 말을 듣고 놀라 대답하였다.

"말씀 황송하옵니다. 그리고 마치 돌아가신 어머님을 뵌 듯하옵니다. 미천한 몸을 그처럼 생각해 주시는데, 아뢰기 어렵사오나 낳은 지 칠일 만에 어미를 잃은 저를 안고 이처럼 길러 주신 앞 못 보는 아버님을 생각하면 어찌 제가 아버님 곁을 떠날 수 있겠습니까? 제 한 몸은 영화롭고 귀하게 되겠사오나 앞 못 보는 아버지의 조석 진지며 사철 의복을 돌볼 사람은 저밖에 없사옵니다. 부모 은덕은 누구에게나 같겠사오나, 저에게는 더욱 큰 부모님 은혜를 갚을 길 없어 잠시라도 아버님 곁을 떠날 수 없사옵니다."

"오냐, 알겠다, 알겠어. 과연 효녀로구나. 내 나이가 많아 정신이 가끔 혼미해져 섣불리 이런 얘기를 했구나. 미처 생각 못하고 한 말이니 노엽게 생각하지 말아다오."

한편, 청이 무릉촌 승상 댁에 간 뒤 심 봉사는 혼자 무료하게 앉아 밖으로 귀만 기울이고 있었다. 점심때가 훨씬 지났지만 밥 먹을 생각도 안 했다.

'웬일일까? 곧 오겠지.'

심 봉사가 청이를 기다리면서 조금씩 조금씩 나간 길이 동구 밖 개천 가까지 이르렀다. 항상 다니던 길이니 지팡이가 없어도 더듬더듬 걸었으나, 한 발을 잘못 디디는 바람에 그만 개천으로 나가떨어지고 말았다.

"사람 살려! 거기 아무도 없소?"

심 봉사는 이렇게 외치며 허우적거렸으나 몸은 자꾸만 깊은 곳으로 빠져 들어가고 아무도 대답하는 사람이 없었다.

"사람 살려요! 심 봉사 물에 빠져 죽게 됐소. 사람 살려요!"

그때 몽운사 화주승(化主僧, 인가에 다니면서 사람들에게 시주를 받아 절의 양식을 대는 중)이 권선문(勸善文, 신자들에게 보시를 청하는 글)을 둘러메고 시주하러 내려왔다가 돌아가는 길에 이 모습을 보았다.

"허허, 이게 웬일이오? 심 봉사가 아니오? 자, 정신 차려요."

화주승이 부축을 해 개천에서 꺼내 주며 딱하다는 듯이 물었다.

"앞 못 보는 분이 웬일로 늦게 길을 나섰소?"

"사실은……."

서두를 꺼낸 심 봉사는 살아온 내력을 모조리 얘기하고 신세 한탄을 늘어놓았다. 얘기를 다 듣고 난 화주승은 머뭇머뭇하다가 말을 꺼냈다.

"하여튼 날 때부터 장님은 아니었다 그 말씀이죠?"

"그렇다니까요."

"그러면 눈을 뜰 수가 있소. 하지만 우선 공양미 삼백 석을 부처님께 시주로 올려야 되는데…… 댁의 형편을 보니 공양미를 마련할 길이 없을 듯 하군요."

"여보시오, 대사! 사람을 그렇게 업신여기는 법이 어디 있소? 빨리 권선문을 꺼내어 '심학규 삼백 석'이라고 적으시오."

심 봉사가 이렇게 나오자 화주승은 허허 웃고 권선문 첫 장에다 '심학규 삼백 석'이라고 크게 적었다. 그러나 심 봉사의 얼굴은 이내 새파랗게 질리고 말았다. 눈을 뜬다는 기쁨에 춤을 출 듯 기쁘던 마음은 어느새 깨끗이 가시고 온몸이 불안으로 뒤덮였다.

"아이고, 이 일을 어쩌면 좋단 말이냐? 내 주제에 공양미 삼백 석을 올리겠다고 권선문에다 적어놓았으니……."

심 봉사는 맥이 탁 풀렸다. 장 승상 댁에 갔가가 돌아온 청이가 놀라며 말했다.

"아버지! 어찌 된 일이세요. 물에 빠지셨군요?"

"아, 아무렇지도 않다. 그저 앞개울에 나가 발을 씻다가 좀 미끄러졌단다. 그래 넌 재미있었니?"

"네. 그 말씀은 차차 드리고 시장하실 텐데 곧 진지 올릴게요."

저녁상을 보아 들고 들어갔을 때에도 심 봉사는 넋 나간 사람처럼 멍하니 앉아 있었다.

"아버지, 진지 잡수세요."

청이는 손에 수저를 쥐어 드리며 권했다.

"너나 어서 먹으려무나. 난 통 밥 생각이 없다."

"아버지, 어디 편찮으신가 봐요."

"아니다, 아무렇지 않다."

"그럼 무슨 근심이라도 있으세요?"

다급해진 청이는 밥상을 밀어 놓으며 아버지 곁으로 다가앉았다.

"아무것도 아니다. 네가 알 일이 아니야."

"아버지 웬일이세요? 이 세상에 오직 아버지와 저뿐 아니에요? 예전엔 무슨 일이나 상의하시더니…… 제가 아무리 불효자식일지라도 혼자 상심하시고 계시면 어떡해요?"

"그래 그래, 알겠다. 내가 너와 의논하지 않으면 누구와 하겠니? 사실은 발을 씻다 미끄러진 게 아니고 개울에 빠졌단다. 네가 더디 오기에 혹시나 하고 조금씩 조금씩 걷다 보니 큰 개울가까지 나갔구나."

"아유, 얼마나 놀라셨어요?"

"소리를 질러 봐도 소용없고 손발을 움직이면 움직일수록 깊은 곳으로 말려 들어가니 영 죽게 되었지. 그때 나를 건져 준 것은 개울가를 지나던 몽운사 화주승이지만 부처님이 그 사람을 보낸 게 분명해. 화주승 얘기가 나더러 눈을 뜰 수 있다지 않겠니?”

“정말이요? 아버지, 눈을 뜨실 수 있대요?”

“화주승 얘기가 공양미 삼백 석을 시주해야 된다는구나. 나는 살아생전에 눈을 뜬다기에 얼이 빠져 공양미 삼백 석을 시주한다고 해 놓았고. 삼백 석은 고사하고 단 서 되도 시주하지 못하는 주제에 이제 부처님까지 속이게 됐으니 어쩌면 좋을지 모르겠구나. 내가 주책이지. 일찍 죽지 못해 너에게까지 화 끼칠 짓을 저지르고 말았구나.”

“아버지, 걱정하지 마세요. 제가 어떻게든지 공양미 삼백 석을 마련해 보겠어요.”

청이는 자신 있게 말하고 아버지를 위로했다. 청이는 그날부터 목욕을 하고 몸을 단정히 한 뒤 새벽 녘에 정화수 한 동이씩을 길어다 소반 위에 받쳐 놓고, 향을 피우고 두 번 절하고는 합장한 채 무릎을 꿇고 빌었다.

“하늘의 일월성신께 비나이다. 땅 위의 성황님께 비나이다. 그리고 부처님께 비나이다. 하늘의 빛이 해님과 달님이라면 사람에게 빛은 두 눈인데, 사람에게 눈이 없으면 하늘에 해와 달이 없는 것과 무엇이 다르오리까. 그러나 소녀의 아비 무자생 심학규는 스무 살에 눈이 어두워지신 채 사물을 못 보니 이보다 큰 한이 어디 있겠나이까? 아비의 눈을 뜨게 하시어 천생연분 짝을 만나 오복을 누리며 길이길이 사시도록 굽어 살펴 주시옵소서.”

심청은 매일 이렇게 빌고 나서 합장하고 절한 뒤 돌아서면 다시 가슴이 미어졌다. 더욱 정성을 다해 비는 동안 날이 갈수록 마음은 초조하고 불안했다.

어느 날 귀덕 어미가 찾아와서 말했다.

“아가씨, 참 이상한 일도 다 봤어.”

"이상한 일이라뇨?"

"글쎄 이 동네에 색시 도둑놈들이 몰려왔다지 뭐야? 대낮에 색시를 사겠다고 십여 명이 몰려다니며 동네를 설치고 다니니 세상에 별 일도 다 있지?"

"사람을 사다 뭣에 쓰려고요?"

"참, 내 정신 좀 봐. 색시가 아니라 그놈들이 사는 것은 꼭 열다섯 살 먹은 처녀라야 한다든가? 열다섯 살 먹은 처녀만 있으면 값은 많든 적든 달라는 대로 주겠다니 세상엔 별 미친놈들도 다 있지?"

자나 깨나 공양미 삼백 석이 머리에서 떠나지 않는 심청에게 귀가 번쩍 뜨이는 일이기는 했으나, 겉으로 내색을 않으려고 애썼다.

'값은 많든 적든 열다섯 살 먹은 처녀를 산다……. 내가 마침 열다섯 살이니 사 갈까? 쌀 삼백 석을 달라면 선뜻 줄까? 사람을 사다가 도대체 무엇에 쓸까?'

심청은 이런 생각에 통 잠이 오지 않았다. 날이 어두워지자 뱃사람 하나가 집 앞에 나타난 기색이었다.

"영감님이 열다섯 살 먹은 처녀를 사러 다니는 분인가요?"

"그렇소만! 처녀를 사서 제수(祭需, 제사에 쓰는 재료)로 씁니다. 차마 사람 탈을 쓰고 할 짓은 아니오만, 먹고살자니 이런 일을 하게 된답니다. 우리는 원래 배를 타고 먼 나라에 다니며 장사를 하는 장사꾼들이죠. 배를 타고 수만 리 밤을 낮 삼아 다니다 보면 큰 풍파를 만나기가 일쑤입니다. 특히 명나라에 왕래하는 뱃길에 '인당수'라는 데가 있는데 물살의 변화가 어찌나 심한지 까딱하면 몰살당하기가 일쑤라오. 그 인당수 물이 노했을 때 열다섯 살 처녀를 용왕께 바치고 제사를 지내면 파도와 바람이 노여움을 풀 뿐 아니라 장사도 아주 잘되어 큰돈을 벌게 된다오. 배운 게 장사밖에 없으니 할 수 없이 하는 것이오. 벌 받을 짓이긴 하나, 먹고 살자니……. 그 대신 값은 부르는 대로 드리지요."

"그럼 저를 사 가시지 않겠어요? 제 나이 마침 열다섯이니 의향이 어떠신가요?"

"우리야 뭐 처녀를 못 사서 한인데 의향을 따질 필요도 없어요."

"그럼 저를 사 가기로 작정하고 쌀 삼백 석을 내일 곧 몽운사로 보내 주세요."

"알겠소. 그렇게 합시다."

"잠깐만, 좀 드릴 말씀이 있습니다. 떠나는 날까지라도 아버지 마음을 괴롭혀 드릴까 걱정이오니 절대로 소문나지 않게 해 주세요. 부탁입니다. 그리고 가는 날은 언제인가요?"

"다음 달 보름날입니다. 물때를 맞추어 배가 떠야 하니 때를 놓치지 않도록 해 주시오."

심청이 집에 돌아와 아버지에게 말했다.

"주무시기에 말씀도 못 드리고 나갔다 왔어요. 건너 마을 장 승상 댁에 급히 다녀오는 길이에요."

"오오, 그래. 거기서 또 너를 부르시더냐?"

"아뇨, 부르시진 않았으나……. 참 아버지! 공양미 삼백 석을 내일 몽운사로 보내게 됐어요."

"뭐? 공양미 삼백 석을 내일?"

"네! 장 승상 부인이 주시기로 했어요. 부처님께 시주하시기로 한 내막 얘기를 해 드렸더니 쾌히 승낙하시며 내일 바로 쌀 삼백 석을 몽운사로 보내 주신댔어요. 제가 수양딸로 가겠다니 승상 부인께서도 무척 반가워하시더군요."

"허허, 그것참 잘되었구나. 그래 언제 널 데려간다더냐?"

"다음 달 보름날로 정했어요."

심청이는 아버지를 안심시켜 놓고는

'기왕에 작정한 일이니 나 없는 동안 불편하시지 않도록 준비해 놓을

일이 많은데.'

생각하며 눈물을 참고 일어섰다.

심청이는 그날부터 일손을 부지런히 놀렸다. 철 따라 입을 옷을 꿰매어 따로따로 보에 싸서 옷장 속에 넣어 놓고 버선도 홑버선, 겹버선 따로 만들어 쌓아 놓았으며 갓과 망건도 새것으로 사다가 싸서 걸어 두었다. 그러나 혼자서 불편 없이 살 수 있도록 마련하자니 할 일은 밀리고 또 밀렸다. 일이 밀려 밤낮을 가리지 않는 사이에 어느덧 약속한 보름날이 되었다.

'마지막 모시는 날 아침진지나 정성껏 차려 드려야지.'

청이가 아궁이에 불을 지피고 쌀을 씻는데, 사립문 밖에서 뚜벅뚜벅 발자국 소리가 들렸다.

"오늘이 배 나가는 날인 줄은 알고 있지요?"

뱃사람 하나가 사립문을 기웃거리며 물었다.

"오늘이 행선날인 줄은 잘 알고 있습니다. 그러나 아버지께서 아직 모르시니 조용히 좀 해 주세요. 불쌍하신 아버지 진지나 정성껏 차려 드리고 떠나도록 조금만 지체해 주십시오."

청이는 부지런히 밥상을 차려 마루로 가져다 놓고 권했다.

"아버지, 진지 많이 잡수세요."

청이는 수저 위에 반찬을 떼어 놓으며 눈물이 연신 그칠 줄 몰라 옷고름으로 닦으며 애써 소리를 죽였다.

"오늘은 유달리 반찬이 좋구나. 햇나물도 맛이 있고……. 뉘 집에서 제사가 있었느냐?"

영문을 모르고 묻는 심 봉사의 말에 청이의 설움은 한꺼번에 복받쳐 올랐다. 아무리 억눌러 참아도 훌쩍거리는 소리가 새어 나왔다.

"애야, 너 감기 들었니? 그렇잖으면 배가 아픈 게로구나."

"아니에요."

"오라, 오늘이 바로 보름날이로구나. 그렇지?"

그제야 생각난 게 신기한 듯 심 봉사는 얼굴 가득 웃음을 띠고 물었다.

"예, 오늘이 보름이에요."

이 말을 겨우 하고 청이는 저도 모르게 울음을 터뜨리고 말았다.

"울긴 왜 우니? 오늘 장 승상 댁에서 널 데리러 오는 날 아니니? 오늘이 바로 보름이구나. 내 간밤 꿈 얘기도 못할 뻔했구나. 간밤 꿈에 말이다. 네가 금빛 찬란한 옷을 입고 큰 수레를 타고 한없이 가는데, 영롱한 오색구름이 천지에 자욱하게 일지 않겠니? 아마 오늘 무릉촌 승상 댁에서 너를 가마로 모셔 가려나 보구나."

심청이 이 말을 들으니 큰 수레를 타고 한없이 간다는 것이 영락없이 자기 죽을 꿈이라 더욱 슬픔이 복받쳐 올랐으나 겉으로는 태연한 척 말했다.

"아버지, 그 꿈이 정말 길몽이군요."

밥상을 물리고 아버지께 담배를 피워 물려 드린 뒤에 청이는 후원 사당으로 갔다. 사당에 주과포를 차려 놓고 엎드려서 눈물로 하직하며 빌었다.

"조상님들께 불효 여식 심청이 비나이다. 아버지 눈을 뜨게 하고자 저는 남경 장사 뱃사람들에게 몸을 팔아 인당수로 가오니 소녀가 죽더라도 아버지 눈을 뜨게 하여 착한 부인 맞아 자손 낳아 조상을 모시도록 굽어 살펴 주시옵소서."

청이는 마루 끝에 멍하니 혼자 앉아 있는 아버지의 모습이 눈에 띄자 더욱 참을 수 없었다.

"아버지, 불효인 줄 알면서 아버지를 속였어요. 공양미 삼백 석은 승상 댁에서 준 게 아니라 제가 남경 상인들에게 삼백 석에 몸을 팔았어요. 아버지!"

"뭣이, 뭣이 어째?"

"오늘이 행선날이에요. 아버지! 오늘 절 마지막으로 보세요. 그리고 빨리 눈을 뜨셔서 영화를 누리세요."

"네 몸을 팔아서 내 눈을 산다는 말이냐? 안 될 소리다. 안 되고 말고. 말 같지도 않은 말 하지도 말아라."

심 봉사는 허둥지둥 일어나 마당으로 내려서더니 마구 소리를 질렀다.

"여보시오. 동네 어른들, 이게 정말입니까? 딸을 죽여 제 눈을 뜨겠다는 몹쓸 아비가 어디 있단 말이오. 이 세상 금은보화를 다 준대도 바꿀 수 없는 내 딸을 꾀어 낸 놈은 어떤 놈이냐? 이 천벌을 받을 놈들아, 이 놈들! 다 어디로 도망갔느냐? 쌀도 싫고 돈도 싫고 내 눈 뜨는 것도 다 싫으니 썩 물러가거라. 이레 안에 어미 잃은 너를 안고 동냥 젖 얻어먹이며 눈비를 가리지 않고 다니면서 기를 때에는 너 잘되는 것을 보자고 한 것이지, 너 팔아 내 눈 뜨겠다고 한 것이냐? 다른 일에는 작은 일도 다 나와 상의하던 네가 어찌 그럴 수가 있느냐? 너 죽고 내 눈 떠서 뭘 한단 말이냐?"

시간이 촉박한 듯 뱃사람들은 사립문 밖에서 서성거리다가 마당으로 들어서서 왔다 갔다 하면서도 재촉하는 말은 차마 입 밖에 내지 못했다.

"아버지! 부디 눈 뜨시고 옥체 보전십시오."

심청이 일어섰으나 차마 발걸음이 떨어지지 않았다. 바닷가까지 따라 나온 동네 귀덕 어미는 뱃전에 오르는 청이를 붙들고 놓을 줄을 몰랐다.

배는 닷새 만에 인당수에 닿았다.

"하느님께 비나이다. 미천한 이 몸 죽는 건 조금도 서럽지 않사오나 앞 못 보시는 아버님 천지의 깊은 한을 풀고자 죽음을 당하오니 황천은 굽어 살피셔서 아버님의 눈을 어서어서 밝게 하여 광명천지(光明天地) 보게 해 주소서."

이렇게 빌고 다시 팔을 들어 합장한 뒤 도화동 쪽을 향해 섰다.

"아버님, 저는 갑니다. 부디 눈을 뜨시고 영화 누리옵소서."

눈에선 금세 눈물이 쏟아질 것 같았으나 눈물은 이미 말라 버린 뒤였다. 잠시 바다 쪽을 바라보던 심청은 결심한 듯 일어서서 눈을 감고는 치마를 걷어 머리 위로 뒤집어쓰고 물속으로 풍덩 뛰어들었다. 뱃사람들은 아쉬운 듯 이렇게 말하며 혀를 찼다.

"정말 세상에 둘도 없는 효녀야. 그런데 봉사 양반이 과연 눈을 뜨게 될까?"

그 후 그들의 대화는 거의 심청에 관한 것이었다. 그들이 제수를 올리고 기도를 드린 덕인지 바다는 잠잠해져서 순탄한 항해를 계속했다.

한편 심청의 그림을 바라보며 무료히 앉아 있던 장 승상 부인은 애석함에 마음이 울적하였다.

'지금쯤 그 애는 물속에 빠져 고기밥이 되었겠지. 이렇게 살아 있는 늙은이가 어찌 그런 효녀가 죽었는데 모른 체할 수 있을까?'

이런 생각이 나자 승상 부인은 곧 시녀를 불러 제사 지낼 과일과 술을 갖추어 바닷가로 나갔다. 승상 부인은 심청이 떠난 백사장에 상을 차려 놓고 축문을 읽으며 심청의 혼을 불러 위로했다.

"심청아, 네 죽음 정말 아깝도다. 부친의 눈을 뜨게 하기 위해 스스로 고기밥이 되었으니 그 효성 가상하도다. 가련하고 불쌍한 네 영혼을 위로하고자 내가 왔노라. 하느님은 어찌하여 너를 세상에 내보내고 그렇게 죽게 하며, 귀신의 재주도 너를 살릴 줄은 몰랐나 보구나. 생전의 네 모습, 네 목소리가 항상 내 곁에 있는 것만 같구나."

승상 부인은 이렇게 글을 읽으며 분향을 했다.

"이 일을 후세에 전하여 효녀 심청의 얘기가 길이 전해지도록 이곳에 정자를 세워야겠구나."

승상 부인은 이튿날 곧바로 정자 짓는 일을 착수했다. 바로 그 바닷가에 아담한 정자를 세워 놓고 '망녀대'라는 현판을 써서 걸었다. 그리고 매달 초하루와 보름에 잊지 않고 망녀대에 나가 심청이를 생각하곤 했다.

이를 본 도화동 사람들은 자기 마을의 효녀 심청이를 생각하여 심 봉사를 음양으로 돕는 데 정성을 다하는 한편, 망녀대 옆에 비석을 세웠다.

'도화동 심청이 나이 열다섯에 눈먼 부친의 눈을 뜨게 하고자 죽음의 길을 택했도다. 스스로 몸을 던져 효도를 다하고자 한 소저의 높은 뜻을 여기 마을 사람들이 새겨 놓았다.'

비록 세상 사람과 몽운사 화주승은 심청을 돕지 못했지만 물을 맡아 다스리는 수신(水神)이야 모를 리 없었다.

"옥황상제께서 오늘 자시에 하늘이 낳은 효녀 심청이 인당수에 들 것이라 하셨다. 너희는 대기하였다가 고이고이 수정궁으로 모시되, 모든 절차에 소홀함이 없도록 명심하라."

용왕의 지엄한 분부가 내렸다.

"듣거라. 옥황상제께옵서 일구월심(日久月深, 날이 오래고 달이 깊어 간다는 뜻으로, 세월이 흐를수록 더함을 이르는 말) 아버지를 생각하는 심청 아가씨의 소원을 가상히 여기시고 속히 인간 세상으로 돌려보내 갖은 영화를 누리게 하라시는 분부시니 옥련화 수레로 모시도록 하여라."

인당수 푸른 물결 위에 옥으로 만든 한 송이 탐스런 연꽃이 두둥실 떠올랐다. 때마침 남경에 장사 갔던 상인들이 심청의 덕택으로 억만 금의 이익을 내어 돛대 끝에 큰 깃발 꽂고 웃음꽃을 피우며 춤추고 돌아오다가 인당수에 당도하였다.

"아니, 저게 웬 꽃이지? 천상의 월계화(月季花, 장밋과의 상록 관목)인가? 신선 나라의 벽도화(碧桃花, 복숭아 꽃)인가?"

"아냐, 그럴 리가 없어! 이 푸르고 드넓은 바다 한복판에 무슨 꽃인가? 아마 심 낭자의 슬픈 넋인가 보군."

이렇게 공론이 구구할 때 흰 뭉게구름이 갈라지며 푸른 옷을 두른 선관(仙官, 벼슬살이를 하는 신선)이 학을 타고 나타나서 크게 외쳤다.

"그 꽃은 '강선화'니라. 아무 말 말고 조심조심 모셔다가 대왕전에 진상하라."

"아뢰오, 중전 마마 돌아가신 후 상감마마께서 꽃을 벗하여 즐기신다는 소문을 듣고 남해 선원들이 꽃 한 송이를 진상하였나이다."

"오, 기특한 선인들이로고."

"향기가 진동함이 지상의 꽃이 아닌 줄로 아뢰옵니다."

"과연 지상에서는 볼 수 없는 꽃 천사화가 아니면 강선화가 틀림없구나."

왕이 지그시 바라보다 다시 발길을 옮기려 할 때 어디선가 미묘한 음률이 들려오면서 서서히 그 꽃잎을 열었다. 그 속에서 심청이 고개를 들어 일어서며 사방을 살폈다.

"그대는 정녕 사람일 터인데 꽃에 숨어 있음은 어찌 된 연유요?"

"인생의 일이란 알고도 모를 일, 소녀의 정성이 부족했던 것인지 전생의 죄가 너무도 무거워서인지 옥황상제께서 받아 주시지 않고, 용왕 마마의 분부가 계셔 연꽃에 의지하여 인간 세상으로 다시 왔나이다."

"알겠도다. 용왕님께서 뜻이 있어 내게 보내신 것일 테니 어서 궁으로 인도하여 편히 쉬게 하라."

시녀들이 심청을 안내하자 그 앞에 승지가 엎드리며 말했다.

"중전 마마 승하하시고 상감마마의 외로움을 하늘이 아시고 인연을 보내 나랏일이 번영토록 하심이 분명하니 속히 중전 마마로 간택하시어 내전을 보살피게 하옵소서."

승지의 말에 왕은 뜻을 표하며 혼잣말을 했다.

'과연 좀 전에 꾼 꿈이 맞았도다!'

봄볕도 따사한 계절, 왕의 용안에서 차츰 수심이 사라져 갔다.

피었네 피었네

옥정연화 피었네

옥정연화 효녀꽃
남해 용왕의 조화로다.
봄빛 잃은 대궐 안에
상감마마 뵈올 적에
옥정연화 피었네.
의젓하고 얌전할사
끝없이 귀한 지조
옥정연화 효녀꽃

궁녀들의 입에서는 이런 노래가 흘러나왔다. 왕은 날을 받아 왕후 간택을 축하하는 잔치를 베풀기로 하였다. 대궐 안에 핀 화초들도 새삼 봄비를 맞은 듯 싱싱하게 너울거렸다. 그러나 심청은 먼 곳을 바라보고 시름으로 눈물지었다. 날이 갈수록 심청의 수심은 더해 갔다. 왕은 보다 못해 팔방으로 사령을 놓아 심청의 아버지 심 봉사를 찾게 하였다.

이 년 전에 딸 죽인 게 창피하다고 도화동을 떠난 후 아무도 그의 거처를 몰랐다.

"중전, 그대의 지극한 효성은 천하에 비할 데가 없구려!"

왕이 더불어 근심하였다.

깃발을 앞세운 관가 사람이 심 봉사의 오막살이를 기웃거리며 외쳤다.

"봉사님, 안 계시오?"

"관가에서 웬일로 눈먼 봉사를 찾으시오?"

뺑덕이네가 방정맞게 내쏘았다.

"서울에서 팔도 맹인을 불러들여 석 달 동안이나 잔치를 베푼다 하니어서 관가로 모시고 오라는 명이 있었소."

"서울서 맹인 잔치를요?"

"그렇소? 봉사님은 어디 가셨소?"

"옷도 없고 여비도 없는데 서울까지 어떻게 간단 말씀이오?"

"상감마마의 어명이시라 옷 없는 사람은 옷도 주고, 여비가 없는 사람은 돈도 준다 하오. 어서 모셔 오시오."

"뭐요, 옷도 주고 돈도 준다고요?"

뺑덕이네는 그 말에 얼른 심 봉사를 부르러 갔다.

"마지막 날 잔치인데도 아직 보이지 않는구나."

심 왕후는 궁중 내전에서 밖을 내다보며 탄식했다.

"불쌍하신 우리 아버지는 부처님의 영험으로 눈을 뜨셨기에 소경 축에 안 드셨나, 노환으로 병이 들어 못 오시나, 그사이 무슨 낭패로 오늘 잔치에도 못 오시지나 않았는가. 그렇지 않으면 부녀간의 인연이 다함인가, 나의 정성이 부족함이던가?"

이때 내관이 급히 들어와 아뢰었다.

"지금까지 모여든 맹인 외에 황해도 황주에 사는 심학규라는 맹인이 방금 새로 장부에 적혔나이다."

"심학규라! 그 맹인의 처지를 잘 물어보아 지체 없이 궁전으로 모셔라."

잠시 후

"아뢰오, 어명대로 봉사 심학규 대령이오."

하는 내관의 외침이 들렸다. 이런 광경을 초초하게 보고 있던 왕후는 너무나 초라한 심 봉사의 모습에 의아해했다.

"맹인은 성명, 거주지와 처자에 관한 걸 다시 한 번 알리시오."

"예, 저는 황해도 황주에 살던 심학규로서 딸을 팔아 죽인 죄인이오니 어서 죽여 주십시오."

이 말을 들은 심청은 참다못해 버선발로 뛰어 내려와 땅에 엎드린 아버지를 일으키며 소리쳤다.

"아, 아버지!"

심청이 아버지의 찌든 얼굴을 두 손으로 어루만지며 엉엉 울자 심 봉사는 어리둥절해 심청의 손을 잡아떼며 말했다.

"무남독녀 내 딸은 삼년 전에 죽고, 이제 나를 아버지라 부를 사람이 없소이다. 누구신지는 몰라도 사람 잘못 보신 모양이오."

"아버지! 인당수에 빠져 죽은 청이가 황천에 계신 어머님 만나 뵙고 인간으로 환생하여 살아왔나이다."

"무엇이라고? 내 딸 청이가 중전으로 살아났다니 이것이 웬 말이오? 앞 못 보는 봉사라고 사람을 희롱하는 것이오?"

"아버지, 제 음성을 들으시고도 모르시겠습니까? 동냥젖에 배가 불러 웃는 저를 안고 부르시던 노래를 들어보세요."

아가 아가 내 딸이야
어허 둥실 내 딸이야
아가 아가 네 웃어라
금을 준들 너를 사며
옥을 준들 너를 사랴

심청의 노랫소리에 한참 귀를 기울이던 심 봉사는 고개를 갸우뚱하더니 허우적거리고 일어나 청이의 얼굴을 더듬었다.

"분명코 그 목소리, 그 노래는 내 딸 청이가 분명한데……. 음성도 그러하거니와 콧대며 얼굴이며 우리 청이가 분명하구나. 이것이 꿈이냐 생시냐! 어디 보자 청아, 어허……."

그때 심 봉사의 눈에 안개 속에서 솟아나듯 눈물 어린 청의 얼굴이 비쳤다.

"청아! 청아! 아니 네 얼굴이……!"

"아버지가 눈을 뜨셨어요! 아버지! 저를 보세요!"

왕도 어느새 이 광경을 바라보다가 눈물을 감추기 위해 먼 하늘을 쳐다보았다. 궁중 뜰에 너울거리는 화초들은 더욱 싱싱하게 춤을 추는 듯 보였다. 또 한편에서는 맹인들을 위한 잔치가 더욱 성대하게 벌어졌다.

경사 났네 경사 났네
우리나라 경사 났네
중전 마마 어진 효성
아버지의 눈을 떴네!

흥부전(興夫傳)

- 작자 미상 -

작품 정리

　이 작품은 비록 흥부와 놀부를 형제 사이로 설정하고 있지만, 단순히 형제간의 우애라는 도덕적 주제를 강조한 작품이라기보다는 당대의 퇴락하는 양반가와 서민의 생활상에 대한 풍속사적인 보고라 할 수 있다. 시대적으로 조선 후기의 신분 변동에 따라 나타난 유랑 농민과 신흥 부농(富農)과의 갈등상이 반영된 점이 그러한 특징을 말해 준다. 그러면서도 전래 설화에서 차용한 모방담으로서의 소설적 구조를 계승하고 있으며, 인물이나 사건을 그려 나가는 방식은 다분히 서민적이고 해학적인 문체를 구사하고 있다. 이러한 문체상의 특징은 이 작품에 설정된 시대적 배경의 심각성이나 비극적 상황을 서민 특유의 건강한 웃음에 의해 인식, 극복하려는 의식에 바탕을 둔 것이다.

　잘 알려진 대로 흥부는 착하고 우애한 선인이고, 놀부는 심술 많은 악인으로 등장한다. 이러한 대조적 인물 묘사는 희극적 과장의 수법을 통해 더욱 뚜렷하게 드러난다. 놀부가 흥부를 집에서 내쫓고, 내쫓긴 흥부가 자신의 신세를 한탄하는 장면에서 탐욕에 가득 찬 놀부와 순하기만 한 흥부의 심성과 행위를 극명하게 대조, 과장하는 수법을 통해 희극적 골계미를 풍부하게 해주고 있다. 이 속에는 당시 민중들의 발랄한 웃음과 해학이 들어 있으며, 중세적 질서가 흔들리던 조선 후기 사회의 생활 현실도 엿볼 수 있다.

옛날 놀부라는 욕심 많은 형과, 흥부라는 마음씨 착한 아우가 있었다. 어느 날 부모가 물려준 유산을 독차지한 놀부는 흥부를 집에서 내쫓는다. 집에서 쫓겨난 흥부는 하는 수 없이 부인과 자식을 데리고 건너 산언덕 밑에 수숫대로 얼기설기 집을 한 채 지었다. 하루는 흥부가 견디다 못해 형의 집을 찾아가 먹을 것을 구걸했지만 형 내외에게 죽도록 매만 얻어맞고 돌아온다.

기나긴 겨울이 지나고 봄이 찾아왔다. 강남에서 제비들이 돌아왔다. 흥부네 집 처마에도 제비가 집을 짓고 새끼를 키우고 있었다. 하루는 큰 구렁이 한 마리가 제비 새끼에게 달려들자 흥부가 칼을 들어 잡으려 할 때 제비 새끼 한 마리가 허공에서 떨어졌다. 흥부는 제비의 다친 다리를 당사로 동여매어 제비를 구해 주었다. 이듬해 봄, 제비가 박씨 하나를 물고 와 흥부의 뜰에 떨어뜨린다. 추석날 흥부 부부가 박을 타 보니 온갖 금은보화가 나와 큰 부자가 된다. 그 소식을 전해 들은 놀부는 제비의 다리를 부러뜨려 날려보낸다. 이듬해 봄 놀부는 제비가 물어다 준 박씨를 심어 가을에 타 보니 온갖 요물과 이상한 것들이 쏟아져 나왔다. 놀부는 이들에게 재산을 다 빼앗겨 오갈 데 없는 신세가 되고 만다. 형의 소식을 전해 들은 흥부는 형 놀부에게 자신의 재산을 나누어 준다. 흥부에게 몹쓸 짓을 많이 한 놀부지만 흥부의 어진 덕에 감동하여 과거의 잘못을 뉘우치고 형제가 서로 화목하게 지낸다.

핵심 정리

갈래 : 판소리계 소설

연대 : 미상

구성 : 교훈적

시점 : 전지적 작가 시점

배경 : 조선 후기 충청, 경상, 전라 경계

주제 : 인과응보사상과 형제간의 우애

 흥부전

　형제는 사람이 지켜야 할 다섯 가지 도리 중의 하나요, 한 몸을 나눔이라. 그러므로 부귀와 화목을 같이한다. 어떤 형제는 우애가 있고 어떤 형제는 우애를 저버린다.

　충청 전라 경상도 접경에 사는 연생원이라는 양반에게 아들 둘이 있었는데 형의 이름은 놀부이고 동생의 이름은 흥부였다. 한 뱃속에서 태어났지만 흥부는 착하고 부모를 잘 섬기며 우애가 돈독하지만, 놀부는 부모께 불효하고 동기간에 우애가 없어 마음 쓰는 것이 괴상망측하였다.

　다른 사람은 오장육부지만 놀부는 오장 칠부라. 말하자면 심술보가 하나 더 있어 심사를 피우면 무척 야단스럽게 피웠다.

　술 잘 먹고, 욕 잘하고, 애태우고, 싸움 잘하고, 초상난 데 춤추기, 불난 집에 부채질하기, 집 빼앗기, 늙은 영감 덜미 잡기, 아이 밴 여자 배차기, 우물 밑에 똥 누기, 올벼 논에 물 터 놓기, 다 된 밥에 흙 퍼붓기, 패는 곡식 이삭 베기, 논에 구멍 뚫기, 애호박에 말뚝 박기, 곱사등이 엎어 놓고 밟아 주기, 똥 누는 놈 주저앉히기 앉은뱅이 턱살 치기, 옹기장사 작대 치기, 이장하는 데 뼈 감추기, 잠자는 내외에게 소리 지르기, 수절 과부 겁탈하기, 통혼에 방해하기……. 이놈의 심사가 이러하니 모과나무처럼 뒤틀리고, 동풍 안개 속에 수수 잎처럼 꼬여 흉악한 심사 헤아릴 수 없었다.

　그러나 흥부는 마음씨가 착하고 선량해 동네에서 칭찬이 자자했다. 반면 놀부는 부모가 물려준 많은 재산을 혼자 독차지하고 아우 흥부를 구박하였으나 흥부의 어진 마음은 조금도 변함이 없었다.

또 놀부는 부모가 물려준 재물로 좋은 옷 입고 좋은 음식을 먹으면서

"이번 제사에도 안 쓴다 안 쓴다 하였건만 황초 값 오 푼이 온데간데없구나."

하였다. 하물며 아우 흥부를 데리고 살 리가 없다.

하루는 놀부가 흥부를 불러 말하였다.

"형제란 어려서는 같이 살지만 가정을 이룬 후에는 분가하여 사는 것이 떳떳한 법이니, 이제 너는 처자를 데리고 나가 살거라."

흥부는 하는 수 없이 불쌍한 처자를 데리고 건너 산언덕 밑에 수숫대로 얼기설기 집을 한 채 지었는데, 방에 누워 다리를 뻗으면 발목이 벽 밖으로 나가고, 팔을 뻗으면 손목이 밖으로 나갔다. 또 지붕마루에서는 별이 보이고, 비가 오면 굵은 빗방울이 방 안에 샌다. 흥부가 생각해도 기가 막힐 노릇이었다. 이런 중에도 흥부네는 자식이 해마다 태어나 층층이 있었으니 어린 자식은 젖 달라, 자란 자식은 밥 달라 보챘다.

흥부는 할 수 없이 형 놀부를 찾아갔다.

"형님 제발 부탁입니다. 굶어 누운 자식 살려 낼 길 전혀 없어, 염치 불구하고 형님을 찾아왔사오니 형제간의 우애를 생각하여 뭣이든지 주시면 품을 판들 못 갚으며 일을 한들 공으로 가져가리까. 아무쪼록 형제의 우애를 생각하여 죽는 목숨 살려 주옵소서."

흥부가 이렇듯 애걸하였지만 놀부는 못마땅해하며 말했다.

"너도 염치없는 놈이로다. 하늘은 녹이 없는 사람을 내지 않고, 땅은 이름 없는 풀을 내지 않거늘, 저 먹을 것은 자연 타고나는 것이니라. 너는 어찌하여 복이 없어 날마다 이리 보채는가. 잔말 말고 어서 물러가거라."

흥부가 울며 사정했다.

"형님 그러지 말고 불쌍한 이 동생 좀 살려 주오."

놀부가 버럭 화를 내며 도끼 자루 묶음을 내다 놓고 손에 닿는 대로 골

라잡더니 그만 달려들어 흥부 뒷덜미를 잔뜩 움켜쥐고 몽둥이로 내리치는데, 마치 손 빠른 중이 비질하듯 상좌(上座, 여러 중 가운데서 가장 높은 사람) 중이 법고 치듯 세게 내리쳤다.

"이놈 내 눈앞에 뵈지 마라."

이때 놀부 아내가 밥을 푸고 있었는데, 흥부는 매 맞은 것은 잊어버리고 여러 날 굶은 창자에 밥 냄새 맡으니 오장이 뒤집혔다.

"아이고 형수님 밥 한술만 주오. 이 동생 좀 살려 주오."

흥부가 놀부 아내를 쫓아 부엌으로 뛰어 들어가니, 이 여인 또한 몹쓸 년이라, 와락 돌아서며

"남녀가 유별한데 어디를 들어오느냐."

하며 밥주걱으로 흥부의 마른 뺨을 찰싹 때렸다. 흥부는 두 눈에 불이 번쩍하며 정신이 아찔한 가운데도 뺨에 묻은 밥풀을 떼어 먹기에 바빴다.

"형수님 뺨을 쳐도 먹여 가며 치시니 이 고마움을 어찌 다 하오리까. 기왕이면 이쪽 뺨도 때려 주오."

놀부 아내는 하도 어이가 없어 흥부를 내쫓았다.

이때 흥부 아내는 우는 아이 젖 물리고 큰 아이 달래면서 칠 년 가뭄에 큰 비 기다리듯, 구 년 홍수에 햇볕 기다리듯 서너 끼 굶은 자식들과 흥부 오기만을 손꼽아 기다렸다. 흥부가 매에 취해 비틀비틀 걸어오니 흥부 아내는 속도 모르고 반기며 마중했다. 흥부는 본래 우애가 깊은지라 차마 형의 행실을 사실대로 말하지 못하고 우애 있는 말로 꾸며 얘기했다. 형님께서 돈 닷 냥과 쌀 서 말을 주시고, 형수는 돈 닷 냥과 팥 두 말을 주셨는데, 오다가 큰 고개에서 도적을 만나 다 빼앗기고 왔다고 하였다. 그러나 흥부 아내는 도저히 그 말을 믿을 수 없었다. 시아주버니와 형님 속을 어찌 모르랴. 남편 얼굴을 자세히 보니 흐르는 피 흥건하여 얼굴이 모두 붓고 온몸을 만져 보니 성한 곳이 없었다.

흥부는 형의 말은 하지 않고 오히려 아내를 위로하며 말했다.

"여보 마누라 슬퍼 마오. 가난 구제는 나라에서도 못한다 하니 형님인들 어쩌겠소. 그냥 품이나 팔아 살아갑시다."

그 후 흥부와 아내는 품을 팔았다. 방아 찧기, 술집에 술 거르기, 초상난 집 제복 짓기, 시궁 밭에 오줌치기, 물이 괴어 있는 논 갈기……. 닥치는 대로 일해도 굶기를 밥 먹듯 하여 살 길이 없었다.

하루는 생각다 못해 읍내로 들어가서 나라 곡식 한 섬 꾸어다 먹으리라 마음먹고 관청에 가 보니 이방이 있었다.

"환곡(還穀, 조선 시대에, 곡식을 사창(社倉)에 저장하였다가 봄에 백성들에게 꾸어 주고 가을에 이자를 붙여 거두던 일. 또는 그 곡식)이나 좀 얻어먹고자 왔는데 어떠할는지……."

이방이 대답했다.

"환곡을 얻으려 하지 말고 차라리 매를 맞으시오. 이 고을 김 부자를 어느 놈이 없는 사실을 꾸며 송사를 일으켰다오. 그래서 김 부자를 압송하라는 공문이 왔는데 김 부자는 마침 병이 나고 친척도 병이 있어 누군가 대신 보내고자 한다며 나를 보고 의논합디다. 연 생원이 김 부자 대신에 영문(營門, 병영의 문)에 가서 매를 맞으면 돈 삼십 냥을 줄 터이니, 영문에 가서 매를 대신 맞고 오는 것이 어떻소."

가난한 흥부는 이것도 횡재라 싶어 허락하는 이방에게 주선금 닷 냥을 먼저 받아 집으로 향했다.

"여보게 이방 다녀오리다."

흥부가 집에 돌아와 아내에게 이 사실을 말하니 흥부 아내가 이 말을 듣고 깜짝 놀라, 가지 마오, 제발 내 말대로 가지 마오. 갔다가 매 맞아 죽으면 초상이 날 터이니 부디 내 말 괄시 말라며 한사코 말렸다. 흥부는 할 수 없이

"알겠소. 당신이 정 그러하다면 아니 가리다. 짚신이나 삼아 신게 저

건너 김동지네 가서 짚 한 단만 얻어 오리다."

홍부는 아내를 속이고 영문으로 올라갈 때, 마삯이나 내고 타고 가는 것이 아니라 돈 삼십 냥을 한목에 받아 쓸 작정으로 하루 백칠십 리씩 걸어 며칠 만에 영문에 다다랐다. 가 보니, 청에는 벌써 편지와 돈 백 냥이 와 있었다. 도사령이 홍부는 김 부자 대신 왔으니 아랫방에 들여앉히고, 만일 심문을 하여 매를 칠지라도 아무쪼록 곤장을 때리는 시늉만 하라고 일렀다. 여러 사람들이 홍부의 딱한 사정을 위로하고 있을 때 영이 내렸는데, 이번에 나라에 큰 경사가 있어 각 도, 각 읍은 살인죄 외에는 일체 놓아 주라는 것이었다. 홍부는 낙심천만(落心千萬, 바라던 일을 이루지 못하여 마음이 몹시 상함)이었다. 도사령이 홍부를 보며 타일렀다.

"여보 연 생원, 이번에 김 부자 일로 여기까지 왔는데 매 한 대도 안 맞고 갔다고 돈을 주지 않거든 두 말 말고 영문으로 오면 우리가 무슨 수를 써서든 돈 백 냥을 받아 줄 터이니 염려 말고 어서 가시오."

홍부는 하는 수 없이 남은 돈 한 냥으로 떡을 사서 짊어지고 집으로 돌아왔다.

이 무렵 홍부 아내는 남편이 영문에 갔음을 알고 뒤뜰에 단을 만들고 정화수를 길어다가 단 위에 올려놓고 빌었다. 그리고 신세 타령하던 차에 홍부가 거적문을 열어젖히며 들어섰다.

홍부 아내는 매를 맞고 다 죽은 몸으로 돌아올 줄 알았던 홍부가 몸 성히 돌아오니 심히 기쁘기는 하지만 앞길이 막막했다. 그 후 김 부자의 조카를 만났으나 마음이 곧은 홍부는 사실대로 말하고 도리어 맞았으면 해롭지 아니할 것을 못 맞은 걸 한탄했다. 그러자 김씨는 지닌 돈이 칠팔 냥이라며 쌀이나 한 말 사다 먹으라며 내놓고 가 버렸다.

"내가 매 한 대 맞지 아니하고 남의 돈을 거저 먹으니 염치는 없지만 열흘 굶어 군자 없다고 어찌할 수 있으랴."

홍부는 김씨가 주고 간 돈으로 쌀 팔고, 반찬 사서 며칠은 살았으나 굶기는 역시 매한가지였다. 그 후로는 이웃 김동지 집에 가서 짚단을 얻어다가 짚신을 삼아 장에 가서 팔아 끼니를 이었으나 그것도 한두 번이지 매번 짚을 얻을 수 없었다. 흥부는 탄식하고 흥부 아내는 기가 막혀 눈물을 거두지 못하였다.

기나긴 겨울이 지나고 봄이 찾았다. 3월 3일이 되니, 소상강의 떼 기러기가 가고 강남 갔던 제비 왔을 때였다. 제비 한 쌍이 크고 좋은 집 다 버리고 오락가락 넘놀다가 흥부를 보고 반기면서 좋다고 지저귀니, 흥부가 제비를 보고 말했다.

"훌륭하고 높게 지은 집들도 많건마는 수숫대로 지은 이 집에 와서 네 집을 지었다가 만일 장마에 무너지기라도 한다면 어떡할꼬. 아무리 짐승이지만 나의 말을 곧이듣고 좋은 집 찾아가서 실하게 집을 짓고 새끼를 치려무나."

이같이 충고해도 제비가 듣지 아니하고 흙을 물어다 집을 짓고 알을 낳아 새끼를 겨우 길러내어 날기 연습을 하고 있는데, 하루는 큰 구렁이 한 놈이 별안간 제비 새끼에게 달려들자 흥부가 보고 깜짝 놀라 막대기로 쫓아냈다.

"다른 것도 많건마는 어찌하여 하필 제비 새끼를 넘보는 것이냐. 제비는 곡식을 먹지 않으며 인간에게 해를 입히지 않고 옛 주인을 찾아오니 인정이 있는데 제 새끼를 보전치 못하고 일시에 다 죽이니 어찌 아니 가련하리."

흥부가 칼을 들어 그 짐승을 잡으려 할 즈음 제비 새끼 한 마리가 허공에서 뚝 떨어져 피를 흘리며 발발 떠는 것이었다. 흥부가 이를 보고 펄쩍 뛰어 달려들어 제비 새끼를 두 손으로 고이 잡고 애처로이 여겨 부러진 두 다리를 칠산 조개껍데기로 찬찬히 감고, 아내가 시집올 때 가지고 온 당사로 제비 새끼의 상한 다리를 곱디곱게 감아 매어 찬 이슬에 얹어 두었다. 십여 일 뒤 상처가 아물었다. 제비는 공중으로 날아올라 벌레도 잡고 재잘거리니 흥부가 매일같이 제비집을 돌보며 다정히 지냈다. 그러는 사이에 해가 가고 달이 가자 제비는 흥부에게 하직하고 강남으로 날아갔다. 제비는 수천 리 훨훨 날아가 서제비 왕께 자초지종을 아뢰니 제비 왕이 기뻐하며 박씨 하나를 주면서 말했다.

"돌아가 은혜를 갚거라."

제비는 왕께 하직하고 그 길로 허공 중천에 높이 떠서 박씨를 입에 물고 너울너울 바삐 날아, 흥부네 집을 찾아왔다.

"여보, 작년에 왔던 제비가 입에 무엇을 물고 와서 저토록 넘놀고 있으니 어서 나와 구경하세요."

흥부가 즉시 나와 보고 이상히 여기는데 그 제비가 머리 위로 날아들며 입에 물었던 것을 앞에다 떨어뜨리는 것이었다. 얼른 주워 보니 한가운데 '보은 박'이라 쓰인 박씨였다.

그것을 동편 울타리 아래 터를 닦고 심었더니 이삼 일에 싹이 나고 사오 일에 순이 뻗어 마디마디 잎이 나고, 줄기마다 꽃이 피어 박 네 통이 열렸다. 큰 것은 항아리와 같고 작은 것은 동이만 하니 어찌 아니 기쁘겠는가. 어느 날 흥부와 아내는 박을 앞에 두고 의논했다.

"여보, 비단이 한 끼라 하니 저박을 타서 속은 지져 먹고 바가지는 내다 팔아 쌀을 얻어 지어 먹읍시다."

흥부 아내가 말했다.

"하루라도 더 굳혀서 견실해지거든 땁시다."

추석날이었다. 흥부 아내는 배가 고파 하는 수 없이 박을 탔다. 흥부 아내가 밀거니 당기거니 슬근슬근 툭 차 놓으니 여러 빛깔로 아롱진 고운 구름이 서리며 청의동자(靑衣童子, 신선의 시중을 든다는 푸른 옷을 입은 사내아이) 한 쌍이 나왔다. 동자를 보니 왼손에 병을 들고 오른손에 거북류의 갑피로 된 쟁반을 눈 위까지 높이 쳐들며 말했다.

"이것을 값으로 따지면 억만 냥이 넘으니 팔아서 쓰십시오."

그러고는 홀연히 사라졌다.

"세상 사람들이 아무리 재물이 많다고 해도 이런 보배는 없을 것이니, 나처럼 큰 부자가 어디 또 있으리오."

흥부 아내도 좋아하며 말했다.

"저 박을 타 보면 또 무엇이 나오나 켜 봅시다."

슬근슬근 톱질하니 이번에는 온갖 세간이 다 나왔다. 자개함이며, 반닫이, 구름같이 고운 비단, 화려한 문방, 여러 종류의 서책은 물론 온갖 물건이 나올 때마다 흥부 내외는 이리 뛰고 저리 뛰며, 어쩔 줄을 몰랐다.

또 한 통을 타 보니 이번에는 순금 궤가 나왔다. 그 안에는 황금, 백금, 천은, 밀화 호박, 산호, 금패, 진주, 주사, 사향 등이 가득했다. 쏟아 놓으면 여전히 가득가득 차고 해서 밤낮 엿새를 부리나케 쏟고 부으니 어느덧 큰 장자가 되어 있었다. 남은 박을 한 통 마저 타니 이번에는 일등 목수들과 온갖 곡식이 쏟아져 나왔다. 목수들은 우선 명당을 가려 터를 닦고 집을 지었다. 그러고는 사내종 계집종, 아이종이 나며 들며 그동안 박에서 나온 온갖 것을 여기 쌓고 저기 쌓고 야단법석이었다. 흥부 내외는 더할 나위 없이 흥에 겨워 춤을 추었다. 흥부가 아내를 보며 말했다.

"여보 마누라, 춤추려면 내일까지도 다 하지 못할 것이오. 어서 덤불 밑에 있는 박 한 통을 마저 켜 봅시다."

슬근슬근 툭 타 놓으니 이번에는 박 속에서 연꽃같이 아름다운 여인이 나와 흥부한테 나부시 큰절을 하자 흥부가 크게 놀라 황급히 답례하고 연유를 물었다.

"저는 월궁의 선녀이옵니다."

"강남국 제비 왕이 저더러 그대의 소실이 되어 받들라 하셔서 왔나이다."

이렇게 하여 흥부는 좋은 집에서 조강지처와 첩을 거느리고 향락으로 세월을 보냈다.

이러한 소문이 놀부의 귀에 들어가니 찢어 죽여도 죄가 남을 놈의 심술이 제 아우 잘되었다는 말을 듣고,

'이놈이 도둑질을 하였나, 갑자기 부자가 되었다 하니 내가 가서 윽박질러 가산을 뺏어야지.'

하고 벼락같이 건너가 흥부 집 앞에 다다르니 집 치레도 보던 바 처음이요, 고대광실(高臺廣室, 크고 넓은 집) 높은 집에 네 귀마다 풍경 소리라. 머리는 부엉이 대가리 같고 수리 눈에 왜가리 주둥이 맹꽁이 모가지에 욕심과 심술이 더덕더덕한 놀부는 심술이 뻗쳐 소리를 벼락같이 질렀다.

"이놈 흥부야!"

흥부 아내는 모란 석에 비단 요를 내다 깔며 찻집(찬모)을 불러 점심 식사를 차려 드렸다. 온 집 안이 외국 가는 사신 행차가 든 듯 야단법석이었다. 놀부 놈은 평생에 그런 모양은 처음 본지라 오장 육부가 뒤틀릴 대로 뒤틀려 심술이 나서 흥부 아내에게 기생처럼 맵시 내고 건들거린다는 둥, 가래침을 벽에 내뱉는 둥 칼로 장판을 북북 긋는 둥 차려 온 점심상 수저 들고 이 그릇 저 그릇 두드리며 크니 작으니 하며 마침내는 밥상을 차 엎는 등 실로 해괴망측한 거동은 차마 두 눈을 뜨고 볼 수가 없었다.

한참 소란을 피울 때 흥부가 들어와 형에게 공손히 인사드렸다.

"흥부야, 이놈 밤이슬을 맞고 다니며 도둑질을 얼마나 하였느냐?"

"형님, 그 말씀이 웬 말이오."

흥부가 앞뒤 일을 자세히 말하자, 놀부가 말했다.

"그렇다면 네 집 구경이나 하자.

흥부가 형을 데리고 돌아다니며 집 구경을 시키는데, 놀부가 흥부의 후실 월궁 선녀도 보고 휘황찬란한 화초장도 보고 나서 말했다.

"네 것이 내 것이요, 내 것이 네 것이 아니냐. 그러니 네 계집을 내게 다오. 그것이 싫거든 화초장을 보내거라. 만일 그것도 못하겠다면 온 집에다 불을 질러 놓으리라."

흥부는 하는 수 없이 화초장을 내어 줄 수밖에 없었다.

놀부는 하인을 시켜 화초장을 보내 준다는 것도 마다하고 스스로 짊어지고 가니 놀부 아내 또한 눈이 휘둥그레졌다. 놀부 아내가 그 출처를 묻다가 마침내 흥부가 부자가 된 연유를 알고 그해부터 제비를 기다렸다.

그럭저럭 섣달 정월을 다 넘기고 봄이 돌아오니 허다한 제비 중에서도 팔자 사나운 제비 한 쌍이 놀부 집에 이르러 흙과 검불을 물어다 집을 지었다. 어미 제비가 알을 낳아 품을 무렵에 놀부가 밤낮으로 제비 집 앞에 죽 치고 앉아 보았지만, 알이 다 곯고 다만 한 개가 남아 새끼를 까게 되었다. 차차 자라나 바야흐로 날기를 배울 때, 주야로 기다렸으나 구렁이는 그림자도 볼 수 없었다. 답답한 끝에 삯군을 이끌고 두루 다녀 살펴보았지만 도마뱀 한 마리도 못 보고 집으로 오는 길에 홍두깨만 한 까치 독사를 만났다.

"얼씨구 이 짐승아, 내 집 처마로 들어가서 제비를 떨어뜨려다오. 그러면 나는 부자가 될 터이니 너의 은혜와 신세는 병아리 한 뭇(장작, 채소 따위의 작은 묶음을 세는 단위)에 달걀 한 줄로 덧얹어 갚을 터인즉 사양 말고 어서 바삐 들어가자."

놀부가 막대로 독사를 건드리다 그만 발가락을 물렸다. 정신이 아득해져 빨리 집에 돌아와 침을 맞고 석웅황(石雄黃, 천연으로 나는 비소 화합물) 약을 발라 겨우 살아나서는 제가 무슨 이무기인 양 제비 새끼 잡아내려 두 발목을 지끈 분질렀다.

"불쌍하다. 이 제비야 어떤 몹쓸 이무기가 와서 네 다리를 분질렀느냐."

놀부는 흥부와 같이 칠산 조개껍데기로 부러진 다리를 싸고 칡덩굴의 속껍질인 청올치로 찬찬 동여매어 제비 집에 얹어 두었다.

그 제비가 겨우 살아 9월 9일이 되어 강남으로 갈 때

"원수 같은 놀부 놈아 명년 춘삼월에 다시 나와 분지른 네 신세를 잊지 않고 갚을 테니 고이 잘 있거라. 지지위지지."

이듬해 춘삼월에 그 제비가 쓴 박씨를 물고 와서 이리저리 날고 있었다. 놀부는 풀밭에 내려지면 잃을까 하여 겁이 나 삿갓을 뒤집어 들고 따라다니니 이윽고 제비가 박씨를 떨어뜨렸다. 놀부가 좋아하며 두 손으로 집어 들고 자세히 보니 한 치나 되는 박씨에 보수 박이라고 뚜렷이 쓰여 있었다. 무식한 놀부가 이를 어찌 알리오. 좋은 날 받아 동편 처마 아래 거름 주고 심었더니 사오일이 지난 후에 박나무가 났다. 그날로 순이 돋고 사흘 만에 덩굴이 뻗고, 돛대만 한 줄기에 고리날개만 한 박 잎이 마디마디에 무성했다. 며칠 후 줄기마다 꽃이 피어 이윽고 박 십여 통이 백운대 돌 바위같이 주렁주렁 달렸다. 놀부는 이웃 동네의 힘센 장사를 불러 개 잡고 돼지 잡아 푸짐하게 먹인 후에 선금 이십 냥씩 주고 박을 타게 했다.

"어기어차 흘근흘근 당기어라. 어기어차 톱질이야. 어기어차 애고 고질이야."

슬근슬근 흘근흘근 툭 타 놓으니 박 속에서 글 읽는 소리가 나면서 이윽고 관을 쓴 늙은 양반, 갓을 쓴 젊은 양반, 초립 쓴 새 서방님, 도포 입은 도련님이 꾸역꾸역 나왔다. 그러고는 업쇠를 불러 놀부를 결박하며 노송에 높이 달아매고 참나무 절굿공이로 짓찧었다.

"이놈 놀부야, 네 아비 개불이와 네 어미 똥녀가 댁종으로 남의집살이를 하다가 밤에 아무도 모르게 도망하기 수십 년인데 이제야 찾았구나. 네 어미와 네 아비 몸값이 삼천 냥이니 당장에 바쳐라."

놀부는 온갖 망신 다 당하던 끝에 돈 삼천 냥을 바치고 사죄하니 그 생원님은 못 이기는 체하고 놀부더러,

"이 돈 삼천 냥을 용돈으로 쓸 것이니 떨어질 만하거든 내 다시 오리라."

하고 사라졌다.

놀부 내외는 기가 막힐 뿐이었다. 그러나 톱질 잘못하고 소리도 괴이하게 지른 연고로 보물이 변하여 나쁜 것이 되어 그렇다면서 다시 두 번째 박을 탔다. 이번에는 가야금 든 놈, 소고 든 놈, 징 · 꽹과리 든 놈들이 우르르 나오면서 우리가 놀부 인심 좋다는 말을 듣고 일부러 찾아왔노라 하면서 쌀 내놔라, 술밥 달라, 돈백을 내놔라 하면서 정신없이 뛰노니 놀부가 하는 수 없이 돈 백 냥에 쌀 한 섬을 주어 보낸 후 혹시나 하는 생각에 세 번째 박을 탔다. 이번에는 '나무아미타불 관세음보살' 염불까지 외면서 노승이 나오고 뒤따라 상좌 중이 나왔다.

"놀부야, 우리 스승님이 네 집을 위해 사십구일 정성을 드렸으니 재물로 돈 오천 냥만 바쳐라."

그리고 재를 올리면 재물이 나온다는 말을 듣고는 하는 수 없이 또 돈 오천 냥을 주어 보냈다.

놀부는 더 이상 패가망신하지 말고 그만 켜 보자는 아내의 말을 어기고 또 켜니 이번에는 울음소리 요란한 상여 한 채가 나와 상여를 놀부네 집 마당에 내려놓았다.

"이놈 놀부야, 네 상전이 죽었으니 안방을 치우고 소 잡고 잘 차려라."

놀부는 하는 수 없이 또 전답을 선 자리에서 헐값으로 팔아 돈 삼천 냥을 마련하여 사정사정하여 내놓으며 빌었다. 상두꾼들이 상여를 메고 가다 놀부가 혹시 다른 박에 보물이 없느냐고 묻는 말에 어느 박인지 생금 한 통이 들었다고 하였다.

또 박을 타니 무당이 나와 돈 오천 냥을 빼앗아 갔다. 그러나 놀부는 그만두지 않고 재물을 탐하여 남은 박을 탔다. 그러나 이번에도 수천 명의 등짐 장수들이 나와 돈 삼십 냥을 빼앗겼다. 떠나면서 장수들이 다음

통에는 금은이 많이 있는 것 같으니 정성 들여 켜 보라는 바람에 또 켜 봤으나 이번에는 수백 명의 사당 중들이 쏟아져 나오면서 온갖 것으로 한바탕 놀아나다가 마침내 반닫이를 덜컥 열고 문서 뭉치를 모조리 나누어 가지고 물러갔다. 그리고 또 다음 탄 박에서는 수백 명의 패거리들이 나와 놀부를 잡아 돌려가면서 주리를 틀며 온갖 고통을 다 주었다. 놀부는 그놈들에게 오천 냥을 바치고 구사일생으로 살아났다. 하지만 사지를 제대로 쓰지 못하는 중에도 허욕에 눈이 먼 놀부는 당장에 무슨 좋은 수가 터질 줄 알고 엉금엉금 동산으로 기어올라 다시 박통을 따 가지고 내려와 슬근슬근 톱질을 시키고 보니 팔도 소경이란 소경은 다 뭉치어 막대를 뚝딱거리며 눈을 희번덕거리고 내닫으면서 놀부를 개 패듯 팼다. 놀부는 견디다 못해 돈 오천 냥을 내어 주고 생각해 보니 이제는 집 안에 돈이라고는 한 푼도 남아 있지 않았다. 그러나 고진감래라 하였으니 설마 길한 일이 없을까 보냐 하고 다시 동산으로 올라가서 박 한 통을 따다 놓고 삯군을 달래며 켜 보았다. 별안간 대장군 한 사람이 나와 얼굴은 숯 먹을 갈아 끼얹은 듯 제비턱에 고리눈을 부릅뜨고 하는 말이,

"이놈 네가 세상에 태어나 부모께 불효하고, 형제 우애가 좋지 아니하고, 친척과는 불화하니 죄악이 네 털을 빼어 세어도 당치 못할지니 천도(天道)가 어찌 무심하리요. 옥황상제께서 나를 시켜 너를 만나 한없는 죄를 씻게 하라 하시어 내가 특별히 왔으니 견디어 보라."

하고는 움파(겨울에 움 속에서 자란 빛이 누런 파) 같은 손으로 놀부의 덜미를 잡고 공 놀리듯 하니 놀부가 정신을 잃었다가 다시 깨어나 울며 애걸복걸 빌었다.

장군이 그 모습이 불쌍하여 이후는 동생을 구박 말고 형제와 우애 있게 지내라 하고는 떠났다.

놀부가 겨우 정신을 차리고 다시 동산으로 올라가 보니 아직도 박 두 통이 남아 있었다. 한 통을 또 따가지고 내려와서 째보를 달래어 켜 보는

데 박 속에는 아무것도 없고 다만 평평한 박뿐이었다.

"이 박은 먹음직하니 우선 배고픈데 국이나 끓여 먹고 기운이 나거든 남은 박은 우리 둘이서 타 보세. 옛사람이 이르기를 고진감래라 하지 않았나."

놀부가 제 계집을 시켜 국을 끓이게 하였다. 그리하여 온 집안 식구들이 한 사발씩 달게 먹고 나니, 무슨 가야금이라도 뜯으며 풍류를 하는 것같이 온 집안 식구에게서 당동당동 소리가 절로 났다.

놀부가 홀로 신세를 생각하니 분한 생각이 들었다.

"부자가 될 생각으로 박을 심었다가 많은 재산을 다 빼앗기고 전후에 없는 고생을 하고 매를 맞고 온 집이 당동 소리로 병신이 되었으니 이런 분하고 원통한 일이 어디 있으리오."

놀부는 분한 김에 덩굴 밑의 박 한 통을 따다 놓고 중얼거렸다.

'그러면 그렇지. 이제야 보물이 든 박을 얻었구나! 과연 이 박이로다. 공연히 딴 박만 타 가지고 고생만 했구나. 이 박을 먼저 켜 볼 것을……'.

놀부 부부는 박을 거의 다 탈 때쯤 궁금증이 나서 들여다보니 별안간 박 속에서 모진 바람이 일며 벼락 소리가 나더니 똥 줄기가 소나기처럼 퍼부었다. 놀부 부부는 손 쓸 사이도 없이 똥 벼락을 맞으며 나동그라졌다. 똥 줄기는 삽시간에 놀부 집 안팎을 가득 채우니 놀부 부부는 온몸이 황금 덩이가 되어 달아났다.

놀부는 멀찌감치 물러나 똥에 묻힌 자기 집을 쳐다보며 말했다.

"여보 마누라, 어찌하면 좋소. 끝장은 똥 더미로 의복 한 가지 없게 됐으니 어린 자식들과 기나긴 앞날을 무얼 먹고 살며, 동지섣달 찬바람에 무얼 입고 산단 말인가. 아이고 서러워라."

놀부 내외가 갈 곳이 없어 통곡하는데, 흥부가 이 소식을 듣고 하인을 시켜 가마와 말 두 필로 놀부 부부와 조카들을 집으로 데리고 왔다. 그리고 흥부는 형님 내외를 안방에서 지내게 하고 의식을 후히 내어 때때로 대접하며 날마다 위로했다. 또한 좋은 터를 가려 잡아 수만금을 아끼지 않고 집을 지어서 온갖 세간이며 의복, 음식을 똑같이 갖추어 살게 해 주었다. 비록 놀부가 몹쓸 놈이긴 하지만 흥부의 어진 덕에 감동하여 과거의 잘못을 뉘우치고, 형제가 서로 화목하게 지냈다.

흥부 내외는 부귀다남(富貴多男, 재산이 많고 지위가 높으며 아들이 많음)하여 나이 팔십 살을 누리고, 자손이 번성하여 모두 다 기름진 논밭으로 재산이 대대로 풍족하니 그 후 사람들이 흥부의 덕을 칭송하여 그 이름이 백년이 지나도록 사라지지 아니하였다.

한중록(閑中錄)

- 혜경궁 홍씨(惠慶宮洪氏) -

작품 정리

이 작품은 사도 세자의 아내인 혜경궁 홍씨가 남편의 비극적인 죽음과 이를 둘러싼 역사적인 사실, 그리고 자신의 기박한 운명을 회상하며 기록한 것이다. 이 글을 쓴 주된 목적은 사도 세자의 아내요, 임오화변의 생생한 목격자인 작가가 그 진상을 밝히고 장차 순조에게 보여 억울하게 죽은 친정의 한을 설원하려는 것이다. 이 작품은 우아한 궁중 문체와 절실하고도 간곡한 묘사 등으로 한글로 된 궁중 문학의 백미로 꼽힌다. 또한 한글로 된 산문 문학으로 국문학사상 귀중한 자료가 된다. 〈계축일기〉, 〈인현왕후전〉과 함께 궁정 수필의 하나이다.

작품 줄거리

영조는 그가 사랑하던 화평 옹주의 죽음으로 세자에게 무관심하게 되고 그사이 세자는 공부에 태만하고 무예 놀이를 즐기는가 하면, 서정(庶政)을 대리하게 하였으나 성격 차이로 부자 사이는 점점 더 벌어지게 된다. 마침내 세자는 부왕이 무서워 공포증과 강박증에 걸려 살인을 저지르고 방탕한 생활을 한다. 영조 38년(1762) 5월, 나경언이 변고를 알리고 영빈이 간곡하게 설득해 왕은 세자를 뒤주에 유폐시켜 아사시킨다. 28세에 홀로 된 혜경궁은 세손과 중종을 생각하여 타고난 총명으로 영조의 뜻을 받들어 생명을 이어간다. 그리고 마침내 정조가 왕위에 오르자 그의 지극한 효성을 위안으로 삼으며 여생을 보낸다. 그러나 사도세자의 참화와 관련하여 친정인 홍씨 일문은 몰락하게 된다.

작가 소개

혜경궁 홍씨(惠慶宮洪氏 1735~1815)

조선 영조의 아들 장조(莊祖, 思悼世子)의 비(妃)이며, 영의정 홍봉한의 딸이자, 정조의 어머니이다. 1744년(영조 20) 세자빈에 책봉되었으며, 1762년 남편이 살해된 후 혜빈의 칭호를 받았다. 1776년 아들 정조가 즉위하자 궁호가 혜경으로 올랐고, 1799년 남편이 장조로 추존됨에 따라 헌경왕후로 추존되었다. 그가 쓴 〈한중록〉은 남편의 참사를 중심으로 자신의 일생을 회고한 자서전적인 사소설체로 궁중 문학의 효시로 평가된다.

핵심 정리

갈래 : 궁정 수필

연대 : 조선 영조시대

구성 : 내간체

배경 : 사도세자의 죽음과 혜경궁 홍씨의 파란만장한 삶

주제 : 임오화변과 몰락한 집안을 다시 일으켜 세움

출전 : 한중만록

한중록

계해년 3월에 부친이 태학장으로 숭문당에 입시(入侍, 대궐에 들어가 임금을 뵙던 일)하셨다는데 그때 부친의 춘추가 서른한 살이다. 그해에 왕세자비의 간택을 위한 단자(單字, 사주 또는 후보자의 명단 따위를 적은 종이)를 받는 명이 내려왔는데 일부에서 말하기를

"선비의 딸은 간택에 참여하지 않아도 문제 될 것이 없으니 단자를 말라. 가난한 집에서 간택을 위해 선보일 의상을 준비하는 폐도 여간 크지 않다."

하고 나의 단자 내는 것을 금하려 하였다.

그러나 부친께서는

"내가 세록지신(世祿之臣, 대대로 나라에서 녹봉을 받는 신하)이요, 딸이 재상의 손녀인데 어찌 임금을 속이리오."

하고, 단자를 하였다.

그때 우리 집이 너무나 가난하여 새로 옷을 해 입을 수 없었으므로 치맛감은 형의 혼수에 쓸 것으로 하고, 속감은 낡은 천을 넣어 만들었다. 그리고 다른 혼수 준비는 모친께서 빚을 얻어 준비하시느라고 애쓰시던 일이 눈에 선하다.

9월 28일에 초간택(初揀擇, 임금이나 왕자, 왕녀 따위의 배우자가 될 사람을 첫 번째로 고르던 일)이 되니 영조 대왕께서 나의 재질을 칭찬하시며 각별히 어여삐 여기시고, 또 정성 황후도 나를 착실하게 보시고 선희궁(사도 세자의 모친)도 얼굴에 화기가 가득 하시어 나를 보며 웃으셨다. 그리고 하사품을 내리며 나의 예식 치르는 행동거지를 선희궁과 화

평 옹주께서 살피시고 예절에 맞도록 가르쳐 주시기에 그대로 하고 나와서 모친 옆에서 그날 밤을 지냈다.

이튿날 아침 부친께서 들어오셔서 근심 가득한 얼굴로 말씀하셨다.

"이 아이가 첫째로 뽑혔으니 이것이 어찌 된 일이오?"

"가난한 선비의 자식이니 단자를 올리지 말 것을 그랬습니다." 잠결에 부모님의 말씀을 듣고 괜히 슬퍼져서 이불 속에서 혼자 울었다. 또한 궁중에서 여러분이 좋아해 주시던 일이 생각나 근심이 되었다.

"어린아이가 무엇을 알겠느냐?"

부모님께서는 나를 달래고 위로하셨지만 초간택 이후 매우 슬펐으니 그것은 앞으로 궁중에 들어와서 온갖 괴로움을 겪을 것을 미리 알아채고 스스로 그러하였던가? 어느 한편으로는 사람의 일이라는 것이 분명한 인연이 있는 듯하였다.

간택 후에는 갑자기 일가와 하인이 많이 찾아왔으니 사람의 마음과 세태가 그런 모양인가 싶었다.

10월 28일에 재간택에 임하니, 나의 마음도 자연 놀랍고 부모님도 근심하며 나를 궁중에 들여보내면서 요행히 간택에서 떨어지기를 바라셨다. 궁중에 들어가니 이미 그때는 모두 결정이 난 모양으로 거처도 대접하는 법도 달랐다. 내가 당황하다가 어전으로 올라가니 영조 대왕께서 여느 처자와 달리 친히 나를 어루만지시며

"내 이제 아름다운 며느리를 얻었으니 네 조부 생각이 나는구나. 네 아비를 보고 좋은 신하를 얻었다고 기뻐하였더니 네가 그의 딸이로구나."

하며 기뻐하셨다. 또 정성 왕후와 선희궁께서도 나를 사랑하고 기뻐하시는 것이 분에 넘쳤으며 여러 옹주들도 내 손을 잡고 귀여워하여 좀처럼 돌려보내지 않았다. 그분들은 나를 경춘전(景春殿)에 오래 머물게 하며 점심을 보내시고 나인이 와서 내 윗옷을 벗기고 치수를 재었다.

집에 돌아오니 가마를 사랑 대문으로 들이고 부친께서 친히 가마 앞에

드리운 발을 걷고 도포를 입은 두 손으로 나를 잡아 내려 주셨다. 그때 조심스러운 아버님의 태도 때문에 나는 어쩔 줄을 몰랐다. 그리하여 부모님을 붙들고 눈물이 저절로 흐르는 것을 어쩔 수 없었다.

어머니께서는 옷을 새로 갈아입으시고 상 위에 붉은 보를 펴고 중궁전 글월은 네 번 절하고 읽으시고, 선희궁 글월은 두 번 절하고 받으시면서 여간 황송해하지 않으셨다.

그날부터 부모님은 나에게 존대를 하시고 일가 어르신도 공경히 대해 나의 마음은 불안하고 슬펐다. 부친께서는 근심 걱정을 하며 훈계하는 말씀이 많으니 마치 내가 무슨 죄를 지은 것만 같아 몸 둘 곳을 몰랐다. 또한 부모님 곁을 떠날 일이 슬퍼 간장이 녹을 듯하며 매사 아무런 흥미도 느끼지 못했다.

11월 13일에 세 번째 간택을 하고 1월 9일에 책빈(册嬪, 빈(嬪)을 봉하여 세우던 일), 11일에 가례(嘉禮, 왕의 성혼이나 즉위, 또는 왕세자·왕세손·황태자·황태손의 성혼이나 책봉 따위의 예식)하니 마침내 내가 부모님 곁을 떠날 날이 다가와 슬픔을 참지 못하고 온종일 울음으로 보냈다.

부모님 역시 마음은 슬펐으나 참으시고, 어버지께서 말씀하시기를

"궁중에 들어가면 몸가짐이나 언행을 조심하여 삼전을 섬기며, 마음을 다하여 효에 힘쓰고, 동궁을 섬기되 반드시 옳은 일을 하도록 돕고, 말씀을 더욱 삼가 집과 나라에 복을 닦으소서."

하였다. 앉음새와 몸가짐의 모든 범절을 가르쳐 주시던 말씀이 하도 간절하셔서 내가 공손히 받들어 듣다가 울음을 참지 못했으니, 그때 마음이야 목석인들 어찌 그렇지 않았으리요.

일찍이 내가 임신하여 경오년에 의소를 낳았으나 임신년 봄에 잃었으므로 영조 대왕을 비롯해 선희궁이 모두 애통해하셨다. 내가 불효한 탓으로 비참한 일이 생긴 것이 죄스럽더니, 그해 9월에 하늘이 도우셔서

주상(정조)이 태어나셨다. 나의 옅은 복으로 그러한 경사가 생기니 뜻밖의 일이었다. 주상은 나실 때부터 풍채가 훌륭하시고 골격이 커서 진실로 용봉(龍鳳, 용과 봉황을 아울러 이르는 말로, 뛰어난 인물을 비유함)의 모습이시며 하늘의 해와 같은 위풍이셨다. 영조 대왕께서 보시고 크게 기뻐하시며 말씀하시되

"어린아이의 모습이 매우 범상치 않으니 선조의 신령이 도우심이요, 나라의 장래를 맡길 경사다. 내가 노경(老境, 늙어서 나이가 많은 때)에 이런 경사를 볼 줄 어찌 생각하였으랴. 네가 정명 공주 자손으로 나라의 빈이 되어 네 몸에서 이런 경사가 있으니 나라에 대한 공이 한량없다. 부디 아이를 잘 기르되 의복을 검소히 하는 것이 복을 아끼는 도리임을 알고 삼갈 것이니라."

하고 훈계하시니 어찌 명심치 않겠는가.

그해에 홍역이 크게 번져 옹주가 먼저 앓고 이어서 경모궁(사도 세자)께서 앓으시더니 거의 다 나으실 무렵에 내가 이어서 홍역을 하게 되고, 갓난아이가 또 발병하셨다. 그때 겨우 석 달 된 아기였지만 증세가 큰 아기같이 순조로웠으니 진실로 신기한 일이었다.

주상이 홍역 후 아무 탈 없이 잘 자라시고 돌 때는 글자를 깨쳐 보통 아이와 아주 달랐다. 계유년 초가을에 대왕께서 대제학 조관빈을 친히 문죄(問罪, 죄를 캐내어 물음)하실 때 궁중이 모두 두려워하자 당신도 손을 저어 소리 지르지 말라 하시니, 두 살에 어찌 이런 지각이 있었으리요. 세살에 보양관(輔養官, 조선 시대에 보양청(輔養廳)에 속하여 세자와 세손을 교육하는 일을 맡아 보던 벼슬. 세자 보양관은 정일품에서 종이품, 세손 보양관은 종이품에서 정삼품이었음)을 정하고, 네 살에 〈효경〉을 배우시되 조금도 어린아이 같지 않고 글을 좋아하시므로 가르치는 데 아무런 어려움이 없었다. 아침이면 어른같이 일찍 소세(梳洗, 머리를 빗고 낯을 씻음)하고 책을 읽으셨다. 여섯 살에 유생을 불러 강의할 때 대왕께서 불

러 용상 머리에서 글을 읽히시니 그 소리가 맑고 잘 읽었으므로 보양관 남유용이

"선동(仙童, 신선이 사는 곳에 살며 시중을 든다는 아이)이 내려와서 글을 읽는 것 같습니다."

하고 아뢰니 선대왕께서 기뻐하셨다. 이처럼 숙성하니 이는 예전에 없었을 듯하고, 어린 나이에도 경모궁에게 효도하는 일이 또한 많았으니 행동이나 말이 하늘 사람이지 예사 사람으로 여겨지지 않았다.

임오화변(사도 세자가 죽임을 당함)은 천고에 없는 변이라 선왕(정조)이 병신년 초에 영묘(영조)께 상소하여

"정원일기(政院日記)를 없애 버려라."

하고 그 글을 흔적도 없게 하였다. 이는 선왕의 효심으로 그때의 일을 모르는 사람이 없어서 무례하게 하는 것을 슬퍼하셨기 때문이다.

연대가 오래되고 사실을 아는 이가 없어지니 그사이에 이익을 탐하고 화를 좋아하는 무리가 사실을 왜곡하고 소문을 현혹케 하였다. 사도 세자가 병환이 아니라는 것을 영조께서 참소(讒訴, 남을 헐뜯어서 죄가 있는 것처럼 꾸며 윗사람에게 고하여 바침)하는 말을 들으시고 그런 처분을 하셨다 하고, 혹은 영묘께서 생각지도 못하신 일을 신하가 권해 드려서 그런 기막힌 일이 벌어졌다고도 말했다.

선왕(정조)이 영명(英明, 재능과 지혜가 뛰어나며 사리와 도리에 밝음)하시고 그때 비록 어린 나이였으나 모두 직접 보신 일이라 내 어찌 속일 수 있을까. 그러나 부모님을 위한 일에 소홀하다 할까 두려워서 경모궁과 관련된 모년사(某年事)라 하면 일례로 그렇다 하고 시비 진위를 분별치 않으시니 이것은 당신의 가슴에 맺힌 아픔으로 어쩔 수 없는 일이었다.

선왕은 다 알고 정에 끌려 그러하시나 후왕(순조)은 선왕과는 처지가 매우 다르다. 하지만 자손이 되어서 큰일을 모르는 것은 도리에 어긋나

는 일이다. 후왕이 어려서 이 일을 알고자 하셨으나 차마 선왕이 자세히 알려 주지 않으셨다. 어느 누가 감히 이 말을 하며 또 누가 능히 이 사실을 자세히 알리오.

내가 없으면 궁중에서는 아는 사람이 없어 모를 것이니 자손이 되어 조상의 큰일을 알리기 위하여 전후사를 기록하여 주상에게 보인 후에 없애고자 하나 내가 붓을 잡아 차마 쓰지 못하고 날마다 미루어 왔다.

내 첩첩한 공사(公私)에 참혹한 재앙이 있은 후 목숨이 실낱 같아서 거의 끊어지게 되었지만 이 일을 주상이 모르게 하고 죽는 것이 실로 도리가 아니므로 죽기를 참고 피눈물을 흘리며 이렇게 기록한다. 그러나 차마 쓰지 못할 대목은 뺀 것이 많고 지루한 부분은 다 담지 못하였다.

나는 영묘의 며느리로 평소에는 지극한 사랑을 받았으며 임오화변 때에는 다시 살아 경모궁의 처자로 남편을 위한 정성이 또한 하늘을 깨우칠 것이니 두 부자 사이에 조금이라도 말이 과하면 천벌을 면하지 못할 것이다.

바깥 사람들이 모년일(임오화변)로 이러니저러니 말하는 것은 모두 허무맹랑하고 근거 없는 말이다. 이 기록을 보면 사건의 시작과 끝을 소상히 알 것이다. 영묘께서 처음에는 경모궁에게 사랑을 많이 주셨으나 나중에는 그러지 아니하셨다. 경모궁은 타고난 천성이 어질고 관대하시나 병환이 깊어 종사(宗社)가 위태로우시고, 선왕과 나도 경모궁 처자로 지극히 슬픈 일을 겪고서도 죽지 못하고 목숨을 보전하였다. 또한 슬픔은 나의 지극한 슬픔이요, 의리는 나의 의리로 오늘날까지 왔으니 이 사실을 주상에게 알리고자 한 것이다.

더구나 부자 성품이 다르셔서 영조께서는 지혜롭고 자애로우며 효성이 지극하시고 또한 자세하고 민첩하신 성품이시고, 경모궁께서는 말없이 침착하셔도 행동이 빠르지 못하시니 덕은 거룩하시나 모든 일에서 부왕의 성품과는 다르셨다. 평상시에 물으시는 말씀이라도 곧 응대하지 못하셔 머뭇머뭇 대답하시고 무엇을 물으실 때는 당신 소견이 없는 것이 아니라, 이러면 어떨까 저러면 어떨까 궁리하다가 대답하지 못하여 영조께서 늘 갑갑히 여기셨는데 이런 일도 또한 큰 화변의 원인이 되었다.

아이 가르치는 것이 비록 높은 집안에서 태어났다 하더라도 부모를 모시고 가르침을 받아야 할 때에 그렇지 못하고 포대기 시절부터 부모를 떠나 나인들이 스스로 할 일까지 전부 시중들어 심지어 옷고름, 대님 매는 것까지 다 해 드리니 매사를 남에게 맡기고 너무 편하시기만 하였다.

강연에서 학문을 갈고닦으실 때 글 외는 소리도 엄숙하면서 맑고 크고 글의 뜻도 그릇됨이 없으니, 뵈옵는 이가 거룩하다 하여 영민함이 많이 나타나셨다. 그러나 갑갑하고 애달픈 것은 부왕을 모시고는 어려워서 응대를 민첩하게 못하시는 일이었다.

영조께서 갑갑해 하시다가 결국 격분도 하시고 조심도 하시나 이럴수록 곁에 두어 가르치셔야 정이 쌓이는 것은 생각지 않으시고, 항상 멀리 두고서 스스로 잘되어 성의(聖義)에 차기를 기다리시니 어찌 탈이 생기지 않으리오. 그리하여 점점 서먹서먹하게 지내시다가 서로 보실 때에는 부왕의 꾸지람이 자애에 앞서시고, 아드님께서는 한 번 뵈옵는 것도 조심스럽고 두려워 무슨 큰일이나 나는 것 같아서 부자간의 사이가 막히게 되니 어찌 슬프지 않으리오.

가까이 두실 때는 책문(責問, 꾸짖거나 나무라며 물음)도 힘쓰시고 부자 사이도 친밀하시고 유희도 안 하시더니 멀리 계신 후로는 유희도 도로 하시고 학문에도 전념치 못하셨다. 부자간의 사이도 더 서먹서먹해졌으며, 만일 부모님 손 밖에서 지내시지만 않았다면 어찌 이 지경에 이르렀으리오.

이 한 가지 일로도 더 할 수 없이 서러운데 어찌하신 일인지 아드님을 조용히 앉히시고 진정으로 교훈하시는 일이 없으셨는가? 모두 남에게만 맡기고 아는 체하지 않으시다가 항상 남들이 모인 때면 흉보듯이 말씀하시니 얼마나 답답하리오.

한번은 인원 왕후도 내려오시고 여러 옹주와 월성, 금성 두 부마도 들어왔는데 영조께서 나인에게 명하혔다.

"세자 가지고 노는 것을 가져오라."

또한 여러 신하가 많이 모인 때에 굳이 부르셔서 글 뜻을 물으시되 자세히 대답하지 못할 대목을 짚어서 물으시곤 하셨다. 본디 부왕 앞에서는 분명히 아시는 것도 쭈뼛쭈뼛하시는데 여러 사람 앞에서 어려운 것을 물으시니 경모궁께서는 더욱 두렵고 겁나 하셨다. 그러다 못하면 좌중에서 꾸중하시고 흉도 보셨다.

경모궁께서는 그런 일이 한두 번이면 원망하시지 않을 것이나 당신을 진정 교훈하시지 않는 것을 섭섭하고 분하게 여겨 결국에는 천성을 잃을 정도가 되게 하시니 이런 원통한 일이 어디 있으리오.

본디 경모궁께서는 타고난 품성이 온화하시고 도량이 넓으시며 신의가 두터워서 아랫사람에게도 믿음직하게 말씀하셨다. 부왕을 무서워하시나 잘못한 일이라도 사실대로 정직하게 아뢰고, 털끝만큼도 속이는 일이 없으므로 영조께서도 그것은 알고 계셨다.

기사년 경모궁이 15세 되시자 관례(冠禮, 예전에 남자가 성년에 이르면 어른이 된다는 의미로 상투를 틀고 갓을 쓰게 하던 예식)하시고 합례(合禮, 신랑, 신부가 첫날밤을 치름. 또는 그런 절차)를 정하니 그저 조용히 기뻐하시면 좋으실 텐데, 어찌 된 일이신지 갑자기 정사를 보라 영을 내리시니 만사가 정사 대리 후에 탈이니 어찌 서럽지 않으리오.

영조께서는 공사 가운데 금부, 형조, 살육 등의 일은 친히 보시지 않고 동궁께 맡기셨다. 대리를 맡으신 후의 공사는 한 달에 여섯 번 있는 차대(次對, 내각회의)를 보름 전 세 번은 임금께서 하시는데 동궁이 시좌(侍坐, 임금이 정전(正殿, 조회하던 궁전)에 나갔을 때에 세자가 옆에서 모시고 앉던 일)하시고 보름 후 세 번은 세자께서 혼자 하셨다. 그럴 때마다 순탄치 못하고 매사에 탈이 많았다.

조신(朝臣, 조정에서 벼슬살이를 하는 신하)의 상소라도 말썽이 있거나 편론(偏論, 남이나 다른 당을 논하여 비난함)하는 상소는 세자께서 혼자 결단치 못하여 임금께 물으면, 그 상서는 아랫사람의 일이므로 세자는 아실 바 아니로되 하며 격노하셨다. 그것은 세자께서 신하를 잘 다스리지 못한 탓으로 그런 상서가 나왔다며 나무라셨다.

그리고 그런 상소에 대한 비답(批答, 임금이 상주문의 말미에 적는 가부의 대답)도

"그만한 일도 결단치 못하고 나를 번거롭게 하니 대리시킨 보람이 없다."

하시며 꾸중하셨다. 그러나 아뢰지 않으면

"그런 일을 알리지 않고 왜 네 멋대로 결정하느냐?"

하고 꾸중하셨다.

이처럼 저리 할 일은 이리 하지 않는다 꾸중하시고 이리 할 일은 저리 하지 않았다 꾸중하셔서 이 일 저 일 다 격노하여 마땅치 않게 여기셨다. 심지어는 백성이 추운데 입지 못하고 굶주리거나 날이 가물거나 천재지변이 있어도

"세자에게 덕이 없어서 이렇다."

하고 꾸중을 하셨다.

그러므로 세자께서는 날이 흐리거나 천둥이 치기만 해도 또 무슨 꾸중을 하실까 근심 걱정하여 일마다 두렵고 겁을 내게 되었다. 이일로 세자께서는 병환을 앓으셨다.

그러나 영조께서는 동궁께 이런 병환이 생기는 줄을 깨닫지 못하시니 어찌 슬프지 않으리오. 한 번 꾸중에 놀라시고 두 번 격노에 겁내시면 아무리 위엄 있는 기품이라 한들 한 가지 일이라도 자유롭게 하실 수 있으리오.

경모궁이 열다섯 살이 되시도록 능행(陵幸, 임금이 능에 행차함)을 한 번도 못하시고 성장하셨는데, 항상 교외 구경을 하고 싶으셔도 매양 거절하고 못 가게 하시니 처음에는 서운하신 것이 점점 화가 되어 우실 때도 있었다. 당신이 속으로 본디 부모님께 정성은 갸륵하시지만 민첩하지 못하신 행동이 정성의 백분의 일도 드러내지 못하니, 부왕은 그 사정을 모르셨다. 그러기에 미안하신 생각은 늘 있어도 한 번도 부왕에게 따뜻한 말 한마디 듣지 못하니 점점 두려운 것이 마침내 병환이 되어 화가 나면 푸실 데가 없었다. 그래서 그 화를 내관과 나인에게 푸시고 심지어 내게까지 푸시는 일이 몇 번이나 되는지 알 수 없다.

영조께서 창의궁에 오래 머무시고 환궁치 않으실 때 경모궁께서는 시민당 손지각(遜志閣) 뜰의 얼음 위에 짚자리를 깔고 엎드려서 대죄하시다가 창의궁으로 가셔서 또 짚자리를 깔고 엎드려서 대죄하시고, 머리를 돌에 부딪쳐서 망건이 다 찢어지고 이마가 상하여 피가 났다. 이런 일은 타고난 효성이 극진하고 본성이 어지신 때문이요, 억지로 꾸민 일이 아님을 잘 알 수 있다. 그리 하실 즈음에 또 꾸중이 어떠하였겠는가마는 공손히 도리를 다하시니 오히려 무슨 일을 당하여도 잘 처리하시어 신망을 많이 얻으셨다.

경모궁께서 항상 경문, 잡설 등을 많이 보시더니

"옥추경(玉樞經, 도가(道家), 경문(經文)의 하나)을 읽고 공부하면 귀신을 부린다 하니 읽어 보자."

하시고 밤이면 읽고 공부하셨다. 그러더니 과연 깊은 밤에 정신이 아득하셔서

"뇌성 보화 천존(석가모니)이 보인다."

하시고 무서워하시며 병환이 깊어지시니 원통하고 슬프다.

십여 세부터 병환이 생겨서 음식 드시는 것과 몸을 움직이는 것까지 다 예사롭지 않으시더니, 〈옥추경〉을 보신 이후 기질이 변한 듯 무서워

하시고 '옥추' 두 글자를 거들떠보지도 못하셨다.

단오 때는 옥추단(玉樞丹, 단옷날 임금이 신하에게 나누어 주던 구급약. 음식물을 잘못 먹어서 갑자기 게우고 설사를 하거나, 더위로 체했을 때 씀)도 무서워서 차지 못하셨다.

또한 하늘을 매우 무서워하시고 우레 뢰, 벽력 벽, 그런 글자를 보지 못하시고 그전에는 천둥을 싫어하셔도 그리 심하지 않으시더니 〈옥추경〉을 본 이후로는 천둥이 칠 때면 귀를 막고 엎드렸다 그친 후에야 일어나셨다. 이 일을 부왕과 모친께서 아실까 질겁하는 것은 이루 말하지 못할 일이었다.

을해년 2월에 역모가 일어나서 5월까지 영조께서 친히 심판하시니 그때 역적을 법으로 다스리기 위하여 모든 대신들이 늘어설 때면 동궁을 불러들여 보게 하셨다. 날마다 심판하시다가 들어오시면 인정(人定, 조선 시대에 밤에 통행을 금지하기 위하여 종을 치던 일) 후나 이경이 되고 삼, 사경이 될 때도 있었으나 하루도 거르지 않으시고

"동궁 불러라."

하시어 가시면

"밥 먹었느냐?"

하고 물으신 후에 대답하시면 즉시 그날 친국(親鞫, 임금이 중죄인을 몸소 신문하던 일)하신 일을 물으셨다.

실은 좋은 일에는 참여치 못하게 하시고 상서롭지 못한 일에는 참석하게 하시고, 날마다 다른 말씀은 한마디 하시는 일 없이 마치 대답을 시켜서 듣고 귀를 씻고 가시려는 듯 하루도 거르지 않고 밤중에 그러시니 아무리 효심이 지극하더라도, 병 없는 사람이라도 어찌 싫지 아니하리오.

그 병환의 증세를 생각하면 짜증이 나셔서

"왜 부르십니까?"

하실 듯도 하나 그것을 능히 참으시고 날마다 밤중이라도 부르시면 어

기지 않으시고 대령하셨다.

그 병환이 이상스러운 것은 처자가 애쓰고 내관이나 나인들이 밤낮으로 살피나 자모도 자세히 모르시는데 부왕께서 어찌 자세히 아실 수 있으리오. 위를 찾아뵈올 때와 신하를 대하실 때는 평소와 다름없이 예사로우시니 그것이 더욱 답답하고 서러운 일이었다.

병자년(영조 32) 설날에 영묘에서 존호를 받으셨으나 경모궁은 참여시키지도 않으셨다. 병환은 점점 깊어서 강연도 더듬으시고 취선당 바깥 소주방이 깊고 고요하다 하여 자주 머무셨는데 5월에 영조께서 홀연 낙선당을 보러 나오셨다. 그때 동궁이 빗질도 잘 못하시고 의대 모양이 모두 단정치 않으셨다. 마침 금주가 엄한 때라 영조께서는 술을 드셨나 의심하고 크게 노하셔서

"술 드린 이를 찾아내라."

하시고 경모궁께 누가 술을 드렸느냐고 엄중히 물으셨다. 그러나 사실 술 드신 일이 없었으니 얼마나 억울한 일이리오.

영조께서는 무슨 일이든지 억측으로 생각하시어 엄히 꾸짖으시는 일이 많았다. 그날 경모궁을 뜰에 세우시고 술 마신 일을 엄히 물으셨는데 실지로 마신 일은 없지만 너무 두려워서 감히 변명을 못하는 성품이시라 하도 다그치시니 하는 수 없이

"마셨나이다."

하셨다.

"누가 주더냐?"

다시 물으시니 댈 데가 없어서

"밖의 소주방 큰 나인 희정이가 주었나이다."

하셨다.

영조께서

"지금이 금주하는 때인 것을 몰랐더냐?"

하고 엄하게 꾸짖으셨다. 이때 보모 최 상궁이

"술 드셨다는 말은 억울하니 술내가 나는지 맡아 보소서."

하고 아뢰었다. 그 뜻은 술이 들어온 일이 없고 드신 바 없으니 원통하여 참을 수 없어서 아뢰었던 것이다. 그러나 경모궁께서는 최 상궁을 꾸짖으셨다.

"먹고 아니 먹고 간에 내가 먹었다고 아뢰었으니 자네가 감히 말할 것이 있는가. 물러가오."

보통 때는 부왕 앞에서 주저하여 말씀을 못하시더니 그날은 억울하게 꾸중을 들었기 때문에 그렇게 말씀을 잘하셨던가. 그때 두려워서 벌벌 떠시던 중에도 그렇게 말씀하시는 일이 다행이다 싶더니 영조께서 또 크게 꾸짖으셨다.

"어른 앞에서는 개도 꾸짖지 아니하거늘 어찌 내 앞에서 상궁을 꾸짖는가?"

"감히 와서 변명을 하여 그리하였습니다."

얼굴을 낮추어서 아랫사람의 도리로 잘하신 일이었다. 그러나 금주령 아래서 동궁에게 술을 드렸다고 희정이를 멀리 귀양 보내시고 대신 이하 인견(引見, 윗사람이 아랫사람을 불러서 만나 봄)하라 하셨다. 춘방관을 먼저 들어가 면담하라 하시니, 경모궁께서는 그날 억울하고 슬퍼서 화증을 참지 못하고 춘방관이 들어오자 처음으로 호령하셨다.

"네 놈들이 부자간에 사이좋게는 못할지언정 내가 이렇게 억울한 말을 들어도 어느 누구 하나 말을 제대로 아뢰지 못하고 이제 와서 감히 들어오려 하느냐? 다 나가라."

춘방관 하나는 누구였는지 모르나 하나는 원인손이었다. 그가 무어라 아뢰고 썩 나가지 않으니 경모궁께서 화를 내시고 어서 나가라고 쫓아내실 즈음에 촛대가 거꾸러져서 낙선당 온돌 남창에 닿아 불이 붙었다. 불길을 잡을 사람은 없고 불기운이 순식간에 낙선당으로 번지자 영조께

서는 아드님이 홧김에 불을 지른 것이 아닌가 하고 노염이 열 배나 더 하
셔서 함인정에 모든 신하를 불러 모으시고 경모궁을 부르셔서

"네가 불한당이냐? 불을 왜 지르느냐?"

하고 호령하셨다. 설움이 복받쳤지만 그 불이 촛대가 굴러서 난 불이
라는 말씀을 여쭙지 않으시고 스스로 방화한 듯이 하시니 절절이 슬프고
갑갑하였다.

경모궁께서는 그날 그 일이 있은 후 가슴이 막히셔서 청심환을 잡수시
고 울화를 내리시더니

"아무래도 못살겠다."

하고 저승전 앞뜰의 우물로 가서 떨어지려 하시니 그 놀라움과 끔찍한
상황을 어찌 말할 수 있으리오. 가까스로 구하여 덕성합으로 나오시게
하였다.

부자 사이가 좋지 않은 곡절이 또 있었다. 그것은 다름이 아니라 신미
동짓달에 현빈궁이 돌아가셨는데 영조께서 효부를 잃으시고 애통하시어
장례에 친히 임하셔 정성스럽게 돌보셨다. 그러던 중 그곳에 문녀라는
시녀 나인이 있었는데 상사 후 가까이 하셔서 잉태하였다.

그 오라비가 문성국이란 놈인데 그를 별감으로 봉하고 문녀도 총애하
여 계유 삼월에 옹주를 낳았다. 문성국이 무슨 마음으로 동궁께 흉한 뜻
을 품었는지 간사하고 흉악한 놈이 아닐 수 없었다. 그놈이 부자 사이가
좋지 못하신 것을 알고 그 틈을 타서 부왕의 비유를 맞추어 동궁이 하시
는 일을 전부 염탐해 고자질하였다.

동궁 하시는 일을 누가 사이에서 말할 이 있을까마는 성국은 세력을
믿고 무서운 것이 없어서 동궁 액속(掖屬, 액정서에 속하여 궁중의 궂은
일을 맡아 하던 사람을 통틀어 이르던 말)들이 모두 제 동료이므로 동궁
의 사소한 일까지 듣는 족족 영조께 여쭙고, 문녀는 안으로 모든 소문을
다 여쭈니, 평소 모르실 때도 의심하던 터에 날로 동궁의 험담만 들으시

니 임금의 마음이 갈수록 갑갑하게 되실 수밖에 없었다. 국운이 불행하여 요녀와 간사하고 악한 적이 일어난 일이 슬프다.

동궁께서 병자년에 마마병으로 모친을 그리워하니 슬프시기도 하고 마음을 많이 쓰시니 병환은 점점 깊어가고, 성국은 듣는 일마다 아뢰어 두 분 사이가 더욱 나빠졌다. 그때 마침 가뭄이 들고 노염이 더욱 심해져서 애먼 명(命)이 많으시니 그 밤에 동궁이 덕성합 뜰에서 휘녕전을 바라보고 슬피 울면서 죽고자 하시던 일을 어찌 다 적으리오.

그해 유월부터 화증이 더하셔서 사람을 죽이기 시작하셨는데 그때 당번 내관 김환채라는 이를 먼저 죽여서 그 머리를 들고 들어오셔서 나인들에게 보이셨다. 나는 그때 사람의 머리 벤 것을 처음 보았는데 그 흉하고 놀랍기를 어찌 입으로 말할 수 있으리오.

사람을 죽여야 마음이 조금 풀리시는지, 당시 나인 여럿이 상하니 그 갑갑하기 측량없어 마지못하여 선희궁께

"병환이 점점 더하여 이러하시니 어찌할꼬?"

하고 여쭈니 놀라서 음식도 먹지 않고 자리에 누워 근심하셨다. 또한 망극하여 그저 죽어서 모르고 싶은 마음이었다.

정축년 동짓달 변 후에 관희합에서 머무르시더니 무인 34년 2월에 부왕께서 또 무슨 일로 불평하시고 동궁 계신 데로 찾아가시니 하고 계신 것이 어찌 눈에 거슬리지 않으시리오. 숭문당으로 오셔서 동궁을 부르시니 동짓달 후 처음 만나시는 것이었다. 부왕께서는 여러 가지 꾸중을 많이 하시며 하신 일을 바로 아뢰라고 추궁하셨다. 경모궁께서는 어른들이 아시면 큰일이 날 줄 아시면서도 어전에서는 당신 하신 일을 바로 아뢰었다. 이는 천성이 숨김이 없어서 그러하신지 이상하였다. 그날도 부왕의 말씀에 대답하시기를

"심하게 화가 나면 견디지 못하여 사람을 죽이거나 닭 짐승을 죽이거나 하여야 마음이 풀립니다."

하였다.

"어찌하여 그러하냐?"

"마음이 상하여 그러합니다."

"어찌하여 마음이 상하느냐?"

"사랑하지 않으셔서 슬프고, 꾸중하시니 무서워서 화가 되어 그러하오이다."

대답하고는 사람 죽인 수를 하나도 감추지 않고 세세히 다 고하였다. 영조께서도 그때 천륜의 정이 통하셨는지 측은해하며

"내 이제는 그리하지 않으마."

하셨다.

경춘전으로 오셔서 나에게 말씀하시기를

"세자가 이러이러하니 어쩌면 좋으냐?"

하시니 부자간에 그런 말씀이 처음이었다. 하도 뜻밖의 말씀이라 내가 갑자기 듣고 놀라 기뻐하며 눈물을 흘리며 아뢰었다.

"그러하옵니다. 어찌 그뿐이오리까? 어려서부터 사랑을 받지 못하여 한 번 놀라고 두 번 놀라서 마음의 병이 되어 그러하옵니다."

"마음이 상하였다는구나."

"상하기를 말로 어찌 다 이르오리까? 은혜를 드리시면 그렇지 않으오리다."

이렇게 여쭈며 서러워서 우니 안색과 말씀이 부드러워지셨다.

"그러면 내가 그리한다 하고, 잠은 어찌 자고 밥은 어찌 먹는지 내가 묻는다고 하여라."

하셨는데 그날이 무인(영조 34)년 2월 27일이었다.

내가 임금께서 관희합에 가시는 것을 보고 또 무슨 변이 날까 혼비백산하다가 의외의 하교를 받잡고 하도 감격하여 울고 웃으며,

"그리하여 그 마음을 잡게 하시면 오죽 좋겠습니까?"

하고 절하고 손을 비비며 바라니 내 거동이 가엾으시던지 온화하게,

"그리 하여라."

하고 가셨다. 이것이 어찌 되신 하교이신지 희한한 꿈같았다.

때마침 경모궁께서 나를 오라하여 가 뵙고

"왜 묻지도 않으신 사람 죽인 말씀을 하셨습니까? 스스로 그런 말씀을 하시고 나중에는 남의 탈을 삼으시니 어찌 답답지 않습니까?"

"알고 물으시니 다 말씀 드릴 수밖에."

"무엇이라 하시더이까?"

"그리 말라 하시더군."

"이후부터는 부자 사이가 다행히 좋아지시겠습니다."

하였더니 화를 덜컥 내시면서

"자네는 사랑하는 며느리라 그 말씀을 다 곧이듣는가? 부러 그러하시는 말씀이니 믿을 수 없소. 결국은 내가 죽고 마느니."

그러할 때는 병환이 있으신 이 같지 않았다. 부왕께서 천륜으로 말씀하셨으니 믿지 못하오나, 한때 그 말씀이라도 감축(感祝, 경사스러운 일을 함께 감사하고 축하함)하여 울었고, 경모궁께서 병환 중임에도 하시는 밝은 소견을 들으니 어찌 흐뭇하지 않으리오.

하늘이 부자 사이를 그토록 만드시어 아버님께서는 그러지 말고자 하시다가도 누가 시키는 듯이 도로 미움이 생기시고, 아드님은 속이는 일이 없이 당신 과실을 고하시니 이는 천성이 착해서 그러한 것입니다. 좀 예사로우시면 어찌 이같이 하시리오. 하늘의 뜻이 어찌하여 이토록 만고에 없는 슬픔을 끼치셨는지 애통할 뿐이다.

그 당시 세자께서는 의대병이 극심하시니 그 무슨 일인고. 의대병환은 더욱 형편없고 이상한 괴질이었다. 옷을 한 가지라도 입으려 하시면 열 벌이든 이삼십 벌이든 펼쳐 놓게 하시고 귀신인지 무엇인지를 위하여 불사르기도 하고, 한 번도 순순히 갈아입지 않으셨다. 시중드는 이가 조금

만 잘못하면 옷을 입지 못하여 당신이 애쓰시고, 사람이 다 상하니 이 어찌 망극한 병이 아닐까? 어떤 때는 옷을 하도 많이 못 쓰게 만드니 무명인들 동궁 세간에 무엇이 그리 많으리오. 미처 짓지도 못하고 옷감도 얻지 못하면 사람 죽기가 순식간의 일이니, 아무쪼록 옷을 해 대려 해도 마음이 쓰였다.

부친이 이 말을 들으시고는 근심하는 탄식 소리가 끝없으시고, 내가 애쓰는 것과 사람 상하는 일을 민망히 여기시어 옷을 이어 주셨다. 세자께서는 그 병환이 육칠 년에 걸쳐 매우 심한 때도 있고 좀 진정되는 때도 있었다. 옷을 입지 못하여 애를 쓰시다가 어찌하여 조금 증세가 나아서 천행으로 한 벌 입으시면 당신도 다행스럽게 여기고 더러울 때까지 입으셨으니, 그 무슨 병인고. 천만 가지 병 가운데 옷 입기 어려운 병은 자고로 없었는데 어찌 더없이 귀하신 동궁이 이런 병에 걸리셨는지 하늘을 불러도 알 길이 없었다.

정성 왕후와 인원 왕후 두 분의 소상(小祥, 사람이 죽은 지 일 년 만에 지내는 제사)을 차례로 무사히 지내고 두어 달은 아무 탈 없이 지나갔다. 국상(왕실의 초상) 후에 동궁께서 홍릉에 참배치 못하였으므로 마지못하여 따라가게 하셨다. 그해 장마가 지지부진하다가 움직이는 날 큰비가 쏟아지니 부왕께서 날씨가 이런 것은 아드님을 데려온 탓이라 하시고 능에 미처 다 가지 못하여

"도로 들어가라."

하고 동궁을 돌려보내고 부왕만 가셨다.

동궁께서는 능에 가려 하시다가 뜻을 이루지 못하셨으니 어찌 섭섭지 않으리오. 나는 잘 다녀오시기를 빌다가 이 기별을 듣고 망연 실색하고 들어오시면 또 얼마나 짜증을 내실까 하고 쩔쩔매고 있었다. 동궁께서 큰비를 맞고 도로 들어오시니 그 마음이 어떠하시리오. 가슴이 막히시어 바로 오실 수 없어 경영고(京營庫, 서울에 있는 군영)에 들러 마음을 진

정하고 들어오셨다니 얼마나 고통스럽고 걱정스러웠을까? 그런 동궁을 생각하니 그 일은 꼭 병 때문만은 아니시더라도 서럽지 않으실 리 없었을 것이다. 선희궁과 나는 서로 마주 잡고 울 뿐이었다. 세자께서도 비관하신 어조로

"점점 살길이 없다."

하셨다. 그 후로 옷을 잘못 입고 가서 그런 일이 났는가 하는 걱정으로 의대증세가 더하시니 안타까웠다.

신사년이 되어 동궁의 병환이 더욱 심해지셨다. 영조께서 거처를 옮기신 후에는 후원에 나가서 말 타기와 군기붙이로 소일할까 하시다가 7월이 지나자 후원에도 늘 가시더니, 그것도 심심한지 뜻밖에 미행을 시작하셨다. 처음 있는 일이니 어찌 그 근심을 다 형용하리오.

또한 병환이 나시면 반드시 사람을 상하게 하셨다. 옷시중은 현주의 어미가 들었는데 신사년 정월에 미행하려고 옷을 갈아입으시다가 의대증이 발작하여 당신이 총애하던 것도 잊으시고 그를 쳐 죽이고 나오셨다. 순식간에 대궐에서 이런 탈이 났으니 제 인생이 가련할 뿐 아니라, 어린 자녀들의 모습이 더 참혹하였다. 정월, 이월, 삼월을 미행으로 보내어 궁 밖 출입이 잦으시니 그때 내 마음이 얼마나 무섭고 조심스러웠으리오.

경진년 이후 내관 나인이 동궁에게 상하는 일이 많았다. 다 기억하지 못하지만 뚜렷이 생각나는 것은 서경달인데, 내수사 일을 더디 거행하였다 하여 죽이고 출입하던 내관도 여럿을 상하게 하고, 선희궁 나인 하나도 죽여서 점점 어려운 지경에 이르렀다. 장님들을 불러 점을 치다가 그들이 말을 잘못해도 죽이고, 의관이며 역관이며 액속 가운데 죽은 이도 있어서 하루에도 대궐에서 사람 죽는 일을 여럿 치르니 내외 인심이 흉흉하며 언제 죽을지 몰라서 벌벌 떨었다. 당신의 천생은 진실로 거룩하시건만 그 착하신 본성을 잃으시니 이를 어찌 차마 더 말하리오.

경진년 5월 선희궁이 세손 가례 후 처음으로 세손빈도 보실 겸 아래 대

궐에 내려오셨다. 동궁께서 반갑게 맞이하시는 것이 지나치다 싶었는데 마지막 영결(永訣, 죽은 사람과 산 사람이 서로 영원히 헤어짐)이라 그리 하셨는지 모른다.

잔칫상이 훌륭하여 과실을 높게 고이고 인삼과도 만들어 놓고, 장수를 축하하는 시를 짓고 잔을 올리시고 남은 것 없이 받으셨다. 그리고 후원에 모셔 갈 때 가마를 큰 잔치 때처럼 권하자, 선희궁께서는 억지로 태우시고 앞에 큰 기를 세우고 풍악을 불러 모으셨다. 그 모양이 당신으로서는 극진히 효행하시는 일이라 생각했지만 선희궁께서는 동궁의 그러시는 것이 병환 때문인 것으로 생각하고 놀라시며 거절하셨다.

선희궁께서는 나를 대하시면 눈물을 흘리고 두려워하시며
"어찌 할꼬?"
하는 탄식만 하셨다. 여러 날 머무르시다 올라가시니 어머님도 우시고 아드님도 매우 슬퍼하셨다.

갈수록 동궁의 하시는 일은 극도로 어지러워지셨다. 전후 일이 모두 본심으로 하신 일이 아니건만, 화에 들떠서 하시는 말씀이 칼을 들고 가서 죽이고 싶다 하시니, 조금이라도 제정신이 있으셨다면 어찌 이러 하시리오. 당신의 팔자가 기구하여 천명을 다 못하시고 만고에 없는 참혹한 일을 당하려는 팔자니, 하늘이 아무쪼록 그 흉악한 병을 지어 몸을 그토록 만들려 하신 것이다. 하늘아 하늘아, 어찌 이리 만드는가.

선희궁께서 병으로 그러하신 아드님을 아무리 책망하여도 별도리가 없으니, 어머니 되신 마음으로 다른 아들도 없이 이 아드님께만 몸을 의탁하고 계시니 차마 어찌 이 일을 하고자 하시리오. 처음에는 사랑을 받지 못하여 이같이 되신 것이 당신의 한이 되었으나 이미 동궁의 병세가 극심하고 보모를 알아보지 못할 지경이니 증세가 위급하여 물불을 모르고 생각지 못할 일을 저지르면 사백 년의 종사를 어찌 하리오. 이미 병이 손 쓸 수 없으니 차라리 몸이 없는 것이 옳고, 삼종(효종, 현종, 숙종) 혈맥이 세손께 있으니 천만 번 사랑하여도 나라를 보존할 길이 이 방법밖에 없다 하시고 십삼일 내게 편지를 보내셨다.

"어젯밤 소문이 더욱 무서우니 일이 이리 된 후에는 내가 죽어 모르거나, 살면 세손을 구해서 종사를 붙드는 것이 옳으니, 내가 살아서 빈궁을 다시 볼 것 같지 않소."

내가 그 편지를 붙잡고 울었으나 그날 큰 변이 일어날 줄 어찌 알았으리오. 그날 아침에 상감께서 경현당 관광청에 계셨는데 선희궁께서 가서 울면서 아뢰었다.

"큰 병이 점점 깊어서 바랄 것이 없사오니 소인이 모자의 정리에 차마 이 말씀은 못하올 일이오나, 옥체를 보전하옵고 세손을 구해서서 종사를 평안히 하옵소서."

또 이어서 말씀하셨다.

"부자의 정으로 차마 이리하시나 병을 어찌 책망하오리까? 처분은 하시되 은혜를 내리셔서 세손 모자를 평안케 하오소서."

내 차마 그 아내로 이것을 옳게 하신 일이라고는 할 수 없으나 어찌할 수 없었다. 내가 따라 죽어서 모르는 것이 옳지만 세손을 위해 차마 결단치 못하고 다만 망극한 운명을 서러워할 뿐이었다.

상감께서 들으시고는 조금도 지체하시지 않고 창덕궁 거동령을 급히 내리셨다. 선희궁께서 사사로운 정을 끊고 대의로 말씀을 아뢰시고 가슴을 치고 기절할 듯이 당신 계신 양덕당으로 가서 음식을 끊고 누워 계시니 만고에 이런 일이 어디 있으리오.

그날이 임오년(영조 38) 윤오월 열이틀이었다. 그날 아침 들보에서 부러지는 듯이 엄청난 소리가 나자 동궁이 들으시고

"내가 죽으려나 보다. 이게 웬일인고!"

하고 놀라셨다.

동궁께서는 부왕의 거동령을 듣고 두려워서 아무 소리 없이 기계(器

械, 군기붙이)와 말을 다 감추어 흔적을 없애라 하시고 교자(轎子)를 타고 경춘전 뒤로 가시며 나를 오라고 하셨다. 근래에 동궁의 눈에 사람이 보이면 곧 일이 나기 때문에 가마뚜껑을 덮고 사면에 휘장을 치고 다니셨는데 그날 나를 덕성합으로 오라 하셨다.

그때가 정오쯤 되었는데 홀연히 무수한 까치 떼가 경춘전을 에워싸고 울었다. 이것이 무슨 징조일까 괴이하였다. 세손이 환경전에 계셨으므로 내 마음이 황망한 중에 세손의 몸이 어찌 될지 걱정스러워서 그리 내려가서 세손에게

"무슨 일이 있어도 놀라지 말고 마음을 단단히 먹으라."

천만 번 당부하고 어찌할 바를 몰랐다.

그런데 동궁의 거동이 웬일인지 늦어서 미시 후에나 휘녕전으로 오신다는 전갈이 있었다. 그때 동궁께서는 나를 덕성합으로 오라 재촉하시기에 가 보니, 그 장하신 기운과 언짢은 말씀도 않으시고 고개를 숙여 깊이 생각하시는 양 벽에 기대어 앉으셨는데, 안색이 놀라서 핏기가 없으셨다. 당연히 화증을 내고 오죽 하시랴. 내 목숨이 그날 마칠 것을 스스로 염려하여 세손을 각별히 부탁하고 왔는데 생각과 다르게 나더러 하시는 말씀이

"아무래도 이상하니 자네는 잘살게 하겠네. 그 뜻들이 무서워."

하시기에 내가 눈물을 흘리며 말없이 허황해서 손을 비비고 앉아 있었다.

이때 상감께서 휘녕전으로 오셔서 동궁을 부르신다는 전갈이 왔다. 그런데 이상하게도 피하자는 말도, 달아나자는 말씀도 않고 좌우를 치지도 않으시고 조금도 화증나신 기색도 없이 빨리 용포를 달라 하여 입으시더니

"내가 학질을 앓는다 하려고 하니 세손의 휘항(남바위와 같은 방한모)을 가져오너라."

하셨다.

내가 그 휘항은 작으니 당신 휘항을 쓰시라고 하였더니 뜻밖에도 하시는 말씀이

"자네는 참 무섭고 흉한 사람일세. 오늘 내가 나가서 죽을 것 같으니 그것을 꺼려서 세손 휘항을 안 주려는 심술을 알겠네."

하시는 것이 아닌가.

내 마음은 당신이 그날 그 지경에 이르실 줄은 모르고, 이 일이 어찌 될까 사람이 설마 죽을 일일까? 또 우리 모자는 어찌 되랴 하였는데, 뜻밖의 말씀을 하시니 내가 더욱 서러워서 세자의 휘항을 갖다 드렸다.

"그 말씀은 마음에 없는 말씀이니 이 휘항을 쓰소서."

"싫다. 꺼려 하는 것을 써 무엇 할꼬?"

하시니 이런 말씀이 어찌 병드신 이 같으며, 왜 공손히 나가려 하시던가. 모두 하늘이 시키는 일이니 슬프고 원통하다. 날이 늦고 재촉이 심하여 나가시니 상감께서 휘녕전에 앉으시어 칼을 안으시고 두드리시며 처분을 하시었다. 차마 망극하여 내가 어찌 그것을 기록하리오. 서럽고 서럽도다.

동궁이 나가시자 상감의 노하신 음성이 들려왔다. 휘녕전과 덕성합이 멀지 않아서 담 밑으로 사람을 보내어 보니 벌써 용포를 덮고 엎드려 계시더라 하였다. 천지가 망극하여 창자가 끊어지는 듯하였다. 내가 거기 있는 것이 두려워서 세손 계신 곳으로 와서 서로 붙잡고 어찌할 바를 모르고 있는데, 신시(申時, 오후 4시 전후)쯤 내관이 들어와서 바깥 소주방에 있는 쌀 담는 궤를 내라 하였다 전한다.

이것이 어찌 된 말인지 당황하여 내지 못하고, 세손이 망극한 일이 있는 줄 알고 뜰 앞에 들어가서

"아비를 살려 주옵소서."

하니 상감께서

"나가라!"

하고 엄하게 호령하셨다. 세손은 할 수 없이 나와서 왕자 재실에 앉아 있었는데 그때의 정경은 어느 하늘 아래에도 없는 일이었다.

세손을 내보내고 나서, 천지가 개벽하고 해와 달이 어두웠으니 내 어찌 잠시나마 세상에 머무를 마음이 있었으리오.

숭문당에서 휘녕전 나가는 건복문 밑으로 가니 아무것도 보이지 않고 다만 상감께서 칼 두드리시는 소리와 동궁께서

"아버님 아버님, 잘못하였으니 이제는 하라시는 대로 하고, 글도 읽고 말씀도 다 들을 것이니 이리 마소서."

하시는 소리가 들렸다.

이런 소리를 들으니 내 간장이 마디마디 끊어지고 앞이 막히니 가슴을 아무리 두드린들 어찌하리오. 궤에 들어가라 하시면 들어가지 마실 것이지 왜 기필코 들어가셨는가? 처음엔 뛰어나오려 하시다가 이기지 못하여 이 지경에 이르시니 하늘이 어찌 이토록 원망스러울 때가 있는가? 만고에 없는 서러움뿐이며, 문 밑에서 통곡하여도 대답이 없었다.

나는 집으로 나와서 건넌방에 눕고, 세손은 내 작은아버지와 오라버님이 모시고 나오고 세손 빈궁은 그 집에서 가마를 가져다가 청연과 한데 들려 나오니 그 모습이 어떠하리오.

집에 와서 세손을 만나니 어린 나이에 놀랍고 망극한 모습을 보시고 그 서러운 마음이 어떠하였겠는가? 놀라서 병이 날까, 내가 망극함을 이기지 못하고

"망극 망극하나 다 하늘이 하시는 노릇이니, 네가 몸을 평안히 하고 착해야 나라가 태평하고 정은을 갚을 것이니 지나친 설움으로 네 마음을 상하지 말라."

하고 위로하였다.

20일 신시쯤 폭우가 내리고 뇌성이 치자, 동궁께서 뇌성을 두려워하시

던 일이 뇌리 속에서 떠나지 않았다. 내 마음이 음식을 끊고 굶어 죽고 싶고, 깊은 물에 빠지고 싶고, 수건을 어루만지며 칼도 자주 들었으나 마음이 약하여 결단을 못하였다. 그러나 먹을 수가 없어서 냉수도 미음도 먹은 일이 없으나 내 목숨 지탱한 것이 괴이하였다. 그 이십일 밤에 비 오던 때가 동궁께서 숨지신 때던가 싶으니 차마 어찌 견디어 이 지경이 되셨던가. 그저 온몸이 원통하니 내 몸 살아난 것이 모질고 흉하다.

선희궁이 마지못하여 그렇게 아뢰어 대처분을 하셨으나 병환 때문에 하신 일이라, 애통하여 은혜를 내리실까 바랐더니 성심이 그 처분으로도 화를 풀지 못하셨다. 그리하여 동궁께서 가까이 하시던 기생과 내관 박필수, 별감이며 장인, 부녀들까지 모두 사형에 처하시니 감히 무슨 말을 하리오.

슬프고 슬프도다. 모년 모월 일을 내 어찌 차마 말로 하리오. 하늘과 땅이 맞붙고 해와 달이 빛을 잃고 캄캄해지는 변을 만나 내 어찌 잠시나마 세상에 머물 마음이 있으리오. 칼을 들어 목숨을 끊으려 하였더니 곁의 사람들이 칼을 빼앗아 뜻처럼 못하고 돌이켜 생각하니, 세손에게 첩첩한 큰 고통을 주지도 못하겠고 내가 없으면 세손의 앞날은 또 어찌하리오. 참고 참아서 모진 목숨을 보전하고 하늘만 보고 부르짖었다.

그때 부친이 나라의 엄중한 분부로 재상 직을 파직당하여 동교(東郊)에 물러나서 근신하고 계시다가 사건이 마무리된 후에 다시 들어오시니 그 한없는 고통을 어찌 감당하리오. 그날 실신하고 쓰러지니 당신이 어찌 세상에 살 마음이 있을까마는 내 뜻과 같아서 오직 세손을 보호하실 정성으로 죽지 못하셨다. 이 뜨거운 정성을 귀신이나 알지 어느 누가 알리오.

그날 밤에 내가 세손을 데리고 사저(私邸, 고관(高官)이 사사로이 거주하는 주택을 관저에 상대하여 이르는 말)로 나오니 그 놀랍고 다급하여 어찌할 바를 모르던 모습은 천지도 빛이 사라질 지경이니 어찌 말로 하겠는가.

선왕께서 부친께

"네가 보전하여 세손을 보호하라."

하고 분부하셨다. 이 성스러운 뜻 망극하나 세손을 위하여 감격하여 목메어 우는 일이 끝이 없고 세손을 어루만지며

"착한 아들이 되어 선친께 효도하고 성은을 갚으라."

하고 가르치시는 슬픈 마음은 또 어떠하리오.

그 후 상감의 명으로 새벽에 들어갈 때 부친께서 내 손을 잡으시고 중마당에서 통곡하시며

"세손을 모셔 만년을 누리셔서 복되고 영화로운 삶을 누리소서."

하고 우셨으니 그때의 내 슬픔이야 만고에 또 있으리오.

인산(因山, 태상황, 임금, 황태자, 황태손과 그 비(妃)들의 장례) 전에 선희궁께서 나에게 와 보시니 가없이 원통하신 설움이 또 어떠하시리오. 노친께서 슬퍼하심이 지나치시니 내가 도리어 큰 고통을 참고 위로하길

"세손을 위하여 몸을 버리지 마소서."

하였다.

장례 후에 위 대궐로 올라가시니 나의 외로운 자취가 더욱 의지할 곳 없었다. 팔월에야 선대왕(영조)을 뵈오니 나의 슬픈 마음이 어떠할까마는 감히 말씀 드리지 못하고 다만

"모자 함께 목숨을 보전함이 모두 성은이로소이다."

하고 울며 아뢰었다.

선대왕께서 내 손을 잡고 우시면서

"네 그러할 줄 모르고 내가 너 보기가 어렵더니 내 마음을 편하게 해 주니 아름답다."

하는 말씀을 들으니 내 심장이 더욱 막히고 모질게 살아남아야 한다는 생각이 더욱 강해졌다.

또 아뢰기를

"세손을 경희궁으로 데려다가 가르치시기를 바라옵나이다."

하였다.

"네가 세손을 떠나보내고 견디겠느냐?"

하시기에 내가 눈물을 흘리며

"떠나서 섭섭한 것은 작은 일이요, 위를 모시고 배우는 것은 큰일이옵니다."

하고 세손을 경희궁으로 올려 보내려 하니 모자가 떠나는 정리 또한 오죽하리오. 세손이 차마 나에게서 떨어지지 못하여 울고 가시니 내 마음을 칼로 베는 듯했으나 참고 지냈다.

선대왕께서 세손을 사랑하심이 지극하시고 선희궁께서 아드님 대신 세손에 정을 쏟으셔서 매사를 돌보시고 한 방에 머무시면서 새벽이면 밝기 전에 깨워서

"글 읽으라."

하고 내보내셨다. 칠십 노인이 한결같이 일찍 일어나셔서 조반을 잘 보살펴 드리니 세손이 일찍 음식을 못 잡수시나 조모님 지성으로 억지로 자신다 하니 선희궁의 그때 심정을 어찌 헤아릴 수 있으리오.

그해 9월에 천추절(千秋節, 왕세자의 탄생일)을 맞으니 내가 몸을 움직일 기운이 없었으나 상감의 명으로 부득이 올라가니 선대왕께서 내가 거처하던 경춘전 남쪽 낮은 집을 '가효당'이라 이름 지으시고 현판을 친히 써 주시며

"네 효성을 오늘날 갚아 주노라."

하셨다. 내가 눈물을 흘리며 받잡고 감히 어찌지 못하고 또 불안해하니, 부친이 이를 들으시고 감축(感祝, 경사스러운 일을 함께 감사하고 축하함)하시어 집안 편지에 늘 그 당호(堂號, 당우(堂宇)의 이름)를 써서 왕래하게 하셨다.

계축일기(癸丑日記)

- 어느 궁녀 -

작품 정리

　조선 시대 수필 형식의 기사문(記事文)으로 필사본 1책 〈서궁록〉이라고도 한다. 1613년(광해군 5, 계축년) 선조의 계비인 인목 대비 폐비 사건을 시작으로 하여 일어난 궁중 비사를 기록한 글이다. 인조 반정 뒤 대비의 측근 나인이 썼다고 한다. 그러나 문체와 역사적 사실을 들어 인목 대비 자신이 쓴 것이라는 설도 있다. 〈계축일기〉는 공빈 김씨의 소생인 광해군과 인목 대비의 소생인 영창 대군을 둘러싼 당쟁을 중후한 궁중어로 사실적으로 서술한 글이다. 묘사보다는 서술에 중점을 두고 있어 당시의 치열한 당쟁의 이면을 이해하는 데 좋은 자료가 된다.

작품 줄거리

　인목 대비는 김제남의 딸로, 선조의 첫 왕비 박씨가 선조 33년에 승하하자 2년 후에 계비가 되었는데 선조 36년에 정명 공주를 낳고, 3년 뒤인 39년에 영창 대군을 낳았다. 초비 박씨에게는 자식이 없고, 후궁의 하나인 공빈 김씨의 2남 광해군 휘가 일찍 세자가 된다. 선조가 57세로 승하하자, 곧바로 광해군이 즉위하여 임해군을 죽이고, 그 후 무옥 사건이 종종 일어나자, 그의 혐의병은 더욱 심했다. 광해군 5년에는 마침 서양갑(徐羊甲) 등의 사건이 발각된다. 유자신, 이이첨, 박승종 등이 심복과 함께 대비의 아버지이자 대군의 외조부인 김제남이 광해군을 내치고 대군을 왕위에 세우려 한다고 소문을 퍼뜨린다. 이로 인해 김제남과 그의 아들, 영창 대군 그리고 많은 내관들은 역적으로 몰려 참혹한 죽음을 당하게 되고, 인목 대비는 서궁으로 쫓겨나 폐비가 되어 청춘 시절을 다 보내고 늦게야 인조반정 때 만나 복위된다.

핵심 정리

갈래 : 궁정 수필

연대 : 조선 광해군시대

구성 : 내간체

배경 : 인목대비의 폐비로 인한 궁중비사

주제 : 궁중의 권력투쟁

출전 : 서궁일기

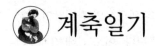

계축일기

　임인년(선조 35)에 중전인 인목왕후가 아기를 가졌다는 이야기를 듣고 당시 세자였던 광해군의 장인 유자신은 사위의 왕위 계승이 어려워질까 하여 중전을 놀라게 해 낙태시킬 생각을 품었다. 그래서 대궐 안에 돌팔 매질을 하고, 변소에 구멍을 뚫고 나무로 쑤시기도 하고, 한밤중에 횃불을 든 강도가 들었다고 떠들어 대기도 하였다.

　이듬해 중전이 공주를 낳으니 처음에는 대군을 낳은 것으로 잘못 전해 들은 유자신은 아무 말도 없더니 공주를 낳았다는 걸 알게 된 뒤에야 웃으면서 선물을 주었다고 한다. 이것을 보더라도 그가 얼마나 중전을 미워했는지 짐작할 만하다.

　그로부터 삼년 뒤에 중전이 드디어 영창대군을 낳으니 유자신은 소식을 듣고 집에 틀어박혀 머리를 싸매고 음흉한 계략을 꾸미기 시작했다. 이제 적자가 태어났으니 동궁(광해군)의 자리가 위태롭다고 여긴 것이다.

　당시 임해군(광해군의 형)이 자식이 없으니 왕이 임해군을 세자로 삼았다가 영창대군에게 전하게 하려고 한다는 거짓 소문을 내며 '선묵제 만묵제'라는 동요까지 지어 광해군을 세자로 봉하겠다는 뜻을 중국 황제에게 전하라고 재촉하였다.

　그러나 선조는

　"둘째 아들을 세자로 세우는 것은 집안과 나라가 모두 망하는 일이니, 중국 황제는 온 천하에 법을 펴고 다스리는 마당에 한 조정을 위해서 그런 처사를 허용하지 않을 것이다."

하고 그 후 다시 상소를 올리자 크게 꾸중을 하였다.

광해군을 세자로 책봉하는 일이 행여 막히지나 않을까 염려한 유씨 일파는 적자가 태어나니 세자 책봉은 안 한다고 떠들었다.

선조가 병에 걸리자 정인홍, 이이첨 등 대여섯 사람이 상소를 올렸다.

"유영경(당시 영의정)이 임해군을 위해서 광해군의 세자 책봉을 중국에 청하지 않으니 유영경의 머리를 베게 하십시오."

그뿐 아니라 차마 입 밖에 낼 수 없는 말로 상감의 뜻을 거스르기 일쑤였다.

그러니 이미 여러 해 동안 병을 앓아 기운이 다한 상감은

"어찌하여 나를 협박하는 짓을 하는고?"

하며 분개하는 마음을 이기지 못하여 음식을 들거나 자는 것조차 거의 하지 못하였다. 그러다 결국 정인홍 등을 귀양 보내라는 유언을 남기고 운명하였다.

상감이 승하할 때 광해군에게 남긴 유언에도 이렇게 당부하였다.

"모함하는 말이 있어도 마음에 두지 말고 어린 대군을 가엾게 생각하라".

그러니 어찌 영창대군을 왕위에 오르게 할 뜻이 있을까마는 유씨 일파는 계속 의심하여 갖가지 모함을 하고, 우선 임해군을 없앨 계책을 의논하곤 하였다.

선조는 광해군이 어렸을 때부터 영특하지 못하다고 여겨 왔으나 임진 왜란 때 갑자기 왕세자로 정하고부터는 항상 친히 가르치고 교훈를 내렸지만 도무지 순종하는 일이 없었다. 상감이 타이르면 도리어 원수처럼 생각하니 마땅치 않게 생각하였다.

"자식이 되어 어버이에게 하는 도리가 어찌 저럴 수 있는가?"

그러던 중에 세상을 떠난 의인왕후(선조의 첫 왕비)의 장례도 마치지 않았는데 후궁의 조카를 데려다가 첩을 삼으려 하였다. 그래서 상감이

꾸짖고 허락하지 않았더니 그 일을 두고두고 원망하였다. 그러다 병오년에 큰 화가 일어났을 때 상감을 속이고 후궁을 위협하며

"내가 하는 일을 상감께 아뢰거나 조카를 내주지 않으면 훗날 삼족(三族, 부모, 형제, 처자를 통틀어 이르는 말)을 없앨 테니 그리 알아라."

하며 공갈과 협박을 하면서 나인을 보내 빼앗아 갔다.

광해군은 영창대군이 태어났을 때부터 없앨 마음을 품어 오다가 대군이 점점 커 가자, 변을 일으켜 순식간에 없애려고 날마다 유자신과 궁리하니, 철부지 어린 대군이 불쌍하고 가여운 노릇이었다.

정인홍 등이 미처 귀양지까지 도착하지도 않았는데 상감께서 승하하자, 광해군은 그날로 불러들여 벼슬을 내리고는 옆에 두었다. 그리고 두 주일이 되자 형인 임해군을 없애기 위해, 미리 사헌부와 사간원에 임해군의 죄목을 꾸며서 올리도록 시키고는 임해군한테 죄목을 들이댔다.

"이제라도 대궐에서 나가면 죄를 벗을 수 있지만 궐내에 그냥 머무른다면 죄가 더 무거워질 것이니 빨리 나가도록 하시오."

라며 한편으로는 군사를 시켜 대궐 밖으로 나가는 임해군을 묶어 교동으로 귀양 보내 감금해 두었다. 이때 임해군이 병중인 것으로 알고 있던 명나라에서 사실을 조사하기 위해 사신을 보내자 임해군에게 협박했다.

"전신불수인 체하면 처자(妻子, 아내와 자식을 아울러 이름)와 함께 살도록 해 주겠으나, 만일 내 말대로 하지 않으면 죽일 것이다."

임해군은 곧이듣고 그대로 했지만, 명나라 사신이 돌아가자 독약을 내려 형을 죽였다.

임해군을 죽일 때 영창대군도 함께 죽이려고 상소문을 올리자 조정(朝廷, 임금이 나라의 정치를 신하들과 의논하거나 집행하는 곳. 또는 그런 기구)에서 시비가 벌어졌다.

"지금 강보(포대기)에 싸여 있는 어린 몸이고 또 새 정치를 베푸는 이 마당에 형제를 둘씩이나 함께 죽인다는 것은 불리한 일입니다."

하니 대군은 죽이지 않고 그냥 두었다. 그러나 대군을 없애려는 흉계는 변치 않아 결국 난을 일으키고 말았다.

어느 해 겨울에 유자신의 아내 정씨가 대궐 안으로 들어와 딸과 사위 셋이서 머리를 맞대고 사흘 동안을 자정이 넘도록 의논하더니 마침내, 계축년 정월 초사흗날부터 흉악한 무옥의 계략이 시작되었다. 유자신, 이이첨, 박승종 등 심복과 함께 대비의 아버지이자 대군의 외조부인 김제남이 광해군을 내치고 대군을 왕위에 세우려고 한다는 소문을 퍼뜨렸다. 또한 사형수 박응서에게 시키는 대로만 대답하면 살려 주겠다고 꾀니, 그는 살겠다는 욕심으로 김제남과 함께 대군을 왕으로 세우기 위해 역적모의를 했다는 자백을 한 것이다.

이렇게 하여 김제남과 그의 아들 그리고 많은 내관들을 역적으로 몰아 죽이고, 마침내 대군을 끌어내기 위해 대비에게 말하였다.

"조정에서는 대군을 속히 내놓으라고 날마다 보채지만 어린아이가 무엇을 알겠느냐며 들은 체를 않고 있었습니다. 그러나 서양갑, 박응서 같은 무리들을 사귀어 역모를 꾀하는 대란이 났으니, 이제 와서 누구의 탓으로 돌리겠습니까? 조정 대신들이 심하게 노하여 그 마음을 풀도록 잔치에 참석케 하려고 하니 대군을 잠깐 궐 밖으로 내보내도록 해 주십시오."

대비는 하도 기가 막혀서 차마 바로 듣지 못하고, 모시는 이들도 마음이 산란하여 가슴이 미어졌다. 그러나 아무 대답을 안 할 수 없어 말하였다.

"이 세상에서 저지르지도 않은 큰 변을 만나 친아버님과 동생을 죽였으니, 내 자식의 일로 인해 어버이께 큰 불효가 되어 세상에 용납되지 못할 줄 압니다. 하지만 대군이 나이 들어 철이라도 났다면 모르지만, 이제 동서도 분간하지 못하는 여덟 살 철부지 어린애일 뿐입니다. 그래서 애당초 대군을 데려다 종으로 삼아 제 명이나 다하게 하시고, 아버님과 동생을 살려 주십사 청한 것입니다. 그때 제가 머리카락을 잘라 친필로 글월을 써서 보냈건만 받지 않고, 이제 와서 어찌 이런 말을 하십니까? 이 모든 일을 어린아이가 알기나 할 것이며, 어른의 죄가 아이한테 미치니 합당한 일입니까?"

그러자 광해군이 대답하였다.

"선왕께서 불쌍히 여기라고 하신 유언도 계신 터이니 대군에 대해선 아무 염려 마십시오. 머리카락은 제가 갖고 있지 못할 물건이라 도로 드리는 겁니다."

"아버지께서 돌아가시게 된 일을 생각하면 간장이 미어지는 것 같으나 국법이 중하여 내 마음대로 살려 드리지도 못했습니다. 하지만 이 아이는 선왕(先王, 윗대의 임금)의 아들이니 그래도 좀 생각을 해 주실까 하였는데, 새삼스레 그런 말을 하시니 말의 앞뒤가 맞지 않아 서러워질 따름입니다. 어린아이를 어디다 감추어 두겠습니까? 내가 품에 안고 함께 죽을지언정 내보낸다는 건 차마 못할 노릇입니다."

대비가 이렇게 전하니 광해군이 글을 써 보냈다.

"아무려면 아이보고 아는 일이냐고 족치겠습니까? 예부터 특별한 사정이 있으면 궐 밖으로 잠시 나가는 일은 간혹 있었으니, 그 정도로 여기시고 좀 내보내 주십시오. 조정에서 하도 보채어 그들의 마음을 풀어 주려는 것이니, 대군에게 해로운 일이 있으리라고는 조금도 근심하지 마십시오."

"내 낯을 보아서가 아니라 대전도 선왕의 아드님이시고 대군 또한 아들이니 정을 생각해서 차마 해할 리야 있겠습니까? 그러나 대군이 나이 열 살도 채 못 되었고, 한 번도 대궐 밖을 나간 일도 없으니 어디다 숨겨 두겠습니까? 대전께서 압력을 가하시면 될 일이니 선왕을 생각하셔서 인정을 베풀어 주소서."

광해군이 또 말하였다.

"문 밖에 내보내 주십사 해 놓고 설마하니 먼 곳으로 보낼 리 있겠습니까? 이 서소문 밖 가까운 곳에 벌써 거처할 집을 정해 놓았습니다. 궐 안에 두면 조정에서 없애 버리라고 날이면 날마다 근래 서너 달 동안 보채지 않은 날이 없었습니다. 내 비록 듣지 않으려고 하나 조정에서 하도 시끄럽게 구니, 오히려 문 밖으로 내보내 그들의 마음을 시원케 해 주는 게 대군에게도 좋은 일입니다. 제가 어련히 잘 보살피지 않겠습니까? 결코 거짓말을 하는 게 아닙니다. 이 말을 철석같이 믿으시고 부디 내보내 주십시오."

그러자 대비가 애원하였다.

"여러 번 이렇게 말씀하시니 서러운 중에도 더욱 망극합니다. 또한 선왕을 생각하고 옛날에 국모(國母, 임금의 아내나 임금의 어머니를 이르던 말)라 하시던 일을 생각하신다니 감격스러우나, 대전께서는 다시 한 번 고쳐 생각해 주십시오. 어미가 어린 것을 혼자 내보내고 차마 어찌 나만 살 수 있겠습니까? 차라리 나와 함께 나가게 해 주십시오."

이제는 더 버텨도 소용이 없는 줄 알게 된 대비는 거듭하여 간곡히 당부하였다.

"이 설움을 어디에 견주겠습니까? 그러나 대군을 곱게 있게 해 주마 하고 벌써 여러 날 말씀하셨고, 내전에서도 속이지 않겠노라고 극진한 투로 글월에 보냈으니 그 말을 믿고 대군을 내보내겠습니다. 하지만 살아남은 제 둘째 동생과 어린 동생만이라도 살려 주시어 제사나 잇게 하여 주십시오."

광해군은 그제야 기꺼이 대답하였다.

"두 동생일랑 고이 살게 하겠습니다. 대군을 하루빨리 내보내 주십시오. 잠시 나가는 것이니 그동안 오히려 편안하시고 좋을 것입니다. 날마다 안부 전하는 사람도 드나들게 할 것이며, 원하시는 일도 다 들어 드리겠습니다."

다음 날, 장정 내관 열 명가량이 몰려와 사이 문을 여니 대비전 나인들
은 두려워 구석구석에 웅크리고 있었다. 장정들이 나인들 침소에까지 몰
려 들어와 말하였다.

"무엇이 부족하며, 무엇이 마땅치 않아 이런 일을 저지르시는고? 대군
에게 돈이 없던가, 명례궁(지금의 덕수궁)에 돈이 없던가? '대비'의 칭호
라도 받으시고 대군을 살리려 하실 일이지 어찌하여 이런 역모를 하실
꼬? 어린아이가 무엇을 알까마는 일을 저질렀으니 뉘 탓으로 돌릴꼬? 어
서 대군을 내보내소서."

차마 들을 수가 없는 말이라 잠자코 있으니 그들이 또 꾸짖으며 말하
였다.

"다 옳은 말을 하였으니 입이 있다 한들 무슨 할 말이 있어 대답을 하
겠는가? 너희 나인들이 대군을 빨리 납시게 해야지, 만약 그렇지 않고 지
체하여 더디 내보낸다면 너희를 모조리 죽일 것이니 그리 알아라."

까무러쳐 있던 대비가 겨우 정신을 차리고 대전 나인 우두머리 너덧
사람을 들어오라 하고 말하였다.

"너희들도 사람의 탈을 썼으면 설마 나의 애매함과 서러움을 모를 리
야 있겠느냐? 내가 무신년에 죽지 않고 지금껏 살아온 것은 대전이 선왕
의 아드님이기에 오로지 두 아이를 편안히 살게 해 줄까 함이었다. 그 후
여러 해를 두고 하루도 마음 편할 날 없이 백 가지로 근심만 하며 살아왔
다. 그러다 흉한 도적을 만나 용납할 수 없는 대역의 죄명까지 내게 뒤집
어씌웠으나 하늘이 무심하여 이토록 애매한 처지를 말해 주지 않으니,
내가 무슨 말을 한단 말이냐? 이제 밖으로는 아버님과 동생을 죽이셨고,
안으로는 나를 가까이 받들던 나인들을 모두 죽였으니, 이 어린 대군의
몸에까지 죄가 미칠 까닭이 없으련만 또 대군을 내놓으라 하니 차라리
내가 저희 앞에 바로 죽어서 이런 망극하고 서러운 말을 아니 듣고 싶다.
그러나 대전의 말이 아직도 내 귀에 쟁쟁히 남아 있고, 나인들이 모두 증

인이 되었으니, 임금이 설마 국모를 죽이겠는가? 만약 그렇다면 범인(凡人, 평범한 사람)에 비할 바가 아니라고 여러 번 은근한 말로 일러 왔으니, 그 말들을 철석같이 믿고 내보내겠다. 내 두 어린 동생만은 놓아 주어 어머님을 모시게 하고 조상의 제사나 받들게 해 준다면 대군을 내보내려 하노라. 이 말을 그대로 대전(大殿, 임금이 거처하는 궁전)과 내전(內殿, 왕비가 거처하던 궁전)에 전하도록 하여라."

대비의 애통한 말을 사람으로서 눈물 없이 어찌 차마 들을 수 있을까마는 그들은 모진 말을 거리낌 없이 하였다.

"이토록 하지 않으시더라도 대전께서 어련히 알아서 처리하시겠습니까? 속히 내보내 주십시오."

그러나 차마 내보내지 못하고 한없이 통곡하니 두 아기들도 곁에서 함께 울었다.

"하느님이시여, 내가 무슨 죄를 지었다고 이토록 서럽게 하시나이까?"

대비가 하도 섧게 우시니, 비록 무쇠 같은 마음을 가진 사람인들 어찌 눈물이 나지 않을까?

장정 나인들은 틈틈이 앉아서 으름장을 놓았다.

"너희의 울음소리가 들리면 대군을 안 내주실 것이니, 좋은 낯으로 어서 들어가 여쭈어야지 행여 서러운 빛을 보이거나 하면 다 죽여 버리리라."

대전 나인들이 눈물을 감추고 들어가 여쭈었다.

"벌써 범의 입을 면치 못하게 되었으니 병드신 부부인(어머님)께서 지금 살아 계심은 오직 대비님을 믿고 의지하셔서입니다. 미처 부원군의 뼈도 제대로 간수하지 못하신 형편이니, 두 오라버님이나 살려 주시거든 제사를 받게 하시고 설움은 잠시 참으시고 대군을 내보내십시오."

날은 저물어 가고 어서 내라는 재촉은 불같고 또 안에서는 나인마저 재촉하니 하늘을 꿰뚫을 힘이 있다 한들 어찌 이길 수 있었겠는가.

점점 더 늦어지니자 우리 나인들을 각각 꾸짖으며 말하였다.

"너희들이 이래서야 집행할 수 없으니 우리가 들어가서 대군을 빼앗아 데리고 올 것이다. 너희들 한 사람이라도 살 수 있는지 어디 두고 보자."

장정들이 들이닥치려 하자 나이 많은 변 상궁이 들어가 여쭈었다.

"대전에서 안팎 장정들을 모두 보냈으며 밖에는 금부 하인들이 쇠사슬을 들고 둘러섰고, 나인들을 끌고 가려고 저리 대령하고 있습니다. 저희가 죽는 건 서럽지 않지만, 대비께서 오직 이 늙은 것을 믿고 계시며 소인도 대비 마마를 믿고 의지해 왔습니다. 혹시 무슨 불행이 닥치더라도 소인이 살아 있다가 막아 드릴 수 있을까 하여 죽지 않고 지금까지 살아온 것입니다. 그런데 대군 아기씨를 이토록 내주지 않으시니 이제야 죽을 때를 알게 되었습니다."

대비께서 말씀하셨다.

"너희들은 나인인 까닭으로 자식에 대한 어미의 정을 모른다. 나는 차마 내주지 못하겠다."

한편으로 대군을 모시고 있는 나인들이 아기씨를 달래며 말하였다.

"사나흘만 잠시 나갔다가 올 것이니, 버선 신고 웃옷 입고 나를 따라 나갑시다."

영특한 대군이 말하였다.

"죄인들만 드나드는 문으로 데려가려 하는데, 죄인이 버선 신고 웃옷은 입어 무엇 할까?"

"누가 그렇게 말합디까?"

"남이 일러 줘야만 아나? 내가 다 알았네. 서소문은 죄인이 드나드는 문인데 나도 죄인이라 하여 그 문 밖에다 가두려 하는 것 아닌가? 누님과 함께 간다면 모르지만 나 혼자는 못 가겠노라."

대군의 말을 들은 대비는 더욱 서럽게 울었다.

"더 이상 내주지 않거든 나인들을 다 잡아 내라."

날은 늦어 가고 재촉은 불길 같아 기운이 다 빠진 대비는 정 상궁이 업고 공주는 주 상궁이 업고 대군은 김 상궁이 업었다.

대군이 말하였다.

"어머님과 누님께서 먼저 나가시고, 나는 그 뒤를 따르게 하라."

"어찌 그렇게 하라 하시나요?"

"내가 먼저 나가면 나만 나가게 하시고 다른 두 분들은 안 나오실 것이니 나 보는 데서 가오."

대비는 생무명(천을 짠 후에 잿물에 삶아서 뽀얗게 처리하지 않은 원래 그대로의 무명)으로 만든 상복을 입고 생무명 보를 덮고, 두 아기씨는 남빛 보를 덮고서 상궁들에게 업혀 자비문에 다다랐다.

내관 십여 명이 엎드려 아뢰었다.

"어서 빨리 나오십시오."

대비가 말하였다.

"너희도 선왕의 녹을 먹고살았으니 어찌 측은한 마음이 없겠느냐? 내가 십여 년을 왕비 자리에 있으면서도 자식을 얻지 못해 늘 근심을 하던 끝에, 병오년 처음으로 대군을 얻으시고 선왕께서 기뻐하시며 사랑이 비할 데 없으셨다. 그러나 당시는 강보에 싸인 어린 것이기에 무슨 뜻을 두셨겠는가? 자라는 모양만 대견해하시다가 돌아가시니, 내 그때 따라 죽었던들 오늘날 이 서러운 일을 겪지 않으련만, 모두 내가 죽지 못하고 살았던 죄라. 아직 동서도 구별하지 못하는 철없는 것마저 잡아내니, 조정이나 대간(사헌부와 사간원의 벼슬을 통틀어 부르는 말)이나 선왕을 생각한다면 어찌 이런 서러운 일을 할까?"

대비는 너무도 애통해하였다. 내관들도 눈물을 닦으며 입을 열어 여러 말을 하지 못했다.

대전 나인 연갑이는 대비를 업은 나인의 다리를 붙들고, 은덕이는 공주를 업은 주 상궁의 다리를 붙들어 걸음을 옮겨 딛지 못하게 하였다. 그러나 대군을 업은 사람을 앞으로 끌어내고 뒤에서 떠밀어서 문 밖으로 내보내고, 나인들은 안으로 밀어 들이고 자비문을 닫아 버리니, 그 망극함이 어떠하였겠는가.

대군 아기씨만 문 밖으로 업혀 나가 등에 머리를 부딪치고 울면서 어머니를 애타게 부르짖었다.

"어마마마 좀 보게 해 줘."

사람들은 울음소리가 진동하고 눈물이 땅 위에 가득 차 눈이 어른거려 길을 찾지 못하였다.

대군이 문 밖으로 나간 뒤 그 주위를 칼과 화살 찬 군인이 빙 둘러싸고 가니, 그제야 울기를 그치고 머리를 숙인 채 자는 듯이 업혀 갔다.

대비는 하늘을 우러러 애통해하다가 여러 번 기절을 하고, 사람 없는 틈을 타서 목을 매거나 칼로 자결을 하려고 사람들을 모두 내보내라 하였다. 변 상궁이 그 뜻을 짐작하고 밤낮으로 곁을 떠나지 않고 마주 앉아서 여러 말로 위로하였다.

"대군의 나이 이제 열 살도 못 되셨으니 설마 죽이기야 하겠습니까? 바깥소식에 귀를 기울이고 있으면 자연히 안부라도 듣게 될 것이며, 대비께서 살아 계셔야 본가 제사도 맡아 하실 것이요, 소인네들도 살 것이 아닙니까? 안 그러면 늙으신 본가 어른이 누구를 믿고 살아 계시겠습니까? 아드님을 위하여 깨끗이 죽고자 하시나 부모님께 크게 불효가 되는 일이니 친정어머님을 생각하시어 마음을 돌리시고, 잠시 동안 이 서러움을 견디옵소서. 궁궐 문이나 열거든 본가댁 분들을 만나 억울하고 서러운 말씀도 서로 나누소서. 또한 공주 아기씨도 자손인데, 버리고 돌아가시면 어디 가서 누구를 믿고 사시겠습니까. 대군 마마 소식은 아직 모르오나, 대비께서 먼저 돌아가시면 반드시 대군을 죽일 것이며 공주 아기씨 또한 일을 꾸며서 마저 없애 버릴 것입니다. 또한 대비께서 역모를 꾀하다가 발각되어 자결하였노라고 역사책에 올릴 것이니, 지금 처지가 견디기 어려운 지극한 슬픔인 줄은 다시 말할 길 없사오나, 후세에 대비 마마의 이름이 더럽혀 전해질 것을 깊이 생각하시어 애통함을 참으시고 마음을 돌리옵소서."

그러나 대비는 잠시도 쉬지 않고 서럽게 곡을 하시며 음식을 들지 않고 다만 냉수와 얼음만 마실 뿐, 날마다 친정어머님과 대군의 안부를 알아 올리라고 보챘다. 그러나 대군은 무사하시다는 말뿐이요, 어머님 소식은 알 길이 없었다.

이렇게 지낸 지 한 달 만에 대군을 강화로 옮겼으나 알려 주는 이가 없으니, 차츰 대비는 수상히 여기어 새로이 근심하였다. 대군 아기씨가 즐기던 과일이며 고기며 종이, 붓들을 침실에 놓아두고 나인들에게 끝없이 보챘다.

"어찌하여 이리 안부도 알리지 않는고. 필경 무슨 까닭이 있는 것이야. 어서 안부나 알아다오."

하지만 어디 가서 들을 수가 있었겠는가? 대비가 내관에게 물었다.

"안부는 염려 없이 들으리라 하더니 벌써 몇 달째 안부를 모르겠다. 도대체 어디 가 있으며 어찌 약속이 다른고? 임금으로서 설마 속일 리야 있을까 하며 철석같이 믿었더니, 이제 와서 속인 게 분명하니 간 곳이나 고하라."

그러나 아무도 대답조차도 하지 않았다.

한편 영창대군은 아직 강화도를 가지 않았을 때 김 상궁께 업혀 슬픔을 이기지 못해 울면서 보챘다.

"내 발을 씻겨라. 목욕도 시켜다오."

김 상궁이 물었다.

"무슨 일로 목욕은 하려 하십니까?"

"오늘이 며칠이냐?"

"날은 알아서 무엇 하시렵니까?"

"알 만한 일이 있어서 묻는 것이다."

대군이 이 말을 하고 더욱 서럽게 울었다. 그래서 모두가 이상히 여겼더니 과연 유월 스무 하룻날에 강화로 끌려갔던 것이다. 머리가 영특하여 닥칠 화를 미리 알았던 것일까?

대비는 더욱 서러워 음식을 끊고 밤낮 우시는 걸로 세월을 보내더니, 하도 권하는 바람에 콩가루를 냉수에 풀어 간장 종지로 들고 그것도 하루에 한 번씩도 제대로 드시지 않았다. 변 상궁이 울면서 간절히

"목이라도 적시고 우십시오."

하면 겨우 두어 번씩 마실 뿐이었다.

이렇게 계축년, 갑인년, 을묘년까지 삼 년을 콩가루를 꿀물에 탄 것을 하루에 한 번씩만 들면서

"대군의 기별을 알고 싶구나."

하시며, 문안을 오는 내관더러 아무리 말해도 들은 체도 하지 않았다.

광해군이 갑인년 삼월에 내관을 보내어 변 상궁에게 일렀다.

"너희들이 다른 마음을 품지 말고 오직 대비로만 모시고 편안히 살 일이지, 어찌하여 대군을 임금으로 삼으려고 반정을 꾀하였느냐? 이제 살아남은 나인들은 내 말을 잘 듣고 그대로 복종해야지, 그렇지 않는다면 분명히 말해 두려니와 법대로 처단할 것이니 그리 알고 행하도록 하여라. 처음엔 대군을 서울에 두었더니 죄인을 성 안에 두는 게 옳지 못하다고 조정에서 하도 보채어 하는 수 없이 강화 땅으로 옮겼다. 그랬더니 제 목숨이 박명하여 옮긴 지 오래지 않아 죽었다. 죄인의 주검은 찾는 법이 아니라고 조정에서는 내버려두라고 하였지만, 형제간의 의리를 생각하여 비단 자리와 관을 갖추어 극진히 장사 지냈다. 이를 대비가 아시더라도 서러워하실 리 없겠지만, 서울에서 강화로 옮길 때 알지 못하였으니 제 명에 죽었어도 날보고 죽였다고 하실 게 뻔하니 천천히 아시게 하여라. 즉시 여쭙기라도 한다면 너희들을 잡아다 옥에 가두고 집안 사람을

모조리 잡아 죽일 것이니, 너희들만 알고 있다가 때를 보아 너그럽게 생각하시도록 하면 아무런 후환이 없을 것이다. 만일 한숨을 쉬며 서러워한다는 말이 조금이라도 들리면 모두 살지 못할 것이니 그리 알아라."

대군이 돌아가셨다는 말을 듣고 나인들의 서러움이 태산 같았으나 어찌 울음소리인들 낼 수 있었겠는가? 그저 가슴을 두드리고 원통해할 따름이었다.

사월이 되도록 대군이 죽었다는 말을 하지 않았다. 어느 날 대비가 꿈을 꾸었는데 두 젖이 흐르고 모든 사람들이 대군 아기씨를 안아다가 대비에게 안겨 주니 반가워 우시며 젖을 먹이다 꿈을 깨었다.

"어찌하여 이런 꿈을 꾸었을까? 마음이 다시금 놀랍고 온몸이 떨려 진정을 할 수 없구나."

나인들이 말하였다.

"젖이라 하는 것은 아이들의 양식이니, 아기씨께서 장수하셔서 마마의 마음을 즐겁게 하시고 또 서로 만나 보실 좋은 징조입니다."

그 뒤에 또 꿈을 꾸었는데, 대군 아기씨가 대비에게 와 안기며 말하기를

"머리를 빗으며 하늘의 옥경을 보니 인간의 복과 운명이 다 하늘에 달린 줄 알았습니다. 어마마마께서 저를 보지 못하시어 서러워하시나 저는 옥황상제를 뵈었으니……."

하고 울었다. 대비가 붙들며 말하였다.

"어디를 갔었느냐? 나는 너를 잃고 서러워 죽고자 하였는데, 너는 어찌하여 간 곳도 안 가르쳐 주느냐?"

대군이 대답하였다.

"아셔도 아무 소용이 없습니다."

대비가 나인들을 보며 말했다.

"이 어찌 보통 꿈이겠느냐? 죽이고도 나를 속이는 것 같으니 바른대로

말하면 좋을 것이나, 그렇지 않으면 이 서러움을 참지 못해 차라리 죽어서 같은 곳으로 가고자 하노라."

상궁이 서러움을 참지 못하여 말하였다.

"눈물이 흘러 옷이 젖으니 어찌 서러움을 참으며 무쇠 같은 마음인들 참아지겠나이까. 영특한 아기씨께서 안부를 전하려고 애쓰다 못해 이리 꿈에 나타나시니, 인간은 속일 수 있어도 신령은 못 속이나 봅니다."

그 말을 들은 대비가 졸도하여 죽은 듯이 누워 있어 가까스로 냉수로 깨워 정신을 차리게 하였다.

이렇듯 억울하고 서러움을 참을 길 없건만 광해군과 대전 나인들은 갖은 말로 모함하면서 대비와 공주 아기씨마저 죽이려고 온갖 계략을 꾸몄다.

광해군이 말하였다.

"대비의 성질이 사납기 이루 말할 수 없어 우리 대전 마마를 죽이고 대군을 그 자리에 세우려 하다가 들켜 저렇게 잡힌 신세가 된 것이다."

그리고 나인을 시켜 꾀며 말하였다.

"대비를 죽이거나 그 처소에 불을 지르면 너희는 양반이 되어 나가게 해 주겠다."

공주가 마마(천연두)를 앓고 있을 때 사람을 시켜 침전에 불을 질러 하마터면 타 죽을 뻔하기도 했다.

또 대비가 있는 궁에 여러 번 방화하여 그때마다 나인들이 불을 끄니 내관 별장이 모두를 기특하게 여겼다.

명례궁에 갇히어 지낸 지 십 년이 되어 가니 모든 물건이 다 동이 나서 신발창 기울 노끈이 없어 베옷을 풀어 꼬아 깁고, 옷 지을 실이 없으니 모시옷과 무명옷을 풀어 쓰곤 하였다. 부엌칼이 없어 환도를 둘러 끊어서 칼을 만들고, 가위가 다 닳으니 숫돌에 갈아서 날을 만들어 썼다.

하인들은 옷이 없어 낡은 야청옷(검푸른 색 옷)을 뜯어서 흰 것에 드리워 입고 윗사람은 치마 만들 것이 없어 민망히 여기고 살았다. 그런데 짐 승의 똥에 쪽 씨가 들어 있어 심었더니 한 포기 났는데, 한 해 길러 두 해째는 꽤 많이 자랐다. 그래서 겨우 남빛 물감을 들이기 시작했다.

쌀을 씻을 바가지가 없어 소쿠리로 쌀을 이니 까마귀가 박씨를 물어와 한 해 길러 두 해째는 쪽박이 열더니, 세 해째는 중박이 되고 네 해째는 큰 박이 열었다.

겨울을 칠팔년을 지내는 사이에 햇솜이 없어 추워서 덜덜 떨었는데 면화씨가 많이 열려 그것으로 옷에 솜을 넣어 입었다. 또 꿩을 얻어 왔는데 목에 수수 씨가 들어 있어 심었더니 무성히 열려 가을이 되어 수수떡을 만들어 먹을 수가 있었다.

상추 씨가 짐승의 똥 속에 있기에 이를 땅에 심기도 했다. 또한 씨 뿌리지 않은 나물이 침실 앞뜰에 돋아나 기특히 여겨 가꾸어 뜯어 삶아 먹으니 향기롭고 맛이 좋아 모두 먹었다. 꿈에 어떤 사람이 나타나 이르기를

"나물을 못 얻어먹기에 이 나물을 주노라."

하더란다.

대추나무가 몇 그루 있었는데 온통 벌레집이 되어 오래전부터 열매를 맺지 못하였다. 햇과일이 없으나 대비가 부원군을 위하여 제사를 지내고 나니 무오년부터 그 나무가 싱싱해져서 열매가 큰 밤만큼 크게 열리며, 맛조차 기이하게 좋고 어찌나 많이 열렸던지 거의 한 섬이나 땄다.

복숭아를 심지 않았건만 저절로 자라 맛이 예사가 아니더니, 꿈에서 이르기를

"보통 복숭아는 세 해 만에 열매가 열리나 이 나무는 두 해 만에 열매 열게 하였으니 아랫사람이 먹으면 열매 열지 않고 나무도 죽게 되리라."

하였다.

그래서 대비만 드시다가 꿈이니 믿기지 않아 모두 먹었더니 과연 그해

겨울에 나무가 절로 죽더란다. 대비가 시녀를 시켜 밤나무를 심었더니 여러 해 무성하다가 기미년(광해군 33)에 죽어 이상하게 여겼다.

그러자 또 꿈에서 일렀다.

"이 나무가 죽었으나 이상하게 여기지 마라. 다시 살아나리라. 이 나무가 사는 것에 따라 대비께서 다시 살아나시리라."

과연 이듬해 한 가지가 살아나고, 또 이듬해에 한 가지가 살아났는데 다시 꿈에 이르기를

"다 살아나면 좋은 일이 생기리라."

과연 계해년 3월 13일, 오랫동안 닫혔던 명례궁 문이 열렸으니 세상이 바뀐 것이었다. 대비와 공주 아기씨와 충성스런 나인들의 십여 년에 걸친 고초는 드디어 끝났건만, 강화도 외로운 물가에서 가엾이 죽어 간 영창대군과 아버님과 동생들 그리고 억울하게 죽어 간 삼십여 명 나인들의 원혼은 무엇으로 달랠 수 있을까?

인현왕후전(仁顯王后傳)

- 작자 미상 -

작품 정리

　인현왕후전은 조선 시대에 쓰인 작자 · 연대 미상의 구소설이다. 원제는 〈인현 성후덕행록〉이다.

　조선 시대 제19대 왕이었던 숙종이 인현왕후를 폐위시키고 간악한 장희빈(張禧嬪)을 왕후로 세웠다가 다시 폐위시킨 뒤 인현왕후를 복위시킬 때까지의 궁중 비극을 다룬 것으로, 당시 궁중의 음모와 암투가 생생하게 묘사되었다. 얽히고설킨 당쟁에 관련된 사건을 조선시대의 우아한 궁중어로 기록된 〈서궁록(西宮錄)〉, 〈한중록(恨中錄)〉과 아울러 궁정문학의 빼어난 작품으로 평가된다.

　숙종 때 인현왕후와 희빈 장씨 사이의 총애받기를 서로 다투는 내용을 소재로 한 작품으로 조선조 궁중의 염정애사를 그린 내간체 문학이다. 숙종이 인현왕후를 폐위시키고 장희빈을 왕후로 세웠다가 다시 폐위시킨 뒤 인현왕후를 복귀시킬 때까지의 궁중의 비극을 역사적 사실에 입각하여 다룬 것으로 당시의 궁중의 암투가 생생히 나타나 있다.

　인현왕후 민씨는 숙종의 비 인경왕후 김씨가 승하하자 그 계비로 책봉된 후 6년이 지나도록 태기가 없어 왕통을 근심하고 궁중의 비극이 싹튼다. 숙의를 후궁으로 맞이하지만 이미 왕의 총애를 받던 장씨가 아들(후의 경종)을 낳으며 온갖 권모술수로 인현왕후를 폐출시키고 자신이 왕후의 자리로 오른다.

　이 작품은 궁중의 비사를 주로 한 것이기 때문에 궁중소설이라고 칭해지고 있다. 조선시대의 우아한 궁중어를 사용하여 과장이나 생략 없이 이야기를 전개시킨 빼어난 작품으로 〈서궁록(西宮錄)〉, 〈한중록(恨中錄)〉, 〈계축일기(癸丑日記)〉 등과 함께 우수한 궁중문학으로 평가된다.

작품 줄거리

인현왕후는 요조숙녀의 자질을 갖춘 이상적인 여인으로 왕후가 되어 양전 대비께 효양하고, 비빈 궁녀들을 잘 거느리어 조야가 다 존경하고 한없이 어진 분이었으나 자녀를 얻지 못하게 되자 스스로 궁녀 장씨를 천거하여 숙종으로 하여금 후사를 보게 하였다. 그 후 아들을 낳게 된 장씨는 자신의 소생으로 세자를 책봉하고자 하여 갖은 모략으로 민비를 폐출시키고 세자 책봉의 뜻을 이룬다. 그리고 자신도 정비(正妃)의 자리에 오르게 된다.

세월이 흐르고 장씨의 모진 인간성이 드러나고 숙종은 어진 민비를 폐출시킨 잘못을 뉘우치게 된다. 이에 다시 민비를 복위시킨다. 다시 뒷전으로 물러앉게 된 장희빈은 갖은 모략과 무술(巫術)로 민비를 해치려 밤낮없이 계책을 꾸민다.

6년 동안 폐서인 생활을 하였던 민비는 복위 후에도 건강을 되찾지 못한 채 7년 후 숙종이 매우 슬퍼하는 가운데 35세의 짧은 생애를 마감한다. 그 후 장희빈이 민비를 모해했던 일이 백일하에 드러나 사약을 받게 된다.

핵심 정리

갈래 : 궁정 수필(소설체)

연대 : 미상(조선 정조 때로 추정)

구성 : 내간체

배경 : 조선 숙종때 장희빈에 희생된 인현왕후의 일생

주제 : 인현왕후의 교훈적인 행적

출전 : 인현왕후 성덕현행록

인현왕후전

조선조 숙종대왕의 계비(임금의 후비)이신 인현왕후 민씨의 본관은 여흥이고 병조판서 여양부원군 둔촌 민유중(둔촌은 호)의 따님이며 영의정 우암 동춘 송선생의 외손이셨다.

어머니 되시는 송씨가 기이한 태몽을 꾸고 정미 사월 스무사흗날 탄생할 때 집 위에 서기가 일어나고 산실 안에 향기로운 냄새가 은은하여 부모들이 소중히 생각하여 집안 식구들에게 이런 말을 하지 못하게 하였다.

민씨가 장성해가면서 남달리 재주가 뛰어나고 용색이 찬란한 숙녀로 변하고 고금에 비할 데 없었다. 여공(여자들의 길쌈 솜씨)과 몸의 거동 하나하나가 민첩하기 이를 데 없어 마치 귀신이 돕는 듯하였으며 마음 씀이 언제나 한결같이 변함이 없고 숙연하고 희로를 타인이 알지 못하며 무심무념한 듯하고 성질이 부드럽고 성덕이 온화하여 효성이 남달리 뛰어나고 마음 됨이 겸손하여 모든 면에서 뛰어났다. 종일 단정히 앉아 있는 모습이 위연한 화기가 봄볕과 같고 단엄침중(단정하고 엄숙하며 침착하고 무게가 있음)하신 기상이 감히 우러러 뵙기 어렵고 맑고 좋은 골격이 설중매와 같으며 높고 곧은 절개는 한청송백 같으니 부모와 집안 어른들이 사랑하고 소중히 여기며 원근 친척이 다 기이함을 놀라고 탄복하여 어릴 적부터 동경치 않는 이가 없어 그 이름이 세상에 널리 알려졌다.

어느 해인가 세숫물 위에 붉은 무지개가 찬란하게 비침을 보고 아버님 민공이 반드시 귀하게 될 줄 짐작하고 심중에 염려하여 범사 교훈함을 각별히 하였다. 둘째 아버님 노봉(민정중의 호) 민선생이 경학에 통달하고 엄중한 성품임에도 그를 지극히 사랑하여 자기의 자질보다 더 하니 너무 인물이 지나치게 훌륭하면 귀신이 시기를 하여 싫어하는 법이라 저 애가 과연 현명하고 아름다워 수명이 길지 못할까 근심이 되노라고 하셨다.

경신년(숙종 6, 1680)에 인경왕후 김씨께서 승하하시자 대왕대비(현종의 비 명성왕후)께서 곤위(왕후의 자리)가 비었음을 근심하여 간택하는 영을 내리시어 숙녀를 구하는데 청풍부원군(김우명, 현종의 장인) 김공이 후의 덕색을 익히 들어 알고 있어 대비께 아뢰고 영의정 송선생이 상전에 아뢰니 대비께서 크게 기뻐하였다.

길일이 이르러 민공이 위의를 갖추어 대례를 행하시니 이때 상감의 춘추 스물하나라, 좌우 신하들을 거느리고 별궁에 거동하여 옥상의 홍안을 전하고 후의 상교를 재촉하여 황금봉련을 친히 봉쇄하여 대내로 환궁하시니 모두가 세자빈 가례와 달라 대전기구라 용봉기치(용과 봉황을 수놓은 깃발)와 황금절월(금으로 만든 도끼)이며 만조백관이 시위하고 칠보단장한 궁인 시녀가 큰길을 덮어 십 리에 늘어서고 향취 은은하고 가는 퉁소 소리 전차후옹(여러 사람이 앞뒤로 옹위하고 감)하였으니 그 웅장 화려함은 가히 짐작키 어려울 정도였다.

후께서 즉위 하신 뒤 두 분 전대비마마를 효양하시며 하늘에 빼어난 효성 동동촉촉(공경하고 삼가서 매우 조심스러움)하시고, 상을 받들어 궁안을 다스리시며 덕으로써 인도하시고 유순하며 정정하고 비빈궁녀를 거느리시며 은애가 병행하여 선악과 친소를 사이 두지 않으며 사람을 아끼고 사랑하는 화기가 봄 동산 같으시어 만물이 다시 살아나는 듯하고 예절과 법도가 엄숙하고 강직하시며 감히 우러러 뵙지 못하고 대궐 안에 있는 사람들이 모두 성덕을 존경하여 예도가 숙연하며 입궐하신 지 서너 달에 궐 안이 화기애애하니 두 분 대비께서 극진히 애중하시고 국가의 복이라 축수하며 상감께서도 공경중대하시며 조야가 모두 흠복하였다.

궁인 장씨가 비로소 후궁에 참예하여 희빈으로 봉하시니(숙종 15) 간교하고 약삭빨라 임금님의 뜻에 잘 영합하니 상께서 극히 총애하시더니 무진년(숙종 14) 정월 임금님의 춘추 삼십이 되셨건만 아들을 얻지 못함을 근심하자 후께서 조용히 상께 아뢰어 어진 후궁을 뽑으시어 자손 두심을 권하시니 상이 처음에는 허락지 않으시다 후께서 날마다 힘써 권하시니 드디어 숙의 김씨를 뽑아 후궁에 두시자 후께서 예로 대접하시고 은혜로 거느리시니 궁중이 그 덕을 외우고 선행을 일러 탄복치 않는 이가 없었다.

무진년 시월 희빈 장씨가 처음으로 왕자(후에 경종)를 탄생하니 상께서 지나치게 사랑하고 후도 크게 기뻐하여 어루만져 사랑하심은 당신이 낳으신 친자식과 같이 하였다. 장씨가 자기분수를 지키고 있었더라면 영화가 가득할 것이지만 방자한 마음이 불 일듯 하니 중궁의 성덕과 아름다움이 일국에 솟아나고 인심이 쏠림을 시기하여 남몰래 가만히 제거하고 대위를 엄습코자 하니 그 참람한 역심이 더하여 날마다 중궁전을 참소하기를 태어난 왕자를 독을 탄 술을 먹여 죽이려 한다느니, 희빈을 저주한다느니 하여 국모를 헐뜯고 모함하여, 간악한 후빈들을 모아 소문을 퍼뜨리고 자취를 드러내어 상이 보시고 들으시게 하여 예로부터 악인을 의롭지 않게 돕는 자가 있다는 그런 흔한 일이 일어난 것이었다.

중궁을 간해하는 말이 날이 지날수록 심해지자 상께서 점점 의심하여 중궁을 아주 박대하시고 장씨는 요악한 교태로 상감의 마음을 영합하며 왕자를 방패삼아 권세가 대단하니 상께서 점점 장씨의 사랑에 혹하여 능히 흑백을 광명하시던 성심이 아주 변감하여 어진 신하는 모두 물리치고 간신을 쓰니 조정이 그윽이 의심하고 후께서 깊이 근심하시고 장씨의 사람됨이 반드시 변괴를 낼 줄 알지만 왕자의 당당한 기상이 있는지라 깊이 생각하시고 만행히(아주 다행히) 여기사 사색(말과 얼굴빛)을 나타내지 아니하고 갈수록 숙덕성을 행하시더니 이듬해 정묘년 숙종 13년에 여양부원군이 돌아가시자 후께서 망극 애통하시어 장례를 지내시되 육찬과 맛있는 음식을 가까이 아니하시고 애절하게 슬퍼하심을 마지아니하시되 상께선 이미 결정하신 뜻이 계신 고로 발설치 않으시나 민간에 소문이 중궁을 폐위하신다 하더니 이해 사월 스무사흗날은 중궁전 탄일이라, 여러 궁과 내수사에서 단자를 드리니 상께서 단자를 내치시고 음식을 모두 물리치시며 대신과 2품 이상의 신하들을 인견하신 자리에서 폐비함을 전교하시니 좌승지 이이만이 불가함을 간하자 상께서 크게 노하여 이이만을 파직하고 또 이만원이 상께서 실조하심을 간하니 상께선 더욱더 노여워하시어 대신, 중신 사십여 인을 먼 고을로 정배하고 또 비망기를 내리니 조정이 깜짝 놀라 일시에 정청(정사를 보는 곳)을 배설(차려 놓음)하고 다투는 체하나 실정은 아니었다. 간신의 간언이 방성하여 상의 뜻에 영합하고 후궁의 간사한 기운이 상의 총명을 가리니 양과 같이 선량한 충신의 간언이 어찌 효험이 있으랴.

이때에 응교(홍문관, 예문관 소속의 정4품 벼슬) 박태보가 모든 서리들에게 사발통문을 놓아 한가지로 상소할 때에 상께서 상소문을 보시고 크게 노하시어 특지로서 추국하시고 횃불이 궐내에 가득하고 내외에 떠들썩하고 소리가 진동하였다. 상께서 어좌에 앉으시어 크게 소리 지르고 응교더러 일러 말씀하시기를,

"내 네놈을 자식처럼 어여삐 여긴지 오래거든 네 갈수록 이렇듯이 하는고? 전부터 나를 범하여 독살을 부리니 괘씸하게 여기면서도 여태껏 모른 체했으나 이제는 죽는 줄 알라. 이제 나를 배반하고 간악한 부인을 위하여 무슨 뜻을 받아 간특 흉악한 노릇을 하는가?"

응교가 엎드려 정색하여 아뢰기를,

"전하, 어이 이런 말씀을 차마 하시나이까? 군신 부자 일체라 하오니 아비 성품이 과하여 애매한 어미를 내치고자 하면 자식이 어이 살고 싶은 뜻이 있겠습니까? 이제 전하께서 무고한 처사를 하시니 곤위 장차 편

안치 못하시게 되오니 의신이 망극하여 오늘날 죽음을 청하여 상소를 드리오니 어찌 전하를 반하여 올 뜻이 있으오리까? 중궁을 위해 온 일이 전하를 위하여 온 일이오니, 전하를 모셔온 중궁이 아니시나이까?"

상께서 더욱 노여워하시어 이르시기를,

"급급 결박하라. 네 갈수록 나를 욕하는도다. 내 우선 형문을 치려니와 압슬(죄인을 움직이지 못하게 하고 무릎 위를 압슬기로 누르거나 무거운 돌을 올려놓던 일) 화형 기구를 차려라."

형문 두 체 맞았는데 첫 체에 헤이지 않은 것이 여 네 번이요. 둘째 체에 헤이지 않은 것이 아홉이니 모두 합하면 세 체를 맞은 꼴이 되며, 살이 미어지고 핏방울이 튀어 바지에 잠겨 손으로 짜게 되었건만 응교는 아픈 사색을 아니 하였다.

상께서 이르시기를

"급히 압슬하라."

하시므로 응교 대답하여 아뢰되,

"의신은 오늘날 죽음을 정하였거니와 전하께서 일을 이렇듯이 하시니 후일 망국지주 되실 것이니 그를 서러워 하나이다."

상께서 명하시기를,

"잔말 말고 압슬하라."

압슬 기구를 차려 그날 즉시 압슬할 새, 널을 놓고 자갈을 가득히 널 위에 깔고 형문 맞은 다리를 그 위에 앉히고 그 위에 자갈 모은 것 두 섬을 붓고 다리를 못 드는 데를 좌우로 푹푹 막대기로 쑤시고 그 널을 위에 덮고 상하머리를 잔뜩 졸라맨 건장한 나졸이 한 머리에 셋 씩 올라서서 질근질근하는 소리, 소리치며 널뛰듯 발을 굴러 비비기를 한 채에 열세 번씩 하여, 속이지 말고 바른대로 아뢰어라 일시에 소리 지르니 응교는 더욱 안색을 동하지 않고 한 번도 앓는 소리를 내시 않으니 상께서 더욱 크게 노하시어

"저놈이 지독하게 독살을 부리니 바삐 화형을 행하라."

"의신이 듣자오니 압슬, 화형은 역적 물으실 적에 쓰는 형벌이라 하오니 의신이 무슨 역적의 죄가 있습니까?"

"너의 죄는 역적보다 더하니라."

화형을 여러 차례 하니 다리가 다 벗어지고 힘줄이 오그라져 보기에 참혹한 터이라 상감께서 오래 보심을 아니꼽게 여기어 이에 대전으로 들어가시며,

"절도에 위리안치하라는 어명을 내리신다.

이때 후께서는 부원군 상을 당한 뒤 지나치게 애통해 하신 나머지 옥체 종종 편찮으시더니 좌우에 모시고 있는 상궁이 이 말씀을 듣고 대성통곡하여 빨리 들어와 후께 아뢰니, 후께서 하나도 안색을 변치 않으신 채 크게 탄식하여 이르기를,

"또한 천수로다, 누구를 원망하리요, 그대들은 언행을 조심하여 어명을 받들도록 하라."

하시고 조금도 마음에 흔들림이 없으셨다. 명안공주께서 이 변을 들으시고 여러 고모 대장공주와 함께 크게 놀라 상게 조현하고 후의 숙덕선행과 참언이 간사한 것이라 밝히고 대왕대비께서 사랑하시던 바를 주하여 눈물이 좌석에 떨어지고 간언이 지극하고 통언이 격렬하나 상께서 통불윤하시어 공주들이 탄식하고 물러 나오는 수밖에 없더라.

공주들이 후를 뵙고 오열 비탄하여 옷을 잡고 흐느껴 우시며 능히 말씀을 이루지 못하니 후께서 위로하여 말씀하시기를,

"화와 복이 하늘의 뜻에 달려 있으니 나의 복이 없고 천한 탓인즉 다만 어명대로 받들어 모실 따름이라, 누구를 원망하리오마는 공주 이렇게 깊이 생각하여 주시니 은혜 잊을 길이 없소이다."

공주 그 덕망을 새삼 탄복하고 부운이 잠시 성총을 가렸으나 성상이 현명하오시니 오래지 않아 깨달으시고 뉘우치실 바를 일컬으시고 후를

붙들고 눈물이 비 오듯 하니 무수한 궁녀가 다 울고 차마 떠나지 못하더니 이튿날 감찰 상궁이 상명을 받자와 침전에 이르러 중궁께 하는 전교를 아뢰니 후께서 천연히 일어나서 예복을 벗고 관과 비녀를 끄르시고 중계로 내려오셔 전교를 듣잡고 즉시 대내를 떠나 나오실 새 궁중이 통곡하여 곡성이 낭자하였다.

이때 선비 오십여 명이 요금문 앞에 대령하였고 백여 명은 구화문 앞에 엎디어 상소를 드리고 호읍하더니 후의 출궁하심을 보고 대경 망극하여 미처 신을 신지 못한 채 버선발로 따라와 모여 일시에 방성대곡하니 선비 이백여 명은 안국동 본곁 문밖까지 따라와 우니 천지가 진동하고 백성들은 남녀노소 할 것 없이 길을 막고 통곡하여 각 전시정(가게를 차리고 물건을 파는 사람)이 다 저자를 파하고 서러워하니 초목검수가 다 서러워 수심 띤 구름이 하늘에 가득하고 일색이 빛을 잃더라.

후께서 본가로 나오시니 부부인이 마주 나오시어 붙들고 통곡하시니 후도 부원군 옛 자취를 느끼어 애원통곡하시고 이윽고 부부인께 고하여 이르시되,

"죄인의 몸으로 친족을 보니 안연치 못할 것이니 나가소서."

하고 권하시니 부인과 다른 부인네들도 통곡하여 마지못해 나가신 후, 당일로 명하여 안팎 문들을 모두 봉쇄하고 본가의 비복들은 한 사람도 두지 않으시고 다만 궁녀만 두시고 정당을 폐하시고 아래채에 거처하시니 궁녀들은 본가에서 들어간 궁인이요 삼인은 궐내의 궁인으로서 죽기를 무릅쓰고 나온지라, 후께서 이르기를 궁녀 시녀 거느릴 수 없으니 돌아가라 하나 죽기를 각오하고 떠날 수 없다 하니 후께서 그 정성에 감동하시어 그냥 내버려두시니 집은 크고 사람은 적어 각방이 다 비어서 봉쇄하고 휘휘 고적하여 인적이 끊겼으니 금궐옥전의 번화부귀만을 보아오다가 슬프고 한심함을 이기지 못해 서로 대하여 탄읍하며 흐느껴 울다가 후의 천연정숙하신 양을 뵈오면 감히 슬픈 사색을 내지 못하곤 하

더라.

추칠월이 지나도록 창호와 사벽을 바르지 않으시고 넓은 동산과 집의 풀을 매게 아니 하니 사람 한길만큼 자라 인적이 끊겼으나 귀신과 망령이 날이 저물면 예사 사람과 같이 다니니 궁인이 움직이지 못하고 두려워하더니, 하루는 난데없는 큰 개 한 마리가 들어오니 모양이 추한지라 궁인들이 쫓되 또 들어오고 다시 쫓으니 또 들어오니 후께서 이르시기를,

"그 개가 출처 없이 들어와 쫓아도 가지 않으니 괴이한지라 내버려두어 그 하는 양을 보아라."

하시자 궁인들이 밥을 먹이며 두었더니 십여 일 뒤 새끼 셋을 낳으니 가장 크고 모진지라, 이후는 날이 저물어 망령의 불과 도깨비의 자취 있으면 네 마리의 개가 함께 짖으니 잡귀 급히 물러나가 종적을 감추니 그로 인하여 집안이 편안한 지라, 무지한 짐승도 도움이 있거든 하물며 신민을 잊으랴만 후 폐출하신 뒤로 조정에선 기뻐하는 소인이 많으니 도리어 금수만 못하리로다.

이보다 앞서 상께서 민후를 폐출하시고 희빈 장씨를 왕비로 책봉하여 곤위에 오르게 되어 궁중이 조하를 받게 하니 궁내에 있는 모든 사람들이 궁중이 이렇듯이 됨을 서러워하고 장씨의 참혹한 처사를 분하게 생각하되 조정안에 어진 사람이 없으니 누가 감히 말을 하리오. 그윽이 원분을 품고 눈물을 머금고 조하를 마치니 희빈의 아비로 옥산부원군을 봉하고 빈의 오라비 장희재로 훈련대장을 시키니 나라 백성들이 모두 한심하게 여기고 기강이 흩어져 팔도의 인심이 산란하여 별별 소문이 다 도니, 대개 예로부터 성제명왕이라도 한번은 참소하는 말을 귀담아 듣기가 쉬운 법이거니와 숙종대왕과 같은 문무를 겸하신 어진 임금으로도 장씨에게 이다지 하사 국가의 체면을 손상하심은 실로 뜻밖의 일이 아닐 수 없더라.

이듬해 경오년(숙종 16, 1690)에 장씨의 생자로서 왕세자를 책봉하시니 장씨 양양자득하여 방약무인하니, 이러므로 발악을 일삼아 비빈을 절제하고 궁녀를 엄형하며 포악한 말과 교만한 행실은 말로 다할 수 없더라. 궁중에 기강이 없어지고 원망이 하늘을 찌르는 터라 장희재 욕심이 많고 고약하여 팔도에서 재물을 긁어들이나 말할 이가 아무도 없더라.

이렇듯 삼사 년이 지나니 천운이 순환하여 흥진비래에 고진감래라, 부운이 점점 걷히매 태양이 다시 밝아오니 성총이 깨달음이 계시어 민후의 억울하심을 알고 장희빈이 요음간악함을 깨치시어 의심이 가득하시니 대하시는 기색이 전과 다르시고, 서인들이 후의 삼촌 숙질을 다 처벌하시라고 날마다 아뢰기를 수년에 이르렀으되 상감께서 마침내 불윤하시니 이러므로써 민씨 일문이 보존되었더라.

장씨 적이 상감님의 뜻을 헤아리고 크게 두려워서 오라비 희재로 더불어 꾀하여 갑술년(숙종 20, 1694)에 묵은 옥사(숙종 6년에, 당시 영상인 허적의 서자 허견이 복선군을 끼고 역모한다고 서인 김석주, 김만기 등이 고발하여 남인 일파를 몰아낸 사건. 경신출척)를 다시 일으켜 어진 이를 다 죽이고 폐비에게 사약하려고 하니 변이 크게 나매 상께서 짐짓 그 하는 양을 보시고 궁중기색을 살피사 망연히 간인의 흉모를 깨달으시어 즉일에 당각의 국유를 뒤치시니, 간사한 신하들을 다 물리치시고 옛 신하들을 불러 쓰실 새 갑술년 삼월에 대전별감(임금을 직접 모시는 직책으로 궁중의 액정서에 소속됨)이 세 번이나 안국동 본가를 둘러보고 들어가더니 사월 초아흐렛날에 비망기를 내리시어 폐하신 중궁의 무죄하심을 밝히시고 별궁으로 모시라 하시고, 어찰을 내리어 상궁별감과 중사를 보내시니 후께서 사양하여 이르기를,

"죄인이 어찌 외인을 인접하여 감히 어찰을 받으리오."

하시고 문을 열지 않으시고 연 삼일을 별감이 문밖에서 밤을 새우고 문 열어주시기를 청하되 마침내 요동치 않으시니 이대로 복명하니 상께

서 어렵게 여기시고 또한 답답하시어 예조당상으로 문 열기를 청하게 하나 종시 허락지 않으시니 예조와 승지, 국체가 그렇지 않음을 아뢰되 듣지 아니하시는 고로 상께서 민부에 엄지를 내리시어,

"이는 임금을 원망하는 일이라, 빨리 문을 열게 하라."

하시니 민부에서 황공하여서 간을 올려 수 없이 간하되 종시 열지 않으시는 고로 또 수일 후에 이품 벼슬하는 신하를 보내어

"문을 여소서"

하니 중신이 말씀을 아뢰되 사체 그리 못하실 줄로 누누이 밝히고 개문을 청하니, 후 궁녀를 시켜 전하여 이르시기를,

"죄인이 천은을 입어 일명이 살았을즉 이 집이 죄인의 뼈를 감출 곳이라, 어찌 국명을 받자오며 번화히 사람을 인접하리오. 사명이 여러 번 내리시니 더욱 불안하여이다."

사관이 절하여 명을 받잡고 재삼 간청하여 민부에 두 번 엄지를 내리시니 큰 오라버님 되시는 판서 민공이 황송하여 후께 간절히 권하니 겨우,

"바깥문만 열라."

하시고, 사월 스무하룻날에야 비로소 대문을 여니 초목이 무성하여 사람의 키와 같은지라, 상명으로 발군 풀을 베며 들어가니 풀 이끼 섬돌위에 가득하고 먼지와 창호를 분별치 못하니 사관이 탄식하여 눈물을 흘리더라.

상께서 입궁 택일하라 하시니 사월 스무이렛날로 아뢰니 상께서 명관 중사를 보내어 입궐하심을 전하시니 후께서 크게 놀라 사양하시며 이르시되,

"천은이 망극하여 천일을 보고 부모와 동생을 만나보게 된 것도 바랄 수 없던 노릇이려니와 어찌 감히 궐내에 들어가 천안을 봐오리오."

굳이 사양하시고 예물을 받지 않으시니 상께서 엄지를 민부에 내리시

고 대신이며 중신들이 문밖에 청대하고 어찰을 하루에 사오 차씩 내리시자 후께서 그윽이 마지못해 예복을 입으시고 입내하실 새, 작은 오라버님 민정자의 딸이 여덟 살에 들어와 이미 열세 살이 되니 후의 가르치심을 받아 언어행동과 성품이 아름다운고로 차마 떠나지 못하고 손을 잡고 우시니 민 소저 또한 음읍하여 굳이 참지 못하는지라, 좌우가 다 눈물을 뿌려 위로하는 것이더라.

황금채련을 드리니 물리치시고 교자를 들이라 하시니 상께서 듣지 않으시리라 하고 사관이 청대하고 모든 일가들이 떠들어 권하니 마지못하여 연에 드시고 사람들이 대로를 덮고 칠보단장한 궁녀 벌여 섰고 각 군문대장이 수천을 거느려 호위하고 대신과 백성이 시위하여 입궐하니 예의규모 존중하여 복위하실 줄 알아 향취 웅비하고 광채 찬란하며 천기화창하여 혜풍이 일어나고 상운이 하늘에 가득하니 장안 백성이 영락하여 즐겨 뛰놀고, 한편 옛일을 생각하고 눈물을 흘리며 향년에 가마에 흰 보 덮어 나오실 때 궁인과 선비 통곡하여 따라가던 일을 생각하며 어찌 오늘날이 있을 줄 알았으리요. 이는 전혀 민후의 원여와 덕망으로 덕을 본디 깊이 쓰시고 고초 중 처신을 아름답게 하여 천의를 감동하심이라 여러 부인네들 기쁘고 한편 슬퍼 혹 울고 혹 웃더라. 상께서 한편 반기시나 옛일을 생각하시고 감창하심을 이기지 못하여 봉안에 눈물을 흘리시며 용포 소매를 적시니 좌우 대신들이 일시에 눈물을 흘려 우러러 뵈옵지 못하더라.

이때에 희빈이 오래도록 대위를 차지하여 천만세나 누릴 줄 알았다가 흔연히 상감께서 일각에 변하여 국유를 뒤엎고 폐후께 상명이 연락하여 즉일 복위하셔서 들어오심을 듣고 청천벽력이 일신을 분쇄하는 듯 놀랍고 앙앙 분통함이 흉중에 일천 잔나비 뛰노는 듯하니 스스로 분을 이기지 못하여 시녀에게 전하여 말하기를,

"내 오히려 곤위에 있거늘 폐비 민씨 어찌 문안을 아니 하느냐? 크게

실례하여 방자함이 심하도다.”

궁녀 이 말 아뢰니 후께서 어이없어 못 들으시는 듯 사기 태연하시고 안색이 정정하여 답언이 없으시니, 이때 상께서 후와 더불어 나란히 앉아 계시다가 후의 기색을 살피시고 지난날이 다 맹랑하여 스스로 혼암함을 부끄럽게 여기시고 장씨의 방자함을 통탄하여 즉시 외전에 나오셔서 그날로 전지하사 후를 복위하시고 여양부원군을 복관작하시고 후의 삼촌 좌의정이 벽동 적소에서 졸하신 고로 복관작 추증하시고 그 자손에게 옛 벼슬을 주시고 새 벼슬을 높이시며 장씨 아비는 삭탈관직하시고 빈의 옥책을 깨치시고 장희재를 제주 안치하라 하시고 내시에게 전교하여 빈을 소당으로 내리고 큰 전각을 수리하라 하시니 궁인과 중시가 전지를 전하고 바삐 내리라 하니 장씨 대로하여 고성대질하여 말하되,

“내 만민의 어미요 세자 있거늘 어찌 너희가 무례히 굴리오. 내 부득이 폐비의 절을 받고 말리라.”

하고 악독을 이기지 못해 세자를 난타하니 상께서 들으시고 친히 납시니 바야흐로 장씨 수라를 받았더니 상감을 뵈옵고 독악이 요동하여 얼굴이 붉으락푸르락하여 말하기를,

“하루라도 내 위에 있거늘 폐비 문안을 안 하며 내 무슨 죄로 하당에 내리라 하시나이까?”

상께서 용안이 진노하여 이르시기를,

“어찌 감히 문안을 받으며 또 어찌 이 자리를 길게 누리리오.”

장씨 문득 밥상을 박차고 발악하여 말하되,

“세자 있으니 내 어찌 이 자리를 못 가지리오. 내려도 기어이 민씨의 절을 받고 내리리라.”

수라상을 산산이 헤쳐 방안에 흩어지니 좌우가 악착한 담을 어이없이 여기고 상께서 해연대로 하시어.

“빨리 장씨를 끌어내리라.”

하시니 궁중이 다 절분하던 차상의 뜻을 알고 황황히 달려들어 장씨를 끌어 업고 총총히 단에 내려 소당으로 가니 장씨 발악하며 중궁전을 욕설하여 마지않으니 상께서 즉시에 내치시고 싶으나 전후의 일이 너무 편벽하고 세자의 낮을 보아 내버려 두시니라.

다시 길일을 택하여 예의를 갖추어 후를 청하여 곤위에 오르시게 하니 후께서 세 번 사양하시다가 마지못하여 법복을 갖추시고 곤위에 오르신 후 상에 내려 상께 사은하시니 법도가 숙연하시고 광채 찬란하여 전보다 배승하시더라.

희빈의 간악함은 그지없으나 세자의 안면을 보아 희빈을 존봉하시고 궐내 취선당에 거처케 하시니 제 죄를 짐작하고 지극히 감격할 바로되 장씨 외람히 곤위에 있어 일국이 추존하고 상총이 온전하다가 졸지에 폐출하여 희빈으로 내리니 앙앙 분노하고 화심이 대발하여 전혀 원심이 곤전에 돌아가니, 불순한 언사 포악하고 화를 이기지 못하여 세자를 볼 적마다 무수히 난타하여 마침내 골병이 드니 상께서 대로하시어 세자를 영숙궁에 가지 못하게 하시고 정전에서 놀게 하시니 세자 이따금 아뢰기를,

"어이 어미를 보지 못하게 하시나이까?"

하고 눈물을 흘리니 상께서 위로하여 중전 슬하에 두시니 후께서 심히 사랑하시는 고로 세자 제 어미를 더 이상 생각지 않으시더라.

장씨는 요사스런 무녀와 흉악한 술사를 얻어 주야로 모의하여 영숙궁 서편에 신당을 배설하고 각색 비단으로 흉악한 귀신을 만들어 앉히고 후의 성씨와 생월생시를 써서 축사를 만들어 걸고 궁녀에게 화살을 주어 하루 세 번씩 쏘아 종이가 해지면 비단으로 염을 하여 중전 시체라 하고 못가에 묻고 또 다른 화상을 걸고 쏘아, 이러한 지 삼년이 되나 후의 신상이 반석 같으시니 더욱 앙앙한데 희재의 첩 숙정은 창녀로 요악한 자라 죄가 극심하여 정실을 모살하고 정처가 되었더니 장씨 청하여 의논하

니 이는 유유상종이라, 궁흉극악한 저주 방정을 다하여 흉한 해골을 얻어 들여 오색비단으로 요귀 사귀를 만들어 밤중에 정궁 북벽 섬돌 아래 가만히 묻고 또 채단으로 중전의 옷 일습을 지어서 해골을 가루로 만들어 솜에 뿌려 두었으니 누구라 그런 흉모를 알았으리요. 옷 사이와 실마다 극악이 방자를 하여 거짓 공손한 체하고 편지하여 중전께 드리니 간곡하신 말씀으로 그 정성을 위로하시고 받지 않으시거늘 하릴없어 기회를 얻으려고 두고 날마다 신당 축원과 요술 방정이 천만 가지로 그칠 적이 없으나, 이른바 사불범정이요 요불승덕이라 하였으되, 예로부터 손빈이 방연을 해하였는고로 액운이 불행한 때를 당하여 요얼이 침노하니 중전께서는 경진년(숙종 26, 1700) 중추부터 홀연히 옥체 편찮으시어, 각별히 극중하심도 없고 때때로 한열이 왕래하고 야반이면 골절을 진통하시다가는 평시와 같은 때도 있고 진뢰 무상하신 것이더라.

궁중이 크게 근심하고 상께서 깊이 염려하여 민공 등을 내전으로 인격하시어 병증을 이르시고 치료하심을 극진히 하시되 조금도 효험이 없고, 겨울을 지내고 다음해 봄이 되니 후의 백설 같은 기부가 많이 손색되시어 때때로 누른 진이 엉기었다가 없어졌다가 하니 의사들이 다 병을 측량치 못하더라.

상께서 전일에 심히 상하신 마음으로 하여 고질이 되심인가 하여 더욱 뉘우치시고 애달파하시며 후의 기상이 너무 맑고 빼어나시니 행여 단수하실까 염려하여 용침이 능히 편치 못하시니 후께서 불안하여 매양 아픈 것을 굳이 나타내지 않으시고는 하더라.

장씨 후의 이러하신 줄 알고 요행이 여겨 못된 짓 더욱더 하니 여름 사월에 후의 탄일이 되시니 상감께서 하교하사 대연을 배설하시어 민씨 일가 부인네를 모아 즐기게 하시니 이는 후의 병환이 진퇴 무상하심에 여한이 없게 하고자 하심에서더라.

후께서 장씨가 보낸 옷을 비록 입지는 않았으나 전중에 두었는지라 요얼이 밖으로부터 침노하고 또 방안에 살기가 성하니 이해 오월부터는 병환이 중하게 되시어 옥체를 가누시지 못하시니 민공 형제 척연 감읍하여 지성으로 치료하며 의관을 밖에서 등대하고 안에서 백 가지로 다스리되 추호도 효험이 없고 점점 더하시니 이는 신상으로 솟아나신 병환이 아니라 사질이 왕성하고 저주의 독이 골수에 스몄거늘 백초의 물로 어찌 제어할 수 있었으랴!

낮이면 맑은 정신이 계셨다가도 밤마다 더욱 중하시어 잠꼬대를 무수히 하시고 증세 괴이하나 능히 그 연유를 알지 못하니 칠월에 별증을 얻어 위독하심에 명이 조석에 달려 있는지라 일궁이 진동하고 조야가 망극하여 천신께 빌며 북두칠성 제를 올리되 세자께서 친히 임하시니 이토록 그 정성이 아니 미친 곳이 없으나 병환은 더욱 중해지실 뿐인지라 상께서 침식을 폐하시고 근심하여 용안이 초췌하시니 후 미력하신 경황 중에서도 몹시 염려하여 위로하시더라.

후 스스로 회춘하지 못하실 줄 아시고 의녀를 물리치시고 의약을 들지 않으시며 좌우 사랑하던 시녀를 돌아보며 이르시기를,

"내 이제 살지 못하리니 너희들 지성을 무엇으로 갚으리? 너희들은 내 삼년상 후에 각각 돌아가 부모 형제들을 보며 인륜을 갖추고 살다가 죽어 지하에서 모이기를 기약하자."

좌우 천만뜻밖의 하교를 듣고 망극하여 일시에 낯을 가려 체읍하고 눈물이 쏟아져 목이 메어 능히 대답을 못하더라.

후께서 명하여 전각을 소쇄(먼지를 쓸고 물을 뿌림)하고 향을 피우고 궁인에게 붙들려 세수를 정히 하시고 양치질을 하시고 새 옷과 새 금침을 갈아입으시고 궁녀를 시켜 상을 청하시니 상께서 들어오시고 후께서 의상을 정돈하시고 좌우로 붙들려 앉아 계심에 궁인들이 다 망극하여 슬픈 빛이더라.

상감께서 당황하신 후 곁에 가까이 다가앉으시며 이르시기를,

"어이 이렇듯 몸조리를 않으시느뇨?"

후께서 문득 옥루를 흘리며 아뢰기를,

"신이 곤위에 있어 성상의 천은으로 영복이 극진하오니 한하올 바 없으나 다만 슬하에 골육이 없어 그림자 외롭고 성상의 큰 은혜를 만분지일도 갚지 못하고 오히려 천심을 손상하시게 하고 오늘날 영원히 결별을 고하니 구천지하에서도 눈을 감지 못하오니 원하옵건대 성상께서는 박명한 첩을 생각지 마시고 백세안강 하소서."

상께서 크게 서러워 용루를 흘리며 이르시기를,

"후께서 어찌 이런 불길한 말씀을 하시느뇨?"

하시고 말씀을 능히 이루지 못하고 용포 소매가 젖으시니 후께서 정신이 황란하시나 어찌 상의 슬퍼하심을 모르시리요. 눈물을 흘리시고 길게 한숨 지며 말씀하시기를,

"성상은 옥체를 보중하사 돌아가는 첩의 마음을 평안케 하시고 만민의 폐를 덜으소서."

세자와 왕자를 어루만지시고 후궁과 비빈을 나오라 하여 말하기를,

"내 명운이 불행하여 육년 고초를 겪고 다시 성은이 망극하여 곤위에 올라 세자와 왕자와 더불어 조용히 여생을 마칠까 하였더니 오늘날 돌아가니 어찌 명박하지 않으리오? 그대들은 나의 박명을 본받지 말고 성상을 모셔 만수무강하라."

연잉군(영조대왕의 처음 책봉된 이름)이 이때 팔 세시니 손을 잡고 서러워하여 말씀하시기를,

"이 애 영특하여 내 극히 사랑하였더니 그 장성함을 보지 못하니 한이로다."

하시고 비빈을 물러가게 하시고 오라버님 내외와 조카네 사촌들을 인견하여 오열 비창하심을 금치 못하시니 민공 등이 배복 오열하여 능히 말을 못하는지라, 상께서 이 거동을 보시고 천심이 미어지고 꺾어지는

듯 차마 보지 못하시더라.

좌우에서 미음을 올리니 상께서 친히 받아 용루를 머금고 권하시니 후께서 크게 탄식하시고 두어 번 마시고 상께서 친히 부축하여 베개를 바로 누이시더니 이윽고 창경궁 경춘전에서 엄연 승하하시니 신사년(숙종 27) 추팔월 열나흗날 사시요 복위하신 지 팔년이요 춘추 삼십오 세시더라.

궁중에 곡성이 진동하여 귀신이 다 우는 듯 궁녀 서로 머리를 맞대어 망망히 따르고자 하니 하물며 상께서도 과도히 슬퍼하며 손으로 난간을 두드리며 하늘을 우러러 방성통곡하시니 용안에 두 줄기 눈물이 비 오듯 하사 용포가 마치 물을 부은 것같이 젖었으니 궁중이 차마 우러러 뵙지 못하였더라.

섣달 초여드렛날로 장례일을 정하시니, 오 슬프다, 사람의 수명은 인력으로 못한들 후의 현철성덕으로도 마침내 무자하시고 단수하심이 더욱 간인의 참화를 입으시니 어찌 순탄한 일생을 누리셨다고 하오랴마는 어진 사람도 복을 누리지 못하거든 하물며 악인이 종시 안향함을 얻을 수 있으리오.

장희빈이 후를 중궁전이라 아니 하고 민씨라고 부르며 중궁 이야기를 할 양이면 말머리에 반드시 이를 갈며 잡귀 요괴로 이 세상에 용납지 못하리라 하고 날마다 무녀와 술사를 시켜 축원하더니 마침께 후께서 승하하시자 크게 기뻐하여 두 손 모아 하늘에 빌고 이수가 애애하여 양양자득하고 신당을 즉시 없앨 것이로되 여러 해 동안 위하였으니 갑자기 없애는 것이 세자와 빈에게 해롭다 하고 무녀와 술사들이 상의하여 구월 초이렛날 굿하고 파하려고 그대로 두었더니 이 또한 제 인력으로 못할 일이었던가 하더라.

이때 상께서 왕비를 생각하시고 모든 후궁을 찾지 않으시고 지나치게 슬퍼하고 조석으로 애통하며 용안이 초췌하시니 제신들이 간유하온즉

상께서 초연히 탄식하시며 말씀하시기를,

"과인이 부부지정으로 슬퍼함이 아니라 그 덕을 생각하고 성품을 잊지 못하여 서러워함이로다."

하시니 제신이 모두 감창해 마지않더라. 구월 초이렛날 석전(염습한 날로부터 장사 때까지 저녁마다 신위 앞에 제물을 올리는 의식)에 참례하시고 돌아오시니 추기는 서늘하고 초승달이 희미한데 귀뚜라미 소리조차 일어나 심사 더욱 처량하시어 촉을 대하여 눈물을 흘리시다가 안석을 의지하여 잠깐 조시니 비몽사몽간에 죽은 내시가 앞에 와서 아뢰되,

"궁중에 사악한 잡귀와 요귀가 성하여 중궁이 비명에 참화하시고 앞에 큰 화가 불일 듯할 것이니 바라옵건대 성상은 깊이 살피소서."

하고 손을 들어 취선당을 가리키며 상을 모시고 한곳에 이르니 후의 혼전이라, 전중에 중궁이 시녀를 거느리시고 앉아 계신데 안색이 참담하사 애연히 통곡하시며 상께 고하여 말씀하시기를,

"신의 명이 비록 단명하오나 독한 병에 잠기어 올해 죽을 것이 아니로되 장녀가 천백 가지로 저주 방자하여 요얼의 해를 입어 비명횡사하니 장녀는 불공대천의 원수라, 원혼이 운간에 비겨 한을 품었으니 당당히 장녀의 목숨을 끊을 것이로되 성상께서 친히 분별하여 흑백을 가려 원수를 갚아 주심을 바라오며 요사를 없이하여야 궁내가 평안하리다."

상께서 크게 반기어 옷을 잡아 물으려 하시다가 놀라 깨달으시니 침상 일몽이시라 좌우더러 때를 물으시니 초경이라, 이에 옥교를 타시고 위의를 다 떨으시고

"인적과 훤화를 내지 말라."

하시고 영숙궁으로 가시자 이궁에 행차하신 지 칠팔년 만이시라, 누가 상께서 행차하실 줄 알았으리요.

이날이 장희빈 생일이라, 숙정이 들어와 하례하고 중궁의 죽음을 치하하여 모든 궁인들이 공을 다투고 옛말을 이르며 신당에서는 무녀 술사들

이 촛불을 밝히고 설법하더니 부지불식간에 대전의 옥교 청사에 이르러 들어오시니 궁녀들이 놀라 급급히 일어나 맞아 어떻게 할 줄을 모르더라. 상께서 냉소하시고 멀리 살펴보시매 맞은편 당에 등촉이 조요하더니 다 끄고 괴괴한지라 의심이 동하사 몸을 일으켜 청사를 나오시니 맞은편에 병풍을 쳤거늘 치우라하시니 궁녀 황겁하였으되 할 수 없어 걷으니 벽상에 한 화상을 걸었는데 자세히 보시니 완연한 민후로 다름이 없는 터에 화살을 맞은 구멍이 무수하여 다 떨어졌는지라 물어 이르시기를,

"저것은 어인 것이냐?"

하시니 좌우 황황하여 아무 말도 못하거늘 장씨 내달아 고하기를,

"이는 중궁전 화상이라, 그 성덕을 감격하와 화상을 그려 두고 시시로 생각하나이다."

상께서 비로소 진노하사 이르시기를,

"후를 생각하여 그렸으면 저렇듯 화살 맞은 곳이 많느뇨?"

장씨가 대답하지 못하거늘 데리고 온 내관에게 명하여 촉을 잡히고서 편당에 가보시니 흉악한 신당이라 천노가 진첩하사 청사에 앉으시고 궁노를 불러 모든 궁녀를 다 잡아내어 단단히 결박하고 엄치하사 이르시기를,

"내 벌써부터 짐작하고 알았으니 궁중의 요악한 일을 추호라도 숨기면 경각에 죽이리라."

하시니 천노가 진첩하사 급한 뇌성 같고 엄하신 기운이 상설 같으시니 어찌 감히 숨기리오마는 그 중에 시영이 간악하여 처음으로 모르노라 하더니, 피육이 떨어지며 여러 시녀 일시에 응성주초하여 전후 사연을 역력히 다 아뢰니 상께서 새로이 모골이 송연하여 이르시기를,

"범을 길러 화를 받는다는 말이 과연 이번 일 같도다. 내 장녀를 내치지 않고 두었다가 큰 화를 자취하였으니 이도 불가사문어린국(이웃 나라에 소문이 퍼지게 할 수 없음)이라."

하시고 중외에 반포하시어,

"중궁이 비명원사하심과 장빈의 대역부도와 흉모간악이 불가사문어린 국이라 모든 죄를 다스리고 죄인 장희재를 급급 몽두나래하고 역률 죄인 숙정을 한가지로 모역한 유이니 정형하라."

국청 죄인 철향은 형문 삼장에 문초하니 자백하여 말하기를,

"을해년(숙종 21)부터 신당을 배설하고 무녀 술사로 축원하여 중궁이 망하시고 장씨 복위하게 빌었으며 화상을 걸고 쏘아 염하여 묻었나이다. 이 밖의 일은 시향 등이 알고 소인은 모르나이다."

시향을 엄문하시니 나이 이십삼 세라 복초 끝에 말하기를,

"작은 동고리를 치마 속에 싸가지고 철향과 소인을 데리고 황혼에 통명전 왼편 연못가 여러 곳에 묻고, 또 무엇인지 봉한 것을 봉지봉지 만들어 상춘각 부중 섬돌 아래 곳곳이 묻었으나 그 속에 든 것이 무엇인지는 모르옵나이다.

시영은 사십일 세라, 요악하나 감히 숨기지 못하여 복초하기를,

"해골에 오색 비단옷을 입혀 중궁 생년, 생월, 생시를 써서 묻고 의복 지은 곳에 해골 가루를 솜에 뿌리고 또 해골을 싸서 염습하여 묻었다가 들여가니 중전이 받지 않으시더니 이듬해 탄일에 올리자 또 받지 않으시다가 춘궁전하의 낯을 보사 받으시니 축사와 요얼을 만든 것은 다 숙정의 조화로소이다."

숙정을 국문하시니 주초 왈,

"희빈 병환이 계시니 굿을 하겠다고 청하여 취선당에 들어가니 무녀술사를 시켜 중전 망하심을 축수하는데, 빈이 실정을 일러 모의하니 죽을 때라 동참하옵고 중전의 의대를 지은 것도 신이 하였고 해골은 희재의 청지기 철명이 얻어 들였나이다."

그날로 죄인 십여 인을 군기시에서 능지처참하고 몇몇 궁인과 마직은 멀리 귀양 보내시고 장빈을 본궁에 가두었더니 처지를 생각하실 새 경각

에 부월로 참하시고 싶으되 부자는 오상의 대륜이라, 세자의 낯을 보지 않을 수 없어 중형을 못하시고 이르시되,

"장녀는 오형지참을 할 것이요 죄를 속이지 못할 바로되 세자의 정리를 생각하여 감소 감형하여 신체를 온전히 하여 한 그릇의 독약을 각별히 신칙하노라."

궁녀를 명하여 보내시며 전교하사,

"네 대역부도의 죄를 짓고 어찌 사약을 기다리리오. 빨리 죽임이 옳거늘 요악한 인물이 행여 살까 하고 안연히 천일을 보고 있으니 더욱 죽을 죄노라. 동궁의 낯을 보아 형체를 온전히 하여 죽임을 당함은 네게 영화라, 빨리 죽어 요괴로운 자취로 일시도 머무르지 말라."

장씨는 이때 온갖 죄상이 다 탄로 나서 일국만성이 떠들썩하되 조금도 두려워하는 빛과 부끄러워함도 없이 중궁을 모살한 것만이 쾌하고 세자의 형세를 믿고 설마 죽이기야 하랴, 두 눈이 말똥말똥하며 독살만 부리더니 약을 보고 고성발악하며,

"내 무슨 죄가 있어서 사약하리요. 구태여 나를 죽이려거든 내 아들을 먼저 죽이라."

하고 약그릇을 엎으며 궁녀를 호령하니 궁녀 위력으로 핍박하지 못하여 이대로 상달하니 상께서 진노하사,

"내 앞에서 죽일 것이로되 네 얼굴 보기 더러워 약을 보내니, 네 염치 있을진대 스스로 죽어 자식이 편하고 남의 손에 죽지 않음이 옳거늘 자식을 유세하여 뉘게 발악하느뇨? 이 약이 네게는 상인 줄로 알고 죄 위에 죄를 더하여 삼척지율을 받지 말라."

궁녀가 어명을 전하니 장씨 발을 구르며 손뼉을 치고 발악하여 말하기를,

"민씨 단명하여 죽었거늘 그 죽음이 내게 아랑곳이더냐? 너희들이 감히 나를 죽이며 후일 세자의 손에 살까 싶더냐."

불순 포악한 소리가 악착같으매 상께서 들으시고 분연하사 좌우에게,

"옥교를 가져오라."

하사, 타시고 영숙궁으로 친림하사 청사에 앉으시고 좌우를 호령하여 장씨를 끌어내려 당에 내리우고 꾸짖어 말하기를,

"네 중궁을 모살하고 대역부도함이 천지에 당연하니 반드시 네 머리와 수족을 베어 천하에 효시할 것이로되 자식의 낯을 보아서 특은으로 경벌을 쓰거늘, 갈수록 오만불손하여 죄 위에 죄를 짓느뇨?"

장씨 눈을 독하게 떠 천안을 우러러 뵈옵고 높은 소리로 말하기를,

"민씨 내게 원망을 끼치어 형벌로 죽었거늘 내게 무슨 죄가 있으며, 전하께서 정치를 아니 밝히시니 임금의 도리가 아니옵니다."

살기가 자못 등등하니 상께서 진노하사 용안을 치켜뜨시고 소매를 거두시며 뇌성같이 이르시기를,

"천고에 저런 요악한 년이 또 어디 있으리오. 빨리 약을 먹이라."

장씨, 손으로 궁녀를 치고 몸을 뒤틀며 발악하여 말하기를,

"세자와 함께 죽이라. 내 무슨 죄가 있느뇨?"

상께서 더욱 노하시어 좌우에게

"붙들고 먹이라."

하시니 여러 궁녀 황황히 달려들어 팔을 잡고 허리를 안고 먹이려 하니, 입을 다물고 뿌리치니 상께서 내려 보시고 더욱 대로하사 분연히 일어나시며 막대로 입을 벌리고 부어라 하시니 여러 궁녀 숟가락총으로 입을 벌리는지라, 장씨 이에는 위급한지라 실성 애통하여 말하되,

"전하, 내 죄를 보지 마시고 옛날 정과 자식의 낯을 보아서 목숨만은 용서해 주옵소서."

상께서 들은 체도 안 하고 먹이기를 재촉하시자 장씨는 공교한 말로 눈물을 비같이 흘리며 상을 우러러 뵈오며 참연히 빌며 말하기를,

"이 약을 먹여 죽이려 하시거든 자식이나 보아 구천의 한이 없게 하여

주소서."

간악한 소리로 슬피 우니 요악한 정리는 사람의 심장을 녹이고 처량한 소리는 차마 듣지 못할 것 같으니 좌우 도리어 불쌍한 마음이 있으되 상께서 조금도 측은한 마음이 아니 계시고,

"빨리 먹이라."

하여 연이어 세 그릇을 부으니 경각에 한번 크게 소리를 지르고 섬돌 아래로 고꾸라져 유혈이 샘솟듯 하니 한 그릇의 약으로도 오장이 다 녹거든 하물며 세 그릇을 함께 부었으니 경각에 칠규(얼굴에 있는 귀, 눈, 코 각 두 구멍과 입 한 구멍을 말함)로 검은 피가 솟아나 땅에 괴니, 슬프다, 여러 인명이 모두 검하에 죽게 되니 하늘이 어찌 앙화를 내리시지 않으리오.

상께서 그 죽은 모습을 보시고 외전으로 나오시며,

"신체를 궁 밖으로 내라."

"장씨의 죄악이 중하여 왕법을 행하였으나 자식은 모자지정이라 세자의 정리를 보아 초초히 예장하라."

하시고, 장희재를 극형에 처하여 육신을 갈라서 죽이시고 가재를 몰수하시니 나라 안의 온 백성들이 상쾌히 여겨 아니 즐기는 이가 없더라.

장씨의 주검을 뉘라서 정성으로 시수하리요. 피 묻은 옷에 휘말아 소금장을 덮어 궁 밖으로 내어 방안에 누이고 상의 명령을 기다리더니,

"염장하라."

하심에 들어가 입관하려고 하니 하룻밤 사이에 시체가 다 녹아 검은 피가 방안에 가득하여 신체가 뜨게 되고 흉악한 냄새는 차마 맡지 못하니, 차라리 형벌로 죽는 것만 같지 못하니 보는 이마다 차탄하여 윤회응보를 눈앞에 본다 하더라.

훌훌히 삼년상을 마치심에 슬퍼하심이 세월이 갈수록 그치지 않으사 후의 유언을 좇아 후를 모시고 육년 고초를 한 상궁과 가깝게 모시던 궁

녀 십여 인에게 충은으로 상급을 많이 하사하시고 민간에 돌아가서 인륜을 차리라 하시니 여러 궁녀 황공 감읍하여 대내를 차마 떠나지 못하더니라.

주옹설(舟翁說)

- 권근(權近) -

작품 정리

이 작품에서 손[客]과 주옹(舟翁)은 사람이 살아가는 데 조심할 일과 힘써야 할 일을 배를 타고 물 위에 떠 있는 것에 비유하여 대화하고 있다. 세상살이는 마치 물 위에 떠 있는 배와 같아 항상 마음을 다잡아 조심해야 하고, 거센 풍랑이 일어도 중심을 잡으면 배가 안전하듯이 자기 삶을 변화에 적응할 수 있도록 해야 한다는 것을 알려 준다.

작품 줄거리

손이 주옹에게 위험한 배 위에서 사는 이유를 묻자 주옹이 대답하기를, 현실은 언제나 위험한 것이라 편안할 때 훗날의 근심을 생각하고 항상 조심해야 하며, 또 균형을 잃지 않고 스스로 중심을 잡아 사는 것이 진정 평온한 삶이라고 말한다.

작가 소개

권근(權近 1352~1409)

고려 말, 조선 초의 학자. 호는 양촌(陽村). 본관은 안동(安東). 초명은 진(晉), 자는 가원(可遠) · 사숙(思叔), 시호는 문충(文忠).

보(溥)의 증손으로 조부는 검교시중(檢校侍中) 고(皐), 부친은 검교정승 희(僖)이다.

1368년(공민왕 17) 성균시에 합격하고, 이듬해 급제해 춘추관검열, 성균관직강, 예문관응교 등을 역임했다. 그는 이색(李穡)의 문하에서 당대의 석학들과 교유하면서 사장(詞章, 시가와 문장)을 중시하고 성리학 연구에 정진해 새 왕조의 유학을 계승시키는 데 크게 공헌했다.

저서에는 경기체가인 〈상대별곡〉과 시문집으로 〈양촌집(陽村集)〉 40권을 남겼다.

핵심 정리

갈래 : 한문 수필

연대 : 조선 초기

구성 : 교훈적, 비유적

배경 : 물 위에 떠 있는 나룻배에 대한 손[客]과 주옹의 대화

주제 : 세상 살아가는 참된 삶의 태도

출전 : 동문선

주옹설

손[客]이 주옹(배타는 늙은이)에게 묻는다,

"그대가 배에서 사는데 고기를 잡는다 하자니 낚시가 없고, 장사를 한다 하자니 돈이 없고, 진리(나루터를 관리하는 관원) 노릇을 한다 하자니 물 가운데만 있어 왕래가 없구려. 변화불측한 물에 조각배 하나를 띄워 가없는 만경(넓은 바다)을 헤매다가, 바람 미치고 물결 놀라 돛대는 기울고 노까지 부러지면 정신과 혼백이 흩어지고 두려움에 싸여 명(命)이 지척(가까운 거리)에 있게 될 것이로다. 이는 지극히 험한 데서 위태로움을 무릅쓰는 일이거늘 그대는 도리어 이를 즐겨 오래오래 물에 떠가기만 하고 돌아오지 않으니 무슨 재미인가?"

하니 주옹이 대답하기를,

"아아, 손은 생각하지 못하는가? 대개 사람의 마음이란 다잡기와 느슨해짐이 무상하니 평탄한 땅을 디디면 태연하여 느긋해지고, 험한 지경에 처하면 두려워 서두르는 법이다. 두려워 서두르면 조심하여 든든하게 살지만 태연하여 느긋하면 반드시 흐트러져 위태로이 죽나니, 내 차라리 위험을 딛고서 항상 조심할지언정 편안한 데 살아 스스로 쓸모없게 되지 않으려 한다.

하물며 내 배는 정해진 꼴이 없이 떠도는 것이니 혹시 무게가 한쪽에 치우치면 그 모습이 반드시 기울어지게 된다. 왼쪽으로도 오른쪽으로도 기울지 않고, 무겁지도 가볍지도 않게 내가 배 한가운데서 평형을 잡아야만 기울어지지도 뒤집히지도 않아 내 배의 평온을 지키게 되니 비록 풍랑이 거세게 인다 한들 편안한 내 마음을 어찌 흔들 수 있겠는가?

또 무릇 인간 세상이란 한 거대한 물결이요, 인심이란 한바탕 큰 바람이니 하잘것없는 내 한 몸이 아득한 그 가운데 떴다 잠겼다 하는 것보다는 오히려 한 잎 조각배로 만 리의 부슬비 속에 떠 있는 것이 낫지 않은가? 내가 배에서 사는 것으로 사람 한 세상 사는 것을 보건대 안전할 때는 후환을 생각지 못하고 욕심을 부리느라 나중을 돌보지 못하다가 마침내는 빠지고 뒤집혀 죽는 자가 많다. 손은 어찌 이로써 두려움을 삼지 않고 도리어 나를 위태하다 하는가?"

하고 주옹은 뱃전을 두들기며 노래하기를,

渺江海兮悠悠 묘강해혜유유	아득히 펼쳐진 강과 바다여,
泛虛舟兮中流 범허주혜중류	그 물 위에 빈 배를 띄웠네.
載明月兮獨往 재명월혜독왕	밝은 달빛을 싣고 나 홀로 떠가니,
聊卒歲以優游 요졸세이우유	한가로이 지내며 평생을 마치리라.

하고는 손과 작별하고 간 뒤, 더는 말이 없었다.

이상한 관상쟁이(異相者對)

- 이규보(李奎報) -

작품 정리

이 작품은 눈에 보이는 현상만으로 얻는 지식은 불확실하고 단편적이며 진리란 어리석음과 편견에서 벗어나 깊은 성찰을 통해 이르는 것임을 관상쟁이를 통해 말하고 있으며 선입견을 버린 유연한 사고로 인생사 새옹지마(塞翁之馬)임을 깨우쳐 준다.

작품 줄거리

어느 날 사람들 사이에 나타난 이상한 관상쟁이를 둘러싸고 소동이 벌어진다. 그는 관상 보는 책을 보거나 관상 보는 법을 따르지 않고 살찐 사람은 마를 수 있고 마른 사람은 살찔 수가 있다고 한다. 고귀한 신분이라고 늘 그 신분으로 지낼 수 없고, 빈천하다고 해서 언제까지나 빈천한 신분에 머무르란 법이 없다고 한다. 달이 차면 기우는 것이 세상 이치이니 이런 이치를 깨달으면 누구나 자숙하고 분발하지만 그렇지 못한 사람들이 많으니 안타까운 일이라고 말한다.

이상한 관상쟁이

어디서 왔는지 알 수 없는 어떤 관상쟁이가 있었다.

그는 관상 보는 책을 읽거나 관상 보는 법을 따르지 않고 이상한 관상술로 관상을 보았다. 그리하여 사람들은 이상한 관상쟁이라 하였다. 점잖은 사람, 높은 벼슬아치, 남자, 여자, 늙은이, 젊은이를 가릴 것 없이 모두가 앞을 다투어 모셔 오기도 하고 찾아도 가서 관상을 보았다. 그의 관상은 이러했다.

부귀하여 몸이 살찌고 기름진 사람의 관상을 보고는,

"당신 용모가 매우 여위었으니 당신만큼 천한 이가 없겠소."

하고 빈천하여 몸이 파리한 사람의 관상을 보고는,

"눈이 밝겠소."

하고 얼굴이 아름다운 부인의 관상을 보고는,

"아름답기도 하고 추하기도 한 관상이오."

하고 세상에서 관대하고 인자하다고 일컫는 사람의 관상을 보고는,

"모든 사람을 상심하게 할 관상입니다."

하고 시속에서 매우 잔혹하다고 일컫는 사람의 관상을 보고는,

"모든 사람을 기쁘게 할 관상입니다."

하였다.

그의 관상은 대개 이런 식이었다. 비단 길흉화복의 분간도 잘 말할 줄 모를 뿐 아니라 상대방의 동정을 살피는 데도 모두 반대로 보았다. 그리하여 사람들이 그를 사기꾼이라고 떠들어 대며 잡아다가 그 거짓을 심문하려 하였다.

나는 홀로 그것을 만류하면서 말하기를,

"무릇 말에는 앞에서는 어긋나게 하다가 뒤에서는 순탄하게 하는 말도 있고, 겉으로 듣기에는 퍽 친근하나 이면에는 멀리할 뜻을 내포하고 있는 말도 있는 것이오. 그 사람도 역시 눈이 있는 사람인데 어찌 뚱뚱한 사람, 여윈 사람, 눈 먼 사람임을 분간하지 못하고서 비대한 사람을 수척하다 하고 수척한 사람을 비대하다 하며 장님을 눈 밝은 사람이라 하였겠는가. 이 사람은 반드시 기이한 관상쟁이임이 틀림없소."

라고 한 후, 이에 목욕재계하고 단정한 차림으로 그 관상쟁이가 살고 있는 곳에 찾아갔다.

그는 좌우에 있던 사람들을 모두 물리치고서 말하기를,

"나는 여러 사람의 관상을 보았습니다."

하기에,

"여러 사람이란 어떤 사람들이오?"

하고 물으니 그는 이렇게 대답하였다.

"부귀하면 교만하고 능멸하는 마음이 자랍니다. 죄가 충만하면 하늘은 반드시 뒤엎어 버릴 것이니, 장차 알곡은커녕 쭉정이도 넉넉지 못할 시기가 닥칠 것이므로 '수척하다' 고 한 것이고, 장차 몰락하여 보잘것없는 평범한 사람으로 비천하게 될 것이므로 '당신은 천하게 될 것이다' 라고 한 것입니다.

빈천하면 뜻을 굽히고 자신을 낮추어 근심하고 두려워하며 닦고 반성하게 됩니다. 막힌 운수가 다하면 트이고, 장차 만 석의 녹과 부귀를 누릴 것이므로 '귀하게 될 것이다' 라고 한 것입니다.

요염한 여색이 있으면 쳐다보고 싶고 진기한 보배를 보면 가지려 하여 사람을 미혹시키고 사곡(바르지 못한 마음)되게 하는 것이 눈인데, 이로 말미암아 헤아리지 못할 치욕을 받기까지 하니 이는 바로 어두운 것이 아니겠습니까. 오직 눈 먼 사람만은 마음이 깨끗하여 아무런 욕심이 없고, 몸을 보전하고 욕됨을 멀리하는 것이 현명한 사람이나 깨달은 자보다 훨씬 낫습니다. 그래서 '밝은 자' 라고 한 것입니다.

날래면 용맹을 숭상하고 용맹스러우면 대중을 능멸하며 마침내는 자객이 되기도 하고 간당(간사한 무리)의 우두머리가 되기도 합니다. 관리가 이를 가두고 옥졸이 이를 지키며 형틀이 발에 채워지고 목에 걸리면 비록 달음질하여 도망치려 하나 그럴 수 있겠습니까. 그래서 '절름발이여서 걸을 수 없는 자' 라 한 것입니다.

무릇 색(여색)이란 음란한 자가 보면 구슬처럼 아름답고, 어질고 순박한 자가 보면 진흙덩이와 같을 뿐이므로 '아름답기도 하고 추하기도 하다' 고 한 것입니다.

이른바 인자한 사람이 죽을 때에는 사람들이 사모하여 마치 어린애가 어미를 잃은 것처럼 울고불고 할 것입니다. 그래서 '만인을 상심하게 할 자' 라고 한 것입니다. 또 잔혹한 사람이 죽으면 도로와 거리에서 기뻐 노래 부르고 양고기와 술로써 서로 축하하며 크게 웃는 사람도 있고 손이 터지도록 손뼉 치는 사람도 있습니다. 그래서 '만인을 기쁘게 할 것이다' 라고 한 것입니다."

나는 놀라 일어서며 말하기를,

"과연 내 말대로다. 이야말로 기이한 관상쟁이구나. 그의 말은 새겨둘 만한 규범으로 삼을 수 있을 것이다. 어찌 그가 겉으로 드러나는 모습에 따라 귀한 상을 말할 때는 '거북무늬에 무소뿔' 이라 하고 나쁜 상을 말할 때는 '벌의 눈에 승냥이 소리' 라 하여, 나쁜 것은 숨기고 상례를 그대로 따르면서 스스로를 성스럽고 신령스럽다 하는 바로 그런 부류겠는가?"

하고 물러나서 그가 대답한 말을 적었다.

요로원야화기(要路院夜話記)

- 박두세(朴斗世) -

작품 정리

　충청도에 사는 선비가 과거에 낙방하고 귀향하던 도중, 요로원에 있는 주막에서 서울 양반과 만나 주고받는 대화를 통하여 양반층의 횡포와 사회의 부패를 보여준다. 향토 양반들의 실태와 그들의 교만함을 서울 양반에 빗대어 지적한다거나 양반의 허세와 초라한 향인의 모습을 통하여 조선시대 양반 문화를 통렬하게 비판한다.

작품 줄거리

　충청도에 사는 '나'라는 선비가 과거에 낙방하고 귀향하던 중 요로원에 있는 주막에 들게 된다. 우연히 동숙하게 된 서울 양반이 고단하고 초라한 행색의 시골 선비인 '나'를 멸시한다. '나'는 짐짓 무식한 체하면서 서울 양반을 기롱(欺弄)하고 경향풍속(京鄕風俗)을 풍자한다. 서울 양반의 제의로 육담풍월(肉談風月)을 읊게 되자 서울 양반은 자기가 속은 것을 알고 교만하였던 언행을 부끄러워한다. 낙방한 선비로서 당대의 정치 제도에 대해 비판하다 동창이 밝아오자 서로 성명도 모른 채 헤어진다.

박두세(朴斗世 1650~1733)

조선 후기의 문인. 학자. 충청도 대흥 출신. 본관은 울산. 자는 사앙(士仰). 아버지는 율.

1682년(숙종 8) 증광문과에 을과로 급제하여 홍문관직을 제수 받고 진주목사를 거쳐 지중추부사를 지낸다. 남인으로 벼슬길이 순탄하지 못했으나 문장에 능하고 운학(韻學)에 매우 밝았다. 작품으로 당시 사회의 실정을 폭로하고 정치 제도에 대한 불만을 풍자적으로 서술한 문답 형식의 수필집 〈요로원야화기(要路院夜話記)〉와 운학에 관한 〈삼운보유(三韻補遺)〉와 〈증보삼운통고(增補三韻通考)〉가 있다.

핵심 정리

갈래 : 고전 수필

연대 : 조선 후기 숙종 때

구성 : 풍자적

배경 : 요로원의 주막

주제 : 양반들의 허세와 교만을 비판

출전 : 요로원야화기(要路院夜話記)

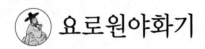

요로원야화기

낙향하는 선비 '나'는 종도 없는 데다가 짐 실은 병든 말까지 타고 가니 그 행색이 말이 아니라 보는 사람마다 업신여긴다. 간신히 요로원에 당도하여 주막을 찾으니 먼저 와 있던 한 양반이 자기 종복들을 대뜸 꾸짖기부터 한다. 왜 저런 인간이 들어오도록 내버려 두었느냐 하는 것. 그 때부터 속이 뒤틀린 나는 겉으로 보기에 서울 명문 대갓집 양반이 틀림없는 그를 꾀로써 골탕을 먹여야겠다고 생각한다. 작은 소동 끝에 나 자신도 양반이라고 속여 한방에 들 수 있었다. 마침 심심하던 서울 양반은 이런저런 이야기를 물은 끝에 내가 참으로 별 볼 일 없는 위인이라고 짐작하여 놀려먹기로 작정한다. 가령 이런 식이다.

"그대는 몸이 단단하여 제대로 자라지 못한 듯하고, 턱이 판판하고 수염이 없으니 장차 장가들 곳이 없을 것 같구려."

나는 계속 바보 행세를 하면서 은근히 기회를 엿본다. 서울 양반은 언문(한글)은 글도 아니고 진서(한문)를 모르면 어찌 사람일 수 있겠느냐는 식으로 나온다.

"그대 형상을 보아 활은 반드시 쏘지 못할 것이니 글은 능히 하는가?"

내 대답하여 말하기를,

"문자는 배우지 못하고 글은 잠깐 배웠는데, 다만 열다섯 줄 중의 둘째 줄 같은 줄이 외우기 어렵더이다."

객이 말하기를,

"이는 언문이라. 진서에 이 같은 글줄이 있으리오."

내 대답하기를,

"우리 향곡(시골)에는 언문 하는 이도 적으니 진서를 어이 바라리오. 진실로 진서를 하면 그 특기를 어이 측량하리오. 우리 향곡에는 어떤 사람이 천자문과 사략(간략한 역사서)을 읽어서 원님이 되어 치부(부정한 재물로 부자가 되는 것)로 유명하고, 또 한 사람은 사략을 읽어 교생(서원에 다니던 생도)이 되어 과거에 출입하노니 공사 소지(공소장) 쓰기를 나는 듯이 하기에 선물이 구름이 모이듯 가계 기특하니 이런 장한 일은 사람마다 못하려니와, 우리 금곡 중에도 김 호수(공부를 책임지던 사람)는 언문을 잘하여 결복(토지 단위)을 마련하여 고담을 박람(책을 많이 읽음)하기로 호수를 한 지 십여 년 만에 가계 부유하고 성명이 혁혁하니 사나이 되어 비록 진서를 못하나 언문이나 잘하면 족히 일촌 중 행세를 할 것이외다."

그러다가 두 사람은 풍월 대거리를 하게 된다.

먼저 서울 양반이 한 구를 읊는다.

我觀鄕之賭   내가 시골 사람과 내기를 하고 보니,
아관향지제

怪底形體條   글을 짓기가 괴이하구나.
괴저형체조

그러자 속으로 벼르던 나는 이런저런 말대꾸 끝에 다음과 같이 한 수를 지어 보인다.

我觀京之表   내가 서울 것들을 보니,
아관경지표

果然擧動戎   과연 거동이 오랑캐들이 하는 짓 같구나.
과연거동융

서울 양반이 깜짝 놀라 정색을 하며 자세를 고쳐 앉으며 그제야 미안하다고 한다. 그때부터는 두 사람 사이에 본격적인 내기가 벌어진다. 그러나 아무리 어려운 운을 내도 나는 척척 막힘이 없이 시를 지어낸다. 그리고 그 격도 서울 양반이 혀를 내두를 정도. 그 과정에서 물론 양반의 위선과 허세를 통렬하게 비판한다. 붕당에 대해서도 비판을 가하지만 그 전후 맥락을 정확히 따져 비판해야 한다는 훈계도 잊지 않는다.

　"그대는 어찌 붕당의 이야기를 들어 말을 하시오? 당시 우가, 이가(당 문종 때 우승유의 당과 이덕유의 당) 어느 쪽에도 한퇴지(당 목종 때의 선비 한유)는 들지 않았으나 정이천(程伊川)은 대현(大賢)임에도 그들의 권유를 떨치지 못하지 않았소? 비록 퇴지의 도덕과 학문이 정이천에 비해 못하기는 했지만 퇴지는 붕당에 휩싸이지 않았고 정이천은 휩싸여 시시비비의 낭패를 면치 못하였으니 이는 정이천이 사위를 몰라서가 아니라 문중의 한 사람이었기에 붕당의 화를 당할 수밖에 없었던 것이오."

　마침내 서울 양반이 손을 든다. 그런데 밖에서 말이 울자 금방 화를 내며 종을 나무란다. 그러자 나는, 사람이 어찌 그리 경솔하냐고 비판하면서 마지막으로 한 수 더 가르친다.

　"…… 내 소싯적에 성질이 급하여 고치려 해도 쉽게 고치지 못하였으나 어느 날 아침에 갑자기 깨달으니 어렵지 않았소이다. 마음이 노하였을 때는 '참을 인(忍)' 자를 생각하면 노했던 마음이 자연히 없어지기에 이때부터 아홉 가지 글자를 써서 늘 보고 외우고 있소. 그릇된 생각이 날 때는 문득 '바를 정(正)' 자를 생각하면 사벽(邪僻)하기에 이르지 않고, 거만한 마음이 날 때는 '공경할 경(敬)' 자를 생각하면 거만함에 이르지 않고, 나태한 마음이 날 때는 '부지런할 근(勤)' 자를 생각하면 나태해지지 않으며, 사치스런 마음이 날 때는 '검소할 검(儉)' 자를 생각하면 사치함에 이르지 않으며, 속이고 싶은 마음이 날 때는 '정성 성(誠)' 자를 생각하면 속이기에 이르지 않고, 이익을 구하는 마음이 날 때 '옳을 의

(義)'자를 생각하면 이욕(利欲)에 이르지 않으며, 말을 할 때에는 '잠잠할 묵(默)'자를 생각하면 말의 실수를 막을 수 있고, 희롱할 때에는 '영걸 웅(雄)'자를 생각하면 가벼움에 이르지 않고, 분노할 때에는 '참을 인(忍)'자를 생각하면 급하게 죄를 짓지 않게 된다오."

이 정도까지 이르면 서울 양반은 당해도 한참 당했다고 할 수 있지 않을까.

마지막 장면에서는 서로 웃으며 헤어지는데 박두세는 여기서 또한 해학을 잊지 않는다.

"서로 소매를 잡고 길을 떠나니 저도 내 성명을 모르고 나도 제 성명을 모르는구나."

하면서.

수오재기(守吾齋記)

- 정약용(丁若鏞) -

작품 정리

'수오재(守吾齋, 나를 지키는 집)'라는 집의 당호를 소재로 '나를 지키는 것의 중요성'을 주제로 한 작품이다. '수오재'라는 이름에 대한 의문을 제시하고 왜 자신이 귀양을 온 처지가 되었는지 자신의 지난날을 되돌아보고 세상의 유혹에 자신을 지키지 못했던 삶을 돌이켜 보면서 '수오재'의 진정한 의미를 깨닫는다.

작품 줄거리

나는 큰형님이 자신의 집에다 붙인 '수오재'라는 이름을 보고 의문을 품는다. 그러다 귀양을 가서 '수오재'에 대한 생각을 하다가 천하 만물은 지킬 필요가 없지만 '나'는 그 어떤 것보다도 잃기 쉬우므로 잘 지켜야 한다는 해답을 얻는다. 자신을 잘 지키지 못했던 지난날을 반성하고 잃어버렸던 지난 삶에 대해 후회를 한 후 '나를 지킨다는 것'의 진정한 의미를 깨닫는다.

작가 소개

정약용(丁若鏞 1762~1836)

조선 후기의 실학자. 자는 미용(美鏞). 호는 다산(茶山). 시호는 문도(文度).

진주목사(晋州牧使)를 역임했던 정재원(丁載遠)과 해남 윤씨 사이에서 4남 2녀

중 4남으로 태어났다. 1789년 문과에 급제하여 부승지 등 벼슬을 지냈다. 문장과 유교 경학에 뛰어났을 뿐 아니라 천문 · 지리 · 과학 등에도 밝아 진보적인 학풍을 총괄 정리하여 집대성한 실학파의 대표자가 되었다. 그는 당시에 금지했던 천주교를 가까이한 탓으로 귀양을 간다, 귀양살이를 하는 동안에 10여 권의 책을 저술하였다. 나라의 정치를 바로잡고 백성들의 생활을 향상시킬 수 있는 방법을 학문적으로 연구하여 많은 저서를 남긴다. 죽은 후 규장각 재학에 추증되었다.

　주요 저서로는 〈경세유표〉, 〈목민심서〉, 〈흠흠심서〉 등이 있다.

핵심 정리

갈래 : 한문 수필

연대 : 조선 후기

구성 : 자성적, 회고적

배경 : 장기로 귀양을 와서 혼자 지낼 때

주제 : '나(본질적 자아)'를 지키는 것의 중요성

출전 : 여유당전서

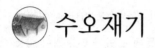# 수오재기

'수오재(守吾齋, 나를 지키는 집)'라는 이름은 큰형님(정약현)이 자신의 집에 붙인 이름이다. 나는 처음에 이 이름을 듣고 이상하게 생각하였다.

'나와 굳게 맺어져 있어 서로 떨어질 수 없는 가운데 나보다 더 절실한 것은 없다. 그러니 굳이 지키지 않더라도 어디로 가겠는가. 이상한 사람이다.'

내가 장기로 귀양 온 뒤에 혼자 지내면서 가끔 생각해 보다가 하루는 갑자기 이 의문에 대한 해답을 얻게 되었다. 나는 벌떡 일어나 이렇게 말하였다.

"천하 만물 가운데 지킬 것은 하나도 없지만 오직 나만은 지켜야 한다. 내 밭을 지고 달아날 자가 있는가. 밭을 지킬 필요가 없다. 내 집을 지고 달아날 자가 있는가. 집도 지킬 필요가 없다. 내 정원의 여러 가지 꽃나무와 과일 나무들을 뽑아갈 자가 있는가. 그 뿌리는 땅속에 깊이 박혔다. 내 책을 훔쳐 없앨 자가 있는가. 성현의 경전이 세상에 퍼져 물이나 불처럼 흔한데, 누가 능히 없앨 수가 있겠는가. 내 옷이나 양식을 훔쳐서 나를 궁색하게 하겠는가. 천하에 있는 실이 모두 내가 입을 옷이며, 천하에 있는 곡식이 모두 내가 먹을 양식이다. 도둑이 비록 훔쳐 간대야 한두 개에 지나지 않을 테니 천하의 모든 옷과 곡식을 없앨 수 있으랴. 그러니 천하 만물은 모두 지킬 필요가 없다.

그런데 오직 나라는 것만은 잘 달아나거니와 드나드는 데 일정한 법칙도 없다. 아주 친밀하게 붙어 있어서 서로 배반하지 못할 것 같다가도 잠시 살피지 않으면 어디든지 못 가는 곳이 없다. 이익으로 꾀면 떠나가고, 위험과 재앙이 겁을 주어도 떠나간다. 마음을 울리는 아름다운 음악 소리만 들어도 떠나가며, 까만 눈썹과 하얀 이(丹脣皓齒)를 가진 미인의 요염한 모습만 보아도 떠나간다. 한 번 가면 돌아올 줄을 모르고 붙잡아 만류할 수도 없다. 그러니 천하에 나보다 더 잃어버리기 쉬운 것은 없다. 어찌 실과 끈으로 매고 빗장과 자물쇠로 잠가서 나를 굳게 지켜야 하지 않으리오."

나는 나를 잘못 간직했다가 잃어버렸던 자다. 어렸을 때에 과거(科擧)가 좋게 보여서 십 년 동안이나 과거 공부에 빠져 들었다. 그러다가 결국 처지가 바뀌어 조정에 나아가 검은 사모관대(벼슬아치가 입던 옷과 모자)에 비단 도포를 입고, 십이 년 동안이나 미친 듯이 대낮에 큰 길을 뛰어다녔다. 그러다가 또 처지가 바뀌어 한강을 건너고 새재를 넘게 되었다. 친척과 선영(선산)을 버리고 곧바로 아득한 바닷가의 대나무 숲에 달려와서야 멈추게 되었다. 이때에는 나도 땀이 흐르고 두려워 숨도 쉬지 못하면서 나의 발뒤꿈치를 따라 이곳까지 함께 오게 되었다. 내가 나에게 물었다.

"너는 무엇 때문에 여기까지 왔느냐? 여우나 도깨비에게 홀려서 끌려왔느냐, 아니면 바다귀신이 불러서 왔느냐. 네 가정과 고향이 모두 초천에 있는데 왜 그 본바닥으로 돌아가지 않느냐?"

그러나 나는 끝내 멍하니 움직이지 않고 돌아갈 줄을 몰랐다. 그 얼굴빛을 보니 마치 얽매여 돌아가고 싶어도 돌아가지 못하는 것 같았다. 그래서 결국 붙잡아 이곳에 함께 머물렀다.

이때 둘째 형님 좌랑공(둘째형 정약전)도 '나'를 잃고 '나'를 쫓아 남해 지방으로 왔는데 역시 '나'를 붙잡아서 그곳에 함께 머물렀다.

오직 나의 큰형님만이 '나'를 잃지 않고 편안히 단정하게 수오재에 앉아 계시니, 본디부터 '나'를 지키고 '나'를 잃지 않았기 때문이 아니겠는

가. 이것이 바로 큰형님 집에 '수오재'라고 이름 붙인 까닭일 것이다. 큰형님은 언제나,

"아버님께서 내게 태현이라고 자를 지어 주셔서 나는 오로지 '나의 태현'을 지키려고 했다네. 그래서 내 집에 그렇게 이름을 붙인 거지."

라고 하지만 이는 핑계 대는 말씀이다.

맹자가 "무엇을 지키는 것이 큰가? 몸을 지키는 것이 가장 크다."라고 하였으니 이 말씀이 진실하다. 내가 스스로 말한 내용을 써서 큰형님께 보이고 수오재의 기(記)로 삼는다.

조침문(弔針文)

- 유씨 부인 -

작품 정리

〈의유당 관북 유람기〉, 〈규중 칠우 쟁론기〉와 더불어 여류 수필의 백미로 일컬어진다. 조선 순조 때 유씨 부인이 지은 고전 수필로 일명 '제침문'이라고도 한다. 부러진 바늘을 의인화하여 함께했던 오랜 세월의 회고, 바늘의 공로와 재질, 바늘이 부러진 날의 놀라움과 슬픔, 자책, 회한 등을 제문의 형식을 빌려 표현한 작품이다. 이 작품은 제문에 얽힌 작자의 애절한 처지와 아울러 뛰어난 문장력과 한글체 제문이라는 측면에서 문학사적 의의가 있다.

작품 줄거리

일찍이 홀로 된 여인이 슬하에 자녀가 없이 오직 바늘에 재미를 붙이고 살다가 시삼촌께서 북경에 다녀오시면서 사다 주신 바늘 중 마지막 것을 부러뜨리고는 그 섭섭하고 안타까운 심정을 적은 글이다.

조침문

유세차(維歲次) 모년(某年) 모월(某月) 모일(某日)에 미망인(未亡人) 모씨(某氏)는 두어 자로 바늘에게 말한다. 인간 부녀(人間婦女)의 손 가운데 중요한 것이 바늘인데, 세상 사람이 귀하게 여기지 않는 것이 곳곳에 흔하기 때문이다. 이 바늘은 한낱 작은 물건에 지나지 않지만, 이렇듯 슬퍼하는 것은 나의 정회(情懷, 생각하는 마음과 회포)가 남과 다르기 때문이다. 아, 슬프도다. 너를 얻어 손 가운데 지닌 지 27년이라. 어이 인정(人情)이 그렇지 아니하리오. 슬프다. 눈물을 잠깐 거두고 몸과 마음을 겨우 진정하여, 너의 행장(行狀, 몸가짐과 품행을 통틀어 이름)과 나의 회포(懷抱)를 총총히 적어 영결(永訣, 죽은 사람과 산 사람이 영원히 헤어짐)하노라.

몇 해 전에 우리 시삼촌께서 임금의 명을 받들어 동지상사(冬至上使, 조선 시대에 중국으로 보내던 동지사의 우두머리)로 북경을 다녀오신 후에, 바늘 여러 쌈을 주셨는데, 친정과 가까운 친척에게 보내고, 종들에게도 나누어 주고, 그중에 너를 택하여 손에 익히고 익히어 지금까지 한 해가 조금 넘었는데, 슬프다. 인연이 보통이 아니어서, 너희를 무수히 잃고 부러뜨렸지만 오직 너 하나만은 오랫동안 온전하게 보전하니, 비록 무심한 물건이나 어찌 사랑스럽고 미혹(迷惑)하지 아니하리오. 아깝고 불쌍하며, 또한 섭섭하다.

내가 복이 없어 자식 하나 없고, 목숨이 모질어 일찍 죽지 못하고, 고향 산천이 가난하고 궁색하여 바느질에 마음을 붙여, 너에게 받은 생계 도움이 적지 않았는데, 오늘날 너와 헤어지니 아, 슬프다. 귀신이 시기하고 하늘이 미워하기 때문이다.

아깝다 바늘이여, 불쌍하다 바늘이여. 너는 미묘한 품질(品質)과 특별한 솜씨를 가졌으니 물건 중의 명물(名物)이요, 철 중(鐵中)의 쟁쟁(錚錚)이라. 민첩하고 날래기는 백대(百代)의 협객(俠客, 호방하고 의협심이 있는 사람)이요, 굳세고 곧기는 만고(萬古)의 충절(忠節)이라. 추호(秋毫, 가을에 짐승의 털이 아주 가늘다는 뜻으로, 아주 적거나 조금인 것을 이름) 같은 부리는 말하는 듯하고, 뚜렷한 귀는 소리를 듣는 듯하다. 능라(綾羅, 두꺼운 비단과 얇은 비단)와 비단에 난봉(鸞鳳, 난조와 봉황을 이름)과 공작을 수놓을 때, 그 민첩하고 신기함은 귀신이 돕는 듯하니, 어찌 사람의 힘이 미칠 수 있으리오.

아, 슬프도다. 자식이 귀하나 떠날 때도 있고, 종이 순하나 명(命)을 거스를 때도 있으니, 너의 미묘한 재질(才質)이 남의 요구에 응함을 생각하면, 자식보다 낫고 비복보다 낫다. 천은(天銀, 품질이 가장 뛰어난 은)으로 집을 하고, 오색(五色)으로 파란(은으로 만든 장식품에 법랑으로 색을 올려 꾸밈)을 놓아 곁고름에 찼으니, 부녀의 노리개라. 밥 먹을 때 만져 보고 잠잘 때 만져 보아, 너와 더불어 벗이 되어 여름 낮에 주렴(珠簾, 발)을, 겨울밤에 등잔 아래서 누비며, 호며, 감치며, 박으며, 공그를 때, 겹실을 꿰었더니 봉황의 꼬리를 두르는 듯, 땀땀이 뜰 때, 머리와 꼬리가 어울리고, 솔기마다 붙여 내니 조화(造化)가 끝이 없다. 이 세상에 살아 있는 동안 같이하려 했더니, 슬프도다, 바늘이여.

금년 10월 10일 술시(戌時, 저녁 7시에서 9시 사이)에, 희미한 등잔 아래서 관대 깃을 달다가 자끈동 부러지니 깜짝 놀라워라. 아야 아야 바늘이여, 두 동강이 났구나. 정신이 아득하고 혼백(魂魄)이 산란하여, 마음을 빻아 내는 듯, 두골(頭骨)을 깨쳐 내는 듯, 밤이 이슥할 때까지 정신을 잃었다가 겨우 차려, 만져 보고 이어 보았지만 어쩔 수 없었다. 편작(編作, 죽세공품이나 자리 따위를 겯거나 짜서 만드는 일)의 신통한 술법으로도 오래도록 살지 못하였네. 동네 장인(匠人)에게 때운들 어찌 능히 때울 수 있겠는가. 한쪽 팔을 베어 낸 듯, 한쪽 다리를 베어 낸 듯 아깝다, 바늘이여. 옷섶을 만져 보니 꽂혔던 자리 없네. 슬프도다, 내가 조심하지 못한 탓이로다.

죄 없는 너를 내가 못 쓰게 했으니 누구를 원망하리오. 능란(能爛)한 성품(性品)과 공교(工巧, 솜씨나 꾀가 재치 있고 교묘함)한 재질을 나의 힘으로 어찌 다시 바라리오. 절묘한 몸가짐은 눈에 삼삼하고, 특별한 성품과 재주는 심회(心懷)가 삭막(索漠)하다. 네 비록 물건이나 감정이 없지 아니하며, 다음 세상에 다시 만나 한집에서 산 정을 이어 한평생 슬픔과 즐거움을 같이하고, 삶과 죽음을 같이하기를 바란다. 슬프도다, 바늘이여.

규중칠우쟁론기(閨中七友爭論記)

– 작자 미상 –

작품 정리

〈규중칠우쟁론기〉는 조선 말기의 수필로 〈조침문〉과 함께 가장 대표적인 수필로 꼽히는 작품이다. 이는 몇 가지 문헌에 실려서 전하는데 〈망로각수기〉에 실려 있는 것이 가장 잘 알려져 있다.

이 작품은 규중 여자들의 바느질에 필요한 7가지 물건들인 바늘·자·가위·인두·다리미·실·골무를 당시 규중 여자의 일곱 벗으로 등장시켜, 인간 세상의 능란한 처세술을 해학적으로 풍자하고 있다.

작품 줄거리

규중 부인이 칠우와 함께 일을 하던 중 주인이 잠든 사이에 칠우는 서로 제 공을 늘어놓는다. 그러다가 부인에게 꾸중을 듣고 부인이 다시 잠들자 이번에는 자신들의 신세 타령과 부인에 대한 원망과 불평을 늘어놓았다. 잠에서 깬 부인이 칠우를 꾸짖고 쫓아 내게 되었는데, 이때 감토 할미가 나서서 머리를 조아리며 사죄함으로써 용서를 받고 감토 할미를 가장 귀하게 여긴다.

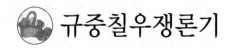

규중칠우쟁론기

이른바 규중 칠우(閨中七友, 부녀가 거처하는 안방 부인네의 일곱 친구)는 부인네 방 가운데 일곱 벗이니 글하는 선비는 필묵(筆墨, 붓과 먹)과 종이, 벼루로 문방사우(文房社友, 종이, 벼루, 먹, 붓의 네 가지 문방구)를 삼았으니 규중 여자인들 어찌 홀로 벗이 없으리오.

따라서 바느질하는 데 필요한 도구에 각각 이름과 호를 정하여 벗을 삼는데, 바늘은 세요 각시(細腰閣氏)라 하고, 척을 척 부인(戚夫人)이라 하고, 가위는 교두 각시(交頭閣氏)라 하고, 인두는 인화 부인(引火夫人)이라 하고, 다리미는 울 낭자(娘子)라 하고, 실은 청홍흑백 각시(靑紅黑白閣氏)라 하며, 골무는 감토 할미라 하여, 칠우를 삼았다. 규중 부인네가 아침 세안을 마치자 칠우가 일제히 모여 끝까지 하기를 한 가지로 의논하여 각각 맡은 바 임무를 이루어 내는지라.

하루는 칠우가 모여 바느질 공을 의논하더니 척 부인이 긴 허리를 뽐내며 말했다.

"친구들아 들어 봐. 나는 세명지(가늘게 무늬 없이 짠 명주), 굵은 명주, 백저포(白紵布, 흰 모시), 세승포(細升布, 가는 베)와, 청홍녹라(靑紅綠羅, 청홍녹색의 고운 비단), 자라(紫羅, 비단의 한 종류), 홍단(紅緞, 비단의 한 종류)을 다 내어 펼쳐 놓고 남자, 여자 옷을 마름질할 때, 장단광협(長短廣狹, 길고 짧으며, 넓고 좁음)이며 수품제도(手品制度, 솜씨와 격식)를 나 아니면 어찌 이루리오. 그러므로 옷 만드는 공은 내가 으뜸이라."

교두 각시가 두 다리를 재빨리 놀려 내달리면서 말했다.

"척 부인아, 그대가 아무리 마름질을 잘한들 자르지 않으면 모양이 제대로 나오겠느냐. 내 공과 내 덕이니 네 공만 자랑하지 마라."

세요 각시가 가는 허리를 구부리며 날랜 부리를 돌려 말했다.

"두 친구의 말은 옳지 않다. 진주(眞珠) 열 그릇이나 꿴 후에 구슬이라고 할 것이니, 재단(裁斷)을 잘한다 하나 나 아니면 옷을 어찌 만들 수 있겠는가. 세누비(가늘게 누빈 누비), 마누비(중누비), 저른 솔(솔기, 옷 따위를 만들 때 두 폭을 맞대고 꿰맨 줄) 긴 옷을 만들 수 있는 것은 나의 날래고 빠른 솜씨가 아니면 잘게 뜨기도 하고 굵게 박기도 하여 어찌 마음대로 할 수 있겠는가. 척 부인이 재고 교두 각시가 자른다고는 하나 내가 아니면 두 벗의 공은 아무 소용 없는데 무슨 공이라고 자랑하는가?"

청홍 각시 얼굴이 붉으락푸르락하더니 화를 내며 말했다.

"세요야, 네 공이 내 공이니 자랑하지 마라. 네가 아무리 착한 척하나 한 솔 반 솔인들 내가 아니면 네가 어찌 성공할 수 있겠느냐."

감토 할미가 웃으면서 말했다.

"각시님네야, 웬만히 자랑하소. 이 늙은이 수말(首末) 적기로 아가씨네 손끝을 아프지 않게 바느질 도와드릴 테니. 옛말에 닭의 입이 될지언정 소 뒤는 되지 말라 하였으니, 청홍흑백 각시는 세요의 뒤를 따라다니며 무슨 말을 하는가. 참으로 얼굴이 아깝다. 나는 번번이 세요의 귀에 질렸으나 낯가죽이 두꺼워 견딜 만하고 아무 말도 아니하노라."

인화 부인이 말했다.

"그대들은 다투지 말라. 나도 잠깐 공을 말하리라. 마누비, 세누비가 누구 때문에 가락같이 고우며, 혼솔(홈질로 꿰맨 옷의 솔기)이 나 아니면 어찌 풀로 붙인 듯이 고우리오.

바느질 솜씨가 보잘것없어 들쭉날쭉 바르지 못한 것도 내 손바닥으로 한 번 씻으면 잘못한 흔적이 감추어져 세요의 공이 나로 인해 광채가 나느니라."

울 낭자가 큰 입을 벌리고 너털웃음을 웃으며 말했다.

"인화야, 너와 나는 맡은 임무가 같다. 연이나 인화는 바느질뿐이라. 나는 천만 가지 의복을 만드는 데 참여하지 않는 곳이 없고, 가증한 여자들은 하루 할 일도 열흘이나 구기어 살이 구깃구깃한 것을 내 넓은 볼기로 한 번 스치면 굵은 살이 낱낱이 펴지며 제도와 모양이 곱고, 더욱이 여름철이 되면 손님이 많아져 하루도 한가하지 못하다. 의복이 나 아니면 어찌 고우며 빨래하는 여인들이 게을러 풀을 먹여 널어 두고 잠만 자면 부딪혀 말린 것을 나의 넓은 볼기 아니면 어찌 고우며, 세상 남녀가 어찌 반반한 것을 입으리오. 그러므로 옷을 만든 공은 내가 제일이라."

그러자 규중 부인이 말했다.

"칠우의 공으로 의복을 만드나 그 공이 사람의 쓰기에 있나니 어찌 칠우의 공이라 하리오."

규중 부인이 말을 끝내며 칠우를 밀치고 베개를 돋우고 잠을 깊이 들자 척 부인이 탄식하며 말했다.

"매정한 것은 사람이요, 공을 모르는 것은 여자로다. 의복을 마름질할 때는 먼저 찾고 이루어 내면 자기 공이라 하고, 게으른 종 잠 깨우는 막대는 내가 아니면 못 칠 줄 알고 내 허리가 부러지는 것도 모르니 어찌 야속하고 분하지 아니하리오."

교두 각시가 이어서 말했다.

"그대 말이 옳다. 옷 마름질해 잘라 낼 때는 나 아니면 못하련마는 드느니 아니 드느니 하고 내어 던지며 양쪽 다리를 각각 잡아 흔들 때는 분하고 아니꼬움을 어찌 측량할 수 있으리오. 세요 각시가 잠깐 쉬려고 달아나면 번번이 내 탓으로 여겨 트집을 잡으니, 마치 내가 감춘 듯이 문고리에 거꾸로 달아 놓고 좌우로 돌아보며 전후로 수험하여 얻어 내기 몇 번인 줄 알리오. 그 공을 모르니 어찌 슬프고 원망스럽지 아니하리오."

세요 각시가 한숨을 지으며 말했다.

"너는 커니와 내 일찍 무슨 일 사람의 손에 보채이며 요사하고 간사한 말을 듣는고. 뼈에 사무칠 만큼 원통하고 한스러우며, 나의 약한 허리 휘두르며 날랜 부리 돌려 힘껏 바느질을 돕는 줄은 모르고 마음이 맞지 않으면 나의 허리를 부러뜨려 화로에 넣으니 어찌 통원하지 아니하리오. 사람과는 극한 원수라. 갚을 길 없어 이따금 손톱 밑을 질러 피를 내어 한을 풀면 조금 시원하나, 간사하고 흉악한 감토 할미가 밀어 만류하니 더욱 애달프고 못 견디리로다."

인화가 눈물지으며 말했다.

"그대는 데어라 아야라 하는도다. 나는 무슨 죄로 포락지형(불에 달구어 지지는 형벌)을 입어 붉은 불 가운데 낯을 지지며 굳은 것 깨치기는 날을 다 시키니 서럽고 괴롭기가 측량하지 못하리라."

울 낭자가 처연해하며 말했다.

"그대와 소임이 같고 욕되기 한가지라. 제 옷을 문지르고 멱을 잡아 위아래로 흔들며, 우겨 누르니 크고 넓은 하늘이 덮치는 듯 몸과 마음이 아득하여 내 목이 따로 날 때가 몇 번인 줄 알리오."

칠우가 이렇듯 담론하며 회포를 이르더니 자던 여자가 문득 깨어 칠우에게 말했다.

"칠우는 내 허물을 어찌 그렇게 말하느냐?"

감토 할미가 머리를 조아리고 사죄하며 말했다.

"젊은 것들이 망녕되게 생각이 없는지라 족하지 못하리로다. 저희들이 여러 죄가 있으나 공이 많음을 자랑하여 원망 어린 말을 지으니 마땅히 결곤(決棍, 곤장으로 죄인을 치는 형벌을 집행하는 일)할 만하지만, 평상시 깊은 정과 조그만 공을 생각하여 용서하심이 옳을까 하나이다."

여자가 대답했다.

"할미 말을 좇아 해 오던 일을 그만두리니, 내 손끝이 성한 것은 할미 공이라. 꿰어 차고 다니며 은혜를 잊지 아니하리니 금낭(錦囊, 비단으로 만든 주머니)을 지어 그 가운데 넣어 몸에 지니어 서로 떠나지 아니하리라."

감토 할미는 머리를 조아리며 사죄하고 제붕(諸朋)은 부끄러워하여 물러나리라.

일야구도하기(一夜九渡河記)

- 박지원(朴趾源) -

일야구도하기(一夜九渡河記)는 '하룻밤에 아홉 번 강을 건넌 기록'이라는 뜻으로, 박지원의 중국 여행기인 〈열하일기〉 중 '산장 잡기'에 수록되어 있다. 요하를 건너면서 귀에 들려오는 물소리가 상황의 변화에 따라 다르다는 사실을 경험하고, 강물소리를 통하여 감각기관과 마음의 상관관계를 설명하였으며 사물에 대한 정확한 인식에 도달하는 방법은 외계의 영향을 배제한 순수한 이성적 판단에 의하여야 한다는 것을 통해 인식의 허실을 예리하게 지적하고 있다.

강물이 흐르면서 급한 경사와 바위에 부딪힌 물결이 울부짖는 소리로 들리기도 하고 전차 만대가 굴러가는 것처럼 큰소리를 낸다. 사람들은 요동 벌판이 옛날의 전쟁터였기 때문에 그런 소리가 난다고 하였다. 그러나 소리는 듣기에 따라 다르게 들을 수 있으며 작자가 산속의 집에 누워 계곡물 소리를 듣자니 마음의 변화에 따라 들려오는 소리가 모두 다르다고 하였다.

사람들이 장마가 진 요하를 건널 때에 기도하듯이 하늘을 쳐다보고 건너는 것은 강물을 눈으로 보면 어지러워 물에 빠질지 모르는 두려움 때문이다. 또 요하의 물소리가 나지 않는 것은 평야에 위치하여 그렇다고 했는데 사실은 낮에 건너기 때문이며 밤에 요하를 건너면 눈이 보이지 않아 귀로 위협적인 소리만 들리는 것이다. 그러나 눈과 귀를 믿기보다 마음을 다스리고 바른 판단을 할 수 있게 되자 강에 대한 두려움이 없어져 자유롭게 왕래할 수 있었다고 하였다.

핵심 정리

갈래 : 기행문

연대 : 조선 영조시대

구성 : 비유적

배경 : 홍수로 황톳빛의 큰 물결이 일어나는 요하 강

주제 : 하룻밤에 아홉 번 강을 건너는 자세와 올바른 인생의 태도

출전 : 열하일기 산장잡기

일야구도하기

큰 강물은 두 산골짜기에서 흘러나와 바윗돌과 부딪쳐 거세게 흐른다. 그 놀란 듯한 물줄기와 성난 물머리와 슬픈 곡조로 원망하면서 우는 듯한 여울 소리가 굽이쳐 돌면서 내달려 부딪치듯, 싸우며 곤두박질치듯, 바쁘게 호령하는 듯, 순식간에 성(城)이라도 부술 기세다.

전차와 기마부대, 수많은 대포와 큰북으로는 거대한 무엇인가가 무너져 내리고 쏟아져 나오며 내뿜는 듯한 소리를 아무리 해도 형용할 수 없을 것이다.

모래밭 위의 큰 바위들은 시커멓게 우뚝우뚝 서 있고, 강 언덕의 늘어진 버드나무는 마치 컴컴한 밤에 물귀신들과 하수귀신들이 앞을 다투어 사람을 놀래키는 것 같기도 하고 좌우의 이무기들이 사람을 붙잡으려고 하는 것 같기도 하였다.

혹자는 '여기는 옛 전쟁터였으므로 강물소리가 그렇다.' 라고 말하지만 그 때문에 그런 것은 아니다. 강물소리는 듣기 여하에 달려 있는 것이다.

산중에 있는 나의 집 앞에 큰 시내가 있어 매양 여름철이 되어 큰 비가 한번 오고 나면, 시냇물이 갑자기 불어나서 그때마다 우렁찬 차기(車騎)와 포고(砲鼓)의 소리를 듣게 되어 마침내 귀에 익숙해졌다.

언젠가 나는 방문을 닫고 누워서 물소리를 비교해 본 적이 있었다.

깊은 숲의 소나무가 통소 소리를 내는 것처럼 들리는 것은 듣는 이가 청아(淸雅)한 탓이요, 산이 무너지고 언덕이 쏟아지는 듯한 소리가 들리는 것은 듣는 이가 분노한 탓이요, 개구리가 시끄럽게 우는 것 같은 소리는 듣는 이가 교만한 탓이요, 천둥과 우레가 급하게 나는 듯한 소리는 듣는 이가 놀란 탓이요, 찻물이 문무(文武)를 겸하여 약하게 혹은 세게 끓는 듯이 들린다면 취미가 고상한 탓이요, 거문고가 궁우에 잘 어우러지는 듯한 소리는 듣는 이가 슬픈 탓이요, 종이를 바른 창문이 바람에 우는 듯한 것은 누군가를 기다리며 듣는 탓이다.

이는 모두 물소리를 있는 그대로 듣지 않고 마음속으로 상상하여 소리를 만드는 것이었다.

지금 나는 밤중에 요하 강을 아홉 번 건넜다. 강은 새외로부터 나와서 만리장성을 뚫고 유하와 조하, 황화진천 등 여러 강물과 합쳐 밀운성(密雲城) 아래를 거쳐 백하(白河)가 되었다.

내가 요동에 들어섰을 때에는 바야흐로 뜨거운 한여름이었다. 햇볕을 그대로 받으며 길을 가는데 홀연히 큰 강이 앞에 나타나서는 붉고 세찬 물살이 산같이 일어나 끝이 보이지 않았다. 이것은 대개 먼 곳에 폭우가 쏟아진 때문이었다.

강물을 건널 때 사람들이 모두 머리를 들어 하늘을 우러러보자, 나는 처음에 사람들이 하늘에 묵도하는 것인 줄 알았었다. 그런데 나중에 알고 보니 강을 건너면서 소용돌이치고 탕탕히 흐르는 강물을 내려다보게 되면, 자기 몸은 강물을 거슬러 올라가는 것 같고 눈은 강물과 함께 떠내려가는 것 같아 갑자기 현기증이 나면서 물에 빠질 수도 있기 때문에 어지러운 강물 보기를 피하는 것이며, 그들이 하늘을 우러러보는 것은 하늘에 비는 것이 아니었던 것이다. 또한 자칫 위험한 순간인데 어느 틈에 목숨을 위하여 기도할 수 있을 것인가!

목숨이 위험할 정도였으니 사람들은 강물소리도 듣지 못하고 이렇게 말하였다.

"요동 벌판이 평지에다 매우 넓기 때문에 강물소리가 크게 나지 않는 것이다."

하였는데 이것은 강을 제대로 알지 못하는 말이다. 요하가 소리를 내지 않는 것이 아니라 단지 밤중에 건너지 않았기 때문이다. 환한 낮에는 위험한 강물을 볼 수밖에 없어 두려워하며 도리어 눈이 있는 것을 걱정하는 판이니 귀에 들리는 소리가 있을 것인가? 지금 나는 밤중에 강을 건너느라 눈으로는 위험한 것이 보이지 않고 두려움이란 오로지 강물소리에만 있어 바야흐로 귀가 무서워하며 걱정을 이기지 못하는 것이었다.

이제야 나는 도(道)를 깨달았다!

마음을 다스리는 자는 눈과 귀가 누(累)가 되지 않지만, 제 눈과 귀만을 믿는 자는 보고 듣는 것을 더욱 밝혀 도리어 병이 되는 것이다.

내 마부가 말굽에 발을 밟히는 바람에 그를 마차에 태웠다. 말의 고삐를 풀어주고 나서 나는 무릎을 구부려 발을 모으고 말안장 위에 앉았으니, 한번 떨어지면 그대로 강물 속이다. 강물로 땅을 삼고 강물로 옷을 삼으며, 강물로 내 몸을 삼고 강물을 본성으로 삼으니, 이제야 내 마음을 다스리고 눈과 귀보다 마음을 믿게 되었다. 내 귓속에서 강물소리가 없어지니 강을 아홉 번이나 건너는데도 걱정이 없어 땅 위의 수레에 앉아 있는 것 같았다.

옛날 우나라 왕이 강을 건널 때 황룡이 우왕이 탄 배를 등으로 업어 지극히 위험했으나 사생(死生)의 판단을 먼저 마음속에 밝히고 보니 용이거나 지렁이거나, 크거나 작거나 논할 바가 못 되었다.

소리와 빛은 외물(外物)이니 외물이 항상 눈과 귀에 폐를 끼쳐 사람으로 하여금 올바로 보고 듣는 것을 방해하고 판단을 흐리게 하는 것이다. 하물며 세상이라는 강물을 지나는 데 있어서는 그 험하고 위태로운 요하보다 심하며 보고 듣는 것이 오히려 병이 되는구나!

나는 다시 산중으로 돌아가 집 앞 시냇물 소리를 들으면서 이때의 깨달음을 되새겨보고, 마음을 살피기보다 눈과 귀의 총명함만 자신하는 자들에게 경고하는 바이다.

통곡할 만한 자리(好哭場論)

- 박지원(朴趾源) -

작품 정리

'통곡할 만한 자리'는 박지원이 청나라를 여행하고 쓴 기행문 〈열하일기〉중의 한 편으로, 새로운 문물과 사상에 깊은 관심을 가졌던 작가가 요동의 백탑과 광활한 요동 벌판을 보고 적절한 비유와 구체적인 예를 통해 매우 실감나게 묘사하고 있다. 특히 천하의 장관인 광활한 벌판을 보고 '통곡하기 좋은 울음터'라고 말하면서 그 까닭을 나름대로의 독특한 논리로 설명하고 있어서 '호곡장론(好哭場論)'이라는 이름으로 불리기도 한다. 장관을 보고 감탄하는 것이 아니라 통곡하겠다고 하는 발상의 전환, 대상에 대한 치밀한 분석과 적절한 비유가 공감을 일으키는 작품이다.

작품 줄거리

작가는 요동 벌판을 보고 '한바탕 울고 싶다'고 표현한다. 사람들은 슬픔에만 울음을 자아낸다고 여기고 다른 감정에는 울음을 연결시키지 못하는데 사실은 인간의 일곱 가지 감정이 극에 달하면 모두 울음으로 표현할 수 있다고 하였다. 여기에서 드넓은 벌판을 보고 통곡할 만한 자리라고 한 것은 슬픔에서 비롯되는 것이 아니라 기쁨이 극에 달해 북받쳐 나오는 울음으로, 갓난아이가 어둡고 비좁은 어미의 태 속에서 넓은 세상으로 나와 터트리는 울음과 같다고 하였으며 새로

운 세계를 접하는 자신의 기쁨을 표현하며 천하의 드넓은 벌판을 보고 감탄대신
통곡하겠다고 말하는 것이다.

핵심 정리

갈래 : 기행문

연대 : 조선 영조시대

구성 : 비유적

배경 : 광활한 요동 지방의 기행

주제 : 새로운 세계를 만나는 기쁨

출전 : 열하일기 도강록

통곡할 만한 자리

칠월 초팔일 갑신일, 맑음.

정 진사와 가마를 타고 삼류하(三流河)를 건너 냉정에서 아침을 먹었다. 십여 리 남짓 가다가 산기슭을 돌아 나오자, 태복이 허리를 굽히고 말 앞으로 달려 나와 땅에 머리를 조아리고 큰소리로 외쳤다.

"백탑(白塔)이 곧 현신하오."

태복이란 자는 정 진사의 말을 맡은 하인이다. 태복의 말이 있었지만 산기슭이 앞을 가려 백탑은 아직 보이지 않았다. 그런데 말을 채찍질하여 수십 보를 채 가기도 전에 산기슭을 벗어나니 눈앞이 아찔해지며 눈에 헛것이 현란했다.

나는 오늘에서야 비로소 사람이란 본디 의지할 데도 없으며 다만 하늘을 이고 땅을 밟고 살아갈 수밖에 없는 나약한 존재임을 깨달았다.

말을 멈추게 하고 사방을 돌아보다가 나도 모르게 이마에 손을 대고 말하였다.

"통곡할 만한 자리로다! 한바탕 울어볼 만하구나!"

정 진사가 의아해하며 물었다.

"이 같은 천지간에 이렇게 시야가 시원스레 탁 트인 드넓은 벌판을 만나 속이 후련해지는데 갑자기 한바탕 울고 싶다니 그게 무슨 말씀이오?"

내가 대답하였다.

"그 말도 맞지만 꼭 그것만 있는 것이 아니라오. 예부터 영웅은 잘 울고 미인은 눈물이 많다지만 아무리 그래도 두어 줄기 소리 없는 눈물이 그저 옷깃을 조금 적시는 것뿐이요, 아직까지 그 울음소리가 천지에 가득 차올라 쇠로 된 종이나 돌에서 울리는 것 같다는 말을 들어 보진 못했소.

사람들은 희노애락애오욕(喜怒哀樂愛惡欲) 칠정(七情) 중에서 오직 슬픔(哀)만이 울음을 자아내는 줄 알았지 다른 감정 역시 모두 울음을 자아내는 줄은 모를 것이오.

기쁨(喜)이 극에 달해도 울게 되고, 노여움(怒)이 사무치면 울게 되고, 즐거움(樂)이 극에 달하면 울게 되고, 사랑(愛)이 사무쳐도 울게 되고, 미움(惡)이 극에 달하여도 울게 되고, 욕심(欲)이 사무치면 또한 울게 된다오.

답답하고 억눌렸던 감정을 확 풀어버리는 것으로 큰소리로 우는 것보다 더 빠른 방법은 없소. 울음이란 천지간의 뇌성벽력에 비할 수 있을 거요. 극에 달하여 복받쳐 나오는 감정으로 울음이 터지는 것이 웃음과 무엇이 다르겠소?

사람들은 일상 중에 이처럼 지극한 감정을 겪어 보기가 쉽지 않기 때문에 교묘하게 일곱 가지 감정을 늘어놓고 '슬픈 감정(哀)'에만 울음이 어울린다고 생각하는 것이라오. 그래서 사람이 죽어 초상을 치를 때에는 슬픈 일이라 하여 억지로라도 '아이고' 하며 울부짖는 것이지요.

그러나 정말로 칠정에서 우러나오는 지극하고 참다운 소리는 참고 억눌려 천지간에 쌓이고 맺혀도 감히 터져 나올 수 없소. 저 한나라의 가의는 자기의 울음터를 얻지 못하고 결국 참다못해 자신을 알아 준 왕의 선실(宣室)을 향하여 큰소리로 울부짖으니, 어찌 사람들을 놀라게 하지 않을 수 있었을 것이오?"

정 진사가 듣고 있다가 다시 물었다.

"그래, 지금 통곡할 만한 자리가 이토록 넓으니 나도 그대를 따라 한바탕 통곡을 해야 할 텐데 무엇 때문에 울어야 할지 모르겠소. 칠정 가운데 어느 '정'을 골라 울어야 하겠소?"

내가 대답하였다.

"갓난아이에게 물어보시지요. 아이가 처음 어미의 배에서 밖으로 나오며 느끼는 '감정'이란 무엇이겠소? 처음에는 밝은 빛을 볼 것이요, 다음에는 부모와 친척들이 눈앞에 모여 있는 것을 볼 수 있으니 아기는 기쁘고 즐겁지 않을 수 없을 것이오.

태어나서 처음으로 갖는 이 같은 기쁨과 즐거움은 늙어 죽을 때까지 두 번 다시 없을 일이니 슬픔이나 노할 일이 있을 리 없고, 그 '감정'이란 응당 즐거움과 기쁨으로 소리 내어 웃는 것이 당연하지만 도리어 분하고 서러움이 복받치는 듯 한없이 울음을 터뜨린다오.

이것을 보고 어떤 이는 말하기를 인생은 잘났든 못났든 제왕이든 백성이든 태어나 언젠가 죽기는 매일반이요, 살아 있는 동안에 허물과 환란, 근심과 걱정을 백방으로 겪을 테니 갓난아이는 세상에 태어난 것을 후회하며 스스로 먼저 통곡하여 제 조문(弔問)을 제가 하는 것이라고도 하오.

하지만 이것은 결코 갓난아이의 진심이 아닐 것입니다. 아기가 어미의 태 안에 자리를 잡고 있을 때는 어두운 데서 갑갑하게 얽매이고 비좁게 지내다가 하루아침에 탁 트인 넓은 곳으로 빠져 나와 팔을 펴고 다리를 뻗어 정신마저 시원하게 될 테니, 어찌 감정이 다하도록 참된 소리를 질러 한바탕 울음을 쏟아내지 않을 수 있으리오!

그러므로 갓난아이의 울음소리에는 기쁨이 극에 달해 나오는 것이며 가식이 없다는 것을 마땅히 본받아야 할 것이오.

금강산 비로봉 꼭대기에 올라서서 멀리 동해 바다를 굽어보며 한바탕 통곡할 '자리'를 잡을 만할 것이요, 황해도 장연의 금사(金沙) 바닷가에 가도 한바탕 통곡할 '자리'를 얻을 수 있을 것이오. 그런데 오늘 요동 벌판에 이르고 보니 이곳에서부터 산해관까지 일천이백 리 구간은 사방을 둘러봐도 도무지 산 하나도 볼 수 없고 하늘과 땅이 실로 꿰맨 듯 맞붙어 있어 이 벌판 가운데를 오고 가는 비와 바람만이 창망할 뿐이니, 이곳 역시 한바탕 통곡할 만한 '자리'가 아니겠소?"

국어과 선생님이 뽑은 문학 읽기 시리즈

❶
국어과 선생님이 뽑은 김동인 단편선
감자 & 배따라기 & 광염소나타 외
극단적인 상황과 비극적 운명에 빠진 인물 군상들을 환경에 대한 근대적 인식을 빼어난 문체와 냉정하게 서술해낸 한국 근대 단편 문학의 선구자 김동인의 주옥같은 작품으로 당시의 시대적 배경과 사회상도 엿볼 수 있도록 작가의 사상과 문학적 배경에 관한 설명을 담았다.
4·6양장 · 컬러 208쪽 · 값 8,500원

❷
국어과 선생님이 뽑은 김유정 단편선
봄봄 & 동백꽃 & 금따는 콩밭 외
강원도 지방의 토속어를 바탕으로 뛰어난 해학과 풍자를 통해 일제강점기에 농촌의 참담한 현실을 정확하게 묘사해온 김유정의 단편선이다. 농촌에서 우직하고 순진하게 살아가는 농민을 특유의 해학적 수법으로 표현한다. 특히 질편한 웃음 속에 땅에 불박여 살아가는 농민의 애끓는 울음이 질 깔아놓았다.
4·6양장 · 컬러 208쪽 · 값 8,500원

❸
국어과 선생님이 뽑은 현진건 단편선
운수 좋은 날 & 빈처 & B사감과 러브레터 외
일제 강점기를 배경으로 시대적 상황 아래서 하루하루를 살아 내기에게 버거웠던 하층민의 비극적 삶을 들여다보고 당시의 모습을 사실적으로 보여주는 자연주의 문학의 대표 작가 현진건의 단편 8편을 실었다.
4·6양장 · 컬러 204쪽 · 값 8,500원

❹
국어과 선생님이 뽑은 이효석 단편선
메밀꽃 필 무렵 & 산 & 돼지 외
길 위에서 일생을 살아가는 장돌뱅이의 삶과 애환을 담고 세련된 언어와 풍부한 어휘로 인생에 대한 심도 있는 고찰과 함께 헤어진 혈육과의 운명적인 만남이라는 두 가지 이야기를 한 편의 시처럼 그려낸 이효석의 7편의 단편을 담았다.
4·6양장 · 컬러 208쪽 · 값 8,500원

❺
국어과 선생님이 뽑은 채만식 단편선
레디메이드 인생 & 논 이야기 & 치숙 외
1930년대 우리 민족이 겪어야만 했던 일제하의 심각한 불황 그리고 그 속에서 지식인이 겪었던 취직난과 생활난을 해학적으로 그린 채만식의 풍자문학의 결정판으로 대표작 6편이 수록되어 있다.
4·6양장 · 컬러 208쪽 · 값 8,500원

❻
국어과 선생님이 뽑은 이상 단편선
날개 & 권태 & 지도의 암실 외
매춘부 아내에게 의탁하며 사는 무의도식 지식인인 '나'가 일제 강점기 때 분열된 자아의 내면 가장 안쪽에 있는 부분에 대한 이야기를 보여 주는 심리주의 소설로 시대를 앞서 간 천재작가 이상의 초현실주의적 작품 6편을 실었다.
4·6양장 · 컬러 208쪽 · 값 8,500원

❼
국어과 선생님이 뽑은 최서해 단편선
탈출기 & 홍염 & 전아사 외
1920년대를 전후한 일제 강점기 시절 자신들을 지켜줄 국가가 없기 때문에 중국과 일본 틈바구니에서 견디기 힘든 고통의 삶을 살아가는 이주민들의 빈궁한 삶을 극명하게 잘 보여주는 작품들을 담아냈다.
4·6양장 · 컬러 208쪽 · 값 8,500원

❽
국어과 선생님이 뽑은 안국선 단편선
금수 회의록 & 공진회 외
각종 동물들을 등장시켜 인간 사회의 부조리와 현실을 비판하고 풍자한 우화 소설 《금수 회의록》 여러 가지 신기한 물건을 벌여 놓고 모든 사람으로 하여금 구경하게 하는 이야기 《공진회》 등의 안국선 단편 소설을 모아 엮었다.
4·6양장 · 컬러 184쪽 · 값 8,500원

❾
국어과 선생님이 뽑은 나도향 단편선
물레방아 & 벙어리 삼룡이 & 행랑 자식 외
나도향의 대표적인 단편소설 《물레방아》 《벙어리 삼룡이》 《행랑자식》 《꿈》 《뽕》 《지형근》 등 총6편의 작품을 수록했다. 나도향의 작품 중 낭만주의적인 문학세계를 보여주고 인간의 본능적인 감정의 색채를 잘 묘사한 토속적인 그의 작품 세계를 잘 보여준다.
4·6양장 · 컬러 216쪽 · 값 8,500원

❿
국어과 선생님이 뽑은 이태준 단편선
복덕방 & 해방 전후 & 돌다리 외
단편 소설의 모범을 완성했다고 평가받는 그의 작품은 삶의 뒷전으로 물러난 노인들의 애환과 불우한 처지에 놓인 사람들의 감정을 관찰자적 인물을 등장시켜 간결한 문장과 실감나는 표현으로 한국 근대 단편 소설의 미학적인 완성자로 평가받는다.

⓫
국어과 선생님이 뽑은
구운몽
인간의 부귀, 영화, 공명은 한낱 꿈에 지나지 않는다는 주제로 유교, 도교, 불교 등 한국인의 사상적 기반이 총체적으로 반영되어 있으며 불교의 공(空) 사상이 중심을 이루고 있다. 현실에서 꿈으로, 다시 현실로 돌아오는 이원적 환몽 구조를 바탕으로 한 몽자류 소설의 효시이다.
4·6양장 · 컬러 208쪽 · 값 8,500원

⓬
국어과 선생님이 뽑은
운영전
《수성궁 몽유록》 또는 《유영전》이라는 조선시대의 고대 소설 중 남녀 간의 애정을 미화한 대표적인 작품이다. 뿐만 아니라 결말을 비극으로 처리한 유일한 소설로, 사건 전개에 사실감이 있어 《춘향전》보다 격이 높은 염정 소설로 평가받고 있다.
4·6양장 · 컬러 208쪽 · 값 8,500원

⓭
국어과 선생님이 뽑은
춘향전
아름다운 청춘 남녀의 사랑 이야기인 동시에 신분을 초월한 사랑과 정절을 주제로 사랑을 방해하는 신분제도와 탐관오리에 대한 비판과 역경을 딛고 진실한 사랑을 획득하는 감동이 담겨 있는 작품이다. 전래의 열녀, 설화, 암행어사 설화 등이 결합하여 판소리 창으로 불리다가 소설화한 것이다.
4·6양장 · 컬러 184쪽 · 값 8,500원

⓮
국어과 선생님이 뽑은
홍길동전
허균이 지은 우리나라 최초의 국문소설로 봉건사회의 문제점을 비판한 사회 소설로 길동의 가출, 의적활동, 이상국 건설로 구성되었다. 길동의 가출로 적서 차별의 부당함을 드러내고 의적이 된 길동이 탐관오리의 부패상을 고발하며 그 대안으로 율도국이라는 이상향을 제안하였다.
4·6양장 · 컬러 216쪽 · 값 8,500원

⑮

국어과 선생님이 뽑은 금오신화

만복사 저포기 & 이생규장전 외

이 책에는 《만복사저포기》《이생규장전》《취유부벽정기》《남염부주지》《용궁부연록》등 《금오신화》에 실려 전하는 5편의 전기 소설이다. 전래하는 인귀교환설화, 시애설화 등이 복합적으로 어우러져 이승의 사람과 저승의 영혼의 결합이라는 전기성이 두드러진다.

4 · 6양장 | 컬러 208쪽 · 값 8,500원

⑯

국어과 선생님이 뽑은

호질 & 양반전 & 허생전 외

위선적인 인물을 대표하는 북곽과 동리자를 내세워 당시의 양반 계급, 즉 다수 선비들의 부패한 도덕관념을 풍자하여 비판한 것이다. 도덕과 인격이 높다고 소문난 북곽 양반은 결국 여우같은 인물이자 끝까지 자세와 허세를 부리는 이중적인 인간임을 고발한다. 박지원이 지은 열하일기 속에 수록되어있는 《양반전》《허생전》등 다수의 작품이 수록되었다.

4 · 6양장 | 컬러 128쪽 · 값 8,500원

⑰

국어과 선생님이 뽑은

박씨전 & 임경업전

《박씨전》은 역사relatively 인물들을 등장시켰으며, 여성을 주인공으로 설정했다는 특성을 가지고 있다. 《임경업전》은 병자호란을 배경으로 세도가들에 대한 비판의식처럼 집권층에 대한 민중의 분노가 반영된 작품이다.

4 · 6양장 | 컬러 208쪽 · 값 8,500원

⑱

국어과 선생님이 뽑은

심청전 & 토끼전

이 소설은 《거타지》《인신 공희》《맹인 득안》《효녀 지은》등의 전래 설화가 창(唱)의 판소리 사설로 구현되어 오다가 영 · 정조에 이르러 소설화한 것이다. 또한 여러 사람들의 참여에 의해 첨삭된 적층 문학의 성격을 가지고 있는 것이 특징이다. 이 소설의 사상적 배경은 불교의 인과응보와 환생을 바탕으로 유교의 효 사상이 형상화되었다.

4 · 6양장 | 컬러 128쪽 · 값 8,500원

⑲

국어과 선생님이 뽑은

흥부전 & 옹고집전

《흥부전》은 흥부와 놀부 형제를 통해 조선 후기의 신분 변동에 따른 유랑 농민과 신흥 부농의 갈등을 보여준다. 《옹고집전》은 인색한 옹고집을 징벌해 개과천선시키고, 인간의 참된 도리의 교훈을 얻을 수 있다.

4 · 6양장 | 컬러 128쪽 · 값 8,500원

⑳

국어과 선생님이 뽑은

사씨남정기

작중 인물 중의 사씨 부인은 인현왕후를, 유한림은 숙종을, 요첩(妖妾) 교씨는 장희빈의 관소리 사설로 구현되어 오다가 일부다처제의 가정 속에서 처와 첩 간의 갈등을 중심으로 한 가정소설의 전형을 이루고 있어 문학사적으로도 중요한 작품이다.

4 · 6양장 | 컬러 192쪽 · 값 8,500원

㉑

국어과 선생님이 뽑은 O.헨리 단편선

마지막 잎새 & 크리스마스 선물 & 20년 후 외

평범한 소시민의 일상을 따뜻하고 다채롭게 그려낸 오 헨리 특유의 감성적인 유머, 절묘한 반전, 행복한 로맨스를 그린 작품들이 수록되어 있다. 어려운 삶에서도 희망을 잃지 않는 사람들의 이야기는 유쾌한 반전과 함께 우리에게 진한 감동을 준다.

4 · 6양장 | 컬러 204쪽 · 값 8,500원

㉒

국어과 선생님이 뽑은 모파상 단편선

목걸이 & 비곗덩어리 & 테리에 집 외

모파상의 작품은 한 결 같이 뱉어지지 못한 채 안타까운 비극으로 끝난다. 모파상은 지극히 평범하고 진부한 일상생활 속을 파고들어 비참과 무지에 찬 인생의 진상을 정확히 포착하여 간결한 문체로 생생하게 표현한다.

4 · 6양장 | 컬러 240쪽 · 값 8,500원

㉓

국어과 선생님이 뽑은 포우 단편선

검은 고양이 & 어셔 가의 몰락 & 도둑 맞은 편지 외

인간의 잔혹성과 두려움에 관한 전형적 단면과 독특한 구성과 추리를 구사하여 세계인의 경탄을 받으며 사건의 범인을 알려주고 이야기를 풀어가는 추리의 묘미와 재치가 문학의 새로운 장르를 개척하여 추리소설의 아버지라고 불린다.

4 · 6양장 | 컬러 240쪽 · 값 8,500원

㉔

국어과 선생님이 뽑은 톨스토이 단편선

사람은 무엇으로 사는가 & 바보 이반 & 두 노인외

19세기 러시아 문학을 대표하는 세계적 문호이자 문명비평가 톨스토이의 단편에 수록된 다섯 편의 단편들은 그의 예술관이 잘 드러나 있다. 세계문학사상 독자적인 위치를 차지하는 명문장과 종교적이면서 보편적 주제로 명료하고 간결한 형식 등이 이루어져 있다.

4 · 6양장 | 컬러 240쪽 · 값 8,500원

㉕

국어과 선생님이 뽑은 노신 단편선

아Q정전 & 광인일기 & 고향외

신해혁명의 웅대한 중국 민중을 일깨워준 풍자문학의 걸작으로 모욕을 받아도 저항할 줄을 모르고 오히려 정신적 승리로 탈바꿈시켜 버리는 어리석은 아Q. 혁명 앞에서도 끄떡없는 지배력으로 군림하는 비인간적 지배계급이 보여주는 당시 중국인들의 일그러진 자화상을 그리고 있다.

4 · 6양장 | 컬러 224쪽 · 값 8,500원

㉖

국어과 선생님이 뽑은 체호프 단편선

귀여운 여인 & 상자 속에 든 사나이 & 다락방이 있는 집 외

유머러스한 필치로 평범한 일상생활과 사회의 모순을 담담하게 묘사하고 그 속에는 넓고 보편적인 의미를 가진 인생 본연의 단면과 숙명적인 사회의 비극을 볼 수 있는 러시아의 천재적인 작가 체호프의 초기 작품부터 후기에 이르기까지 대표적인 단편 5편을 수록하였다.

4 · 6양장 | 컬러 204쪽 · 값 8,500원

㉗

국어과 선생님이 뽑은 알퐁스 도데 단편선

별 & 산문으로 쓴 환상시 & 마지막 수업 외

프랑스 서정 문학을 대표하는 세계적인 작가 알퐁스 도데의 단편집으로서, 《별》《마지막 수업》등 섬세하고 서정적인 문체로 그려낸 풍경화 같은 사랑이야기, 인생의 아름다움을 노래한 주옥같은 작품 18편을 담고 있다. 이중 알퐁스 도데의 대표작《별은 프로방스 지방 목동의 순수한 사랑 이야기를 그린 작품이다.

4 · 6양장 | 컬러 224쪽 · 값 8,500원

㉘

국어과 선생님이 뽑은 셰익스피어

햄릿

햄릿 왕자의 고뇌를 주제로 하고 있는 이 작품에서 햄릿은 아버지의 원수를 갚고 국가의 질서를 회복해야 하는 것이다. 그러나 우유부단한 성격의 그는 결단을 내리지 못하고 적절한 시기를 놓친다. 특히, 사느냐 죽느냐 그것이 문제로다 하는 독백은 햄릿의 그러한 성격을 잘 드러낸다.

4 · 6양장 | 컬러 224쪽 · 값 8,500원

㉙ 국어과 선생님이 뽑은 셰익스피어
리어왕
늙은 왕의 세 딸에 대한 애정의 시험이라는 모티브를 바탕에 깔고 있으며 혈육 간의 유대의 파괴가 우주적 질서의 붕괴로 확대되는 과정을 그린 비극으로 인간성의 선과 악의 문제가 근원적 차원에서 다루어진 셰익스피어의 비극 중에서 가장 규모가 크고 비극의 감정이 고조된 최고의 작품이다.
4·6양장 | 컬러 208쪽 · 값 8,500원

㉚ 국어과 선생님이 뽑은 셰익스피어
베니스의 상인
상업이 발달한 베니스의 거리를 배경으로 돈 대신 1파운드의 살을 받겠다는 유대인 고리대금업자 샤일록에 대한 황당한 재판과 유대인과 그리스도교도와의 사랑의 도피, 남자로 변장한 재판관에게 준 반지 때문에 곤욕을 치르는 셰익스피어의 희곡 중 가장 대표적인 작품이다.
4·6양장 | 컬러 192쪽 · 값 8,500원

㉛ 국어과 선생님이 뽑은 한국고전 수필 모음
한중록 & 계축일기 & 인현왕후전 외
중 고교 청소년들이 꼭 읽어야 할 고전 수필 작품들을 이해하기 쉽게 예쁜 삽화와 함께 컬러로 편집하였다. 각 작품마다 작가소개와 작품해설, 줄거리를 실었으며, 학생 자신의 독서 능력을 향상시키기 위해 작품 전문 위주로 편집하였다.
4·6양장 | 컬러 240쪽 · 값 8,500원

㉜ 국어과 선생님이 뽑은 고전 신화·설화 모음
단군신화 & 구토설화 & 주몽신화 외
중 고교 청소년들이 꼭 읽어야 할 신화 설화 작품들을 이해하기 쉽게 예쁜 삽화와 함께 컬러로 편집하였다. 각 작품마다 작가소개와 작품해설, 줄거리를 실었으며, 학생 자신의 독서 능력을 향상시키기 위해 작품 전문 위주로 편집하였다.
4·6양장 | 컬러 192쪽 · 값 8,500원

㉝ 국어과 선생님이 뽑은 가전체 소설·패관문학 모음
공방전 & 국순전 & 국선생전 외
중 고교 청소년들이 꼭 읽어야 할 가전체와 패관문학 작품들을 이해하기 쉽게 예쁜 삽화와 함께 컬러로 편집하였다. 각 작품마다 작가소개와 작품해설, 줄거리를 실었으며, 학생 자신의 독서 능력을 향상시키기 위해 작품 전문 위주로 편집하였다.
4·6양장 | 컬러 160쪽 · 값 8,500원

㉞ 국어과 선생님이 뽑은 한국단편 소설 모음
한국단편 소설 13선
교과서에 수록된 중고생이 꼭 읽어야 할 문학 작품들을 정확하게 파악할 수 있도록, 봄봄, 동백꽃, 운수 좋은 날, 고향, 감자, 배따라기, 물레방아, 레디메이드인생, 복덕방, 날개, 탈출기, 메밀꽃 필 무렵, 배치 아다다 등 13편을 작품 전문과 작자 소개와 줄거리 및 해설을 예쁜 삽화와 함께 실었다.
4·6양장 | 컬러 320쪽 · 값 9,500원

㉟ 국어과 선생님이 뽑은 세계단편 소설 모음
세계단편 소설 12선
교과서에 수록된 중고생이 꼭 읽어야 할 문학 작품들을 정확하게 파악할 수 있도록, 목걸이, 사람은 무엇으로 사는가, 마지막 잎새, 큰 바위 얼굴, 가난한 사람들, 살인자, 외투, 귀여운 여인, 2인조도둑, 밀회, 별, 검은고양이 등 12편을 작품 전문과 작자 소개와 줄거리 및 해설을 예쁜 삽화와 함께 실었다.
4·6양장 | 컬러 336쪽 · 값 9,500원

㊱ 국어과 선생님이 뽑은 한국고전 소설 모음
한국고전 소설 14선
교과서에 수록된 중고생이 꼭 읽어야 할 문학 작품들을 정확하게 파악할 수 있도록, 만복사저포기, 이생규장전, 호질, 양반전, 허생전, 구운몽, 홍길동전, 운영전, 사씨남정기, 박씨전, 춘향전, 흥부전, 심청전, 토끼전 등 14편을 작품 전문과 작자 소개와 줄거리 및 해설을 예쁜 삽화와 함께 실었다.
4·6양장 | 컬러 336쪽 · 값 9,500원

㊲ 국어과 선생님이 뽑은 김소월 명시
진달래 꽃 & 먼 후일 & 산유화 외
나보기가 역겨워 가실 때에는 영변에 약산 진달래꽃 사뿐히 즈려밟고 가시옵소서라는 향토적인 시어와 우리 민족의 한(恨)을 노래한 김소월의 작품을 실었다.
4·6양장 | 컬러 192쪽 · 값 8,500원

㊳ 국어과 선생님이 뽑은 윤동주 하늘과 바람과 별과 시
서시 & 별 헤는 밤 & 자화상 외
시대를 슬퍼할 일도 없고 아무 걱정도 없이 가을 하늘의 별을 헤는 한국어로 쓰인 시 중 가장 아름다운 시를 남긴 윤동주의 주옥같은 시와 동시를 실었다.
4·6양장 | 컬러 152쪽 · 값 8,500원

㊴ 국어과 선생님이 뽑은 한용운 명시
님의 침묵 & 나룻배와 행인 & 알 수 없어요 외
만날 때에 떠날 것을 염려하고 떠날 때에 다시 만날 것을 믿는 현대적인 자유시를 통해 민족적 주체성을 일깨워 주는 한용운의 작품을 실었다.
4·6양장 | 컬러 168쪽 · 값 8,500원

㊵ 국어과 선생님이 뽑은 이육사 선집
광야 & 청포도 & 절정 외
광야에 가난한 노래의 씨를 뿌리며 훗날 백마 탄 초인을 기다린 저항시를 삶으로 실천한 독립운동가 이육사의 시와 산문을 실었다.
4·6양장 | 컬러 160쪽 · 값 8,500원

㊶ 국어과 선생님이 뽑은 정지용 명시
향수 & 유리창 & 호수 외
서리 까마귀 우지짖고 얼룩배기 황소가 해설피 금빛 게으른 울음을 우는 섬세하고 독특한 언어를 구사하여 현대시의 모더니즘의 새로운 경지를 연 정지용의 시를 실었다.
4·6양장 | 컬러 152쪽 · 값 8,500원

국어과 선생님이 뽑은 논술고사·수능대비 청소년 필독서

국어과 선생님이 뽑은
셰익스피어 4대 비극

전 세계의 독자들을 감동시킨 셰익스피어의 4대 비극은 우수적인 인간 고뇌의 문제를 심도 있게 다루고 있다. 희극과 비극은 같은 원인에서 시작된다고 한 그는 양쪽 다 천재성을 발휘해 성공을 거둔다. 4대 비극의 위대성은 하나의 문화로 자리 잡고 현대 연극사에도 큰 영향을 끼치며 위대함이 살아 움직인다. 셰익스피어가 세상을 떠난 지 수백 년이 지난 지금도 그의 작품은 우리에게 안목을 넓혀 준다.

신국판 | 컬러 592쪽 · 값 14,800원

국어과 선생님이 뽑은
셰익스피어 5대 희극

전 세계의 독자들을 감동시킨 셰익스피어의 5대 희극은 인간 사회의 즐거운 면과 악의적인 면을 잘 보여준다. 희극과 비극은 같은 원인에서 시작된다고 한 그는 양쪽 다 천재성을 발휘해 성공을 거둔다. 5대 희극의 위대성은 하나의 문화로 자리 잡고 현대 연극사에도 큰 영향을 끼치며 위대함이 살아 움직인다. 셰익스피어가 세상을 떠난 지 수백 년이 지난 지금도 그의 작품은 우리에게 안목을 넓혀 준다.

신국판 | 컬러 592쪽 · 값 15,800원

국어과 선생님이 뽑은
셰익스피어 4대 비극 · 5대희극

셰익스피어의 4대 비극은 우수적인 인간 고뇌의 문제를 다루고 있는 데 반해 5대 희극은 인간 사회의 즐거운 면과 악의적인 면을 잘 보여준다. 희극과 비극은 같은 원인에서 시작된다고 한 그는 양쪽 다 천재성을 발휘해 성공을 거둔다. 4대 비극과 5대 희극의 위대성은 하나의 문화로 자리 잡고 영문학을 공부하는 학생, 배우를 꿈꾸며 연기나 연출을 전공하는 사람들의 필독서인 현대 연극사에 큰 영향을 끼친 위대함이 살아 있다.

신국판 | 1,008쪽 · 값 25,000원

국어과 선생님이 뽑은 북앤북 논술문학 읽기

❶

국어과 선생님이 뽑은
이광수 · 무정
부모가 정해주는 삶을 자연스럽게 수용한다는 박영채와 근대적 흐름에 맞추어 변화하고 있는 이형식을 비롯한 등장인물들 간의 내면적 갈등을 보여주는 기존 사회의 굴레에서 벗어나 여성이라기보다는 하나의 인간으로서 자신의 위치를 찾아가는 모습을 과도기적 시대 속에서 나타나는 인물들과 사상관의 대립을 잘 표현한다.
신국판 | 416쪽 · 값10,000원

❷

국어과 선생님이 뽑은
채만식 · 탁류
주인공 초봉이의 비극적인 삶을 중심으로 식민지 자본주의 체제를 살아가는 당시 조선인들의 일상적 욕망을 날카롭게 포착하고 딸을 팔아 장사 밑천을 삼는 정주사 내외와 다양한 인물 군상의 삶을 항구도시 군산을 배경으로 비극적인 삶을 그린 1930년대 하층민들의 현실과 함께 작가의 사회의식을 살펴볼 수 있다.
신국판 | 496쪽 · 값10,000원

❸

국어과 선생님이 뽑은
현진건 · 무영탑
신라 예술의 최고작품인 석가탑을 건축하려는 한 석공의 예술혼과 남녀 간의 사랑을 결합하여 애절하면서도 흥미진진한 한편의 이야기를 역사의 전설을 재구성하여 사실적 보다는 예술적인 아름다운 탑을 만들어 가는 과정을 그린 현진건의 장편 역사 소설.
신국판 | 448쪽 · 값10,000원

❹

국어과 선생님이 뽑은
심훈 · 상록수
일제의 식민지 수탈에 맞서 1920년대 중반부터 적극적으로 전개되어 온 '브나로드' 운동을 시대적 배경으로 일제의 탄압 때문에 청춘 남녀의 사랑 이야기를 소재로 한 소설을 통해서 농촌 계몽 운동에 헌신하는 지식인들의 모습과 당시 농촌의 실상을 보여준다.
신국판 | 360쪽 · 값9,500원

❺

국어과 선생님이 뽑은
채만식 · 태평천하
지주이자 고리대금업자인 윤 직원을 통하여 그릇된 인식과 그 집안이 몰락해 가는 과정을 판소리 사설의 풍자적 문체를 통하여 당대 사회의 모순과 중산계층의 부정적인 인물의 몰락한 삶을 풍자한 가족사적 소설로 1930년대 일제 강점하의 현실을 '태평천하'라는 윤 직원 영감의 시국관과 5대에 걸친 가족의 일제 착취에 의해 궁핍해 가는 그 시대 상황을 풍자한다.
신국판 | 272쪽 · 값9,500원

❻

국어과 선생님이 뽑은
염상섭 · 삼대
1920년대 서울 중구 수하동의 만석꾼인 조씨 일가를 다룬 것으로써 한 가문의 삼대기를 통해서 식민지 체제 아래에서 한 집안이 어떻게 몰락하고, 어떤 의식을 지녔는지, 세 세대 간의 대립을 공존시키며, 그들의 의식과 당시의 청년들의 고뇌가 어떠했는지 사람의 심리를 미묘하고 사실적인 수법으로 파헤친 작품이다.
신국판 | 576쪽 · 값12,000원

❼

국어과 선생님이 뽑은
강경애 · 인간문제
1930년대 일제 강점기의 조선의 농촌과 도시, 농민과 노동자의 현실을 배경으로 하여 항일 투쟁을 직접 다룰 수 없는 상황에서, 농민 운동과 고달프게 살아가는 도시 근로자의 궁핍한 삶과 노동 운동이라는 두 가지 제도의 모순을 다룬 장편 소설로, 그 시기의 인천 부두와 방적 공장의 묘사를 생생하게 표현하고 있다. 일제 강점기의 농민과 노동자들의 비참한 삶을 그리면서도, 그 고통과 비극이 우리 모두의 문제라고 제시하고 있다.
신국판 | 320쪽 · 값9,500원

❽

국어과 선생님이 뽑은
김구 · 백범일지
독립운동에 평생을 헌신한 백범 김구 선생의 일지이자 자서전이다. 1편과 2편을 한권으로 엮은 것으로 1편은 그가 주석으로 활동하면서 유서 대신 남긴 그의 기록에 관한 것이며, 2편은 윤봉길의사 사건 이후 민족 독립운동에 대한 저자의 경륜과 소회를 고하고자 한 것이다. 또한 나의 소원과 두 아들에게 주는 글 등 그가 남긴 기록을 함께 수록하여 그의 정신을 온전히 살펴볼 수 있다.
신국판 | 416쪽 · 값10,000원

❾

국어과 선생님이 뽑은 이인직
혈의 누 · 은세계
이 작품은 청일 전쟁을 배경으로 십 년 동안의 세월 속에서 한국 · 일본 · 미국을 무대로 옥련 일가의 기구한 운명에 얽힌 개화기의 시대상을 그리고 있다. 이 작품이 발표되면서 한국 소설은 형식 및 내용에 있어서 이전의 소설과 구별되며, 근대소설을 향해 한걸음 앞으로 다가서게 된다. 물론 구소설적 문제를 완전히 탈피하지 못했지만 신교육 사상, 자유 결혼관, 봉건 관료에 대한 비판, 자주 독립 사상 등의 새로운 주제 의식을 통해 근대소설로 진입하는 최초의 작품이다.
신국판 | 240쪽 · 값9,500원

국어과 선생님이 뽑은

온고지신 읽기 · 논술문학 읽기
논술고사 수능대비 청소년필독서